O grande livro dos Blythes

Contos e poemas de Anne de Green Gables

LUCY MAUD MONTGOMERY

O grande livro dos Blythes

Contos e poemas de Anne de Green Gables

Editado por
Benjamin Lefebvre

Tradução
Thalita Uba
Patrícia N. Rasmussen

Ciranda Cultural

Traduzido do original em inglês
The Blythes are Quoted

Texto
Lucy Maud Montgomery

Editora
Michele de Souza Barbosa

Tradução
Thalita Uba, Patrícia N. Rasmussen

Preparação
Fernanda R. Braga Simon

Produção editorial
Ciranda Cultural

Revisão
Marta Almeida de Sá,
Ciro Araujo, Mariana Góis,
Adriane Gozzo, Luciana Garcia

Diagramação
Linea Editora

Design de capa
Ciranda Cultural

Imagens
Anastasiia Veretennikova/shutterstock.com

Dados Internacionais de Catalogação na Publicação (CIP) de acordo com ISBD

M787a Montgomery, Lucy Maud

O grande livro dos Blythes / Lucy Maud Montgomery ; traduzido por Thalita Uba ; Patricia N. Rasmussen. - Jandira, SP : Ciranda Cultural, 2022.
512 p. ; 15,50cm x 22,60cm.

Título original: The Blythes are quoted
ISBN: 978-85-380-9940-6

1. Literatura canadense. 2. Poema. 3. Histórias. 4. Família. 5. Sentimentos. I. Uba, Thalita. II. Rasmussen, Patricia N. III. Título.

CDD 820
2022-0543 CDU 821.111(71)

Elaborado por Lucio Feitosa - CRB-8/8803

Índice para catálogo sistemático:
1. Literatura canadense 820
2. Literatura canadense 821.111(71)

1ª edição em 2022
www.cirandacultural.com.br

Esta obra reproduz costumes e comportamentos da época em que foi escrita.

Sumário

Prefácio

Por Elizabeth Rollins Epperly

Até mesmo para aqueles que conhecem e apreciam os outros vinte romances de L.M. Montgomery, centenas de contos e poemas, diários, cartas e álbuns de recortes, o texto integral de *O grande livro dos Blythes* traz grandes surpresas. Pode ser uma obra fragmentada, até cheia de farpas, mas sinto-me atraída por suas partes e peças pelo poder que Montgomery tem de despertar o meu interesse.

O grande livro dos Blythes é a última obra de ficção que a mundialmente famosa autora de *Anne de Green Gables* preparou para publicação antes de sua morte prematura em 24 de abril de 1942. Não foi publicada na íntegra até 2009. Por quê? A história desta publicação envolve mistério; a simples presença deste volume é, de várias formas, um triunfo.

Durante muitos anos, o texto integral de *O grande livro dos Blythes* permaneceu como uma espécie de segredo enigmático. O texto datilografado foi entregue ao editor de Montgomery no dia em que ela morreu – por quem, não sabemos; evidentemente, Montgomery pretendia que fosse publicado, visto que foi emendado com sua própria caligrafia. A coleção é mencionada em seu obituário no jornal *The Globe and Mail* (veja detalhes no Posfácio), mas por muitos anos ela não apareceu. O molde de narrativa (que possibilita sequência) leva Anne Shirley Blythe e sua família duas décadas inteiras além de qualquer outra coisa que Montgomery tenha publicado sobre esses personagens. Certamente seus editores teriam ficado encantados em lançar um livro que levasse Anne até os dias atuais. Foi somente em 1974 que outra editora decidiu lançar o livro, mas não antes de mudar o título e reformular totalmente a obra.

No texto datilografado que eles usaram faltava a história mais longa, "Alguns tolos e um santo", e foram retirados todos, com exceção de um, os quarenta e um poemas originais e todas as conversas interconectadas com Anne e sua família, e depois reorganizaram as histórias restantes como se o livro tivesse sido planejado para ser apenas mais um volume de contos de ficção. Os editores em 1942 e 1974 ficaram claramente perturbados com alguns aspectos do livro, e o que os perturbou pode ser o mesmo que intriga os leitores hoje.

Teria o livro sido suprimido por ser muito volátil? O mundo estava em plena guerra na época da morte de Montgomery. Após o bombardeio de Pearl Harbor em dezembro de 1941, os americanos se uniram aos Aliados, e na primavera de 1942, o mundo inteiro devia parecer estar preso em uma luta mortal, que era exatamente a visão que Montgomery tinha da Primeira Guerra Mundial. Ela havia descrito a Grande Guerra com ardor patriótico em *Rilla de Ingleside* (1921), o último livro da série original de Anne. Os dois romances de Anne escritos durante a guerra propriamente dita, *Anne e a Casa dos Sonhos* (1917) e *Vale do Arco-Íris* (1919), destinavam-se a animar os lares e as trincheiras com imagens da beleza sagrada do lar, um lar ameaçado pela guerra. *O grande livro dos Blythes* não aplaude a guerra; sua poesia e interlúdios – a própria forma do livro – colocam a guerra e sua retórica em questão.

Talvez os editores em 1942 não estivessem dispostos a adulterar o texto de Montgomery, mas também não podiam aprovar a publicação de uma obra moldada para abordar a guerra. Montgomery iniciou e concluiu o livro com cenas de guerra e dividiu a coleção em duas partes, com a Primeira Guerra Mundial como ponto central. Ela conecta as duas guerras logo no início do livro com seu poema "O Flautista". Provavelmente inspirada por "In Flanders Fields" de John McCrae, quando Montgomery escreveu *Rilla de Ingleside*, "O Flautista" de Walter tornou-se famoso da noite para o dia e simbolizava o esforço de guerra dentro da história, mas nunca foi citado em detalhes no romance. Montgomery explica em uma nota autoral no início de *Os Blythes* que havia escrito o poema recentemente, acreditando ser mais apropriado para "agora" (Segunda Guerra Mundial) do que antes (Primeira Guerra Mundial). Com uma letra sem brilho, "O Flautista" de Montgomery também é um endosso morno da guerra. A falta de firmeza do poema é enfatizada pelo fato de que o volume termina com outro poema sobre a guerra, também de Walter, sendo que "A consequência" é uma peça emocionante e agonizante, no estilo de Wilfred Owen ou de Siegfried Sassoon. O último poema de Walter é seguido por um diálogo final entre Anne e seu filho Jem, agora pai de filhos prontos para ir para a guerra. Em uma linha, Anne oferece uma acusação abrasadora da Primeira Guerra Mundial, se não da Segunda.

Em 1974, quer os editores tenham ficado perturbados ou não com as referências à guerra, eles certamente ficaram incomodados com a forma do livro. A solução foi cortar inteiramente o molde da narrativa e eliminar várias referências à guerra das histórias remanescentes. Montgomery havia criado um texto dividido em duas partes, com a Parte Um ambientada antes da Primeira Guerra Mundial e a Parte Dois começando depois dessa guerra e terminando após o início da Segunda Guerra. Intercalados ao longo de cada parte estavam diálogos ou vinhetas curtas, noites em que Anne lê poesia em voz alta para vários membros da família e eles comentam brevemente. Entre as conversas, e às vezes em uma relação provocativa com elas, Montgomery inseriu os contos, individualmente ou em grupos. Cada conto contém referências, citações ou até breves participações de um ou mais membros da família Blythe. Os poemas e diálogos capturam momentos íntimos com a família, e as histórias oferecem vislumbres deles dentro de uma comunidade maior. Os editores de 1974 mantiveram as referências internas dos Blythes, mas removeram o contexto no qual o uso dos Blythes como padrão faz sentido. Em vez disso, os editores de 1974 esperavam causar uma reação de choque. Fizeram a coleção de histórias começar e terminar com temas que esperavam que assustassem os leitores que tivessem aceitado como verdadeiro o desmascaramento modernista de Montgomery, como um rouxinol de uma única canção. Começando o livro com "Uma tarde com o senhor Jenkins," sobre um homem recém-libertado da prisão e seu encontro com um filho que não o conhece, e terminando com "Uma mulher comum", envolvendo a lembrança satisfeita de uma mulher moribunda de um assassinato não detectado, os editores de 1974 substituíram o controverso conceito de guerra de Montgomery com um controverso arranjo feito por eles mesmos.

Embora os primeiros editores tenham estimado o público leitor e subestimado o texto integral de *O grande livro dos Blythes*, ficamos – mesmo com esta versão do texto na íntegra – com um mistério fascinante: o que Montgomery pretendia que *O grande livro dos Blythes* mostrasse e questionasse? Por que ela escolheu essas histórias e poemas dentre as centenas que escreveu e os organizou, com interlúdios, nessa ordem específica?

Talvez seja o caso de sentirmos a resistência de Montgomery a respostas fáceis. Ninguém que leia a poesia aqui e explore as alternações cuidadosamente padronizadas das histórias entre o otimista e o cruel irá confundir este livro com um endosso fácil de algo – seja guerra ou romance. As duas metades do livro comentam uma sobre a outra, e as histórias, poemas e diálogos convidam a perguntas sobre o que dura, o que é inevitável e o que precisa mudar. Os poemas de Anne Blythe como mãe enlutada contrastam fortemente com seus versos anteriores, alegres, e também com os de Walter. Vemos como a poesia de Anne influenciou a de Walter, e há inclusive um poema sobre mortalidade que Walter começou e Anne terminou anos após a morte dele. Gilbert faz um comentário no início da Parte Um, sobre lembranças e a necessidade de esquecer; Jem cita esse comentário no final do livro, pensando em seu próprio filho. O que Montgomery está dizendo sobre o que passou de uma geração para outra? Teria sido fácil sugerir que o mundo mudou para sempre depois da Primeira Guerra Mundial, mas a persistência de opinião e temas neste romance, de uma guerra para a outra, desmente essa visão.

Possivelmente, ao minar e alternar pontos de vista, Montgomery também estivesse desafiando os críticos de sua obra – modernistas ou antivitorianos e antieduardianos – que continuavam a interpretá-la erroneamente como uma romântica ingênua e previsível de antes da guerra, com um estilo único de escrever. Pertencendo à mesma visão realista que criou *Anne de Ingleside* (1939), *O grande livro dos Blythes* suscitou discussões e debates e ocupou seu devido lugar na lista das obras de Montgomery.

Montgomery faz com que os leitores se afeiçoem aos seus personagens, ao mundo que eles habitam e ao nosso mundo em relação ao deles. Ela alcançou fama mundial durante a vida (1874-1942) e seus livros foram traduzidos para mais de trinta idiomas. Sua fama está alcançando novos públicos à medida que mais obras suas são publicadas pela primeira vez e mais revelações são feitas sobre sua vida e pensamento. Os inúmeros volumes publicados de seus diários, suas cartas para dois amigos de correspondência, seus álbuns de recortes que constituem autobiografia visual – são obras que alimentam biografias e incitam debates a respeito da complexa vida interior de uma das mais queridas escritoras do mundo. O intrincado entrelaçamento de ideias em *O grande livro dos Blythes* adiciona novo material para a consideração da obra de vida de Montgomery.

A publicação inicial do texto integral de *O grande livro dos Blythes* em 2009 foi um triunfo de bom-senso e moral respeitosa por parte da Penguin Canada, e da persistência acadêmica de Benjamin Lefebvre. Talvez Montgomery pretendesse que esta última história de Anne fosse sua carta de despedida para um mundo do qual ela sabia que partiria em breve.

Talvez por isso tantas peças tenham a preocupação de encontrar, sentir e dizer a verdade, e por isso Montgomery se empenhe tanto em mostrar que raramente existe uma única verdade. A artista Montgomery triunfa na formação deste último livro: não há um desfecho fácil para a história de Anne, e nós nos importamos em saber o como e o porquê disso.

Elizabeth Rollins Epperly, Ph.D.
Professora emérita de Inglês e fundadora do Instituto L. M. Montgomery na Universidade de Prince Edward Island, é autora de inúmeros artigos e livros sobre L.M. Montgomery, incluindo *The Fragrance of Sweet-Grass* e *Imagining Anne: The Island Scrapbooks of L.M. Montgomery*. Seu livro mais recente é *Power Notes: Leadership by Analogy*.

A primeira metade deste livro trata
da vida antes da Primeira Guerra Mundial.

A segunda parte trata da vida depois da guerra.

Parte Um

Nos meus livros Vale do Arco-Íris *e* Rilla de Ingleside, *um poema é mencionado, "O Flautista", que supostamente teria sido escrito e publicado por Walter Blythe antes de sua morte, na Primeira Guerra Mundial. Embora a existência de tal poema não seja real, muitas pessoas me escreveram perguntando onde poderiam encontrá-lo. Os versos foram escritos recentemente, mas parecem ainda mais apropriados agora do que antes.*

O Flautista

Certo dia, o Flautista desceu até o vale...
Doce, extensa e suave era sua toada!
As crianças o seguiram de lar em lar,
A despeito dos entes queridos a implorar,
Tamanho o encanto de sua balada,
Como a canção de um regato da floresta.

Um dia, o Flautista retornará
Para entoar aos filhos desta terra suada!
Eu e você seguiremos de lar em lar,
Muitos de nós para nunca mais voltar...
De que importa, se a Liberdade ainda resta
Como a coroa de cada montanha funesta?

Walter Blythe

Alguns tolos e um santo

– Você se hospedará na residência de Alec Compridão! – exclamou o senhor Sheldon, estupefato.

O velho ministro da Congregação Metodista de Mowbray Narrows estava reunido com o novo ministro na pequena sala de aula da igreja. O velho ministro, que estava se aposentando, olhava com ternura para o jovem; com ternura e um tanto de melancolia. Aquele garoto era muito parecido com ele próprio quarenta anos antes... Jovem, entusiasmado, cheio de esperança, energia e propósitos nobres. Também era bem-apessoado. O senhor Sheldon sorriu de leve no fundo de sua mente e se perguntou se Curtis Burns estaria noivo. Provavelmente. Boa parte dos ministros jovens era comprometida. Se não fosse, causaria certo alvoroço no coração das moças de Mowbray Narrows. E como culpá-las?

A recepção ocorrera durante a tarde e fora seguida por um jantar no porão. Curtis Burns conhecera e cumprimentara a maior parte das pessoas da comunidade. Ele estava se sentindo um pouco confuso, desnorteado e um bocado contente por estar na sala de aula protegida pelas vinhas com o velho senhor Sheldon, seu predecessor sacrossanto, o qual decidira passar o resto de seus dias em Glen St. Mary, o assentamento vizinho. As pessoas diziam que era porque ele sentia que não podia seguir adiante sem o doutor Gilbert Blythe, de Ingleside. Alguns dos metodistas mais antigos comentavam de forma reprovadora. Eles sempre acharam que ele deveria favorecer o médico metodista de Lowbridge.

– Você tem uma boa igreja e pessoas leais aqui, senhor Burns – dizia o senhor Sheldon. – Espero que seu ministério seja afortunado e abençoado.

Curtis Burns sorriu. Quando sorria, covinhas apareciam em suas bochechas, conferindo-lhe uma aparência juvenil e irresponsável. O senhor

Sheldon sentiu uma dúvida momentânea. Ele não conseguia se lembrar de ter conhecido qualquer outro ministro com covinhas, nem mesmo algum presbiteriano. Seria adequado? Mas o senhor Burns estava dizendo, com o tom exato de recato e modéstia:

– Tenho certeza de que, se não for, senhor Sheldon, eu é que serei o culpado. Reconheço minha falta de experiência. Posso recorrer ao senhor, ocasionalmente, para aconselhamento e auxílio?

– Ficarei muito feliz em auxiliá-lo no que puder – respondeu o senhor Sheldon, suas dúvidas desaparecendo instantaneamente. – Quanto a aconselhamento, você tem a vila inteira ao seu dispor. Eu lhe darei um conselho agora mesmo. Se precisar de um médico, sempre busque o metodista. *Eu* passei alguns bocados por conta da minha amizade com o doutor Blythe. E fique no presbitério e não se hospede com alguém.

Curtis meneou a cabeça pesarosamente.

– Não posso, senhor Sheldon... Não neste momento. Não tenho um único centavo... E tenho uns empréstimos para pagar. Precisarei esperar até quitar minhas dívidas e guardar dinheiro suficiente para bancar uma governanta.

Então ele não estava considerando o matrimônio.

– Ah, bem, é claro que, se você não pode, então não pode. Mas faça-o assim que puder. Não há lugar melhor para um ministro que o seu próprio lar. O presbitério de Mowbray Narrows é uma bela residência, embora seja antiga. Foi um lar muito feliz para mim... no início... até o falecimento da minha querida esposa, dois anos atrás. Desde então, vivo muito solitário. Se não fosse pela minha amizade com os Blythes... Mas muitas pessoas a desaprovavam porque eles são presbiterianos. Por outro lado, você ficará bem acomodado com a senhora Richards. Ela lhe proporcionará todo o conforto.

– Infelizmente, a senhora Richards não poderá me hospedar. Ela ficará um tempo no hospital, pois precisa se submeter a uma cirurgia bastante complexa. Ficarei na residência do senhor Field... Alec Compridão, acho que foi como o senhor o chamou. Vocês parecem ter apelidos estranhos em Mowbray Narrows... Já ouvi alguns.

E então o senhor Sheldon exclamou, com algo além de surpresa em seu tom de voz:

– No Alec Compridão!

– Sim, eu persuadi ele e a irmã a me alojarem por algumas semanas, pelo menos, com a promessa de um bom comportamento. Tive sorte. É o único outro local perto da igreja. Tive de me esforçar bastante para que eles aceitassem.

– Mas… no Alec Compridão! – repetiu o senhor Sheldon.

Ocorreu a Curtis que a surpresa do senhor Sheldon era um tanto curiosa. E o mesmo tom permeara a voz do doutor Blythe quando ele lhe contara a notícia.

Por que ele não deveria se hospedar na residência de Alec Compridão?

Alec Compridão lhe pareceu um jovem perfeitamente respeitável e bastante atraente, com seus traços aquilinos bem marcados e olhos acinzentados doces e sonhadores. E a irmã… uma moça pequenina e meiga, com uma aparência bastante cansada e a voz como a música de uma flauta. Seu rosto era castanho como uma noz, seus cabelos e olhos eram castanhos, seus lábios, vermelhos. Ele não se lembrava de nenhuma das garotas que haviam se amontoado, tal qual um ramalhete de flores, no porão naquele dia, lançando olhares tímidos de admiração na direção do jovem ministro. No entanto, de alguma forma, lembrava-se de Lucia Field.

– Por que não? – quis saber ele.

E lembrou-se, também, de que algumas outras pessoas além do doutor Blythe pareceram abaladas quando ele mencionara sua mudança de residência. Por quê… Por quê? Alec Compridão fazia parte do conselho de administradores. Ele devia ser respeitável.

O senhor Sheldon pareceu encabulado.

– Ah, não há problema algum, suponho… É só que… eu não imaginaria que eles aceitariam um pensionista. Lucia já tem bastante trabalho nas mãos. Você sabe que eles abrigam uma prima inválida?

– Sim, o doutor Blythe mencionou. E eu pedi para vê-la. Que tragédia… Uma mulher tão doce e bela!

– Uma bela mulher, de fato – concordou o senhor Sheldon com empatia. – Ela é uma mulher maravilhosa, uma das mais agraciadas com o poder da bondade de Mowbray Narrows. As pessoas a chamam de "anjo da comunidade". Vou lhe dizer, senhor Burns, que a influência que Alice Harper exerce daquela cama de invalidez é surpreendente. Não consigo mensurar o que ela significou durante meu pastorado aqui. E todos os outros ministros lhe dirão o mesmo. A vida admirável dela é uma inspiração. As jovens da congregação a idolatram. Sabia que, durante oito anos, ela deu aulas para uma classe de meninas adolescentes? As garotas vão até o quarto dela após os trabalhos de abertura da escola dominical. Ela entra em suas vidas... Contam-lhe sobre os seus problemas e perplexidades. Dizem que ela já juntou mais casais que a senhora Blythe... E *esse* é um fato surpreendente. E foi inteiramente por causa dela que a igreja daqui não foi irremediavelmente prejudicada quando o diácono North ficou enfurecido porque Lucia Field tocou um solo de violino de uma peça sacra para uma compilação certa vez. Alice mandou chamar o diácono e o fez recobrar a sanidade. Ela me contou toda a conversa em confissão depois, com seus toques inimitáveis de humor. Foi divertido! Ah, se o diácono pudesse ouvi-la! Ela é divertidíssima. Sofre indescritivelmente, por vezes, mas nunca pessoa alguma a ouviu murmurar uma única palavra de reclamação.

– Ela sempre foi assim?

– Ah, não. Ela caiu do sótão do celeiro há dez anos. Estava procurando ovos ou algo assim. Ficou inconsciente por horas... E ficou paralisada da cintura para baixo desde então.

– Eles tiveram boa assistência médica?

– A melhor possível. Winthrop Field, pai do Alec Compridão, chamou especialistas de todos os cantos. Eles não puderam fazer nada por ela. Alice é filha da irmã de Winthrop. Seus pais morreram quando ela era bebê... O pai era um velhaco espertalhão que morreu dipsomaníaco, como o próprio pai... E os Fields a criaram. Antes do acidente, ela era uma moça magra, bonita e tímida, que gostava de permanecer nos bastidores e raramente se misturava com os outros jovens. Não acho que a vida dela, na dependência da caridade do tio, tenha sido tão fácil assim. Ela sente o próprio desamparo profundamente. Sequer consegue se virar na cama, senhor Burns. E sente que é um fardo para Alec e Lucia. Eles são muito bons para ela, tenho certeza disso, mas pessoas jovens e saudáveis não conseguem compreender plenamente. Winthrop Field faleceu há sete anos, e a esposa, no ano seguinte. Lucia teve de largar o emprego em Charlottetown... Ela era professora da escola secundária... E voltou para cuidar da casa para Alec e zelar por Alice... que não consegue suportar que estranhos tomem conta dela, pobrezinha.

– É bastante pesado para Lucia – comentou Curtis.

– Bem, sim, é claro. Ela é uma boa moça, eu acho... Os Blythes garantem que não há ninguém como ela... E Alec é um bom rapaz em muitos sentidos. Um pouco teimoso, talvez. Já ouvi dizer que ele está noivo de Edna Pollock... Sei que a senhora Blythe apoia o enlace... Mas a situação nunca sai do lugar. Bem, é uma bela propriedade antiga... A fazenda Field é a melhor em Mowbray Narrows, e Lucia é uma boa dona de casa. Espero que você fique confortável... Mas...

O senhor Sheldon parou abruptamente e se levantou.

– Senhor Sheldon, o que quer dizer com "mas"? – perguntou Curtis de um modo decidido. – Alguns dos demais também pareceram reticentes, especialmente o doutor Blythe... embora não tenham dito coisa alguma. Quero entender. Não gosto de mistérios.

– Então você não deveria se hospedar com Alec Compridão – retrucou o senhor Sheldon com rispidez.

– Por que não? Certamente não deve haver algum grande mistério conectado à família em uma fazenda em Mowbray Narrows.

– Suponho que seja melhor lhe contar. Prefiro, contudo, que você pergunte ao doutor Blythe. Sempre me sinto estúpido ao falar do assunto. Como você mesmo disse, uma fazenda comum em Mowbray Narrows não é lugar para um mistério insolúvel. No entanto, ele existe. Senhor Burns, há algo de muito estranho no antigo recanto dos Fields. As pessoas de Mowbray Narrows lhe dirão que é... mal-assombrado.

– Mal-assombrado! – Curtis não conseguiu conter o riso. – Senhor Sheldon, não me diga isso o *senhor*!

– Eu costumava dizer "mal-assombrado" nesse mesmo tom – retrucou o senhor Sheldon de um modo um tanto áspero. Mesmo que fosse um santo, não gostava que garotos recém-saídos do colégio rissem dele. – Nunca mais o disse após passar uma noite lá.

– Certamente, o senhor não deve de fato acreditar em fantasmas, senhor Sheldon.

Em sua cabeça, Curtis pensou que o velho estava ficando um tanto infantil.

– É claro que não acredito. Quero dizer, não acredito que as coisas estranhas que vêm acontecendo lá nos últimos cinco ou seis anos sejam sobrenaturais ou causadas por alguma entidade sobrenatural. Mas as coisas *de fato* aconteceram... Não há dúvidas quanto a isso... E lembre-se de John Wesley...

– Que coisas?

O senhor Sheldon pigarreou.

– Eu... eu... Algumas delas parecem um tanto ridículas quando postas em palavras. Mas o efeito cumulativo não é ridículo... Ao menos para aqueles que precisam morar na casa e não conseguem encontrar alguma explicação... Não conseguem, senhor Burns. Cômodos são revirados... Um berço é embalado no sótão, onde não há berço algum... Violinos são tocados... Não há violinos na casa... À exceção do de Lucia, que está sempre trancado no quarto dela... Água gelada é jogada nas pessoas que estão deitadas... Roupas são arrancadas... Gritos ecoam no sótão... Vozes de pessoas mortas são ouvidas conversando em quartos vazios... Pegadas sangrentas são encontradas no piso... Figuras esbranquiçadas já foram vistas caminhando no telhado do celeiro. Ah, pode rir, senhor Burns... Eu também já ri disso um dia. E ri quando ouvi que todos os ovos postos pelas galinhas na primavera passada já estavam cozidos.

– O fantasma dos Fields parece ter senso de humor – comentou Curtis.

– Não foi motivo de riso quando o granel do Alec Compridão pegou fogo, no outono passado, com a enfardadeira nova dentro. Todo o galpão poderia ter sido destruído se o vento estivesse soprando a oeste em vez de leste. O incêndio começou sozinho. Ninguém era visto perto do local há semanas.

– Mas... senhor Sheldon... se qualquer outra pessoa além do senhor estivesse me contando essas coisas...

– Você não teria acreditado. Não o culpo. Mas pergunte ao doutor Blythe. Eu não acreditava no falatório até passar uma noite lá.

– E alguma coisa... O que aconteceu?

– Bem, eu ouvi o berço... Balançou a noite toda no sótão. O sino do jantar ressoou à meia-noite. Ouvi uma risada demoníaca... Não sei dizer se foi no meu quarto ou fora dele. Era de uma entonação que me encheu de um terror doentio... Eu admito, senhor Burns, que aquela risada não era humana. E, pouco antes do amanhecer, todas as louças das prateleiras do armário foram jogadas no chão e se quebraram. Além disso... – A boca delicada do senhor Sheldon se contraiu, mesmo contra sua vontade. – O mingau do café da manhã, que havia sido preparado na noite anterior, era puro sal.

– Alguém andou fazendo umas travessuras.

– Claro que acredito piamente nisso, tanto quanto você. Mas quem? E como pode ser alguém impossível de ser capturado? Você não acha que Alec Compridão e Lucia já tentaram?

– Essas traquinagens ocorrem toda noite?

– Ah, não. Passam-se semanas sem nenhum incidente. E, quando as pessoas vão lá para observar, geralmente nada acontece. Eles chegaram a hospedar o doutor Blythe e o doutor Parker uma noite... contra a vontade deles. A casa permaneceu em um silêncio sepulcral. Mas, após um intervalo tranquilo, geralmente acontece uma orgia. Noites de luar... nem sempre são... sossegadas.

– A senhorita Field deve precisar de ajuda. Quem vive na casa além do irmão dela e da senhorita Harper?

– Via de regra, duas pessoas. Jock MacCree, um homem parvo que mora com os Fields há trinta anos... Ele deve ter cerca de cinquenta anos e sempre foi calado e bem-comportado. E Julia Marsh, a criada. Trata-se de uma criatura grosseira e emburrada, uma Marsh de Upper Glen.

– Um palerma e uma garota ressentida. Não me parece muito difícil localizar o tal fantasma, senhor Sheldon.

– Não é simples assim, senhor Burns. É claro que eles foram os primeiros suspeitos. Mas coisas acontecem quando Jock está presente. Julia jamais tranca sua porta, admito, nem permanece com quem está de vigília. Mas as mesmas coisas acontecem quando ela não está por perto.

– O senhor já ouviu algum dos dois rir?

– Sim. Jock tem uma risada abobalhada. Julia ronca. Não consigo crer que qualquer um deles tenha produzido o som que eu ouvi. Nem o doutor Blythe. No início, as pessoas de Mowbray Narrows achavam que era Jock. Agora, acreditam que sejam fantasmas... Elas realmente acreditam, mesmo as que não admitem acreditar.

– Que motivo têm para supor que a casa é mal-assombrada?

– Bem, é uma história triste. A irmã de Julia Marsh, Anna, costumava trabalhar lá antes de Julia. É difícil conseguir ajuda em Mowbray Narrows, senhor Curtis. E é claro que Julia precisa de ajuda... Ela não consegue dar conta de todo o trabalho da casa e ainda cuidar de Alice sozinha. Anna Marsh tivera um bebê ilegítimo. Tinha uns três anos e costumava viver com ela. Era uma graça... Todos gostavam da criança. Um dia, ela se afogou na cisterna do celeiro... Jock tinha deixado a tampa aberta. Anna pareceu lidar com a situação com certa indiferença... Não causou alvoroço... Nem sequer chorou, pelo que me disseram. As pessoas diziam: "Ah, ela está contente por ter se livrado do estorvo. Não são boa gente aqueles Marshs. Pena que Lucia Field não tenha conseguido alguém melhor para ajudá-la. Talvez se ela pagar mais...", e por aí vai. Mas, duas semanas depois que a criança foi enterrada, Anna se enforcou no sótão.

Curtis soltou uma exclamação aterrorizada.

– Ouvi dizer que o doutor Blythe os havia alertado para que ficassem de olho nela. Mas, como pode ver, há aí uma base magnífica para uma história de terror. Dizem que esse é o verdadeiro motivo pelo qual Edna Pollock não se casa com Alec Compridão. Os Pollocks têm uma vida boa, e Edna é uma garota esperta e hábil... mas um pouquinho aquém dos Fields em termos sociais e intelectuais. Ela quer que Alec venda a propriedade e se mude. Afirma que o lugar está amaldiçoado. Bem, quanto a isso, um bilhete foi encontrado, certa manhã, escrito com sangue... mal escrito e com erros ortográficos... Anna Marsh era quase analfabeta. "Se alguma criança nascer nesta casa, nascerá amaldiçoada." O doutor Blythe insistiu que aquela não era a letra de Anna, mas... Bem, é isso. Alec se recusa a vender... Mesmo que conseguisse encontrar um comprador, o que é muito difícil. A propriedade pertence à família desde 1770, e ele diz que não será afugentado por assombrações. Algumas semanas após a morte de Anna, essas façanhas começaram. O berço foi ouvido balançando no sótão... Mas *havia* um berço lá na época. Eles o removeram, mas o barulho persistiu de toda forma. Ah, já foi feito de tudo para solucionar o mistério. Vizinhos permaneceram em vigília noite após noite. Às vezes, nada acontecia. Outras vezes, algo acontecia, mas eles não sabiam dizer por quê. Há três anos, Julia teve um surto e se foi... Alegou que as pessoas andavam dizendo coisas sobre ela e que ela não toleraria. Lucia chamou Min Deacon, de Upper Glen. Min durou três semanas... Era uma garota esperta, talentosa... e foi embora porque, um dia, foi despertada por uma mão gélida que tocou seu rosto, embora ela tivesse trancado a porta do quarto antes de ir dormir. Então, eles chamaram Maggie Eldon, uma jovem destemida. Ela tinha cabelos negros maravilhosos e se orgulhava muito deles. Nunca os cortaria curtos. Mãos gélidas, risadas macabras e berços fantasmagóricos não a incomodavam. Ela ficou lá por cinco semanas. Mas, certo dia, ela acordou e percebeu que sua bela trança de cabeços negros havia sido cortada durante a noite. Bem, isso foi demais para Maggie. Seu jovem marido não gostava de cabelos curtos. As pessoas lhe dirão que Anna Marsh tinha cabelos ralos e sentia muita inveja de quem tem cabelos bonitos. Lucia implorou que Julia voltasse, e ela está lá desde então. Pessoalmente, tenho bastante certeza de que Julia não tem relação alguma com essa história, e o doutor Blythe concorda comigo. Converse com ele uma hora dessas... Ele é um homem muito inteligente, embora seja presbiteriano.

– Mas, se Julia não está atrelada à situação, quem está?

– Ah, senhor Burns, não podemos responder a isso. E quem é que sabe o que os poderes malignos podem e não podem fazer? Novamente repito: lembre-se do presbitério de Epworth. Não acho que *aquele* mistério tenha sido resolvido. Por outro lado... Não consigo imaginar que o diabo, ou mesmo um fantasma malicioso, esvaziaria uma dúzia de garrafas de vinagre de framboesa e as encheria com tinta vermelha, sal e água.

O senhor Sheldon riu sem conseguir se controlar. Curtis não riu... Ele franziu o cenho.

– É inaceitável que tais coisas estejam acontecendo há cinco anos e o perpetrador continue escapando. Deve ser uma vida terrível para a senhorita Field.

– Lucia trata a situação com frieza. Algumas pessoas acham que é com frieza demais. É claro que há pessoas maliciosas em Mowbray Narrows, assim como em qualquer outro lugar, e algumas já sugeriram que é ela própria quem realiza tais diabruras. Mas é melhor não mencionar isso à senhora Blythe. Ela é amiga próxima de Lucia. É claro que eu nunca suspeitei dela, nem por um instante.

– Certamente não. À parte sua personalidade, qual outro motivo racional ela poderia ter?

– Impedir o casamento de Alec Compridão com Edna Pollock. Lucia nunca foi muito afeiçoada a Edna. E talvez o orgulho dos Fields seja grande demais para que aceite uma aliança com uma Pollock. Além disso... Lucia sabe tocar violino.

– Eu jamais poderia acreditar em algo assim com relação à senhorita Field.

– Não, eu também não poderia. E o que a senhora Blythe faria comigo, velho como já estou, se eu sugerisse tal ideia, eu realmente não sei. E eu, de fato, não sei de muita coisa sobre a senhorita Field. Ela não participa de nenhum trabalho da igreja... Bem, suponho que não consiga. Mas é difícil abafar as insinuações. Já combati e dispersei muitas mentiras, senhor Burns, mas algumas insinuações me venceram. Lucia é uma moça reservada... Eu realmente acho que a senhora Blythe é a única amiga íntima que ela tem... Talvez eu esteja velho demais para me aproximar dela. Bem, eu lhe contei tudo o que sei sobre nosso mistério. Sem dúvida, outras pessoas podem elucidá-lo muito mais. Se puder tolerar as assombrações de Alec Compridão até a recuperação da senhora Richards, não há motivo algum para que você não fique confortavelmente hospedado. Sei que Alice ficará feliz em tê-lo por perto. Ela se preocupa com o mistério... Acha que a situação mantém as pessoas afastadas... Bem, é claro que mantém, de certa forma... E ela gosta de companhia, a pobrezinha. Além disso, ela fica muito preocupada com os burburinhos. Espero não tê-lo deixado nervoso.

– Não... O senhor me deixou interessado. Acredito que haja uma solução bastante simples.

– E também acredita que tudo foi excessivamente exagerado? Ah, não por mim, garanto, mas por meus paroquianos fofoqueiros. Bem, ouso dizer que há, *sim*, uma grande dose de exagero. Histórias podem aumentar a proporções imensas em um prazo de cinco anos, e nós, habitantes do interior, gostamos muito de uma pitada de drama. Quando duas vezes dois é quatro, é tudo muito monótono, mas, quando duas vezes dois é cinco, torna-se excitante, como costuma dizer a senhora Blythe. Mas meu diácono cabeça-dura, o velho Malcolm Dinwoodie, ouviu Winthrop Field falar na sala, certa noite, anos depois de ter sido enterrado. Ninguém que tenha ouvido a voz peculiar de Winthrop Field poderia confundi-la... Ou a risadinha nervosa com que ele sempre terminava suas frases.

– Mas eu pensei que era o fantasma de Anna Marsh que andava "à solta".

– Bem, a voz dela também foi ouvida. Não falarei mais sobre isso! Você me achará um idiota senil. Talvez não tenha tanta certeza assim depois de morar naquela casa por um tempo. E talvez a assombração respeite o clero e comporte-se enquanto você estiver lá. Talvez você até descubra a verdade.

"O senhor Sheldon é um santo e melhor homem e ministro do que eu poderia vir a ser", refletiu Curtis, enquanto atravessava a rua até seu alojamento. "Mas o velho homem acredita que a casa de Alec Compridão é mal-assombrada... Ele não conseguiu esconder esse fato, a despeito da história do vinagre de framboesa. Bem, que comece o embate com os fantasmas. Eu conversarei, *sim*, com o doutor Blythe sobre o assunto. E duas vezes dois é quatro."

Ele olhou para trás, para sua pequenina igreja... um edifício cinza e tranquilo em meio a sepulturas soterradas e lápides cobertas de musgo sob o céu intensamente prateado das altas horas da noite. Ao lado dele ficava o presbitério, uma bela e antiga casinha construída quando a pedra era mais barata que a madeira ou o tijolo. Parecia solitária e atraente. Exatamente do outro lado da rua ficava a "velha casa dos Fields". A residência ampla e um tanto baixa, com suas muitas varandas, exibia uma estranha semelhança com uma velha galinha matriarca, com os pequenos pintinhos espiando por debaixo de seu peito e suas asas. Havia uma série de janelas curiosamente posicionadas no telhado. A janela de determinado cômodo da casa principal ficava perfeitamente alinhada com a janela do "L" e ficava tão próxima dela que duas pessoas que estivessem às janelas poderiam apertar as mãos uma da outra. Havia algo nessa artimanha arquitetônica que agradava Curtis. Conferia ao telhado certa individualidade. Abetos enormes circundavam a casa, estendendo seus galhos de modo adorável ao redor da construção. Todo o local tinha personalidade, charme, inspiração. Como uma velha tia de Curtis teria dito: "Há *família* por trás disso".

A hera amotinava-se sobre as varandas. Macieiras nodosas, local preferido para o encontro matinal dos pássaros, debruçavam-se sobre campos de flores conservadoras... Moitas de melilotos brancos e perfumados, canteiros de menta, amor-perfeito, madressilva e rosas de um tom clarinho. Havia uma antiga trilha coberta de musgo, ladeada por conchas até a porta de entrada. Além da casa, havia celeiros amplos, e o pasto se estendia sob o frio da noite, polvilhado pelos fantasmas de dentes-de-leão. Uma residência antiga, íntegra e simpática. Nada de assustador com relação a ela. O senhor Sheldon era um santo, mas já estava bastante velho. Pessoas idosas acreditavam nas coisas com uma facilidade tremenda.

Curtis Burns estava hospedado na antiga residência Field havia cinco semanas e nada tinha acontecido… exceto pelo fato de ele ter se apaixonado perdidamente por Lucia Field. E ele sequer tinha ciência disso. Ninguém tinha, à exceção da senhora Blythe… E talvez Alice Harper, que parecia enxergar coisas que eram invisíveis para os demais com seus belos olhos claros.

Ela e Curtis se tornaram amigos próximos. Como todos os outros, ele oscilava de um jeito torturante entre uma admiração inenarrável por sua coragem e força de espírito e uma pena aguda por seus sofrimentos e sua impotência. A despeito do rosto magro e enrugado, ela tinha uma estranha aparência de juventude, devida em parte aos cabelos louros curtos, que todos admiravam, e em parte ao esplendor dos olhos grandes, que sempre pareciam conter uma pitada de riso lá no fundo… embora ela nunca risse. Seu sorriso era doce, com um toque de malícia… especialmente quando Curtis lhe contava uma anedota. Ele era bom em contar anedotas… melhor do que um ministro deveria ser, pensavam alguns dos paroquianos de Mowbray Narrows… mas ele contava uma nova a Alice todos os dias.

Ela nunca reclamava, embora, em alguns dias ocasionais, gemesse incessantemente em uma agonia quase insuportável e não conseguisse ver mais ninguém além de Alec e Lucia. Alguma fraqueza do coração tornava os medicamentos perigosos e pouco podia ser feito para aliviá-la, mas, durante esses ataques, Alice não conseguia suportar ficar sozinha.

Nesses dias, Curtis acabava ficando, na maior parte do tempo, à mercê dos cuidados de Julia Marsh, que servia suas refeições com zelo, ainda que ele não conseguisse tolerá-la. Ela era uma mulher bastante bonita, embora seu rosto alvo e avermelhado fosse sinistramente maculado por uma marca de nascença… Uma listra vermelha escura em uma bochecha.

Seus olhos eram pequenos, com nuances de âmbar, e os cabelos castanho-avermelhados eram maravilhosos e desregrados; ela se movia com uma furtividade graciosa dos membros, como um gato sob o crepúsculo. Falava muito bem, exceto nos dias em que era acometida por surtos e era possuída por um demônio silencioso. Nesses dias, nem uma única palavra podia ser arrancada de sua boca, e ela trovoava como um temporal.

Lucia não parecia se importar com essas mudanças de humor... Ela tratava tudo que chegava a suas mãos com uma serenidade doce e imperturbável... Mas Curtis parecia sentir a tensão por toda a casa. Nesses momentos, Julia lhe parecia uma criatura desumana e desconcertante que poderia fazer qualquer coisa. Às vezes, Curtis tinha certeza de que ela estava por trás da tal assombração; em outras, tinha a mesma certeza de que era Jock MacCree. Ele era ainda menos afeiçoado a Jock do que era a Julia e não conseguia entender por que Lucia e Alec Compridão pareciam ter certa afeição por aquele homem esquisito.

Jock tinha cinquenta anos, mas parecia ter cem, em alguns sentidos. Tinha olhos cinza opacos e penetrantes, cabelos pretos ralos e um lábio curiosamente saliente, em um rosto magro e pálido. O lábio conferia ao seu semblante um perfil singularmente desagradável. Estava sempre trajando roupas multicoloridas... que ele mesmo escolhia, aparentemente, não por necessidade ou por determinação de Alec Compridão... e passava boa parte do tempo carregando mantimentos e cuidando dos incontáveis porcos de Alec. Ele garantia que Alec Compridão ganhasse dinheiro com esses animais, mas não se podia confiar qualquer outra tarefa a ele.

Quando ficava sozinho, cantava antigas cantigas escocesas com uma voz surpreendentemente doce e verdadeira, mas que continha algo peculiar em seu timbre. Então Jock tinha talentos musicais, reparou Curtis, lembrando-se do violino. Ele nunca tinha ouvido falar, no entanto, que ele soubesse tocar o instrumento.

A voz de Jock era aguda e infantil e, ocasionalmente, seu semblante inexpressivo transparecia nuances de maldade, especialmente quando Julia, que ele odiava, conversava com ele. Quando sorria, o que era raro, ele parecia incrivelmente astuto. Desde o início, parecia temer o ministro e seu casaco preto e mantinha o máximo de distância possível, embora Curtis o procurasse, decidido a, se possível, solucionar o mistério daquele lugar.

Ele passara a fazer pouco caso do mistério. O doutor Blythe se recusava a discuti-lo, e ele não confiava muito nas lembranças do senhor Sheldon. Tudo corria de forma normal e natural desde sua chegada... Até que uma noite, quando permaneceu acordado até tarde em seu quarto janelado para estudar, teve a sensação curiosa e constante de que estava sendo observado... por algum ser hostil. Ele culpou o próprio nervosismo. Nunca mais aconteceu. Outra vez, quando se levantou à noite para fechar a janela por causa do vento forte, olhou para o presbitério iluminado pela Lua e, por um instante, pensou ter visto alguém olhar pela janela do quarto de estudos. Ele examinou o presbitério no dia seguinte, mas não encontrou nenhum sinal de intrusos. As portas estavam trancadas, e as janelas, devidamente fechadas. Ninguém tinha a chave além dele mesmo... e do senhor Sheldon, que ainda guardava boa parte de seus livros e algumas outras coisas na residência, embora estivesse se hospedando com a senhora Knapp em Glen St. Mary. Além do mais, ele jamais estaria no presbitério tão tarde da noite. Curtis concluiu que algum efeito esquisito da Lua e as sombras das árvores o haviam ludibriado.

Evidentemente, o perpetrador das travessuras sabia quando era melhor manter a discrição. Um pensionista jovem e... bem... perspicaz... era diferente de um hóspede temporário, um idoso ou um vizinho sonolento e supersticioso. Foi o que Curtis concluiu, em sua complacência de jovem, deliberadamente forçando-se a não pensar nos médicos. Ele sentia-se realmente chateado pelo fato de nada ter acontecido. Queria ter tido uma chance de observar a assombração.

Lucia e Alec Compridão nunca mencionavam o tal fantasma, e nem ele próprio. Mas o ministro conversara demoradamente com Alice, que tocara no assunto quando ele foi vê-la na noite de sua chegada à residência.

– Então o senhor não tem medo dos nossos fantasminhas? Nosso sótão é repleto deles – comentou ela de forma brincalhona, enquanto lhe estendia a mão.

Curtis percebeu que Lucia, que tinha acabado de fazer a necessária massagem noturna de meia hora nas costas e nos ombros de Alice, enrubesceu repentina e intensamente. O rubor se tornou ela própria, transformando-a em uma beldade.

– Posso fazer mais alguma coisa por você, Alice? – perguntou Lucia baixinho.

– Não, querida. Estou me sentindo muito bem. Vá descansar. Sei que você deve estar cansada. E quero conhecer melhor o nosso novo ministro.

Lucia se afastou, com o rosto ainda corado. Evidentemente, ela não gostava de nenhuma referência feita às assombrações. Curtis sentiu uma agitação súbita e inquietante no coração enquanto a observava. Ele queria reconfortá-la... ajudá-la... sumir com aquela resignação cansada de seu belo rostinho moreno... fazê-la sorrir... fazê-la rir.

– Receio não conseguir levar seus fantasminhas muito a sério, senhorita Harper – respondeu ele antes que Lucia estivesse longe demais para ouvi-lo.

– Ah, o senhor é tão jovem e bondoso – disse Alice. – Nunca conheci algum ministro que não fosse velho. Nossa região não é das mais populares, sabe? Geralmente, a igreja manda os mais exauridos para cá. Não sei o que os fez mandar o senhor. Gosto dos jovens. Então, não acredita nos fantasmas da nossa família?

– Não posso acreditar em todas as coisas que ouvi, senhorita Harper. São absurdas demais.

– No entanto, são verdadeiras... Bem, a maioria delas. Ouso dizer que não foram exageradas pelas más línguas. E também que há fatos que ninguém ficou sabendo. Senhor Burns, podemos ter uma conversa franca a respeito desse assunto? Nunca pude conversar abertamente com alguém sobre isso. Lucia e Alec, naturalmente, não suportam falar sobre a questão... O senhor Sheldon fica nervoso... E não se pode debater esse tipo de coisa com alguém de fora... Eu, ao menos, não consigo. Já tentei, certa vez, com o doutor Blythe... Eu confio muito nele, mas ele se recusou a discutir o assunto. Quando fiquei sabendo que o senhor passaria algumas semanas aqui, fiquei contente. Senhor Burns, eu não consigo evitar torcer para que o senhor solucione o mistério... especialmente pelo bem de Lucia e Alec, pois isso está arruinando a vida deles. Já é ruim o bastante que eles tenham de cuidar de mim... Mas fantasmas e demônios, além de mim, já são demais. E eles sentem-se extremamente humilhados... Sabe, ter fantasmas na família é considerado uma desgraça.

– Qual sua opinião sobre o assunto, senhorita Harper?

– Ah, suponho que o responsável seja o Jock... Ou ele e a Julia... Embora ninguém consiga compreender como ou por quê. Jock, o senhor sabe, não é bobo como parece ser. O doutor Blythe afirma que ele é mais esperto que muitos homens supostamente astutos. E ele costumava perambular pela casa tarde da noite... Meu tio Winthrop já o pegou diversas vezes. Mas ele não fazia coisa alguma além de perambular na época... Ao menos não que tenha sido descoberta.

– Afinal, como ele veio parar aqui?

– O pai dele, Dave MacCree, foi um funcionário da propriedade muitos anos atrás. Ele salvou a vida de Henry Kildare quando o cavalo do tio Winthrop o atacou.

– Henry Kildare?

Aquela era outra complicação. E será que o rosto de Alice havia corado de leve?

– Um garoto que também trabalhava aqui. Ele se mudou para o Oeste anos atrás. Está afastado daqui há anos... – Curtis teve certeza do rubor agora. Provavelmente, algum namorico adolescente... – Tio Winthrop ficou tão agradecido por Dave ter impedido que tal tragédia acontecesse que, quando ele faleceu, no ano seguinte, sendo viúvo e sem parentes, meu tio prometeu que Jock sempre teria um lar aqui. Lucia e Alec mantiveram a promessa. Nós, os Fields, somos leais à família, senhor Burns, e sempre apoiamos uns aos outros e respeitamos nossas tradições. Jock se tornou um de nossos costumes antigos, embora eu não possa afirmar que ele faça jus a tudo que recebe aqui.

– É possível que Julia Marsh seja culpada?

– Não consigo pensar isso da Julia. As assombrações não param quando ela não está por perto. A única vez em que eu realmente suspeitei dela foi quando o dinheiro do jantar da igreja desapareceu uma noite após Alec trazê-lo para casa. Ele era o tesoureiro da comissão. Cem dólares desapareceram da mesa dele. Jock não teria pegado. Ele não tem noção alguma do valor do dinheiro. Ouvi dizer que houve uma explosão de vestidos novos na família Marsh durante aquele ano. A própria Julia apareceu resplandecente em um traje de seda roxa. Eles afirmaram que um tio que residia no Oeste havia falecido e deixado o dinheiro para eles. Foi a única vez que algum dinheiro foi roubado.

– Tenho certeza de que foi a Julia, senhorita Harper.

– Eu também tenho, senhor Burns... Alguém já lhe sugeriu que a Lucia é quem está por trás dos acontecimentos?

– Bem... O senhor Sheldon me contou que algumas pessoas levantaram essa hipótese.

– O senhor Sheldon! Por que ele lhe contaria isso? Essa é uma mentira cruel e maliciosa... – exclamou Alice enfaticamente. De forma quase exagerada, pensou Curtis, como se estivesse tentando se convencer daquilo tanto quanto a ele. – Lucia jamais faria aquelas coisas... Jamais. Ela é completamente incapaz. Ninguém conhece aquela garota como eu, senhor Burns... Sua doçura... Sua paciência... Seu... seu *jeito Field de ser*. Pense no que deve ter significado para ela abrir mão da própria vida e de seu trabalho na cidade para ficar enfurnada em Mowbray Narrows! Quando penso que é por minha causa, eu quase enlouqueço. Nunca, nem por um segundo, senhor Burns, permita-se acreditar que Lucia fez as coisas que acontecem aqui, independentemente do que o senhor Sheldon ou o doutor Blythe digam... Ah, sim, ele também tem suas suspeitas...

– É claro que não acredito. E o doutor Blythe nunca fez insinuação alguma nesse sentido para mim, ao passo que o senhor Sheldon apenas contou o que as outras pessoas dizem. Mas, se não é Jock nem Julia, então quem é?

– Essa é a questão. Certa vez, uma ideia me ocorreu... Mas foi tão insana... tão inacreditável... Eu não consegui sequer colocar em palavras. Insinuei para o doutor Blythe... E que reprimenda levei! E o doutor Blythe sabe reprimir como ninguém quando quer, posso lhe garantir.

– Tem acontecido algo ultimamente?

– Bem, o telefone tocou à meia-noite e às três da manhã todas as noites durante uma semana. E acredito que Alec tenha encontrado outra maldição... Escrita com sangue... Escrita de trás para a frente, para que só pudesse ser lida no espelho. Nosso fantasma é afeiçoado a maldições, senhor Burns. Essa última foi particularmente terrível. O senhor a encontrará na gaveta da mesinha. Pedi a Lucia que a entregasse a mim... Foi ela quem a encontrou. Eu queria mostrar ao senhor e ao doutor Blythe. Sim, é esta mesma... Coloque-a diante do meu espelhinho de mão.

– "Os céus e o inferno devastarão sua felicidade. Seus entes queridos sofrerão as retaliações. Sua vida será *aruinada* e seu lar perecerá e se tornará um mar de desolação." Hum... O fantasma tem péssimo gosto para artigos de papelaria – observou Curtis, analisando o papel de linhas azuis no qual as palavras estavam escritas.

– Sim, tem. Repare no erro ortográfico em "arruinada". Mas, de toda forma, toda essa redação me parece estar além da capacidade de Jock... ou mesmo de Julia. Nesse ponto, eu concordo com o senhor Sheldon e o doutor Blythe. O querosene que foi despejado no caldo de galinha frio na copa, na noite anterior, era mais o estilo dele. Bem como o humor peculiar de despejar uma jarra de melaço por todo o carpete da sala. A pobre Lucia teve de passar o dia todo limpando. É claro que pode ter sido a Julia. Ela realmente detesta a coitada da Lucia por ser a dona da casa.

– Mas certamente o responsável por pregar uma peça como essa poderia ser facilmente apanhado.

– Se nós soubéssemos quando iria acontecer... sem dúvida. Mas não podemos vigiar todas as noites. E, geralmente, quando tem alguém observando, nada acontece.

– Isso prova que deve ser alguém da casa. Uma pessoa de fora não saberia quando há uma vigília.

– Em um local mexeriqueiro como Mowbray Narrows, isso não prova nada. Por outro lado, senhor Burns, estranhamente o berço foi balançado e o violino foi tocado a noite toda no sótão duas semanas atrás, quando Julia não estava aqui e Jock estava no estábulo com Alec, cuidando de uma vaca adoentada. Eles não ficaram um minuto longe um do outro. Quando eu contei isso ao doutor Blythe, ele meramente deu de ombros.

– Você fala do doutor Blythe com bastante frequência. E quanto à senhora Blythe?

– O doutor vem bastante aqui para conversar com Alec. Não conheço a senhora Blythe tão bem assim. Algumas pessoas não gostam dela... Mas, pelo pouco que observei nela, julgo que seja uma mulher adorável.

– É verdade que vozes de pessoas... supostamente mortas também foram ouvidas?

– Sim. – Alice estremeceu. – Não acontece com frequência... Mas já aconteceu. Não gosto de falar sobre isso.

– De todo modo, preciso aprender tudo a respeito dessa questão se quiser ajudar a solucionar o mistério.

– Bem, eu já ouvi o tio Winthrop do lado de fora da porta do meu quarto dizendo: "Alice, você quer alguma coisa? Eles fizeram tudo o que você queria?". Ele costumava perguntar isso quando estava vivo. Com muita delicadeza, como se não quisesse incomodar, caso eu estivesse dormindo. É claro que não poderia ser realmente a voz dele... Alguém o estava imitando. Sabe – acrescentou ela, assumindo novamente o ar brincalhão –, nosso fantasma é extremamente versátil. Se ele se limitasse a apenas uma área... Mas assombros *e* furtos são uma combinação difícil de solucionar.

– O que prova que há mais de uma pessoa envolvida nisso.

– É o que eu digo com frequência... mas... Bem, melhor deixar para lá. A maldição deixou Alec preocupado, pelo que Lucia me contou. Ele anda nervoso ultimamente... Essas coisas o perturbam. E já recebemos tantas maldições... a maioria, versos da Bíblia. Nossos fantasmas conhecem os escritos sagrados de cabo a rabo, senhor Burns... Mais um ponto contrário às teorias contra Jock e Julia.

– Mas isso é intolerável... essa perseguição. Alguém deve nutrir um ódio muito profundo pela sua família.

– Em Mowbray Narrows? Ah, não. E nós já estamos todos meio acostumados com essa situação, de certa forma. Lucia e Alec, ao menos, estão.

Ou parecem estar. Eu não costumava me importar muito, até o granel ser incendiado, no outono passado. Admito que isso me abalou. Desde então, vivo assombrada pelo medo de que a casa será a próxima… E comigo presa aqui dentro.

– Presa!

– Ora, sim. Faço Lucia trancar minha porta todas as noites… embora ela deteste fazê-lo. Eu jamais conseguiria dormir… Durmo bastante mal em qualquer horário, à exceção das primeiras horas da manhã. Mas jamais conseguiria pregar os olhos com aquela porta destrancada e sabe lá Deus o quê perambulando pela casa.

– Mas não se sabe o que portas trancadas conseguem deter… se as histórias sobre Min Deacon e Maggie Eldon forem verdadeiras.

– Ah, não acredito que Min e Maggie realmente estivessem com a porta trancada quando aquelas coisas aconteceram. É claro que elas achavam que haviam trancado, mas devem ter esquecido. De toda forma, eu me certifico de que a minha está sempre trancada.

– Não acho que isso seja prudente, senhorita Harper, eu realmente não acho.

– Ah, a porta é velha e frágil e poderia ser facilmente derrubada se houvesse real necessidade de abri-la. Bem, não falaremos mais disso por ora. Mas quero que o senhor fique de olhos abertos… metaforicamente… com relação a todo mundo… todo mundo… E veremos o que podemos fazer juntos. O senhor me deixará ajudar nos trabalhos da igreja tanto quanto eu puder, não é? O senhor Sheldon deixava… embora eu não achasse que ele realmente quisesse.

– Ficarei muito feliz em poder contar com seu auxílio e seus conselhos, senhorita Harper. E lhe garanto que o senhor Sheldon falou extremamente bem de sua influência e de seu trabalho.

– Bem, quero fazer o que puder enquanto ainda estou aqui. Um dia desses, eu simplesmente desaparecerei… *Puf!* Como a chama de uma vela tremula e se apaga. Meu coração não se comporta muito bem. Ora, não precisa vasculhar sua mente, senhor Burns, em busca de algo gentil e cortês para dizer…

– Eu não estava vasculhando – protestou Curtis, dizendo uma meia verdade. – Mas um médico certamente...

– O doutor Blythe diz que não há nada de errado com meu coração além do nervosismo, e outros médicos dizem coisas diferentes. *Eu sei.* E já encarei os olhos da morte por tempo demais para temê-la. É só que, às vezes, durante as longas horas em que permaneço desperta, fico um pouco receosa... embora a vida não seja muito interessante para mim. Parece-me que fui trapaceada. Bem, meu fardo é mais leve que o de centenas de outras pessoas por aí.

– Senhorita Harper, tem certeza de que nada pode ser feito por você?

– Absoluta. Meu tio Winthrop não se contentou com a opinião do doutor Blythe, sabe? Ele chamou uma dúzia de especialistas. O último foi o doutor Clifford, de Halifax... O senhor o conhece? Como ele também não pôde fazer nada por mim, eu simplesmente disse ao tio Winthrop que não queria mais ver médico algum. Não aceitaria que eles continuassem gastando comigo um dinheiro que não podiam gastar; era o mesmo que queimá-lo. Então, veja, a opinião do doutor Blythe foi, no fim das contas, justificada.

– Mas novas descobertas são feitas diariamente...

– Nada que poderia me ajudar. Ah, não estou tão mal quanto centenas de outras pessoas. Todos são tão bons comigo... E me orgulho de não ser totalmente inútil. Sofro muito apenas uma vez por semana, mais ou menos. Então deixaremos por isso mesmo, senhor Burns. Estou mais interessada no trabalho da igreja e no seu sucesso aqui. Quero que o senhor se saia bem.

– Eu também quero – afirmou Curtis, rindo, embora não estivesse com vontade de rir.

– Não seja bem-humorado demais – alertou Alice solenemente, mas com um brilho travesso nos olhos. – O senhor Sheldon nunca se desequilibrou com situação alguma, e olhe que passou por poucas e boas.

– Como costuma acontecer com pessoas santas – comentou Curtis.

– Pobrezinho, ele detestava a ideia de se aposentar, mas já estava realmente na hora. A Congregação nunca sabe o que fazer com os idosos.

Ele nunca mais foi o mesmo depois da morte da esposa. Sofreu tremendamente. Para falar a verdade, durante um ano após a morte dela, as pessoas pensavam que a mente dele havia sido afetada. Ele dizia e fazia coisas muito estranhas e, aparentemente, não se recordava delas depois. E passou a implicar tanto com Alec... Dizia que ele não era ortodoxo. Mas tudo isso passou. O senhor pode abrir minha cortina e diminuir a luz, por favor? Obrigada. Que maravilha o vento que sopra nas árvores hoje! E não há luar. Não gosto do luar. Sempre me lembra de coisas que quero esquecer. Boa noite. Não sonhe com fantasma nem veja algum.

Curtis não sonhou com fantasma nem viu algum, embora tenha permanecido acordado por muito tempo, pensando na tragédia que o recepcionara logo em sua chegada a Mowbray Narrows... A pacata Mowbray Narrows, com seus habitantes aparentemente ordinários.

Ele ficou um tanto decepcionado por não ver nem ouvir alguma coisa incomum. À medida que as semanas foram passando, contudo, quase se esqueceu de que estava vivendo em uma casa supostamente "mal-assombrada". Curtis estava bastante ocupado conhecendo sua nova comunidade e organizando o trabalho da igreja, a qual o velho senhor Sheldon tinha, sem sombra de dúvida, deixado de lado. Nesse sentido, a assistência de Alice se provou indispensável. Ele jamais teria conseguido reorganizar o coral da igreja sem ela. Ela apaziguava irritações e dissipava os ciúmes. Foi ela quem lidou com o diácono Kirk quando ele tentou reprimir a iniciativa dos Escoteiros Mirins; foi ela quem acalmou Curtis em sua consequente irritação e amargura.

– Nem mesmo o senhor Sheldon realmente aprova – reclamou ele.

– Pessoas mais velhas não costumam acatar ideias novas – ela disse num tom apaziguador –, e o senhor não deve se preocupar com o senhor Kirk. Ele já nasceu parvo, sabe? Susan Baker pode confirmar. E ele é um bom homem e seria bastante agradável se não pensasse que é seu dever cristão agir de forma um tanto infeliz e rabugenta o tempo todo.

– Eu gostaria de ser tão tolerante quanto você, senhorita Harper. Você faz com que eu sinta vergonha de mim mesmo.

– Aprendi a tolerância a duras penas. Nem sempre fui tolerante. Mas o diácono Kirk foi engraçado... Gostaria que o senhor o tivesse ouvido.

A imitação dela do diácono fez Curtis gargalhar. Alice sorriu diante de seu sucesso. Curtis adquiriu o hábito de conversar com ela sobre todos os seus problemas. Alguns diziam que o senhor Sheldon não aprovava. Ele a transformara em uma espécie de ídolo e a reverenciava como uma madona em um santuário.

No entanto, ela também tinha seus pontos fracos. Precisava saber de tudo que acontecia na casa, na igreja e na comunidade. Magoava-se por ficar de fora de alguma coisa. Curtis achava que esse provavelmente era um dos motivos pelos quais ela parecia não gostar muito do doutor Blythe e de sua esposa, que todos os outros em Glen St. Mary e em Mowbray Narrows pareciam adorar.

Curtis contava a ela tudo sobre suas idas e vindas e percebeu, estranhamente, que ela sentia ciúmes de seus pequenos segredos. Ela precisava saber até mesmo o que ele havia comido quando saía para jantar. E era ávida por saber os detalhes de todos os casamentos que ele realizava.

– Todos os casamentos são interessantes – justificou ela. – Até mesmo os casamentos de pessoas que não conheço.

Ela gostava de conversar sobre os sermões enquanto ele os preparava, e ficava satisfeita de um modo quase infantil, quando, volta e meia, ele pregava sobre um escrito de sua escolha.

Curtis estava muito feliz. Adorava o trabalho e considerava seu local de moradia extremamente agradável. Alec Compridão era um rapaz inteligente e culto. O doutor Blythe aparecia de vez em quando, e eles tinham conversas longas e interessantes. Quando a senhora Richards faleceu no hospital, parecia óbvio que Curtis deveria continuar hospedado na residência dos Fields pelo tempo que quisesse. As pessoas de Mowbray Narrows pareciam conformadas com o fato, embora não aprovassem sua paixão por Lucia.

Todos na congregação sabiam que ele estava apaixonado por Lucia antes mesmo de ele próprio perceber. Ele só sabia que os silêncios de

Lucia eram tão encantadores quanto a eloquência de Alec Compridão ou as frases marotas e bem-humoradas de Alice. Ele só sabia que os rostos de outras garotas pareciam fúteis e insípidos em comparação com a beleza morena de sua anfitriã. Ele só sabia que a imagem dela entrando e saindo daqueles cômodos antigos e bem-arrumados, descendo a escadaria escura e lustrosa, cortando flores no jardim, fazendo saladas e bolos na copa o afetava como um acorde musical perfeito e parecia despertar ecos em sua alma que repetiam o encanto enquanto ele perambulava pela comunidade.

Certa vez, ele chegou muito perto de descobrir o próprio segredo, quando Lucia levou algumas rosas para Alice. O senhor Sheldon também estava lá, pois havia acabado de retornar de uma visita a uns amigos de Montreal. Ele andava afastado desde o embate por causa da organização dos Escoteiros Mirins.

Era evidente que Lucia havia chorado. E ela não era o tipo de garota que chorava com facilidade ou frequência. Curtis foi subitamente tomado por um desejo de apoiar a cabeça dela em seu ombro e confortá- -la. Qualquer um poderia ter visto o desejo em seu rosto.

Ele estava até pronto para segui-la para fora do quarto quando um espasmo de dor fez Alice retorcer o rosto, e ela soltou um grito abafado.

– Lucia... volte... rápido, por favor. Vou ter... um dos... meus ataques.

O senhor Sheldon escapuliu rapidamente. Curtis não tornou a ver Lucia nas próximas vinte e quatro horas. Na maior parte do tempo, ela permaneceu no quarto escuro de Alice, tentando, em vão, amenizar sua dor. Então, ele se manteve mais um tempo na ignorância, embora até mesmo o velho senhor Sheldon estivesse meneando a cabeça e repetindo que aquilo não daria certo... Não, não daria certo.

Quando retornou do jardim, após se despedir do senhor Sheldon, Curtis reparou que uma jovem e bela bétula branca, que havia crescido primorosamente em meio aos abetos em um canto, havia sido cortada. Era a árvore preferida de Lucia. Ela havia comentado, na noite anterior, sobre seu amor pela planta. Jazia tombada no chão, com suas folhas flácidas balançando miseravelmente.

Indignado, ele falou sobre o assunto com Alec Compridão.

– A árvore estava bem na noite passada – observou Alec Compridão. – O senhor Sheldon citou a beleza dela quando solicitou uma pausa no caminho para a estação.

– Você não a cortou... ou mandou cortar? Eu o ouvi falar que as árvores estavam abundando demais ao redor da casa.

– Eu certamente não cortaria uma bétula branca. Estava assim quando acordamos nesta manhã.

– Então... Quem a cortou?

– Nosso querido fantasma, suponho – respondeu Alec Compridão amargamente, dando as costas. Alec se recusava a conversar sobre o fantasma.

Curtis viu os maliciosos olhinhos âmbar de Julia observando-o do alpendre dos fundos. Ele lembrou de ouvi-la pedir a Jock, no dia anterior, que afiasse o machado que era usado exclusivamente para cortar lenha.

Nas três semanas seguintes, Curtis teve muito em que pensar. Certa noite, ele foi acordado pelo telefone tocando na residência dos Fields. Sentou-se na cama. Acima de sua cabeça, no sótão, um berço estava sendo claramente balançado. Curtis se levantou, colocou um roupão, pegou a lanterna, desceu o corredor, abriu a porta do quartinho que ficava no final e subiu a escadaria até o sótão. O berço havia parado de balançar. O longo cômodo estava vazio e silencioso sob as vigas, das quais pendiam maços de ervas, sacos de penas e algumas roupas velhas. Pouco havia no sótão: dois grandes baús de madeira, um tear, alguns sacos de lã. Um rato poderia ter facilmente se escondido dentro deles, mas nada maior que isso. Curtis desceu e, quando chegou à base da escada, as notas esquisitas de um violino chegaram aos seus ouvidos. Ele sentiu os nervos à flor da pele, mas subiu novamente. Nada... Não havia ninguém ali. O sótão estava tão silencioso e inocente quanto antes. No entanto, quando ele desceu, a música recomeçou.

O telefone tocou novamente na sala de jantar. Curtis foi até lá e atendeu. Ninguém respondeu. Não fazia sentido ligar para a central. Era uma linha rural, com apenas vinte assinantes.

Curtis deliberadamente colou a orelha na porta do quarto de Alec Compridão, ao lado da sala de jantar. Ele podia ouvir a respiração do homem. Subiu as escadas da cozinha na ponta dos pés até a porta de Jock. Este estava roncando. Curtis voltou pela casa e subiu a escadaria da frente. O telefone tocou mais uma vez. Do outro lado da escada, ficava o quarto de Alice. Ele não escutou pela porta dela. A lamparina do quarto, como de costume, estava acesa e ela estava repetindo o vigésimo terceiro salmo em sua voz suave e clara. Alguns passos adiante, ficava o quarto de Julia, de frente para o seu.

Curtis pressionou uma orelha na porta, mas não escutou coisa alguma. O quarto de Lucia ficava além da balaustrada da escadaria. Ele não foi até lá para ouvir, mas não pôde evitar pensar que havia confirmado a presença de todos na casa, à exceção de Julia... e de Lucia. Ele voltou para o quarto, ficou parado por um instante, refletindo, e se deitou na cama.

Quando o fez, uma risada assustadora e sarcástica ecoou distintamente bem do lado de fora de sua porta.

Pela primeira vez na vida, Curtis sentiu um medo doentio e a transpiração pegajosa por ele emitida. Ele se lembrou do que o senhor Sheldon havia dito: tinha algo de desumano naquele som.

Por um instante, ele sucumbiu ao pavor. Então, cerrou os dentes, saltou da cama e abriu a porta.

Não havia nada no amplo corredor vazio. A porta plenamente fechada do quarto de Julia, bem de frente para a sua, parecia transbordar um ar de triunfo sorrateiro. Ele até conseguia ouvi-la roncar.

"Será que o doutor Blythe já ouviu essa risada?", pensou ele, enquanto retornava com relutância para a cama.

Curtis não dormiu mais naquela noite. Lucia parecia preocupada à mesa do café da manhã.

– O senhor... o senhor foi perturbado ontem à noite? – perguntou ela com hesitação.

– Bastante – respondeu ele. – Passei um bom tempo perambulando pela casa e escutando despudoradamente atrás das portas... Tudo em vão. Não descobri coisa alguma.

Lucia esboçou um espectro de sorriso.

– Se perambular por aí e ouvir atrás da porta pudesse resolver nosso problema, ele já teria sido solucionado há muito tempo. Alec e eu já desistimos de prestar atenção nas... nas manifestações. Geralmente, dormimos a noite toda sem percebê-las, a menos que algo muito alarmante aconteça. Eu estava... torcendo para que não acontecessem mais... ao menos enquanto o senhor estivesse aqui. Nunca tivemos um intervalo tão longo de liberdade.

– Você me daria carta branca para investigar? – perguntou Curtis.

Ele não pôde deixar de notar que Lucia hesitou perceptivelmente.

– Ah, sim – respondeu ela, por fim. – Só... por favor, não converse comigo sobre isso. Não suporto nem ouvir falar no assunto. É fraco e tolo da minha parte, suponho. Mas trata-se de uma questão muito delicada. Eu costumava conseguir conversar com o doutor ou a senhora Gilbert Blythe sobre o assunto... Mas agora não suporto discuti-lo nem mesmo com eles. O senhor os conheceu, é claro... São pessoas adoráveis, não são?

– Gosto muito da senhora Blythe... Mas o doutor parece um pouco sarcástico...

– Apenas quando o senhor tenta conversar sobre o nosso... sobre o nosso "fantasma" com ele. Por algum motivo, eu nunca consegui entender por que ele não acredita em... nisso... nem um pouco. Ah, é claro que ele "investigou"... Mas muitas pessoas já o fizeram. E nunca alguém descobriu alguma coisa.

– Eu entendo – disse Curtis, que não entendia absolutamente nada daquilo. – Mas pegarei seu "fantasma" em flagrante, senhorita Field. Essa situação precisa ser esclarecida. É intolerável neste país... e neste século. Arruinará completamente a sua vida e a vida de seu irmão se vocês continuarem aqui.

– E precisamos ficar aqui – afirmou Lucia, com um sorriso pesaroso. – Alec jamais aceitaria vender a propriedade. Além disso, quem é que compraria? E nós adoramos esta velha casa.

– É claro – concordou Curtis num tom hesitante. – E perdoem-me se faço uma pergunta que não deveria. Acredite em mim, não é por mera curiosidade. É verdade que a senhorita Pollock não se casa com seu irmão por causa dessa questão?

A expressão de Lucia mudou um pouquinho. Seus lábios vermelhos pareceram se estreitar de leve. Quem conheceu o velho Winthrop Field diria que ela se parecia com o pai naquele momento.

– Não precisa responder se eu estiver sendo impertinente – emendou Curtis, desculpando-se.

– Se for... e eu não sei de nada sobre os motivos da senhorita Pollock... não acho que Alec mereça piedade por isso. Os Pollocks são ninguém. Um dos tios de Edna morreu na cadeia.

Curtis achou aquela pequena fraqueza de orgulho familiar bastante encantadora. Ela era tão humana, aquela moreninha tão doce.

Durante as semanas seguintes, Curtis Burns achou que fosse enlouquecer. Às vezes, ele pensava que eles eram todos malucos. O doutor Blythe estava fora da cidade, em algum congresso médico, e o senhor Sheldon estava acamado por causa da bronquite – embora sua enfermeira, aparentemente, tenha dito que era mais da imaginação dele do que qualquer outra coisa. Emma Mowbray, contudo, era conhecida por sua impaciência. Ela disse que ele se recusava a ficar na cama e que essa era a causa principal de sua doença.

Curtis vasculhou... investigou... passou horas acordado, montando guarda... passou noites inteiras no sótão... e não chegou a lugar algum. Ele também sabia que as críticas da população estavam aumentando... As pessoas diziam que ele deveria procurar outra pensão ou se mudar para o presbitério.

As coisas aconteciam quase continuamente... coisas ridículas e horríveis se misturavam. Doze dúzias de ovos embalados para serem levados ao mercado foram encontradas quebradas por todo o chão da cozinha. Descobriu-se a camisola nova de Lucia arruinada no guarda-roupa do quarto de hóspedes. Ela tratou a situação com indiferença... Aparentemente, nunca gostou da camisola mesmo. O violino tocava, e o berço balançava. E, às vezes, a casa parecia possuída por uma risada diabólica. Várias vezes, toda a mobília dos quartos térreos era encontrada empilhada no meio da sala... o que acarretava em um dia inteiro de arrumação para Lucia, visto que Julia se recusava a ter qualquer relação com "coisas assombrosas". As portas externas da casa, que eram trancadas à noite, amanheciam escancaradas, embora Alec Compridão dormisse com as chaves embaixo do travesseiro. O espicho foi removido do tonel no galpão, e o leite de uma semana inteira esparramou-se pelo chão. A cama do quarto de visitas foi desarrumada, como se alguém tivesse dormido nela durante a noite. Porcos e bezerros eram soltos para causar alvoroço no jardim. As paredes recém-revestidas do corredor foram pintadas com tinta. Diversas maldições foram encontradas pela casa. Vozes ecoavam naquele sótão ordinário e exasperante. Por fim, o gatinho de Lucia... um lindo persa que Curtis havia trazido para ela de Charlottetown... foi encontrado enforcado no alpendre dos fundos, com o corpinho inerte pendendo das gregas.

– Eu sabia que isso ia acontecer quando o senhor me deu o gatinho – comentou Lucia com amargura. – Há quatro anos, a senhora Blythe me deu um cachorrinho lindo. Foi estrangulado. Desde então, nunca mais ousei ter um bichinho. Tudo que eu amo morre ou é destruído. Meu bezerro branco... meu cachorro... minha bétula... e, agora, meu gatinho.

Na maior parte do tempo, Curtis dava sequência às suas investigações sozinho. Alec Compridão deixou claro que estava farto de perseguir a assombração. Ele já havia perdido muitos anos com isso e desistido. Enquanto os fantasmas deixassem intacto o teto sobre sua cabeça, ele os deixaria em paz. Uma ou outra vez, Curtis conseguiu fazer o senhor Sheldon, que havia se recuperado de sua doença, vigiar com ele. Nada aconteceu naquelas noites... exceto pelo fato de uma chave grande, muito parecida com a chave da cozinha que ficava com Alec Compridão, ter caído do bolso do velho ministro certo dia. O senhor Sheldon a pegou apressadamente e alegou tratar-se de uma antiga chave do presbitério. Ele pediu ao doutor Blythe, que havia retornado, para vigiar com ele, mas o médico recusou terminantemente. As assombrações, disse ele, eram astutas demais para ele.

Por fim, ele angariou Henry Kildare.

Henry estava bastante confiante no início.

– Pregarei a carcaça dessa assombração na porta do celeiro até a manhã, pastor – exclamou ele.

No entanto, Henry se rendeu ao pavor quando ouviu a voz de Winthrop Field falar no sótão.

– Chega de fantasmas para mim, pastor. Não precisa *me* dizer... Eu conheço bem a voz do velho Winthrop... Trabalhei aqui por três anos. É ele, sem sombra de dúvida. Pastor, é melhor o senhor sair desta casa o quanto antes, nem que tenha de morar numa barraca. Confie em mim, não é saudável.

A volta de Henry Kildare a Mowbray Narrows criara um furor e tanto. Dizia-se que ele havia enriquecido como lenhador na Colúmbia Britânica e anunciado que poderia viver como milionário pelo resto da vida. Ele certamente esbanjava bastante dinheiro. Estava hospedado na casa de um primo, mas passava bastante tempo na velha casa dos Fields. Eles gostavam de tê-lo por perto. Era um homem corpulento, bruto e enérgico, não muito refinado, bastante bem apessoado, generoso, orgulhoso. Alice nunca se cansava de ouvir suas histórias do litoral oeste. Para ela, aprisionada dentro daquelas paredes há anos, era como se ela pudesse vislumbrar uma liberdade maravilhosa de aventura e perigos. Contudo, Henry, que havia encarado os silêncios, o frio e os terrores do Norte destemidamente, não conseguia enfrentar as assombrações dos Fields. Ele se recusou, de um modo ríspido, a passar outra noite na casa.

– Pastor, este lugar está repleto de demônios... Não há dúvida. Aquela Anna Marsh não fica quieta no túmulo. O doutor Blythe pode rir o quanto quiser... mas ela *nunca* se comportaria... E está arrastando o velho Winthrop consigo. É melhor o Alec doar a propriedade, se alguém aceitar. Sei que eu não aceitaria. Gostaria de poder arrancar Alice e Lucia daqui. Numa noite dessas, elas serão encontradas enforcadas que nem o gato...

Curtis estava totalmente exasperado. Parecia igualmente impossível que alguma pessoa da casa pudesse fazer todas aquelas coisas como qualquer outra pessoa de fora.

Às vezes, ele se sentia tão aturdido e ludibriado que ficava quase tentado a acreditar que o local era *mesmo* mal-assombrado. Caso contrário, ele estava sendo feito de otário. Ambas as conclusões eram intoleráveis. Era implicitamente compreendido que as ocorrências não deveriam ser discutidas com quem não morasse na casa, à exceção do doutor Blythe e do senhor Sheldon. Ele nunca conseguia arrancar alguma coisa do primeiro e pouca coisa conseguia do segundo, que passava boa parte do tempo com seus livros no presbitério, às vezes lendo até tarde da noite. Mas todas as suas conversas, palpites e pesquisas o levavam ao mesmo ponto de partida... exceto pelo fato de que ele decidira que o senhor Sheldon, relembrando-se do presbitério de Epworth, acreditava em fantasmas, sim, e que o doutor Blythe, por algum motivo indecifrável, parecia considerar toda a situação uma espécie de piada... sabe lá Deus por quê.

Curtis passou a sofrer de insônia e não conseguia dormir nem mesmo quando a casa estava em silêncio. Ele perdeu todo o interesse pelo trabalho... estava obcecado. Tanto o doutor Blythe quanto o senhor Sheldon repararam e o aconselharam a procurar outra pensão. A essa altura, Curtis já estava convencido de que não podia fazer isso, pois já sabia que estava apaixonado por Lucia.

Ele chegou a tal conclusão certa noite, quando batidas na grande porta de entrada da casa o distraíram de seus estudos. Ele largou o livro e desceu as escadas. A porta estava fechada, mas não trancada, como havia ocorrido quando os moradores da casa se recolheram. Enquanto ele girava a maçaneta, Lucia veio da sala de jantar carregando uma pequena lamparina. Ela estava chorando... Ele nunca tinha visto Lucia chorar antes, embora suspeitado de suas lágrimas uma ou duas vezes. Os cabelos dela estavam jogados por cima de um ombro em uma trança grossa, fazendo com que parecesse uma criança... uma criança cansada e devastada. E, então, subitamente, o ministro soube o que ela significava para ele.

– Qual o problema, Lucia? – indagou ele delicadamente, sem perceber que, pela primeira vez na vida, a chamara pelo primeiro nome.

– Veja – respondeu Lucia soluçando, erguendo a lamparina na porta da sala de jantar.

Em um primeiro momento, Curtis não entendeu exatamente o que havia acontecido. O cômodo parecia um labirinto perfeito de... de... O que era aquilo? Lã tingida! Os fios se cruzavam e se recruzavam. Entravam e saíam dos móveis... Enredavam-se nas cadeiras... nas pernas da mesa. A sala parecia uma enorme teia de aranha.

– Meu xale – disse Lucia. – Meu xale novo! Eu terminei ontem. Está completamente desfeito. Eu estava trabalhando nele desde o Ano-Novo. Ah, sou uma tola por me importar com isso... Tantas coisas piores poderiam ter acontecido. Por outro lado, tenho tão pouco tempo para fazer essas coisas... E a maldade disso! Quem é que me odeia tanto? Não me diga que um fantasma faria algo assim!

Quando Curtis estendeu a mão, ela se afastou e subiu as escadas correndo, ainda chorando. Curtis ficou parado no corredor, um tanto atordoado. Agora ele sabia que a amava desde o primeiro encontro. Ele poderia ter rido de si por sua própria cegueira. Ele a amava... É claro que ele a amava... Ele soube desde o momento em que vira as lágrimas naqueles olhos doces e corajosos. Lágrimas de Lucia... Lágrimas que ele não tinha direito ou poder de secar. Aquele pensamento era insuportável.

Alice o chamou quando ele passou pela porta dela. Ele a destrancou e entrou. O vento fresco e adocicado da noite entrava pela janela, e uma luz fraca brilhava por trás da igreja.

– Tive uma noite bastante ruim – comentou Alice. – Mas as coisas têm estado calmas, não é mesmo? Exceto pela batida na porta, é claro.

– Bastante calmas – disse Curtis em um tom rabugento. – Nosso fantasma se divertiu com uma excelente tarefa. Ele desfez o xale de Lucia. Senhorita Harper, estou no meu limite.

– *Deve* ter sido a Julia quem fez isso. Ela estava muito misteriosa o dia todo ontem. Lucia a havia reprimido por alguma coisa. Essa é a vingança dela.

– Não poderia ser a Julia. Ela foi passar a noite na própria casa. Mas farei um último esforço. Você me disse, certa vez, que uma ideia lhe ocorrera. Qual era?

Alice fez um gesto agitado com as mãos.

– E eu também disse que era difícil de colocar em palavras. Reitero isso. Se é algo que nunca lhe ocorreu, eu não falarei.

– Não é... Não é o Alec Compridão, é?

– Alec Compridão? Que absurdo.

Ele não conseguiu persuadi-la, então, voltou para o quarto com a cabeça em redemoinhos.

– Há apenas duas coisas das quais tenho certeza – disse ele enquanto observava o sol que começava a nascer. – Duas vezes dois é quatro... E vou me casar com Lucia.

Lucia, no fim das contas, tinha outra opinião. Quando Curtis perguntou se ela aceitaria ser sua esposa, ela respondeu que isso seria totalmente impossível.

– Por quê? Você não... não pode gostar de mim? Tenho certeza de que eu poderia fazê-la feliz.

Lucia olhou para ele enrubescendo.

– Eu poderia... Sim, eu poderia. É algo que devo lhe dizer. E não há por que negar... Jamais se deve negar a verdade. Mas não posso me casar, com as coisas do jeito que são... O senhor mesmo deve perceber. Não posso deixar Alec e Alice.

– Alice poderia vir conosco. Eu ficaria muito feliz em ter uma mulher como ela na minha casa. Ela seria uma inspiração constante para mim.

Isso não era, talvez, a coisa mais adequada que um pretendente poderia dizer!

– Não. Um acordo assim não seria justo com o senhor. O senhor não sabe...

Era inútil implorar ou argumentar, embora Curtis houvesse tentado. Lucia era uma Field, disse a senhora Blythe quando o ministro foi se lamentar para ela.

– E pensar que... se não fosse por minha causa... – comentou Alice com amargura.

– Não é apenas você... Eu lhe disse como ficaria feliz em tê-la conosco. Não, o problema também é o Alec... e essas assombrações infernais.

– Psiu... Não deixe que o diácono Kirk ou o senhor Sheldon o ouçam... – alertou Alice em um tom bem-humorado. – Eles julgariam que "infernais" é uma palavra muito inadequada para um ministro usar longe do púlpito. Sinto muito, senhor Burns... Sinto muito pelo senhor e ainda mais pela Lucia. Receio que ela não mudará de ideia. Nós, os Fields, nunca mudamos de ideia depois de colocarmos algo na cabeça. Sua única esperança é extinguir o fantasma.

Ninguém, ao que tudo indicava, conseguia fazer isso. Curtis se resignou amargamente à própria derrota. Duas semanas de luar e noites pacíficas se seguiram. O senhor Sheldon viajou novamente. Quando as noites escuras retornaram, as manifestações ressurgiram.

Dessa vez, Curtis parecia ter se tornado o alvo principal da ira do "fantasma". Diversas vezes, ele encontrou seus lençóis molhados ou cheios de areia quando foi se deitar à noite. Duas vezes, ao colocar seu traje ministerial no domingo de manhã, ele percebeu que todos os botões haviam sido arrancados. E o sermão especial de aniversário que ele havia preparado com o maior cuidado do mundo desapareceu de sua mesa na noite do sábado anterior, antes que ele tivesse tempo de decorá- -lo. Como resultado, ele fez o maior papelão na frente da igreja lotada no dia seguinte e, sendo jovem e humano, sentiu-se péssimo depois.

– É melhor o senhor ir embora daqui – aconselhou Alice. – Esse é meu conselho altruísta, se é que existe algo assim, pois eu sentirei sua falta mais do que as palavras podem expressar. Mas o senhor precisa ir. O senhor Sheldon me disse, e também ouvi o doutor Blythe comentar, que essa é a sua única chance. O senhor não tem a serenidade da Lucia nem a teimosia do Alec... nem mesmo minha fé em uma porta trancada. Eles não o deixarão em paz agora que começaram a persegui-lo. Veja como vêm perseguindo Lucia há anos.

– Não posso ir embora e deixá-la nessa situação – retrucou Curtis de um modo insistente.

– Acho que o senhor é tão obstinado quanto os próprios Fields – disse Alice, dando um sorriso fraco. – O que ganha com isso? Eu realmente acho que teria mais chances com a Lucia se fosse embora. Ela perceberia o que o senhor realmente significa para ela... se é que significa alguma coisa.

– Às vezes, eu acho que não significo – comentou Curtis desoladamente.

– Ah, não tenho certeza. Já ouvi a senhora Blythe dizer...

– A senhora Blythe não deveria se intrometer na vida dos outros – cortou Curtis, zangando-se.

– Bem, ela se intromete... Faz parte dela. Mas não devo fazer fofocas. Pareço ser a única pessoa em Mowbray Narrows ou em Glen St. Mary que não gosta da senhora Blythe... ou de qualquer pessoa de Ingleside. Talvez eu sempre tenha ouvido elogios demais a eles. Isso, às vezes, provoca o efeito de colocar você contra as pessoas, o senhor não acha, senhor Burns?

– Sim, com muita frequência. Mas quanto a Lucia...

– Ah, sei que o senhor se preocupa muito com ela. Mas, senhor Burns, não espere que Lucia o ame assim como o senhor a ama. Os Fields não amam dessa forma. São bastante frios, sabe? A senhora Blythe tem toda razão nesse sentido. E ouvi dizer que o doutor Blythe comentou que Alec Compridão é tão emotivo quanto seus nabos. Talvez ele nunca tenha falado isso... O senhor sabe como são as fofocas, como eu disse antes. Olhe para Alec... Ele é afeiçoado a Edna Pollock... gostaria de se casar com ela... mas não perde o sono ou o apetite por causa dela.

– Sábio homem!

– Agora o senhor está falando como o doutor Blythe. Mas Lucia também é assim. Ela seria uma boa esposa para o senhor... A senhora Blythe diz isso desde que o senhor chegou aqui, pelo que fiquei sabendo... Ela seria leal e devotada... Quem sabe disso melhor do que eu? No entanto ela não ficará desesperada se não puder se casar com o senhor.

Curtis franziu o cenho.

– O senhor não gostou de ouvir isso... Quer ser amado com mais romance e paixão. Mas é a verdade. Ora, já me disseram que até o doutor Blythe foi uma segunda opção. Apesar de dizerem que eles são muito felizes, embora, de vez em quando... Todavia, estou enveredando para as fofocas novamente. O que eu disse sobre os Fields, contudo, é verdade. Eu não deveria ter dito... Eles têm sido extremamente bondosos comigo. Contudo, sei que posso confiar em você, senhor Curtis.

Houve vezes em que Curtis chegou a pensar que Alice tinha razão com relação à sua percepção de Lucia. Ela parecia, de fato, serena e resignada demais para sua natureza ardente. Em contrapartida, a ideia de desistir dela era torturante. "É como se ela fosse uma pequena rosa fora do alcance... Preciso alcançá-la", pensou ele.

Ele não podia suportar a ideia de procurar moradia em outro lugar, embora tanto o senhor Sheldon quanto o doutor Blythe o recomendassem com veemência. Ele a veria muito raramente, pois sabia que ela evitaria suas visitas. Já havia fofocas demais envolvendo o nome deles, e o senhor Sheldon sempre insinuava sua desaprovação. Curtis ignorava as insinuações e acabou se tornando mais brusco com o velho ministro. Ele sabia que o senhor Sheldon nunca aprovou sua estadia na residência dos Fields.

Sua perplexidade foi subitamente renovada. Certa noite, ao voltar para casa tarde de uma reunião em uma região afastada da comunidade, ele ficou parado por um bom tempo diante da janela de seu quarto antes de ir para a cama. Encontrara um livro que adorava em cima de sua mesa... uma obra que sua mãe lhe dera de aniversário quando ele era garoto... com metade das folhas cortadas em pedacinhos e tinta espalhada por todo o resto. Curtis foi tomado pela raiva impaciente de alguém que é esbofeteado com os golpes de um antagonista invisível.

A situação estava ficando cada vez mais intolerável. Talvez ele devesse mesmo ir embora...

– Isso o está matando, senhor Burns – dissera o doutor Blythe não muito tempo atrás.

Todos pareciam mancomunados para afastá-lo da antiga propriedade dos Fields. Entretanto, ele detestava admitir a derrota. Lucia não gostava dele, a despeito da certeza da senhora Blythe... Ela o evitava... Ele não conseguiu trocar uma única palavra com ela por dias, exceto à mesa de refeições. Pelo que pôde compreender de algo que Alec Compridão havia dito, Curtis suspeitava de que eles gostariam que ele encontrasse outra moradia.

– Suponho que seria bem mais fácil para ela – dissera Alec Compridão. – Ela se preocupa demais com tudo.

Ora, como se ela quisesse se livrar dele! Curtis ficou ainda mais petulante. O doutor Blythe havia lhe dito alguns dias antes:

– Simplesmente leve-a para longe daqui. Tudo se encaixará depois.

Como se o médico soubesse de qualquer coisa sobre a situação real! Ele nem sequer simpatizava com Alice.

Ele, Curtis, era um fracasso em tudo... Seus sermões estavam começando a ficar enfadonhos... O senhor Sheldon havia insinuado isso, e ele próprio também sabia... Ele estava perdendo o interesse pelo trabalho. O doutor Blythe lhe disse isso abertamente... Ele desejou nunca ter ido para Mowbray Narrows.

Ele se apoiou na janela do quarto para inspirar o ar perfumado do verão. A noite estava um tanto fantasmagórica. As árvores do quintal podiam assumir formas estranhas e indefinidas sob o luar encoberto pelas nuvens. Aromas frios e esquivos vinham do jardim. Um automóvel passou... um automóvel de Ingleside... O médico havia, evidentemente, sido chamado por alguém. Que difícil era a vida de um médico! Pior que a de um ministro. Nunca ter assegurada uma boa noite de sono. O doutor Blythe, contudo, parecia ser um homem feliz, e sua esposa era idolatrada em Glen St. Mary. Volta e meia eles apareciam na igreja de Mowbray Narrows, provavelmente por causa de sua amizade com Curtis, visto que eram presbiterianos fervorosos.

Curtis sentia-se acalentado, motivado. Afinal de contas, deveria haver uma saída. A despeito da história do presbitério de Epworth, Curtis não acreditava em manifestações sobrenaturais. Ele era jovem... O mundo era bom, simplesmente porque Lucia e Alice existiam. Ele não podia desistir agora. O "fantasma" cometeria um erro, eventualmente, e seria pego.

A Lua surgiu subitamente por entre as nuvens. Curtis se pegou olhando para a janela do outro quarto, o quarto de hóspedes, cuja cortina por acaso estava aberta. O cômodo ficou bastante visível para ele sob a iluminação repentina e, do espelho próximo à porta, Curtis viu um rosto olhando para ele... claramente delineado em meio à escuridão. Ele o viu apenas por um instante antes de as nuvens engolirem a Lua novamente, mas o reconheceu. Era o rosto de Lucia!

Ele não tirou conclusão alguma naquele momento. Sem dúvida, ela ouvira algum barulho e fora até o quarto de hóspedes para investigar.

Mas quando, durante o café da manhã do dia seguinte, ele lhe questionou sobre o que a havia perturbado, ela o fitou com olhos indiferentes.

– Nada me perturbou ontem à noite – alegou ela.

– Quando você foi até o quarto de hóspedes... – explicou ele.

– Não passei nem perto do quarto de hóspedes ontem à noite – respondeu ela friamente. – Fui bem cedo para a cama... Eu estava muito cansada... Alice teve um daqueles dias ruins, sabe? E dormi pesado a noite toda.

Ela se levantou enquanto falava e saiu. Não retornou nem teceu qualquer outro comentário sobre o assunto. Por que ela havia... mentido? Uma palavra feia, mas Curtis não a suavizou. Ele a tinha visto. Só por um instante, é verdade, em um espelho iluminado pelo luar, mas ele sabia que não estava enganado. Era o rosto de Lucia... E ela havia mentido para ele! Também era verdade que não era da conta dele o fato de ela estar no quarto de hóspedes... mas uma mentira era uma mentira. Será que ela era sonâmbula? Não, ele certamente teria sido avisado se ela fosse. Não havia nada que não tivessem lhe contado sobre os Fields, verdades e mentiras, pensou ele.

Curtis decidiu ir embora da casa. Ele se hospedaria na estação, o que seria bastante inconveniente, mas ele precisava sair dali. Seu coração estava adoentado. Ele não queria mais descobrir quem era o fantasma Field. Tinha medo de descobrir... Tinha medo de já saber quem era, embora o motivo e os meios ainda estivessem anuviados.

Lucia ficou um pouco pálida quando ele anunciou sua saída, mas não disse nada. Alec Compridão, com seus modos costumeiramente tranquilos, concordou que seria melhor. Ele se assustou de leve quando Curtis lhe perguntou, sem rodeios, se sua irmã era sonâmbula.

– Não – respondeu ele, com certa rigidez. – Já disseram muitas coisas sobre nós, mas isso nunca, até onde sei.

Alice aprovou a decisão com os olhos cheios d'água.

– É claro que o senhor precisa ir – concordou ela. – A situação aqui é insustentável para o senhor. Ouvi dizer que, segundo o doutor Blythe, o senhor vai acabar enlouquecendo. Dessa vez, eu concordo com ele. Mas, oh, o que eu farei? Essa é uma questão egoísta para o senhor.

– Eu virei visitá-la com frequência.

– Não será o mesmo. Você não sabe o que significa para mim, Curtis. Não se importa se eu chamá-lo assim, importa-se? Para mim, é como se você fosse um primo mais novo, ou um sobrinho, ou algo assim.

– Fico feliz que você me chame pelo primeiro nome.

– Você é um bom rapaz. Eu deveria ficar feliz por estar indo embora. Esta casa amaldiçoada não é lugar para você. Quando parte?

– Daqui a uma semana... depois de retornar da Reunião Distrital.

Curtis perdeu o ônibus que costumava pegar após a reunião... Perdeu porque estava na livraria procurando um livro que Alice queria ler. Ele acabou passando o tempo na companhia do doutor Blythe, que, por acaso, tinha o livro e prometeu emprestá-lo à senhorita Harper.

– Ouvi dizer que o senhor está mudando de moradia – comentou ele. – Uma atitude sábia, na minha opinião.

– Parto com o mistério ainda não resolvido – respondeu Curtis amargamente.

O doutor Blythe sorriu... aquele sorriso de que Curtis nunca gostara.

– Pessoas santas frequentemente são sábias demais para nós, pessoas comuns – observou ele. – Mas acho que tudo se resolverá um dia.

Curtis retornou no trem da madrugada e saltou na estação de Glen St. Mary à uma hora. Aquele trem não costumava parar por ali, mas Curtis conhecia o condutor, que era um homem prestativo.

Henry Kildare também desceu. Ele esperava ter de ir até Lowbridge, já que não tinha a vantagem de conhecer o condutor.

– Como é bom ser ministro! – exclamou ele, rindo. – Bem, são menos de cinco quilômetros até a residência da prima Ellen. Posso ir a pé tranquilamente – comentou ele quando os dois saíram da plataforma.

– Quer vir passar o restante da noite na casa de Alec Compridão? – sugeriu Curtis.

– Eu, não! – respondeu Henry. – Eu não passaria mais uma noite naquela casa por dinheiro nenhum no mundo. Fiquei sabendo que o senhor está de mudança, pastor. Você é um rapaz esperto!

Curtis não respondeu. Ele não desejava ter companhia alguma em seu trajeto, muito menos a de Henry Kildare. Caminhou em um silêncio mal-humorado, ignorando a conversa sem fim de Henry... se é que se podia chamar aquilo de conversa. Henry gostava de se ouvir falando.

Era uma noite de vento forte e nuvens pesadas, com lampejos de um luar cintilante por entre elas. Curtis sentia-se deplorável, sem esperanças, desencorajado. Ele não tinha conseguido resolver o mistério no qual se empenhara com tanta arrogância... Não conseguira conquistar o amor de sua vida nem resgatá-la... Ele não conseguira...

– Sim, vou me mandar daqui e voltar para a Colúmbia Britânica – Henry estava dizendo. – Não há sentido algum em permanecer em Mowbray Narrows. Não consigo conquistar a garota que desejo.

Então Henry também tinha seus problemas.

– Lamento – disse Curtis de súbito.

– Lamenta? É mesmo uma situação a se lamentar! Pastor, não me importo em conversar com o senhor sobre isso. O senhor parece ser muito humano... E tem sido um ótimo amigo para Alice.

– Alice! – Curtis ficou perplexo. – Está falando... é a senhorita Harper?

– Certamente. Nunca houve outra pessoa na minha vida... Bem, não realmente. Pastor, eu sempre idolatrei o chão que ela pisa. Anos atrás, quando estava trabalhando para o velho Winthrop Field, eu era louco por ela. Ela nunca soube. Não achava que ela um dia ficaria comigo, é claro.

Ela era da aristocracia Field, e eu era um funcionário qualquer. Mas eu nunca a esqueci... Nunca consegui realmente me interessar por nenhuma outra pessoa. Quando fiquei rico, pensei comigo: "Agora vou voltar direto para a Ilha do Príncipe Edward e, se Alice Harper ainda não estiver casada, vou ver se ela me aceita". Sabe, eu passei anos sem notícias de Mowbray Narrows... Nunca ouvi falar do acidente da Alice. Pensei que ela provavelmente estaria casada, mas que havia uma chance. Pastor, foi uma surpresa e tanto quando cheguei aqui e a encontrei do jeito que está. E o pior de tudo é que ainda gosto dela tanto quanto antes... Gosto tanto que não me vejo com nenhuma outra pessoa... embora haja essa moça em Glen... Mas deixe para lá. Como não posso ter a Alice, não quero me casar com mais ninguém... embora a senhora Blythe diga... Mas deixe isso para lá. E eu aqui, querendo me casar, com um bocado de dinheiro para comprar para minha esposa a casa mais elegante de toda a Colúmbia Britânica. Maldito azar, não é mesmo? Desculpe. Sempre me esqueço de que estou falando com um ministro quando estou com o senhor. Nunca me esquecia com o senhor Sheldon. Por outro lado, o homem é um santo.

Curtis concordou que era um azar. Particularmente, ele pensou que não importava muito se Henry Kildare pretendia se casar com Alice, quisesse ela ou não. Ela certamente jamais ficaria com um homem tão bruto e arrogante.

Contudo, o sentimento na voz de Kildare era real, e Curtis sentia muita empatia por qualquer um que amasse em vão.

– O que é aquilo lá no pomar dos Fields? – indagou Henry em um tom assustado.

Curtis viu no mesmo instante. A Lua havia surgido, e o pomar estava plenamente iluminado com seu clarão. Uma figura esguia, trajada com roupas claras, estava parada entre as árvores.

– Meu Senhor, talvez seja a assombração! – exclamou Henry.

Quando ele falou, a figura começou a correr. Sem dizer uma palavra, Curtis pulou a cerca e a seguiu.

Após um segundo de hesitação, Henry o seguiu também.

– Nenhum pastor vai aonde eu não o siga – murmurou ele.

Ele alcançou Curtis bem quando o ministro dava a volta na casa e o objeto da perseguição entrava depressa pela porta da frente.

Curtis teve um lampejo doentio de convicção de que a solução do mistério, que parecia ao seu alcance, havia novamente escapulido.

Então, uma rajada de vento soprou pelo corredor da casa... A porta pesada bateu ruidosamente, prendendo, sem escapatória, as saias da figura fugitiva.

Curtis e Henry subiram as escadas... seguraram a roupa... abriram a porta... confrontaram a mulher ali dentro.

– Minha nossa! – gritou Henry.

– Você! Você! – exclamou Curtis em uma voz terrível. – Você!

Alice Harper olhou para ele com o semblante retorcido de raiva e ódio.

– Seu cachorro! – sibilou ela venenosamente.

– Foi você... – disse Curtis, ofegando. – *Você*, esse tempo todo... você... seu demônio... seu...

– Calma aí, pastor. – Henry fechou a porta delicadamente. – Lembre-se de que o senhor está falando com uma dama...

– Uma...

– Uma dama – repetiu Henry com firmeza. – Não causemos muito alvoroço. Não queremos acordar os demais. Vamos até a sala discutir o assunto com tranquilidade.

Curtis obedeceu. No torpor do momento, ele provavelmente teria feito qualquer coisa que lhe dissessem. Henry o seguiu, segurando Alice pelo braço, e fechou a porta.

Alice os confrontou com um ar desafiador. Em meio ao desconcerto, uma ideia surgiu com clareza na confusão de seu pensamento.

Como Alice se parecia com Lucia! Sob a luz do dia, a diferença no tom de pele mantinha a semelhança oculta. Sob a luz do luar, era claramente perceptível.

Curtis ficou atordoado com a vertigem de uma decepção terrível. Ele tentou dizer algo, mas Henry Kildare interrompeu.

– Pastor, é melhor deixar que eu cuide disso. O senhor está um pouco chocado!

– Um pouco chocado!

– Sente-se ali – continuou Henry de um modo educado. – Alice, você se senta na cadeira de balanço.

Ambos obedeceram. Kildare pareceu subitamente se transformar em um homem reservado e poderoso, ao qual era melhor obedecer.

– Aqui, Alice, minha querida.

Ele puxou a cadeira de balanço do canto e a fez sentar com delicadeza. Ela ficou sentada olhando para eles. Era uma mulher linda sob a luz suave do luar; a seda azul-clara de sua capa deslizava por sua figura esguia em graciosas ondas.

Curtis desejou poder acordar. Aquele era o pior pesadelo que ele já havia tido... *Tinha* de ser um pesadelo. Nada daquilo podia ser verdade.

Henry sentou-se calmamente no sofá e se inclinou para a frente.

– Agora, Alice, minha querida, conte-nos tudo. Você precisa contar, você sabe. Então veremos o que pode ser feito. O jogo acabou, você sabe. Não pode esperar que guardemos segredo.

– Ah, eu sei. Mas tive cinco anos gloriosos. Nada pode tirar isso de mim. Ah, eu mandei e desmandei neles... Do meu "leito de enfermidade", eu os fiz de gato e sapato. Manuseei as cordas e eles dançaram... Minhas marionetes! Aquela negrinha da Lucia e o condescendente do Alec... E aquele rapazote apaixonado ali! Todos, menos os Blythes. Eu sabia que eles suspeitavam, mas não podiam provar... Eles sequer ousaram levantar a suspeita.

– Sim, deve ter sido divertido – concordou Henry. – Mas por quê, Alice, minha querida?

– Eu estava cansada de ser menosprezada, esnobada e inferiorizada – respondeu Alice em um tom amargo. – Minha juventude foi toda assim. Você sabe muito bem, Henry Kildare.

– Sim, eu percebia bem – concordou Henry.

– Eu era a parente pobre – continuou Alice. – Ora, quando eles recebiam visitas, volta e meia eu precisava esperar e comer mais tarde.

– Apenas quando não havia lugar suficiente à mesa – ponderou Henry.

– Não! Era porque eu não era boa o suficiente para ficar na companhia deles! Eu só era boa o suficiente para pôr a mesa e preparar a comida. Eu odiava cada um deles… Mas odiava Lucia mais que todos.

– Calma, calma. Eu costumava pensar que Lucia era incomumente gentil com você.

– Como um homem! *Ela* era a princesinha mimada. O pai dela não permitiria nem que os ventos do paraíso a atingissem com força demais. Eu dormia em um quarto dos fundos escuro e abarrotado. Ela ficava com o cômodo ensolarado. Era quatro anos mais nova que eu… mas se achava superior a mim em tudo.

– Ora, ora, será que você não imaginou boa parte disso? – perguntou Henry delicadamente.

– Não, não imaginei! Quando ela foi convidada para ir a Ingleside, eu também fui convidada?

– Mas todo mundo achava que você os detestava.

– Eu detestava mesmo. E Lucia foi para a escola. Ninguém jamais pensou em me educar. Entretanto, eu era bem mais esperta que ela.

– Esperta, sim – concordou Henry, com uma ênfase curiosa. – Mas os professores sempre disseram que você não se esforçava para aprender.

Curtis sentia que não deveria deixar Alice dizer aquelas coisas sobre Lucia, mas uma paralisia temporária parecia tê-lo assolado. *Era* um sonho… um pesadelo… Não era possível…

– O tio Winthrop vivia dizendo coisas sarcásticas para mim. Eu me lembro… de cada uma delas. Você se lembra, Henry?

– Sim. O velhote tinha esse hábito. Ele era assim com todo mundo. Não tinha má intenção. Mas eu realmente acho que ele não era tão gentil com você como deveria. No entanto, sua tia era boa para você.

– Ela me deu um tapa, certa vez, na frente das visitas.

– Sim… mas você foi grosseira com ela.

– Eu passei a odiá-la depois disso – prosseguiu Alice, ignorando as palavras dele. – Passei dez semanas sem dirigir a palavra a ela… *E ela sequer reparou.* Um dia, quando eu tinha dezenove anos, ela disse "Eu estava casada na sua idade".

– Eu a ouvi dizer a mesma coisa para Nan Blythe.

– De quem é a culpa se não sou casada? – esbravejou Alice, que parecia decidida a não ouvir coisa alguma que Henry dissesse.

– Você parecia odiar sair com outros jovens – protestou ele.

– Eu não me vestia tão bem quanto eles. Sabia que me olhavam torto por causa disso.

– Que besteira! Isso era coisa da sua cabeça.

– Laura Gregor me disse, certa vez, que eu vivia de caridade – retrucou Alice, sua voz estava trêmula de ira. – Se eu me vestisse como Lucia, Roy Major teria reparado em mim.

– Eu me lembro que as irmãs Carman estavam usando uns vestidos velhos de guingão naquela noite – refletiu Henry.

– Eu era maltrapilha... desalinhada... Ele não queria ser visto comigo. Eu... eu o amava... teria feito qualquer coisa para conquistá-lo.

– Eu me lembro de como eu sentia ciúme dele – comentou Henry, refletindo. – E não havia nenhuma necessidade real. Ele era louco pela Amy Carr... e por uma dúzia de outras garotas depois. Como os jovens podem ser tolos!

– Quando Marian Lister me contou que ela e Roy iriam se casar e me pediu para ser sua madrinha, eu poderia tê-la matado. Ela fez de propósito para me machucar.

– Besteira de novo. Ela não tinha nenhuma outra amiga. E, se você se sentia assim, por que aceitou?

– Porque decidi que ela não suspeitaria e não triunfaria sobre mim. Pensei que meu coração fosse despedaçar no dia do casamento. Rezei para Deus que me desse o poder de vingar meu sofrimento em alguém.

– Pobrezinha – disse Henry, em um tom piedoso.

Curtis só sentia uma aversão doentia.

– Assim foi minha vida por vinte anos. Então, eu caí no celeiro. Eu *fiquei* paralítica no início. Durante meses, não conseguia me mexer. Então, percebi que conseguia. Mas não o fiz. Uma ideia me ocorreu. Eu tinha encontrado uma maneira de puni-los… e de dominá-los. Ah, como eu ri quando pensei nisso.

Alice riu novamente. Curtis pensou que nunca tinha ouvido aquela risada antes. Havia algo de desagradável naquele som que lhe remetia às noites mal-assombradas. Em contrapartida, lembrava vagamente a risada de Lucia. Aquele pensamento era odioso para ele.

– Minha ideia funcionou bem. Receei não conseguir enganar os médicos. Mas foi fácil… tão fácil. Eu jamais teria imaginado que seria tão fácil ludibriar pessoas supostamente inteligentes e educadas. Como eu ri sozinha enquanto eles me consultavam, com suas expressões solenes! Eu nunca reclamava, precisava ser paciente, santificada, heroica. O tio Winthrop chamou diversos especialistas. Ele precisou finalmente gastar um pouco de dinheiro com a sobrinha desprezada… Gastou uma quantia suficiente para me mandar à Universidade de Queen's. Todos foram fáceis de lograr, exceto o doutor Blythe. Sempre achei que ele, um médico comum do interior, que me acompanhou em consultas com homens de Montreal e Nova Iorque, tinha uma leve suspeita. O tempo todo. Então decidi parar com os médicos. Todos na casa faziam tudo por mim. Ah, como me senti gloriosa por deter tanto poder sobre eles… Eu, que eles desdenhavam. Nunca tive importância alguma para eles.

– Você era importante para mim – confessou Henry.

– Era mesmo? Você escondia bem.

– Suponho que você jamais pensaria que um mero empregado se apaixonaria por uma Field!

– Quem dera o tio Winthrop soubesse. Ele teria lhe dado uma surra.

– Ah, não teria, não. Eu era tão bom de briga naquela época quanto sou agora. Mas é claro que ele teria me dispensado. E eu não poderia suportar a ideia de ficar longe de você.

– Então eu era, afinal, mais importante do que sabia – comentou Alice num tom sarcástico. – É uma pena que você não tenha me contado. Talvez eu tivesse... me recuperado... e casado com você para humilhá-los. Bem, de toda forma, eu me tornei a pessoa mais importante da casa. Lucia é quem cuida de mim. Ela pensa que é sua "obrigação". Lucia sempre foi séria demais.

Curtis fez um movimento rápido, mas Henry ergueu a mão para detê-lo. Alice lançou um olhar maldoso em sua direção.

– As pessoas diziam que minha paciência era angelical. Começaram a me chamar de "anjo de Mowbray Narrows". Nunca ouvi dizer que o doutor Blythe tenha me chamado assim, contudo. Certa vez, fiquei quatro dias sem dizer uma única palavra. A casa toda ficou terrivelmente alarmada. E eu obrigava Lucia a me fazer meia hora de massagem todas as noites. Era um exercício excelente para ela e satisfatório para mim. Em alguns dias, eu fingia sofrer horrores. Mandava escurecer o quarto, gemia ocasionalmente durante horas. Eu tinha esses ataques sempre que achava que Lucia precisava ser disciplinada. Então, descobri que Alec queria se casar com Edna Pollock.

– Por que você se importaria?

– Ora, não seria bom para mim. Lucia ficaria livre para ir embora... E Edna Pollock não cuidaria direito de mim. Além disso, uma Pollock não é boa o bastante para um Field. Tenho minha parcela de orgulho, afinal de contas, meu caro senhor Burns. Então, a ideia de "assombrar" a casa me ocorreu.

– Ah, agora estamos chegando à parte interessante – disse Henry. – Como é que você conseguiu pregar aquelas peças, estando trancada em seu quarto?

– Há um armário no meu quarto... e a parede dos fundos não é rebocada. É uma mera divisória de tábuas entre o armário e o vão onde ficam as escadas para o sótão. Quando eu era criança, descobri que duas daquelas tábuas poderiam facilmente ser afastadas sem fazer barulho algum. Mantive isso em segredo... Eu gostava de saber algo que ninguém mais na sábia família Field sabia.

– Muito bem – disse Henry, como se estivesse admirado pela esperteza dela em guardar um segredo.

– Era muito fácil entrar e sair por aquele vão. Nunca alguém suspeitou de mim, com a porta trancada.

Novamente, Curtis teve uma sensação de enjoo. Ele havia sido enganado com tanta facilidade!

– Mas como você conseguia sair do sótão? – perguntou Henry. – Há apenas um caminho para subir e descer.

– Eu não disse que é fácil enganar as pessoas? Sim, até mesmo o astuto doutor Blythe.

– Vamos deixar o doutor Blythe fora disso. Apenas responda às minhas perguntas.

– Há um grande baú que deveria estar cheio de colchas. A velha avó Field as deixou para mim... Então nunca alguém tocou lá. Mas não está realmente cheio. Há bastante espaço entre as colchas e a parte de trás do baú. Eu costumava me esconder ali. Ninguém conseguia subir as escadas sem que eu ouvisse. Dois dos degraus rangem.

– Ainda é assim? Lembro que já rangiam na minha época. Eu tinha que dormir lá em cima, não sei se você lembra.

– Eu nunca pisava nesses degraus barulhentos. Quando ouvia alguém vir, entrava no baú, fechava a tampa e puxava uma daquelas colchas grossas de lã por cima da cabeça. Dezenas de pessoas ergueram a tampa daquele baú... Viam que, aparentemente, estava repleto de colchas de lã e fechavam a tampa de volta. O doutor Blythe fez isso diversas vezes... Nosso caro senhor Burns aqui fez duas vezes, não foi?

– Sim – confirmou Curtis, sentindo-se miserável.

– E eu estava lá dentro, rindo dele! Ah, eles foram todos tão estúpidos! Mas eu fui esperta... Não se pode negar isso.

– Esperta demais, sim, senhor – concordou Henry.

– E eu era uma boa atriz. Quando criança, minha ambição era subir nos palcos. Eu teria conseguido, de alguma forma. Mas você sabe o que um bom metodista pensa sobre a carreira nos palcos. Talvez ainda pense.

Suponho que o senhor Burns possa contar... embora ele pareça ter perdido a faculdade da fala.

– Eu entendo o que o velho Winthrop Field pensaria disso – aquiesceu Henry. – Mas você sempre foi uma boa atriz.

– Ah, você admite. E eu poderia ter sido ótima. Não consegue admitir isso, senhor Burns? Mas, ah, como todos foram desdenhosos! "Você acha que conseguiria atuar, garota?", perguntou um professor certa vez. Eu me pergunto o que ele pensaria agora. *Foi* muito divertido apavorar as pessoas com uma imitação da risada do tio Winthrop. Eu poderia imitar o riso e a voz dele à perfeição... dele, da Anna Marsh... de qualquer um.

– Você sempre foi uma boa imitadora – concordou Henry. – Mas como você balançava o berço depois que ele foi removido?

– Eu nunca toquei no berço... Nem mesmo quando estava lá. Fazia o barulho retorcendo uma tábua solta no chão. Eu conseguia manipulá-la facilmente sem precisar sair do baú.

– Mas você deve ter se arriscado diversas vezes.

– É claro que sim. Fazia parte da diversão. Quase fui pega dezenas de vezes... Especialmente nas noites em que o doutor Blythe fazia vigília. Ele era o único que eu realmente temia. Mas nem mesmo ele foi páreo para mim. Eu não costumava fazer minhas assombrações em noites de luar. Uma vez, só por diversão, eu subi uma escada e caminhei pelo telhado plano do celeiro. Mas era perigoso demais. Fui vista por algum transeunte. Às vezes, quando as pessoas montavam vigília, eu não fazia nada. Outras vezes, eu me divertia sendo mais esperta que elas. Geralmente, eu escorregava pelo corrimão. Era mais rápido e mais silencioso.

– Lembro-me de ver você fazer isso quando era criança – comentou Henry. – Você costumava descer rápido como um raio. Mas o velho Winthrop achava que aquilo não era coisa de menina, não é?

– Lucia jamais faria algo assim – disse Alice, cheia de desprezo. – Eu nunca fazia barulho nenhum no térreo até estar preparada para a noite – continuou Alice, que estava claramente se deliciando com sua confissão. Como era divertido chocar Curtis Burns! Ela parecia surpresa por Henry Kildare estar lidando com tudo de forma tão tranquila.

– Eu nunca fazia coisa alguma sem planejar uma maneira de escapar com antecedência. Havia diversos esconderijos, caso eu não conseguisse voltar pelo armário a tempo.

– E o violino? Como você conseguiu sem que a Lucia soubesse?

– Ah, não era o instrumento dela. Não se lembra daquele antigo violino que você deixou aqui quando foi embora?

– Por todos os deuses, eu tinha me esquecido completamente disso!

– Eu o escondia atrás das tábuas. Quando as pessoas começaram a suspeitar de Lucia, ou melhor, insinuar coisas, eu me enfurecia tanto que eles achavam que eu estava protestando demais. Mas absolutamente tudo que eu dizia era verdade.

Alice riu novamente.

– E aquelas marcas de sangue e as maldições? – quis saber Henry. Curtis queria que ele parasse de fazer perguntas e fosse embora.

– Ah, os Fields têm tantas galinhas que nunca as contabilizaram. As maldições requereram certo esforço para redigir. Mas eu encontrei algumas bem eficazes na Bíblia. "Na sua família ninguém alcançará idade avançada." Sabe me dizer onde essa passagem é encontrada, senhor Burns? Acredito que eu realmente conheço a Bíblia melhor que você. Essa maldição, em especial, fez Alec pensar que iria morrer jovem. Alguns membros da família Field sempre foram um tanto supersticiosos.

– Foi você que cortou o cabelo da Maggie Eldon?

– É claro. Ela se esqueceu de trancar a porta do quarto uma única vez. Estava empolgada demais porque o George MacPherson a levara para casa após uma reunião, eu suponho. Eu queria que a Julia voltasse. Ela não ficava acordada até tarde como a Maggie.

– E pensar que você nunca foi pega! – exclamou Henry, ainda com ares de admiração.

– Certa noite, pensei que eu tinha finalmente sido pega – comentou Alice, lançando outro olhar malicioso na direção de Curtis, ainda em choque. – Pensei que você tinha visto meu reflexo na janela do quarto de hóspedes.

Curtis não respondeu.

– É claro que meu divertimento maior era atormentar a Lucia – prosseguiu Alice. – Quando eu cortei a bétula que ela amava, cada machadada foi um deleite para mim.

Curtis permaneceu sem reagir. Alice, no entanto, continuou se dirigindo a ele.

– Fiquei realmente muito contente quando você veio se hospedar conosco. Gostava de ter um ministro jovem. O velho senhor Sheldon me entediava a ponto de eu querer chorar. Parecia que a congregação só nos mandava ministros idosos. Quando a esposa dele ainda estava viva, havia certa diversão em fazê-lo me idolatrar; por mais velhos que eles fossem, ela sentia ciúmes da devoção dele por mim.

– Há limite de idade para o ciúme de uma mulher? – murmurou Henry, reflexivo.

– Jamais – respondeu Alice com determinação. – Nem para o de um homem. Mas, quando ela morreu e deixaram de se importar com o fato de ele reverenciar a minha imensa bondade, eu não quis mais a idolatria dele. E eu não tinha medo de você. Sabia que você seria ludibriado com a mesma facilidade que os demais.

Curtis recuou ao ouvir esse comentário. Era tão repugnantemente verdadeiro.

– Decidi que iria dar um tempo para que você não se apavorasse e nos deixasse. Nunca supus que fosse se apaixonar por Lucia. Os homens, via de regra, não costumam gostar dela. E as fofocas diziam que você estava interessado em outra pessoa. Foi muito divertido conversar a sério com você sobre os nossos fantasmas.

A risada dela fez Curtis se encolher novamente. O poder da sensação estava retornando a ele.

– Mas aí você arruinou tudo se apaixonando pela minha prima, que estava caidinha por você desde a sua chegada. Ah, estava, sim – disse ela quando Henry emitiu um ruído impaciente. – Então eu decidi que você precisava ir embora. Eu sabia que Lucia estava secretamente louca por você... embora, como todos os Fields, ela consiga esconder os sentimentos com maestria quando quer.

– A senhorita Field não gosta nem um pouco de mim – protestou Curtis, saindo de seu torpor.

– Ah, gosta, sim. E eu fiquei com medo de que os sentimentos dela finalmente vencessem. Por outro lado, quando você disse que nos deixaria, minhas lágrimas de arrependimento eram verdadeiras, sabia? Você não tem ideia do quanto eu realmente gostava de você.

Alice riu novamente. Seus olhos brilhavam sob o luar.

– Como você fez o truque do telefone? – perguntou o persistente Henry.

– Ah, isso! Não tive nada a ver com isso. Alguns pivetes deviam estar pregando uma peça, só por diversão. É bastante frequente... Mas ninguém repara nisso em uma casa que não deveria ser mal-assombrada. Para mim, foi uma bela mão na roda.

– E... e... o dinheiro... – disse Henry, hesitando.

– Também não fui eu quem pegou. De que me serviria? Além disso, os Fields não são ladrões. Sem sombra de dúvida, foi alguém do bando dos Marshs... Talvez não a Julia. Não acho que ela seja uma ladra. Mas ela tem um irmão.

– E o... e o granel?

– Não fui eu quem botou fogo, sua anta. Você acha que eu seria insana de arriscar incendiar minha própria casa? Muito provavelmente, foi algum vagabundo andarilho... De todo modo, não sei de nada a esse respeito.

– Ah, fico muito contente em ouvir isso – disse Henry em um tom de alívio. – De certa forma, *isso* estava me perturbando. Agora estou entendendo tudo. E você realmente consegue andar como todos os outros?

– Claro que consigo. Já me exercitei bastante durante a noite para ter bastante prática em me locomover. Bem, o que vocês farão, meus juízes cavalheiros?

– Acho que não somos juízes de nada – respondeu Henry. – O que o senhor diz, pastor?

– Eu... eu não tenho nada a ver com isso – disse Curtis, gaguejando.

– Suponho que você contará ao estúpido do Alec e à negrinha da Lucia, de toda forma, e eu serei posta no olho da rua.

– Você sabe que eles não fariam isso.

– Você acha que eu continuaria vivendo aqui agora, mesmo que eles permitissem? – ralhou Alice. – Prefiro morrer de fome.

– Ora, de jeito nenhum, você não vai morrer de fome – garantiu Henry de um jeito acalentador. – O pastor aqui pode contar para Alec e Lucia... Não vou me candidatar a *esse* trabalho. É com você que estou preocupado. Sabe o que vou fazer?

– Não – respondeu Alice com indiferença.

– Vou me casar com você e levá-la para longe daqui. Foi isso que vim fazer em Mowbray Narrows.

Alice endireitou-se na cadeira, e até mesmo Curtis foi despertado de seu torpor.

– Você está... falando sério? – perguntou Alice lentamente.

– Estou. Quando vim para cá, supus que não fosse poder fazer isso, porque você não podia sair da cama. Mas, como não é o caso, o que nos impede?

– Mas... como você pode me querer agora? – quis saber Alice, com os olhos brilhando.

– Não sei, mas eu quero... Por todos os deuses, eu quero – respondeu Henry enfaticamente. – Não ligo para o que você fez. Mesmo se você tivesse roubado o dinheiro e incendiado o granel, eu a quereria... Embora *fosse* fazer uma diferença. Você é a garota que eu quis minha vida inteira, e agora eu a terei. Eu a levarei para a Colúmbia Britânica... Você nunca mais verá o pessoal daqui novamente.

– Você me leva para longe daqui esta noite? Agora? – exigiu Alice.

– Claro – disse Henry. – Partiremos direto para a estação. Já será o horário do primeiro trem quando chegarmos lá. Iremos até Charlottetown e nos casaremos assim que eu conseguir a licença. Algum dos pastores da cidade o fará. Suponho que você não queira se candidatar à função, pastor, não é?

– Não... Não – respondeu Curtis, estremecendo. Alice o fitou com desprezo.

– E você contará ao pessoal o que for necessário?

– Su... suponho que sim – concordou o pobre Curtis.

Henry inclinou-se para a frente e deu um tapinha delicado no ombro de Alice.

– Bem, está combinado. Eu lhe darei a casa e as roupas de uma rainha... Mas ouça, minha menina, ouça.

– Agora vêm as condições – disse Alice.

– As condições não são muitas. Não deve mais haver travessura alguma... nenhuma diabrura com Henry Kildare. Você entendeu?

– Eu... entendi – respondeu Alice.

– Suba e se arrume.

Alice olhou para a própria capa.

– Você tem outra coisa para vestir além disso?

– Tenho um velho vestido azul-marinho e um chapéu – respondeu Alice resignadamente. – São totalmente antiquados, mas...

– Não importa. Podemos comprar algo assim que as lojas abrirem.

Alice se levantou e saiu da sala.

– Bem, pastor, o que tem a dizer? – quis saber Henry quando ela não estava mais presente.

– Nada – respondeu Curtis.

Henry assentiu com a cabeça.

– Acho que esse é o melhor curso de ação. Essa é uma daquelas coisas para as quais parece não haver palavras adequadas, e isso é fato. Mas, minha nossa, ela é astuta! Mowbray Narrows terá algo de que falar por anos. Eu sabia que o doutor Blythe pensava que havia algo de errado com relação a tudo isso, mas nem mesmo ele suspeitava de toda a verdade.

Alice desceu novamente. O vestido lhe servia como se tivesse sido feito ontem; seu rosto estava corado com o brilho do triunfo.

– Odeie-me... Despreze-me – recitou ela ardentemente. – Não me importo com seu ódio... Mas não aceitarei sua tolerância. E, quando se casar com Lucia, lembre-se de que há uma pessoa no mundo que espera que você se arrependa dessa decisão até o dia de sua morte. Lucia não é, de forma alguma, o modelo de perfeição que você imagina. Ela mandará em você...

Você sempre dançará conforme a música dela. Adeus, meu caro senhor Curtis Burns. Talvez lhe sirva de algum consolo saber que você resolveu, afinal, o mistério dos Fields, embora tenha sido meramente por acidente.

– Venha – chamou Henry. – Não temos tanto tempo assim. E, de hoje em diante, Alice Harper, eu a proíbo de mencionar esse assunto para mim ou qualquer outra pessoa. Está morto... e vamos enterrá-lo. Daqui a alguns anos, tudo será esquecido. E não quero ouvir nenhum escárnio sobre o senhor Burns. Ele é uma excelente pessoa. Adeus, pastor. Foi um golpe de sorte termos perdido aquele trem. E não seja duro demais no julgamento de pessoas que o senhor não conhece muito bem.

O senhor Sheldon foi até a velha residência Field na noite seguinte, após ter ouvido os boatos inacreditáveis que se espalharam por Mowbray Narrows e Glen St. Mary como chamas.

Foi o doutor Blythe quem contou a notícia a ele, dizendo:

– Sempre pensei que ela tinha um dedinho naquelas manifestações, mas confesso que minha imaginação não foi tão longe. Jamais pensei que ela fosse tão debilitada quanto fingia ser, porém admito que achava que estivesse mancomunada com Jock ou Julia.

– Eu nunca a suportei – comentou Anne Blythe enfaticamente. – Havia algo nos olhos dela... e eu sabia que ela odiava a Lucia.

– Essas mulheres! – exclamou o médico, meneando a cabeça.

O senhor Sheldon ouviu a história de Curtis e também balançou a cabeça grisalha.

– Bem, suponho que, daqui a um tempo, eu superarei e aceitarei tudo isso. Neste momento, não consigo acreditar. E é isso. Nós sonhamos isso tudo... ainda estamos sonhando.

– Acho que nós todos nos sentimos assim – disse Curtis. – Alec e Lucia passaram o dia todo em um torpor. Estão atordoados demais até para sentir raiva.

– O que mais me magoa – comentou o senhor Sheldon com a voz trêmula – é a... hipocrisia dela. Ela fingia estar tão interessada em nossa igreja... em nosso trabalho.

– Talvez isso não fosse hipocrisia, senhor Sheldon. Talvez fosse uma faceta real da natureza desviada dela.

– Foi o que o doutor Blythe disse. Mas, para mim, é inacreditável.

– Nada é inacreditável na anormalidade. O doutor Blythe também lhe diria isso. Lembre-se de que não se pode julgá-la como uma pessoa normal.

– Ela sempre pareceu bastante normal.

– Ela nunca foi normal. Sua própria história é prova disso. Ela era hereditariamente prejudicada. O pai e o avô eram dipsomaníacos. Não se pode reformar os antepassados. E o choque do sentimento reprimido no casamento do homem que ela amava evidentemente estraçalhou sua alma.

– É o que o doutor Blythe também diz. Mas pobre Henry Kildare.

– Ah, nem tão pobre assim. Sempre o julgamos mal. Um homem não faz fortuna na Colúmbia Britânica sem certa inteligência. Ele tem a mulher que sempre quis.

– Mas que vida...

– Nem um pouco. Alice pode ser muito agradável quando quer. Nós dois deveríamos saber disso, senhor Sheldon. Confie em mim, ele saberá lidar com ela. Além disso, o casamento, uma casa, riqueza... Tudo que ela sempre desejou... Talvez isso tenha um efeito saudável na mente dela...

O senhor Sheldon meneou a cabeça. Tudo aquilo estava além da sua compreensão.

– De todo modo – continuou Curtis –, podemos ter certeza de uma coisa: ela nunca mais retornará para exibir seus diamantes em Mowbray Narrows.

– A senhora Blythe diz que ela é bem capaz disso.

– A senhora Blythe está enganada. Não, nunca mais veremos Alice Harper e Henry Kildare. Não pense que não foi um choque para mim também, senhor Sheldon. Foi o pior evento que já passei na vida.

– Imagino que haverá recompensas – comentou o senhor Sheldon dissimuladamente. – A senhora Blythe diz...

– Já estou cansado de tanto ouvir os comentários dos Blythes a respeito dessa questão – interrompeu Curtis, de um modo um tanto rude. – Afinal de contas, eles apenas suspeitavam. Não sabiam de muito mais que todo o restante de nós. Mas, agora, suponho que as pessoas dirão que eles sempre souberam.

– Bem, você sabe como as lendas se espalham. E, francamente, a senhora Blythe é uma excelente julgadora de caráter.

– Bem, vamos deixar por isso mesmo. E, senhor Sheldon, façamos um trato. Concordemos em nunca mais tocar nesse assunto entre nós novamente.

O senhor Sheldon concordou, um tanto decepcionado. Havia tantas coisas que ele queria saber... Mas ele não era insensível e avistou Lucia Field se aproximando deles.

Quando Curtis retornou do portão sob o crepúsculo, ficou frente a frente com Lucia na varanda. Ele mal a vira o dia todo, desde que contara, em meio aos gaguejos, toda a história sob a luz da alvorada. Mas, agora, ele a segurara, exultante.

– Minha querida... Agora você me dará ouvidos... Você aceita... Você aceita... – sussurrou ele.

Jock estava atravessando o quintal, e Lucia se livrou dos braços dele e saiu correndo. Mas, antes de ela fugir, Curtis percebeu a expressão nos olhos dela. Subitamente, ele se tornou um homem muito feliz.

– O que o doutor Blythe dirá? – perguntou-se ele. Ele sabia muito bem o que a senhora Blythe diria.

Crepúsculo em Ingleside

No circuito familiar de Ingleside, Anne Blythe, antigamente Anne Shirley, às vezes lê seus poemas à família na hora do crepúsculo, inclusive para Susan Baker, a governanta-assistente, que está com eles há tanto tempo que parece ser da família. Antes de se casar, Anne escrevia contos ocasionalmente, mas desistiu quando os filhos eram pequenos. Entretanto, ela ainda escreve poemas de vez em quando, e então os lê para a família, que se senta em um círculo para ouvir, sem tecer comentário algum até o fim.

O doutor Blythe *pensa*: "Será que nós, adultos, brincamos o suficiente? Veja a Susan... Ela é totalmente escrava das crianças. No entanto, talvez isso seja uma brincadeira para ela".

Susan, *que desaprova ao máximo o fato de Walter escrever poemas, mas acha que tudo que a senhora Blythe faz é correto, pensa*: "Não sou muito de sonhar, mas é gostoso ter alguém que precisa de você, eu admito... E eles *realmente* precisam de mim aqui... A Shirley precisa, de toda forma. Uma família com cinco crianças e uma propriedade tão grande quando Ingleside precisa de mais de uma mulher, e é aí que eu entro".

Walter Blythe *pensa*: "Uma enorme pérola pendendo sobre a sua porta. Sempre pensarei nisso quando vir a lua cheia. Gostaria de poder escrever poemas tão bonitos quanto a minha mãe. Talvez eu chegue lá quando for mais velho. Tenho doze anos agora. Leva bastante tempo para se tornar adulto".

O doutor Blythe *pensa*: "'Uma casa pequenina, com belas vigas'. Era assim que eu costumava pensar na nossa Casa dos Sonhos quando me casei com a Anne, há dezesseis anos. O primeiro 'lar próprio' de um homem é algo que ele nunca esquece. Mas *eu* teria escrito: 'Sempre que quiseres praguejar sozinho'".

Susan *pensa*: "Eu sempre gostei do cheiro de menta. Mas quanto menos se falar sobre bruxas diante das crianças, na minha humilde opinião, melhor. Quanto aos tolos... Todos temos incontáveis chances de ser tolos... E nos aproveitamos delas".

Doutor Blythe: "Suponho que todos precisaremos ouvir o Flautista um dia. Como seremos eu e a Anne quando envelhecermos? Eu serei careca e terei uma papada... Mas ela sempre será a Anne para mim".

Jem Blythe *diz em voz alta*:

– Minha nossa, a senhora *realmente* sabe escrever poesia, mamãe.

Desejo a ti

Amigo meu, no ano vindouro
Eu te desejo um tempo para brincar,
E uma hora para sonhar sob o ocaso de ouro
Quando o clamoroso dia chegar.
(E que a lua, como uma pérola da costa indiana,
Penda qual lanterna sob a porta da tua choupana.)

Uma casa pequenina, com belas vigas,
E alguém ali para de ti precisar,
Um vinho gostoso e risadas amigas
Com um ou dois companheiros compartilhar.
(E manter em segredo aquele lugarzinho
Sempre que quiseres chorar sozinho.)

Eu te desejo um jardim repleto de rosas,
Belas aquilégias para te deleitar,
O aroma de menta nas tardes chuvosas,
Uma brisa agradável sob a luz do luar.
(Umas noites para cavalgar, outras para dormir
Com as bruxas planando pela noite a bramir.)

Que uma bela safra de figos possas apanhar,
Com um cardo ou outro a exibir seu espinho,
Pois enfadonha é a colheita que não ostentar
Pedra alguma em seu longo caminho.
(E vez ou outra, a despeito da razão,
Como um tolo possa agir por opção.)

Eu lhe desejo uma sede insaciável
Por toda a graça que a terra pode prover,
Bétulas brancas de beleza infindável
Que a aurora de abril virá florescer.
(E que não haja excessivas ofensas a extinguir
Quando o Flautista quiser finalmente partir.)

Anne Blythe

A velha trilha que costeia a orla

Venta sob a sombra dos pinheiros druidas do horto
E, por entre seus ramos, vejo o contorno arroxeado do porto.
Ventos do oeste sopram sobre a pele roxa do mar,
E, no horizonte poente, avistam-se os barcos a chegar
Cortando a espuma das ondas douradas do pôr do sol,
E, ainda mais ao longe, vejo reluzir a luz estrelar do farol.
Tudo permanece como costumava ser outrora,
Mas algo se perdeu na velha trilha que costeia a orla.
Tudo aqui ainda reflete você... as águas seu nome sussurram,
Meu coração atento repete as emoções que abundam.
Sua risada na brisa é mais clara do que quando estávamos sós,
Os suspiros dos pinheiros parecem ecoar a sua voz.
Os céus veranis são tão azuis quanto os olhos seus,
As rosas silvestres na margem aguardam, meu bem, o seu adeus.
Mas rosa e amante esperam em vão, pois você não virá mais
Na velha trilha que costeia a orla comigo passear jamais.
E devo seguir meu caminho solitário até a praia e seus rochedos,
E ansiar pelos beijos dos seus lábios e o toque dos seus dedos,
E observar com olhos tristes o brilho roxo do mar distante,
E as velas a velejar pelo porto enevoado e pujante;
Pergunto-me se em terras longínquas, onde rosas raras florescem,
Essas velhas lembranças de mim o seu coração ainda aquecem,
E, se o destino permitisse, você voltaria de bom grado para mim
Para caminhar sob o ocaso na velha trilha que costeia a orla até o fim.

Anne Blythe

Doutor Blythe:

– Em quem você estava pensando quando escreveu isso, Anne?

Anne:

– Gilbert, se você continuar falando com esse tom de ciúmes, vou parar de ler meus poemas para você. Este foi escrito anos atrás e foi motivado pela história de amor de Mary Royce. Você não lembra? E é claro que a velha trilha que costeia a orla é aquela de Avonlea. Tenho certeza de que nós dois passeamos por ela com bastante frequência.

Doutor Blythe:

– Sim, passeamos. E meu coração se entristeceu com bastante frequência depois que você deixou que outra pessoa caminhasse com você para casa na noite anterior.

Susan Baker (*detrás de suas costuras*) *pensa*: "A mera ideia de deixar qualquer pessoa caminhar com ela até em casa quando poderia ser o médico! Nunca tive um namorado de verdade, mas garotos *já* caminharam comigo até em casa diversas vezes. Não fui totalmente ignorada. Não parece ter importância alguma agora, mas, na época, tinha. Hoje em dia, as garotas perambulam com qualquer um".

Quarto de hóspedes no campo

Velho amigo, esta noite és meu parceiro,
A luz do luar esbranquiça teu travesseiro,
O vento suave nos beirais canta
Sobre um local secreto que encanta...
Montanhas azuis que abrigam fontes cintilantes
Costas obscuras e de ondas calmantes...
E que um sopro de orvalho fresco
Venha te aprazer com seu modo burlesco.
Ainda haverá rumores frondosos
Da janela aberta em dias chuvosos.
E em meio ao silêncio poderás ouvir
A coruja cinzenta seu canto tinir,
Ou então avistar sem sair do chão
Vagalumes brilhando na escuridão...
E que aprendas e não te deixes esquecer
Que teu leito pode um ótimo amigo ser.

Anne Blythe

Doutor Blythe:

– Eu direi isso quando estiver esgotado. No entanto... Já estive em alguns quartos de hóspedes... Eca!

Susan Baker:

– Eu que o diga! Dizem que todos que dormem no quarto sobressalente da senhora Abel Sawyer, minha querida senhora, é condenado à morte com lençóis úmidos no verão e cobertas insuficientes no inverno. Bem, graças a Deus, ninguém pode dizer isso do nosso quarto de hóspedes aqui.

Uma tarde com o senhor Jenkins

Timothy bocejou. Se garotos de oito anos de idade entendessem o que "tédio" significa, poderíamos dizer que Timothy estava entediado. Sábado costumava ser um dia idiota mesmo, e ele não podia descer até Glen. Ele não tinha permissão para sair da propriedade quando suas tias não estavam por ali... Nem mesmo para ir até Ingleside para brincar com Jem Blythe. É claro que Jem podia subir até a casa de suas tias sempre que quisesse, mas ele frequentemente tinha outras coisas para fazer nas tardes de sábado e, agora, Timothy não tinha mais permissão alguma para sair de casa sozinho. Ultimamente, suas tias andavam mais chatas do que nunca com relação a isso.

Timothy gostava muito das tias, especialmente da tia Edith, mas, particularmente, achava que elas se preocupavam *demais* com essa questão. Ele não conseguia entender. Certamente, um garoto já grandinho, de oito anos de idade, que ia para a escola sozinho há dois anos, mesmo que não gostasse muito de ir para a cama no escuro, não precisava ficar confinado em casa só porque as tias foram a Charlottetown.

Elas partiram cedo naquela manhã, e Timothy tinha certeza de que elas estavam aflitas. Isto é, mais que de costume, visto que viviam inquietas com alguma coisa. Ele não sabia o que era, mas podia sentir em tudo que elas diziam ou faziam nos últimos tempos. Fazia anos que não agiam assim, pensou Timothy, com um ar de octogenário relembrando a juventude. Ele se lembrava delas rindo e contentes, especialmente a tia Edith, que era extremamente alegre para uma "velha solteirona", como os garotos da escola a chamavam. E eram amigas de muitas pessoas de Ingleside e achavam o doutor e a senhora Blythe as melhores pessoas do mundo.

Mas, nos últimos dois anos, elas estavam rindo cada vez menos, e Timothy tinha a estranha sensação de que isso estava, de alguma forma, relacionado a ele, embora não compreendesse o que poderia ser. Ele não era um garoto mau. Mesmo a tia Kathleen, que, talvez por ser viúva, não era muito afeiçoada a garotos, jamais dissera que ele era um garoto mau. E Jem Blythe lhe contou que Susan Baker afirmara que ele era um dos meninos mais bem-comportados que ela conhecia fora do circuito de Ingleside.

De vez em quando, é claro... Mas é difícil ser perfeito. Por que, então, elas se preocupavam tanto com ele? Simplesmente porque eram mulheres, talvez. Talvez as mulheres precisassem se preocupar. Em contrapartida, a senhora Blythe parecia se preocupar bem pouco, e Susan Baker, não muito mais que ela. Por quê, então?

Os homens, por sua vez... Ele nunca percebera o doutor Blythe preocupado. Quem dera seu pai fosse vivo! Nesse caso, contudo, talvez ele, Timothy, não estivesse morando com a tia Edith naquele lugar em Glen St. Mary que as pessoas chamavam de "The Corner". E Timothy adorava The Corner. Ele tinha certeza de que jamais poderia viver em qualquer outro lugar. Mas, quando ele disse isso para a tia Kathleen, certo dia, ela suspirara e olhara para a tia Edith.

Ela não respondeu, mas a tia Edith declamou dramaticamente:

– Não acredito que Deus seria tão injusto assim. Certamente, ele... Nem mesmo *ele* seria tão desalmado.

Elas estavam falando do Deus que as pessoas de Ingleside chamavam de Amor? Até mesmo Susan Baker admitia isso.

– Psiu – alertou tia Kathleen.

– Ele precisará saber um dia – retrucou tia Edith em um tom amargo.

Ora, ele já sabia sobre Deus. Todos que ele conhecia sabiam. Então, por que tanto mistério?

– Ele precisará saber um dia – reiterou tia Edith no mesmo tom amargo. – Os dez anos logo se passarão... E provavelmente serão reduzidos por bom comportamento.

O "ele" da tia Edith confundira Timothy tremendamente. Ele sabia que elas não estavam falando de Deus. E, afinal, o que "ele" teria de saber algum dia e por que era para calar-se quando se tocava nesse assunto? Tia Kathleen começou imediatamente a falar sobre as aulas de música de Timothy e a possibilidade de convidar o professor Harper, de Lowbridge, para ensiná-lo. Timothy odiava a mera ideia de ter aulas de música. Jem Blythe riu da sugestão. Ele sabia, contudo, que precisaria tê-las. Coisa alguma fazia tia Kathleen mudar de ideia.

Timothy sentia-se angustiado. Tia Edith prometera levá-lo ao pequeno lago que era um recanto de verão de Lowbridge. Eles iriam de automóvel... Automóveis eram uma novidade, e Timothy adorava passear neles. O doutor Blythe tinha um e volta e meia lhe dava uma "carona". Além disso, lá no lago, ele teria permissão para andar no carrossel... outra coisa que ele adorava e raramente fazia, porque tia Kathleen não aprovava. Mas ele sabia que tia Edith deixaria.

Naquela manhã, entretanto, tia Kathleen recebera uma carta. Ela ficou extremamente pálida quando a leu. Então, disse algo à tia Edith em uma voz estranha, abafada, e tia Edith também ficou pálida, e elas saíram da sala. Timothy as ouviu em uma longa conversa com o doutor Blythe ao telefone. Será que tia Kathleen estava doente?

Pouco depois, tia Edith retornou e disse a Timothy que lamentava muito, mas que não poderia levá-lo ao lago, no fim das contas. Ela e a tia Kathleen precisariam ir a Charlottetown resolver uma questão muito séria. O doutor Blythe iria levá-las.

– Então, uma de vocês está *mesmo* doente? – indagou Timothy em um tom ansioso.

– Não, nenhuma de nós está doente. É... É pior que isso – respondeu tia Edith.

– A senhora andou chorando, tia Edith – observou Timothy, consternado. – Espere só até eu crescer, porque, quando eu for um homem, nada, nunca, vai fazer a senhora chorar.

Então, as lágrimas empoçaram nos gentis olhos castanhos da tia Edith.

Mas tia Kathleen não estava chorando. Estava pálida e sisuda. E disse a Timothy, de um modo ríspido, que ele não deveria sair da propriedade até que elas retornassem.

– Não posso descer até Ingleside para dar um passeio? – implorou Timothy.

Ele queria comprar alguma coisa para o aniversário da tia Edith, que seria no dia seguinte. Ele conseguira poupar vinte e cinco centavos de sua mesada e pretendia gastar tudo com ela. Havia coisas bonitas em Lowbridge, mas Carter Flagg tinha um mostruário de vidro com umas coisas bem interessantes. Timothy se lembrava de uma gola de renda que o encantara.

Mas tia Kathleen estava irredutível. Timothy não se amuou. Ele nunca se amuava, o que era mais que se poderia dizer até mesmo de Jem Blythe, embora mencionar isso a Susan Baker significasse colocar a própria vida em risco. Timothy teve, no entanto, uma manhã desalentadora. Ele apostou corridas com Merrylegs. Contou e reorganizou os ovos de seus passarinhos, reconfortando-se de leve ao descobrir que tinha mais que Jem. Ele tentou saltar de uma estaca do portão para outra... E desabou vergonhosamente na terra. Um dia, ele conseguiria. Ele comera todo o almoço que a velha Linda preparara para ele. Também tentou conversar com Linda, pois Timothy era um garotinho sociável. Porém Linda também estava rabugenta. O que havia de errado com todo mundo naquele dia? Linda costumava ser tão bem-humorada, embora ele não gostasse tanto dela quanto de Susan Baker, de Ingleside. Timothy não sabia como suportaria a tarde.

Bem, ele podia ir até o portão novamente para observar os automóveis e as charretes que passassem. Ele não estava proibido de fazer isso, afinal. Timothy desejou ter algumas uvas-passas para comer, também. Todo domingo à tarde ele ganhava um bocado de passas grandes e suculentas, para comer como "guloseima de domingo".

Mas ainda era sábado, e, quando Linda estava mal-humorada, não adiantava lhe pedir coisa alguma. Quem dera ele soubesse que Linda ficaria feliz em lhe oferecer as passas naquele dia mesmo.

– No que está pensando, filho? – indagou uma voz.

Timothy se sobressaltou. De onde aquele homem havia surgido? Ele não fizera barulho algum... Nenhum som de passos. No entanto, ele estava ali, do lado de fora do portão, olhando para ele com uma expressão peculiar em seu rosto bonito, entristecido e enrugado. Não se tratava de um andarilho... Estava bem-vestido demais. E Timothy, que sempre sentia coisas que não podia explicar, teve a impressão de que ele não estava acostumado a andar tão bem-vestido.

Os olhos do homem eram cinza e ardentes, e Timothy também sentiu que ele estava zangado com alguma coisa... Muito zangado... Zangado o suficiente para fazer qualquer coisa cruel que lhe ocorresse. Aquele certamente deveria ser o que a senhora Blythe costumava chamar de "um dia daqueles".

No entanto, havia algo naquele homem que afeiçoara Timothy.

– Estava pensando que seria um dia esplêndido para passear no lago em Lowbridge – respondeu ele, um tanto acanhado, pois sempre fora instruído a não falar com estranhos.

– Ah, o lago! Sim, lembro que era um local fascinante para garotos pequenos... Embora não fosse um "recanto" na época, e muitas pessoas o chamassem de "lagoa". Você queria ir lá?

– Sim. A tia Edith ia me levar. Mas ela não pôde. Teve que ir para a cidade tratar de umas questões importantes. O doutor Blythe as levou.

– O doutor Blythe! Ele ainda está em Glen St. Mary?

– Sim, mas eles moram em Ingleside agora.

– Ah! E sua tia Kathleen está em casa?

Timothy relaxou. Se aquele homem conhecia a tia Kathleen, então era permitido falar com ele.

– Não, ela foi junto.

– Quando elas retornarão?

– Só à noite. Elas foram à cidade consultar um advogado. Ouvi a Linda dizer isso.

– Ah!

O homem refletiu por um instante, então emitiu um ruído estranho. Timothy não gostou daquele som em particular.

– O senhor é amigo da tia Kathleen? – perguntou ele educadamente.

O homem riu outra vez.

– Um amigo. Ah, sim, um amigo muito próximo e querido. Tenho certeza de que ela ficaria extasiada ao me ver.

– O senhor deveria voltar outro dia – sugeriu Timothy em um tom persuasivo.

– É bem provável que eu volte – concordou o homem.

Ele sentou-se na grande rocha vermelha perto do portão, acendeu um cigarro com os dedos estranhamente calejados e ásperos e olhou para Timothy com uma expressão tranquila e observadora.

Um rapazinho bem-cuidado... bem-arrumado... cabelos castanhos encaracolados... olhos sonhadores e um queixo marcante.

– Com quem você se parece, garoto? – perguntou ele abruptamente. – Com seu pai?

Timothy meneou a cabeça.

– Não. Gostaria que fosse. Mas não sei como ele era. Ele é falecido... E não temos retrato algum.

– Não haveria mesmo – respondeu o homem. Novamente, Timothy não gostou.

– Meu pai era um homem muito corajoso – emendou ele. – Foi soldado na Guerra dos Bôeres e ganhou uma Medalha de Serviços Distintos.

– Quem lhe contou isso?

– A tia Edith. A tia Kathleen nunca fala sobre ele. A tia Edith também não fala muito... mas me contou isso.

– A Edith sempre foi uma espécie de boa samaritana – resmungou o homem. – Você também não se parece com a sua... com a sua... mãe.

– Não, eu sei disso. Tenho um retrato da minha mãe. Ela morreu quando eu nasci. A tia Edith diz que eu pareço o vô Norris... o pai dela. Tenho o mesmo nome dele.

– Suas tias são boas para você? – perguntou o homem.

– São, sim – respondeu Timothy enfaticamente. Ele teria dito a mesma coisa, mesmo que elas não fossem. Timothy era um garoto muito leal. – É claro que... o senhor sabe... elas estão me educando. Às vezes, preciso levar umas broncas... e preciso fazer aulas de música...

– Você não gosta disso – observou o homem em um tom entretido.

– Não. Mas acho que é bom para aprender dis… ciplina.

– Estou vendo que você tem um cachorro – comentou o homem, apontando para Merrylegs. – De boa raça, também. Pensei que Kathleen e Edith não gostassem de cachorros.

– Elas não gostam. Mas permitiram que eu tivesse um porque o doutor Blythe disse que todo garoto deveria ter um cachorro. Então, minhas tias cederam. Elas não dizem nada nem quando ele dorme na minha cama, à noite. Não aprovam, sabe, mas permitem que ele fique. Fico contente, porque não gosto de dormir no escuro.

– Elas o obrigam a isso?

– Ah, está tudo bem – respondeu Timothy rapidamente. Ele não deixaria que alguém pensasse que ele estava apontando defeitos em suas tias. – Já sou grandinho o bastante para dormir no escuro. É só que… que…

– Sim?

– É só que, quando apagam as luzes, eu não consigo evitar imaginar rostos olhando pela janela… rostos terríveis… rostos zangados… Uma vez, ouvi a tia Kathleen dizer que ela vivia esperando olhar pela janela e "ver o rosto dele". Não sei de quem ela estava falando… Mas, depois disso, comecei a ver rostos no escuro.

– Sua mãe era assim – comentou o homem distraidamente. – Ela detestava a escuridão. Elas não deveriam obrigá-lo a dormir no escuro.

– Deveriam, sim – protestou Timothy. – Minhas tias são formidáveis. Eu amo as duas. E gostaria que elas não estivessem tão preocupadas.

– Ah, elas andam preocupadas?

– Terrivelmente. Não sei qual o motivo. Não consigo pensar que seja eu… mas às vezes elas me olham de um jeito… O senhor percebe algo em mim que poderia preocupá-las?

– Nadinha. Então suas tias são muito boas para você, é? Elas lhe dão tudo o que você quer?

– Quase tudo – respondeu Timothy com cautela. – Só que elas não colocam passas no pudim de arroz às sextas-feiras. Não consigo entender por quê. Elas sempre comem lá em Ingleside. O doutor gosta muito, então deve ser saudável. A tia Edith estaria disposta a colocar, mas a tia Kathleen diz que os Norris nunca colocaram passas no pudim de arroz. Ah, aonde o senhor vai?

O homem havia se levantado. Ele era bem alto, mas um pouco arcado. Timothy ficou triste por ele estar indo embora, mesmo havendo algo de que ele não gostava no homem, assim como havia algo que o atraía. Além disso, era bom ter um homem com quem conversar.

– Vou até o lago – respondeu o homem. – Quer vir comigo?

Timothy ficou olhando para ele.

– O senhor quer que eu vá?

– Muito. Vamos andar de pônei, comer cachorro-quente, tomar refrigerante... E tudo o mais que você quiser.

Era uma tentação irresistível.

– Mas... mas... – gaguejou Timothy. – A tia Kathleen disse que eu não deveria sair da propriedade.

– Não sozinho – ponderou o homem. – Foi o que ela quis dizer. Tenho certeza de que ela acharia bastante... legítimo... se você fosse comigo.

– Tem certeza?

– Tenho – garantiu o homem, rindo novamente.

– Quanto ao dinheiro... – falou Timothy em um tom hesitante. – O senhor verá que só tenho dez centavos. É claro que tenho os vinte e cinco que guardei da minha mesada, mas não posso gastar. Preciso comprar um presente de aniversário para a tia Edith com esse dinheiro. Mas posso gastar os dez centavos... Já os tenho há bastante tempo. Encontrei na rua.

– É por minha conta – respondeu o homem.

– Preciso prender o Merrylegs – disse Timothy, aliviado – e lavar o rosto e as mãos. O senhor se importa em esperar uns minutos?

– De forma alguma.

Timothy atravessou correndo a via de entrada da casa e prendeu Merrylegs com certo pesar. Então, ele se lavou, dando uma atenção especial às orelhas. Ele esperava que estivessem limpas. Por que as orelhas não poderiam ser mais simples? Quando Jem Blythe fez a mesma pergunta a Susan Baker, ela respondeu que aquela era a vontade de Deus.

– Seria mais conveniente se eu soubesse o seu nome – comentou ele enquanto os dois caminhavam.

– Pode me chamar de senhor Jenkins – respondeu o homem.

Timothy teve uma tarde maravilhosa. Uma tarde gloriosa. Andou no carrossel por quantas vezes quis... E comeu algo ainda melhor que cachorro--quente.

– Quero uma refeição decente – afirmou o senhor Jenkins. – Não almocei. Ali tem um restaurante. Vamos comer?

– É um lugar caro – ponderou Timothy. – O senhor pode pagar?

– Acredito que sim.

O senhor Jenkins riu de um modo melancólico.

Era caro... e exclusivo. O senhor Jenkins disse a Timothy para pedir o que ele quisesse e não pensar no custo. Timothy estava no paraíso do deleite. Aquela tinha sido uma tarde maravilhosa... O senhor Jenkins era um camarada muito atencioso. E fazer uma refeição com um homem de verdade... Ficar sentado diante dele e fazer um pedido do cardápio, como um verdadeiro homem. Timothy suspirou de êxtase.

– Cansado, filho? – perguntou o senhor Jenkins.

– Ah, não.

– Foi uma boa tarde?

– Esplêndida. É só que...

– Sim... O quê?

– Não pareceu que a tarde foi muito boa para o senhor – comentou Timothy vagamente.

– Bem – respondeu o senhor Jenkins com a mesma lentidão –, não foi, não exatamente. Fiquei pensando em... em um amigo meu, e isso estragou um pouco as coisas para mim.

– Ele não está bem?

– Está bastante bem. Bem demais. Deverá ter uma vida longa. Mas... veja você... ele não é feliz.

– Por que não? – quis saber Timothy.

– Ah, veja bem, ele foi tolo... E pior que isso. Ah, ele foi extremamente estúpido. Pegou um monte de dinheiro que não pertencia a ele.

– Quer dizer que ele... roubou? – questionou Timothy, um tanto chocado.

– Bem, digamos que ele desviou. Soa melhor assim. Mas o banco achou a atitude ruim, independentemente da palavra escolhida. Ele foi mandado para a prisão por dez anos... e foi solto pouco antes, porque ele se comportou bastante bem. E então se viu bastante rico. Um velho tio faleceu enquanto ele estava na cadeia e lhe deixou uma boa quantia. Mas de que servirá para ele? Ele está marcado.

– Sinto muito pelo seu amigo – disse Timothy. – Mas nove anos é bastante tempo. As pessoas não esqueceram?

– Algumas pessoas nunca esquecem. As irmãs de sua esposa, por exemplo. Elas foram bastante duras com ele. Como elas o odiavam! Ele cismou de acertar as contas com elas quando fosse solto.

– Como?

– Há uma maneira. Ele poderia tirar delas algo de que elas gostam muito. E ele é um homem sozinho... quer companhia... É um homem muito solitário. Passei a tarde toda pensando nele. Mas você não deve achar que não me diverti. Esta foi uma tarde para se lembrar por um bom tempo. Agora, suponho que você queira voltar para casa antes que suas tias cheguem.

– Sim. Mas só para que elas não fiquem preocupadas. Eu contarei a elas sobre nosso passeio, é claro.

– Elas não lhe darão uma bronca?

– Provavelmente, sim. Mas broncas não quebram nenhum osso, como Linda sempre diz – observou Timothy num tom filosófico.

– Não acho que elas lhe darão uma bronca muito grande... Não se você transmitir a elas a mensagem que eu lhes enviarei por seu intermédio. Você comprou um presente para o aniversário da sua tia, não é?

– Sim. Mas tem uma coisa. Ainda tenho aqueles dez centavos. Gostaria de comprar umas flores com esse dinheiro e ir até o parque para colocá-las na base do monumento ao soldado. Porque meu pai foi um corajoso soldado, o senhor sabe.

– Ele foi morto na África do Sul?

– Oh, não. Ele voltou e se casou com minha mãe. Ele também trabalhou em um banco. Então, ele morreu.

– Sim, ele morreu – repetiu o senhor Jenkins quando eles chegaram ao Cantinho. – E – acrescentou ele – creio que permanecerá morto.

Timothy ficou um tanto chocado. Aquela parecia uma maneira estranha de falar com alguém... Algo que a tia Kathleen chamaria de "impertinente". Mesmo assim, ele não conseguia deixar de gostar do senhor Jenkins.

– Bem, adeus, filho – disse o senhor Jenkins.

– Não nos veremos de novo? – perguntou Timothy, cheio de tristeza. Ele gostaria de ver o senhor Jenkins outra vez.

– Receio que não. Estou indo para longe... Para muito longe. Aquele meu amigo... ele está indo para longe... para uma nova terra... e acho que eu vou também. Ele é solitário, sabe? Preciso cuidar dele um pouquinho.

– Pode dizer ao seu amigo que me entristece o fato de ele se sentir sozinho? E que desejo que ele não fique sozinho para sempre?

– Eu direi a ele. E você pode mandar um recado às suas tias por mim?

– O senhor mesmo não pode dar? O senhor disse que voltaria novamente para vê-las.

– Receio que não poderei, no fim das contas. Diga a elas para não se preocuparem com a carta que receberam nesta manhã. Elas não precisam consultar o advogado para ver... se a pessoa que a enviou tem o poder de fazer o que ameaçou fazer. Eu o conheço bastante bem, e ele mudou de ideia. Diga a elas que ele está indo embora e nunca mais as perturbará. Você consegue se lembrar disso, não consegue?

– Ah, sim. E elas não se preocuparão mais?

– Não com aquela pessoa. Tem mais uma coisa... Diga a elas que elas devem abrir mão daquelas aulas de música, colocar passas no pudim de arroz das sextas-feiras e permitir que você tenha uma lamparina para deixar acesa quando for dormir. Se elas não fizerem isso, tal pessoa talvez as incomode novamente.

– Eu falarei para elas sobre as aulas de música e o pudim, mas... – respondeu Timothy com firmeza. – Não falarei sobre a luz, se essa pessoa não se importar. Sabe, não devo ser covarde. Meu pai não era covarde. Se o senhor encontrar essa pessoa, pode, por favor, dizer isso a ela?

– Bem, talvez você tenha razão. Pergunte ao doutor Blythe. Eu fiz faculdade com ele e acho que ele sabe das coisas. E este recado é só para você, filho. Nós nos divertimos muito e está tudo bem. Mas ouça meu conselho e nunca mais saia com um estranho.

Timothy apertou a mão áspera do senhor Jenkins.

– Mas o senhor não é um estranho – respondeu ele melancolicamente.

A segunda noite

A casa nova

Branca como leite diante dos morros de vinhas,
Atrás dos álamos e suas folhas douradas
Você me aguarda; e eu trago guardadas
Suas chaves e sei que você é minha,
E todos os fantasmas seus que vejo
Dos dias e anos que ainda almejo.

Crepúsculos acinzentados pela chuva de abril,
As loucuras da lua do mês de agosto,
O canto de outubro tocando seu rosto,
Em dezembro, o temporal em seu peitoril,
Tudo deve você encantar e adocicar;
Embora ainda recente, é meu lar doce lar.

Nesta casa deve haver riso e choro,
Deve haver derrota e vitória,
Momentos de infâmia e outros de glória,
Euforia, apreensões e decoro...
Tudo isso deve se mesclar em seu íntimo,
Moldar sua alma e seu caráter último.

Serenatas entoadas em seu portão,
E noivas de branco descendo as escadas,
Garotas com cabelos adornados como fadas,
E pés dançantes bailando em seu chão,
Namorados suspirando em sua varanda,
E crianças no jardim a brincar de ciranda.

Deve haver reuniões em torno da lareira,
Encontros e despedidas, nascimento e morte,
Vigílias e prosas de toda sorte...
Tudo se acumulará pela vida inteira,
Uma moradia para quem em você habitar,
Casa querida, embora recente; meu lar, doce lar.

Anne Blythe

Doutor Blythe:

– Essa é a casa nova que o Tom Lacey construiu na estrada de Lowbridge? Eu a vi olhar para ela atentamente.

Susan Baker:

– Dizem que custou a ele mais do que ele um dia conseguirá pagar. Mas uma casa nova é interessante, e eu admito. Já pensei, algumas vezes... (*Para de falar, pensando que talvez seja melhor não expressar o que uma velha governanta pensa sobre casas novas.*)

Hino dos tordos

Quando os ventos distantes sopram suaves
Em meio às árvores do pomar,
Ouve-se o assobio dessas belas aves
Tais quais menestréis a cantar.
Quando o orvalho acumula, inerte e frio
No vale escuro e distante,
Os tordos entoam seu gracioso pio
Para cumprimentar a noite rompante.

Escute, ouça-os na clareira da mata
E nas florestas e praias!
Escute, ouça-os na sombra pacata
Da solidão das samambaias,
Onde pequenas fadas se ocultam
Para aprender as notas prateadas
Que sob o enlevo do ocaso avultam
Nas respostas igualmente entoadas.

Deve-se ficar contente ao ouvi-los:
Eles próprios se alegram;
Devem manter algo em sigilo,
Segredos que ao bosque se integram,
Alguma confidência que repetem sem cansar
Para nós enquanto a escuridão se instala
Quando ouvimos o tordo a cantarolar
O chamado que a vida embala.

Anne Blythe

Susan Baker:

– Eu realmente gosto de ouvir o assovio dos tordos no entardecer.

Anne:

– Às vezes, o bosque de bordos e o Vale do Arco-Íris parecem ganhar vida com eles.

Doutor Blythe:

– Você se lembra de quando eles costumavam cantar na Mata Assombrada e na Encosta do Pomar?

Anne, *melancolicamente*:

– Não me esqueci de nada, Gilbert… De nada.

Doutor Blythe:

– Nem eu.

Jem Blythe, *gritando à janela*:

– Colheres! Colheres! Diga, Susan, sobrou algum pedaço daquela torta? Eu gosto mais dela do que do canto de todos os tordos do mundo.

Susan:

– Isso é muito coisa de menino! Quem dera o Walter fosse mais assim.

Noite

Uma lua pálida e enfeitiçada se põe lentamente
Por trás das dunas que contornam a escuridão campal;
Há uma luz estelar assombrando a corrente
Do mar imemorial.

Estou só e não há mais necessidade de fingir
Risada ou sorriso para ocultar o coração palpitante;
De mãos dadas com a solidão continuo a seguir,
Oculto e distante.

Caminhamos em uma estrada sombria pelo pantanal,
Onde as sombras entrelaçam feixes fantasmagóricos
E os ventos entoam uma canção ancestral
Que da tumba evoca seres históricos.

Sou irmã da beleza
De uma colina distante e da orla sob a aurora,
E nela encontro uma doce tristeza
De toda a dor de outrora.

O mundo do dia, sua amargura e aflição,
Não mais podem provocar-me ranço...
Saúdo esse enlace com a escuridão
Como o proletário saúda o descanso.

Anne Blythe

Doutor Blythe:

– Mais imaginação, suponho. Quando foi que *você* sofreu com um coração palpitante?

Anne, *repreensivamente*:

– Toda a minha infância, Gilbert. E quando pensei que você estava apaixonado por Christine Stuart. E... E... Quando a pequena Joyce faleceu. Você *não pode* ter esquecido, Gilbert.

Doutor Blythe, *arrependido*:

– Não, mas sempre penso em você começando a vida quando eu a vi pela primeira vez. O egoísmo do homem, você dirá, com razão. Mas as pessoas *de fato* esquecem porque precisam esquecer. O mundo não poderia seguir adiante se não esquecessem. E algo machuca alguém todos os dias, você sabe.

Susan Baker:

– Aquela farpa que eu arranquei da perninha do nosso amado Shirley hoje o machucou, pode ter certeza disso.

Homem e mulher

O HOMEM

Amor, preciso ser o único com quem você um dia sonhou,
Nenhum pode ter me precedido em cativar seu coração;
Apenas meus são seus sussurros, apenas meu é o seu riso,
Jamais os beijos fantasmagóricos de outro nos separarão.

Apenas para mim seu rosto angelicalmente alvo corou,
Apenas para mim seus olhos de safira são dois amuletos;
Dama da névoa e da chama, diga que sou seu único paraíso,
E que mais ninguém se perdeu nas mechas de seus cabelos pretos.

A MULHER

Meu bem, de nada importa quem houve antes de mim,
Mulheres formosas, de beleza sem fim,
Cortejadas sob crepúsculos extintos, desejadas em noites esquecidas...
O único pedido que faço é que nenhuma exista depois *de mim.*
Preciso esvaziar a última taça, nem as borras me atrevo a deixar
Para nenhuma outra, rainha, cigana ou freira!
Diga-me que ninguém mais ouvirá seu "Eu te amo" sussurrado,
Diga-me que só eu serei sua pela vida inteira.

Anne Blythe

Doutor Blythe:

– Esse é o tipo de poema de que eu, decididamente, menos gosto. Mas suponho que devamos registrar tudo na nossa imaginação. Você realmente escreveu essas coisas, Anne?

Anne:

– Em Redmond. E é claro que era puramente fantasia e nunca foi publicado. Veja como o papel está amarelado! E você foi o primeiro, você sabe.

Susan Baker, *com firmeza*:

– A senhora pode achar que escreveu esse poema, cara senhora Blythe, mas *não* escreveu. Esse papel acabou misturado em meio aos seus e a senhora esqueceu. Então me atreverei a dizer que, até onde sei, não é muito digno. E tenho certeza de que o doutor concorda comigo.

Doutor Blythe, *fingindo seriedade*:

– Bem, como eu fui o primeiro... E não o Charlie Pye...

Anne, *jogando o papel amarelado no fogo*:

– Pronto, basta dessa sandice.

Doutor Blythe, *resgatando-o*:

– De forma alguma. Esperarei para ter certeza de que *sou* o último e como você se comportará como minha viúva.

Susan, *indo para a cozinha para começar os preparativos do jantar*:

– Se eu não soubesse que eles estão brincando, ficaria assustada. Mas não é possível imaginar qualquer um dos dois afeiçoando-se a outra pessoa. No entanto, dizem que o senhor Meredith se casará com Rosamond West... E ele é um verdadeiro santo. Este é um mundo desconcertante, e fico muito contente por não estar no comando dele, não importa o que a senhora Marshall Elliot diga sobre as coisas serem melhores se as mulheres estivessem na liderança.

Retaliação

Clarissa Wilcox estava a caminho de Lowbridge. Ela ouvira dizer que David Anderson estava morrendo. Susan Baker, de Ingleside, contara a ela. O doutor Blythe, de Glen St. Mary, era o médico de David Anderson, apesar de o doutor Parker morar em Lowbridge. Anos atrás, David Anderson tivera uma discussão com o doutor Parker e nunca mais quis se consultar com ele.

Clarissa Wilcox estava decidida a ver David Anderson antes que ele batesse as botas. Ela tinha umas coisas a dizer a ele. Esperara quarenta anos para dizê-las... E sua chance finalmente chegara. Graças a Susan Baker, que ela detestava... Havia uma disputa de longa data entre os Bakers de Glen St. Mary e os Wilcoxs de Mowbray Narrows, e ela e Susan Baker se limitavam a acenos curtos de cabeça quando se encontravam. Além disso, Susan Baker empertigava-se ridiculamente por ser a contratada de Ingleside. Como se isso fosse algo bom! Nenhum dos Wilcoxs jamais precisara trabalhar para os outros para ganhar seu sustento. Eles costumavam ser abastados e desprezavam os Bakers. Esse tempo já havia, há muito, passado. Agora, eles eram pobres, mas continuavam desprezando os Bakers. De toda forma, ela era grata por Susan Baker ter lhe contado sobre David Anderson.

Ele devia realmente estar muito perto da morte, senão Susan Baker não teria tocado no assunto. O pessoal de Ingleside era muito discreto quando se tratava dos pacientes do doutor. Susan vivia sendo bombardeada de perguntas, mas agia como todos os outros... "Como se fosse parte da família", pensou Clarissa com desdém.

Como algumas pessoas se empertigavam... Entretanto, o que mais poderia se esperar de uma Baker?

O importante era que ela descobrira que David Anderson estava realmente morrendo a tempo.

Ela sabia que essa chance deveria surgir. Em meio a todas as injustiças da vida, uma injustiça monstruosa como essa jamais poderia ser permitida... Aquele David Anderson, com quem ela dançara quando era jovem, deveria morrer sem saber o que ela tinha a lhe contar. Susan Baker achou curioso o brilho estranho que iluminara o rosto velho e pálido de Clarissa Wilcox quando ela por acaso mencionou a morte iminente. Susan inquietou-se, perguntando-se se deveria ter tocado no assunto. Será que o doutor ficaria ofendido?

Entretanto, todos sabiam. Não havia segredo algum. Susan concluiu que estava sendo excessivamente escrupulosa. De toda forma, tomou o cuidado de contar à senhora Blythe.

– Ah, sim – respondera a senhora Blythe sem pestanejar. – O doutor disse que ele pode partir a qualquer momento.

Isso desafogou a consciência de Susan.

Clarissa Wilcox sabia que David Anderson ainda podia ouvi-la... era o que diziam as fofocas. Na verdade, o próprio doutor Parker confirmara. O derrame súbito e repentino que confinara seu odiado inimigo a uma cama... Todos em Lowbridge, Mowbray Narrows e em Glen St. Mary haviam esquecido, por gerações, que havia alguma inimizade ou causa para inimizade entre eles, mas, para Clarissa Wilcox, era como se tivesse sido ontem... Bem, o derrame o privara da fala e dos movimentos... até mesmo da visão, visto que ele não conseguia abrir os olhos... Mas ele ainda podia ouvir e estava bastante consciente.

Clarissa estava contente por ele não poder vê-la... Por não poder ver as mudanças que o tempo havia provocado naquele rosto que um dia fora belo... Sim, ela *era* bonita, a despeito do escárnio dos Bakers... Algo que poucos Bakers eram... E certamente a pobre Susan, que pertencia a uma geração mais jovem, não era. Sim, ela podia dizer o que quisesse a David Anderson sem nenhum risco de ver o desprezo irônico em seus olhos.

Ele estava inválido... Estava à sua mercê... Ela podia contar a ele tudo aquilo que queimou em seu coração por anos. Ele precisaria ouvi-la. Não escaparia dela... Não poderia ir embora com seu sorriso fácil, cortês e inescrutável.

Ela finalmente vingaria Blanche... a bela e amada Blanche, morta em sua graciosa juventude. Será que mais alguém se lembrava de Blanche? Talvez a velha tia de Susan Baker. Será que Susan conhecia a história? Provavelmente, não. A situação fora abafada.

Clarissa, como de costume, estava vestida de preto e encontrava-se arcada e carrancuda. Ela trajava preto desde a morte de Blanche... uma peculiaridade dos Wilcoxs, era o que os Bakers diziam. Seu rosto longo, em formato de coração, com os olhos azuis intensos e pungentes, estava salpicado de rugas minúsculas... Susan Baker pensara, naquela tarde, em como era estranho que Clarissa Wilcox conseguisse manter os olhos tão joviais enquanto os de todos os seus contemporâneos eram fundos e apagados. Susan considerava-se bastante jovem em comparação com Clarissa, que, pelo que ouvira falar, era uma verdadeira beldade em seus tempos de juventude, mas envelhecera mal, pobrezinha. Bem, os Wilcoxs sempre se tiveram em altíssima estima.

– Cara senhora Blythe – disse Susan, enquanto elas preparavam um bolo de frutas juntas –, é melhor ser bela quando se é jovem e ter essa lembrança para sempre, embora deva ser difícil ver sua própria beleza se esvair, do que ser sempre ordinária e, desse modo, não ter muito de que se lamentar quando você envelhece?

– Você, às vezes, faz umas perguntas tão estranhas, Susan – comentou Anne, habilmente cortando cascas de frutas cristalizadas em tiras finas. – De minha parte, *eu* penso que seria bom ser bonita quando se é jovem e se lembrar disso.

– Mas a senhora sempre foi bonita, cara senhora Blythe – respondeu Susan com um suspiro.

– Eu, bonita... Com meus cabelos ruivos e minhas sardas – disse Anne, rindo. – Você não sabe o quanto eu ansiei por ser bela, Susan. Ouvi dizer que a velha senhorita Wilcox, que nos visitou esta tarde, era uma verdadeira beldade quando jovem.

– Todos os Wilcoxs se achavam belos – comentou Susan, fungando. – Nunca pensei isso de Clarissa, mas já lhe contei que a irmã dela, Blanche, era muito bonita. No entanto, embora eu esteja longe de ser jovem, cara senhora Blythe, eu não me recordo dela.

– Vocês, Bakers, nunca pareceram ser muito amigáveis com os Wilcoxs, Susan – observou Anne em um tom curioso. – Alguma rixa familiar, suponho?

– Foi o que me disseram – respondeu Susan –, mas, para ser bem sincera, cara senhora Blythe, eu nunca realmente soube como começou. Só sei que os Wilcoxs sempre se julgaram muito melhores que os Bakers...

– E suponho que os Bakers se julgassem muito melhores que os Wilcoxs – provocou o doutor Blythe, que acabara de entrar.

– Os Wilcoxs tinham mais dinheiro – retrucou Susan –, mas não acho que eles fossem melhores que os Bakers por causa disso. Contudo, dizem que essa Clarissa era muito bonita quando jovem... No entanto, também não arranjou um marido, assim como o restante de nós.

– Talvez ela fosse mais exigente – ponderou o doutor.

Ele sabia que isso enraiveceria Susan, e, de fato, enraiveceu. Sem dizer uma única palavra, ela pegou a tigela de uvas-passas e marchou casa adentro.

– Por que você a provoca desse jeito, Gilbert? – perguntou Anne, o repreendendo.

– É tão divertido – respondeu o médico. – Bem, o velho David Anderson, de Lowbridge, está morrendo... Duvido que sobreviva à noite. Dizem que ele era um verdadeiro galã na juventude. Não se pode dizer o mesmo ao vê-lo agora.

– Como o tempo nos afeta! – comentou Anne, suspirando.

– Você é um tanto jovem para já estar pensando nisso – disse Gilbert. – Clarissa Wilcox parece bastante jovem para a idade que tem, com aqueles olhos e pouquíssimos cabelos brancos. Sabe quem era a esposa dele?

– Não... Rose Alguma Coisa. É claro que já vi em um túmulo no cemitério de Lowbridge. E me parece que houve algum escândalo entre o David Anderson e essa irmã de Clarissa, Blanche.

– Quem é que está falando de escândalos a essa altura? – perguntou Gilbert.

– Algo que aconteceu tanto tempo atrás deixa de ser um escândalo e se transforma em história. Bem, preciso ir acalmar a Susan e colocar este bolo no forno. É para o aniversário de Kenneth Ford... Eles estarão na Casa dos Sonhos na quarta-feira, você sabe.

– Você já se conformou por ter trocado a Casa dos Sonhos por Ingleside?

– Há muito tempo – respondeu Anne.

Entretanto, ela suspirou. Afinal de contas, jamais haveria, para ela, algum lugar como a Casa dos Sonhos.

Enquanto isso, Clarissa Wilcox caminhava pela estrada para Lowbridge com o passo de uma jovem. Seus cabelos escuros, como o médico havia observado, exibia poucos fios brancos, que pareciam um tanto antinaturais em torno de seu rosto enrugado. A cabeça estava encoberta por um acessório de crochê que Blanche havia feito para ela muito tempo atrás. Clarissa raramente saía de casa, então a peça durara bastante. Ela não se importava mais com o que vestia. Tinha uma boca longa e fina e um sorriso pavoroso – isso quando sorria. Pouquíssimas pessoas, se parassem para pensar, haviam visto Clarissa Wilcox sorrir.

Mas ela estava sorrindo agora. David Anderson estava doente... Doente e à beira da morte... E sua chance havia chegado. Os Wilcoxs sempre odiaram os Bakers, mas Clarissa os perdoava por tudo agora, simplesmente por causa do que Susan lhe contara. Aos olhos de Clarissa, Susan Baker era alguém que havia ganhado um pouco de dinheiro repentinamente e se empertigava toda porque tinha um emprego em Ingleside... "Um avanço e tanto para um Baker", pensou Clarissa desdenhosamente... Mas ela a perdoava por ser uma Baker. Se ela não tivesse lhe contado, talvez não ficasse sabendo que David Anderson estava doente ou morrendo até ser tarde demais.

A luz mágica de uma noite longa e azulada estava surgindo no Porto de Four Winds, mas o vento estava cada vez mais forte. Sussurrava nos velhos e enormes abetos que ladeavam a estrada e parecia a Clarissa que os anos passados a estavam invocando. Não era um vento qualquer... Era um vento de morte, soprando para David Anderson. E se ele morresse antes que ela o encontrasse? Susan Baker dissera que ele poderia falecer a qualquer minuto. Ela apressou o passo na estrada para Lowbridge.

Ao longe, dois navios estavam partindo do porto... Provavelmente os navios *dele*, pensou ela, esquecendo que David Anderson se aposentara havia anos. Certamente, seus sobrinhos deram sequência ao negócio. Para onde eles estariam indo? Ceilão... Singapura... Mandalai? Houve um tempo em que esses nomes a deixariam eufórica... Um tempo em que ela ansiava por conhecer esses lugares fascinantes.

Mas era Rose quem tinha ido com ele... Rose, e não Blanche, como deveria ter sido... E Rose também estava morta. Os navios, contudo, continuavam seu caminho, embora David Anderson, que fora construtor e dono de navios sua vida inteira, levando mercadorias a portos em todo o mundo, há muito tivesse deixado de embarcar neles.

Ele deixara o negócio para seu filho. Seu filho! Talvez!

Clarissa sequer sabia que o filho dele era cirurgião naval e que raramente era visto em Lowbridge.

Lowbridge estava diante dela... Bem como David. Ali, na rua principal, ficava a casa abastada e majestosa de David Anderson, onde Rose reinara por anos. Ainda era abastada e majestosa aos olhos de Clarissa Wilcox, embora a geração mais jovem já tivesse começado a chamá-la de antiquada e arcaica. Pequenos botões de cerejeiras rodeavam as vielas em meio ao ar fresco da primavera.

A enorme porta estava aberta, e ela entrou sem ser vista... Atravessou o corredor... Subiu a escadaria ampla de veludo, onde seus passos não emitiam ruído algum. Tudo ao seu redor eram cômodos vazios. O doutor Blythe havia acabado de fazer sua última visita a David Anderson e agora estava parado ao portão conversando com a enfermeira, toda vestida de branco, que tanto ele quanto o doutor Parker queriam trabalhando ao seu lado.

– Eu realmente acho que deveria ver o paciente do doutor Parker – ela estava dizendo vagamente.

Ela preferia ter ficado com o doutor Blythe. Ele era muito mais racional que o doutor Parker, que teria, por exemplo, desaprovado o fato de ela ter deixado David Anderson sozinho por um instante, enquanto ele ainda respirava. Como se fosse fazer alguma diferença a essa altura!

– Vá vê-lo, sem problema algum – respondeu o doutor Blythe. – Posso chamar Lucy Marks, que está visitando a mãe em Mowbray Narrows. Seus serviços logo não serão mais necessários por aqui – acrescentou ele com veemência.

"Jovens tolos", pensou Clarissa. "Ela está tentando flertar com o doutor Blythe."

Para a velha Clarissa Wilcox, ambos pareciam meras crianças. Mas a ela não importava o que eles fizessem. A única coisa que lhe importava era que estava sozinha com David Anderson... Sua tão aguardada chance finalmente chegara, depois de anos de espera. Todos os cômodos ao seu redor estavam vazios... Os mortos e moribundos eram rapidamente esquecidos, refletiu ela amargamente. Até mesmo a enfermeira deixara o homem à beira da morte sozinho. Blanche, pensou ela, deveria ter reinado naqueles cômodos. *Ela* não teria deixado o marido para morrer sozinho. Não ocorreu a Clarissa que talvez Blanche tivesse falecido antes dele, como Rose. "Os Wilcoxs tinham boa composição corporal", pensou ela, cheia de orgulho.

Enquanto subia as escadas, ela espiou pelas cortinas pesadas de veludo dourado da porta da biblioteca. Estavam velhas e surradas, mas, para Clarissa, pareciam esplêndidas como sempre. Ela avistou o retrato de Rose pendurado acima da lareira... onde o retrato de Blanche deveria estar.

Rose foi pintada com seu vestido de noiva de cetim marfim. David Anderson encomendara a pintura com um artista de fora, e Clarissa se lembrava bem do furor local que aquilo provocou em Lowbridge, que era um vilarejo pequeno na época, onde até mesmo fotografias eram tiradas em raras ocasiões. Quando o retrato foi finalizado e dependurado na parede, David Anderson deu uma festa para celebrar. Falou-se sobre isso por meses.

Embora Clarissa não avistasse ninguém, parecia-lhe que sussurros assombravam a casa. A residência estava repleta de sombras... sombras que pareciam se agarrar a você. Deviam ser as sombras que chegaram para levar

David Anderson à eternidade. Rose, Blanche, Lloyd Norman... e sabe-se lá mais quem. Mas ela não seria desencorajada por eles. Tinha coisas a dizer... Coisas a dizer que surpreenderiam todos, exceto Blanche... e talvez... vai saber? Lloyd Norman. E o tempo estava acabando. A qualquer momento, aquela enfermeira fofoqueira poderia retornar.

Ah, lá estava o quarto dele, enfim... Um cômodo amplo e felino, com uma pequena lareira nos fundos, como a língua vermelha de um gato. O quarto que ele compartilhava com Rose!

E não havia ninguém nele além do moribundo David Anderson. Que sorte tamanha! Clarissa temia que a enfermeira tivesse chamado a governanta para ficar de olho nele enquanto ela conversava ao portão com o doutor Blythe. Não havia luz alguma ali, e as árvores abundantes do lado de fora tornavam tudo ainda mais escuro. É claro que não importava para David, que não podia ver mais... Mas Clarissa sentiu, mesmo assim, um pavor que não conseguiria explicar. Os fantasmas se regozijariam ao máximo naquela escuridão. Ela sabia que as pessoas não acreditavam mais em fantasmas atualmente. Ouvira tanto o doutor Blythe quanto o doutor Parker contar histórias de fantasmas e rir delas. Quando eles chegassem à idade dela, seriam mais sábios. E quantos fantasmas deviam estar aglomerados em torno da cama de David Anderson!

O perfume da sebe de lilases penetrava com intensidade pela janela. Clarissa nunca gostava do aroma dos botões de lilás. O cheiro sempre a fazia pensar em algo secreto, doce demais... Talvez como o amor de David Anderson e Blanche Wilcox. Ou... novamente, quem saberia? Entre Rose Anderson e Lloyd Norman. De novo, pela milionésima vez, Clarissa desejou saber toda a verdade sobre a situação.

Havia um vaso sobre a mesa, repleto de flores brancas que reluziam como um espectro em meio à escuridão. Aquilo era surpreendente. David Anderson nunca gostara de flores. Ela supôs que a enfermeira julgara que aquilo fosse parte de suas obrigações. Ou talvez outra pessoa as tivesse mandado. Ela se lembrou de uma rosa que Blanche dera a ele e que ele largara com indiferença na trilha do jardim. Será que ele gostava mais das flores de Rose? Ela, Clarissa, havia recolhido aquela rosa do chão e guardado em algum lugar... Só que não conseguia lembrar onde foi. Em algum livro de poesias velho e empoeirado, pensou ela.

Na parede atrás das flores, havia uma miniatura do retrato de Rose. Fora pintado quando eles estavam fora, em alguma de suas viagens. Clarissa odiava o retrato da biblioteca, mas odiava aquela miniatura ainda mais. Ela era tão íntima e possessiva... Como se se vangloriasse secretamente por pertencer totalmente a David Anderson.

Clarissa odiava tudo naquele retrato. Odiava os cachos dourados claros e brilhantes que emolduravam o rosto vívido alvo e rosado... Blanche tinha cabelos negros... Os grandes olhos azuis e redondos, a boca que se assemelhava a um botão de rosa... Bocas assim estavam em voga na época. Quem é que ostenta lábios assim agora? Os ombros arcados... *Esses* também caíram de moda. A enfermeira tinha ombros eretos como os de um homem.

A moldura era dourada, com um laço dourado no topo. Rose, como Clarissa sabia, dera a miniatura a David em um dos aniversários dele... depois de ter começado a também se relacionar com Lloyd Norman. Bem, Blanche teria sido fiel a ele, ao menos. As Wilcoxs eram sempre fiéis aos maridos, mesmo quando os odiavam.

Enfim, Clarissa ficou feliz pela escuridão do quarto. Ela não queria dizer o que desejava dizer a David Anderson com Rose sorrindo de um jeito triunfante diante dela.

Após um olhar odioso, Clarissa não pensou mais nisso... Não pensou em mais nada além de David Anderson. Ele estava deitado na cama antiga com dossel que era dos pais dele e na qual Rose dormira durante todos os anos em que foram casados.

O rosto dele sobre o travesseiro parecia de cera amarela. Os olhos... os olhos acinzentados, que, pelo que diziam, eram herança de sua mãe irlandesa... estavam escondidos por debaixo das pálpebras enrugadas. As mãos delicadas, de dedos longos e um tanto cruéis, repousavam sobre a colcha. Ela lembrou que, certa vez, muitos anos antes, eles caminharam juntos para casa voltando de algum lugar... Ela não conseguia se lembrar de onde, mas se lembrava do toque da mão dele. No entanto, aquilo foi antes de Rose...

A covinha profunda ainda marcava seu queixo... Blanche costumava colocar o dedo de um modo provocante naquela covinha. Sem dúvida, uma centena de outras garotas também o havia feito. Qual era mesmo aquele antigo provérbio sobre o marinheiro ter um amor em cada porto? Ora, ela ouvira o doutor Blythe citá-lo certa vez. Como os provérbios viviam, enquanto as pessoas morriam! Clarissa perguntou-se quem teria sido a primeira pessoa a dizê-lo.

Contudo, ao menos a covinha não havia mudado. Os magníficos cabelos brancos estavam penteados para trás. Ele era um homem velho, mas não parecia, mesmo estando deitado ali, em seu leito de morte.

Além disso, pensou Clarissa, estremecendo, ele ainda passava a sensação de que estava lhe fazendo um favor ao permitir que ela olhasse para ele. Todos os Andersons tinham essa característica, em maior ou menor grau, mas era mais marcante em David.

Clarissa sentou-se em uma poltrona. Sua respiração estava acelerada, como se ela tivesse corrido. Apenas alguns segundos haviam se passado desde que ela entrara no quarto, mas se sentia como se estivesse ali há um século.

E ela ficou surpresa... desagradavelmente surpresa... ao perceber que ainda sentia medo dele. Ela sempre teve medo dele... finalmente estava admitindo. Mas jamais sonhara que o temeria agora, que ele estava praticamente morto.

E ela não esperava que ele ainda pudesse fazê-la se sentir rudimentar... Tola... Sempre no caminho errado. Como se os Andersons fossem muito superiores aos Wilcoxs! Mas ele podia... e fazia.

Ela percebeu que suas próprias mãos, magras e com as veias aparentes, tremiam. E ficou furiosa. Ela esperara uma vida inteira por aquele momento... e não seria furtada dele. Se a enfermeira ou a governanta aparecesse, ela bateria a porta na cara delas.

Clarissa suprimiu a própria fraqueza. Sua voz estava bastante segura quando ela finalmente falou... segura, clara e bastante jovial. A juventude parecia ter retornado a ela. Ela e Anderson eram ambos jovens, e não fazia sentido que ele estivesse morrendo... Era apenas um boato que alguém havia espalhado. Em contrapartida, Rose também seria jovem, e isso Clarissa não toleraria. Não, eles eram todos velhos, e ela deveria dizer as coisas depressa, ou alguém poderia entrar e ela perderia sua chance.

A velha casa parecia estar ouvindo o veneno gelado de suas palavras. Às vezes, as rajadas de vento também aquietavam, como se o mundo inteiro quisesse ouvir. O doutor Blythe e a enfermeira continuavam conversando ao portão. Os homens eram todos iguais. O que a senhora Blythe diria se soubesse?

– Esta noite, eu descansarei pela primeira vez em anos, David Anderson. Eu descansarei, e você estará morto. Morto, David Anderson. Você nunca pensou que pudesse morrer, não é? Talvez você não descanse... se for verdade que a alma sobrevive ao corpo. Mas *eu* descansarei... pois terei dito a você o que sempre quis dizer... o que esperei anos para dizer... Como eu sempre o odiei... sempre! Você não acreditará nisso. Pensava que ninguém podia odiá-lo. Como eu ansiei por vê-lo em seu leito de morte! Meu único receio, durante todos esses anos, era que talvez eu morresse antes de você. Mas sei que os Céus não permitiriam tamanha injustiça. O mundo é repleto de injustiça, mas há algumas coisas que não são permitidas. Essa era uma delas. Você não pode me ver, David Anderson, mas pode me ouvir com clareza... Ao menos o doutor Blythe afirma que você pode, e ele é um dos poucos homens honestos que eu conheço.

Ela respirou e prosseguiu.

– Você arruinou e assassinou minha irmã Blanche. Você sabia que ela tinha morrido... Mas não sabia que o bebê dela sobreviveu! Ah, se você pudesse se mexer, acho que se surpreenderia com isso. Pouquíssimas pessoas sabiam... Nós, Wilcoxs, também temos nosso orgulho, assim como os orgulhosos Andersons. E sabemos guardar um segredo. Você pensou que a criança havia morrido com a mãe. Pensou que estava a salvo. Mas não foi assim. Um primo nosso ficou com ele. Era um menino, David Anderson. Talvez seu único filho. Ah, isso deveria fazê-lo se encolher se você ainda pudesse se mover. Mas você nunca desconfiou da Rose, não é? Aos seus olhos, ela era a esposa perfeita... e durante todo o tempo... Bem, deixemos para lá. Fofocas são fofocas, você sabe. Seu filho se chamava John Lovel. Quando ele tinha dezessete anos, retornou a Lowbridge, e você deu a ele um emprego no seu escritório... um emprego ruim e mal remunerado. Seu filho, David Anderson. Lembra? Eu duvido. Suponho que você tenha se esquecido dele há muito tempo.

Clarissa fez uma pausa e depois continuou:

– Acho que, talvez, eu fosse a única que sabia do segredo. Mas alguns podem ter desconfiado... Pois ele era a sua cara, cuspida e escarrada. Quando fazia dois anos que ele trabalhava para você, ele roubou uma quantia do seu cofre. Seu sócio quis perdoar o delito... Disse que ele era jovem demais... E nosso primo não havia se empenhado muito na educação dele. Mas você foi irredutível. Lembra, David Anderson? Seu filho... *Seu filho*... Foi para a cadeia e, quando saiu, cinco anos depois, era um criminoso. Seu filho, David Anderson!

Ela não parou.

– Posso provar tudo isso... E, quando você estiver morto, mandarei publicar! Todos saberão que você, esse homem justo, correto, rigoroso... Todos saberão que você foi amante de uma garota que você arruinou e pai de um filho ilegítimo que é um criminoso. Garantirei que todos falarão sobre isso no seu funeral. Como disse, tenho provas, David Anderson. Como o ministro se sentirá enquanto estiver fazendo o sermão? Ah, como eu estarei rindo sozinha! Pois eu estarei lá, David Anderson. Ah, sim, eu estarei lá. Passei anos sem ir a lugar algum, mas irei ao seu funeral. Eu não perderia isso por nada. Pense em como as pessoas vão comentar. Até mesmo os mais jovens, que já o esqueceram... para quem você não passa de um nome. Eles falarão sobre o assunto por muito tempo. Os Andersons tentarão abafar o falatório, mas não conseguirão. Ah, não, as pessoas gostam demais de fofocar, mesmo quando a fofoca já tem cinquenta anos ou mais. A senhora Blythe não dirá que já é história. Ela vai perceber que está errada.

Clarissa respirou e prosseguiu.

– Estou falando demais e me demorando demais. O doutor Blythe logo terminará a animada conversa com sua enfermeira e ela retornará, boazinha como é. Mas já faz tanto tempo que não tenho a chance de conversar com você, David Anderson. E ainda há tanto que quero lhe dizer antes de você morrer. Você será enterrado na cova dos Andersons... ao lado de Rose. Há um espaço vago na lápide para o seu nome. Já lhe ocorreu, David Anderson, que poderia haver outro nome que ela preferiria ver ali? Não, imagino que não. Não poderia haver honra maior do que ter o nome "Anderson" em sua lápide, não é mesmo? Mas deveria ser Blanche, e não Rose, David Anderson. E, quando as pessoas passarem pelo seu túmulo, elas apontarão para ele e dirão: "O velho David Anderson está enterrado aqui. Ele era um hipócrita". Ah, sim, elas dirão. Eu garanto que elas não vão esquecer. Nem mesmo os mais jovens. Pois uma pessoa a quem contarei é Susan Baker. *Ela* não esquecerá. Os Bakers sempre odiaram os Andersons. Os Andersons não se importavam... talvez não soubessem. Os Bakers eram humildes demais para terem alguma importância para os Andersons. Suponho que eles também odiassem os Wilcoxs. As pessoas sempre odeiam aquelas que são superiores a elas. Mas os tempos mudaram, David Anderson. Os Bakers têm seu orgulho agora. Susan orgulha-se até mesmo de trabalhar em Ingleside. Mas ela não esqueceu a velha rixa. Ela ficará feliz em saber da sua desgraça, David Anderson. E eu me regozijarei em contar a ela. Ela finge não gostar de fofocas... Gosta de imitar aquela arrogante da senhora Blythe em tudo que pode. *Eu* poderia contar à senhora Blythe algumas coisas sobre o doutor Blythe e suas enfermeiras... Sim, e sobre ele e a senhora Owen Ford, se eu quisesse. Mas isso não me diz respeito. Meu negócio é com *você*, David Anderson.

Após uma pausa, ela retomou:

– Ah, como eu hei de rir quando passar pelo seu túmulo! Passo pelo cemitério todo domingo... Pois eu ainda vou à igreja, David Anderson.

Ir à igreja parece estar ficando antiquado... Mas eu vou todo domingo que posso... e passo por aquela pequena trilha que corta o cemitério. As pessoas pensam que sou uma filha muito devotada... Se é que pensam algo com relação a isso. Mas eu passo por ali para rir... em silêncio, para mim mesma... Sabendo que, se eu abrisse a boca, poderia manchar essa sua reputação imaculada da qual você tanto se orgulha. E, agora, eu hei de rir mais do que nunca. Você sempre foi um homem orgulhoso, David Anderson... Orgulhoso até mesmo para um Anderson. Lembra-se da vez em que se recusou a sentar ao lado do meu primo na escola porque ele era um Wilcox? E você foi ficando cada vez mais orgulhoso, à medida que foi envelhecendo. Orgulhoso da sua esposa... dos seus negócios importantes... dos seus belos navios... orgulhoso de ser o capitão Anderson... orgulhoso da sua casa abastada e refinada... Já lhe passou pela cabeça que Rose se casou com você por causa da sua casa? Orgulhoso do seu belo filho...

Clarissa deixou as palavras morrerem no ar, então exclamou:

– *Tem certeza de que ele era seu filho, David Anderson?* Ah, agora chegamos ao ponto. Outras pessoas não têm tanta certeza assim. Pergunte ao avô da Susan Baker, quando encontrá-lo do outro lado. Sua bela Rose tinha um amante. Você não sabia disso... Nunca sequer suspeitou. *Eu* sabia... Talvez fosse a única que soubesse... Mas muitos suspeitavam. Ora, até mesmo Susan Baker tocou no assunto quando você sofreu o derrame. Ela disse que o avô viu sua Rose com Lloyd Norman certa noite. Também havia suspeitas sobre você e Blanche, embora vocês achassem que eram muito cautelosos.

Após mais uma pausa, ela prosseguiu:

– Eu sempre pretendi contar antes que você morresse. Sabia, de alguma forma, que viveria mais do que você. Não apenas porque sou muito mais nova... Mas, bem, eu simplesmente *sabia*. Você idolatrava Rose, não é mesmo? Colocou um vitral lindo e caro em homenagem a ela na igreja de Lowbridge. À noite, a luz atravessa o túmulo dela e toca no de Lloyd Norman. Mas ele não a procura mais... O rosto angelical dela não enrubesce mais ao ouvir os passos dele, como eu vi enrubescer. Como você foi cego,

David Anderson. O rosto dela agora está gélido... A cova é um amante cruel, David Anderson. Mas agora você sabe... Você finalmente sabe. E sabe que tudo o que eu disse é verdade. Não se conta mentiras àqueles que estão morrendo. Finalmente você sabe que a sua esposa, sua bela Rose, que nem mesmo os ventos do paraíso devem tocar com muito vigor, era falsa com você. E você sabe que muitas pessoas suspeitavam, enquanto você mantinha o queixo erguido. Susan Baker conta que o avô disse à esposa, no batismo do filho de Rose: "Sábia é a criança que conhece o próprio pai".

Suas palavras coléricas afundaram no silêncio como em um poço fundo. Ela havia, finalmente, desafogado seu ódio.

E em boa hora. O doutor Blythe tinha terminado sua conversa com a enfermeira e partira. A enfermeira estava voltando para o paciente. Houve uma comoção, como se a governanta estivesse subindo pela escadaria dos fundos. Mas ela fizera o que pretendia fazer havia anos. Ah, a vingança era doce.

Subitamente, ela percebeu que estava sozinha no quarto. Com as mãos trêmulas, pegou um fósforo e acendeu uma vela sobre a mesa. Ela a ergueu... A luz fraca e trêmula da chama oscilou sobre o rosto no travesseiro. David Anderson, que costumava ser tão tremendamente cheio de vida, estava morto.

Ele havia morrido enquanto ela falava com ele. E, morto, estava sorrindo.

Clarissa sempre odiara aquele sorriso, pois ninguém sabia o que significava. Nem mesmo agora ela sabia. Será que ele estava debochando dela porque nada mais importava agora?

Ele era o único dos Andersons com um sorriso daqueles. Os Wilcoxs detestavam todos os outros, mas não pelo sorriso. Ela se lembrou de que um professor da escola certa vez dissera que o pequeno David Anderson devia ter ido para o inferno para aprender a sorrir daquele jeito. Os Andersons fizeram com que ele fosse demitido por causa desse comentário. Mas o avô de Susan Baker dissera que foi apenas porque David Anderson gostava de privar as pessoas de seus devidos afazeres. Diziam que ele comandava suas tripulações apenas com aquele sorriso. E Clarissa lembrou-se de que os Andersons sempre tinham dificuldade em equipar um navio se David participasse da viagem. Ela se perguntou se Rose havia descoberto o significado daquele sorriso.

– Sou uma velha solteirona – dissera Susan Baker –, e serei sincera ao admitir que jamais tive a chance de ser alguma outra coisa. Mas, antes de me casar com um homem com um sorriso como o que meu avô dizia que David Anderson tinha, eu preferiria viver a vida de cem velhas solteironas.

Clarissa pareceu ficar frouxa como um vestido velho quando a enfermeira entrou apressadamente no quarto.

– Ele faleceu – anunciou ela. – Passamos o dia todo esperando.

– Ele morreu enquanto você estava de flerte com o doutor Blythe – respondeu Clarissa, venenosamente.

A enfermeira a fitou atordoada. Sabia que a velha Clarissa Wilcox "tinha uns parafusos a menos", mas a ideia de que ela estaria flertando com o doutor Blythe!

Clarissa sentia-se idosa... desgastada... tola. A enfermeira estava rindo dela... Até mesmo na presença da morte. Rapidamente, ela saiu do quarto e o deixou sorrindo sobre o travesseiro, tão arrogante na morte quanto era em vida. Sem fazer barulho algum, ela desceu a escadaria e saiu da casa, seguindo pela rua sob o céu que escurecia. As brasas do crepúsculo queimavam no Oeste. Viam-se cristas ondulantes de espuma branca no porto, como se o mar estivesse exibindo os dentes para ela.

Ela sentia muito frio.

– Gostaria de estar morta – disse Clarissa Wilcox em voz alta, sem se importar com quem poderia ouvi-la. – Eu o amei tanto... Ah, eu sempre o amei tanto... Desde que éramos crianças na escola. Espero que ele não tenha me ouvido... Oh, Deus permita que ele não tenha me ouvido! Mas eu jamais saberei.

A terceira noite

Há uma casa que amo

Há uma casa que amo
Próxima ao mar convidativo;
Não importa se outro lugar aclamo,
Meu lar é sempre altivo.

Cada cômodo é um amigo
Para todos que vêm e vão;
Conheço o jardim antigo:
Cada árvore e cada botão.

A menta silvestre na horta,
Os amores-perfeitos na janela,
O abeto que a mim reconforta
Sobre a relva mais bela.

Sábia como seu dono,
Lembrete das coisas mais belas,
Das luas do céu do outono,
Da chuva que ora nos brinda.

O riso nela habita
E a dança lhe faz companhia;
Não há casa mais bonita,
Ou que a mim sorriria.

Uma casa cheia de felicidade
Não se pode comprar ou vender,
Pois sua eterna mocidade
Jamais há de envelhecer.

Anne Blythe

Doutor Blythe:

– Essa é fácil… Green Gables.

Anne:

– Não totalmente… Nem na maior parte. É uma mistura de Green Gables com a Casa dos Sonhos e Ingleside. Reunidas, elas formam "a casa que eu amo", para mim.

Doutor Blythe:

– Você não acha, menina Anne, que ama lugares demais?

Anne, *suspirando*:

– Receio que sim. Mas, como diz a Susan, não se pode escapar de quem você é.

Doutor Blythe:

– Como me lembro dos abetos no morro da Mata Assombrada! E você tem razão quanto à casa ser "sábia" e "lembrete das coisas mais belas". Mas casas envelhecem, *sim*.

Anne, *delicadamente*:

– Não na memória.

Canção do mar

Cante para mim
Sobre o mistério e o encanto do mar,
Sobre tesouros escondidos em cavernas escuras,
Os portos de sonhos e os navios partidos,
Dos beijos em lábios queridos,
Das sereias e sua candura,
Que procuram beijar
Amantes mortais a velejar,
No reino das fadas a abençoar,
E sobre o que existem além da nossa compreensão...
O ouro roubado do pirata fanfarrão!

Cante para mim
Sobre o horror e o encanto do mar,
Sobre as belas criaturas de quem roubou a vida...
Crianças instigadas, mulheres formosas,
De mechas cheirosas,
E bocas secas lamentando a partida;
Dos pobres corações que a água congelou,
Do homem tão robusto que nunca mais pisou
Em suas costas ferozes e brutais;
Príncipes e reis da terra, fantasmas imperiais!

Cante para mim
Sobre a beleza e o encanto do mar,
Suas flores de espuma e suas estradas anis,
Os berilos de coral e as ondas cintilantes,
O reflexo da lua distante
No seio das baías de águas gentis,
Os vastos refúgios noturnos,
Sombrios, austeros e taciturnos,
Com estrelas que iluminam o céu soturno,
E o regozijo do vento e suas rajadas
A brincar com as ondas quebrando na orla sob a alvorada!

Anne Blythe

Doutor Blythe:

– Acho que cometi um erro indelével ao me casar com uma mulher que escreve assim e prejudicar a carreira dela... Bem, de nada adianta a indignação, querida. Mas conte-me uma coisa: não foi a biografia do Capitão Jim a inspiração para esse poema?

Anne:

– Sim... E ficarei indignada, sim. Pensar que eu preferiria qualquer carreira a me casar com você! Eu me certificarei de jamais perdoá-lo.

Susan Baker:

– Não tenho educação suficiente para compreender todo o seu poema, cara senhora Blythe, mas a senhora pensa ser adequado para ler diante das crianças? Sereias ansiando por beijos e todo o restante? – *Acrescenta, baixinho:* – E não é um bom exemplo para o Walter, e não mudarei de ideia.

Doutor Blythe:

– Está na hora de todos irem para a cama. Tenho uma cirurgia complicada amanhã.

O faz de conta dos gêmeos

Jill e P.G. (apelido Leitão ou Toucinho, dependendo do humor de Jill) estavam um tanto entediados. Essa não era uma situação comum para eles, pois a mente fértil que fazia todos se manterem alertas durante todos os dez anos de vida daqueles dois diabretes raramente falhava em tornar o mundo um lugar extremamente interessante e intrigante.

Mas havia algo de errado naquela manhã específica em Half Moon Cove... que ficava mais ou menos no meio do caminho entre Mowbray Narrows e Glen St. Mary e que estava começando a ser chamado de "colônia de verão".

Talvez fossem as guloseimas indevidas que eles haviam consumido na noite anterior, quando tia Henrietta teve uma de suas crises e a mamãe ficara ocupada demais para ficar de olho neles... talvez fosse algo relacionado a isso. Nan e Diana Blythe estavam vindo de Glen St. Mary...

– E nós *tivemos* que oferecer um lanche decente para elas, mamãe.

– Não vejo por que elas precisassem lanchar – respondeu a mãe com severidade. – Elas já tinham jantado e passaram apenas meia hora aqui enquanto o doutor Blythe visitava um paciente em Upper Glen.

– Imagino que a velha Susan Baker não dê comida suficiente para elas – alegou Jill. – De toda forma, são garotas adoráveis, mamãe, e gostaríamos de morar mais perto delas.

– Já ouvi falar muito bem da família Blythe – admitiu a mãe. – Sei que o pai e a mãe são ótimas pessoas. Mas, se elas aprontam metade do que vocês costumam aprontar no prazo de uma semana, eu tenho pena de quem cuida delas e acho que talvez seja melhor que essa Susan Baker de quem vocês falam não dê a elas metade da comida que os boatos alegam. Elas reclamaram de ter pouco o que comer?

– Ah, não, não. Elas são muito leais – respondeu Jill. – Mas vi, pela expressão dela, que as deixaria passar fome se pudesse. Eu já a vi na igreja.

– Deixando Susan Baker e as gêmeas Blythes totalmente para lá – disse a mãe –, quem é que tem usado a nova caçarola da tia Henrietta a ponto de deixá-la avariada e amassada?

– Ah, nós precisávamos de algo para usar como elmo romano – explicou P.G. com tranquilidade.

Algo pequeno como isso jamais preocuparia P.G. Afinal, havia dúzias de caçarolas melhores em estoque em Glen St. Mary.

Em todo caso, lá estavam eles, enfiando os dedos morenos na areia e fazendo caretas terríveis um para o outro. Como dizia Jill, era preciso fazer algo para quebrar a monotonia. Eles provavelmente teriam brigado... E as brigas dos gêmeos sempre faziam sua mãezinha exausta e estafada se perguntar por que o Destino tinha escolhido *ela* para criá-los... se Anthony Lennox não tivesse aparecido.

Mas Anthony Lennox apareceu e Jill se apaixonou por ele à primeira vista. Conforme ela contou para Nan Blythe mais tarde, parecia que ele escondia algum segredo sombrio em sua consciência. Jill, assim como Nan, estava naquela fase em que adorava vilões. Não havia maneira melhor de conquistar seu coração do que aparentar ser consequência de uma vida errática.

– Ou um pirata arrependido – dissera Nan.

– Seria ainda melhor, para ele, não ser arrependido – comentara Diana.

Jill sentia que poderia morrer por um pirata não arrependido. Foi então que elas descobriram que Susan Baker não gostava de piratas. É claro que uma mulher que não gostava de piratas faria você passar fome se pudesse.

– Ah, não – retrucou Diana com sinceridade. – Susan não faz ninguém passar fome. Nossa mãe vive dando bronca nela por nos dar guloseimas antes de irmos para a cama. Ela só diria que devemos ter mais bom senso quando crescermos.

– Isso não é de enlouquecer a gente? – ponderou Nan.

Jill concordou que era.

Anthony Lennox era sombrio o suficiente para justificar quase qualquer coisa que se pudesse presumir em relação a ele. Por que o editor milionário de uma série de revistas de nível nacional apresentava uma aparência sombria e descontente em uma manhã como aquela, as gêmeas não sabiam, assim como não sabiam por que ele era milionário... Susan Baker dissera às gêmeas Blythes que, ou melhor, por que, sendo um milionário, ele tinha escolhido aquele refúgio obscuro e desconhecido na Ilha do Príncipe Edward para suas férias de verão.

Assim como os gêmeos, Anthony estava entediado. Mas, ao contrário deles, aquele estava se tornando um estado crônico para ele. Susan Baker dizia que isso acontecia quando não se precisava trabalhar duro o bastante para conseguir dinheiro.

Anthony estava cansado de tudo. Estava cansado de ganhar dinheiro... de publicar revistas... de formar a opinião pública... de ser perseguido por mulheres. Ele era deselegante o suficiente para se expressar dessa forma.

O mundo todo estava obsoleto.

E agora ele já estava cansado de Half Moon Cove, embora só estivesse ali há poucos dias. Como ele havia sido tolo de ir para lá! Ele devia saber; ele sabia; exatamente como seria. Caminhou pelos cascalhos com o vento cortando seu rosto. Havia um céu azul acima dele... um mar azul diante dele... um mundo azul ótimo, fascinante e implacável por todos os lados.

Não havia lugar para fantasmas, era de se pensar. No entanto, ali estava ele, assombrado. Com os diabos!

E pior que assombrado... Entediado. Tudo se resumia a isso. Fantasmas e tédio eram as duas coisas que Anthony Lennox não podia suportar. Ele havia passado quinze anos tentando escapar de ambos. É claro que seu médico havia lhe dito que ele deveria ir passar o verão em um lugar tranquilo se quisesse que seus nervos estivessem sob controle no outono. Mas, certamente, não em um lugar morto.

Ele iria embora naquela tarde.

Havia acabado de tomar tal decisão quando chegou ao lugar em que Jill estava sentada em uma rocha, tal qual uma rainha em um trono, e P.G.

estava deitado de barriga para baixo na areia, entediado demais até mesmo para levantar a cabeça.

Anthony pausou e olhou para Jill... Para seu rostinho jocoso e insolente sob a franja de cabelos castanhos-avermelhados... para seu nariz, que não era daqueles narizinhos pequeninos de crianças de dez anos de idade, mas um nariz imponente... para sua boca longa de lua nova, que agora se curvava nos cantos.

E a alma de Anthony Lennox foi, naquele instante, conectada à de Jill, para nunca mais se desconectar. Mas não foi o nariz ou a boca ou a insolência que o conquistou. Diana Blythe, que ele já conhecera, detinha todas essas características... à exceção da insolência, talvez.

Foram os olhos... os olhos luminosos de longos cílios. Eram como olhos que ele um dia conhecera... exceto por serem tempestuosos, rebeldes e acinzentados, ao passo que os olhos de que ele se lembrava, apesar de serem azuis e sonhadores, tinham, de alguma forma, nuances de prazeres selvagens, secretos, desenfreados... muito parecidos com os da senhora Blythe, só que os dela eram verdes-acinzentados. Ele quase invejava o médico, e, se a senhora Blythe não fosse casada e mãe de cinco ou seis crianças... Pare, Anthony Lennox, seu velho tolo, incoerente e sentimental!

– Bem – disse Anthony.

– Bem, você – respondeu Jill, um tanto amuada.

– Ora, ora, qual o problema? – quis saber Anthony. – Duas crianças como vocês deveriam estar contentes como grilos em uma manhã como esta. Aposto que as gêmeas Blythes estão. Eu vi vocês brincando com elas ontem à noite, e vocês pareciam estar se divertindo.

– Problema! Problema! – Os sufocos de Jill vieram à tona e a arrebataram. – As gêmeas Blythes são meninas. Isso faz diferença. Meninas têm algum bom senso. Isso é tudo culpa do Leitão!

Leitão grunhiu.

– Ah, sim, fique aí, grunhindo. Ele não quer fazer coisa alguma nesta manhã que não seja grunhir. Ele não brinca de faz de conta... Simplesmente não brinca. Só fica aí chafurdando e grunhindo. Estava tudo ótimo ontem à noite. Ele queria se exibir para as meninas Blythes. Ah, eu o conheço bem.

Outro grunhido furioso de P.G. Ele não seria, contudo, provocado a ponto de abrir a boca. Jill que dissesse todas as tolices que quisesse. As meninas Blythes, imagine!

P.G. preferiria morrer a admitir que, depois de ter ido para a cama, passara um bom tempo pensando nos olhos de Nan e desejando que Half Moon Cove não fosse tão distante de Glen St. Mary.

– Se você nunca brincar de faz de conta... – comentou Jill dramaticamente –, como pode viver por aqui?

– De fato! – concordou Anthony de um modo caloroso.

– As meninas Blythes nos chamaram para visitá-las... mas não podemos ir lá todo dia. Não é... – Em uma de suas mudanças súbitas, Jill ficou quase chorosa. – Não é como se eu fosse irracional. Eu disse a ele que posso brincar do que ele quiser. Era a minha vez de escolher... E tinha uma coisa que eu realmente queria... Nan Blythe disse que ela e o Walter volta e meia brincam de faz de conta no Vale do Arco-Íris... Mas eu disse a ele que ele podia escolher. Eu brincaria de qualquer faz de conta... indígenas torturados... ou de entreter o rei... ou uma princesa presa em um castelo perto do mar... ou a terra onde os desejos se tornam realidade... E as meninas Blythes adoram essas coisas... Ou qualquer outra coisa. E ele, não. Ele diz que está cansado de tudo.

O fôlego de Jill chegou ao fim, e ela cutucou com violência a canela de P.G. com o pé.

P.G. virou-se de barriga para cima, revelando um rosto excepcionalmente parecido com o de Jill, à exceção do belo par de olhos cor de mel e das sardas a mais.

– "A terra onde os desejos se tornam realidade" é a brincadeira mais boba de todas – comentou ele com desdém. – Porque os desejos nunca se tornam realidade. Jill tem minhoca na cabeça.

P.G. virou-se novamente e deu a Jill sua chance de vingança.

– Você não falou isso para a Nan Blythe ontem à noite – sibilou ela. – Disse que achava essa a melhor brincadeira de todas. E é melhor não se deitar de bruços. Você não lavou a parte de trás das orelhas esta manhã.

P.G. não deu sinais de ter escutado, mas Jill sabia que tinha acertado o alvo. P.G., para um garoto, era extremamente preocupado com a higiene.

– De qual faz de conta você queria brincar? – quis saber Anthony.

– Ah, eu queria fingir que somos ricos... Nós somos pobres à beça, sabe? E que compramos Orchard Knob e a trouxemos de volta à vida. A Diana disse que elas vivem brincando disso também. Embora talvez elas *pudessem* comprar Orchard Knob. O pai delas é um médico muito bem-sucedido.

Os olhos castanhos de Anthony se arregalaram.

– O que é e onde fica Orchard Knob? E quando e por que morreu?

– Conte tudo a ele – desdenhou P.G. – Não esconda nada. Ele ficará *muito* interessado.

– Ah, nós demos o nome de um lugar que vimos em um livro. Fica a menos de um quilômetro de Half Moon Cove e na metade do caminho entre a nossa casa e Glen St. Mary. Pertence a alguém que foi embora anos atrás e nunca mais voltou. Costumava ser um lugar lindo. Nan contou que Susan Baker disse que era ainda mais bonito que Ingleside, embora *eu* não acredite nisso. O senhor já viu Ingleside?

– Ah, sim, já estive lá – respondeu Anthony, fazendo uma pedrinha saltitar pela água de um jeito que deixou a alma de P.G. verde de inveja. – Mas não conheço nenhum lugar chamado Orchard Knob.

– Eu *disse* que esse é um nome que nós demos. Mas seria ótimo se alguém ainda gostasse um pouquinho de lá. Está caindo aos pedaços, como diz Nan. As telhas estão arrebitadas, o teto do alpendre está cedendo, e as janelas estão todas quebradas. E uma das chaminés desabou e as bardanas crescem por todo lado... É tão solitário e triste...

– Você pegou esse discurso de Nan Blythe – resmungou P.G.

– Não me importo... Ela provavelmente pegou da mãe dela. Dizem que a senhora Blythe escreve histórias. E, de toda forma, eu realmente sinto vontade de chorar toda vez que vejo aquele lugar. É terrível ver uma casa tão solitária.

– Como se casas tivessem sentimentos! – escarneceu P.G.

– Elas têm – afirmou Anthony. – Mas por que essa nunca foi comprada?

– Ninguém quer comprar. Diana diz que os herdeiros estão pedindo dinheiro demais, e Susan Baker diz que não a aceitaria nem de presente. Custaria uma fortuna para arrumar tudo. Mas eu compraria se fosse rica. E o Leitão também, se não estivesse emburrado demais para admitir.

– E o que você faria com a casa?

– Ah, isso eu sei. Eu e o Leitão já brincamos tanto de faz de conta que sabemos direitinho. Não tem nada a ver com o que as Blythes fariam, mas elas são mais econômicas em suas fantasias. Entretanto, para *mim*, quando se trata apenas de imaginação, que diferença faz o tamanho da sua extravagância?

– Concordo. Mas você não respondeu à minha pergunta.

– Bem, a gente trocaria as telhas... Nan Blythe usaria estuque... E refaria a chaminé... Nisso, todo mundo concorda... O senhor deveria ver a lareira que eles têm em Ingleside... E eu arrancaria o velho alpendre e colocaria uma bela varanda no lugar.

– Você parece ter esquecido que ele já esteve em Ingleside – resmungou P.G.

– E nós faríamos um jardim de rosas na trilha das bardanas. Susan concorda com a gente nisso. O senhor se surpreenderia ao ver quanta imaginação Susan Baker tem, depois que a conhecesse melhor.

– Nada com relação a uma mulher me surpreenderia – comentou Anthony.

– Esse é um comentário cínico? – perguntou Jill, olhando para ele. – Nan disse que o pai dela falou que o senhor é cínico.

– O que vocês fariam no interior? – quis saber Anthony. – Suponho que também precise de reforma.

– Ah, iríamos decorar tudo como um palácio. Garanto ao senhor que seria divertido.

– Sim – zombou P.G., sem conseguir continuar em silêncio. – É por isso que Jill gosta de brincar de faz de conta. Ela adora mexer com cortinas, almofadas e essas coisas. As meninas Blythes também. Só que elas têm mais bom senso. Elas fariam o que eu gostaria de fazer.

– E o que seria?

– Ser um homem digno de se conhecer. Eu colocaria uma piscina... E uma quadra de tênis... E um jardim de pedras... O senhor deveria ver o que elas têm em Ingleside...

– Pensei que você tivesse dito que ele já esteve em Ingleside – disse Jill. – Elas mesmas foram buscar pedras na orla do porto. Susan Baker ajudou.

– Não custaria muito fazer um jardim de pedras – ponderou P.G. – Veja todas essas rochas por aqui. Além disso, eu teria um hangar na beira do rio... Tem um riozinho que passa por Orchard Knob... E canis para centenas de cachorros. Ah! – grunhiu P.G. – Quantas coisas se pode fazer quando se é rico!

– Mas nós não somos. E você sabe, Toucinho... – disse Jill em um tom mais suave. – A imaginação não custa nada.

– Pode apostar que custa... às vezes – disse Anthony. – Mais do que o homem mais rico do mundo poderia bancar. Mas a ideia do jardim de rosas me conquistou. Sempre tive um desejo ardente e secreto por cultivar rosas.

– Ora, porque não cultiva? – questionou Jill. – Todos dizem que o senhor é rico o suficiente. As meninas Blythes contaram que o pai delas disse...

– Não é, exatamente, uma questão de riqueza, querida Jill, mas de tempo para aproveitar. De que serviria um jardim de rosas que você só pode ver uma vez a cada alguns anos? Talvez eu precise estar no Turquestão quando as rosas estiverem em botão.

– Mas o senhor saberia que as rosas estão lá – ponderou Jill. – E outra pessoa poderia estar aproveitando se o senhor não pudesse.

– Que bela filósofa! Bem... – Anthony tomou a decisão em um piscar de olhos, como toda decisão que tomava. – Imagine que a gente possa reformar essa Orchard Knob de vocês!

Jill ficou olhando para ele. P.G. concluiu que o homem era louco. Nan Blythe dissera que Susan havia dito que as pessoas falaram que ele era maluco.

– Reformar? O senhor está falando sério? E como poderíamos? O senhor pode comprá-la?

– Não preciso. Já é minha... Embora eu não veja o local há quinze anos. Costumava apenas ser "a velha propriedade Lennox", na época. Em um primeiro momento, eu não sabia que vocês estavam falando de lá.

P.G. olhou para o homem e concluiu que Nan tinha razão. Jill fez o mesmo e concluiu que ele era são.

– E por que é que o senhor – disse ela em um tom severo – foi embora e deixou um lugar lindo daqueles morrer? Não é de admirar que Susan Baker pense...

– Não importa o que Susan Baker pensa. Um dia eu lhe contarei a história toda. Enquanto isso, vocês serão meus sócios nisso ou não? Eu entro com o dinheiro e vocês entram com a imaginação. Mas as meninas Blythes não podem saber de nada até terminarmos.

– Elas são garotas tremendamente amáveis – protestou Jill, incerta.

– É claro que são... As filhas de Gilbert Blythe e Anne Shirley jamais poderiam ser outra coisa. Eu os conheci na faculdade.

– Elas jamais contariam se prometessem não contar – reforçou P.G.

– Elas não teriam intenção de contar. Mas vocês não acham que Susan Baker conseguiria arrancar essa informação delas rapidinho?

– O senhor tem bastante dinheiro? – indagou Jill, focando na parte prática. – Se fizermos tudo o que queremos, custará... milhões, eu acho.

– Não – interrompeu P.G. subitamente. – Já fiz as contas diversas vezes. Trinta mil bastam.

Anthony ficou olhando para o garoto com uma expressão que Jill julgou ser desalento.

– O senhor não tem esse dinheiro? Eu sabia que ninguém teria. Susan Baker diz...

– Se você mencionar o nome de Susan Baker mais uma vez, eu pegarei uma dessas belas pedras redondas e irei até Ingleside e a destruirei. Você acha que as meninas Blythes gostarão de vocês depois disso?

– Mas o senhor parecia...

– Ah, suponho que eu tenha parecido um tanto abismado... Mas não foi com a quantia. Não se preocupe, minha querida. Tenho algumas moedas guardadas. Bem, vocês vêm comigo?

– Pode apostar – exclamaram Jill e P.G. em uníssono.

Tédio? Eles não sabiam o significado de tal expressão. Essa era a última das palavras existentes no mundo! E pensar que algo assim poderia acontecer, cair no seu colo de paraquedas, por assim dizer!

Teria sido inacreditável para qualquer outra pessoa, mas nada jamais era inacreditável para os gêmeos. Eles haviam visitado a terra onde os desejos se tornam realidade tantas vezes que nada os fascinava muito ou por muito tempo. Eles lamentavam bastante o fato de não poderem contar às gêmeas Blythes, mas sabiam bem que Susan Baker descobriria tudo em pouco tempo, e eles teriam o triunfo de ter descoberto antes dela.

– Vocês acham que seus pais poderiam se opor? – perguntou Anthony. – Terão de passar bastante tempo comigo nessa Orchard Knob, vocês sabem.

– Não temos pais – afirmou Jill. – Ah, tem a mamãe, é claro, mas ela está tão ocupada cuidando da tia Henrietta que não se preocupa muito conosco. Ela não se importará. Além disso, o senhor é um homem respeitável, não é?

– Totalmente. Mas seu pai... Ele está...

– Morto – respondeu P.G. alegremente.

Um pai que morrera três meses depois de ele e Jill virem ao mundo era apenas um nome para P.G.

– Ele não deixou um centavo, é o que Susan... as pessoas dizem. Então a mamãe precisou começar a trabalhar. Ela dá aulas na escola quando estamos em casa. Nós moramos no Oeste, sabe?

– E ela não estava muito bem no ano passado – comentou Jill –, então o conselho deu a ela um ano de licença...

– Remunerada – complementou o financeiramente consciente P.G.

– E veio para Half Moon Cove para descansar.

– Ela descansa cuidando da tia Henrietta – observou P.G. com desdém. – É uma mudança de atribulação, suponho.

– Acho que seria melhor não contarmos a ela, de toda forma – ponderou Jill –, porque ela pode pensar que deveria se preocupar conosco, e ela já tem coisas demais com que se preocupar, é o que Susan... digo, as pessoas dizem. Ela simplesmente pensará que estamos perambulando pela praia, basta irmos para casa para comer e dormir. Nós estamos acostumados a cuidar de nós mesmos, senhor... senhor...

– Lennox... Anthony Lennox, ao seu dispor.

– O que o senhor fará com Orchard Knob depois que reformá-la? Pretende morar lá?

– Deus me livre! – exclamou Anthony Lennox.

Havia algo no tom de voz dele que desencorajava mais questionamentos. Viver em Orchard Knob! Por outro lado, era uma vez...

Eles foram até Orchard Knob naquela noite. Os gêmeos estavam eufóricos, mas Anthony sentia vontade de dar as costas e sair correndo enquanto destrancava o velho portão de ferro com a chave que tinha pegado com o advogado Milton, de Lowbridge.

– A primeira coisa a fazer – disse Jill – é derrubar esse muro e esse portão horríveis. Tem buracos por todo lado. Toucinho e eu costumávamos entrar por um deles, atrás dos celeiros. Não conseguíamos entrar na casa, contudo. Não dava nem para enxergar lá dentro. Susan, uma mulher que não devemos mencionar por medo de que o senhor a ataque com uma pedra, disse que costumava ser uma bela casa, muito tempo atrás.

– Bem, vocês a verão agora. Passaremos por todos os cômodos, então nos sentaremos no alpendre para planejar o que faremos.

– Ah, já faz tempo que tenho tudo planejado – disse Jill animadamente. – Nan Blythe e eu terminamos de decorar a varanda ontem à noite. Suponho que eu possa mencionar o nome *dela* sem que ela corra o risco de morrer?

– Bem, pode ser. Mas ela não deve saber de nada disso.

– Nós prometemos – garantiu Jill com seriedade. – Mas, se passarmos tempo demais em Orchard Knob, o segredo logo se espalhará.

– Mas não o fato de que estou acatando as ideias de vocês – observou Anthony.

Então, ele deu de ombros resignadamente. Ela deveria fazer o que quisesse. Seria divertido passar a liderança para ela e ver o que ela faria com a casa. Que diferença faria para ele? Depois que Orchard Knob fosse reformada, seria fácil encontrar um comprador. Muito tempo atrás, seria quase impossível, mas os veranistas estavam começando a vir para a ilha agora.

De qualquer forma, a propriedade não significava nada para ele. Nada.

Mesmo assim, sua mão tremia estranhamente enquanto ele abria a porta. Ele sabia o que provavelmente veria lá dentro.

Sim, ali estava… A enorme lareira da sala quadrada e, dentro dela, as cinzas da última fogueira, ao lado da qual ele se sentara, quinze anos atrás, em uma noite inesquecível. Ele pareceu desesperado para dar as costas àquele velho lugar para sempre. Por que as cinzas não foram varridas? Milton deveria ter encontrado uma mulher para manter a casa em ordem.

Evidentemente, ele não tinha se dado ao trabalho. O pó se acumulava em todas as partes.

Jill fungou.

– Pelo amor de Deus, deixe a porta aberta – ordenou ela. – Esta casa fede como um túmulo. Não é de admirar, pobrezinha. Não vê a luz do sol há quinze anos. Mas nós mudaremos isso tudo. Se Susan Baker visse este lugar…

– Esqueceu o que eu disse? – lembrou Anthony.

– Sim. Você não estava falando sério. Vou falar da Susan e das gêmeas Blythes sempre que elas vierem à minha cabeça. Mas não contarei a elas sobre a reforma de Orchard Knob… Eu lhe dou minha palavra de honra.

A hora seguinte foi de êxtase para os gêmeos. Eles exploraram a casa do ático ao porão, e Jill ficou eufórica com as possibilidades. Até mesmo P.G. estava entusiasmado.

Mas havia uma coisa, confessou Jill, que a deixava arrepiada… O relógio parado no patamar da escada… Um relógio de chão enorme, marcando doze horas… Muito parecido com o que ela havia visto em Ingleside.

– Eu parei os ponteiros aí uma noite, quinze anos atrás – explicou Anthony –, bem antes dos Blythes virem para Glen St. Mary. Eu estava vivendo uma confusão sentimental aquela noite, sabe? Pensei que o tempo havia se esgotado para mim.

– Quando nós revivermos esta casa, vou colocar o relógio para funcionar novamente – decidiu Jill. – O de Ingleside não para de funcionar. Pertencia ao bisavô do doutor Blythe. O senhor deveria ver a maneira como a Susan fala dele. E até mesmo a senhora Blythe…

– Nenhuma palavra de ou sobre ou contra ou a favor da senhora Blythe – interrompeu Anthony com firmeza.

– O senhor não gosta dela? – perguntou Jill com curiosidade. – Nós gostamos.

– É claro que gosto dela. Se eu a tivesse conhecido antes do doutor... ou antes de eu ter bancado o idiota... eu teria me casado com ela, se ela me aceitasse. Mas é claro que ela não aceitaria. Agora, vamos deixar esse assunto para lá.

Eles saíram e se sentaram nos degraus do alpendre. Anthony olhou ao seu redor. Que linda e melancólica era aquela velha propriedade! E um dia também fora tão alegre...

Quantas ervas daninhas haviam crescido no jardim que sua mãe adorava! O canto dos fundos, onde não se podia cultivar nada além de violetas, tinha se transformado em um matagal de bardanas. Ele sentiu a reprimenda da casa. Um dia, ela fora habitada. Homens e mulheres costumavam se amar dentro dela. Houve nascimentos e mortes... agonia e alegria... oração... paz... abrigo.

Mas, mesmo assim, não era o suficiente. Requeria mais vida. Era uma pena ter sido negligenciada por tanto tempo. Houve uma época em que ele a adorava. E que bela vista ele tinha da porta da frente, de um mar que era prateado, azul-safira e carmesim. A vista que se tinha do Porto de Four Winds lá de Ingleside era justificadamente famosa, mas não poderia se comparar àquela ali; a velha Susan podia se gabar o quanto quisesse.

– E agora, antes de irmos para casa – disse Jill –, o senhor poderia nos contar por que abandonou Orchard Knob. O senhor prometeu, lembra?

– Eu disse que um dia contaria – protestou Anthony.

– Hoje é um dia – retrucou Jill implacavelmente. – E é melhor o senhor contar de uma vez, pois precisamos ir para casa antes que escureça demais, senão a mamãe pode ficar preocupada.

No fim das contas, ele acabou contando. Ele nunca havia contado a nenhuma pessoa antes. Durante quinze anos, mantivera-se de bico fechado. Agora, sentia um alívio estranho ao contar tudo àquelas crianças de olhos redondos. Elas não podiam compreender, é claro, mas o mero fato de contar extravasou uma antiga amargura de sua alma. Ele sentira um desejo esquisito de contar à senhora Blythe na noite em que haviam conversado, lá no Porto de Four Winds, mas concluiu que ela simplesmente o acharia tolo.

– Havia, certa vez, um jovem estúpido...

– O senhor? – indagou P.G.

– Quieto! Onde estão suas boas maneiras? – sibilou Jill irritada..

– Deixe as boas maneiras para lá. Elas não têm espaço aqui. Sim, eu era o jovem estúpido. E não sou mais sábio hoje em dia. Havia uma garota...

– Sempre tem uma garota – murmurou P.G. desgostoso.

– Leitão, quieto! – ordenou Jill severamente.

Enquanto lhes contava a história, os olhos e a voz de Anthony foram ficando mais melancólicos. Ele deixou, pensou Jill, de parecer um pirata e passou a parecer mais com um poeta assombrado.

Ele e a tal garota costumavam ser colegas durante a infância... E então, à medida que foram crescendo, passaram a ser namorados. Quando ele foi para o exterior a fim de estudar, deu-lhe uma aliança que ela prometera usar "enquanto não gostasse de mais ninguém".

Quando ele retornou da Inglaterra, três anos depois, ela não estava usando a aliança. Isso significava que não gostava mais dele. Ele era orgulhoso e estava magoado demais para perguntar o motivo.

– Como qualquer homem – observou Jill. – Ora, talvez houvesse uma razão perfeitamente cabível. Talvez tivesse ficado larga demais e caído da mão enquanto ela estava lavando a louça. Ou talvez tivesse quebrado e ela não tivesse tempo de mandar consertar.

– Bem, mandei fechar esta propriedade... Eu a tinha herdado quando meus pais faleceram... E a deixei ruir em meio ao pó.

– Acho que o senhor não lidou bem com a situação – comentou Jill de um jeito cruel. – Deveria ter perguntado a ela na mesma hora por que ela não estava usando a aliança.

– *Eu* teria perguntado, pode apostar – alegou P.G. – Nenhuma garota jamais pisaria em mim desse jeito. E, como disse a Jill, talvez houvesse uma explicação perfeitamente simples.

– Havia. Ela estava apaixonada por outro homem. Descobri em pouco tempo.

– Como?

– As pessoas me contaram.

– *Ela* não lhe contou. Talvez fosse tão orgulhosa quanto o senhor. Nan Blythe disse que Susan Baker já contou a ela muitas histórias desse tipo. Susan Baker adora contar histórias de amor, mesmo sendo uma solteirona. Não acho que eu acabarei solteirona, embora ache que há algumas vantagens.

– *Não* mude de assunto, Jill – demandou P.G. em um tom irritado. – É bem típico de menina divagar desse jeito. Susan Baker não sabe de nada sobre esse assunto.

– Como você sabe que não? Diana disse que ela entende de tudo.

– Bem, mesmo se a história for verdadeira, não havia sentido algum em deixar Orchard Knob às moscas, não é? – ponderou P.G.

– Os homens são uns porcos egoístas – ralhou Jill. – Susan Baker diz que o doutor Blythe é o homem mais altruísta que ela conhece, mas até mesmo ele, se alguém comer a fatia de torta que ela deixa para ele na copa antes de ir para a cama, vira discípulo de Caim.

– Homens apaixonados nunca são sensatos... E raramente são egoístas, Jill. E, veja bem, eu estava terrivelmente magoado.

– Sim, eu sei. – Jill segurou a mão dele com seus dedos morenos e a apertou com empatia.. – É terrível quando alguém nos decepciona dessa forma. Como ela era?

Ah, como ela era! Alva, tímida, doce. Ela raramente ria, mas sua risada era deliciosa. Ela era como... Ora, como um abeto prateado sob o luar. Todos os homens eram loucos por ela. Ele pensara, outro dia, que a senhora Blythe, de Glen St. Mary, lhe lembrava ela, de certa forma, apesar de não se parecerem nem um pouco uma com a outra. Devia ser alguma semelhança na alma.

Não era de admirar que ela não o quisesse... Um pobre diabo cujo único patrimônio era uma pequena propriedade no campo.

E seus olhos... azuis como o mar e brilhantes como as estrelas... Ora, um homem poderia morrer por olhos como aqueles.

– Como os de Helena de Troia – murmurou Jill.

– Helen de... quanto?

– De Troia. O senhor certamente sabe quem foi Helena de Troia!

– É claro. Meu conhecimento de história antiga estava um pouquinho enferrujado, é só isso. Ela era a moça pela qual homens lutaram por dez anos. Será que o vencedor achou que ela valeu a batalha de tanto tempo?

– Susan Baker diz que nenhuma mulher vale – comentou P.G. – Por outro lado, nunca alguém lutou por *ela*.

– Deixe Susan Baker para lá. Quem você imagina que é a Helena de Troia?

– A artista que está hospedada na vizinha da tia Henrietta neste verão. Não sabemos o nome dela, mas ela sempre abre um sorriso lindo quando nos vê. E tem uns olhos azuis tão gentis... Ah, ela é incrivelmente adorável.

– É uma moça bonita, não tão jovem quanto costumava ser – opinou P.G., que gostava de fingir ser casca-grossa e havia escutado o doutor Blythe dizer isso de alguma outra pessoa.

– Ah, cale a boca – ralhou Jill furiosamente. – Ela... quero dizer, a sua garota... casou-se com o outro rapaz?

– Suponho que sim.

– *Supõe* que sim! Não *sabe*?

– Bem, a família dela se mudou para o Oeste no ano seguinte. Não sei que fim ela teve.

– E nunca se deu ao trabalho de descobrir. Bem, parece que Susan Baker é mais sensata que a maioria das mulheres – observou Jill, desgostosa.

– Veja bem, eu estava amargurado demais para sequer ir atrás. Agora, vamos dar o dia por encerrado? A Helena de Troia provavelmente estará preocupada com vocês, mesmo que sua mãe não esteja.

– Helena não nos conhece, e a nossa mãe vive preocupada conosco – protestou P.G. com indignação. – É só que a tia Henrietta exige muito dela. Ela era irmã do nosso pai, não da mamãe. E a Susan Baker diz que ela é a pessoa mais ranzinza da ilha. Até mesmo o doutor diz...

– P.G. – disse Jill solenemente –, você não deve repetir fofocas... Ainda que tenha sido a Diana Blythe quem lhe contou.

– Por quem é que ele está caidinho? – sussurrou Anthony para Jill. – Nan ou Diana?

– Pelas duas – respondeu ela. – Mas e quanto à casa?

– Irei à cidade amanhã e, na semana que vem, poderemos começar – garantiu Anthony.

Alguns dias depois, um exército de homens chegou a Orchard Knob e Jill ascendeu ao paraíso. Nunca, em toda a sua vida, ela se divertiu tanto. Ela comandava os homens a torto e a direito, mas, como tinha o talento de fazer o sexo oposto comer na palma de sua mão, eles nunca percebiam e faziam exatamente o que ela mandava. Ela permitiu que Anthony e P.G. coordenassem as alterações da área externa, em sua maior parte, mas era a comandante suprema no que se referia à casa.

A velha propriedade estava adormecida havia muitos anos, mas, agora, fora despertada com um espírito de vingança. A chaminé foi reerguida; o telhado, refeito com belas telhas marrons e verdes; a casa recebeu fiação elétrica dos pés à cabeça e foi equipada com tudo quanto é tipo de aparato mecânico.

Jill, a despeito de suas tendências românticas, era surpreendentemente prática quando se tratava de reforma. Insistiu que se colocasse um armário de louças entre a cozinha e a sala de jantar e nos belos banheiros verde e lilás e rosa antigo... Tinha um esquema de cores para cada pavimento... A conta resultante teria deixado Jill sem palavras se ela um dia a tivesse visto.

Quando chegou a hora de mobiliar, a garota saiu do controle. Estava fervilhando de ideias. Fez Anthony comprar um bordado chinês de que ela gostara para as paredes do corredor e uma graciosa cristaleirinha azul com buquês pintados nas portas, além de cortinas de brocado maravilhosas para a sala de jantar que eram de um tom entre o verde-primavera e o dourado antigo... Ah, Jill certamente tinha bom gosto! Espelhos nas portas de todos os guarda-roupas... Tapetes persas como veludo... Trasfogueiros de bronze e castiçais de prata, além de uma lamparina de cobre forjado, que parecia uma renda, para pendurar na nova varanda.

Frequentemente, Jill pensava que era ótimo o fato de as meninas Blythes estarem longe, em algum lugar chamado Avonlea, visitando uma tia. Caso contrário, ela não sabia como conseguiria guardar o segredo delas e não mostrar o que estava sendo feito. Dizia-se que toda a comunidade estava louca de curiosidade. Aquela reforma certamente deveria estar sendo feita por causa de um casamento.

– De toda forma, o senhor tem a sua janela – disse P.G. de um modo reconfortante a Anthony.

P.G. desejava secretamente que as meninas Blythes estivessem em casa e pudessem vê-lo chefiar os trabalhadores na piscina e caminhar pela quadra de tênis.

Jill e Anthony travaram diversas batalhas por causa da janela.

Ele queria abrir o corredor ao lado da porta da sala de estar, para que a maravilhosa vista do mar, com o Porto de Four Winds ao longe, pudesse ser admirada, mas Jill tinha certeza de que aquilo danificaria a parede.

Anthony se mostrou surpreendentemente teimoso, disse que não se importava se a parede fosse danificada e, no final, ela cedeu. Ele teria sua janela, e Jill poderia redecorar o quarto que já tinha sido pintado de azul--celeste com um papel de parede repleto de papagaios.

Anthony pensou que ficaria horroroso, mas, como de costume, o resultado comprovou o bom gosto de Jill.

Finalmente, a obra chegou ao fim. Os trabalhadores foram embora. Toda desordem havia sido eliminada. Orchard Knob jazia sob o sol do fim de agosto; um lugar lindo e gracioso, por dentro e por fora.

Jill suspirou.

– Foi um verão divino – comentou ela.

– Eu me diverti – confessou Anthony. – Ouvi dizer que suas amigas, as meninas Blythes, já estão em casa novamente. Talvez vocês queiram chamá-las para ver.

– Ah, elas estiveram aqui esta tarde – contou Jill – e já mostramos tudo. Elas acharam maravilhoso... Eu *admito* que elas não ficaram com inveja... Mas *devem* ter pensado que Ingleside é ínfima perto disto aqui.

– Ingleside continua sendo um ótimo local – ponderou P.G., que estivera por lá e descobriu que gostava das tortas de Susan Baker.

– Mas... – Jill olhou de modo repreensor para Anthony. – Agora, esta casa precisa ser *habitada. Essa* é a vantagem de Ingleside.

Anthony deu de ombros.

– Bem, alguém morará nela... aos menos nos verões. Já recebi uma boa oferta, de um milionário de Nova Iorque. Acho que fecharei com ele.

– Bem... – Jill suspirou e se rendeu à lógica inexorável dos fatos. É claro que, se Anthony não tinha intenção alguma de passar mais nenhum outro verão em Half Moon Cove, outra pessoa poderia ficar com Orchard Knob. – É melhor que fechá-la novamente e abandoná-la. De qualquer maneira, precisamos fazer uma festa de reabertura. Eu já planejei tudo.

– É claro que planejou. Vai chamar Susan Baker?

– Não seja sarcástico, senhor Lennox. Mas nós *precisamos* chamar o doutor e a senhora Blythe... Mas não uma multidão, o senhor entende.

– Os Blythes, certamente. Eu realmente gostaria que a senhora Blythe visse este lugar antes de vendê-lo a qualquer outra pessoa.

– Vamos acender uma fogueira enorme na lareira... Nan Blythe diz que sabe onde podemos conseguir toda a lenha de que precisamos. E vamos acender todas as luzes da casa. Não ficará linda vista de fora? Não é uma sorte o fato de a casa ficar tão perto do rio? E traremos almoço e faremos uma festança. A mamãe disse que providenciará os comes. Nós contamos tudo a ela ontem à noite. Mas ela já sabia de boa parte.

– As mães são assim mesmo.

– Amanhã à noite está bem para o senhor?

– Então você ainda não definiu a data? – disse Anthony em um tom brincalhão. – Era de esperar, visto que planejou todo o resto.

– É que precisa ser uma noite adequada para o senhor – observou Jill. – Seria absurdo se o senhor não estivesse na festa de reabertura de sua própria casa. E temos que considerar a agenda dos Blythes, também.

– E garantir que nenhum bebê resolva nascer em Glen nessa noite – zombou P.G.

– Não precisa ser indelicado – retrucou Jill.

– Um bebê é indelicado? – perguntou P.G. – Então se certifique de jamais ter um.

– Terei meia dúzia – respondeu Jill com frieza. – Se aquela garota ainda estivesse usando a sua aliança, senhor Lennox, quantos bebês o senhor acha que teriam tido?

– Pelo amor de Deus, vamos nos abster de ter esse tipo de conversa – implorou Anthony. – Sou antiquado, eu sei, mas me sinto encabulado. Faça sua festa de reabertura da casa e planeje como bem entender. E não me culpe se o doutor Blythe tiver um bebê nessa noite.

Eles planejaram algo que Anthony não esperava. Ele sabia que eles levariam a mãe, é claro... se a tia Henrietta estivesse bem disposta... mas não esperava a senhora Elmsley, a artista, que, por um acaso, ele nunca havia encontrado.

P.G. ficou apenas olhando para Jill quando ela lhe contou que convidara a senhora Elmsley.

– Mas por quê? Ele não a conhece...

– Não seja tolo, Leitão. Ela está morrendo de curiosidade para ver a casa e precisa retornar a Winnipeg muito em breve... Em breve demais para que Anthony se apaixone por ela.

– Você quer que ele se apaixone por ela?

P.G. sentia-se totalmente confuso.

– Ela é viúva, Leitão. Pensei que você acharia óbvio quando eu sugeri que Anthony se apaixonasse por ela. E você não vê? Nesse caso, ele não venderia Orchard Knob, e eles passariam os verões aqui de toda forma. E eles teriam três filhos... Dois meninos e uma menina. E a menina ficaria com o quarto dos papagaios azuis. Ah, como eu odeio pensar que qualquer pessoa, até mesmo a filha de Anthony, ficará com o quarto dos papagaios.

– Mas nós estaremos no Oeste. E não acho que um dia voltaremos ao Leste. Então você não se incomodará por vê-la nele – ponderou P.G., com mais empatia do que costumava exibir.

– Mas eu sempre a verei no quarto na minha imaginação. E desejarei que os papagaios arranquem os olhos dela.

Na noite seguinte, pela primeira vez em quinze anos, Orchard Knob reluzia de luz, e o fogo da lenha ardia na lareira da sala. As paredes floresciam com velas vermelhas como botões de rosa.

Metade das pessoas de Glen St. Mary e de Mowbray Narrows e Lowbridge passaram de automóvel ou a pé pela velha propriedade Lennox naquela noite. Susan Baker não estava entre elas, mas o médico e Anne lhe contaram tudo na manhã seguinte.

– O que será que a viúva achou? – indagou ela. – Winnipeg pode ser um lugar muito refinado... Tenho um sobrinho que mora lá... Mas pensar que poderia se sobressair à ilha?

Jill estava dançando no tapete diante do fogo.

– Estou imaginando que o tapete é magico – gritou ela. – Todas as pessoas que pisarem nele se esquecerão de todos os infortúnios da vida. Tente, senhor Lennox.

Anthony levantou-se da poltrona onde estava esparramado perto do fogo e caminhou até a janela para observar a noite banhada pelo luar e ver se algum convidado estava chegando. Os Blythes haviam telefonado para avisar que estariam lá, mas chegariam um pouco mais tarde. Por sorte, não se esperava que nenhum bebê nascesse, mas Jim Flagg tinha quebrado a perna.

Os gêmeos não contaram a Anthony que haviam convidado a senhora Elmsley, mas ele já imaginava. Desde que a conheceram, eles enalteceram tanto sua beleza que ele próprio tinha consciência do desejo um tanto encabulado de vê-la. Ele não sabia seu nome, mas Jill parecia achá-la a criatura mais maravilhosa do mundo.

– Estou ficando ansiosa. Já era para a senhora Elmsley estar aqui – sussurrou Jill ansiosamente para P.G. – Espero que ela não tenha esquecido. Já ouvi dizer que artistas não são muito confiáveis.

– Qual o problema com o senhor Lennox? – murmurou P.G.

Anthony, que estava olhando pela nova e mágica janela, também se perguntava o que havia de errado com ele.

Haveria ele enlouquecido? Ou será que a janela é que era mágica, no faz de conta de Jill?

Pois ela estava ali, atravessando o terreno iluminado pelo luar com passos leves que sempre o faziam pensar na Beatriz de Shakespeare, "nascida sob uma estrela dançante". No instante seguinte, ela estava parada à porta. Atrás dela, apenas árvores escuras e o céu púrpura da noite.

Seu rosto doce... seus olhos... as mechas escuras de cabelo... inalteradas... inalteráveis.

– Betty! – gritou Anthony.

– Mamãe! – gritaram os gêmeos. – Onde está a senhora Elmsley? Ela não vem?

– Que Deus a previna de vir – murmurou o médico, que estava logo atrás de Betty. Ele havia tratado da perna de Jim mais depressa do que esperava, e algo no rosto de Anthony lhe contou a história toda. – Ao menos por um tempo. Anne, venha comigo ao jardim. Não, nenhuma palavra de objeção. Uma vez na vida, hei de ser obedecido.

Anthony estava à porta. Segurava a mão dela entre as suas.

– Betty... É você! Isso quer dizer que você é... eles são... você é a mãe dos gêmeos? É claro que eles me disseram seu nome... Mas é um nome tão comum...

Betty começou a rir, porque, quando Jill, que amadureceu um século em apenas um instante, compreendeu perfeitamente, ela precisava rir ou chorar. P.G., menos ligeiro em desvendar mistérios, permaneceu imóvel, olhando fixamente para eles, boquiaberto.

– Anthony! Eu não sabia... jamais sonhei. As crianças não me disseram seu nome... E eu nunca havia ouvido falar de um lugar chamado "Orchard Knob". Precisei ficar tão colada na tia Henrietta neste verão que não ouvi fofoca alguma. E eles faziam de conta que você era... eles o chamavam... Ah, pensei que fosse apenas alguma besteira deles... Ah...

Todos pareciam tão desorientados que Jill precisou resgatá-los. Ela nunca tinha visto nada tão incrível quanto o semblante de Anthony. Nem Anne Blythe, que desobedecera o marido deliberadamente e voltara à porta da frente.

– Mamãe, a senhora Elmsley não vem? Nós pensamos...

– Não, ela está com uma dor de cabeça daquelas. Pediu-me que transmitisse suas desculpas.

– Jill – disse Anthony subitamente –, você mandou em mim o verão inteiro. Agora é minha vez. Saia daqui... Vá a qualquer lugar, você e o P.G. Por meia hora. Senhora Blythe, perdoe-me se eu lhe...

– Pedir a mesma coisa? Perdoo. Vou pedir desculpas ao meu marido.

– E, como recompensa, você pode contar tudo a Susan Baker amanhã – disse Anthony.

Quando eles voltaram para avisar que o jantar estava posto na sala de jantar, encontraram Anthony e Betty no canapé perto da lareira. Betty havia chorado, mas parecia extraordinariamente feliz e mais linda do que eles a haviam visto em toda a vida... Toda a tristeza se dissipara.

– Jill – disse Anthony –, há outro capítulo naquela história que eu lhe contei naquela noite.

– Pessoas decentes não escutam escondido – disse o doutor Blythe à sua esposa, que havia sido arrastada de volta aos degraus da varanda.

– Então não sou uma pessoa decente – retrucou Anne. – Nem você.

– Foi tudo um tremendo mal-entendido – continuou Anthony.

– Eu sabia – disse Jill em um tom triunfante.

– Ela ainda estava usando minha aliança... Em uma corrente em torno do pescoço... Mas tinha ouvido histórias a meu respeito... Ela tinha um título, Betty?

– Não era tão ruim assim – respondeu ela, sorrindo.

– Bem, ela pensou que eu tinha me esquecido do nosso antigo acordo, então tirou a aliança... E éramos dois jovens orgulhosos, magoados e tolos...

– Eu parecia ter um único objetivo na vida... – murmurou Betty. – Impedir que as pessoas pensassem que eu me importava.

– Você conseguiu – observou Anthony, um tanto sombriamente.

"É impressionante como a história se repete", pensou o doutor Blythe com seus botões. "Quando pensei que Anne estava noiva de Roy Gardiner..."

"A vida não é assim mesmo?", pensou Anne. "Quando pensei que Gilbert estava noivo de Christine Stuart..."

– Mas por que a senhora se casou com meu pai? – quis saber Jill.

– Eu... Eu me sentia solitária... E ele era um homem bom e gentil... E eu gostava dele – respondeu Betty um tanto hesitante.

– Fique quieta, Jill – disse Anthony.

– Se ela não tivesse se casado, você e o P.G. jamais teriam nascido – ponderou o doutor Blythe, entrando com um sorriso no rosto.

– Então é isso – disse P.G. – Mas o que eu quero saber é o seguinte: ninguém vai comer nesta noite?

– Então está tudo bem agora – disse Anthony. – Vamos viver aqui e o quarto de papagaios será seu, Jill. E vamos colocar o velho relógio para funcionar, já que o tempo voltou a passar para mim novamente. Senhora Blythe, nos daria a honra de ajustá-lo?

– O senhor vai mesmo ser o nosso pai? – questionou Jill quando recuperou o fôlego.

– Assim que a lei e a igreja permitirem.

– Ah! – Jill soltou um suspiro extasiado. – Era desse faz de conta que eu e o P.G. estávamos brincando o tempo todo!

A quarta noite

A um estimado amigo

Tenho direito a você...
Em seu rosto, eu o vejo sábio, amável, leal,
Feito para a decepção imensa, a satisfação colossal,
Seremos mais ousados, seguindo juntos a jornada plena...
Sei que podemos ser jovens e velhos lado a lado,
Jogando o intenso jogo da vida com entusiasmo, pouco importando o resultado
De perda ou de ganho, para que o mero jogo valha a pena.
Eu jamais seria amigo de todos... a amizade é muito valiosa
Para ser assim banalizada... mas a nossa é preciosa!

Sei que amamos as mesmas coisas...
Pequenas estrelas errantes, todo o êxtase eterno
De uma noite ventosa, em que nossos pensamentos estão a salvo do mundo externo,
Todas as magias negras ou velhas florestas encantadas.
Podemos caminhar pela ampla estrada enquanto o ocaso se demora,
Ou quando o sol nos toca com os raios da aurora,
Ou trocar confidências sob o luar em noites desoladas.
Os outonos radiantes serão nossos, a neve imortal do inverno,
Noites que serão pérolas púrpuras, consolidando nosso amor fraterno.

Daremos um ao outro
O melhor presente de uma risada sem maldade,
Palavras cintilantes como gotas vermelhas do sangue da verdade,
Também arriscando o silêncio, porque temos confiança.

Seremos felizes quando as labaredas ronronarem e iluminarem,
Lamentaremos juntos quando as alegrias se dissiparem,
Quando nossos sonhos se resumirem a uma mera lembrança.
Velhos quartos serão ideais para nossas conversas animadas,
Jardins serão perfeitos para as caminhadas privadas.

Nós temos direito um ao outro...
Direito de saborear e assimilar as perdas e os ganhos
Direito à companhia nos momentos mais estranhos...
Ah, não haverá tempo suficiente para tudo que temos a compartilhar!
Já perdemos tanto nos anos que ficaram para trás,
Desfrutemos e aproveitemos agora esse nosso laço tenaz.
Aqui está minha mão... Pegue-a com franqueza... Não há nada a recear...
Até a última tentação acenar, até nossos caminhos serem rompidos,
Você e eu continuaremos a caminhar, amigos unidos.

Anne Blythe

Doutor Blythe:

– Muito bom, Anne. Eu realmente não fazia ideia de que tinha uma esposa tão astuta. Meninos, lembrem-se de que não há nada melhor do que um amigo bom e leal. Um amigo como esse vale um milhão de conhecidos.

Walter, *pensando*: “Espero encontrar um amigo assim um dia”.

Uma voz que ninguém ouve:

– Você encontrará. E seu nome será “morte”.

Susan Baker, *pensando*: “Por que será que eu estremeci agora? Minha velha tia Lucinda diria que alguém caminhou por cima do meu túmulo”.

Louca de amor

Esme não estava com muita vontade de passar o fim de semana em Longmeadow, como os Barrys costumavam chamar sua propriedade nos arredores de Charlottetown.

Ela teria preferido esperar até tomar uma decisão definitiva quanto a se casar com Allardyce antes de se hospedar na casa dele. Mas tanto o tio Conrad quanto a tia Helen achavam que ela deveria ir, e Esme estava tão acostumada a fazer exatamente o que os tios e as tias de ambos os lados achavam, que ela deveria fazer que aceitou mais esse convite, como aceitara tantas outras coisas.

Além disso, já estava certo que ela deveria se casar com Allardyce. O doutor Blythe, lá de Glen St. Mary, que conhecia bem a família – embora nunca houvesse tido nenhuma relação profissional com eles –, dissera à esposa que era uma pena. Ele sabia de algo sobre Allardyce Barry.

É claro que ele era considerado um ótimo partido. As pessoas achavam que ele era um pretendente surpreendentemente bom para uma coisinha insignificante como Esme. Até mesmo seu próprio clã ficara impressionado.

Às vezes, Esme pensava, em segredo (ela guardava muitos segredos, visto que não tinha nenhuma amiga especial ou confidente), que aquele era um golpe de sorte grandioso demais para ela. Ela gostava bastante de Allardyce como amigo... mas não tinha certeza de que gostaria dele como marido.

Se havia alguma outra pessoa? Definitivamente, não. De nada adiantava pensar em Francis. Nunca houvera nenhum Francis... não realmente. Esme sentia que até mesmo a imaginativa senhora Blythe, que vivia lá em Glen St. Mary, mas que Esme encontrara diversas vezes e de quem gostava muito, teria bastante certeza quanto a isso.

Esme estava certa de que ela própria deveria ter certeza. Só que... ela nunca conseguira. Ele parecia tão real naqueles adoráveis e longínquos momentos em Birkentrees, no jardim sob o luar...

Desde sua infância, ela nunca conhecera a mãe de Allardyce. Os Barrys viviam no exterior desde a morte do pai de Allardyce. Fazia apenas seis meses que eles tinham voltado para casa e aberto Longmeadow para o verão.

Todas as garotas estavam "atrás" de Allardyce... era o que o tio Conrad dizia. Todas, exceto Esme.

Talvez fosse por isso que Allardyce tenha se apaixonado por ela. Ou talvez fosse simplesmente porque ela era diferente de todo mundo. Era uma criatura pálida e adorável, delicada e reservada. Seus parentes viviam reclamando que ela "não daria em nada". Ela parecia ser filha do crepúsculo. Tons de cinza e a luz das estrelas a compunham. Ela se movia com graciosidade e raramente ria, mas seu leve ar de tristeza era lindo e fascinante.

– Ela jamais se casará – dissera Anne Blythe ao marido. – É, realmente, extraordinária demais para as realidades da terra.

– Ela provavelmente se casará com algum brutamonte que abusará dela – refletiu o doutor Blythe. – Esse tipo sempre abusa.

– De toda forma, ele tem belas orelhas – comentou Susan Baker, que jamais tivera, segundo ela própria, qualquer chance de se casar.

Os homens que conheciam Esme queriam fazê-la rir. Allardyce conseguia. Era por isso que ela gostava dele. Ele dizia tantas coisas extravagantes que era impossível não rir.

O próprio Francis, muito tempo atrás, não vivia dizendo coisas extravagantes? Ela tinha quase certeza, embora não conseguisse se lembrar das palavras. Só conseguia se lembrar dele.

– Então o patinho feio se tornou um cisne – brincou a senhora Barry quando eles se encontraram, tentando tranquilizar Esme.

Mas o que a senhora Barry não sabia era que Esme não precisava daquilo. Ela sempre fora segura de si, por baixo da fina camada de indiferença que tantos, erroneamente, confundiam com timidez... à exceção da senhora Blythe, mas ela vivia longe demais para encontros frequentes.

E Esme não gostou muito da insinuação da senhora Barry de que ela costumava ser uma garota ordinária que acabara inexplicavelmente se transformando em uma linda mulher. Talvez ela não tivesse sido uma criança linda, mas jamais fora considerada feia. E, certa vez, Francis também tinha lhe dito...

Esme sacudiu a cabeça. Não havia Francis algum... Nunca houvera. Ela *precisava* se lembrar disso, se ia se casar com Allardyce Barry e ser castelã da bela Longmeadow... que era um pouquinho grande, esplendorosa e maravilhosa demais, agora que havia sido reaberta.

Esme achava que se sentiria muito mais confortável em um lugar menor... como Ingleside, em Glen St. Mary, por exemplo... ou... ou Birkentrees. Ela sentiu uma saudade súbita de Birkentrees.

Mas ninguém mais vivia lá. A propriedade fora fechada e largada às traças desde a morte do tio John Dalley, em razão de algum entrave legal que ela nunca compreendeu.

Esme não pisava lá havia doze anos, embora ficasse a apenas cinco quilômetros da residência do tio Conrad. Ela, na verdade, nunca quis ver a propriedade novamente. Sabia que deveria estar repleta de ervas daninhas e desértica. E sabia que tinha certo receio de vê-la sem a tia Hester.

A estranha tia Hester! Esme, ao se lembrar dela, estremeceu.

Em contrapartida, ela nunca tremia quando pensava em Francis. Às vezes, ainda podia sentir sua mãozinha de criança segurando os dedos fortes dele. Ela nunca tremia, mas sentia-se um pouco assustada. Imagine... imagine... se ela acabasse como a tia Hester!

Ela não viu o retrato até a tarde seguinte. Allardyce estava lhe mostrando a casa e, quando eles chegaram ao cômodo que costumava ser a toca de seu pai, lá estava, dependurado na parede, em meio às sombras.

O rosto alvo e tranquilo de Esme enrubesceu até corar quando ela o viu, e então ficou mais pálido do que nunca.

– Quem... quem é aquele? – perguntou ela baixinho, morrendo de medo da resposta.

– Aquele – disse Allardyce com indiferença.

Ele não se interessava muito por coisas antigas e já tinha decidido que ele e Esme não passariam muito tempo em Longmeadow. Havia mais entretenimento em outros lugares. Mas seria um bom lugar para sua mãe passar os últimos anos de vida. Ela sempre fora um certo estorvo para Allardyce. Esme não seria. Ela faria exatamente o que ele dissesse... Simplesmente iria aonde ele quisesse ir. E, se houvesse outras... moças... ela jamais acreditaria nas histórias sobre elas nem faria qualquer alarde se acreditasse. O doutor Blythe, de Glen St. Mary, discordaria dessa perspectiva, mas Allardyce não conhecia o doutor Blythe nem se importaria muito com as opiniões dele. Ele tinha visto a senhora Blythe uma única vez... e tentara flertar com ela... mas não tentara uma segunda vez, e sempre dava de ombros com veemência quando o nome dela era mencionado. Ele dizia que mulheres ruivas eram sua ruína.

– Aquele – retomou Allardyce – era meu tio-avô Francis Barry... Foi um jovem atrevido capitão dos mares nos anos 1860. Ele se tornou capitão de um bergantim com apenas dezessete anos de idade. Consegue acreditar? Levou-o até Buenos Aires com um carregamento de madeira e morreu lá. Dizem que isso partiu o coração da mãe dele. Ele era sua menina dos olhos. Por sorte, os corações não se partem com tanta facilidade nos dias de hoje.

– Não? – indagou Esme.

– É claro que não... Caso contrário, como qualquer um poderia viver? Mas ela era uma Dalley e sempre houve algo de esquisito com relação a eles, pelo que me disseram. Levavam as coisas muito mais a sério do que deveriam neste mundo em que vivemos. Precisamos ser fortes, ou então desabamos. Tio Francis era um combatente muito corajoso, de toda forma. Mas, se você quiser saber a história da família, precisará perguntar à minha mãe. Ela se deleita com essas coisas. Mas qual o problema, Esme? Você não parece muito bem, minha querida. Está quente demais aqui. Vamos tomar um ar fresco. Esta velha casa acabou cheia de mofo com o passar dos anos. Eu disse isso à minha mãe quando ela sugeriu a ideia de vir para cá. Estou, contudo, contente que ela o tenha feito, já que conheci *você*.

Esme o deixou conduzi-la até um canto da varanda protegido por uma parede de vinhas. Ela ficou aliviada ao sentir o assento sólido da poltrona debaixo de seu corpo. Segurou seus braços com firmeza, em busca de reconforto.

Ao menos eles eram reais... O terreno gramado ao seu redor era real... Allardyce era real... real demais.

E Francis *também* era. Ou costumava ser! Ela tinha acabado de ver seu retrato!

Mas ele falecera nos anos 1860. E fazia apenas catorze anos que ela havia dançado com ele no pequeno e reservado jardim de Birkentrees!

Ah, quem dera ela pudesse conversar sobre isso com a senhora Blythe! Esme sentia que *ela* entenderia. Será que ela estava ficando louca como a estranha tia Hester? Em todo caso, ela sentia que Allardyce deveria saber. Era direito dele.

Ela nunca dissera uma única palavra sobre aquilo a qualquer viva alma. Mas ele precisava saber, se eles iriam se casar. Será que ela *poderia* se casar com ele depois daquilo? Será que ele iria querer se casar com ela? Ela não se importava tanto com isso, afinal de contas. Francis fora real... Em algum momento... E isso era tudo o que importava.

Ela contou a Allardyce apenas o essencial, mas, enquanto contava, reviveu tudo novamente em detalhes.

Esme tinha apenas oito anos de idade. Era uma criança cujos pais haviam morrido e que vivia sob os cuidados de vários tios e tias.

Tinha ido passar o verão em Birkentrees, a antiga propriedade do clã. O tio John Dally vivia lá... um homem envelhecido, o mais velho da enorme família da qual seu pai era o mais novo.

Tia Jane, que nunca se casara, também vivia ali, bem como a tia Hester. A estranha tia Hester! Tia Jane era velha... ao menos Esme achava que era... mas tia Hester não era tão velha assim... não devia ter mais que vinte e cinco anos, pelo que Esme ouvira alguém dizer.

Ela sempre foi estranha, durante todos os verões que Esme passou em Birkentrees. Esme ouviu alguém dizer que ela era tão calada que sempre estava ouvindo as pessoas falarem coisas que jamais sonhariam em dizer diante de uma criança mais tagarela... que o amante da tia Hester tinha falecido quando ela tinha vinte anos. Era isso que Esme, sentada em seu banquinho, com os cotovelos nos joelhos gorduchos e o queixo redondo apoiado nas mãos, tinha descoberto enquanto os "adultos" riam e fofocavam. E que a tia Hester nunca mais fora "a mesma" desde então.

A maioria das crianças tinha medo dela, mas Esme não. Ela gostava da tia Hester, que tinha olhos assombrados e trágicos e pouco fazia além de caminhar pela longa trilha de bétulas de Birkentrees e falar sozinha ou com alguém que acreditava estar ali com ela. Era por isso, pensava Esme, que as pessoas a chamavam de "esquisita".

Ela tinha um semblante pálido e meio moribundo e estranho e cabelos negros, assim como os de Esme. Só que, naquela época, as mechas de Esme sempre caíam sobre seus olhos âmbar em uma franja descuidada, conferindo-lhe uma aparência de cachorrinho sem dono.

Às vezes, ela até arriscava colocar a mãozinha delicada – mesmo com apenas oito anos de idade, Esme já tinha mãos bonitas – na mão gelada da tia Hester e caminhar com ela em silêncio.

– Eu não ousaria fazer isso nem por um milhão de dólares – dissera uma das primas que um dia fora visitá-la.

Mas a tia Hester não parecia se importar nem um pouco... embora, via de regra, desgostasse da companhia de qualquer pessoa.

– Caminho em meio às sombras – disse ela a Esme. – São uma companhia melhor que a luz do sol. Mas você deveria apreciar o Sol. Eu costumava gostar.

– Eu gosto do Sol – comentou Esme –, mas tem algo nas sombras de que eu também gosto.

– Bem, se você gosta das sombras, venha comigo se quiser – respondeu tia Hester.

Esme adorava Birkentrees. E, acima de tudo, ela amava o pequeno jardim onde nunca tinha permissão para entrar... onde ninguém, até onde ela sabia, jamais entrava.

Estava trancado. Havia uma cerca alta ao redor e um cadeado enferrujado no portão. Ninguém jamais lhe dissera por que estava trancado, mas Esme supunha que deveria haver algo de estranho com relação àquele lugar. Nenhum dos criados sequer chegava perto dali após escurecer.

No entanto, parecia bastante inofensivo, pelo que ela podia ver pela cerca tomada selvagemente pelas rosas e pelas vinhas.

Esme teria gostado de explorá-lo... ou achava que teria. Mas certa vez, durante o pôr do sol de um dia de verão, quando estava passeando perto do jardim, subitamente ela sentiu algo estranho no ar ao seu redor.

Ela não sabia dizer o que era... não poderia descrever as sensações. Mas era como se o jardim a estivesse atraindo para dentro dele!

Sua respiração saía em arquejos curtos. Ela queria se render, mas tinha medo. Pequenas gotículas de suor eclodiam em sua testa. Ela tremia. Não havia ninguém à vista, nem mesmo a estranha tia Hester.

Esme colocou as mãos sobre os olhos e correu às cegas até a casa.

– Qual o problema, Esme? – quis saber a alta, soturna e bondosa tia Jane ao encontrá-la no corredor.

– O... o jardim me quer – exclamou Esme, sem saber direito o que havia dito... e certamente sem saber o que aquilo significava.

Tia Jane pareceu empalidecer de leve.

– É melhor você não brincar mais perto daquele... daquele lugar – alertou ela.

O alerta fora inútil. Esme continuou a adorá-lo.

Um dos criados disse a ela que era "assombrado". Esme não sabia, na época, o que "assombrado" significava. Quando perguntou à tia Jane, esta ficou mais zangada do que Esme já tinha visto na vida e disse que ela não deveria dar ouvidos às fofocas tolas dos criados.

Houve um verão em que ela encontrou tia Hester muito diferente. Esme já esperava. Ela tinha ouvido os mais velhos dizerem que ela estava "muito melhor"... Estava muito mais feliz e contente. Talvez, disseram eles, ela "se endireitasse".

Certamente, tia Hester parecia mais feliz. Não costumava mais caminhar pela trilha de bétulas nem falar sozinha. Em vez disso, passava a maior parte do tempo sentada perto da lagoa, com a expressão de alguém que ouve e espera. Esme sentiu, de imediato, que tia Hester estava simplesmente aguardando. Mas o quê?

No fundo de sua alma, contudo, Esme sentia que os adultos estavam todos enganados. Tia Hester *parecia* mais feliz... Mas ela não estava realmente "melhor". Esme, no entanto, não disse isso a ninguém. Ela sabia que sua opinião não significava nada para as pessoas. Ela era "apenas uma criança".

Contudo, pouco depois de chegar a Birkentrees, Esme descobriu o que a tia Hester estava esperando.

Certa noite, ela estava sozinha no gramado, quando deveria estar na cama. Tia Jane não estava em casa, e a velha senhora Thompson, a governanta, estava deitada, com dor de cabeça. Então não havia ninguém para cuidar de Esme... que pensava ser bastante capaz de cuidar de si.

Havia algumas pessoas que não concordavam com ela. O doutor e a senhora Blythe, ao passarem por lá em seu caminho de Charlottetown para Glen St. Mary, não concordavam.

– Eles não deveriam permitir que aquela criança se envolvesse tanto com Hester Dalley – disse o médico.

– Já pensei isso várias vezes – comentou Anne Blythe. – Por outro lado, por que ela não deveria?

– As mentes agem e reagem umas às outras – respondeu o médico, um tanto bruscamente. – Ao menos algumas mentes. Talvez não prejudicasse Nan ou Diana... Mas os Dalleys são diferentes. A maioria nunca sabe o que é realidade e o que é imaginação.

– As pessoas sempre me disseram que eu tinha imaginação demais – lembrou Anne.

– Esse é um tipo diferente de imaginação. E Esme Dalley é uma criança que se impressiona fácil... fácil demais, aliás. Se fosse minha filha, confesso que eu ficaria um tanto preocupado com ela. Mas ela não tem pais para cuidarem dela, e ninguém parece pensar que há algum mal em permitir que ela passe tanto tempo com sua tia Hester.

– E há? – questionou Anne. – Eu também não tive pais, lembra?

– Mas você tinha muita sensatez, misturada com a sua imaginação, menina Anne – retrucou o médico, sorrindo para ela. Aquele sorriso que sempre fizera o coração de Anne bater um pouquinho mais rápido, a despeito de todos os anos de casamento e de maternidade.

– Gilbert, Hester Dalley realmente enlouqueceu?

– Pergunte a um psiquiatra, não a mim – respondeu Gilbert, sorrindo. – Não acho que ela poderia ser classificada como "insana". Ao menos nunca alguém a classificou assim. Talvez ela seja bastante sã e o resto do mundo é que seja insano. E algumas pessoas acreditam que todo mundo é um pouquinho insano, em um sentido ou em outro. Susan acha loucas muitas pessoas que eu e você consideramos bem normais.

– Susan diz que Hester Dalley é "pirada" – disse Anne.

– Bem, vamos deixar para lá, já que não podemos fazer coisa alguma a esse respeito – ponderou Gilbert. – Apenas reitero que, se Esme Dalley fosse minha sobrinha ou minha filha, eu não a deixaria passar muito tempo com a tia Hester.

– Sem poder fornecer nenhum motivo plausível para tal opinião – provocou Anne.

– Exatamente... como qualquer mulher – retrucou o médico.

Enquanto isso, Esme estava pensando que seria uma perda de tempo dormir em uma noite linda como aquela. Era uma noite digna de fadas... uma noite banhada pelo brilho e pelo glamour de uma lua cheia magnífica. E, enquanto estava sentada sozinha à beira da lagoa, com o velho cachorro Gyp como companhia, tia Hester surgiu deslizando sobre o gramado.

Ela estava maravilhosa em um vestido branco e decorara os cabelos pretos com pérolas. Ela se parecia, pensou Esme, com uma noiva que Esme vira certa vez.

– Ah, titia, como a senhora está linda! – gritou Esme, finalmente percebendo que tia Hester ainda era uma mulher jovem. – Por que não se veste sempre assim?

– Este deveria ter sido meu vestido de noiva – explicou tia Hester. – Eles o mantêm guardado, longe do meu alcance. Mas eu sei como pegá-lo quando quero.

– É lindo... e a senhora, também – disse Esme, para quem a moda não significava coisa alguma.

– Estou linda? – perguntou tia Hester. – Fico contente. Quero estar linda esta noite, pequena Esme. Se eu compartilhar um segredo com você, promete guardá-lo com lealdade?

Ah, ela certamente guardaria! Esme pensou que seria maravilhoso guardar um segredo que só elas duas soubessem.

– Então venha.

Tia Hester estendeu a mão, e Esme a pegou. Elas atravessaram o gramado e a longa trilha de bétulas iluminada pelo luar. O velho Gyp as seguiu, mas, quando elas chegaram ao portão trancado do pequeno e antigo jardim, ele se afastou com um uivo. Os pelos de suas costas se eriçaram.

– Gyppy, venha – chamou Esme, mas Gyp se afastou ainda mais. – Por que ele está agindo assim? – perguntou ela. Ela nunca tinha visto o cachorro se comportar daquele jeito antes.

Tia Hester não respondeu. Ela apenas abriu o cadeado com uma antiga chave enferrujada que pareceu girar com muita facilidade, como se não tivesse uma única mancha de ferrugem.

Esme deu um passo para trás.

– Nós vamos entrar? – sussurrou ela timidamente.

– Sim. Por que não?

– Eu... tenho um pouco... de medo – confessou Esme.

– Não precisa ter medo. Nada vai machucá-la.

– Então por que eles mantêm o jardim sempre fechado?

– Porque são uns tolos – respondeu tia Hester em um tom desdenhoso. – Há muito, muito tempo, a pequena Janet Dalley entrou aqui... e nunca mais saiu. Suponho que seja por isso que eles mantêm o jardim trancado. Como se ela não pudesse ter saído se quisesse!

– Por que ela nunca mais saiu? – sussurrou Esme.

– Quem sabe? Talvez ela tenha gostado mais da companhia que encontrou aqui do que da que deixou para trás.

Esme pensou que aquela era apenas uma das frases "estranhas" da tia Hester.

– Talvez ela tenha caído da muralha de pedra dentro do rio – disse ela. – Mas, se foi esse o caso, por que o corpinho dela nunca foi encontrado?

– Ninguém precisa ficar no jardim contra a própria vontade – respondeu tia Hester impacientemente. – Você não precisa ter medo de entrar no jardim comigo, Esme.

Esme *ainda* sentia medo, mas não admitiria por nada.

Ela se agarrou à tia Hester enquanto esta abria o portão e entrava. Gyp deu meia-volta e saiu correndo. Mas Esme se esqueceu completamente dele. E, de súbito, também esqueceu todo o medo.

Então aquele era o jardim estranho e proibido! Ora, não havia nada de tão terrível com relação a ele. Na verdade, não havia absolutamente nada de terrível. Por que será que mantinham o local fechado e abandonado? Ah, sim, Esme lembrou que o jardim deveria ser "assombrado". Ela já estava bastante convencida de que aquilo era besteira. De alguma forma, ela tinha a estranha sensação de que havia voltado para casa.

O mato estava menos alto do que se poderia esperar. Mas a aparência sob o luar era solitária, como se, assim como a tia Hester, o jardim estivesse esperando… esperando. Havia muitas ervas daninhas, mas, ladeando o muro do lado sul, a fileira de lírios altos se assemelhava a uma porção de santos sob a luz da lua. Havia alguns álamos jovens cujas folhas estavam estremecendo em um canto, uma bétula branca fina que Esme sabia, embora não soubesse como sabia, ter sido plantada por alguma noiva muito tempo atrás.

Aqui e ali, havia trilhas escuras nas quais amantes de meio século atrás costumavam passear com suas amadas. Uma das trilhas, delineada por arenito trazido da praia, seguia do meio do jardim até a beira do rio, onde não havia cerca, apenas uma mureta de pedra baixa, para impedir que o jardim adentrasse o rio.

Havia... ora, havia alguém no jardim. Um jovem estava subindo a trilha de arenito com os braços estendidos.

E tia Hester, que nunca sorria, estava sorrindo.

– Geoffrey! – exclamou ela.

Então, Esme compreendeu o que "assombrado" significava, mas não sentiu nem um pouco de medo. Como era tolo sentir medo. Ela sentou-se na mureta de pedra enquanto tia Hester e Geoffrey caminhavam pelas trilhas e conversavam baixinho.

Esme não conseguia ouvir o que eles diziam, nem queria. Ela só sabia que gostaria de ir ao jardim todas as noites... de ficar ali. Não era de admirar que Janet Dalley não retornara.

– A senhora me traz aqui de novo? – pediu ela à tia Hester quando elas finalmente foram embora.

– Você gostaria de voltar? – perguntou tia Hester.

– Sim... Oh, sim.

– Então você nunca deve contar a ninguém que esteve aqui – alertou tia Hester.

– É claro que não contarei, se a senhora não quiser – disse Esme. – Mas por quê, tia Hester?

– Porque pouquíssimas pessoas compreenderiam – respondeu ela. – Eu não compreendia até este verão. Mas agora compreendo... e estou muito feliz, Esme. Entretanto, só podemos entrar no jardim em noites de lua cheia... Às vezes, é difícil esperar tanto tempo. Precisamos de alguém para brincar com você na próxima vez. Agora você entende por que Janet Dalley nunca voltou, não é mesmo?

– Mas Janet Dalley entrou no jardim há mais de sessenta anos – exclamou Esme, voltando a sentir um pouco de medo.

– Não há tempo no jardim – explicou tia Hester, sorrindo tranquilamente. – Janet poderia retornar até mesmo agora, se quisesse. Mas ninguém quer.

– Não quero ir embora para sempre – sussurrou Esme.

– Você não precisa. Eu disse que você poderia voltar quando quisesse. Agora, vamos para a cama e você não pensará mais nisso até a próxima lua cheia... E não dirá coisa alguma a qualquer pessoa.

– Ah, não, não.

Era a última coisa que ela queria fazer. Talvez o doutor Blythe estivesse certo em sua opinião. De toda forma, Anne Blythe, ao debruçar-se sobre as filhas que já dormiam naquela noite, agradeceu a Deus por não haver sangue Dalley correndo por suas veias. Quanto a Susan Baker, ela não sabia de nada sobre o assunto, mas, se soubesse, teria dito: "Não sei o que aquelas pessoas têm na cabeça de permitir que Esme Dalley passe tanto tempo em Birkentrees com aquela mulher maluca. Nem adianta me dizer que a loucura não é contagiosa. Alguns tipos são".

Esme achou muito difícil esperar até a próxima lua cheia. Às vezes, ela pensava que devia ter sonhado aquilo tudo. O jardim parecia o mesmo que sempre fora sob a luz do dia. Ela não sabia se deveria esperar ou se aquilo havia sido um sonho.

Mas a lua cheia chegou e, novamente, Esme acompanhou tia Hester ao pequeno jardim. Na primeira noite lá, não havia ninguém além do jovem que tia Hester chamara de "Geoffrey"... e que Esme descobrira, nesse meio-tempo, ter sido seu namorado. Esse fato deveria apavorá-la... e, realmente, apavorava. Ela decidiu, então, que não voltaria ao jardim com tia Hester.

Contudo, quando chegou a próxima noite da lua cheia, ela estava ávida por ir. Geoffrey estava lá novamente, e ele e tia Hester caminharam pelas trilhas como da vez anterior. Esme sentou-se na mureta de pedras, bem onde havia um pequeno buraco cheio de folhas de samambaia, e perguntou-se por que é que ela sentira medo do jardim.

O local estava muito diferente naquela noite. Parecia estar cheio de pessoas que iam e vinham. Meninas com olhos risonhos e sorridentes... mulheres esguias como labaredas pálidas... garotos magricelas... crianças saltitantes. Nenhuma delas reparou em Esme, exceto uma garotinha que parecia ter a sua idade... uma garotinha com cabelos dourados e franjas compridas e olhos grandes e curiosos.

Esme não poderia dizer como sabia que o nome da garotinha era Janet, mas ela sabia. Janet parou de correr enquanto perseguia uma mariposa esverdeada e acenou para Esme. Esme estava prestes a segui-la – ela frequentemente se perguntava o que teria acontecido se ela *tivesse* seguido – quando Francis chegou.

Ela também nunca entendeu como sabia que o nome dele era Francis. Mas ela sabia que sempre o conhecera. Ele era alto e esguio, com um rosto juvenil que expressava um estranho ar de comando.

Ele tinha cabelos castanhos-escuros, repartidos ao meio, e olhos azuis-escuros brilhantes. Ele segurou a mão de Esme, e eles caminharam pelo jardim e conversaram. Ela jamais conseguia se lembrar do assunto sobre o qual eles conversavam, mas sabia que ele sempre a fazia rir.

Quando Esme se lembrou de Janet e virou-se para procurá-la, ela havia desaparecido. Esme nunca mais a viu. Ela não se importava muito. Francis era tão engraçado e maravilhoso... Ele era a melhor das companhias. Eles costumavam dançar no espaçoso gramado aberto em torno da antiga fonte seca, onde a hortelã crescia aos tufos. O aroma era delicioso quando eles pisavam nas plantinhas.

E a música que eles dançavam fazia Esme estremecer de êxtase... e de algo que não era exatamente êxtase. Ela não conseguia entender de onde a música vinha, e Francis apenas riu quando ela lhe perguntou. Sua risada era mais maravilhosa que qualquer música. Esme nunca tinha ouvido alguém rir de um modo tão encantador.

Nenhuma das outras pessoas que iam e vinham falou com eles ou reparou em sua presença. Tia Hester nunca se aproximava deles. Ela sempre estava com Geoffrey.

Tia Jane ficou um pouquinho preocupada com Esme nessa época. Ela achava que a garota estava deprimida. Não corria nem brincava mais como de costume; permanecia sentada, como a Hester, no gramado, com uma expressão sonhadora e desejosa.

– Gostaria de poder ir ao jardim toda noite – comentou ela com a tia Hester.

– Eles só vêm quando a Lua está cheia – explicou tia Hester. – Observe quando a Lua retornar. Quando estiver cheia e lançar uma sombra na trilha das bétulas, nós iremos novamente.

O doutor Blythe por acaso visitou Birkentrees nesse dia e, na outra vez em que viu o tio Conrad, disse a ele para tirar a sobrinha de Birkentrees o quanto antes.

Mas o problema foi resolvido de outra forma. Quando a lua de agosto estava quase cheia, tia Hester faleceu. Ela morrera silenciosamente, enquanto dormia, e sua expressão era jovial, sorridente e feliz. O médico disse que seu coração já não funcionava bem havia algum tempo.

Ela foi deitada com flores nas belas mãos pálidas, e todo o clã apareceu para vê-la... e as mulheres choraram um pouco... e todos se sentiram secretamente aliviados porque o problema da "pobre Hester" havia sido solucionado de forma decente e efetiva.

Esme foi a única que chorou muito.

"Ela se foi para passar a eternidade com Geoffrey", pensou Esme, "mas eu nunca mais verei Francis".

Em um primeiro momento, aquele pensamento parecia mais do que ela podia suportar. Ela nunca mais retornou a Birkentrees depois daquele verão. O tio John já havia falecido, e a tia Jane se mudou para Charlottetown.

Mas Esme nunca realmente se esquecera. Ela sempre chegava à conclusão de que havia sonhado aquilo tudo. E, com a mesma frequência que concluía isso, ela sabia, de alguma forma, que não havia sido um sonho.

– E aquela foto do seu tio-avô, Allardyce. Ele era o Francis que eu via no jardim... O Francis que eu nunca vi em vida. Será que Sally tinha razão quando dizia que o jardim era assombrado? Acho que devia ter.

Allardyce soltou uma gargalhada e apertou a mão dela. Esme estremeceu. Gostaria que Allardyce não risse daquele jeito... não olhasse para ela com aquele sorriso pronto, fácil, vazio... Sim, era *vazio*. Subitamente, ela sentiu que ele era um estranho.

E ele tinha uma explicação racional na ponta da língua.

– Sally não passa de uma boba supersticiosa – disse ele. – Sua tia Hester era bastante... Bem, colocando de forma direta, ela era insana. Ah, já ouvi falar muito sobre ela. Ela apenas imaginava que via pessoas no jardim... E, de alguma forma, fez com que você as visse também... ou pensasse que as via. Você era uma garotinha sensível e impressionável. E ouso dizer que também imaginou uma boa parte... As crianças são assim, você sabe. Elas ainda não têm o poder de discernir entre o que é real e o que é imaginação. Pergunte para minha mãe as coisas estranhas que eu costumava dizer a ela.

– Tia Hester nunca tinha visto o seu tio-avô, nem eu – protestou Esme. – Como poderíamos tê-lo imaginado?

– Ela deve ter visto o retrato dele. Vinha muito a Longmeadow quando era nova. Foi aqui que ela conheceu Geoffrey Gordon, sabia? Um pobre coitado. Mas ela era louca por ele. Ainda nesse sentido, pode ser que você também tenha estado aqui, quando era jovem demais para se lembrar, e visto o retrato dele. Agora, não pense mais nisso, meu bem. Brincar com assombrações é estupidez. São interessantes, mas perigosas. É muito irresponsável, sabe? E não vou negar que eu mesmo gosto de uma boa história de fantasma de vez em quando. Mas não são um bom prato para as refeições do dia a dia.

– De todo modo... não posso me casar com você... nunca – afirmou Esme.

Allardyce ficou olhando para ela.

– Esme... você só pode estar brincando!

Mas Esme não estava brincando. Ela teve dificuldades em fazer Allardyce acreditar que estava falando sério, mas, finalmente, conseguiu. Ele causou um alvoroço e tanto, tentando se convencer de que era melhor mesmo não se casar com uma pessoa com sangue dos Dalleys. Sua mãe ficou furiosa... e aliviada. Ora, havia uma princesa italiana que era louca por ele, como todos sabiam. E aquela insignificante da Esme Dalley o tinha refutado!

Esme teve uma dificuldade imensa com o tio Conrad e a tia Helen. Era impossível fazê-los entender. Eles, bem como o restante do clã, achavam que ela era uma idiota completa.

Os únicos que realmente aprovaram sua atitude foram o doutor e a senhora Blythe. E, como Esme nunca soube que eles aprovaram, isso não lhe deu reconforto algum.

– Um ovo podre aquele Allardyce Barry – comentou o médico.

– Mesmo sem tê-lo visto muitas vezes, eu acredito em você – disse Anne.

– Eu nunca acreditei em uma única palavra daquela história sobre a princesa russa – afirmou Susan.

Em um entardecer do mês de outubro, Esme se percebeu sozinha em casa. Todos haviam saído. Seria uma noite de lua cheia.

Aquilo a fez pensar no antigo jardim de Birkentrees... e na estranha tia Hester... no raivoso Allardyce Barry... e em todos os problemas pelos quais Esme sabia que jamais seria perdoada. O clã, agora, apenas a tolerava.

Ela percebeu que estava tremendo de leve com um pensamento, e um desejo de repente a afligiu... o pensamento sobre o jardim trancado perto da margem do rio e a vontade de vê-lo mais uma vez. Quem sabia quais coisas adoráveis e sombrias ainda a aguardavam lá?

Ora, por que ela não deveria? Birkentrees ficava a menos de cinco quilômetros por um atalho no campo, e Esme sempre tivera pernas fortes, a despeito de sua aparência etérea.

Uma hora depois, ela estava em Birkentrees.

A velha casa jazia sombria diante do céu do crepúsculo. Sua sombra sinistra se espalhava pelo gramado, e o bosque de abetos ao longe estava escuro. Um ar de abandono pairava por tudo. Disputas entre os herdeiros haviam empacado a venda.

Mas Esme não estava interessada na casa. Ela tinha ido ali para caminhar pelas trilhas secretas de seu jardim encantado mais uma vez e correu na direção da trilha de bétulas que levava até lá.

O doutor Gilbert Blythe, que passava por ali de automóvel, a avistou e a reconheceu.

"O que é que essa garota está fazendo sozinha nesse velho lugar abandonado?", perguntou-se ele, um tanto irrequieto. Ele havia ouvido histórias, durante aquele verão, sobre Esme Dalley estar "ficando estranha" como sua tia Hester. As tais histórias eram propagadas, em sua maior parte, pelas pessoas que diziam que Allardyce Barry a havia "dispensado".

O doutor Blythe se perguntou se deveria parar o carro, ir até ela e oferecer-lhe carona para voltar para casa. Mas havia um paciente grave esperando por ele em Glen... Além disso, ele tinha a sensação de que Esme não iria com ele. Anne sempre dissera que Esme Dalley era obstinada, por trás de toda aquela delicadeza, e o doutor respeitava muito a intuição de sua esposa.

Independentemente do que Esme tivesse ido fazer em Birkentrees, ela concretizaria seu desejo. Então, ele seguiu seu caminho. Tempos depois, ele se gabaria por ter proporcionado um encontro certeiro ao deixar as coisas correrem seu curso.

– Suponho que você nunca deixará de me importunar com isso – disse Anne.

– Ah, tenho certeza de que essa não é a intenção dele, cara senhora Blythe – garantiu Susan. – É apenas o jeito dele. Disseram-me que todos os homens são assim... embora – acrescentou ela com um suspiro – eu mesma nunca tenha tido a chance de provar.

O portão do jardim não estava mais trancado, mas levemente aberto. Tudo parecia menor do que Esme se lembrava. Havia apenas folhas secas e galhos congelados onde ela costumava dançar com Francis... onde ela imaginara ou sonhara ter dançado com Francis.

Mas o jardim ainda era lindo e tenebroso, repleto das sombras estranhas e intensas que nasciam com o surgimento da Lua dos caçadores. Não havia barulho algum além do suspiro do vento nos pinheiros remotos e pontudos que haviam crescido por conta própria em meio aos bordos ainda dourados em um canto.

Esme sentiu-se mais sozinha do que em sua vida inteira enquanto atravessava a trilha coberta pela grama até a margem do rio.

– Não existe um *você* – sussurrou ela desoladamente, pensando em Francis. – Nunca houve nenhum você. Como eu fui tola! Suponho que eu deveria ter usado Allardyce daquela forma. Não é de admirar que estejam todos tão irritados comigo. Não é de admirar que a senhora Barry tenha ficado contente.

Pois Esme jamais ficara sabendo das histórias sobre a vida de Allardyce no exterior, ou das princesas italiana e russa. Para ela, Allardyce ainda era o homem que a fazia rir, como Francis fizera... o Francis que nunca existira.

Ela se perguntou que fim haveria levado o retrato do tio-avô Francis quando os Barrys fecharam Longmeadow e retornaram novamente para o exterior... Dessa vez, dizia-se que era para sempre, pelo que a senhora Barry havia informado, segundo os rumores, e que eles não pretendiam voltar ao Canadá. Tudo era tão rudimentar ali... e todas as garotas corriam atrás de Allardyce. Ela temia que ele acabasse se casando com alguma menina tola. Esme Dalley quase o fisgara... Mas, graças a Deus, fracassara. Allardyce recobrara o sentido a tempo.

Esme estava pensando no retrato. De certa forma, ela gostaria de ter ficado com ele... Ainda que fosse apenas o retrato de um sonho.

No entanto, quando chegou à velha mureta de pedra, da qual boa parte havia desmoronado, ela o viu subir os degraus do rio. Os degraus estavam bem soltos, e alguns estavam faltando, de modo que ele estava se locomovendo com cuidado. Mas era exatamente como ela se lembrava dele... Um pouco mais alto, talvez, e com trajes mais modernos, porém com o mesmo cabelo castanho volumoso e o mesmo brilho aventureiro nos olhos azuis de águia. Ele e Jem Blythe compartilhariam uma cela em uma prisão alemã alguns anos depois, entretanto ninguém sonhava com isso naquela época.

O rio longo e sombrio, o jardim desértico e os pinheiros pontudos rodopiaram ao redor de Esme.

Ela jogou as mãos para cima e teria caído se ele não a tivesse segurado enquanto saltava por cima da mureta em ruínas.

– Francis! – exclamou Esme.

– Francis é meu segundo nome, mas meus amigos me chamam de Stephen – disse ele, sorrindo... o mesmo sorriso franco, amigável e agradável de que ela se lembrava tão bem.

Esme se recuperou de leve e se afastou, mas ainda tremia tanto que ele continuou segurando sua cintura... exatamente como Francis costumava fazer.

– Receio tê-la assustado – comentou ele com delicadeza. – Lamento por minha aparição ter sido tão abrupta. Sei que não sou bonito, mas não pensei que fosse tão feio a ponto de apavorar uma garota e fazê-la desmaiar.

– Não... não é isso – garantiu Esme, agora bastante consciente de que tinha agido como uma idiota. Talvez ela *fosse* estranha... como a tia Hester.

– Talvez eu esteja invadindo uma propriedade... mas o local parecia tão desértico... e me disseram que eu poderia pegar este atalho. Por favor, perdoe-me por assustá-la.

– Quem é você? – gritou Esme. Nada importava além disso.

– Um indivíduo muito humilde... Stephen Francis Barry, ao seu dispor. Eu moro na Colúmbia Britânica, mas vim para o Leste alguns dias atrás para assumir a nova estação biológica lá no porto. Eu sabia que tinha, ou costumava ter, alguns primos distantes por aqui em um lugar chamado Longmeadow, então pensei em vir para cá nesta noite e procurá-los para ver se ainda estão por aqui. Alguém já me disse que eles foram para o exterior. "Qual a verdade?", como alguém chamado Pilatos um dia perguntou.

Esme agora sabia quem ele era... um primo de terceiro grau da costa oeste do qual ela tinha ouvido Allardyce falar... com bastante desdém.

– Ele trabalha – dissera Allardyce, como se fosse algo vergonhoso. – Nunca o vi... Ninguém da família jamais veio para o Leste... Ocupados demais estudando insetos, suponho. Ou talvez por falta de dinheiro. Em todo caso, nosso lado da família nunca teve nada em comum com eles. Eu já ouvi o doutor Blythe dizer que havia conhecido um deles, chamado Stephen, ou algo assim, quando foi participar de um congresso médico em Vancouver e o achou um rapaz muito agradável. Mas a minha opinião e a do bom médico não costumam convergir.

Esme se afastou um pouquinho mais, fitando-o com severidade. Ela não fazia ideia de como estava linda sob a sombra aveludada do luar, mas

Stephen Barry fazia. Ele ficou parado olhando para ela, como se nunca pudesse se cansar de olhar.

– Não foi sua aparição repentina que me assustou – explicou Esme com seriedade. – Foi porque você se parece muito com alguém que eu vi uma vez... Não, com alguém que eu sonhei ter visto. Um retrato do capitão Francis Barry que costumava ficar em Longmeadow.

– O tio-avô Francis? Meu avô sempre dizia que eu me parecia com ele. Gostaria de poder vê-lo. Eu realmente me pareço tanto assim com esse Francis?

– Você é igualzinho a ele.

– Então não é de admirar que você me confundiu com um fantasma. E você? Acho que devo ter sonhado com você anos atrás. Você saiu direto dos meus sonhos. Poderia ser menos tradicionalista e me dizer quem você é?

– Sou Esme Dalley.

Mesmo sob o luar, ela pôde ver a expressão dele se fechar.

– Esme Dalley! Ah, já ouvi... a garota de Allardyce!

– Não, não, não! – gritou Esme quase violentamente. – E não há ninguém em Longmeadow. Está trancada e à venda. Allardyce e a mãe foram embora de vez, eu acho.

– Você acha? Não tem certeza? Você não está... noiva dele?

– Não! – gritou Esme novamente. Por algum motivo misterioso, ela não podia suportar que ele pensasse isso. – Não há verdade nessa frase. Allardyce e eu somos apenas amigos... nem isso – acrescentou ela, desejando ser totalmente honesta e lembrando-se de seu último encontro com Allardyce. – Além disso, como eu lhe falei, ele e a mãe foram para a Europa, e espera-se que não retornem.

– Uma pena – disse Stephen com certa alegria. – Esperava encontrá-los. Ficarei aqui por uns meses e seria bom ter parentes por perto. De toda forma... há compensações. Eu a encontrei "movendo-se sob o luar em um horário assombrado" para mim. Tem certeza de que não é um fantasma, pequena Esme Dalley?

Esme riu... uma risada deliciosa.

– Bastante certeza. Mas vim aqui para encontrar um fantasma... Vou lhe contar tudo.

Ela tinha bastante certeza de que ele não riria, como Allardyce fizera. E ele não tentaria explicar coisa alguma. Além disso, de um jeito ou de outro, não importava mais se aquilo poderia ser explicado ou não. Eles simplesmente esqueceriam juntos.

– Vamos nos sentar aqui nesta velha mureta de pedra e você pode me contar agora mesmo – sugeriu Stephen.

Mais ou menos nesse mesmo instante, o doutor Blythe estava dizendo para sua esposa:

– Encontrei Stephen Barry rapidamente hoje. Ele ficará em Charlottetown por alguns meses. É realmente um rapaz incrível. Gostaria que ele e Esme Dalley se conhecessem e se apaixonassem. Eles seriam perfeitos um para o outro.

– Quem é que está juntando casais agora? – brincou Anne, meio sonolenta.

– A mulher sempre tem a última palavra – respondeu o médico.

A quinta noite

Dia de verão

Quando o leste pálido brilha como uma pérola rosada
E o vento lírico do amanhecer sopra nos prados,
A manhã surge como uma garota apressada
Dançando com as sombras de espíritos alados;
Brincando sobre o orvalho da grama,
Em meio aos pinheiros, espiando entre as ramas,
E o riso que nasce de infinitos regatos
Chega aos seus ouvidos no meio do mato.

Ela canta uma canção alegre e feliz
Com o coração transbordando euforia matinal,
Pede que esqueçamos os dias mais hostis
E todo o seu fardo de desalento mortal;
Seus delicados pés sobre a relva amiga
São brancos como as margaridas que a primavera abriga...
Uma ninfa virgem do bosque ela é...
Uma divindade envolta em um manto de fé.

O meio-dia é uma feiticeira sonolenta,
Papoulas semeadas em um vale assombrado,
Cortejando a todos com sua carícia lenta
Para com ela vadiar onde o vento sul é soprado;
Preguiçosamente, ela tece um feitiço divino,
Suave como uma canção e encantador como um sino;
Preguiçosamente, ela acena... venha comigo,
Hoje seremos dela, esqueçamos o perigo.

Perfume de incenso, almíscar e rosas
Pairam no hálito de seus beijos de mel,
Toda a magia das tardes airosas
A nós pertence tal qual bênção do céu;
Ela nos oferece seu cálice de fantasias
Repleto com o néctar de lagoas vazias,
Sob o domo do plácido céu a brilhar
Nós bebemos e observamos o mundo passar.

As noites chegam como um anjo belo
Sobre os morros da glória ocidental,
Com a luz das estrelas adornando-lhe o cabelo
Em seus olhos luzentes, uma história divinal;
Caminhando graciosamente pelos campos,
Rodeada pela paz e pela luz dos pirilampos,
Trazendo junto ao peito alvo lembranças
Tão estimadas quanto inocentes crianças.

Sob os pinheiros ronronantes ela canta
Onde o orvalho límpido e frio cai sobre a terra,
Sua sabedoria revela e encanta,
Sua voz entoa como um grito de guerra.
Ela ensinará o mistério sagrado
Da escuridão que assola o terreno não cultivado,
E todos saberemos, antes de adormecer,
Que nossas almas serão suas ao anoitecer.

Anne Blythe

Anne:

– Devia ter assinado "Anne Shirley". Eu escrevi esse poema quando era adolescente.

Doutor Blythe:

– Então você já tinha aspirações poéticas na época e nunca me contou?

Anne:

– Escrevi quando morava na Residência da Patty. E não estávamos nos entendendo muito bem naqueles dois últimos anos, lembra? Você teria se casado comigo se soubesse?

Doutor Blythe, *provocando*:

– Ah, provavelmente. Porém ficaria totalmente apavorado. Sabia que você escrevia contos, mas poesia é outra história.

Susan, *entendendo tudo de forma literal*:

– Que ideia!

Lembrado

Em meio à balbúrdia da cidade consigo ouvir
O sussurro de um riso a tinir;
No campo e no mar, a escuridão a rugir;
Flores de macieiras na noite gelada
Fantasmas de névoa na rua enluarada,
E a lua nova se recolhe a chorar
Atrás de um morro que se pôs a rezar.

Eu havia esquecido o morro de abetos,
Com seu vento de escuridão soprando discreto,
Povoado pelas aves e pelos insetos.
Mas agora penso nele e sei
Que meu coração para sempre lhe dei;
Vento e estrelas lá são bons amigos
E duendes e fadas encontram seu abrigo.

As pessoas fogem por me acharem insana,
Mas pouco me importa essa ótica mundana;
Sombras e silêncios se encontram na paisagem serrana
Em torno de uma velha casa cinza que me faz suspirar
Em meio aos morros e clamando pelo mar,
Onde sob a magia do crepúsculo é possível
Encontrar o delicioso passado intangível.

Vermelhas são as papoulas nos campos germinados;
Esparramando sua seda pelos caminhos traçados,
Brancos são os lírios como morros nevados.
E as rosas que aguardam junto à porta aberta
Esperam por um novo momento de descoberta;
As campânulas tilintam um ritmo mágico
E do tempo ninguém será um escravo trágico.

Lá, eu poderia ficar novamente sozinha
Com a noite a zelar tal qual uma madrinha...
Voltarei para lá, para a casa minha.
Com os sonhos a me guiar, eu então partirei
Rumo ao morro que ora e ao lar que deixei,
Onde a natureza oculta, com seu manto florido,
Um segredo mais valioso que meu ouro corroído.

Anne Blythe

Anne, *rindo*:

– Escrevi esse poema há vinte anos, em Redmond... E nunca consegui que um editor o aceitasse.

Susan, *por cima do tricô*:

– O que demonstra a incompetência deles, cara senhora Blythe. Mas, por falar em flores de macieiras, receio que teremos uma colheita fraca neste ano. Quase não há botões.

Walter:

– Mas sempre há luas novas. Vi uma ontem à noite no Vale do Arco-Íris.

Susan:

– Admito que já vi morros que pareciam estar rezando. "Não seja tão fantasiosa, Susan", minha mãe costumava dizer. Mas, com relação aos duendes e às fadas, quanto menos contato se tiver com eles, melhor, na minha humilde opinião, cara senhora Blythe, mesmo que eles existam, o que não é verdade.

Walter:

– Como você sabe, Susan?

Susan:

– Porque eu nunca vi.

Walter:

– Você já viu uma pirâmide?

Susan, *surpresa*:

– Não há como passar a perna em você.

Doutor Blythe:

– A casa deveria ser verde, e não cinza, não deveria?

Anne:

– Sim, mas "cinza" me parecia mais romântico, na época.

Doutor Blythe:

– Lembro-me dos lírios de junho em Green Gables... Mas, quanto a ser escravo do tempo, todos nós acabamos sendo, de um jeito ou de outro, menina Anne.

Susan:

– Mas boa parte depende de quem é o seu patrão.

Jem:

– O ouro, seja corroído ou não, é uma coisa muito necessária neste mundo, mãe.

Susan:

– É muito sensato da sua parte.

Doutor Blythe:

– Desde que você não seja escravo dele, Jem. Talvez seja por isso que os editores não aceitaram seu poema, Anne. Eles não vislumbraram dinheiro suficiente para serem empáticos com o seu desdém pela riqueza.

Um sonho se torna realidade

Quando Anthony Fingold saiu de casa em uma noite de sábado, ele pretendia apenas ir até a loja em Glen St. Mary comprar um frasco de linimento que Clara queria. Depois ele voltaria para casa e iria para a cama.

Não haveria mais nada a fazer, refletiu ele com tristeza. Levantar pela manhã... trabalhar o dia todo... fazer três refeições... e ir dormir às nove e meia. Que vida!

Clara não parecia se importar. Nenhum dos vizinhos de Upper Glen parecia se importar. Aparentemente, eles nunca se cansavam da velha rotina. Provavelmente, não tinham imaginação suficiente para perceber o que estavam perdendo.

Não se poderia negar que Clara cozinhava muito bem, embora nunca tivesse passado pela cabeça de Anthony comentar tal fato. Quando ele falou, desoladamente, à mesa de jantar "Não há nada de excitante nesta parte da ilha este verão... nem mesmo um funeral", Clara calmamente o lembrou de que as roupas lavadas dos Barnards, de Mowbray Narrows, haviam sido roubadas três semanas antes e que houvera um furto na loja de Carter Flagg, em Glen St. Mary, algumas semanas antes disso... E então lhe passou os biscoitos de gengibre.

Será que ela considerava biscoitos de gengibre um substituto para ânsias apaixonadas e aventuras loucas, selvagens e extravagantes?

Para piorar ainda mais, ela ainda comentou que Carter Flagg estava fazendo uma promoção de pijamas!

Aquele era um dos pontos de divergência entre ele e Clara: ela queria que ele usasse pijamas, e ele estava decidido a não usar outra coisa que não fossem camisolas.

– O doutor Blythe usa pijamas – observou Clara em um tom triste.

Anthony achava que não havia pessoa no mundo que merecesse respirar o mesmo ar que o doutor Blythe. Até mesmo sua esposa era uma mulher bastante inteligente. Quanto a Susan Baker, governanta de Ingleside, ele implicava com ela havia anos. Sempre suspeitara de que fora ela quem colocara a ideia do pijama na cabeça de Clara. Uma ideia que o fazia ressentir-se das duas profundamente.

Quanto às roupas roubadas em Mowbray Narrows, é claro que seria em Mowbray Narrows! Tamanha sorte não aconteceria em Upper Glen ou com os Fingolds. E de que importava o furto na loja de Carter Flagg? Carter só perdeu dez dólares e um rolo de flanela. Ora, não valia a pena nem mesmo mencionar. No entanto, a cidade inteira comentara o fato por dias. Susan Baker estivera na casa deles certa noite, e ela e Clara não falaram de outra coisa... a menos que a conversa sussurrada que se desenrolou à porta de entrada, quando Susan estava indo embora, fosse relacionada a pijamas. Anthony suspeitava fortemente de que fosse. Ele tinha visto o médico comprar um na loja de Carter Flagg havia pouco tempo.

Anthony nunca fizera algo mais aventureiro em sua vida do que subir em uma árvore ou jogar uma pedra em um cachorro de rua. Mas aquilo era culpa do destino, e não dele. Se tivesse alguma oportunidade, ele sentia que poderia ser o novo Guilherme Tell ou Ricardo Coração de Leão ou qualquer outro grande aventureiro do mundo. Mas ele nascera um Fingold de Upper Glen, na Ilha do Príncipe Edward, então não tinha chance alguma de ser um herói. O doutor Blythe podia até dizer que os cemitérios estavam cheios de homens que foram heróis mais grandiosos que qualquer outro mencionado na história, mas todos sabiam que a esposa do médico era romântica.

E será que Guilherme Tell costumava usar pijamas? Pouco provável. *O que* ele usava, afinal? Por que os livros nunca contavam as coisas que as pessoas queriam realmente saber? Que dádiva seria se ele pudesse mostrar a Clara, em um livro impresso, que algum grande herói da história ou dos romances usava camisolas!

Ele perguntou a alguém, certa vez... e essa pessoa – ele não lembrava mais quem era – disse achar que eles costumavam não usar nada naquela época.

Mas isso era indecente. Ele não podia dizer algo assim para Clara.

Às vezes, ele pensava que teria sido ótimo ser até mesmo um bandido itinerante. Sim, com alguma sorte, ele podia ter sido bandido. Ao passar as noites vagando, como eles costumavam fazer, talvez não precisassem nem de camisolas nem de pijamas.

É claro que boa parte deles acabava enforcada... mas ao menos eles tinham *vivido* antes de morrer. E ele poderia ter sido tão ousado e cruel quanto queria ser, dançando a courante nos campos iluminados pelo luar, com dezenas de moças voluptuosas e atraentes... Talvez elas fossem até princesas, no fim das contas... E ele, é claro, devolveria suas joias e moedas pela dança. Ah, que vida seria essa! O ministro metodista de Lowbridge, certa vez, fizera um sermão sobre "sonhos do que poderíamos ter sido". Embora ele e Clara fossem presbiterianos fervorosos, estavam visitando amigos metodistas; então, foram ao culto com eles.

Clara achou o sermão excelente. Como se ela tivesse algum sonho! A menos que fosse vê-lo vestir pijamas! Ela estava perfeitamente contente com sua existência insignificante. Bem como todos que ele conhecia, ou ao menos era o que ele pensava.

Bem... Anthony suspirou... Tudo chegava ao mesmo ponto. Ele era apenas o pequeno, magricelo e insosso Anthony Fingold, faz-tudo dos vales, e a única aventura que tivera na vida foi quando roubou creme para o gato.

Clara descobriu sobre o roubo, mas só depois que o gato já havia terminado. Ela nunca o reprimiu pelo crime... embora Anthony tivesse a terrível convicção de que ela contara tudo a Susan Baker. Do que mais elas poderiam estar rindo? Ele se pegou torcendo para que Susan não contasse para o doutor ou para a senhora Blythe. Aquilo era tão irrisório. E talvez eles não considerassem aquela uma atitude digna de um ancião da igreja.

Ele se ressentira, contudo, da aceitação plácida de Clara diante do crime. Tudo o que ela dissera foi:

– O gato está gordo como manteiga agora. E você poderia ter todo o creme que queria para ele se tivesse simplesmente pedido.

"Ela sequer briga comigo", pensou Anthony, exasperado. "Se ela se enraivecesse vez ou outra, talvez as coisas não fossem tão monótonas. Dizem que Tom Crossbee e a esposa brigam todo dia... E que ela é que deixara aquele arranhão que ele exibia no rosto no último domingo. Até mesmo isso seria algo. Mas a única coisa que aborrece a Clara é o fato de eu não usar pijamas. E, mesmo quanto a isso, ela não diz muita coisa além de afirmar que são mais modernos. Bem, preciso suportar a vida da mesma forma que todos... 'Pai, tende piedade de nós, que sonhamos vaidosamente com nossa lembrança da juventude'."

Anthony não conseguia se lembrar de onde escutara ou aprendera essa frase. Mas ela certamente acertava o alvo. Ele suspirou.

Ele não encontrou ninguém além de um andarilho no caminho para a loja. O andarilho usava botas... ou algo parecido... mas não usava meias. Sua pele aparecia pelos buracos da camisa. Ele estava fumando e parecia muito contente e feliz.

Anthony o invejava. Ora, aquele homem podia dormir ao ar livre a noite toda se quisesse... Ele provavelmente dormia, com o céu inteiro como telhado. Ninguém o importunaria para usar pijamas. Que deleite deveria ser não fazer ideia de onde você passaria a noite!

O doutor Blythe passou por ele em seu novo automóvel. Mas ele estava tão perto da loja de Glen que não ofereceu uma carona. Anthony achou melhor assim. Ele gostava do doutor Blythe... mas sempre suspeitou secretamente que o médico ria dele. Além disso, ele não aguentava mais ouvir falar de pijamas.

Por que as aventuras aconteciam com todos, menos com ele, Anthony Fingold? Suspeitava-se que o velho Sam Smallwood, lá em Harbour Mouth, havia sido um pirata na juventude... ou que havia sido capturado por piratas... Anthony não tinha certeza. O velho Sam sempre tentava passar a impressão de que era o primeiro caso, mas os Smallwood sempre gostaram de se pavonear. Jim Millar escapara por pouco da morte em um acidente de trem... Ned MacAllister sobrevivera a um terremoto em São Francisco... Até mesmo o velho Frank Carter tinha capturado um ladrão de galinhas com as próprias mãos e testemunhado no tribunal.

Cada um deles tinha algo para contar ou sobre o que conversar quando histórias eram contadas à noite na loja dos Carter... Várias delas figuraram na série de Delia Bradley sobre os notáveis da ilha, no *Enterprise* de Charlottetown. Mas o nome de Anthony nunca aparecera no jornal, exceto quando ele se casara.

Ele nunca plantara nenhuma semente selvagem... Esse era o problema. Logo, não havia colheita... Nada havia de animador para ansiar... Nada além de anos de monotonia... E, então, morrer na cama. Na cama! O espírito de Anthony grunhiu com a perspectiva de uma morte tão enfadonha. O único reconforto que ele tinha era de que ele estaria de camisola. Imagine só, morrer de pijama! Ele deveria expor essa questão para Clara na próxima vez que ela sugerisse os pijamas. Achava que a ideia a chocaria um pouco, a despeito de seus caprichos modernos.

Ele sequer havia tomado um porre! É claro que, a essa altura da vida, não cairia bem, para um ancião da igreja, ficar bêbado. Mas quando ele era jovem! Abner MacAllister também era um ancião da igreja, mas *ele* tinha ficado bêbado diversas vezes na juventude, antes de se converter. Diacho, será que as pessoas estavam fadadas a ter de abrir mão de tudo por serem anciões de meia-idade ou idosos?

Não valia a pena!

Ele se lembrou de ter ouvido falar que Jimmy Flagg usava pijamas... E Jimmy era um ancião. No entanto, todos conheciam sua esposa. Talvez até mesmo o ministro usasse pijamas. A ideia foi chocante para Anthony. Nunca lhe ocorrera antes. Ele sentiu que nunca mais poderia apreciar os discursos do senhor Meredith da mesma forma novamente. Ele podia perdoá-lo por suas atitudes desatentas... até mesmo por ter se casado de novo, algo que Anthony não aprovava... mas um ministro que usava pijamas! Ele *precisava* descobrir. Seria bastante fácil. Susan Baker saberia. Ela podia enxergar o varal lá de Ingleside. Mas será que ele conseguiria perguntar a ela? Não, jamais.

Ele desceria até Glen em uma segunda-feira e veria com seus próprios olhos. Agora que a questão entrara em sua cabeça, precisava ser respondida.

Ele jamais teria sido escolhido como um dos anciões, refletiu Anthony enquanto trotava pela rua do vilarejo, se soubessem o homem desesperado que na verdade ele era. Nunca alguém sonhava com as aventuras insanas e os feitos magníficos que ele vivia realizando em sua imaginação.

Quando cortou a grama e queimou as folhas no terreno de Sara Alleby, ele estava lutando com indígenas nas antigas fronteiras; quando pintou o celeiro de George Robinson, estava descobrindo uma mina de ouro em Witwaterstand; quando ajudou Marshall Elliot a transportar suas galinhas, estava resgatando uma bela donzela do afogamento, correndo grande risco; quando foi instalar os painéis contra o mau tempo nas janelas de Ingleside, estava abrindo trilhas em florestas primitivas, pisando onde ninguém mais havia pisado; quando descarregou o carvão de Augustus Palmer, estava sendo capturado por um rei canibal em uma ilha selvagem; quando ajudou Trench Moore a picar gelo, estava perseguindo tigres em florestas equatoriais; quando cortava lenha e trabalhava no jardim, corria grande risco ao explorar os mares polares; quando ficava sentado na igreja ao lado de sua impecável Clara, com seus cachos cor de mel dominicais, estava roubando esmeraldas grandes como ovos de pombos em Mianmar... ou seriam rubis?

Mas seus sonhos, embora satisfizessem certa ânsia dramática sua, sempre o deixavam com a lamentável convicção de que ele havia perdido o melhor da vida. Sonhos jamais fariam Caroline Wilkes olhar para ele com admiração. E esse era, e sempre fora, o maior sonho da vida de Anthony Fingold... aquele que ele jamais poderia contar a qualquer pessoa... fazer Caroline Wilkes (antigamente, Caroline Mallard) olhar para ele com admiração. Nem todos os anos de devoção da pobre Clara se comparavam à admiração que nunca existiu e que jamais existiria nos olhos de Caroline.

Anthony ouviu algumas notícias na loja que o fizeram retornar a Upper Glen pela estrada de baixo. Era muito mais longa que a estrada de cima, e muito menos interessante, já que não havia casa alguma no caminho, à exceção de Westlea... a residência de verão que a família Wilkes construíra.

Mas Carter Flagg disse que os Wilkes já estavam em Westlea, visto que tinham vindo mais cedo por causa da saúde da matriarca. Quando Anthony perguntou, ansioso, qual era o problema com ela, Flagg respondeu, distraidamente, que ouvira falar em algum tipo de ataque... um problema cardíaco, pelo que Susan Baker andava dizendo... E neste ano, contou Carter Flagg, ela devia estar pior do que o normal, pois eles trouxeram uma enfermeira consigo e havia rumores de que o doutor Blythe os visitara mais de uma vez. Ele também acrescentou que a velha senhora Wilkes sempre pensara que não havia ninguém como o doutor Blythe, embora tivesse se consultado com especialistas de todo o mundo.

Anthony pensou que, se ele fosse para casa pela estrada de baixo, talvez conseguisse avistar Caroline se ela por acaso estivesse pela propriedade.

Fazia, refletiu ele tristemente, muito tempo que ele a havia visto. Ela não era vista em nenhuma das igrejas da região havia anos. Nos últimos dois verões, sequer colocara o pé para fora de Westlea... isto é, desde que a casa fora construída.

Caroline Wilkes era – e sempre fora – a paixão mais intensa da vida de Anthony Fingold. Quando ela era a pequena Caroline Mallard e frequentava a escola de Lowbridge, ele a idolatrava de longe. Os Fingolds viviam em Lowbridge na época, e todos os garotos da escola idolatravam Caroline Mallard.

Quando ela cresceu, naturalmente migrou para um círculo mais sofisticado da sociedade... Ela era a filha de um mercador proeminente... E ele ainda a idolatrava de longe. Nunca nem a mais remota ideia de "cortejá-la" passou por sua cabeça, exceto em seus sonhos românticos. Ele sabia que era o mesmo que aspirar a se casar com a filha de um rei.

Anthony sofreu agonias secretas quando ela se casou com um dos abastados Wilkes de Montreal... cujos parentes ficaram realmente furiosos por ele ter se rebaixado tanto... mas Anthony não julgava Ned Wilkes digno nem de amarrar os sapatos de Caroline.

Mas, então, quem seria? Ele continuou idolatrando-a de longe da mesma forma. Ele a via raramente... apenas quando ela vinha para casa a fim de visitar os parentes em Lowbridge. Anthony sempre fazia questão de estar na igreja de Lowbridge nesses domingos.

Ele lia tudo que conseguia encontrar nos jornais sobre ela... Sua família pensava que ele era louco e extravagante por insistir em comprar um jornal semanal de Montreal que continha uma coluna social.

As notícias eram frequentes... Ela estava recebendo um nobre estrangeiro, ou indo para a Europa, ou tendo um filho. Ela nunca parecia envelhecer. Nas fotografias, assim como nas lembranças de Anthony, ela era sempre majestosa e linda, aparentemente intocada pelo tempo ou pela preocupação.

No entanto, ela tinha seus problemas, se os rumores fossem verdadeiros. Ned Wilkes havia vencido na vida, segundo todos os relatos. Mas falecera há anos, e todos os filhos estavam casados... Dois eram lordes ingleses... E Carolina devia ter cerca de sessenta anos agora para o mundo todo, à exceção de Anthony Fingold, que ainda se considerava um homem bastante jovem.

Nesse meio-tempo, Anthony cortejara e se casara com Clara Bryant, cujos parentes achavam que ela estava jogando a vida fora. Anthony era muito afeiçoado a Clara. Ela sempre fora uma boa esposa, embora monótona, e, quando jovem, era robusta e bonita.

Mas sua adoração secreta sempre se destinara a Caroline Mallard... a Caroline Mallard dos olhos azuis como o mar e do semblante orgulhoso, frio, majestoso. Ao menos era assim que ele se lembrava dela. A maioria das pessoas a considerava uma garota bonita que tivera a sorte de fisgar um marido rico.

Para Anthony, no entanto, ela era uma verdadeira *lady*. Uma aristocrata em seu cerne. Era um privilégio tê-la amado, mesmo que inutilmente... um privilégio sonhar em servi-la. Ele sentia pena dos outros garotos que costumavam amá-la e a esqueceram. *Ele* fora fiel. Frequentemente, dizia a si mesmo que estaria disposto a morrer qualquer morte que fosse se pudesse, ao menos uma vez, tocar em sua bela mão.

Ele nunca ousara pedir a ela... Será que ele estaria disposto a usar pijamas por causa dela? É claro que Ned Wilkes usava pijamas. Entretanto, Ned Wilkes faria qualquer coisa.

Anthony teria ficado extremamente surpreso se soubesse que Clara tinha plena consciência de sua paixão por Carolina Wilkes... e não se importava. *Ela* sabia a que aquilo se resumia. Apenas um daqueles sonhos malucos dele. E ela sabia como Caroline Wilkes deveria estar agora e o que a afligia.

E por que os Wilkes tinham vindo para a Ilha do Príncipe Edward tão cedo naquele ano. Todos sabiam. Anthony ficaria surpreso se soubesse o quanto Clara sabia. Talvez a maioria dos maridos se surpreendesse.

Os anos não haviam esfriado sua paixão, pensou Anthony com orgulho enquanto seguia para casa pela estrada mais longa, contando com a remota chance de conseguir vê-la ao longe. Os corações nunca envelhecem. Caroline jamais soubera que ele a amava, mas ele passara a vida toda idolatrando-a. Não que ele não fosse muito afeiçoado a Clara. Ele considerava que tinha sido um bom marido para ela... E fora mesmo, como a própria Clara seria a primeira a admitir, à exceção de uma pequena questão... Uma questão que a fazia suspirar toda vez que ela passava por Ingleside e via as roupas lavadas por Susan Baker no varal. Mas, conforme Clara concluíra com prudência, não se podia ter tudo. A pobre Susan era uma velha solteirona, e o fato de o doutor Blythe usar pijamas jamais compensaria essa situação.

Quando Anthony parou diante dos portões de Westlea para admirar com sentimentalismo a casa que abrigava sua deusa, Abe Saunders veio correndo pela via de entrada. Abe era o zelador geral de Westlea, enquanto sua esposa cuidava da casa. Os Wilkes realmente passavam pouquíssimo tempo ali. Abe e Anthony nunca foram muito amigáveis um com o outro, em parte por causa de alguma rixa obscura dos tempos de colégio, que ninguém saberia explicar como começou, e em parte porque Abe, antigamente, desejava Clara Bryant para si. Ele já havia se esquecido disso também, visto que estava bastante satisfeito com a esposa que tinha, mas o sentimento estava lá, e ambos sabiam disso.

Então, Anthony ficou muito surpreso quando Abe o chamou um tanto distraidamente e exclamou:

– Tony, pode me fazer um favor? Eu e minha esposa acabamos de saber que nossa filha sofreu um acidente lá em Mowbray Narrows... Quebrou a perna, pelo que disseram... E precisamos ir vê-la. Vão levá-la para o hospital de Charlottetown, e o doutor Blythe está encarregado do caso. De toda forma, quando é sangue do seu sangue... Você poderia tomar conta da casa até o senhor Norman Wilkes chegar? Ele deve chegar a qualquer momento agora. Está vindo de Charlottetown. A velha senhora está na cama, dormindo... ou fingindo. Mas aquele safado do George desapareceu e não queremos sair de casa sem deixar alguém para cuidar dela.

– Não tem uma enfermeira? – indagou Anthony, atônito.

– Ela tirou a noite de folga. Deu a ela uma injeção hipodérmica. Está tudo bem... Ordens do doutor Blythe. Tudo o que você precisa fazer é ficar na varanda até alguém chegar. É bem provável que o George apareça logo... se não tiver ido ver alguma garota lá no vilarejo. Mas, pelo amor de Deus, não leve a noite toda para se decidir.

– Mas e se ela... e se a senhora Wilkes... tiver uma recaída? – questionou Anthony.

– Ela não tem recaídas – respondeu Abe impacientemente. – É... É algo bem diferente. Não tenho permissão para falar. Mas ela não terá nenhuma recaída depois da injeção. A injeção a faz dormir...

"Se aquela enfermeira burra não tiver se esquecido de dar a injeção", pensou Abe, mas ele não iria dizer isso a Anthony.

– Ela dormirá como um anjo até amanhecer... – continuou ele. – Sempre dorme. Você vai ficar ou não? Não pensei que você fosse o tipo de homem que hesita quando um amigo está em apuros. Talvez eles já tenham levado a Lula para o hospital antes de chegarmos lá.

Hesitar! E se a Clara ficasse histérica daquele jeito? Quando Abe e a distraída esposa se afastaram em seu velho e sibilante automóvel, Anthony Fingold estava sentado na varanda, em um devaneio fantasioso. Ele mal podia acreditar que aquilo não era um sonho.

Lá estava ele, na mesma casa em que estava sua adorada Caroline... montando vigília enquanto ela dormia. Poderia haver algo mais romântico? É claro que seria perfeito se Clara jamais ficasse sabendo... mas ela provavelmente ficaria. De toda forma, ele teria vivenciado aquele momento de alegria.

Como ele era grato a George, o filho órfão de um primo pobre dos Mallards, por ter desaparecido! Ele esperava que ninguém chegasse em casa por horas. Fume um cachimbo! Deixe esse pensamento irreverente para lá! Ninguém além de um Saunders pensaria em sugerir algo assim. Ele simplesmente ficaria sentado ali e tentaria se lembrar de todos os poemas que conhecia. Clara pensaria que ele estava na loja, então não ficaria preocupada. De alguma forma, ele não queria que Clara se preocupasse, a despeito de sua felicidade.

– O que você está fazendo aí, homenzinho?

Anthony Fingold se levantou em um pulo, como se tivesse levado um tiro, e olhou, totalmente consternado, para a figura que estava parada à porta da varanda!

Não podia ser... Não podia ser a sua Caroline... Simplesmente *não podia*. Sua linda, romântica, sofisticada, adorada Caroline. Na última fotografia que ele tinha visto no jornal de Montreal, ela parecia quase tão jovem e bela quanto sempre fora.

Mas, se aquela não era a sua Caroline, quem seria? Aquela senhora velha e acabada de camisola de flanela... Uma camisola nem de longe tão bonita quanto as que Clara usava... que não escondia seus tornozelos ossudos? Cabelos grisalhos finos despencavam em mechas em torno de seu rosto enrugado, e a boca estava franzida para dentro, encobrindo as gengivas desdentadas. Imagine Clara aparecendo diante de qualquer pessoa sem seus dentes postiços! Ela preferiria morrer.

Havia um brilho estranho nos olhos azuis profundos, e ela estava olhando para ele de uma maneira que fazia a pele dela enrugar. E, em uma mão, ela trazia um instrumento que só podia ser uma adaga. Anthony nunca tinha visto uma adaga antes, mas já vira ilustrações e imaginara a si mesmo carregando uma e atacando pessoas umas mil vezes. Entretanto, a realidade era muito diferente.

Quem era ela? Não havia governanta em Westlea, pelo que ele sabia. Durante as curtas semanas de verão que os Wilkes ocasionalmente passavam ali, os Saunders cumpriam esse papel. Será que ele tinha pegado no sono e estava sonhando? Não, ele estava desperto... Totalmente desperto. Será que tinha enlouquecido subitamente? O bisavô de sua mãe era insano. Ele, porém, não se sentia maluco. No entanto, pessoas loucas nunca se sentiam assim, pelo que ele sabia. Quem dera George aparecesse! Quem dera Saunders retornasse!

– Ora, ora, se não é o pequeno Anthony Fingold, que costumava ser apaixonado por mim! – exclamou a aparição, empunhando a adaga. – Lembra-se daqueles bons e velhos tempos, Anthony? Se eu tivesse bom senso, teria me casado com você, e não com o Ned Wilkes. Mas nós não temos bom senso algum quando somos jovens. É claro que você dirá que nunca pediu minha mão. Mas eu poderia ter tornado as coisas mais fáceis para você. Toda mulher sabe disso. E como está Clara? Ela costumava sentir tanta inveja de mim!

Era... devia ser... Caroline. O pobre Anthony colocou a mão na cabeça. Quando todos os seus sonhos desmoronam ao seu redor em um único golpe, é difícil suportar. Ele ainda torcia para que estivesse em um pesadelo e que Clara tivesse o bom senso de despertá-lo.

– O que você está fazendo aqui? – indagou Caroline novamente. – Conte-me de uma vez, ou...

Ela empunhou a adaga.

– Estou aqui... estou... Abe Saunders me pediu para ficar aqui até que ele e a esposa retornassem – respondeu Anthony, gaguejando. – Eles tiveram que ir... A filha deles sofreu um acidente e estava a caminho do hospital... e ele não queria deixar você sozinha.

– Quem disse que a filha dele tinha que ir ao hospital?

– O doutor Blythe, acredito... Eu...

– Então ela provavelmente tinha que ir mesmo. O doutor Blythe é o único homem racional na Ilha do Príncipe Edward. Quanto a mim, o pobre Abe não precisava se preocupar. Ninguém poderia fugir com a casa... E você não acha que isto aqui manteria os ladrões afastados?

Anthony olhou para a adaga brilhante e pensou que ela tinha razão.

– Aquela enfermeira preguiçosa saiu... para caçar algum homem – comentou Caroline. – Ah, eu conheço os truques delas! Vocês, homens, são enganados com tanta facilidade...

– E o George...

– Ah, eu enforquei o George no armário – interrompeu Caroline. Subitamente, ela começou a ter espasmos de tanto rir. – Sempre tive a vontade de matar um homem e finalmente consegui. É uma sensação e tanto, Anthony Fingold. *Você* já matou alguém?

– Não... Não...

– Ah, não sabe o que está perdendo! É divertido, Anthony... muito divertido. Você devia ter visto o George chutar. E vai me dizer que nunca quis matar a Clara? Especialmente quando ela implora para você usar pijamas?

Então todos sabiam! Susan Baker, é claro. Mas não importava. Nada mais importava agora. Imagine se Caroline, tendo dado cabo do George e querendo repetir a sensação, o atacasse com aquela adaga!

Mas Caroline estava rindo.

– Por que você não me beija, homenzinho? – quis saber ela. – As pessoas sempre me beijam. E você sabe muito bem que teria dado a sua alma para ganhar um beijo meu cem anos atrás.

Sim, Anthony sabia. Só que não fazia cem anos. Como ele sonhara em beijar Caroline... Em tomá-la em seus braços e encher seu lindo rosto de beijos. Ele se lembrou com vergonha, em meio a todo aquele horror, de que, quando costumava beijar Clara, ele fechava os olhos e imaginava que era Caroline.

– Ora, venha e me beije – ordenou Caroline, apontando a adaga para ele. – Eu teria gostado se você tivesse me beijado, sabia? A vida toda.

– Eu... eu... Não seria apropriado – respondeu Anthony, gaguejando. O pesadelo estava ficando pior. Por que ninguém tinha o bom senso de acordá-lo? Beijar *aquilo*... Mesmo sem levar em conta a adaga e o assassinato de George! Era assim que sonhos se tornavam realidade?

– Quem se importa com o que é apropriado na nossa idade? – indagou Caroline, polindo a adaga na barra da camisola. – Por favor, não pense que esta é a *minha* camisola, Anthony. Eles guardaram todas as minhas roupas, e eu derramei chá na camisola de seda azul que estava usando... Então peguei emprestada uma da senhora Abe. Bem, se você não vai me beijar... Você sempre foi um diabinho teimoso... Todos os Fingolds eram... Eu terei de beijá-lo.

Ela atravessou a varanda e o beijou. Anthony cambaleou para trás. Era assim que os sonhos se tornavam realidade? Ele teve, contudo, uma estranhíssima sensação de alívio ao saber que aquela camisola não era de Caroline.

– Pare de me olhar assim, Anthony, querido – disse Caroline. – A Clara nunca o beijou desse jeito?

Não, graças a Deus, ela nunca tinha beijado... e jamais beijaria! Clara não andava por aí com adagas na mão, beijando homens.

– Preciso ir para casa – disse Anthony, arfando, esquecendo-se totalmente de sua promessa para Abe.

Ele estava completamente apavorado. Caroline Wilkes estava fora de si. *Aquele* era o problema com ela, não as recaídas. E ela podia ficar violenta a qualquer momento... Sem dúvida, essas eram as "recaídas" dela. Maldito Abe Saunders! Anthony acertaria as contas com ele depois. Ele devia saber perfeitamente o que a afligia. E o doutor Blythe, também. Até mesmo a Clara. Todos estavam envolvidos no esquema para que ele morresse.

– E me deixar sozinha nesta casa enorme com um garoto morto no meu armário? – disse Caroline, encarando-o com olhos furiosos e sacudindo a adaga diante do rosto dele.

– *Ele* não vai machucá-la se está morto... E você disse que o matou com suas próprias mãos – ponderou Anthony, angariando coragem no extremo do medo.

– Como você sabe o que os mortos podem ou não fazer? – questionou Caroline. – *Você* já esteve morto, Anthony Fingold?

– Não – respondeu ele, perguntando-se quanto tempo levaria até sua morte.

– Então pare de falar de algo sobre o qual você não sabe coisa alguma – ralhou Caroline. – Você não vai para casa até Abe Saunders retornar. Mas pode ir para a cama se quiser. Sim, esse é o melhor plano, de todos os pontos de vista. Clara não se importará. Ela sabe que pode confiar em seu pequeno Anthony. Vá para a cama na ala norte.

– Eu prefiro... não... – respondeu Anthony com a voz fraca.

– Estou acostumada a ser obedecida – disse Caroline, assumindo um ar de pompa e poder que ela sempre podia trajar como uma roupa.

Como Anthony se lembrava bem daquilo. Combinava admiravelmente bem com vestidos de seda, cabelos ondulados e joias... Mas com camisolas surradas e velhas de flanela? E adagas?!

– Está vendo esta adaga? – continuou Caroline, erguendo o instrumento com a mão mais ossuda que os tornozelos, se é que isso era possível.

Anthony pensou nas mãos carnudas e rosadas, embora um tanto calejadas do trabalho, de Clara.

– É uma adaga envenenada da coleção de Ned – informou Caroline. – Um arranhão e você será um homem morto. Eu enfiarei a adaga em você se não subir agora mesmo para a ala norte.

Anthony subiu as escadas depressa, entrou na ala norte e praticamente correu pelo corredor. Ele só queria ter uma porta fechada entre ele e Caroline. Quem dera houvesse uma chave na fechadura! Mas, para seu pavor, ela o seguiu e escancarou uma gaveta da cômoda.

– Aqui está um pijama do meu filho – disse ela, jogando as peças nos braços de Anthony. – Coloque-os, deite na cama e durma como um bom cristão. Logo mais, venho conferir se você fez o que mandei. Clara sempre permitiu que você tivesse liberdade demais para fazer as coisas como bem queria. Se tivesse se casado comigo, você usaria pijamas desde o início.

– Como... Como você ficou sabendo que Clara queria que eu usasse pijamas? – perguntou ele, gaguejando.

– Fico sabendo de tudo – respondeu Caroline. – Agora deite. Tomar conta de mim! Eu mostrarei a eles. Se algo precisa ser cuidado, *eu* o farei. Não sou mais uma criança.

Caroline pegou a chave da porta, para decepção do pobre Anthony.

– Suponho que você saiba que a Terra é plana? – disse ela, erguendo a adaga.

– É claro que é plana – concordou Anthony rapidamente.

– Perfeitamente plana?

– P... perfeitamente.

– Como os homens são mentirosos! – exclamou Caroline. – Há montanhas nela.

Ela desapareceu, dando uma risada silenciosa e terrível.

Anthony se permitiu um suspiro de alívio quando a porta se fechou. Ele não perdeu tempo em colocar o pijama. Clara insistiu por anos, e ele nunca cedeu. Contudo, Clara não andava por aí apontando adagas envenenadas para ninguém. Anthony sentia que tinha vivido cem vidas desde sua visita casual à loja de Glen St. Mary.

Anthony entrou debaixo das cobertas e ficou ali deitado, tremendo. E se Caroline resolvesse voltar para conferir se ele a tinha obedecido? Será que havia um telefone na casa? Não, ele lembrava que não havia.

Ah, quem dera ele estivesse em casa, em sua própria cama e com sua camisola, com o gato dormindo em suas pernas e uma garrafa de água quente nos pés! Malditas enfermeiras que saracoteavam por aí e mulheres que quebravam pernas em acidentes e Georges que desapareciam! Será que ela realmente tinha enforcado o George no armário? Parecia inacreditável... Mas uma pessoa insana poderia fazer qualquer coisa... Qualquer coisa!

"*E qual armário?*" Ora, podia ser o do quarto onde ele se encontrava! Ao pensar aquilo, Anthony começou a suar frio.

O que Caroline fez em seguida foi algo que o infeliz Anthony jamais havia sonhado. Ela voltou, entrando no quarto sem cerimônia alguma. Ele ouviu seus passos subindo a escadaria e estremeceu de agonia, puxou as cobertas até o queixo e olhou para ela desesperado.

Ela havia colocado um vestido... Um vestido de seda cinza bastante bonito... E óculos de armação em formato de concha. Tinha colocado os dentes, mas a cabeça estava à mostra, com os cabelos ainda escorrendo em cachos embaraçados sobre os ombros, e ela ainda estava usando as velhas chinelas domésticas de antes e que, provavelmente, também eram da senhora Abe. *E* ela ainda estava carregando a adaga. Anthony perdeu as esperanças.

Ele nunca mais veria Clara novamente... Nunca mais participaria das noites de fofoca local na loja de Carter Flagg... Nunca mais usaria uma camisola. Não havia, contudo, tanto reconforto *naquele* pensamento quanto ele esperava. Será que camisolas eram mesmo tão melhores que pijamas? Ele desejou ter agradado Clara. Seria algo de que ela se lembraria quando ele tivesse partido.

– Levante – ordenou Caroline. – Vamos dar uma volta de automóvel.

– Eu… eu prefiro não ir… Está tarde demais… e estou muito confortável aqui.

– Eu mandei levantar.

Caroline apontou a adaga. Anthony levantou. Era preciso satisfazê-la. Que diabos teria acontecido com Abe? Ou será que aquela lata-velha dele tinha quebrado? Ele percebeu seu reflexo no espelho e teve de admitir que o pijama era realmente mais… Bem, mais masculino que uma camisola. Ele apenas não admirava o gosto de Norman por aquela paleta de cores.

– Não se importe com suas roupas – disse Caroline. – Estou com pressa. Alguém pode chegar à casa a qualquer momento. Faz anos que não tenho uma chance como esta.

– Eu… eu… eu não posso sair com isto aqui – alegou ele, gaguejando e olhando, horrorizado, para o pijama violentamente alaranjado e roxo.

– Por que não? Você está perfeitamente coberto, o que é mais que se pode dizer de uma camisola. Você consegue me imaginar, Caroline Wilkes, andando por aí com um homem de camisola? Não seja parvo.

Anthony não fazia a menor ideia do que "parvo" significava, mas sabia que uma adaga envenenada era uma adaga envenenada.

Um tanto débil, ele seguiu Caroline escada abaixo, saiu da casa e atravessou o terreno até a garagem. O espaçoso automóvel dos Wilkes estava do lado de fora, e Anthony, ainda com a adaga apontada para ele, entrou.

– *Agora*, pisamos no acelerador – instruiu Caroline, dando uma risada diabólica enquanto colocava a adaga no banco ao seu lado e assumia o volante.

Uma esperança fraca de que talvez ele conseguisse se apossar da adaga surgiu no coração de Anthony. Mas Caroline parecia ter olhos em toda a cabeça.

– Deixe isso aí, homenzinho – ralhou ela. – Ou eu a enfiarei bem fundo em você. Você acha que ficarei sem uma arma para me defender enquanto ando de automóvel com uma figura tão desesperada quanto você? Agora, upa, cavalinho! Ah, será um ótimo passeio. Faz muito tempo que não tenho a chance de dirigir. E eu costumava ser a melhor motorista de Montreal. Aonde você gostaria de ir, homenzinho?

– Eu... eu acho que é melhor eu ir para casa – respondeu Anthony.

– Para casa! Que bobagem! Um corpo pode ir para casa quando não há mais nenhum outro lugar para ir. Clara não ficará preocupada. Ela o conhece bem demais, homenzinho.

Sim, é claro que aquilo era um pesadelo. Não podia ser outra coisa. Ele não podia estar voando pela estrada às nove horas da noite em um automóvel com Caroline Wilkes como motorista. Uma ideia como essa, antigamente, teria lhe parecido uma bênção pura! E Clara *ficaria* preocupada. Como todas as mulheres, ela tinha o hábito de se preocupar por nada. Anthony desenvolveu uma ansiedade repentina com relação aos sentimentos de Clara.

– Estamos... estamos indo um pouco rápido demais, não estamos? – comentou o pobre bucaneiro, perguntando-se se alguém já havia morrido de pavor antes.

– Ora, isso não é nada perto do que posso fazer – retrucou o velho e entusiasmado monstro ao seu lado.

Então, ela começou a demonstrar o que podia fazer. Entrou subitamente em uma rua secundária com o carro sobre duas rodas... Trespassou a sebe de abetos que era o orgulho do coração de Nathan MacAllister... Atravessou um córrego largo e uma plantação de batatas... Subiu uma viela lamacenta e estreita... Passou pelo quintal dos fundos de John Peterson... Atravessou outra sebe... E finalmente retornou à estrada, que, nesta noite em especial, parecia abarrotada... Não havia, na verdade, tantos automóveis, mas um número considerável de cavalos e charretes; porém, aos olhos do pobre Anthony, parecia não haver espaço algum.

Por fim, eles atingiram uma vaca que havia imprudentemente entrado na pista a partir de uma via secundária. O animal desapareceu imediatamente da maneira mais inexplicável possível. Na verdade, o bicho fora apenas tocado de leve e correra de volta para a ruela lateral. Mas Anthony pensou que ela devia ter se apavorado tanto que acabara indo parar naquela "quarta dimensão" sobre a qual já ouvira o doutor Blythe e o doutor Parker brincarem. Anthony não fazia a menor ideia do que era a quarta dimensão, mas concluíra que qualquer pessoa ou coisa que fosse para lá nunca mais seria vista novamente. Bem, *ele* não seria visto novamente, mas seu corpo sem vida seria... Trajando o pijama de Norman. E Tom Thaxter sempre quisera Clara. Mesmo em meio ao pavor do momento, pela primeira vez na vida, ele sentiu uma pontada de ciúmes com relação à esposa.

– Poupamos dez minutos com esse atalho – comentou Caroline. – Não há nada como atalhos... Eu os aproveitei minha vida toda. Eu me divertia dez vezes mais que a maioria das mulheres. Agora, temos a estrada vazia até Charlottetown. Vamos ensinar a esses caipiras o que é se divertir em um automóvel. A Clara já fez isso?

Anthony angariara algum consolo naquele "atalho" terrível, na convicção de que, em algum lugar, ele havia ouvido ou lido que nada acontecia com os lunáticos.

Mas, agora, ele se considerava um homem morto. Nem mesmo um lunático podia sobreviver ao trânsito noturno na estrada para Charlottetown do jeito alucinado que Caroline estava dirigindo. Nas noites de sábado, todos os garotos da região levavam suas amadas para alguma apresentação na cidade, e todos que se gabavam por ter um Ford estariam se exibindo por aí.

Além disso, havia três cruzamentos.

A única esperança que lhe restava era que talvez a morte não fosse tão terrível. A ideia de morrer na cama não era mais tão triste quando costumava parecer. Mesmo que estivesse usando pijama.

Então, um pensamento pavoroso ocorreu a Anthony. Eles teriam de passar por Lowbridge. Ele não tinha ouvido a pobre Clara dizer que haveria uma dança comunitária e uma parada nas ruas de Lowbridge naquela noite?

Ela comentou aquilo em um tom reprovador e – para Anthony – limitado. Era o primeiro evento daquele tipo de que se ouvia falar naquela parte do país... Mas parecia romântico.

Todos em Lowbridge o conheciam, é claro. E vários parentes de Clara viviam lá... Pessoas que nunca aprovaram que Clara o tivesse "aceitado".

E se eles o vissem... arrasando a cidade de pijama com Caroline Wilkes? É claro que eles o veriam. Todos estariam nas ruas.

– E pensar que sou um ancião da igreja! – grunhiu Anthony.

Agora ele sabia o quanto valorizava esse título... Embora costumasse desprezar o orgulho que Clara sentia e o respeito maior, embora velado, de Susan Baker. O que era um título de ancião da igreja para os heróis de seus sonhos?

Mas agora ele sabia. E é claro que isso seria tirado dele. Ele não sabia como as coisas seriam feitas, mas é claro que havia uma forma. De nada serviria ponderar que pijamas eram mais respeitáveis que camisolas para andar de automóvel com mulheres por aí. Ninguém veria a necessidade de ambos.

Todos pensariam que ele estava bêbado... Era isso, bêbado. Jerry Cox recebera uma multa de dez dólares por dirigir um automóvel quando estava embriagado. Jim Flagg passara dez dias na cadeia. Imagine só, ele, Anthony Fingold, ser mandado para a cadeia!

E se a velha Bradley ficasse sabendo de sua escapada... é claro que ela ficaria... e escrevesse para aquele sensacionalista do *Enterprise* um artigo que não tivesse nem meia dúzia de palavras verdadeiras sobre o que realmente aconteceu?

Pobre, pobre Clara! Ela jamais sairia de cabeça erguida novamente. E como o doutor Parker esbravejaria! Como Susan Barker sorriria e diria que sempre esperou isso de Anthony. Como ele perderia o respeito de todos! Que venha a morte! Seria bem melhor que um destino como esse.

– Eu nunca pensei que algo assim aconteceria comigo neste mundo – grunhiu Anthony. – Nunca fiz nada de muito ruim... exceto na minha imaginação. Mas suponho que não se possa ser punido por isso.

Como era aquele sermão que o senhor Meredith fizera no ano passado, que todos ficaram comentando? "O que um homem pensa em seu coração é quem ele é." Por essa regra, ele, Anthony Fingold, era perverso ao extremo.

Talvez ele até merecesse aquilo... mas era um fim muito amargo.

– Será que eles encontrarão o machado? – disse Caroline.

– Que machado? – perguntou Anthony por entre os dentes que não paravam de bater.

– Ora, seu velho tolo, o machado com o qual eu esquartejei o George. Eu o larguei debaixo das tábuas soltas na varanda dos fundos. Suponho que você contará isso por todos os cantos. Os homens nunca conseguem ficar de bico fechado.

– Você me disse que o tinha enforcado no armário – gritou Anthony. Para quem, por algum motivo inexplicável, essa mudança no destino de George parecia ser a última gota. – Você não pode tê-lo enforcado e também esquartejado.

– Por que não, homenzinho? Eu o enforquei primeiro... Depois, eu o cortei em pedacinhos. Você não achou que eu deixaria o corpo dele por aí para ser encontrado, achou? Nenhum dos homens que assassinei foi encontrado. Você já teve o prazer de assassinar alguém, Anthony?

– Nunca quis matar ninguém – respondeu Anthony de um modo apressado e insincero. – E não acredito... Sim, você pode enfiar a adaga em mim, se quiser... Não sou tão abestalhado assim... Não acredito que você tenha feito picadinho do George.

– Um Mallard pode fazer qualquer coisa – respondeu Caroline com ar de superioridade.

Parecia que podia mesmo. Caroline dirigiu por aquela estrada a uma velocidade aterrorizante, atravessando na frente dos outros, sem nunca nem sonhar em desacelerar nas curvas. Talvez servisse de algum consolo para Anthony se ele soubesse que eles estavam indo tão rápido que ninguém que eles encontraram ou por quem passaram fazia a menor ideia do que ele estava vestindo. Eles apenas reconheceram o automóvel dos Wilkes e praguejaram o motorista em questão. Até mesmo o doutor Blythe disse a Anne, quando chegou em casa, que algo precisava ser feito com relação àquele Wilkes.

– Ele ainda vai matar alguém.

Anthony pensou que poderia dizer a ele quem essa pessoa seria. Ele estava conformado. Quanto mais cedo a morte chegasse, melhor. Ele só lamentava não poder dizer a Clara que se arrependia por ter sido indelicado com ela tantas vezes por causa da questão do pijama.

Os cabelos grisalhos de Caroline esvoaçavam, e seus olhos flamejavam. Várias foram as vezes em que Anthony fechou os olhos na expectativa da colisão inevitável, e várias vezes nada aconteceu. Talvez houvesse alguma verdade naquela antiga crença de que nada acontecia aos lunáticos. Certamente Caroline pararia quando eles chegassem a Charlottetown. Um policial... Mas será que Caroline prestaria atenção em um policial?

E então, a menos de dois quilômetros da cidade, Caroline subitamente fez uma curva e disparou por uma via secundária.

– O automóvel que acabou de virar ali está procurando encrenca – explicou ela. – Estou de olho nele há um tempo.

Para Anthony, o tal automóvel se parecia com qualquer outro veículo. Certamente, estava trafegando a uma velocidade tremenda para uma estreita via secundária cheia de curvas. Nem mesmo Caroline conseguiu alcançá-lo, embora o mantivesse à vista. Adiante eles seguiram, fazendo tantas curvas que Anthony perdeu toda a noção de direção e de tempo. Para ele, parecia que eles deviam estar dirigindo há horas. Mas eles estavam em uma região inabitada agora, tudo era mato. Devia ser tundra. Desesperado, Anthony olhou para trás.

– Nós mesmos estamos sendo seguidos – exclamou ele. – Não seria melhor parar?

– Por quê? – perguntou Caroline. – Temos tanto direito a usar a estrada quanto qualquer outro. Deixe que sigam. Vou lhe dizer, Anthony Fingold, vou alcançar aqueles camaradas lá da frente. Eles estão aprontando alguma. Acha que estariam dirigindo a essa velocidade neste tipo de estrada se não estivessem tentando escapar da polícia? Responda a essa pergunta se você tem algum cérebro nessa cabeça. Você costumava ter, na época de escola. Sempre me superava em aritmética. Você era apaixonado por mim naquele tempo, você sabe... E eu tinha uma queda. Embora eu teria preferido morrer a admitir. Como somos tolos quando jovens, não é, Anthony?

Caroline Mallard estava calmamente admitindo para ele que tinha "uma queda" por ele quando eles frequentavam a escola juntos... Quando ele pensava que ela mal sabia de sua existência... E agora a única palavra naquele discurso dela que causou impacto nele foi "polícia".

Ele olhou para o automóvel de trás. Tinha certeza de que o motorista estava de uniforme. E ninguém além de policiais e lunáticos estaria dirigindo àquela velocidade. A polícia estava atrás dele e de Caroline. Ele não sabia se isso era um reconforto ou uma tortura. E o que aconteceria? Ele tinha certeza de que Caroline não pararia por causa de um policial nem por algum outro motivo. Ah, que história para o *Enterprise*! E que história para os vales! Ele nunca mais ousaria pisar na loja de Carter Flagg novamente. Quanto a Clara... Ela talvez e provavelmente o deixaria. Na Ilha do Príncipe Edward, as pessoas não se divorciavam... Mas se "separavam". Ele tinha certeza de que a tia de Clara, Ellen, havia "deixado" o marido.

– Ah! Estamos nos aproximando deles – comentou Caroline, exultante.

O automóvel à frente tinha reduzido a velocidade enquanto eles faziam uma curva fechada e o viam atravessar uma ponte sobre um riacho logo adiante. O veículo reduzira a velocidade e Anthony pôde ver com clareza, com a luz de uma velha Lua esburacada que estava surgindo no horizonte, que alguém dentro dele jogou um saco sobre a balaustrada da ponte enquanto eles a atravessavam. Talvez os restos mortais do corpo esquartejado de George estivessem dentro dele. A essa altura, Anthony estava tão fora de si que qualquer ideia maluca lhe parecia plausível.

Caroline também viu o saco ser arremessado. Em sua euforia, ela pisou fundo no acelerador, e a aguardada tragédia de Anthony chegou. O automóvel dos Wilkes bateu na velha e decrépita balaustrada... A balaustrada cedeu... E eles voaram por cima dela.

Até seu último dia de vida, Anthony Fingold acreditou firmemente na veracidade do adágio segundo o qual nada de ruim poderia acontecer a um lunático.

O automóvel ficou estraçalhado, mas ele engatinhou ileso para fora da montanha de lata retorcida, percebendo-se no meio de um córrego raso, lamacento, de margens altas. Caroline já estava ao lado dele. Atrás deles, o terceiro carro tinha parado à beirada de um pasto que levava até o riacho. Dois homens e uma mulher estavam descendo; um deles trajava um uniforme de chofer, que Anthony havia confundido – e ainda confundia – com um uniforme policial. Todos os três, até mesmo o chofer, fediam ao que Clara chamaria de "grogue".

– Agora você vai pagar por ter me sequestrado – gritou Caroline. – Você podia ter me afogado. E onde foi que pegou o pijama do meu filho? Você é um ladrão, é isso que *você* é, Anthony Fingold. E veja o que fez com o meu carro!

Ela caminhou ameaçadoramente na direção dele com aquela adaga infernal ainda na mão. Anthony estremeceu de pavor. Ele pegou a primeira barreira de proteção que conseguiu encontrar... Um saco jazia belo e formoso em cima de um tronco... Um saco que farfalhou estranhamente quando ele golpeou cegamente na direção do braço erguido de Caroline.

A adaga envenenada – que era, na verdade, um velho cortador de papel – saiu voando da mão dela, girando em meio à escuridão.

– Minha nossa, o homenzinho tem colhões, no fim das contas – observou ela em um tom admirado.

Mas Anthony não percebeu aquela admiração há tanto desejada. Nem teria se importado se tivesse percebido. Não importava mais para ele – nunca mais importaria – o que Caroline Wilkes pensava dele.

Ele estava subindo cambaleante a outra margem do riacho, ainda segurando, inconscientemente, o tal saco. Eles não deveriam pegá-lo... Ele *não seria* preso por sequestrar uma velha maluca que deveria estar em um asilo.

Enquanto desaparecia nas sombras das árvores, as outras pessoas voltaram sua atenção para Caroline Wilkes, que conheciam de vista, e a levaram para casa. Ela foi com bastante docilidade; sua "recaída" tinha chegado ao fim.

O pobre Anthony já havia corrido quase dois quilômetros quando percebeu que ninguém o estava seguindo. Então, ele parou, já quase sem fôlego, e olhou em volta, mal conseguindo acreditar em sua sorte, pois aquilo certamente parecia uma boa ventura depois dos horrores das horas anteriores.

Ele estava na tundra atrás de Upper Glen. Com toda aquela correria enlouquecida e as perseguições por estradas secundárias, eles deviam ter feito meia-volta, e ele estava quilômetros de casa. Casa! Nunca antes essa palavra parecera tão doce aos ouvidos de Anthony Fingold... Se, aliás, ele ainda tivesse uma casa! Ele já tinha lido relatos de homens que achavam ter passado algumas horas em algum lugar e depois descoberto que, na verdade, cem anos haviam se passado. Sentia que não ficaria surpreso se descobrisse que um século decorrera desde que ele entrara na loja de Carter Flagg para comprar aquele linimento para Clara.

Amada Clara! Que valia cem Carolines Mallards. É claro que ele levaria uma bronca dela, mas Anthony sentia que merecia. Ele gostaria de poder aparecer diante dela vestindo outra coisa que não fosse o pijama de Norman Wilkes. Mas não havia casas no deserto; ele não teria coragem de bater à porta de alguém se houvesse. Além disso, quanto menos vezes ele tivesse de contar a história, melhor.

Uma hora depois, um Anthony cansado e dolorido, ainda vestindo um pijama molhado alaranjado e roxo, entrou na cozinha de sua própria casa. Ele estava exausto. Seu coração podia ser tão jovem quanto antes, mas ele descobriu que suas pernas não eram.

Ele esperava que Clara estivesse dormindo, mas ela não estava. O lanchinho gostoso que ela sempre deixava para Anthony quando ele ficava fora até tarde estava na mesa da cozinha, porém intocado. Pela primeira vez em sua vida de casado, encontrou Clara; a calma e plácida Clara; à beira da histeria.

A história que chegara aos seus ouvidos pelo telefone era de que Anthony tinha sido visto em um carro a uma velocidade tremenda ao lado da velha Caroline Wilkes, que não batia bem da cabeça, como todos sabiam. O distraído Abe Saunders havia telefonado. O distraído George Mallard havia telefonado. Clara passara praticamente a noite toda ao telefone, fazendo ou recebendo ligações. Todos em Ingleside pareciam estar fora de casa, visto que ela não conseguia retorno deles – caso contrário, talvez tivesse algum alento. Ela havia simplesmente decidido mandar os vizinhos sair à procura de Anthony quando ele chegou.

Ele não sabia o que ela iria dizer. Estava preparado para uma bronca daquelas... A primeira que ouviria dela, refletiu ele. Qualquer coisa que ela dissesse, contudo, seria merecida. Ele nunca a apreciara devidamente.

Clara largou o telefone e disse a última coisa que Anthony esperava que ela dissesse... Fez a última coisa que ele esperava que ela fizesse. Clara, que nunca dava nenhuma demonstração externa de seus sentimentos, subitamente desandou em um mar de lágrimas.

– Aquela mulher – disse ela em meio aos soluços – conseguiu fazê-lo colocar um pijama, coisa que eu nunca consegui. E depois de todos os anos em que eu tentei ser uma boa esposa para você! Ah, que noite eu passei! Você não sabia que ela não bate bem da cabeça há anos?

– Você nunca me contou! – exclamou Anthony.

– Contar a você! Eu preferiria morrer a mencionar o nome dela a você. Eu sempre soube que era ela que você queria. Mas pensei que outra pessoa contaria. É de conhecimento geral. E agora você passou a noite toda com ela... E chega em casa de pijama... Não tolerarei... Pedirei o divórcio... Eu...

– Clara, por favor, ouça-me – implorou Anthony. – Eu lhe contarei toda a história... Juro que cada palavra que sair da minha boca é verdade. Mas me deixe colocar roupas secas antes... Você não quer que eu morra de pneumonia, quer? Embora eu saiba que mereço.

Amada Clara! Nunca algum homem teve uma esposa como ela. Ela valia um milhão de vezes o que ele achava que Caroline Mallard valia. Sem dizer mais nada, ela secou os olhos, trouxe uma camisola quente para ele, massageou suas costas torcidas, ungiu seus hematomas e fez uma xícara de chá quente. Em suma, ela quase restaurou o amor-próprio de Anthony.

Então, ele lhe contou toda a história. E Clara acreditou em cada palavra. Será que qualquer outra mulher do mundo teria acreditado?

Por fim, eles se lembraram do saco, que estava largado no chão.

– Não custa ver o que tem dentro – comentou Clara, que voltara a ser ela mesma, calma e recomposta.

Homens eram homens, e não era possível transformá-los em qualquer outra coisa. E realmente não tinha sido culpa de Anthony. Caroline Wilkes sempre pôde fazer o que bem entendesse com eles. Aquela velha megera.

Quando eles viram o que havia no saco, ficaram olhando um para o outro totalmente surpresos, quase consternados.

– Tem... Tem sessenta mil dólares aqui – exclamou Anthony. – Clara, o que faremos?

– Susan Baker telefonou lá de Ingleside pouco depois que você saiu e contou que o Banco de Nova Scotia de Charlottetown havia sido roubado – lembrou Clara. – Acho que os ladrões pensaram que você e Caroline estavam atrás deles e que seria melhor se livrar do saque. Eles deviam estar sem munição. Há uma recompensa pela captura dos bandidos ou pela recuperação do dinheiro. Talvez a gente ganhe a recompensa, Anthony. Eles não podem dar aos Wilkes, já que foi você que encontrou o dinheiro e o trouxe para casa. Veremos o que o doutor Blythe tem a dizer sobre isso.

Anthony estava cansado demais para se sentir eufórico com a perspectiva de uma recompensa.

– Está tarde demais para telefonar para alguém e explicar tudo – disse ele. – Vou esconder debaixo da pilha de batatas no porão.

– É melhor trancar no armário do quarto sobressalente – ponderou Clara. – Agora, o melhor que fazemos é ir para a cama. Tenho certeza de que você precisa descansar.

Anthony se esticou na cama até seus dedos gelados dos pés estarem aquecidos pela bolsa de água quente. Ao seu lado estava Clara, corada e graciosa, usando os bobes que ele frequentemente criticava, mas que certamente eram mil vezes mais bonitos que os cabelos emaranhados de Caroline Wilkes.

No dia seguinte, ele daria início àquele jardim herbáceo que ela desejava fazer havia tanto tempo... Ela merecia, mais do qualquer outra mulher. E ele tinha visto uma flanela listrada azul e branca na loja de Carter Flagg que daria um elegante pijama. Sim, Clara era uma joia entre as mulheres. Ela nunca desconfiou de algumas partes daquela história maluca dele de que qualquer mulher teria o direito de desconfiar.

Ele supunha que os Wilkes podiam mandar suas roupas de volta para ele. É claro que todos ficariam sabendo que ele tinha andado de pijama, em um carro a toda velocidade, com a velha Caroline. Mas havia alguns pontos humilhantes que ninguém jamais saberia. Ele podia confiar em sua Clara. Se Caroline Wilkes contasse a qualquer um que o havia beijado, ninguém acreditaria nela. O resto não importava tanto, embora Anthony mal conseguisse conter um grunhido ao pensar no que a velha Bradley diria daquilo tudo. Ela escreveria para o que costumava chamar de seu "sindicato"... sem sombra de dúvida. Bem, ele passaria por algumas semanas humilhantes e, depois, as pessoas esqueceriam. E talvez a recompensa oferecida pelo banco aliviasse as coisas. Talvez ele até fosse visto como um herói, e não como um... Bem, um otário completo.

"Mas chega de aventuras para mim", pensou Anthony Fingold antes de pegar no sono. "Já foi o suficiente. Eu nunca realmente amei Caroline Mallard. Era apenas um caso de paixão adolescente. Clara sempre foi a única mulher da minha vida."

Ele sinceramente acreditava nisso. E, talvez, fosse verdade.

A sexta noite

Adeus ao antigo quarto

Sob a luz do ocaso dourado
Preciso deixar meu quarto amado,
Dar adeus e a porta fechar
Para nunca mais retornar.
Palavras ternas minha boca dirá,
Meu coração se despedaçará,
Pois este quarto pareceu ser
Um bom amigo durante meu viver.

Sei como o sono era doce aqui...
E quantas vezes não permaneci
Desperta ao fruir a magnitude
Da chama encantada da juventude.
Risadas deleitosas aqui habitavam,
Sonhos que as noites de luar iluminavam,
E o êxtase quando a manhã surgia
Dançando no vale, espalhando alegria.

Aqui eu sempre me punha bonita,
Vestido rendado e cabelo com fita,
Perdendo-me em estampas de seda brilhosa
Sobre a pele alva, macia e cheirosa,
Eu me amava porque percebia
Que ele me amava de noite e de dia.
Aguardava sempre junto à janela
A chegada de sua habitante singela.

Aqui me deitei ao lado da dor
No leito da angústia e do langor,
Também veio a morte me visitar,
Olhou-me nos olhos sem se demorar;
O bem e o mal, o sossego e a ferida,
Todas as maravilhas da vida,
Toda a sua glória sem fim
Aqui fizeram parte de mim.

Então me despeço com olhos marejados
De todos os bons anos aqui passados,
E, se a próxima pessoa que aqui se hospedar,
Agora que estou este quarto a deixar,
For uma garota, eu deixo para ela
Todos os sonhos da vida mais bela,
Lembranças de todas as fantasias
Dos fantasmas amigos e suas mãos frias.

Que ela tenha, assim como eu,
Alegrias imensas no quarto seu;
Alvoradas airosas, chuvas cantantes,
Horas serenas de momentos calmantes,
O vento silencioso nos galhos da mata,
Noites que a ninem com sua sonata,
E um quarto que ainda seja
O amigo que qualquer um deseja.

Anne Blythe

Doutor Blythe:

– Não é difícil adivinhar qual foi a inspiração para esse poema, Anne. Seu antigo quarto em Green Gables?

Anne:

– Sim, em sua maior parte. Pensei nele na noite anterior ao dia do nosso casamento. E cada palavra é verdadeira. Aquele quarto foi o primeiro que tive só para mim na vida.

Doutor Blythe:

– Mas você retornou lá várias vezes.

Anne, *melancolicamente*:

– Não, nunca. Eu já era uma esposa, e não uma menina, quando voltei. E ele *era* como um amigo para mim… Você não pode imaginar quanto.

Doutor Blythe, *provocativamente*:

– Você pensava em mim enquanto "fruía a magnitude da chama encantada da juventude"?

Anne:

– Talvez. E quando eu me levantava cedinho para ver o sol nascer na Mata Assombrada.

Walter:

– Eu adoro ver o sol nascer no Vale do Arco-Íris.

Jem:

– Não achei que você acordasse cedo o suficiente para isso!

Doutor Blythe:

– Você realmente "se punha bonita" para mim?

Anne:

– Depois que noivamos, é claro que sim. Eu queria que você me achasse o mais linda possível. E, mesmo durante os tempos de escola, quando éramos rivais, acho que queria que você me visse tão bonita quanto eu pudesse ficar.

Jem:

– Está dizendo, mamãe, que a senhora e o papai não se entendiam bem quando frequentavam a escola?

Doutor Blythe:

– Sua mãe pensava ter uma implicância comigo, mas eu sempre quis ser amigo dela. Tudo isso, no entanto, são águas passadas. Quando é que a morte foi lhe visitar?

Anne:

– Não foi a minha morte. Era na sombra da sua morte que eu estava pensando... Quando todos pensaram que você estava morrendo de tifo. Eu também pensei que fosse morrer. E, na noite em que ouvi que você tinha melhorado... Ah, foi então que fiquei acordada fruindo a "magnitude da juventude"!

Doutor Blythe:

– Certamente não tem comparação com a noite em que eu descobri que você me amava!

Jem, *privadamente, para Nan*:

– É quando o papai e a mamãe começam a falar assim que a gente descobre um monte de coisas que não sabia sobre o passado deles.

Susan, *que está preparando tortas na cozinha*:

– Não é lindo ver como eles se amam? Consigo entender boa parte daquele poema, por mais que seja uma velha solteirona.

O quarto assombrado

O velho relógio tiquetaqueia atrás da porta,
As sombras espreitam de forma implacável,
A lenha da lareira torna o quarto
Um lugar aconchegante e agradável.
Um refúgio do vento indócil,
Um abrigo do mar infinito,
Mas neste crepúsculo silenciam
Os fantasmas deste mundo aflito.

Aqui, Dorothea ainda dança,
Aquela criança morena e vivaz,
Embora há muito tempo a poeira sepulcral
Tenha encoberto a juventude tenaz.
Aqui, Allan conta uma história de amor
Que provoca euforias ancestrais,
Embora os lábios de Allan estejam mudos e frios,
E seu coração já não bata mais.

Aqui, as notas musicais de Will ainda
Seguem sua cadência fascinante,
Embora o velho violino na parede pendurado
Há muito não ressoe uma melodia dançante.
Edith e Howard, Jen e Joe:
Uma visita que acalma;
Ouço suas risadas e brincadeiras:
Até mesmo o riso tem sua alma.

Alegrias pulsantes e esperanças líricas,
Livres de qualquer arrependimento,
Rodeiam-me como a fragrância de violetas
Trazendo paz e alento.
E entre tudo que vem e que vai
Há um jamais preterido...
O espectro desbotado de
Um beijo não esquecido.

Anne Blythe

Doutor Blythe:

– Um beijo não esquecido! Um beijo de Roy Gardiner, presumo?

Anne, *indignada*:

– Roy nunca me beijou. E, em sua maior parte, o poema é pura imaginação.

Susan:

– Ah, não fale de beijos diante das crianças, cara senhora Blythe... Perdoe-me por interferir.

Jem, *privadamente para Diana*:

– Olhe só para ela! Como se nunca tivéssemos visto ou ouvido falar de um beijo!

Diana, *provocativamente*:

– Você já, de toda forma. Eu o vi beijar a Faith Meredith na escola, na semana passada... E a Mary Vance também.

Jem:

– Pelo amor de Deus, não deixe que Susan a ouça dizer isso. Ela pode me perdoar pela Faith, mas jamais pela Mary Vance.

Doutor Blythe:

– Sabe, Anne, tem um velho violino pendurado na parede de um salão em Upper Glen. Parece nunca ser tirado de lá. Muitas vezes, já me perguntei qual seria sua história, se é que existe uma.

Anne:

– Certamente existe. Você não sabe escrever coisa alguma, Gilbert, mas provoca emoções em algum lugar.

Susan, *para si mesma:*

– Eu poderia contar a eles a história daquele violino se quisesse. Mas não contarei. É triste demais.

Canção do inverno

Esta noite, a geada cobre o mundo todo com seu manto,
Os campos que amamos não conseguem esconder seu pranto,
E nossa floresta já não entoa mais seu canto.
Mas, ao entardecer, nós nos reunimos em torno da chama vermelha:
A primavera há muito se foi, o verão não passa de uma centelha;
Ao redor da lareira, amigos compartilham uma botelha.
Foram-se às violetas do vale, foram-se os narcisos e as rosas,
A música dos morros deu lugar às tardes ventosas,
Vales e rios secretos já não nos convocam com suas vozes saudosas.
Mas temos nossos livros surrados e nossos sonhos eternos,
Camas acolhedoras e abraços fraternos,
A chama do amor brilha até mesmo no mais frio dos invernos.

Anne Blythe

Doutor Blythe:

– A velha, velha chama do amor que foi acesa tantos anos atrás em Avonlea... E que ainda queima, Anne... Ao menos para mim.

Anne:

– Para mim também. E queimará para sempre, Gilbert.

Doutor Blythe:

– Há algo nesse seu poema de que eu particularmente gosto, Anne.

Susan, *para si mesma*:

– Eu também. É tão bom ter um teto sobre sua cabeça e uma lareira quente para se aconchegar em uma noite como esta...

Penelope põe suas teorias à prova

Penelope Craig foi para casa cedo ao voltar do jogo de *bridge* na casa da senhora Elston. Ela tinha que preparar as anotações para a aula sobre psicologia infantil aquela noite, e havia diversas questões urgentes exigindo sua atenção... Especialmente o esboço de uma dieta para crianças com a quantia adequada de vitaminas. As senhoras mais velhas lamentaram que ela tivesse de ir, pois Penelope era popular entre suas amigas, mas isso não as impediu de rir um pouquinho depois que ela se foi.

– Que ideia da Penelope... adotar uma criança! – disse a senhora Collins.

– Mas por que não? – questionou a senhora Blythe, que estava visitando amigos na cidade. – Ela não é uma autoridade reconhecida em educação infantil?

– Ah, sim, é claro. E também é presidente da nossa Sociedade Protetora dos Animais, coordenadora do nosso comitê de bem-estar infantil e palestrante na Associação Nacional de Sociedades de Mulheres; e, além de tudo, é a pessoa mais doce que já pisou na face da Terra. Mas *repito*... que ideia, adotar uma criança!

– Mas por quê? – insistiu a persistente senhora Blythe, que tinha sido adotada quando era pequena e sabia que as pessoas julgavam Marilla Cuthbert, da velha Green Gables, totalmente insana por tê-la adotado.

– Por quê? – A senhora Collins gesticulou dramaticamente. – Se você conhecesse a Penelope Craig há tanto tempo quanto nós conhecemos, senhora Blythe, entenderia. Ela é cheia de teorias, mas, quando se trata de colocá-las em prática... imagine com um menino!

Anne lembrou-se de que os Cuthberts queriam, inicialmente, adotar um garoto. Ela se perguntou como Marilla teria se saído com um menino.

– *Talvez* ela desse conta de uma menina... Afinal de contas, provavelmente existe algo de útil em todas aquelas teorias, e é mais fácil experimentar com garotas – continuou a senhora Collins. – Mas um garoto! Apenas *imagine* a Penelope Craig criando um menino!

– Quantos anos ele tem? – quis saber Anne.

– Uns oito, pelo que me disseram. Não tem grau de parentesco algum com a Penelope... é meramente o filho de uma velha amiga de escola dela que faleceu recentemente. O pai morreu pouco depois que ele nasceu, e o garoto nunca teve nenhum contato com homens, pelo que a Penelope contou.

– O que, para ela, é uma vantagem – acrescentou a senhora Crosby, rindo.

– A senhorita Craig não gosta de homens? – indagou a senhora Blythe.

– Ah, eu não chegaria ao ponto de dizer que ela não gosta... não, não é que ela não goste. Eu diria que ela não quer ter trabalho com eles. O doutor Galbraith poderia confirmar isso para você. Pobre doutor Galbraith! Suponho que seu marido o conheça.

– Acho que já o ouvi falar nele. Ele é muito inteligente, não é? E ele está apaixonado pela senhorita Craig?

Essa senhora Blythe não tinha mesmo papas na língua! De sua parte, ela estava pensando em como era difícil descobrir coisas simples. As pessoas simplesmente assumiam que você sabia tudo que elas sabiam.

– Eu diria que sim. Ele vive pedindo-a em casamento... já faz uns dez anos. Deixe-me ver... Sim, já faz treze anos que a esposa dele faleceu.

– Ele deve ser um homem muito persistente – comentou a senhora Blythe, sorrindo.

– Eu diria que sim. Os Galbraith nunca desistem. E a Penelope continua refutando-o com tanta doçura que ele tem certeza de que, na próxima vez, ela cederá.

– E você não acha que ela vai ceder? Eventualmente?

A senhora Blythe sorriu, lembrando-se de alguns incidentes de sua vida amorosa.

– Não acho que haja alguma chance. Penelope jamais se casará... com Roger Galbraith ou qualquer outra pessoa.

– Roger Galbraith – repetiu Anne. – Sim, é ele mesmo. Lembro-me de Gilbert dizer que, quando ele colocava algo na cabeça, não havia como tirar.

– Eles são melhores amigos – comentou a senhora Loree. – E assim permanecerão... nada mais.

– Às vezes, você descobre que o que achava ser amizade é, na verdade, amor – ponderou a senhora Blythe. – Ela é muito bonita... – acrescentou, lembrando-se dos belos cabelos negros da senhorita Craig escorrendo em pequenos cachos em torno do rosto amplo e alvo. Anne nunca realmente fizera as pazes com suas tranças ruivas.

– Bonita, inteligente e competente – concordou a senhora Collins. – Inteligente e competente *demais*. É por isso que não tem paciência com os homens.

– Suponho que ela pense não precisar deles – disse Anne, sorrindo.

– Esse provavelmente é o motivo. Mas confesso que me irrita ver um homem como Roger Galbraith rastejar por ela depois de dez anos, sendo que há diversas garotas adoráveis com quem ele poderia se casar. Ora, metade das moças solteiras de Charlottetown agarraria essa chance na hora.

– Quantos anos tem a senhorita Craig?

– Trinta e cinco... Embora não pareça, não é verdade? Ela nunca teve uma única preocupação na vida... nem algum desalento, pois a mãe faleceu quando ela nasceu. Desde então, ela tem vivido naquele apartamento com a velha Marta... uma prima de terceiro ou quarto grau, ou algo assim. Marta a idolatra, e ela devota seu tempo a todos os tipos de serviços comunitários. Ah, ela é inteligente e competente, como eu disse, mas vai descobrir que criar uma criança é, na prática, bem diferente da teoria.

– Ah, teorias! – A senhora Tweed riu, como a bem-sucedida mãe de seis filhos achava que deveria rir. – A Penelope tem teorias em abundância. Lembram-se daquele discurso que ela fez para nós no ano passado sobre nossos "padrões" na educação dos filhos?

Anne se lembrou de Marilla e da senhora Lynde. O que elas teriam dito de uma conversa dessas?

– Um ponto que ela enfatizou – continuou a senhora Tweed – foi que as crianças deveriam ser ensinadas a ir adiante e assumir as consequências. Elas não deveriam ser proibidas de fazer coisa alguma. "Acredito em deixar as crianças descobrirem as coisas por si mesmas", disse ela.

– Até certo ponto, ela tem razão – disse a senhora Blythe. – Mas quando esse ponto é atingido...

– Ela disse que as crianças deveriam pode expressar sua individualidade – lembrou a senhora Parker.

– A maioria delas expressa – afirmou a senhora Blythe, rindo. – Será que a senhorita Craig *gosta* de crianças? Parece-me que essa é uma questão bem importante.

– *Eu* já perguntei isso a ela uma vez – contou a senhora Collins –, e tudo que ela respondeu foi: "Minha cara Nora, por que você não me pergunta se eu gosto de adultos?". Agora, o que vocês entendem disso?

– Bem, ela tinha razão – respondeu a senhora Fulton. – Algumas crianças são agradáveis; outras, não.

Uma lembrança de Josie Pye passou pela mente de Anne.

– Todas nós sabemos disso – comentou ela –, a despeito dos disparates sentimentais.

– Será que *alguém* conseguiria gostar daquela criança gorda e babona dos Paxtons? – indagou a senhora MacKenzie.

– A mãe dele provavelmente o acha a coisa mais linda do mundo – ponderou Anne, sorrindo.

– Você não diria isso se soubesse as surras que ela dá nele – disse a senhora Lawrence sem rodeios. – *Ela* certamente não tem medo de castigar o filho.

– Estou tomando leitelho há cinco semanas e ganhei quase dois quilos – lamentou a senhora Williams. Ela achava que estava na hora de mudar de assunto. Afinal de contas, a senhora Blythe tinha formação universitária, embora vivesse em um lugar um tanto remoto no campo.

Mas as outras a ignoraram. Quem se importava se a senhora Williams estava gorda ou magra? O que era a dieta em comparação com o fato de que Penelope Craig estava adotando um menino?

– Eu já a ouvi dizer que nenhuma criança deveria apanhar, nunca – contou a senhora Rennie.

"Ela e a Susan são farinha do mesmo saco", pensou Anne, divertindo-se com o pensamento.

– Concordo com ela nisso – disse a senhora Fulton.

– Aham! – A senhora Tweed estreitou os lábios. – Cinco dos meus filhos nunca apanharam. Mas o Johnny... Descobri que uma bela surra de vez em quando era necessária se quiséssemos conviver com ele. O que pensa sobre isso, senhora Blythe?

Anne, lembrando-se de Anthony Pye, foi poupada da vergonha de uma resposta pela senhora Gaynor, que ainda não tinha dito coisa alguma e pensou que já havia passado da hora de se pronunciar.

– Imaginem Penelope Craig batendo em uma criança... – disse ela.

Ninguém conseguiu imaginar, então elas voltaram ao jogo.

– Roger Galbraith nunca vai se casar com Penelope Craig – disse o doutor Blythe em Ingleside aquela noite, quando Anne lhe contou sobre a conversa. – E é melhor para ele. Ela é uma daquelas mulheres de personalidade forte de que nenhum homem realmente gosta.

– Sinto, nos meus ossos – comentou Anne –, que ele ainda vai conquistá-la.

– O vento está soprando do Leste – observou Gilbert. – Esse é o problema com os seus ossos. E, graças a Deus, essa é uma questão na qual você não pode interferir, seu cupido inveterado.

"Isso não é jeito de um marido falar com a esposa", pensou Susan Baker, a governanta de Ingleside. "Eu há muito desisti da esperança do casamento, mas, se fosse casada, meu marido ao menos se referiria aos meus ossos com respeito. Ninguém poderia ter o doutor Blythe em mais alta estima do que eu, mas há vezes em que, se eu fosse a senhora Blythe, consideraria ser obrigação minha repreendê-lo. As mulheres não deveriam aceitar tudo, e isso eu assino embaixo."

O doutor Roger Galbraith estava na sala de estar de Penelope quando ela chegou em casa, e Marta, que o adorava, estava servindo chá a ele, juntamente com algumas de suas gordurosas rosquinhas.

– Que história é essa sobre adotar um menino, Penny? Toda a cidade parece estar falando disso.

– Eu implorei a ela para não adotar um *menino* – disse Marta, em um tom que dava a entender que ela tinha suplicado de joelhos.

– Acontece que não tive nenhum poder de escolha quanto ao sexo – retrucou Penelope em sua voz doce e suave, que fazia com que até mesmo sua impaciência parecesse charmosa. – O pobrezinho do filho da Ella não poderia ser deixado ao cuidado de estranhos. Ela escreveu para mim de seu leito de morte. Enxergo a função como um dever sagrado... embora eu lamente, *sim*, que não seja uma menina.

– Você acha que este é um bom lugar para criar um menino? – perguntou o doutor Galbraith, olhando em torno do cômodo pequeno e gracioso e passando os dedos duvidosamente pelo chumaço de cabelos castanhos claros.

– É claro que não, senhor da Medicina – respondeu Penelope calmamente. – Eu sei com quase tanta clareza quanto você como é importante o ambiente na vida de uma criança. Então, eu comprei um chalezinho lá em Keppoch... Pretendo chamá-lo de Willow Run. É um lugar maravilhoso. Até mesmo a Marta admite.

– Muitos gambás, imagino – comentou o doutor Galbraith. – E mosquitos.

– Há uma grande colônia de pensionistas de verão por lá – continuou Penelope, ignorando o comentário dele. – Lionel terá muita companhia. E há pontos negativos em qualquer lugar. Mas acho que é o lugar mais ideal possível para crianças. Muito sol e ar fresco... espaço para brincar... espaço para desenvolver a individualidade... um terraço fechado para Lionel com vista para um morro de abetos...

– Para quem?

– Lionel. Sim, é claro que é um nome absurdo. Mas Ella era uma pessoa muito romântica.

– Ele será muito afeminado com um nome desses. Mas já seria de toda forma, tendo sido mimado e paparicado por uma mãe viúva – disse o doutor Galbraith, levantando-se. Seu um metro e oitenta e dois de músculos esguios parecia demais para o pequeno cômodo. – Você me levaria para ver esse seu Willow Run? Como é o saneamento por lá?

– Excelente. Você acha que eu não prestaria atenção nisso?

– E a água? É de poço, suponho! Houve muitos casos de tifo em Keppoch durante o verão, alguns anos atrás.

– Tenho certeza de que está tudo bem agora. Talvez seja melhor você vir dar uma olhada.

Penelope estava um pouquinho mais humilde. Ela entendia de tudo sobre educar essas criaturinhas alegres e simples que são as crianças, mas tifo era outra história... Pois isso tinha sido antes do controle relativo da doença. Ter um médico por perto tinha lá suas vantagens.

O doutor Galbraith veio na tarde seguinte com seu automóvel, e eles foram até Willow Run.

– Conheci uma senhora Blythe na casa da senhora Elston ontem – contou Penelope. – O marido dela é médico, se não me engano. Você o conhece?

– Gilbert Blythe? Claro que conheço. Um dos melhores. E a esposa dele é uma pessoa extremamente adorável.

– Ah... Bem, não tive muito contato com ela, é claro – disse Penelope, perguntando-se por que a aprovação evidente do doutor Galbraith com relação à senhora Blythe a incomodara. Como se algo importasse! Em contrapartida, ela nunca gostara de ruivas.

O doutor Galbraith aprovou o poço e quase todo o resto em Willow Run. Era impossível negar que era um lugar muito charmoso. Penelope não era boba quando se tratava de comprar imóveis. Havia uma casa antiga, pitoresca e espaçosa, rodeada por bordos e salgueiros, com uma entrada de treliça de rosas para o jardim e uma trilha de pedras, ladeada por conchas brancas, onde narcisos brotavam durante toda a primavera. Volta e meia, um vão entre as árvores exibia um vislumbre da baía azul. Havia um portão branco no muro de tijolos vermelhos que circundava a propriedade, com macieiras em flor estendendo seus galhos sobre ele.

– Quase tão lindo quanto Ingleside – confessou o doutor Galbraith.

– Ingleside?

– É como os Blythes chamam sua propriedade em Glen St. Mary. Gosto do costume de dar nomes às propriedades. Parece conferir personalidade a elas.

– Ah!

Novamente, a voz de Penelope soou um tanto fria. Ela parecia estar se deparando com aqueles Blythes o tempo todo agora. E não acreditava que como-é-que-se-chama... Ingel-alguma-coisa... pudesse ser tão linda quanto Willow Run.

O interior da casa era igualmente gracioso.

– Acho que esta casa deve incitar o tipo certo de atitude no Lionel – disse Penelope em um tom complacente. – A atitude de uma criança com relação à sua casa é muito importante. Quero que Lionel ame sua casa. Fico feliz que a sala de jantar tenha vista para a trilha de delfínios. Imagine sentar-se para comer e admirar os delfínios...

– Talvez um garoto prefira olhar para outra coisa... embora Walter Blythe...

– Veja esses esquilos – interrompeu Penelope apressadamente. Por algum motivo inexplicável, ela sentia que gritaria se o doutor Galbraith mencionasse qualquer um dos Blythes novamente. – São bastante dóceis. Certamente um garoto há de gostar de esquilos.

– Nunca se sabe do que eles gostarão. Mas é provável que ele goste, nem que seja para colocar o gato para persegui-los.

– Não terei um gato. Não gosto... Mal posso esperar para me mudar para cá. Não consigo imaginar como eu posso ter vivido tanto tempo enfurnada naquele apartamento. E agora, com Willow Run e uma criança minha...

– Não se esqueça de que ele não é seu filho, Penny. E, se ele fosse, haveria problemas de toda forma.

O doutor Galbraith olhou para ela enquanto ela subia no degrau acima dele. Seus bondosos olhos pretos-acinzentados tinham subitamente se tornado muito ternos.

– O dia está tão glorioso, Penny, que não consigo evitar pedi-la em casamento novamente – disse ele com suavidade. – Não precisa me recusar, a menos que queira.

Os lábios de Penelope se curvaram nos cantos, demonstrando certo desdém, porém com delicadeza.

– Eu poderia gostar tanto de você, se você não quisesse que eu o amasse, Roger. Nossa amizade é tão agradável... Por que insiste em tentar estragá-la? De uma vez por todas, não há espaço para homens na minha vida. – Então, sem sequer poder explicar o motivo, nem para si mesma, ela acrescentou: – É uma pena que a senhora Blythe não seja viúva.

– Eu jamais pensei que *você* seria capaz de dizer algo assim, Penny – respondeu Roger baixinho. – Se a senhora Blythe fosse viúva, não faria diferença alguma para mim *nesse* sentido. Nunca gostei de ruivas.

– Os cabelos da senhora Blythe não são ruivos... São de um tom lindo de castanho-avermelhado – protestou Penelope, subitamente sentindo que a senhora Blythe era uma criatura adorável.

– Bem, chame do tom que quiser, Penny.

O tom do doutor Galbraith estava vários graus mais suave. Ele acreditava que Penny realmente sentira ciúme da senhora Blythe... E onde havia ciúme havia esperança. Mas ele estava mais quieto que de costume no caminho de volta, enquanto Penelope discursava alegremente sobre a mente infantil, a sabedoria de permitir que uma criança fizesse o que queria fazer... "Exibir seu ego", resumiu ela... E a importância de garantir que ela comesse espinafre.

– A senhora Blythe desistiu de tentar fazer Jem comer espinafre – disse o médico de propósito.

Mas Penelope não se importava mais com o que a senhora Blythe fazia ou deixava de fazer. Ela se dignou, contudo, a perguntar ao médico o que ele pensava sobre o poder do sugestionamento... especialmente quando a criança estava adormecida.

– Se uma criança estivesse dormindo, eu a deixaria dormir. A maioria das mães fica bem contente quando a criança dorme.

– Ah, "a maioria das mães"! Não estou dizendo para acordar, é claro. A ideia é sentar ao lado dela e, com muita calma e tranquilidade, sugerir o que você quer incutir na mente dela em um tom baixo e controlado.

– Eu não faço isso – disse o doutor Galbraith.

Penelope poderia ter mordido a língua. Como ela podia ter esquecido que a esposa de Roger havia morrido durante o parto?

– Talvez faça algum sentido – aquiesceu o doutor Galbraith, que, certa vez, comentara com o doutor Blythe de forma bastante cínica que o segredo de qualquer sucesso que ele tivera na vida se devia ao fato de que ele sempre aconselhava as pessoas a fazer o que sabia que elas realmente queriam fazer.

– Será maravilhoso ver a mente dele se desenvolver – disse Penelope de um jeito sonhador.

– Ele tem oito anos, então você que me diga – respondeu o doutor Galbraith, ríspido. – É bem provável que a mente dele já tenha se desenvolvido bastante. Você sabe o que a Igreja Católica Romana diz das crianças... Os primeiros sete anos, e tudo mais. No entanto, ter esperanças nunca é proibido.

– Você perde muito da vida sendo cínico, Roger – alertou Penelope com delicadeza.

Embora Penelope não fosse admitir, nem para si mesma, ela estava feliz pelo fato de o doutor Galbraith não estar presente quando Lionel chegou. Ele havia tirado férias e passaria várias semanas longe. Bem antes de ele retornar, ela já estaria acostumada com Lionel, e todos os problemas teriam sido resolvidos. Pois é claro que haveria problemas... Penelope não tinha dúvida. Mas ela tinha bastante certeza de que, com paciência e compreensão, ambas qualidades que ela achava ter em abundância, tudo se resolveria facilmente.

A primeira impressão de Lionel, quando ela foi buscá-lo na estação pela manhã para pegá-lo com o homem que o havia trazido de Winnipeg, *foi* um tanto chocante. Penelope esperava, de alguma forma, encontrar os cachos dourados, os olhos azuis-claros e a graciosidade esguia de Ella em miniatura. Lionel provavelmente se parecia com o pai, que ela nunca conhecera. Era baixinho e atarracado, com cabelos pretos grossos e sobrancelhas pretas grossas nada infantis, que quase se encontravam acima do nariz. Os olhos eram pretos e ardentes, e sua boca estava contraída em uma linha obstinada, que não se abriu em um sorriso diante do cumprimento caloroso dela.

– Sou sua tia Penelope, querido.

– Não, não é – retrucou Lionel. – Não somos parentes.

– Bem... – Penelope ficou levemente abalada. – Não uma tia "de verdade", é claro, mas não seria melhor se você me chamasse assim? Eu era a melhor amiga da sua mãe. Fez uma boa viagem, meu bem?

– Não – respondeu Lionel.

Ele entrou no automóvel ao lado dela e não olhou nem para a direita nem para a esquerda durante o trajeto para Willow Run.

– Está cansado, querido?

– Não.

– Com fome, então? A Marta vai...

– Não estou com fome.

Penelope desistiu. Boa parte da psicologia infantil falava sobre deixar as crianças sozinhas. Ela deixaria Lionel em paz, visto que ele evidentemente não queria conversar. Eles cumpriram o restante do trajeto em silêncio, mas Lionel o quebrou assim que Penelope parou diante da porta, onde Marta estava aguardando.

– Quem é essa velha feia? – perguntou ele enfaticamente.

– Por que... Por que... Essa é a Marta, minha prima que mora comigo. Você pode chamá-la de "tia" também. Você vai gostar dela, depois que a conhecer.

– Não vou – garantiu Lionel.

– E não deve... – Penelope lembrou, bem a tempo, que nunca se deve dizer "não deve" a uma criança. Provoca consequências terríveis ao ego delas... – Por favor, não diga que ela é feia.

– Por que não? – indagou Lionel.

– Porque... Porque... Ora, porque você não quer magoá-la, não é mesmo? Ninguém gosta de ser chamado de "feio", você sabe, querido. *Você* não gostaria, não é?

– Mas eu não sou feio – retrucou ele.

Isso era bem verdade. À sua maneira, ele era uma criança bastante bem-apessoada.

Marta, assustada, deu um passo adiante e estendeu a mão. Lionel colocou as mãos atrás das costas.

– Aperte a mão da tia Marta, querido.

– Não – disse Lionel, acrescentando: – Ela não é minha tia.

Penelope sentiu algo que nunca sentira antes na vida... Um desejo de chacoalhar alguém. Era *tão* importante que ele causasse uma boa impressão a Marta... Bem a tempo, contudo, Penelope se lembrou de seus padrões.

– Vamos tomar café da manhã, querido – disse ela alegremente. – Vamos nos sentir melhor depois.

– Não estou doente – retrucou Lionel. E acrescentou: – E não quero ser chamado de “querido”.

Havia suco de laranja e um ovo cozido para Lionel. Ele os fitou com uma expressão de nojo.

– Quero salsichas – ordenou ele.

Como não tinha salsichas, Lionel não quis aceitar. Sendo esse o caso, ele não quis comer mais nada. Penelope novamente decidiu deixá-lo em paz...

– Um pouquinho de descaso às vezes é bom para as crianças – disse ela, lembrando-se de seus livros sobre educação infantil.

Mas, quando chegou a hora do almoço e Lionel continuou exigindo salsichas, uma sensação terrível de desamparo a assolou. Lionel passou a manhã inteira na varanda da frente olhando adiante. Após a viagem do doutor Galbraith, Penelope fizera uma visita a Ingleside, em Glen St. Mary, e não pôde evitar lembrar-se do comportamento diferente das crianças de lá.

Depois do almoço, Lionel continuava, com teimosia, a se recusar a comer qualquer coisa porque não havia salsichas; então, voltou para a varanda.

– Acho que ele está sem apetite – comentou Penelope um tanto ansiosa. – Será que precisa de algum remédio?

– Ele não precisa de remédio. O que ele precisa... e precisa muito... é de uma boa surra – respondeu Marta. Sua expressão indicava que ela adoraria ser a responsável pela tarefa.

Eles já tinham chegado a esse ponto? Lionel estava em Willow Run havia apenas seis horas e Marta já estava sugerindo surras. Penelope ergueu a cabeça de um jeito orgulhoso.

– Você acha, Marta, que um dia eu poderia bater no filho da pobre Ella?

– *Eu* bateria para você – ofereceu Marta, em um tom indubitavelmente satisfeito.

– Besteira. O pobrezinho provavelmente está muito cansado e com saudades de casa. Quando ele se adaptar, comerá o que deve. Vamos simplesmente nos ater à nossa política de deixá-lo sozinho, Marta.

– A melhor coisa a fazer, já que você recusa a surra – concordou Marta. – Ele é teimoso... Percebi isso no instante em que pus os olhos nele. Devo pedir salsichas para o jantar?

Penelope não se renderia.

– Não – respondeu ela sucintamente. – Salsichas não são saudáveis para crianças.

– Eu comi muita salsicha quando era pequena – comentou Marta um tanto ríspida –, e nunca me fizeram mal.

Lionel, que provavelmente não tinha dormido muito bem no trem, caiu num sono tão profundo nos degraus da varanda que não acordou quando Penelope o pegou em seus braços destreinados e o levou para o sofá, na sala. O rosto dele estava corado e, durante o sono, parecia infantil. Os lábios fechados se abriram, e Penelope percebeu que ele estava sem um dente da frente. Afinal de contas, ele era apenas uma criança.

"Ele deve estar uns dois quilos acima do peso", pensou ela ansiosamente. "Ouso dizer que não lhe fará mal algum ficar sem comer por um tempo. Ele é muito diferente do que eu esperava... Mas, apesar de tudo, há algo de charmoso nele. A pobre Ella nada sabia de psicologia infantil... Suponho que nunca tenha realmente encontrado a maneira correta de abordá-lo."

Para o jantar, havia um delicioso frango assado com espinafre para Lionel, e sorvete de sobremesa.

– Salsichas – insistiu Lionel.

Penelope estava desesperada. Era muito fácil pedir para deixar a criança sozinha... deixar que ela aprendesse, por conta própria, as consequências de determinadas ações... Mas ela não podia permitir que ele morresse de fome. Talvez as consequências fossem aprendidas tarde demais.

– Eu vou... Teremos salsichas para o café da manhã, querido. Experimente esse frango delicioso.

– Salsichas – repetiu Lionel. – E meu nome não é "querido". Os garotos lá em casa me chamam de "Solavanco".

Marta saiu e retornou com um prato cheio de salsichas, lançando um olhar desafiador a Penelope.

– Fui buscar só por garantia – explicou Marta. – Foi a esposa do meu primo, Mary Peters, lá de Mowbray Narrows, que fez. São de carne de porco de primeira. Você não pode deixar o menino passar a noite toda com o estômago vazio. Ele pode ficar doente.

Lionel lançou-se sobre o prato de salsichas e devorou todas. Ele aceitou uma porção de ervilhas, mas recusou o espinafre.

– Eu lhe darei cinco centavos se você comer o espinafre – disse Marta, para o horror de Penelope. Chantagear uma criança!

– Dez – retrucou Lionel.

Ele ganhou os dez centavos e comeu o espinafre... até a última folha. Ao menos Lionel era do tipo que cumpria sua parte do acordo. Ele comeu bastante sorvete, mas revoltou-se quando Penelope se recusou a lhe servir café.

– Eu sempre tomei café – alegou ele.

– Café não é bom para garotos pequenos, querido – respondeu ela, mantendo-se firme.

No entanto, ela não estava contente. Especialmente depois que Lionel disse:

– Você deve ser muito velha. Parece não conseguir se lembrar que meu nome não é "querido".

Penelope nunca se esqueceu daquelas primeiras duas semanas de Lionel em Willow Run. Ao oferecer a ele bacon com os ovos, ele foi induzido a parar de exigir salsichas e, à exceção disso, o apetite dele parecia normal. Ele até comia o espinafre sem ser subornado, aparentemente para evitar discussões. Mas, após ter resolvido parcialmente o problema das refeições, ainda havia o problema de como entretê-lo. Pois eles haviam chegado a esse ponto. Ele se recusava a fazer amizade com qualquer uma das crianças da vizinhança e ficava sentado nos degraus da varanda, olhando para o nada, ou perambulava ociosamente pelo terreno de Willow Run. Penelope o levou a Ingleside certo dia, e ele pareceu se entender com Jem Blythe, que passou a chamar de "feijãozinho", mas eles não podiam ir a Ingleside todo dia. Ele não dava importância alguma aos esquilos e desdenhava o balanço que Penelope instalara para ele no quintal dos fundos. Ele se recusava a conversar e a brincar com o burrinho mecânico ou o trem elétrico ou o avião de brinquedo que Penelope havia comprado. Certa vez, ele arremessou uma pedra. Por azar, escolheu o exato momento em que a senhora Raynor, esposa do ministro anglicano, estava passando pelo portão. Ele não acertou o nariz dela por poucos centímetros.

– Não se deve jogar pedras nas pessoas, que... Lionel – alertou Penelope miseravelmente (esquecendo que "não se deve" usar "não se deve") depois que a muito majestosa senhora foi embora.

– Eu não joguei nela – retrucou Lionel, azedo. – Só joguei. Não tenho culpa se ela estava lá.

Penelope passou a ir à varanda fechada toda noite; visto que Lionel se recusava a dormir em qualquer outro lugar; e "sugerir". Marta pensava que aquele era algum tipo de bruxaria. Penelope "sugeria" que Lionel deveria se sentir feliz... que não deveria querer salsichas ou café... que deveria gostar de espinafre... que deveria perceber que elas o amavam...

– A velha Marta não ama – disse Lionel subitamente certa noite, quando ela achava que ele estava dormindo profundamente.

– Ele não nos *deixa* amá-lo – comentou Penelope, em desespero. – E, quanto a deixar que ele faça o que quiser, ele não quer fazer *nada*. Não quer passear de automóvel... não quer brincar com seus brinquedos... e não ri o suficiente. Ele não ri *nunca*, Marta. Você já reparou?

– Bem, algumas crianças não riem – ponderou Marta. – O que esse tipo de criança quer é um homem para educá-lo. Ele não aceita mulheres.

Penelope se recusou a responder. Mas foi depois disso que ela sugeriu um cachorro. Ela própria sempre tivera vontade de ter um cachorro, mas seu pai não gostava de bichos. Marta também não, e um apartamento não era lugar para um cachorro. Certamente, Lionel iria querer um cachorro... Um garoto deveria ter um cachorro.

– Vou lhe dar um cachorro, queri... Lionel.

Ela esperava ver o rosto de Lionel se iluminar uma vez na vida. Mas ele apenas a fitou com seus olhos pretos sem vida.

– Um cachorro? Quem quer um cachorro? – perguntou ele, emburrado.

– Pensei que todos os garotos quisessem um cachorro – respondeu Penelope com hesitação.

– Eu não. Um cachorro me mordeu, uma vez. Quero um gato – disse Lionel. – Eles têm vários gatos em Ingleside.

Nem Penelope nem Marta gostavam de gatos, mas aquela era a primeira coisa que Lionel queria que não eram salsichas. Penelope ficou com receio de frustrá-lo. "Se você frustrar uma criança, não sabe que tipo de fixação pode criar nela", lembrou-se.

Foram procurar um gato... A senhora Blythe mandou um de Ingleside, e Lionel anunciou que o chamaria de "George".

– Mas, queri... Lionel, é uma gata – ponderou Penelope. – A Susan Baker me avisou. Melhor chamar de Fofinha, o pelo dela é tão macio... Ou de Mimi...

– O nome dela é George – definiu Lionel.

Lionel passava o dia todo com George ao seu lado e a levava para cama consigo... para desespero de Penelope... mas continuava perambulando sombriamente por Willow Run e se recusava a se divertir. Elas se acostumaram com o silêncio dele... Evidentemente, era uma criança taciturna por natureza... Mas Penelope não conseguia se acostumar com o descontentamento fervoroso dele. Sentia-o no fundo de seus ossos. As "sugestões" pareciam não surtir efeito algum. O filho de Ella não estava feliz. Ela tinha tentado de tudo. Tinha tentado entretê-lo... tinha tentado deixá-lo sozinho.

– Quando começarem as aulas, será melhor – disse ela a Marta em um tom esperançoso. – Ele se misturará com os outros garotos e terá amigos para brincar. Ele parecia bem diferente naquele dia que passamos em Ingleside.

– O doutor e a senhora Blythe não têm teoria alguma, pelo que me disseram – comentou Marta.

– Eles devem ter alguma. Os filhos são muito bem-comportados, eu admito. Eu teria chamado alguns garotos para virem aqui antes, mas as crianças da região estão sofrendo com algum tipo de erupção cutânea...

Não sei se é contagioso... mas achei melhor não expor o Lionel. Eu... eu gostaria que Roger estivesse de volta.

– Há muitos outros médicos na cidade – disse Marta. – E você não pode manter uma criança presa em uma redoma de vidro a vida toda. Posso ser uma velha solteirona, mas *isso* eu sei. De toda forma, ainda faltam dois meses até começarem as aulas.

Marta estava lidando bem com as coisas. Ela até que gostava de Lionel, embora ele a tivesse chamado de "velha feia".

Ele não se metia em encrencas e não dizia coisas malcriadas se você o deixasse sozinho. Às vezes, precisava ser subornado para tomar o copo de leite de toda noite... Marta o subornava com mais frequência do que Penelope fazia ideia... Mas ele estava juntando as moedas que ganhava.

Certa vez, ele perguntou a Marta quanto custava uma passagem para Winnipeg e se recusou a almoçar depois da resposta. Aquela noite, ele disse a Marta que estava "farto de tomar leite".

– Não sou um bebê – disse ele.

– O que a sua tia Penelope vai dizer? – ponderou Marta.

– Você acha que eu me importo? – respondeu Lionel.

– Deveria. Ela é muito boa para você – disse Marta.

Penelope tomou uma decisão no dia em que Lionel chegou em casa com um grande hematoma no joelho. Não que ele tenha feito algum alvoroço por causa daquilo, mas, quando lhe perguntaram como ele tinha se machucado, ele disse que o campanário da igreja havia caído em cima dele.

– Mas, Lionel, isso não é verdade – disse Penelope, horrorizada. – Você não pode esperar que acreditemos nisso.

– Eu sei que não é verdade. Quando Walter Blythe diz coisas que não são verdade, a mãe dele chama de "imaginação".

– Mas há uma diferença. Ele não espera que ela acredite que seja verdade.

– Eu também não esperava que você acreditasse – retrucou Lionel. – Mas nada acontece por aqui. Você precisa simplesmente fingir que as coisas acontecem.

Penelope desistiu de argumentar. Ela limpou e desinfetou o joelho dele. Conscientemente ela teve um desejo estranho de dar um beijo ali. Era um joelhinho moreno gordinho tão adorável... Mas receou que, se o fizesse, Lionel a olharia com aquele desprezo que às vezes surgia de um modo tão desconcertante em sua expressão.

Ele se recusou a colocar um curativo, embora Penelope tivesse certeza de que preveniria uma possível infecção.

– Vou passar um pouco de cuspe de sapo na ferida – disse Lionel.

– Onde foi que você ouviu isso? – exclamou Penelope, horrorizada.

– O Jem Blythe me contou. Mas não quis contar para o pai – explicou Lionel. – O pai dele tem umas ideias esquisitas, que nem você e a Marta.

"Quem dera Roger estivesse aqui", foi o pensamento espontâneo e indesejado que veio à cabeça de Penelope.

Ela pensou muito naquela tarde e anunciou o resultado para Marta à noite, depois que Lionel e George tinham ido para a cama.

– Marta, cheguei à conclusão de que o Lionel precisa de companhia... um amigo... um parceiro. Todos os garotos deveriam ter um. Os meninos de Ingleside estão longe demais... E, francamente, depois do que Jem disse a Lionel sobre saliva de sapo... Mas você sabe que dizem que crianças que só têm adultos à sua volta crescem com complexo de inferioridade. Ou seria de superioridade?

– *Eu* acho que nem você mesma sabe o que isso significa – respondeu Marta. – Converse com a senhora Blythe. Ela está na cidade, pelo que fiquei sabendo.

– A senhora Blythe tem formação universitária, mas nunca ouvi dizer que seja uma autoridade em psicologia infantil...

– Os filhos dela são as crianças mais bem-comportadas que já vi – ponderou Marta.

– Bem, de toda forma, decidi que Lionel precisa de companhia.

– Você não está querendo dizer que vai adotar *outro* garoto! – exclamou Marta em um tom consternado.

– Não *adotar*, exatamente... Ah, minha nossa, não. Não vou adotar, Marta. Estou apenas falando de hospedar alguém para o verão... até as aulas começarem. A senhora Elwood estava falando de um menino ontem... Acho que o nome dele é Theodore Wells...

– O sobrinho de Jim Wells! Ora, Penelope Craig! A mãe dele não era atriz, ou algo assim?

– Sim... Sandra Valdez. O irmão de Jim Wells se casou com ela há dez anos em Nova Iorque, ou Londres, ou algo assim. Eles logo se separaram, e Sidney voltou para casa com o garoto. Ele morreu na fazenda do Jim. Jim tomou conta dele, mas você sabe que ele faleceu no mês passado e que a esposa já tem coisas demais para dar conta sozinha.

– Ele nunca foi muito bem-vindo por lá, pelo que ouvi dizer – murmurou Marta.

– Ela quer encontrar um lar para ele até conseguir contato com a Sandra Valdez... E eu sinto que é um sinal divino, Marta...

– *Eu* sinto que é o velho diabo quem tem um dedo nisso – retrucou Marta.

– Marta, Marta... Você realmente não deveria falar assim. A senhora Elwood disse que ele é um bom menino... Parece um anjo...

– A senhora Elwood diria qualquer coisa. Ela é irmã do senhor Wells. Penelope, você não sabe como é essa criança... Ou o que ela pode ensinar ao Lionel...

– A senhora Elwood disse que todas as crianças Wells são bem-comportadas e bem-educadas...

– Ah, ela disse isso, é? Bem, são todos sobrinhos dela. Ela deveria saber...

– Suponho que ele seja um tanto travesso...

– Ah, ela admitiu isso, é? Bem, toda criança deveria ser travessa. Posso ser uma velha solteirona, mas isso eu sei. Dizem que as crianças dos Blythes, que você gosta tanto de mencionar...

– Eu raramente os menciono, Marta! Mas o doutor Galbraith... Bem, essa é a única coisa que me preocupa com relação ao Lionel. Ele não é tão travesso quanto deveria. Na verdade, ele não é nada travesso. Isso não é normal. Quando Theodore chegar...

– "Theodore"! É ainda pior que "Lionel"!

– Ora, Marta, seja gentil – suplicou Penelope. – Você *sabe* que tenho razão.

– Se você tivesse um marido, Penelope, eu não me importaria com o número de crianças que você decidisse adotar. Mas para duas solteironas, começar a criar garotos...

– Basta, Marta. Uma mulher que estudou psicologia infantil como eu sabe mais sobre educar crianças do que qualquer outra mãe. Já tomei minha decisão

– Ah, como eu gostaria que o doutor Roger estivesse em casa! – grunhiu Marta para si mesma. – Não que eu ache que ele conseguiria convencê-la do contrário, de toda forma.

Theodore tinha a aparência que Lionel deveria ter. Ele era magro e tinha traços delicados, com cabelos ruivos e olhos cinza surpreendentemente brilhantes.

– Estão este é o Theodore – disse Penelope delicadamente.

– Sim, senhorita – respondeu Theodore com um sorriso encantador. Certamente, não havia nada da aspereza de Lionel nele.

– E este é o Lionel – apresentou Penelope, sorrindo.

– Já ouvi falar dele – disse Theodore. – Oi, Solavanco!

– Oi, Vermelho – cumprimentou Lionel.

– Que tal vocês irem ao jardim para se conhecerem melhor antes do jantar? – sugeriu Penelope, ainda sorrindo. As coisas estavam correndo muito melhor do que ela ousara imaginar.

Marta fungou. Ela sabia de alguma coisa sobre o tal Theodore Wells.

Alguns minutos depois, uivos horripilantes vieram do quintal dos fundos. Penelope e Marta saíram correndo, desesperadas, e encontraram os dois garotos atracados furiosamente na trilha de cascalhos, chutando, beliscando e gritando. Penelope e Marta os separaram com dificuldade. Os garotos estavam com os rostos cobertos de terra. Theodore estava com um lábio cortado, e Lionel havia perdido mais um dente. George estava em cima de uma árvore, aparentemente tentando descobrir se seu rabo era seu mesmo.

– Oh, queridos, queridos – exclamou Penelope distraidamente. – Isso é terrível... Vocês não devem brigar... *Não devem*...

Era evidente que, naquele momento, ao menos, Penelope tinha se esquecido das regras da psicologia infantil.

– Ele puxou o rabo da George – ralhou Lionel. – Ninguém vai puxar o rabo da *minha* gata.

– Como eu ia saber que a gata era sua? – retrucou Vermelho. – Você bateu primeiro. Veja o meu lábio, senhorita Craig.

– Está sangrando – observou Penelope, estremecendo. Ela nunca conseguira suportar ver sangue. Sentia-se enjoada.

– É só um arranhão – garantiu Marta. – Vou passar um pouco de vaselina.

– É só dar um beijo no local e tudo vai ficar bem – disse Theodore.

Lionel ficou calado. Estava ocupado procurando o dente perdido.

"Ao menos ele não é um bebê chorão", pensou Penelope, reconfortando a si mesma. "Nenhum dos dois é um bebê chorão."

Marta levou Lionel para a cozinha. Ele foi sem reclamar, pois tinha encontrado o dente. Penelope levou Theodore ao banheiro, onde lavou o rosto dele, muito contra a vontade do garoto, e descobriu que o pescoço e o corpo também precisavam desesperadamente de atenção. Um banho era necessário.

– Credo, eu detestaria ser tão limpo quanto vocês o tempo todo – disse Theodore, olhando para si mesmo depois. – A senhorita se lava todos os dias?

– É claro, querido.

– *Inteira*?

– É claro.

– Se eu lavar o rosto na pia uma vez por semana… com gosto… não seria suficiente? – quis saber Theodore. – Posso chamar você de "mamãe"? A senhorita cheira bem.

– Eu acho… "Titia" seria melhor – respondeu Penelope, hesitante.

– Já tenho todas as tias que quero – protestou Theodore. – Mas não tenho uma mamãe. No entanto, a senhorita é quem manda. Olha, aquele dente do Solavanco já estava pronto para cair, de toda forma. E de que servem os rabos dos gatos se não for para serem puxados?

– Mas você não quer machucar animaizinhos indefesos, quer? Se você fosse um gatinho e tivesse um rabinho, iria gostar que alguém puxasse?

– Se eu fosse um gatinho e tivesse um rabinho – cantarolou Theodore.

Ele literalmente cantou… Em uma voz clara, honesta e doce. Aparentemente, Lionel também sabia cantar. Os dois ficaram sentados na escada depois do jantar cantando todos os tipos possíveis de música juntos. Algumas delas Penelope achou terríveis para garotos pequenos, mas era um reconforto imenso ver Lionel finalmente se interessar por alguma coisa. Ela tinha razão. Tudo de que Lionel precisava era companhia.

– Você ouviu como eles terminaram aquela musiquinha da abelha? – perguntou Marta. – Eles *não* terminaram com "muito ao longe na costa". E se a senhora Raynor os ouviu?

A senhora Raynor não tinha escutado. Mas uma certa senhora Embree, que estava passando por ali naquele momento, ouvira. Só se falava naquilo na vizinhança no dia seguinte. Alguém telefonou para Penelope para comentar. Ela realmente achava que Theodore Wells era uma companhia adequada para seu sobrinho?

Àquela altura, a própria Penelope, que tinha arrancado a verdade de Marta, estava se questionando. Marta encontrou os dois garotos perto da bomba-d›água antes do almoço.

– Qual o problema? – indagou ela, olhando para o rosto de Lionel.

– Nada – respondeu o garoto.

Penelope saiu correndo da casa.

– *Qual o problema*?

– O Vermelho estava mascando beterraba e cuspiu em mim – rugiu Lionel.

– Ah, Theodore! Theodore!

– Bem, a senhorita me disse que não devemos brigar – gritou Theodore, que parecia estar totalmente irado. – Não havia nada que eu pudesse fazer além de cuspir.

– Mas por que… Por que cuspir? – indagou Penelope com a voz fraca.

– Ele disse que apostaria que o pai dele poderia falar mais palavrões que o meu pai se eles estivessem vivos. Não vou permitir que alguém deprecie a minha família. Não sou mosca morta. Se eu não posso brigar, vou cuspir… Cuspir com força. Mas eu me esqueci da beterraba – confessou ele.

– Você pode escolher uma entre duas opções, Penelope – disse Marta depois que o rosto de Lionel havia sido limpo. – Você pode mandar Theodore de volta para a tia dele...

– Não posso fazer isso, Marta. Seria tão... tão... Seria uma admissão de derrota. Pense em como Roger riria de mim.

"Então a opção do Roger está começando a lhe parecer interessante", pensou Marta com satisfação.

– E, francamente, Lionel já é outro garoto, em tão pouco tempo – defendeu Penelope. – Quero dizer, ele tem se interessado pelas coisas...

– Então você pode deixar os garotos brigarem tanto quanto eles quiserem – ponderou Marta. – Não faz mal algum que meninos briguem. Olhe para eles agora... Lá atrás, na garagem, catando minhocas, como bons amigos, como se nunca tivessem brigado ou cuspido. Não, não mencione o pessoal de Ingleside para mim... Eles são pais completamente diferentes... E têm uma criação diferente. Isso faz toda a diferença no mundo.

– E, é claro, a frustração é a pior coisa possível para uma criança – murmurou a pobre Penelope, ainda se apegando a algumas ilusões como trapos esfarrapados.

Não houve mais frustrações com Lionel e Theodore no quesito "brigas". Eles tiveram outra discussão naquele dia, mas também fizeram uma excursão para pescar trutas no riacho e voltaram triunfantes para casa com umas belas trutas que Marta fritou para o jantar. Mas Penelope confessou para si mesma, sentindo-se terrivelmente humilhada, que permitiria que os garotos brigassem mais, porque percebia que não conseguiria detê-los, pois estava plenamente convencida quanto ao problema da frustração. E ficou se perguntando qual seria a concepção da senhora Elwood de um "garoto bem-educado". Não era, é claro, possível que a senhora Elwood fosse...

Mesmo assim, em meio a toda a distração mental das semanas subsequentes, havia o leve reconforto de que outro problema relacionado a Lionel tinha deixado de existir. Ele estava entretido. Desde cedo pela manhã até o final da tarde, ele e Theodore estavam "aprontando alguma", como Marta afirmava. Eles brigavam com frequência, e Penelope tinha certeza de que toda a região podia ouvir os urros selvagens e devia pensar que eles estavam sendo violentamente espancados ou algo do tipo. Mas Lionel acabou confessando para Penelope que "tudo era tremendamente solitário antes de o Vermelho chegar, sem ninguém com quem brigar".

Theodore tinha um temperamento explosivo, que desaparecia logo depois de explodir. De vez em quando, até mesmo Marta admitia que ele tinha seu charme. Afinal de contas, como Penelope tentara convencer a si mesma, as travessuras deles não eram nada além do normal. Provavelmente, os garotos de Ingleside faziam exatamente as mesmas coisas.

A cobra no chão da lavanderia... É claro que a pobre Marta tinha ficado apavorada.

– É uma cobra *boa* – protestou Theodore. – Não vai machucá-la.

Era, de fato, uma inofensiva cobra não venenosa... Mas, de todo modo, uma cobra era uma cobra.

E a maneira graciosa como ele garantira à senhora Peabody que o chapéu dela voltaria ao normal se ela o colocasse no vapor. Theodore não teve a intenção de sentar-se nele... Penelope gostaria de poder ter certeza disso, mas ela sabia que os dois garotos odiavam a senhora Peabody... E a senhora Peabody tinha sido bastante desagradável. Por que, aliás, tinha deixado o chapéu na cadeira do jardim? Ela declarara que se tratava de um acessório parisiense, mas Penelope vira a senhora Blythe usar um chapéu muito mais bonito em uma casa de chás em Charlottetown alguns dias antes, e ela o tinha comprado de uma modista em Charlottetown.

É claro que Lionel não deveria ter apontado a mangueira para o filho do padeiro, e a sala de estar *ficou* um verdadeiro caos após a guerra de travesseiros. Infelizmente, um dos travesseiros explodiu, e é claro que a senhora Raynor tinha de aparecer com o bispo e toda a família para uma visita bem naquele instante. Eles todos foram muito cordiais, e o bispo lhe contara algumas coisas muito piores que ele próprio havia feito quando era garoto... É verdade que a esposa o lembrara de que seu pai dera umas surras terríveis por suas travessuras infantis. Mas o bispo respondeu que os tempos eram outros e que as crianças eram tratadas de forma muito diferente agora. A senhora Raynor agiu como se tudo aquilo tivesse sido planejado como um insulto a ela.

Mas Penelope realmente não conseguia compreender por que todos culparam tanto os garotos na noite em que ela e Marta acharam que eles haviam desaparecido. Foi sua própria culpa não ter procurado na varanda fechada. Eles simplesmente tinham ido para a cama depois do jantar sem dizer uma palavra e estavam dormindo profundamente, com George ronronando entre eles, enquanto toda a colônia de verão os procurava e considerava-se fazer uma ligação para a polícia de Charlottetown. Pela primeira vez na vida, Penelope chegou perto da histeria, pois alguém tinha certeza de tê-los visto em um automóvel com um homem muito suspeito logo depois do anoitecer. Finalmente, alguém sugeriu checar a varanda fechada, e depois todos comentaram, pelo que contaram a Penelope, que "era bem o que se poderia esperar daqueles dois diabretes", sendo que as pobres criaturinhas exaustas tinham simplesmente ido dormir. Até mesmo Marta ficara indignada. Ela disse que Jem Blythe, lá de Ingleside, tinha feito exatamente a mesma coisa certa noite e ninguém pensara em puni-lo. Susan Baker lhe contara tudo sobre a história e parecia simplesmente grata por nada de ruim ter acontecido com ele.

Mas Theodore realmente precisava ser punido quando entalhou suas iniciais na mesa nova da sala de jantar durante uma tarde em que Penelope fora para a cidade participar de uma reunião do Comitê de Bem-Estar Infantil. Marta bateu nele antes de Penelope chegar em casa, e Theodore lhe disse desdenhosamente quando ela terminou:

– *Isso* não doeu nada. Você não sabe como bater. Podia fazer umas aulas com a Tia Ella!

"Há vezes", pensou Marta amargamente, "em que um homem faz falta".

Penelope, ao olhar para sua linda mesa, quase concordou com ela.

E ela nunca se esqueceu da tarde em que foi visitar a senhora Freeman. Ela fora informada de que Theodore instigou o cachorro da senhora Freeman e o cachorro da senhora Anstey a brigar, fazendo com que a senhora Anstey, que era neurótica, fosse parar no hospital por causa disso... Seu amado cãozinho perdeu parte da orelha. Além disso, Theodore e Lionel arrancaram as roupas do pobre Bobby Green e fizeram o garotinho ir para casa totalmente nu.

– Totalmente nu – exclamou a senhora Freeman, em um tom chocado.

– Bem, as crianças usam tão poucas roupas no verão, hoje em dia – defendeu, com hesitação, a pobre Penelope.

– Elas não andam totalmente nuas – retrucou a senhora Freeman –, exceto, talvez, na enseada detrás, onde ninguém as vê. E, quando eu reprimi o Theodore, tanto ele quanto o Lionel fizeram fosquinhas para mim.

Penelope não fazia a menor ideia do que eram "fosquinhas", e não ousou perguntar.

"Espero conseguir não chorar até chegar em casa", pensou ela.

Mas, quando chegou em casa, a senhora Banks, que morava perto da igreja, telefonou para avisar que Theodore e Lionel pegaram o cordeiro de mármore branco do túmulo do pequeno David Archbold para brincar. O cimento estava solto havia anos, é claro, mas ninguém *jamais* havia tocado nele antes.

Penelope mandou Marta ir buscar os garotos e devolver o cordeiro, mas, por azar, eles o tinham derrubado no rio e Penelope precisou pedir ao velho Tom Martin para resgatá-lo. Ele levou três dias para encontrar a estatueta... E, mesmo então, uma das orelhas se quebrara e nunca mais foi recuperada. Durante esse tempo, a senhora Archbold ficou de cama, com dois médicos para tomar conta dela... embora, pelo que se dizia, já fizesse quarenta anos da morte do pequeno David.

Esse foi apenas o primeiro de muitos telefonemas. Penelope logo ficou quase louca com tantos telefonemas. As pessoas descobriram que a senhorita Craig tendia a sentir sua dignidade um tanto ofendida quando qualquer coisa era dita sobre os dois demônios que ela adotara, e era mais fácil falar ao telefone e então desligar.

– Poderia fazer a gentileza de tomar conta dos seus garotos, senhorita Craig? Eles estavam brincando de caçar elefantes e enfiaram um arpão na nossa vaca...

– Senhorita Craig, acho que os seus garotos estão desenterrando um gambá no terreno do senhor Dowling...

– Senhorita Craig, um dos seus garotos foi extremamente impertinente comigo… Ele me chamou de coruja velha quando eu o mandei sair de cima das minhas floreiras…

– Senhorita Craig, lamento, mas eu realmente não posso permitir que minhas crianças continuem brincando com esses seus meninos. Eles usam um linguajar terrível. Um deles ameaçou chutar o *bumbum* da Robina…

– Ela disse que eu era um pirralho que a senhorita tinha tirado da sarjeta, tia Penelope – explicou Theodore naquela noite. – E eu não chutei o traseiro dela… só disse que chutaria se ela não calasse a boca.

– Senhorita Craig, talvez você não saiba, mas os seus garotos estão se entupindo de maçãs verdes naquele antigo pomar dos Carsons…

Penelope ficou sabendo naquela noite, pois teve de ficar acordada até o amanhecer com eles. Ela *não* mandaria chamar Roger, como Marta queria.

– Fico me perguntando como seria poder voltar a dormir, realmente dormir – desabafou ela.

Então, ela estremeceu. Sua voz estava realmente ficando queixosa?

Entretanto, a paz e o silêncio que ela adorava haviam desaparecido para sempre. As únicas vezes em que se sentia tranquila com relação aos meninos era quando eles estavam dormindo ou cantando juntos no pomar ao entardecer. Eles realmente pareciam anjinhos nesses momentos. E *por que* as pessoas eram tão duras com eles? Marta lhe contara que os garotos de Ingleside haviam amarrado um menino em um poste e ateado fogo! No entanto, todos pareciam pensar que a família de Ingleside era um modelo a ser seguido.

"Suponho que as pessoas esperem mais de mim porque sempre fui conhecida por ser especialista em psicologia infantil", pensou ela, exausta. "É claro que esperam que eles sejam perfeitos nesse sentido."

Um dia, Lionel sorriu para ela… Subitamente… Espontaneamente… Um lindo sorriso com dois dentes faltantes. Aquilo transformou todo o rosto dele. Penelope se pegou sorrindo de volta.

– Faltam apenas duas semanas para o início das aulas – disse ela a Marta. – As coisas vão melhorar.

– É claro – respondeu Marta em um tom áspero. – Será uma professora mulher. Eles precisam é de um homem.

– A família Blythe tem um pai, mas as histórias que se ouve...

– Eu já ouvi você mesma dizer que não se deve acreditar em metade do que dizem por aí – interrompeu Marta. – Além disso, as pessoas esperam mais dos seus meninos. Há anos você fala sobre como educar crianças... A senhora Blythe é tão discreta...

– Não mencione mais a senhora Blythe para mim – ralhou Penelope, repentinamente raivosa. – Não acho que os filhos deles sejam melhores que os das outras pessoas.

– Nunca os ouvi dizer que eram – retrucou Marta. – Quem se gaba é Susan Baker...

– Como anda a família? – quis saber o doutor Galbraith em sua primeira visita após o retorno para casa.

– Esplêndida – exclamou Penelope de modo galante.

A família *era* esplêndida, disse a si mesma. Aquilo *não era* mentira. Eles eram garotos perfeitamente saudáveis, felizes e normais. Roger Galbraith *jamais* poderia suspeitar que ela passava as noites em claro preocupando-se com eles e com o fracasso de suas teorias, ou que uma sensação de pavor tomava conta dela sempre que o telefone tocava.

– *Você* não está tão esplêndida assim, Penny – observou o doutor Galbraith, demonstrando real preocupação em seu rosto e em sua voz. – Está magra... E seus olhos estão cansados...

– É o calor – respondeu ela, tremendo por saber que aquela era outra mentira. – O verão tem sido terrivelmente quente...

Bem, isso era verdade. E ela estava exausta. Penelope compreendeu tudo de repente. No entanto, na última vez em que vira a senhora Blythe... Ela parecia estar encontrando-a com bastante frequência ultimamente... A esposa do médico tinha muitos amigos na colônia de verão, e os automóveis agora tornavam ínfima a distância entre a cidade e Glen St. Mary. E a senhora Blythe tinha seis filhos. Penelope jamais admitiria, mas ela estava começando a odiar a senhora Blythe... Ela, Penelope Craig, que nunca odiara pessoa alguma em toda a sua vida. Em contrapartida, o que é que a senhora Blythe havia feito para ela? Nada, além de ter uma família que todos elogiavam. Penelope jamais admitiria que estava com inveja... Ela, Penelope Craig. Além disso, ela tinha ouvido diversas histórias, fossem verdadeiras ou não.

Bem, ela não marcaria nenhuma aula no outono ou no inverno. A senhora Blythe nunca saía por aí dando palestras. Aquela mulher de novo! De toda forma, ninguém poderia esperar que ela continuasse percorrendo a região para ensinar a outras mulheres como educar os filhos quando tinha dois garotos para tomar conta. Ela seria tão caseira e doméstica quanto a própria senhora Blythe.

"Aquela mulher está se tornando uma obsessão para mim", pensou Penelope desesperadamente. "Preciso parar de pensar nela. Os filhos *dela* tiveram vantagens que os meus não têm. Quem me dera o Roger não fosse tão íntimo do doutor Blythe. É claro que o homem se gaba dos filhos... Todos os homens fazem isso. E Theodore e Lionel nunca tentaram atear fogo em ninguém amarrado a um poste... Ao passo que a senhora Blythe era uma órfã sabe-se lá de onde. Ela simplesmente me irrita porque Marta vive mencionado algo que aquela Susan Baker, seja lá quem for, disse. Não me importa se a família de Ingleside é perfeita. Talvez a senhora Blythe tenha assistido a algumas das minhas aulas..."

Aquele pensamento era animador e eliminou da cabeça de Penelope o medo de estar ficando maluca. Além disso, Roger tinha voltado. *Havia* certo reconforto nesse fato, embora Penelope jamais fosse admitir.

– Por favor, tia Penelope – disse Lionel, que havia começado a chamá-la de "tia" com bastante naturalidade depois da chegada de Theodore. – O Vermelho saltou do telhado da garagem e está esparramado nas pedras. Acho que ele está morto. Ele disse que pularia se eu não comprasse o rato morto dele para a George. Eu sabia que a George não comeria um rato morto. Eu não comprei... E ele pulou. Um funeral custa muito dinheiro?

Aquele provavelmente era o discurso mais longo que Lionel havia feito na vida... Ao menos dirigido a um adulto.

Antes de ele terminar, Penelope e Marta já estavam correndo feito criaturas loucas pelo quintal até a garagem.

Theodore estava deitado de bruços, com o corpo horrorosamente amontoado nas pedras cruéis.

– Todos os ossinhos do corpo dele estão quebrados – grunhiu Marta.

Penelope retorceu as mãos.

– Telefone para o Roger... Rápido, Marta, rápido!

Marta foi ágil. Enquanto ela desaparecia casa adentro, uma mulher, usando um vestido de *chiffon* florido, com cabelos muito loiros, um rosto muito alvo e lábios bem vermelhos, atravessou esvoaçantemente o quintal até o local onde Penelope estava parada em um transe de pavor, sem ousar tocar em Theodore.

– Senhorita Craig, eu presumo... Eu... eu sou Sandra Valdez... Eu vim... Este é O MEU FILHO?

Dando um grito estridente, a visitante se jogou no chão, ao lado do corpo lânguido do desgrenhado Theodore.

Penelope a ergueu pelo braço.

– Não toque nele... Não ouse tocar nele... Você pode machucá-lo... O médico estará aqui a qualquer momento.

– É *assim* que eu encontro o meu tesouro? – choramingou a moça dos lábios escarlate, que não tinham ficado nem um pouco pálidos, assim como suas bochechas. – Meu único filhinho! O que fizeram com você? Senhorita Craig, eu lhe pergunto, o que você fez com ele?

– Nada... Nada. Ele fez isso sozinho.

Ah, a vida era terrível demais. Será que Roger chegaria logo? E se ele estivesse atendendo outro paciente? Havia outros médicos, é claro, mas ela não confiava neles. Ninguém além do Roger serviria.

– Veja se o Vermelho consegue mexer os dedos – sugeriu Lionel. – Se ele conseguir, então a coluna dele não está quebrada. Peça para ele mexer os dedos, tia Penelope.

– Oh, meu filho... Meu filho... Meu pobre filhinho! – gemeu a senhorita Valdez, balançando-se para a frente e para trás sobre o corpo aparentemente inconsciente do filho. – Eu jamais deveria tê-lo deixado sob o cuidado dos outros... Deveria tê-lo levado comigo...

– O que é tudo isso?

O doutor Galbraith chegara para fazer uma visita enquanto Marta ainda tentava desesperadamente localizá-lo. Não importava a Penelope que o doutor Blythe, de Glen St. Mary, estava com ele. Eles estavam a caminho de uma consulta. Nada importava além de Theodore. Penelope quase se jogou nos braços do doutor Galbraith.

– Oh, Roger... Theodore pulou do telhado. Acho que ele está morto... E esta mulher... Oh, você pode fazer alguma coisa?

– Não se ele estiver morto, é óbvio – respondeu o doutor Galbraith, com ceticismo. Ele parecia bastante indiferente.

– ELE ESTÁ MORTO? – indagou Sandra Valdez num grito, levantando-se de imediato e confrontando o doutor Galbraith como uma diva da tragédia.

– Não acredito que esteja – respondeu o doutor Galbraith, ainda com frieza. O doutor Blythe parecia estar tentando esconder um sorriso.

O doutor Galbraith checou o pulso de Theodore. Seus lábios se estreitaram de um jeito ameaçador, e ele o virou de um modo brutal.

Os olhos azuis de Theodore se abriram.

– Meu filho! – exclamou a senhorita Valdez em um suspiro. – Oh, diga-me que você está vivo! Apenas isso!

Então, ela soltou um grito quando o médico, sem cerimônia alguma, agarrou o ombro de Theodore e o colocou em pé.

– Seu bruto! Oh, seu bruto! Senhorita Craig, por favor, me explique o que este homem está fazendo. Certamente há médicos em Charlottetown capazes...

– O doutor Galbraith é um dos melhores médicos da ilha – protestou Marta, com indignação.

– O que significa isso? – indagou o doutor Galbraith em um tom que Theodore compreendia. O doutor Blythe estava rindo descaradamente.

– Eu só queria assustá-los – respondeu Theodore com uma doçura incomum. – Eu... Eu não pulei do telhado... Só disse ao Solavanco que pularia para assustá-lo. E, quando ele deu as costas, eu simplesmente corri aqui para baixo, gritei e me larguei. Isso é tudo, eu juro.

O doutor Galbraith virou-se para Penelope.

– Vou ensinar a este rapazinho uma lição que ele não esquecerá tão cedo. E você vai se casar comigo dentro de três semanas. Não estou pedindo… Estou informando. E nada de interferências. Já está na hora de alguém tomar uma atitude. A psicologia infantil é muito interessante e tudo o mais, mas você perdeu uns sete quilos desde que eu fui viajar… E minha paciência se esgotou.

– Meus parabéns – disse aquele abominável doutor Blythe.

– Não ouse tocar no Vermelho – gritou Lionel. – Esse assunto não é da sua conta. A tia Penelope está tomando conta de nós. Se encostar nele, eu vou morder você… Eu vou…

O doutor Blythe pegou Lionel pela gola e o pendurou na estaca do portão.

– Acho que basta para você, meu rapaz. Vai ficar aí até o doutor Galbraith dizer que você pode descer.

Alguns minutos depois, certos ruídos vindos do interior do celeiro indicavam que Theodore não era tão indiferente ao castigo do doutor Galbraith quanto tinha sido ao de Marta.

– Ele está matando o menino – arfou Sandra Valdez, soltando outro grito.

– Ah, a vida dele não corre perigo algum – garantiu o doutor Blythe, ainda rindo.

Mas foi Penelope quem se postou diante de Sandra Valdez… Logo Penelope.

– Não interfira. O Theodore está merecendo uma surra… Várias surras. Eu fui fraca e tola… Sim, doutor Blythe, você tem o direito de rir.

– Eu não estava rindo de você, senhorita Craig – afirmou o doutor Blythe, desculpando-se. – Estava rindo da travessura do Theodore. Eu soube que era um truque assim que passamos pelo portão. E Galbraith também.

– Depois que tudo isso acabar, você pode levá-lo, senhorita Valdez – disse Penelope. – O Solavanco é o suficiente para mim… Mesmo com…

A senhorita Valdez ficou repentinamente enfraquecida… era natural.

– Eu... Eu não o quero... Não posso ter uma criança me importunando com minha carreira, senhorita Craig. Você deve entender, senhorita Craig. Eu só queria ter certeza de que ele tinha um bom lar e estava sendo bem tratado.

– Ele tem... Ele é...

– E de que tinha uma mãe... Uma mãe que o ama...

– Ele terá. E um pai, também. – acrescentou Penelope para si mesma. – Pode rir, doutor Blythe. Suponho que seus filhos sejam tão perfeitos...

– Eles estão longe de serem perfeitos – disse o doutor Blythe, que tinha parado de rir. – Na verdade, eles... Os meninos, ao menos... São muito parecidos com Lionel e Theodore em muitos sentidos. Mas eles têm três pessoas para corrigi-los. Então nós os mantemos razoavelmente na linha. Quando uma surra é necessária, nós esperamos a Susan Baker não estar em casa. E... Permite-me dizer? Fico muito feliz que você tenha decidido finalmente se casar com o doutor Galbraith.

– Quem lhe disse isso? – indagou Penelope, corando.

– Eu ouvi o que ele disse. E soube no momento em que você proibiu a senhorita Valdez de interferir. Nós, médicos, somos macacos velhos. Não estou menosprezando seus estudos sobre psicologia infantil, senhorita Craig. Há um conhecimento maravilhoso nessa área. A senhora Blythe tem uma estante cheia de livros sobre o assunto. Mas volta e meia...

– Algo a mais é necessário – admitiu Penelope. – Fui uma perfeita idiota, doutor Blythe. Espero que você e a senhora Blythe venham para Willow Run na próxima vez que estiverem na cidade. Eu... Eu gostaria de conhecê-la melhor.

– Não posso responder por mim... Eu geralmente venho à cidade apenas a trabalho. Mas tenho certeza de que a senhora Blythe ficará radiante. Ela ficou muito impressionada com você no dia em que a conheceu, na casa da senhora Elston.

– É mesmo? – indagou Penelope, perguntando-se por que ela deveria se sentir tão grata. – Tenho certeza de que temos muitas coisas em comum.

Os ruídos na garagem haviam cessado.

– O doutor Galbraith vai bater muito na gente? – questionou Lionel com curiosidade.

– Tenho certeza que não – respondeu o doutor Blythe. – Para começo de conversa, não será necessário. Além disso, tenho certeza de que sua tia Penelope não permitirá.

– Como se ela pudesse impedi-lo se ele decidir nos bater – protestou Lionel. – Aposto que a senhora Blythe não conseguiria impedir você.

– Ah, se não! Você não entende tanto do matrimônio agora quando entenderá um dia, meu rapaz. Mas eu recomendo a todos. E tenho certeza de que você vai gostar de ter o doutor Galbraith como tio.

– Eu sempre gostei dele... E acho que a tia Penelope deveria ter se casado com ele há muito tempo – afirmou Lionel.

– Como você sabia que ele queria se casar comigo? – indagou Penelope.

– O Vermelho me contou. Além disso, todo mundo sabe. Gosto de ter um homem por perto. Ele vai ajudar a manter a Marta no lugar dela.

– Ah, você não deve falar assim da sua tia Marta, Lionel.

– Aposto que ele não vai me chamar de "Lionel".

– Por que você não gosta de "Lionel"? – perguntou Penelope com curiosidade.

– É um nome muito afeminado – respondeu ele.

– É o nome que a sua querida mãe lhe deu – disse ela num tom de repreensão. – É claro que, talvez, ela tenha sido um pouquinho romântica demais...

– Não ouse dizer uma palavra sequer contra a minha mãe – ralhou Lionel.

Penelope jamais saberia dizer o porquê, mas aquilo a deixou contente. E Vermelho e o doutor Galbraith pareciam ter se tornado bons amigos. Afinal de contas, a surra não tinha sido tão severa assim. Roger não era esse tipo de homem. E até mesmo a senhora Blythe estudava livros sobre a educação infantil. O mundo não era um lugar tão ruim assim, no fim das contas. E Vermelho e Solavanco também não eram os piores garotos do mundo. Penelope poderia apostar que eles eram tão bons quanto os meninos de Ingleside... Estes últimos apenas tinham as vantagens de ter um pai.

Bem, Vermelho e Solavanco...

A sétima noite

Sucesso

Venha, seque o cálice que enfim toca nossos lábios,
Embora possa revelar o sabor salgado do choro;
Para isto, abdicamos da alegria da juventude,
Para isto, vivemos anos de paciência e decoro...
Que gosto terão as infusões que jorram destas fontes?
Bebamos aos montes!

Oh, nada tema... O cálice é de ouro!
Para isto, nós nos ajoelhamos diante da guarida,
Enquanto outros dançavam para os bons e alegres deuses!
Para isto, separamos o melhor vinho da vida,
Para matar essa nossa sede eterna e infernal
Ergamos o cálice sacramental!

Certamente compensará por tudo aquilo que perdemos...
Risos não ridos, doces horas de sono e amor,
Fomes insaciáveis e sonhos estéreis,
Como os anos dissimulados nos causaram dor!
Bebamos e ostentemos, quem saberá que é ilusão?
O preço não chega a um tostão.

Foi por este trago maldito que nós
Escambamos nossos bens preciosos e baixamos nossas vozes,
Conquistando por meio de tantos momentos galantes
Derrotas esplêndidas e vitórias atrozes?
Mas como brilham os diamantes, percebam!
Sejam corajosos, uma vez mais... E bebam!

Anne Blythe

Anne:

– Meninos, hoje eu escrevi um poema de que seu pai não vai gostar.

(*Lê o poema.*)

Jem:

– Mamãe, o que a fez escrever isso? Tenho certeza de que o papai obteve muitas conquistas para a vida de vocês.

Anne:

– Ah, eu estava apenas expressando uma sensação, imaginando um homem que sacrificou tudo para obter certo tipo de sucesso e então descobriu que a vitória não valeu a pena, mas se recusa a admitir. Há muitos assim no mundo.

Jem:

– Não seria porque o desejo deles pelo sucesso era egoísta e seus sacrifícios de nada serviram no final?

Susan:

– Bem, o seu pai é um médico de muito sucesso e fez incontáveis sacrifícios. Tenho certeza de que ele não se arrepende nem considera que não tenham valido a pena.

Anne:

– É claro que não. Ele sempre quis ajudar as pessoas.

Walter:

– Não deixe que ele veja esse poema, mãe. Ele pode pensar que a senhora está falando dele.

Susan:

– Seu pai é inteligente o bastante, Walter. Ele entenderia o que sua mãe quis dizer. Eu mesma entendo, à minha humilde maneira. O velho Tom Scott, lá de Mowbray Narrows, passou a vida toda economizando e poupando dinheiro e negou tudo à família. E, em seu leito de morte, ele disse: "Acho que não valeu a pena, crianças. Vocês simplesmente gastarão o dinheiro divertindo-se". E foi o que eles fizeram. Mas a senhora e o doutor, cara senhora Blythe, já se divertiram muito e, ainda assim, são bem-sucedidos. Acho que não perderam muita coisa, na minha opinião.

Anne, *sonhadoramente*:

– Quem dera Shakespeare tivesse um diário! O que será que *ele* pensava do sucesso? Lembro-me de que o velho Richard Clark, de Carmody, tinha o estranho hábito de repetir: "Quando eu encontrar Moisés no paraíso, eu perguntarei a ele, etc.". Então, quando eu encontrar Shakespeare no paraíso, há um milhão de perguntas que quero fazer a ele.

Susan:

– Pelo que me lembro do que aprendi sobre ele na escola, eu duvido muito que tenha ido para o céu. E, independentemente disso, Walter, quero que você se lembre de que, embora escrever poesia seja um ótimo entretenimento para uma mulher, não é uma ocupação decente para um homem.

O portão dos sonhos

Procuro um pequeno portão oculto
Que se abrirá para mim,
Porventura sob as nuvens do ocaso,
Ou sob o luar carmesim,
Ou em algum vale de luz e sombra
Que encontrarei na verdejante alfombra.

Uma mariposa estelar pode ser minha guia
Onde corre uma trilha sombria e sagrada,
Ou um ser amigável acenar para mim,
Fragrância e canção na mesma balada,
Ou um vento do oeste me encorajar
A seguir adiante sem pestanejar.

Ao seu lado brota uma única rosa,
Nutrida pelo orvalho ambrosiano;
Alguns dizem que é branca como marfim,
Mas eu sei que é de um vermelho profano,
E a Lembrança saudosa e a Esperança são
As sentinelas gêmeas desse portão.

Além dele, sob o céu cristalino,
Eleva-se meu castelo espanhol,
E todos os caminhos são ladeados de flores
Que brotam singelas sob o sol,
Enquanto uma música assustadora entoa
Palavras imortais que o vento ressoa.

Dias prósperos que jamais vivi
Por mim aguardam nessa terra,
E risos que de alguma forma perdi
Ecoam nessa serra...
Oh, busca dolorosa! Oh, fascínios medonhos!
Quando encontrarei meu portão dos sonhos?

Anne Blythe

Anne:

– Compus este na Trilha dos Amantes, quando estava dando aulas em Avonlea... Graças a você, Gilbert. Parecia haver tantos portões dos sonhos na época...

Susan:

– Pode me contar, por favor, cara senhora Blythe, o que é um castelo espanhol e se realmente havia um em Avonlea?

Anne:

– Um castelo espanhol é apenas algo que você espera possuir um dia. É só isso. O meu acabou sendo a nossa querida Casa dos Sonhos.

Doutor Blythe:

– A Trilha dos Amantes era um lugar muito agradável. Ainda é. O meu castelo espanhol parece ter sido o mesmo que o seu, Anne. E todos nos perguntamos, na juventude, quando encontraremos nosso portão dos sonhos.

Anne:

– Bem, nós encontramos o nosso após muitos desentendimentos.

Susan:

– Ingleside parece ser um castelo para mim, depois daquela infeliz copa da sua Casa dos Sonhos, que eu jamais esquecerei. Se castelos espanhóis têm copas tão boas quanto Ingleside, então eu aprovo.

Um velho rosto

Calmo como uma colheita recém-ceifada,
Deitado sob a lua prateada,
Porém com rugas a rodear seu olhar,
Sábio, tolerante, fabular:
A beleza fora substituída
Por uma graciosidade fluida,
Conquistada na fantástica ardência
Da batalha eterna que é nossa existência.

Muitos anos de aventura e gozo
Compuseram este histórico maravilhoso:
Estrelas de tantos romances antigos,
Conquistas e aplausos, perdas e castigos;
Muitos dias de um pavor hediondo,
Vieram e se foram após o estrondo;
Agora este rosto é maduro e contente,
São, um pouco triste e muito paciente.

Amigo da vida, mas sem nenhum medo
Da escuridão do fim do enredo;
Sabe que é preciso acolher sem vaidade
A alvorada da eternidade,
Observar a Visão Secreta a se pôr
Por detrás do monte superior...
É uma esperança ousada querer ser
Assim, desse jeito, quando eu envelhecer.

Anne Blythe

Doutor Blythe:

– Um dos seus melhores, Anne. E acho que conheço a inspiração. O velho Capitão Jim, não é?

Anne, *melancolicamente*:

– Em partes. Mas havia outras também... todas misturadas.

Susan:

– Lembrou-me de um tio da minha mãe.

Doutor Blythe:

– Você realmente acha que a vida é uma "batalha eterna", Anne?

Anne, *sorrindo*:

– Partes dela são, você não acha?

Susan, *para si mesma*:

– Bem, nunca tive beleza alguma para perder, então, nesse sentido, envelhecer não faz diferença para mim. E se aquele senhor esquisito que as pessoas chamam de Bigodinho envelhecer, ele também não perderá muita beleza. Ele é, contudo, bastante fantástico.

A reconciliação

A senhorita Shelley estava indo a Lowbridge para perdoar Lisle Stephens por ter roubado Ronald Evans dela há trinta anos.

Ela tivera muita dificuldade em se convencer a fazê-lo. Noite após noite, ela debatera consigo mesma. Estava tão pálida e abatida que sua sobrinha consultou o doutor Blythe em segredo e comprou o tônico que ele recomendou.

Mas a senhorita Shelley se recusou a tomar o tônico. A batalha interna continuava. No entanto, uma manhã após a outra, ela se admitia derrotada. E sabia muito bem que não poderia olhar nos olhos do reverendo senhor Meredith até ter vencido a batalha. Ele vivia em um plano espiritual tão elevado; para citar a senhora Blythe; que era difícil, para ele, compreender coisas como o conflito entre ela e Lisle Stephens.

– Devemos perdoar... Não devemos nutrir amarguras, mágoas e falhas antigas – dissera ele, com o ar de um profeta inspirado.

Os presbiterianos de Glen St. Mary o idolatravam... Especialmente a senhorita Shelley. Ele era viúvo e tinha uma família, mas ela não se permitia lembrar desse detalhe. Assim como não passara a admirar mais a senhora Blythe depois de ouvi-la dizer para o marido, enquanto eles desciam a escadaria da igreja:

– Acho que precisarei perdoar a Josie Pye depois desse sermão.

A senhorita Shelley não fazia ideia de quem era Josie Pye ou qual fora a natureza da briga entre ela e a senhora Blythe. Mas jamais poderia ser tão terrível quanto a que ela teve com Lisle Stephens.

A senhorita Shelley não conseguia imaginar a senhora Blythe cultivando uma animosidade por trinta anos. Ela gostava da esposa do médico, mas a achava superficial demais para isso. Ela ouvira dizer que era uma pena que o doutor Blythe não tivesse escolhido uma mulher de natureza mais solene como esposa.

Os vizinhos da senhorita Shelley diziam que ela achava que o médico deveria ter esperado por sua sobrinha. Mas a senhorita Shelley não sabia disso e, com o tempo, passou a gostar bastante da senhora Blythe.

E, enfim, ela conseguira se convencer a perdoar Lisle – e não apenas perdoá-la, mas ir até ela e lhe dizer que a perdoava.

Ela se sentia indescritivelmente animada com sua vitória. Quem dera o senhor Meredith ficasse sabendo! Mas não havia chance alguma de isso acontecer. Ela jamais poderia contar a ele e tinha bastante certeza de que Lisle também não contaria. Ela apertou o casaco de pele surrado em torno do pescoço enrugado e olhou para todos os viajantes que passavam por ela sentindo uma pena condescendente. Nenhum deles conhecia o triunfo fundamental de dominar o próprio cerne.

Lisle Stephens e ela foram amigas durante toda a infância e a juventude. Lisle teve incontáveis namorados, mas ela, Myrtle Shelley, uma garotinha pequena, magra, de cabelos ruivos e grandes olhos azuis, nunca teve um até Ronald Evans aparecer. Lisle estava visitando uma tia em Toronto, na época.

Foi, aparentemente, amor à primeira vista para os dois. Ronald era bonito. De cintura fina e quadris estreitos, com cabelos escuros lisos e olhos escuros de pálpebras pesadas. Nunca houve alguém parecido com ele em Glen St. Mary.

Então, aconteceu o baile no celeiro.

A grisalha Myrtle Shelley se lembrava do baile como se tivesse sido ontem. Ela ansiara tanto por aquele evento... Seria a primeira vez que dançaria com Ronald. Eles iriam para casa juntos sob o luar, o que parecia uma promessa de milagre.

Talvez ele a beijasse. Ela sabia que as garotas de Glen St. Mary frequentemente eram beijadas por garotos... E até tinha ouvido uma delas se vangloriar do fato... Mas ela, Myrtle Shelley, jamais fora beijada.

Ela se lembrava do vestido que usara para o baile. Sua mãe o achara muito frívolo. Era de um tecido barato verde-claro, com um cinto vermelho. Ela achava que lhe caía bem. Ronald lhe dissera, certa vez, que sua pele era como uma flor. Aquilo fora uma bajulação, mas agradável aos ouvidos. A senhorita Shelley não tinha ouvido muitos elogios na vida.

Quando ela chegou ao celeiro, a primeira coisa que viu foi Ronald dançando com Lisle, que tinha chegado em casa naquele dia. Ronald acenou para Myrtle, mas não a tirou para dançar. Ele dançou com Lisle boa parte da noite, e, quando não estavam dançando, estavam sentados em alguma das charretes atrás do celeiro.

Ele jantou com ela e, após o jantar, eles desapareceram. Ele sequer olhou para Myrtle com aqueles olhos bonitos e despreocupados.

Ela os encontrou mais tarde, sob as coloridas lanternas chinesas dependuradas do lado de fora do celeiro. Lisle estava corada e animada. Seus cabelos claros e volumosos estavam bem presos à cabeça com uma fita azul. Seus olhos castanhos dourados e enviesados brilhavam. Que chance qualquer pessoa tinha contra olhos como aqueles?

– Oi, querida – disse ela a Myrtle, alegre e descaradamente. – Cheguei hoje em casa. O que você tem feito durante a minha ausência? Deve ter se mantido ocupada como uma abelha, como sempre, sua criaturinha laboriosa. Senhor Evans, já conheceu minha amiga, a senhorita Shelley? Sempre fomos muito próximas.

Myrtle ergueu a mão e deu um tapa no rosto de Lisle.

– Por que é que você fez isso, Myrtle Shelley? – exclamara Lisle com indignação.

Para ser justa com Lisle, ela não sabia por que havia apanhado. Nunca tinha ouvido falar que Ronald Evans estava "namoricando" Myrtle Shelley... Embora talvez não tivesse feito muita diferença se ela soubesse.

Myrtle não respondeu... Simplesmente deu a costas e foi embora.

– Ora, que criatura mais ciumenta! – gritou Lisle depois que Ronald lhe deu uma explicação pífia.

Lisle ostentou Ronald por várias semanas depois disso, então o largou antes de ele ir embora. Dissera que ele não tinha nada nem na cabeça nem nos bolsos. Ele tentou se reconciliar com Myrtle, mas foi rejeitado com muita frieza.

Na primavera seguinte, Lisle casou-se com Justin Rogers, um mercador de Lowbridge, que passara anos "correndo atrás dela" e mudou-se para Lowbridge. Myrtle Shelley nunca mais a viu desde então, embora tivesse ficado sabendo da morte de Justin Rogers, há dez anos.

Mas agora, trinta anos depois daquela fatídica noite, ela iria perdoar Lisle, totalmente e de um modo espontâneo, enfim. Ela se regozijou no deleite do perdão.

A distância entre Glen e Lowbridge era considerável, e a senhorita Shelley recusou todas as ofertas de "carona". Seus pés doíam, e o vento cortante fazia lacrimejar seus olhos azuis desbotados. Ela também sabia que a ponta de seu nariz estava vermelha. Mas seguiu adiante com determinação.

A casa de Lisle era bonita e bem-cuidada. Dizia-se que Justin Rogers tinha deixado a viúva bem amparada. A janela estava repleta de belos gerânios e begônias. A senhorita Shelley nunca teve muita sorte com as begônias, embora Susan Baker tenha lhe dado algumas mudas das plantas mais vistosas de Ingleside.

Lisle caminhou até a porta. A senhorita Shelley a reconheceu de imediato. As mesmas curvas esguias, os mesmos olhos enviesados, os mesmos cabelos dourados, com quase nenhum fio branco.

"Irreverente como sempre", pensou Myrtle de um jeito crítico. "Batom! Aos cinquenta anos de idade!"

Mas ela reparou que Lisle estava começando a formar bolsas debaixo dos olhos. Havia certa satisfação nesse fato… Até ela se lembrar do senhor Meredith.

– Eu… Eu sinto que *deveria* reconhecer esse rosto – disse Lisle.

Sua voz não havia mudado. Ainda era suave e meiga.

– Sou Myrtle Shelley.

– Myrtle… Querida! Ora, eu jamais a reconheceria… Quantos anos se passaram desde que eu a vi? É claro que eu quase nunca saio de casa… Mas *estou* contente por vê-la de novo. Costumávamos ser tão próximas, não é mesmo? Entre. Não me diga que você veio caminhando lá de Glen St. Mary! Pobrezinha! Não está morta? Certamente alguém deveria ter lhe dado uma carona. Eu sempre digo que as pessoas estão ficando cada vez mais egoístas.

– Eu não quis carona – informou Myrtle.

– Você sempre foi tão independente... E sempre caminhou bem, também. Lembra-se das longas caminhadas que costumávamos fazer juntas ao redor do porto?

– Sim, eu me lembro – respondeu Myrtle. – E me lembro de outra caminhada que eu fiz... sozinha.

– Ah, sente-se *nesta* poltrona – disse Lisle, perguntando-se do que é que Myrtle estaria falando.

Ela tinha ouvido falar que a antiga amiga estava ficando um tanto esquisita. Mas cinquenta anos era jovem demais para isso. Lisle Rogers, aos cinquenta, ainda se julgava bastante jovem. O doutor Blythe não havia suposto que ela tinha quarenta anos?

– Você verá que é muito mais confortável. Ora, você está tremendo. Uma boa xícara de chá a aquecerá em um piscar de olhos. Lembra-se de como costumávamos rir das velhinhas com suas xícaras de chá? Os cinquenta anos pareciam tão respeitáveis naquela época, não é?

– Não vim para tomar chá – disse Myrtle.

– É claro que não. Mas tomaremos mesmo assim. Não será incômodo algum. E podemos relembrar os velhos tempos. Nada melhor do que uma boa fofoca com chá, é o que eu sempre digo, não acha, querida? Embora as pessoas digam que nunca houve uma mulher tão avessa à fofoca quanto eu. Mas com uma velha amiga, como você, é diferente, não é? Nós temos um milhão de coisas para compartilhar. Não tivemos uma briga besta anos atrás? Por que foi que nós brigamos, afinal?

– Você... Você roubou Ronald Evans de mim no baile do celeiro dos Clarks – respondeu ela friamente.

Lisle Rogers ficou olhando para ela por um instante. Então, sacudiu os ombros roliços.

– Quem era Ronald Evans? Acho que me lembro do nome. Foi por *isso* que brigamos? Não éramos duas tolas? Eu era um terror para os garotos naquele tempo. Bastava apenas *olhar* para eles. Eram os meus olhos... As pessoas costumavam dizer que havia algo neles... Uma espécie de chamariz. Mesmo hoje em dia, há alguns viúvos e solteiros... Mas basta de homens para mim. São todos iguais... Culpando as mulheres por todos os erros que cometem. Susan Baker diz que a única mulher com quem ela trocaria de lugar é a senhora Blythe. Eu nunca a conheci. Como ela é?

Myrtle Shelley não tinha ido a Lowbridge para discutir sobre a senhora Quem-Quer-Que-Seja. Ela não respondeu, e a senhora Rogers continuou tagarelando.

– Agora me lembrei do Ronald! Que fim ele teve? Era um péssimo dançarino, embora fosse bem apessoado... Não parava de pisar nos meus pés. Nunca mais pude usar aqueles sapatos. Mas ele sabia fazer elogios. Tudo está voltando à minha memória, apesar de todos os anos que passei sem pensar nele. Os homens não são engraçados? Aqueça seus pés aqui no guarda-fogo da lareira.

– Você lembra que eu dei um tapa no seu rosto? – insistiu a senhorita Shelley.

Lisle Roger caiu na gargalhada enquanto colocava o chá na chaleira.

– Deu mesmo? Sim, eu acredito. Tinha me esquecido dessa parte. Bem, de nada adianta ficar lamuriando agora, meu bem. Perdoar e esquecer sempre foi meu lema. Agora, teremos uma boa conversa e não falaremos mais de nossas antigas tolices. Éramos apenas crianças, afinal de contas. As pessoas realmente brigam por coisas banais, não é?

Ser perdoada quando ela fora lá para perdoar!

Myrtle Shelley se levantou. Seu rosto tinha ficado vermelho como um pimentão. Os olhos azuis desbotados ardiam em chamas. Deliberadamente, ela deu um tapa no rosto sorridente de Lisle Rogers... Um tapa forte, formigante, de quem não leva desaforo para casa.

– Você não se lembrava do primeiro tapa – disse a senhorita Shelley. – Talvez se lembre deste.

A senhorita Shelley retornou a Glen St. Mary sem se importar com o vento frio ou com a dor nos pés depois daquele tapa tão satisfatório. Ela sequer se importava com o que o reverendo senhor Meredith poderia pensar daquilo. Poucas vezes na vida ela havia feito algo que lhe conferira a sensação de não ter vivido em vão. Sim, Lisle se lembraria *daquele* tapa caso tivesse se esquecido do outro.

A criança tolhida

O funeral do tio Stephen Brewster havia terminado... A parte feita em casa, ao menos. Todos tinham ido para o cemitério ou para casa... Todos menos Patrick, que queria ser chamado de "Pat", mas só ouvia "Patrick", exceto de Walter Blythe, lá de Glen St. Mary. E ele raramente via Walter. O tio Stephen não gostava dos Blythe... Dizia que não gostava de mulheres instruídas; a educação arruinava suas habilidades para as obrigações da vida. Então, apenas os garotos Brewsters é que chamavam Patrick de "Pat"... E a maioria o chamava de "Patty" e ria dele porque sabia que ele odiava.

Ele estava, contudo, feliz por ninguém tê-lo levado ao cemitério. Cemitérios sempre o apavoraram... Embora ele não soubesse o motivo. Ele não tinha lembrança alguma do pai, e as memórias que tinha da mãe eram tão vagas que haviam se perdido em meio aos túmulos.

Mas, subitamente, a solidão daquela casa enorme o assolou. A solidão é algo terrível para qualquer pessoa, especialmente quando se tem apenas oito anos de idade e ninguém gosta de você. Patrick sabia muito bem que ninguém gostava dele... À exceção de Walter Blythe, com quem ele sentira uma conexão estranha nas poucas vezes em que eles se encontraram. Walter era parecido com ele... quieto e sonhador... e não parecia se importar em admitir que tinha medo de algumas coisas.

Patrick pensava que tinha medo de tudo. Talvez esse fosse o motivo pelo qual o tio Stephen nunca tivesse gostado dele. Ele era quieto, sonhador e sensível... Assim como Walter Blythe... E o tio Stephen gostava que garotos fossem robustos e agressivos... Verdadeiros "homenzinhos"... ou ao menos era o que ele dizia. Para falar a verdade, ele não gostava de nenhum tipo de garoto. Patrick não sabia de muita coisa... Mas *disso* ele sabia, embora as pessoas vivessem falando de como seu tio era bom para ele e como ele deveria ser grato.

As criadas, com seus uniformes rígidos e engomados, estavam ocupadas reorganizando os cômodos e conversando, em voz baixa, sobre como a morte do tio pouco parecia ter abalado o garoto. Patrick foi até a biblioteca, onde podia escapar da conversa delas e da sensação de culpa que ela provocava... porque ele sabia muito bem que o que elas estavam dizendo era verdade e que a morte do tio realmente não importava muito para ele. Deveria importar... Ele sabia disso... mas não havia sentido em fingir para si mesmo.

Ele sabia como Walter Blythe teria se sentido se seu pai tivesse morrido, ou mesmo seu tio Davy. Mas não conseguia se sentir assim com relação ao tio Stephen. Então, ele escapuliu para a biblioteca silenciosa e se encolheu na poltrona perto da janela sob o sol do início de setembro, onde ele podia olhar para o bosque de bordos e esquecer a casa.

A casa também nunca gostara dele. Em suas poucas visitas a Ingleside (havia algum grau de parentesco distante entre a mãe do doutor Blythe e o tio Stephen, caso contrário elas não teriam sido permitidas, ele tinha certeza), ele sentiu, sem que alguém tivesse lhe contado, que a casa amava todas as pessoas que ali habitavam... "Porque *nós* a amamos", explicara Walter. Mas Oaklands sempre estava observando-o... Ressentindo-o. Talvez fosse porque fosse demasiado grande e esplendorosa e não tinha utilidade alguma para um garotinho que se sentia perdido e insignificante em meio àquela magnitude... Que não lhe dava o devido crédito. Talvez gostasse que as pessoas sentissem medo dela, assim como o tio Stephen gostava que as pessoas sentissem medo dele. Patrick também sabia *disso*, embora jamais pudesse explicar como sabia. Nem mesmo Walter Blythe conseguiria explicar. Walter admitia ter medo de muitas coisas, mas ele não conseguia entender como era possível ter medo dos próprios parentes. Em contrapartida, a família de Walter era bem diferente. Patrick também jamais teria medo do doutor ou da senhora Blythe.

Era muito estranho pensar que o tio Stephen estava morto. Na verdade, era quase impossível. Patrick ainda podia enxergá-lo perfeitamente... como se ele ainda estivesse vivo... sentado em sua poltrona de encosto alto, usando a camisola pesada de brocado, com um ar de quem nunca havia sido jovem na vida... Será que ele havia, de fato? Um garotinho como ele e Walter? Parecia absurdo... E ele jamais seria velho. Ele não parecia velho, embora fosse grisalho desde sempre, pelo que Patrick se lembrava. Tinha alguma condição cardíaca, e o doutor Galbraith vinha visitá-lo com frequência. Às vezes, o doutor Blythe vinha lá de Glen St. Mary para uma consulta. Patrick sempre tinha uma sensação estranha de vergonha nessas ocasiões, por mais que gostasse do doutor Blythe. O tio Stephen sempre era tão rude com ele... Mas o doutor Blythe nunca pareceu se importar. Às vezes, ele conseguia ouvi-lo rir com o doutor Galbraith enquanto se afastavam da casa, como se rissem de alguma ótima piada. Ele adorava o doutor e a senhora Blythe, mas tomava muito cuidado para não deixar o tio Stephen perceber. Tinha a sensação secreta de que, se ele soubesse, nunca mais deixaria Patrick ir a Glen St. Mary novamente.

Tio Stephen costumava ser muito sarcástico e distante, mas ele conseguia ser afável e divertido quando queria. Ao menos as outras pessoas o achavam divertido. Patrick não achava. Ele se lembrou de que nunca ouvira o tio dando risadas. Por quê? Ingleside ecoava risos. Até mesmo a velha Susan Baker ria ocasionalmente. Ele se perguntou como seria viver com uma pessoa que só ria de vez em quando.

Ele também se perguntou o que seria dele agora que o tio Stephen estava morto. Será que ele iria continuar vivendo naquela casa hostil, com a senhorita Sperry instruindo-o e fitando-o com olhos raivosos por trás dos óculos quando ele soletrava algo errado? A perspectiva o encheu de pavor. Quem dera ele pudesse escapar... Fugir para qualquer lugar... Entrar naquele ônibus que acabara de partir pelos grandes portões... Ir para algum lugar como Ingleside para viver!

Patrick sempre quis andar de ônibus. As crianças de Ingleside o faziam com frequência. Ele nunca pôde, é claro. Quando saía, era no automóvel espaçoso conduzido por Henry. Ele não gostava do automóvel e sabia que Henry o considerava um garoto burro. Já o tinha ouvido falar isso para a governanta.

Quem dera ele pudesse andar uma única vez de ônibus! Ou, como ele e Walter Blythe haviam planejado, atravessar o país em um corcel negro... Walter escolhera um cavalo branco, e sua mãe não tinha rido quando ele lhe contou... Saltando cercas e tudo mais como parte do percurso! Seria glorioso. Ele fazia essas coisas em seu outro mundo. Mas, naquele exato momento, esse outro mundo parecia distante demais. Ele não conseguia acessá-lo.

Walter Blythe também tinha outro mundo. Sua mãe parecia compreender. Mas ele se lembrava do doutor Blythe rindo e dizendo que, se eles quebrassem a perna em alguma trilha selvagem, seria muito doloroso, visto que ali a anestesia ainda não havia sido descoberta. O doutor Blythe parecia achar que o século atual era melhor que todos os outros que já haviam passado.

Desde que se entendia por gente, Patrick vivia em Oaklands com o tio Stephens. No início, como um sonho indistinto, havia uma mãe e, como um sonho ainda mais indistinto, a lembrança de estar com aquela mãe em um lugar adorável... um lugar parecido com Ingleside... em uma casa que sorria para você de um morro... em um jardim onde as caminhadas eram ladeadas por gerânios carmesim e grandes conchas brancas... E bem lá embaixo, nos campos extensos e silenciosos, dunas de areia se estendiam em uma magia estranha e dourada sob a luz do sol, enquanto gaivotas brancas os sobrevoavam. Havia um bando de patos no quintal, e alguém lhe oferecia uma fatia de pão com mel. Ele se sentia, pelo que lembrava, muito perto daquele outro mundo nessa época... Tão perto que um único passo o teria levado até lá para sempre. E alguém como o doutor Blythe, só que mais jovem, o carregava nos ombros e o chamava de "Pat".

A mãe não estava mais por perto depois disso... Alguns lhe disseram que ela fora para o céu, mas Patrick acreditava que ela havia apenas entrado nesse outro mundo. O tio Stephen lhe dissera que ela estava morta...

Patrick não sabia o que isso significava... E também lhe explicara que não gostava de moleques barulhentos. Então, Patrick não chorava muito, exceto quando estava na cama, à noite.

Ele já não chorava mais. Na verdade, não sentia vontade alguma de chorar, o que talvez fosse o motivo pelo qual a governanta dissera que ele era a criança mais insensível que ela conhecia. Mas ele gostaria de ter um cachorro. O tio Stephen odiava cachorros e sabia que a senhorita Sperry jamais permitiria que ele tivesse um. Ela dizia que cachorros eram insalubres. No entanto, havia cachorros em Ingleside, e o doutor Blythe era médico. Havia cachorros no outro mundo de Patrick... E um cervo pequeno, que corria pelas vastas florestas... Cavalos de pelo brilhante e cascos elegantes... Esquilos tão dóceis que comiam em sua mão; embora houvesse vários desses em Ingleside... E leões de jubas esplêndidas. E todos os animais eram muito amigáveis.

E havia uma menininha de vestido escarlate! Não era uma das garotas de Ingleside, por mais que Patrick gostasse delas. Ele sequer tinha contado a Walter sobre *ela*. Mas ela estava sempre lá, pronta para brincar com ele... conversar com ele... pronta para mostrar a língua com a maior insolência para ele, como a pequena Rilla fazia em Ingleside... Só que ela não se parecia nem um pouco com Rilla.

O que será que a senhorita Sperry diria se soubesse dela? Provavelmente, com uma voz fria como a chuva, ela diria:

– Controle sua imaginação, Patrick. É com este mundo que estamos preocupados no momento. Sua resposta sobre essa multiplicação está ERRADA.

Exatamente assim, em maiúsculas. Assim como a Susan Baker falaria se fosse professora e um aluno lhe apresentasse o número errado como resposta. Só que a Susan não era professora, e ele gostava bastante dela, menos quando ela reprimia Walter por escrever poesia.

Quando todos voltaram do cemitério, entraram na biblioteca para ler o testamento do tio Stephen. O advogado Atkins solicitara a presença de todos. Não que qualquer um deles estivesse interessado. O dinheiro seria de Patrick. Stephen já havia anunciado diversas vezes. Ele era apenas meio-irmão daquelas pessoas, enquanto o pai de Patrick era seu irmão por inteiro. De todo modo, havia a questão da guarda. Poderia haver um ou mais tutores. Provavelmente, seria o advogado Atkins, mas era impossível ter certeza com uma criatura tão excêntrica quanto Stephen.

Patrick os observou formarem uma fila. Todos tinham fingido o choro. Tia Melanie Hall, tio John Brewster e tia Elizabeth Brewster, tio Frederick Brewster e tia Fanny Brewster, tia Lilian Brewster e a prima que vivia com ela, senhorita Cynthia Adams. Ele tinha medo de todos eles. Viviam encontrando defeitos nele. Quando seus olhos se cruzaram com os de tia Lilian, ele, um tanto nervoso, desenrolou as pernas das travessas da cadeira.

O mero olhar dela dizia:

– Sente-se direito uma vez na vida.

Estranho. Quando ele estava em Ingleside, Susan Baker vivia reprimindo as crianças pelo mesmo motivo. E ele nunca se importara com ela, mas se esforçava para lhe obedecer.

O advogado Atkins os seguiu com um papel na mão. Os óculos de armação de tartaruga no rosto bem-apessoado fizeram Patrick pensar em uma coruja... uma coruja que havia agarrado um pobre ratinho trêmulo. O que era uma grande injustiça com o advogado Atkins. Ele era um homem honesto, que tinha passado alguns bocados com seu cliente, Stephen Brewster, e não aprovava aquele testamento.

Além disso, ele gostava do pobre Patrick e sentia pena dele. No entanto, pigarreou e leu o testamento.

Era curto e direto. Até mesmo Patrick o compreendeu.

Oaklands deveria ser vendida... Ele ficou feliz com isso. Ao menos não precisaria viver *ali*. O advogado Atkins fora nomeado seu guardião legal, mas Patrick deveria viver com um tio ou uma tia até completar vinte e um anos, quando uma quantia enorme de dinheiro, que não significava coisa alguma para Patrick, seria dele. Ele só tinha certeza de que seria suficiente para comprar uma propriedade como Ingleside. Ele mesmo precisava escolher o parente com quem preferiria morar. Depois de fazer sua escolha, não poderia haver alteração, a menos que o escolhido viesse a falecer. Contudo, para poder tomar uma decisão embasada, antes ele precisaria viver com cada tio e cada tia por três meses. Depois disso, deveria tomar sua decisão permanente. A quantia de dois mil dólares por ano seria paga ao tutor temporário até Patrick completar vinte e um anos, como compensação pelos gastos com a moradia e os cuidados em geral.

Patrick enrolou as pernas nas travessas da cadeira agora com desespero. Os olhos da tia Lilian podiam saltar de sua cabeça, pensou ele, mas ele precisava fazer alguma coisa para manter o equilíbrio.

Ele não queria morar com nenhum deles. Quem dera ele pudesse simplesmente ir para Glen St. Mary agora e viver em Ingleside! A mera ideia já parecia o paraíso. Mas, infelizmente, o pessoal de Ingleside não era da família – a relação era tão distante que não contava.

E ele não queria viver com ninguém que fosse. Odiava aquele mero pensamento... Odiava amargamente, pois tinha consciência de que o tio Stephen sabia daquilo perfeitamente bem.

Tia Melanie Hall era viúva. Era corpulenta, hábil e mandona. Ela mandava em todos. Patrick ouvira o doutor Blythe dizer, certa vez, que ela mandaria em Deus.

O tio John Brewster sempre batia em suas costas, e a tia Elizabeth Brewster tinha um rosto extraordinariamente comprido... testa comprida, nariz comprido, lábio superior comprido e queixo comprido. Patrick nunca suportaria olhar para ela.

Viver olhando para aquele rosto por anos e anos! Ele simplesmente não conseguiria!

O tio Frederick Brewster era um homenzinho magro e acabado, sem significância alguma. Mas a tia Fanny era uma mulher de presença. Ele ouvira o tio Stephen dizer que era ela quem usava as calças no casal. Uma expressão que Susan Baker, de Ingleside, também gostava de usar. Patrick não sabia o que significava... Mas sabia que não queria morar com a tia Fanny.

A tia Lilian não era casada, nem Cynthia Adams. Elas fingiam não se importar, mas Patrick sabia que elas se importavam, *sim*. Susan Baker era, afinal, honesta quanto a isso. Sempre admitira com franqueza que teria gostado de se casar.

O tio Stephen nunca tinha visto a tia Lilian e a Cynthia Adams ao mesmo tempo.

– Só consigo suportar uma solteirona por vez – dizia ele.

Patrick pensava que até mesmo uma única solteirona, ao menos uma como a tia Lilian, era mais do que ele podia suportar. Em contrapartida, Susan Baker era solteirona e ele gostava dela. Tudo era muito confuso.

– Era mesmo de esperar que Stephen fizesse um testamento maluco como esse! – exclamou tia Fanny em um tom enojado. – Estou vendo que o doutor Blythe foi uma das testemunhas. Pergunto-me se não foi ele quem o induziu.

Ela estava pensando: "*Eu* deveria ficar com ele. Ele deveria ter contato com outras crianças. Sempre parecia tão diferente quando voltava de uma daquelas visitas a Ingleside. Eu nunca gostei nem do doutor Blythe nem da esposa dele... Mas eles têm uma família... e Patrick passava um tempo sem parecer tão esquisito. Esquisito e nada infantil. Mas acho que ele não me escolheria... Sempre senti que ele nunca gostou de mim. Suponho que Stephen tenha envenenado a mente dele contra mim. Mesmo assim... tem os tais três meses... Pode ser possível ganhar sua afeição se todos formos gentis com ele. Aqueles dois mil dólares... pagariam a educação dos meninos... caso contrário, não sei como conseguiremos bancar. E eu e Frederick precisamos de umas férias. Gostaria de tê-lo tratado melhor... mas ele sempre foi uma criança estranha e furtiva... mais parecido com aquele Walter Blythe, de Ingleside, do que com a própria família. E sei que terei problemas com os meninos... Eles adoram provocar... Não pareço exercer alguma influência sobre eles. Ah, crianças não são como costumavam ser quando *eu* era jovem. Elas davam ouvidos aos pais *naquela* época!".

"Poderia pagar o casamento de Amy", pensou tia Elizabeth. "Ele nunca será feliz com aqueles garotos pavorosos da Fanny. São verdadeiros diabretes. E a mera ideia de uma solteirona, como Lilian, tomando conta da criança é risível. Aquela capa de pele de chinchila... Fanny se gabou tanto quanto podia de seu casaco de pele de toupeira. 'Vi uma toalha de mesa de renda absolutamente maravilhosa na Moore and Stebbins.' É claro que sei que Patrick não gosta de mim... Stephen também sabia... mas depois de três meses..."

"Ele deveria ficar *comigo*", pensou tia Lilian. "Stephen sabia muito bem disso. Preciso muito mais do dinheiro que qualquer um deles. Estou cansada de contar centavos. E, se eu tivesse dinheiro, quem sabe George Imlay... É claro que pensar em ter um menino em casa é terrível, especialmente quando ele começar a crescer. E ele morre de medo de mim... Nunca tentou esconder isso... Mas depois de três meses... Só que Cynthia é tão insegura... Ela pode fingir gostar dele, mas ele certamente perceberá... Não vejo como alguma pessoa possa realmente gostar de crianças, de toda forma. Elas podem fingir... Aquela senhora Blythe me enoja..."

– Bem, vamos todos começar do zero – disse tio John, dando sua característica e entusiasmada gargalhada que sempre assustava Patrick.

Não era uma risada... era apenas uma gargalhada. Ele deu um tapa nas costas magras de Patrick com sua mão gorda e pesada. Patrick não gostava de mãos gordas.

– Qual de nós você vai escolher para ser o primeiro, meu garoto?

Patrick não ia escolher ninguém. Ele olhou de um para o outro com a expressão de um animal encurralado em seus grandes olhos cinza debaixo das sobrancelhas rasas. Tia Lilian se perguntou se ele seria mesmo meio abestalhado. Algumas pessoas diziam que Walter Blythe era... Mas não havia parentesco entre eles, a não ser por um laço muito distante, e ela se lembrava da vez em que fizera tal sugestão a Susan Baker...

– O que há de ser feito? – perguntou tio Frederick com a voz fraca.

– Faremos um sorteio – propôs tia Melanie de um modo enérgico. – Esse é o método mais justo de todos... Na verdade, o único método... Se é que há algo de justo nisso tudo. Advogado Atkins, fico surpresa por não ter aconselhado Stephen...

– O senhor Brewster não era um homem afeito a aceitar conselhos – interrompeu o advogado Atkins de um modo um tanto rude. Todos sabiam disso tão bem quanto ele.

– Tenho certeza de que alguém plantou a ideia na cabeça dele. O doutor Blythe...

– O doutor Blythe por acaso estava fazendo uma visita naquele dia e eu pedi para que ele fosse testemunha. Esse foi *todo* o envolvimento dele.

– Bem, por sorte, todos vivemos próximos, então não haverá necessidade de trocar de escola a cada três meses.

Então ele iria para a escola! Patrick até que gostou da ideia. Qualquer coisa seria melhor que a senhorita Sperry. E os garotos de Ingleside iam para a escola e achavam muito divertido. Ao menos ele sabia que Jem achava. Não tinha tanta certeza com relação a Walter.

– Pobrezinho! – comentou tia Lilian com sentimentalismo.

Aquilo acabou com Patrick. Ele saiu da biblioteca. Eles que fizessem o sorteio! Ele não se importava em saber quem ficaria com ele primeiro, por último ou no meio-tempo.

No entanto, ocorreu-lhe uma lembrança repentina da última vez em que cortara o dedo em Ingleside e Susan Baker dissera:

– Pobrezinho!

Ele tinha gostado daquilo. Ah, as coisas eram muito confusas neste mundo esquisito.

– Uma criança problemática, decididamente – observou tia Elizabeth. – Mas é nosso dever...

– Ah, não, *eu* não diria que ele é uma criança problemática – interrompeu tia Fanny, cuja regra era nunca concordar com Elizabeth. – Um tanto estranho... Não parece uma criança, poderíamos dizer. Não é de admirar, tendo vivido com Stephen. E a mãe dele... Sem família... sem lar... Mas logo o Patrick se tornará bem normal se conviver com outras crianças... e esquecer toda aquela besteira sobre o tal "outro mundo".

– Que outro mundo? Tenho certeza de que Stephen...

– Ah, *eu* não sei. Apenas uma das fantasias bobas dele. A senhorita Sperry descobriu, de alguma forma. Nada escapa àquela mulher. *Acho* que ouviu Patrick conversar com Walter Blythe sobre isso. Eu nunca aprovei a intimidade do Stephen com aquela família. Mas ele nunca me deu ouvidos, é claro. A senhorita Sperry ficou preocupada. Eu disse a ela para não se importar... Ele vai esquecer, com o tempo. Pouquíssimas pessoas compreendem a mente infantil... Talvez devêssemos ouvir a senhora Galbraith...

– Ah, todos sabemos que ela tem um parafuso a menos quando se trata de educar crianças... Embora eu tenha de admitir, desde que ela se casou...

– Ora, vamos. Não estamos chegando a lugar algum – rugiu tio John.

– Era exatamente isso que Stephen queria – comentou tia Fanny. – Ele pensou que plantaria a discórdia entre nós. *Eu* conheço a mente dele. Bem, já que temos de passar por essa situação absurda...

– Existe outra forma de resolvermos? – perguntou tia Lilian.

– Não vou discutir com você, Lilian. Todos nós teremos três meses com ele... Essa parte está perfeitamente clara. Depois disso, cabe a ele tomar uma decisão... Ele precisará tomar, goste ou não. Não haverá sorteio algum quando esse momento chegar.

Patrick iria ficar com a tia Elizabeth em setembro, outubro e novembro. Ele foi chamado de volta à biblioteca... Entrou com relutância... E tia Elizabeth lhe deu um beijo quando lhe contou o resultado. Ele não gostou do beijo dela porque não gostava dela. Mas sempre gostara dos beijos da senhora Blythe.

Quando foi levado para a casa da tia Elizabeth, deixando Oaklands sem nenhum sentimento de arrependimento, sua prima Amy também o beijou. Amy era uma moça bastante crescida, com unhas vermelho-sangue. Ele se lembrava de como o doutor Blythe ria de unhas pintadas.

Patrick também não gostava de Amy. O que havia de errado com ele para não gostar da própria família? As crianças de Ingleside pareciam ser tão afeiçoadas à família deles... Entretanto, ele não via Amy com muita frequência, nem o primo Oscar, que jamais dizia alguma coisa a ele além de "oi, moleque!", quando eles por acaso se encontravam, e sempre parecia estar escondendo alguma coisa.

Para seu alívio, ele também não via muito a tia Elizabeth. Ela sempre estava muito ocupada, organizando jogos de bridge, promovendo e participando de diversos eventos sociais. Ele praticamente só a via durante as refeições, quando seu rosto comprido estragava o apetite dele e a lembrança daquele beijo nunca esquecido sumia com o restante. Quem dera ela nunca o tivesse beijado!

Entretanto, todos eram excessivamente gentis com ele. Ele sentia que todos estavam se esforçando ao máximo para serem gentis com ele. Qualquer um de seus desejos teria sido satisfeito se ele expressasse algum desejo. Ele o fez uma única vez.

Em uma tarde de sábado, em outubro, ele timidamente perguntou à tia Elizabeth se poderia dar uma volta de ônibus. Apenas uma voltinha rápida.

Tia Elizabeth ficou tão horrorizada que seu rosto comprido ficou ainda mais comprido... Algo que Patrick nunca pensou ser possível.

– Querido, você não iria gostar nem um pouco. Sempre que você quiser uma carona, Amy, Oscar ou eu podemos levá-lo de carro aonde quiser ir... qualquer lugar que seja.

Mas, aparentemente, Patrick não queria ir a lugar algum... A menos que fosse a Glen St. Mary, e ele sabia muito bem que não teria permissão para ir lá. Tia Elizabeth não gostava dos Blythes.

Patrick nunca mais falou sobre o ônibus. Eles o enchiam de presentes; poucos dos quais ele queria. Tio John berrava para ele, batia em suas costas e lhe dava doces todos os dias. Ele devia realmente pensar que aquela seria uma mudança agradável para um garoto, depois de ter vivido durante anos com um maluco sardônico como Stephen. *Ele*, John Brewster, sabia como lidar com garotos. Ele não sabia que Patrick não gostava muito de doces e que acabava dando a maioria para a lavadeira levar para os filhos dela.

Tio John o levava para a escola todas as manhãs, brincando com ele sobre alguma coisa durante todo o trajeto. Patrick não conseguia entender a maioria das piadas. Amy ou tia Elizabeth ia buscá-lo à noite. Ele não fez muitos amigos na escola. Os filhos da tia Fanny frequentavam a mesma escola e disseram a todos que ele era afeminado. Os outros garotos começaram a chamá-lo de "Missy". Mesmo assim, ele preferia a escola à senhorita Sperry.

Em casa, isto é, na casa da tia Elizabeth, Patrick nunca pensara naquele lugar como seu lar, ele passava boa parte do tempo sentado diante de uma janela do patamar da escada. Por entre as casas, ele conseguia ver um morro distante repleto de árvores acinzentadas.

Havia uma casa lá... Uma casa que parecia se elevar sobre tudo. Patrick frequentemente se perguntava quem moraria lá. Ele sabia que não era o pessoal de Ingleside; sabia que Glen St. Mary devia ser bem mais longe dali. Mas havia algo naquela casa que o lembrava vagamente de Ingleside, ele só não sabia dizer o quê.

Quando novembro estava chegando ao fim e o beijo gelado dos flocos de neve tocou a janela, ele olhou por entre os telhados nevados sob o sol poente para aquela casa, de onde uma estrela agora brilhava em meio à mata esbranquiçada, e pensou que talvez ela ficasse em seu outro mundo.

Talvez a menininha de vestido escarlate vivesse lá. Enquanto ele pudesse ver a luz brilhar ao longe, não se sentiria tão solitário... tão indesejado.

Porque nenhum deles realmente o queria. Era só o dinheiro que eles queriam. Patrick não saberia dizer como sabia disso, mas ele sabia.

– Receio que jamais conseguirei entendê-lo – lamentou tia Elizabeth com um suspiro para o tio John, que tinha bastante certeza de que entendia Patrick perfeitamente.

Ele já tinha sido garoto um dia, e todos os garotos eram parecidos... à exceção daquele esquisito do Walter Blythe, de Glen St. Mary, e tio John achava que ele não "batia muito bem". Um garoto que escrevia poesia! Ele tinha total empatia por Susan Baker, que um dia lhe contara sobre sua ansiedade com relação a Walter. Mas o médico e sua esposa não pareciam preocupados. E o doutor Galbraith apenas ria. No entanto, a esposa *dele* também era maluca. Elizabeth podia ter seus defeitos, mas ao menos não incomodava com teorias sobre a educação das crianças.

– Receio que eu jamais conseguirei entendê-lo – repetiu Elizabeth.

– Aposto que ele gostará mais de nós do que daqueles meninos da Fan – disse tio John, que não tinha a menor dúvida de que eles seriam os escolhidos no final.

– Nós fizemos de *tudo*, mas não conseguimos conquistá-lo.

– Ah, bem, alguns garotos são assim... quietos por natureza.

– Mas ele simplesmente parece enfurnado em uma concha. Amy diz que ele a deixa nervosa.

– Não é necessário muito para deixá-la nervosa – ponderou tio John. – Agora, se ela fosse como a senhora Blythe...

– Não quero ouvir falar da senhora Blythe – ralhou tia Elizabeth. – Há muito tempo sei que ela é a única mulher perfeita no mundo aos seus olhos.

– Ora, Elizabeth...

– Não vou discutir com você. Simplesmente me recuso a discutir com você. Pensei que estivéssemos conversando sobre o Patrick.

– Bem, e o que tem o Patrick? Ele parece bastante feliz e contente, tenho certeza. Vocês, mulheres, vivem fazendo tempestade em copo d'água. Ele nos escolherá no final, você vai ver.

– Os olhos dele não são normais. Até mesmo você, John Brewster, deve perceber.

– Nunca notei coisa alguma de errado com os olhos dele. Por que você não o leva a um oculista?

– Parecem estar olhando através de você... Procurando algo que ele não consegue encontrar – explicou tia Elizabeth, em um raro momento de discernimento. – Você realmente acha que ele nos escolherá quando a hora chegar, John?

– Não tenho dúvida. Aqueles garotos da Fanny o atormentarão ao extremo... E Melanie e Lilian não fazem a menor ideia de como lidar com um menino. Não se preocupe. Ele ficará bastante contente em voltar para nós quando o momento chegar, tenho certeza.

Tia Elizabeth não tinha tanta certeza assim. Ela gostaria de ter a coragem de pedir para Patrick prometer que voltaria para eles. Mas, de alguma forma, ela não tinha. Havia *alguma coisa* naquela criança... John podia ter toda a certeza do mundo, mas ele realmente não entendia nada de crianças. Ora, fora ela quem cuidara de Amy e Oscar quando eles eram pequenos.

– Querido, se você achar seus primos, na casa da tia Fanny, um tanto... importunos... pode sempre vir aqui para ter um pouquinho de paz e tranquilidade – foi o máximo que ela ousou dizer.

– Ah, não acho que me importarei com eles – foi tudo o que Patrick respondeu.

Eles precisariam ser terríveis, pensou Patrick, para forçá-lo a voltar para a casa da tia Elizabeth. Quem dera ele pudesse ir a Glen St. Mary para uma primeira visita!

Mas todos vetaram, embora a senhora Blythe tivesse enviado um convite muito cordial. Ninguém do clã Brewster, aparentemente, gostava dos Blythes. Patrick frequentemente se perguntava por quê, mas nunca ousou fazer alguma indagação.

Os filhos da tia Fanny eram *mesmo* terríveis. Eles o atormentaram ao extremo... Furtivamente, quando tia Fanny e tio Frederick não estavam por perto. No entanto, eles fingiam ser muito gentis com ele... "Porque é preciso ser gentil com as meninas", dissera Joe.

Quando Bill quebrou uma xícara de porcelana da tia Fanny (o dragão de cinco garras que costumava fazer parte da coleção do Palácio de Verão, pelo que ela dizia), ele disse à mãe, com a maior tranquilidade, que Patrick a havia quebrado. Patrick ouviu apenas uma reprimenda branda, ao passo que, se tia Fanny soubesse a verdade, um castigo terrível teria sido administrado a Bill.

– Nós sempre vamos culpar você pelas coisas, porque você não será punido – explicou Joe. – A mãe quer ter certeza de que você vai nos escolher como guardiões quando a hora chegar. Não faça isso. Ela tem um temperamento diabólico.

Eles sabiam que ele não iria contar. Não era esse tipo de pessoa, e os garotos o desprezavam por isso. Exatamente como aqueles meninos afeminados lá de Glen St. Mary. Embora *eles* levassem umas belas broncas de vez em quando. Até mesmo a senhora Blythe podia dar broncas, enquanto a velha Susan Baker tinha uma língua afiada.

Patrick podia fazer o que quisesse e não ouviria uma bronca sequer. Como eles o odiavam por isso! E eles jamais acreditariam que o próprio Patrick também detestava aquilo. Ele sabia que, se tivesse feito aquelas coisas, deveria ser repreendido. E sabia que Joe e Bill ressentiam-se de sua imunidade, embora se aproveitassem dela.

Ele não conseguia ver a casa do morro de nenhuma janela da casa da tia Fanny e sentia falta disso. Mas ao menos ela não o beijava, e ele até que gostava do tio Frederick – apesar de ele não ter muita autoridade na casa da tia Fanny. Tratava-se de uma casa muito bem administrada, pelo que as pessoas diziam. Tão bem administrada que era deprimente. Um livro fora do lugar, um tapete enrugado, um suéter largado pela casa eram crimes imperdoáveis por parte de qualquer um, menos de Patrick. Patrick não era muito organizado, e tia Fanny precisou se controlar ao máximo. Ela achava que Patrick nunca havia percebido, mas, quando chegou a hora de mudar para a casa da tia Lilian, tia Fanny não tinha a menor certeza de que ele um dia voltaria.

– Ele teve um verdadeiro lar aqui – disse ela ao tio Frederick – e não acho que seja grato por isso. Todo o cuidado que tomei para dar a ele refeições balanceadas! Nem mesmo a senhora Galbraith poderia ser mais dedicada. Sabe-se lá o que a Lilian vai dar para essa criança comer! Ela não sabe de coisa alguma sobre educar crianças.

– Ele é uma criança tolhida – disse tio Frederick. – Foi tolhido a vida toda.

Tia Fanny não deu ouvidos a ele. Ela nunca prestava muita atenção no que Frederick dizia. Tolhido? Que absurdo! O problema era que Patrick tinha sido mimado demais a vida toda. Tivera todos os desejos realizados. Ela gostaria de poder fazer por seus filhos o que fizera por Patrick.

Março, abril e maio seriam na casa da tia Lilian. Ela o chamou de "pobrezinho" e fez tanto alvoroço por causa das roupas dele que Patrick pensou que enlouqueceria. À noite, para ir para a cama, ele precisava subir uma escadaria sombria e atravessar um corredor sombrio. Nunca havia luz alguma no corredor. Tia Lilian quase tinha um colapso se alguém deixasse alguma luz desnecessariamente acesa. Ela dizia que precisava manter as contas sob controle... Não era tão rica quanto tio Stephen era... E afirmava que a luz do corredor de baixo iluminava o corredor de cima o suficiente. Patrick vivia se esquecendo de desligar as luzes.

Quanto à senhorita Adams, ela geralmente olhava para ele como se ele fosse algum tipo de besouro preto detestável, e ela e seu gato persa magricela nem sequer se aproximavam dele. Patrick tentou fazer amizade com o bichano, tamanha era sua ânsia por um bichinho de estimação, mas de nada adiantou. A senhorita Adams não tinha nenhum motivo em particular para precisar ganhar sua afeição. Sabia muito bem que sua vida não melhoraria em nada se Lilian ficasse com ele e também odiava crianças.

Patrick não era particularmente afeiçoado ao tio John nem ao tio Frederick, mas aquela casa sem homem algum era um horror. Por quê, contudo, precisava ser assim? Ele pensou que não seria infeliz se vivesse sozinho com Susan Baker.

A casa da tia Melanie era um pouquinho melhor, por mais mandona que ela fosse. Em primeiro lugar, ela não o beijava nem o chamava de "pobrezinho". Em segundo lugar, ela tinha um cachorro... Um dálmata que fazia coisas divertidas de cachorro, como os cachorros de Ingleside, tais como rolar sobre as flores e levar ossos para casa. Suas manchas pretas eram adoráveis. O nome dele era Spunk e ele parecia realmente gostar de Patrick.

Se tia Melanie não o elogiasse e o mencionasse com tanta frequência, Patrick estaria quase contente. Mas ele acabou ficando com medo de sequer abrir a boca, porque tudo que dizia ela contava, cheia de admiração, para a próxima visita.

E ela insistiu para que ele dormisse no quarto da frente, que era amplo e arejado, quando ele queria dormir no quartinho no final do corredor. Ele escapulia para lá sempre que podia, pois ali conseguia avistar a casa do morro. Lá estava ela, além de muitos vales repletos de sombras roxas. Às vezes, a neblina do verão alcançava os vales, mas nunca atingia a altura da casa do morro. Ela sempre parecia serena acima das nuvens, vivendo sua própria vida secreta e remota. Ao menos era isso que ele imaginava.

Alguém lhe dissera que a casa ficava a trinta e dois quilômetros dali... e que Glen St. Mary ficava a apenas sessenta e quatro. Talvez Walter também pudesse vê-la... Talvez ele também fantasiasse com relação a ela. Só que não havia motivo algum para qualquer pessoa que vivesse em Ingleside fazer isso.

Patrick estava menos infeliz na casa da tia Melanie do que em qualquer outro lugar. Ninguém lhe dizia coisas sarcásticas... Não havia garotos para provocá-lo. Mas ele não estava feliz. Em breve, chegaria o momento em que ele precisaria escolher com quem viveria nos próximos doze anos.

Dia após dia, essa data foi ficando inexoravelmente mais próxima. O advogado Atkins já o havia informado quanto à data em que a decisão precisava ser tomada.

E ele não queria viver com nenhum deles. Não, mais que isso, ele detestava a mera ideia de viver com algum deles. Todos tinham sido muito gentis. Gentis demais... Preocupados demais... Exagerados demais. Levar uma bronca em Ingleside, agora, seria muito mais agradável.

Todos tinham tentado furtivamente envenenar sua consciência no que dizia respeito aos outros, alguns de forma muito habilidosa, outros, de um modo um tanto confuso.

Ele queria viver com alguém de quem gostasse... alguém que gostasse dele. Que gostasse dele por quem ele era, não porque ele significava dois mil dólares por ano. Ele sentia que, se o tio Stephen estivesse vivo, estaria sorrindo da situação em que Patrick se encontrava.

Quando o aniversário de nove anos de Patrick se aproximou, tia Melanie perguntou como ele gostaria de comemorá-lo. Ele perguntou se podia ir a Glen St. Mary passar o dia com os Blythes em Ingleside.

Tia Melanie franziu o cenho. Disse que ele não tinha sido convidado. Patrick sabia que isso não importava nem um pouco, mas também sabia que não teria permissão para ir.

Então, ele disse que gostaria de dar uma volta de ônibus. Dessa vez, tia Melanie riu, em vez de franzir a testa, e disse, com indiferença:

– Não acredito que *essa* seja exatamente uma comemoração, querido. Não acha que uma festa seria muito melhor? Será que não gostaria mais de uma festa? Poderá chamar todos os garotos da escola. Você gostaria de uma festa, não gostaria?

Patrick sabia que não importava se ele gostaria ou não. Haveria uma festa. Ele não saberia o que dizer ou fazer. Mesmo assim, ele achava que poderia suportar. Ele poderia até dizer "obrigado" para todos os presentes caros que seus tios e tias lhe dariam e de que ele simplesmente não precisava.

– Posso convidar o Walter Blythe? – perguntou ele.

Novamente, tia Melanie franziu o cenho. Ela nunca conseguiu entender o apreço dele por aqueles Blythes. Eles podiam até ser boas pessoas, à sua maneira, mas...

– Eles moram longe demais, querido – justificou ela. – Não acho que ele conseguiria vir. Além disso, ele não passa de um garoto do campo... Não é o tipo de pessoa com quem se espera que você se relacione daqui a alguns anos.

– Ele é o garoto mais gentil que eu conheço – protestou Patrick, indignado.

– Nossos gostos mudam à medida que crescemos – disse tia Melanie de um modo indulgente. – Ouvi dizer que ele é afeminado... além de não ser muito corajoso.

– Isso não é verdade – gritou Patrick com indignação. – Ele é gentil... *gentil*. Todos eles são. A senhora Blythe é a mulher mais gentil que eu conheço.

– Mas você ainda não conheceu muitas mulheres, querido – alegou tia Melanie. – Certamente a senhorita Sperry era um péssimo exemplo. Você não acha que a senhora Blythe é mais gentil que... bem, que eu, ou mesmo que a tia Fanny, ou a tia Lilian, não é?

Patrick não ousou dizer que sim.

Na manhã de seu aniversário, Spunk foi morto por um caminhão que passava por ali. Tia Melanie não se importou muito. Um cachorro era apenas uma espécie de salvaguarda contra os ladrões, mas qualquer um serviria. Além disso, Spunk era um cão exaustivo. Todas as criadas reclamavam dele. E era humilhante toda vez que uma visita aparecia na sala de estar e via um osso grande mastigado no sofá Chesterfield. Sem contar o pelo no carpete. Tia Melanie decidiu adotar um pequinês. Eles eram tão bonitinhos, tinham carinhas tão fofas. Patrick adoraria um pequinês. Por que ela não havia pensado nisso antes?

Patrick ficou parado diante do portão sentindo-se arrasado depois que o corpo do pobre Spunk foi levado. Ele estava ebulindo de raiva. A ideia de ter uma festa de aniversário, sendo que a única coisa com que ele se importava no mundo havia morrido! Não era possível suportar... Ele não suportaria!

O ônibus chegou... O grande ônibus vermelho e amarelo. Patrick colocou a mão no bolso. Tinha cinquenta centavos. Ele correu até o ponto e disse que queria ir até onde seus cinquenta centavos pudessem levá-lo.

– Suponho que não poderei ir até Glen St. Mary, não é?

– Bem, não – respondeu o motorista, que era muito afeiçoado a garotos. – Seriam mais trinta quilômetros até lá. Além disso, fica em outra rota. Mas vou lhe dizer uma coisa. Posso levá-lo até Westbridge. Suba.

Em um primeiro momento, Patrick estava triste demais por causa de Spunk para aproveitar seu tão aguardado passeio. Um chow-chow e um dogue alemão, que trotavam amigavelmente pela estrada, fizeram seu coração doer ainda mais. Mas, aos poucos, o prazer foi tomando conta. Ele imaginou que Walter Blythe estava com ele e que eles estavam conversando sobre tudo o que viam.

A estrada vermelha, que subia em um aclive gradual, era linda. Bosques de abetos... riachos errantes... grandes sombras ondulantes, como as do entorno de Glen St. Mary... jardins cheios de malvas-rosas, flocos perenes e calêndulas... como o terreno particular de Susan Baker em Ingleside. E o ar era tão limpo e cintilante! Ele via algo interessante em cada lugar pelo qual passava. Um gato listrado enorme sentado na escadaria de uma casa... um velho pintando a proteção de seu poço de amarelo vivo... um paredão de pedra com uma porta. Uma porta que poderia... deveria... levar àquele Outro Mundo. Ele imaginou o que ele e Walter poderiam encontrar lá.

Andar de ônibus era uma alegria... Exatamente como ele imaginava que seria... Ao menos com isso ele não se decepcionou. E até riu de leve ao pensar na consternação da tia Melanie e na busca frenética que já deveria estar se desenrolando.

Então ele avistou. A estrada tinha subido até finalmente chegar ao topo dos morros mais distantes que se viam da cidade.

E lá estava ela... inacreditavelmente, lá estava ela. A casa que há tanto tempo ele amava. A despeito do fato de que ele nunca a tinha visto, salvo de longe, ele a reconheceu imediatamente. Ficava na esquina de duas ruas. Ele se levantou e pediu para o motorista deixá-lo descer. O motorista obedeceu, apesar de não se sentir totalmente seguro com relação ao garoto. Havia algo... bem, um pouco estranho nele... alguma diferença que o bom homem não podia explicar entre ele e outros garotos. Quando ele fazia rota para Glen St. Mary, um menino como aquele às vezes pegava seu ônibus... um tal Walter Blythe, que passava a mesma impressão inquietante de não pertencer a este mundo.

Patrick viu o ônibus se afastar sem arrependimento algum... sem nem pensar em como voltaria para a cidade. Ele não se importava se nunca retornasse. Eles que o caçassem até encontrá-lo. Ele olhou avidamente ao redor.

Havia um portão com letras rústicas arqueadas sobre ele... "Fazenda Sometyme". Sometyme! Que nome maravilhoso! A casa era de ripas brancas e parecia amigável. Havia algo com relação a ela que o lembrava de Ingleside, embora Ingleside fosse de tijolos, e aquela, de madeira.

O bosque, que parecia tão próximo a ela quando ele a observava da cidade, ficava, na verdade, a uma boa distância, mas havia árvores por todo canto... Bordos robustos e bétulas que pareciam fantasmas prateados, e abetos por todos os lados, pequenas fileiras que ladeavam as cercas. Parecia exatamente como uma que ele tinha visto nas fazendas de Glen St. Mary.

O engraçado era que, quando você olhava da perspectiva Sul, não parecia estar em um morro. À frente havia uma longa planície de fazendas e pomares. Era só quando se virava para o Norte e olhava para baixo, na direção da cidade e do mar, que se percebia a que altitude estava.

Patrick tinha a estranhíssima sensação de já ter visto tudo aquilo antes. Talvez naquele Outro Mundo, que estava diariamente se tornando cada vez mais real para ele. Até mesmo o nome lhe parecia familiar.

Um homem jovem estava apoiado no portão, aparando uma pequena estaca de madeira. Havia um cachorro sentado ao seu lado... Um *setter* irlandês branco e bege, com olhos lindos. O homem era alto, esguio e bronzeado, tinha olhos azuis brilhantes e uma juba de cabelos ruivos um tanto bagunçados.

Ele tinha um sorriso de que Patrick gostou... um sorriso verdadeiro.

– Oi, estranho – cumprimentou ele. – O que está achando do tempo?

A voz dele era ótima, como todo o restante com relação a ele. Era, de alguma forma, uma voz conhecida. No entanto, até onde Patrick sabia, ele nunca o tinha visto antes.

– O tempo está bom – respondeu Patrick.

– Quer dizer que é, basicamente, a única coisa que está boa? – disse o homem. – Estou inclinado a concordar com você. Mas a vista não é incrível? Os visitantes sempre ficam maravilhados. Dá para enxergar até trinta quilômetros daqui. Dá para ver até o porto de Glen St. Mary... Four Winds, é como se chama.

Patrick olhou avidamente na direção indicada.

– É lá que o Walter Blythe mora – comentou ele. – Você conhece os Blythes?

– Quem não conhece? – respondeu o homem. – Mas, à parte do tempo e da vista, percebo que você, como todo mundo neste planeta infame, tem seus próprios problemas.

Patrick sentiu-se tentado a confessar. Era uma sensação estranha. Ele nunca tinha sentido aquilo antes, exceto em Ingleside.

– Nosso cachorro, Spunk, foi morto nesta manhã e eu simplesmente precisei escapar pelo resto do dia. A tia Melanie organizou uma festa de aniversário para mim... Mas eu não podia ficar.

– É claro que não! Quem esperaria que você ficasse? As pessoas fazem cada coisa... Posso perguntar seu nome?

– Sou... Sou Pat Brewster.

Ele *era* Pat Brewster. Tinha vivenciado um renascimento. O homem largou a estaca de madeira e se atrapalhou um pouco antes de encontrá-la.

– Ah... Hum... Sim. Bem, o meu nome é Bernard Andrews... Ou, se você preferir, Barney. O que lhe parece?

– Eu gosto – respondeu Pat, que estava se perguntando por que Barney o encarava com tanta atenção. Além disso, ele teve novamente aquela sensação estranha de que já o tinha visto antes. Ele tinha certeza de que isso não era possível.

Após um instante, a seriedade desapareceu da expressão de Barney e o brilho retornou. Ele abriu o portão.

– Se você pegou o ônibus das onze em Charlottetown, deve estar com fome – disse ele. – Não quer entrar e comer conosco?

– Não seria inconveniente? – perguntou Pat com delicadeza. Ele sabia como a tia Melanie se sentia com relação a visitas inesperadas... embora fosse gentil diante delas.

– Nem um pouquinho. Nunca nos aborrecemos com visitas inesperadas. Nós só colocamos mais água na sopa.

Pat entrou entusiasmado. Barney largou a nova estaca na abertura e, quando se virou, viu Pat acariciando o cachorro.

– Não acaricie o Jiggs antes do almoço, por favor – pediu Barney, bastante sério. – Ele foi mau. Comeu toda a comida matinal da pobre gata. Já fez isso diversas vezes... Mesmo com os sete filhotes que dependem dela. Se você o acariciar, ele pensará que foi perdoado cedo demais. Logo ele aprenderá que não deve fazer isso... Ele gosta de ser acariciado. É preciso usar variados métodos com cachorros diferentes, sabe? Como você disciplinou o Spunk?

– Ele nunca foi disciplinado – disse Pat.

Barney meneou a cabeça.

– Ah, isso é um erro. Todo cachorro precisa de disciplina... e a maioria deles precisa ser disciplinada à sua própria maneira. Mas, depois do almoço, você pode acariciá-lo quanto quiser.

Eles caminharam na direção da casa por meio de um jardim que parecia um tanto desordenado, mas que tinha algo de adorável, algo que parecia falar de crianças que costumavam brincar ali e não brincavam mais.

A trilha era ladeada por gerânios e conchas... Exatamente como o jardim de Susan Baker em Ingleside. Na verdade, havia algo de curiosamente parecido com Ingleside com relação àquele lugar todo... E, ao mesmo tempo, não eram nem um pouco semelhantes. Ingleside era uma casa de tijolos bastante majestosa, ao passo que aquela era apenas uma casa de campo comum.

No quintal gramado na entrada da casa havia um barco antigo cheio de petúnias coloridas, e eles caminharam sobre velhos degraus de pedra lisos e gastos, que pareciam estar ali há um século. Havia outra casa de frente para aquela, do outro lado da via secundária... Uma casa igualmente simpática, com um pontinho vermelho no quintal.

E, dando a volta na casa, havia uma bela fila de patinhos brancos.

– Eu *já* estive aqui – gritou Pat. – Muito tempo atrás... Quando eu era muito pequeno... Eu me lembro... dos patos, exatamente desse jeito.

– Não é de admirar – disse Barney em um tom sério. – Sempre criamos patos... Patos brancos. E muitas pessoas vêm aqui. Nós vendemos ovos.

Pat ficou tão chocado com sua descoberta que mal conseguiu conversar com a gata, que o cumprimentou com um "miau" muito educado da varanda, ao lado de um cesto cheio de gatinhos. Era uma gata bonita e corpulenta, apesar de Jiggs roubar sua comida.

– Você por acaso não quer um filhote? – perguntou Barney. – Gostamos de gatos por aqui... Mas oito é demais, até mesmo para Sometyme. O Walter, lá de Ingleside, já reservou um, para imensa indignação de Susan...

– Ah, você conhece o pessoal de Ingleside? – exclamou Pat, sentindo que aquele era outro laço entre eles.

– Conheço a criançada bastante bem. Às vezes, eles vêm comprar ovos aqui, embora seja muito longe de lá. E aqui está a tia Holly – apresentou Barney, abrindo a porta marrom da cozinha. – Não tenha medo dela... Todas as boas pessoas são amigas dela.

Pat não teve nem um pingo de medo dela. Era uma senhora frágil, com o rosto enrugado. Ele gostava da bondade que via em seus olhos.

Ela o levou até um quartinho além da cozinha e o deixou lá para lavar as mãos. Pat achou o quarto antigo e delicado, como o restante da casa... Como tia Holly. Tinha um tapete surrado, porém limpo no chão, e uma jarra e uma bacia de porcelana azul.

Havia uma porta que levava direto ao jardim, mantida aberta por uma grande concha cor-de-rosa. Onde é que ele tinha visto uma concha cor-de-rosa como aquela antes? De repente, ele se lembrou. Susan Baker, de Ingleside, tinha uma na porta de seu quarto. Ela disse que seu tio, que era marinheiro, havia trazido para ela das Índias Ocidentais.

Pat imaginou que seria delicioso deitar-se na cama à noite, sob a colcha de retalhos colorida, deixando a porta aberta para poder observar as malvas-rosas e as estrelas, assim como eles podiam fazer na varanda fechada de Ingleside. Mas ele sabia que era vão sonhar com isso. Bem antes do anoitecer, tia Melanie o teria encontrado, nem que precisasse chamar a polícia.

– Vai comer agora ou quando? – perguntou Barney com um sorriso quando Pat retornou à cozinha com as mãos tão limpas quanto poderiam ficar.

– Vou comer agora, por favor e obrigado – respondeu Pat, abrindo um sorriso enorme.

Era, na verdade, a primeira vez que ele sorria daquele jeito na vida, embora tivesse sido treinado para sorrir educadamente.

Parecia não haver sopa alguma, no fim das contas, mas havia uma abundância de presunto frio e batatas gratinadas. Barney lhe passou um prato cheio.

– Imagino que o apetite dos garotos não tenha mudado tanto desde que eu era jovem – comentou ele. – Sei que Susan Baker vive reclamando de nunca conseguir encher a barriga daqueles meninos de Ingleside. Meninas parecem ser diferentes.

Pat descobriu que estava faminto, e a comida lhe pareceu mais saborosa do que nunca. Ninguém falou muito durante a refeição... Barney parecia absorto em suas reflexões, que Pat julgava não serem muito felizes, embora ele não pudesse compreender como alguém podia viver na Fazenda Sometyme e não ser feliz.

Jiggs ficou sentado ao lado de Pat e, ocasionalmente, batia o rabo delicadamente no chão. Em certo momento, ele foi até a varanda, lambeu a cabeça da gata e retornou. O castigo dele ainda não tinha terminado, mas Pat deu uns pedacinhos de presunto para ele enquanto Barney fingia não ver.

Eles comeram torta de maçã com creme de sobremesa. Além de tudo, Pat sentia que, de alguma forma, estava comendo o próprio pão da vida.

– O que você vai fazer à tarde, Pat? – quis saber Barney, quando ninguém mais aguentava comer. É verdade que tia Holly não tinha comido muito, mas ela vivia beliscando, e Barney não parecia ter tanto apetite quanto se poderia esperar de um homem do tamanho dele.

– Posso ficar aqui, por favor? – pediu Pat.

– Você é quem manda – respondeu Barney. – Preciso consertar a cerca atrás do celeiro. Gostaria de me ajudar?

Pat sabia que Barney estava apenas sendo gentil... Não havia nada que ele realmente pudesse fazer para ajudar... mas ele queria ir.

– Não acha que sua família está preocupada com você? – questionou Barney. – Com quem você mora... neste momento, de toda forma?

Pat contou a ele.

– Bem, vou lhe dizer o que vou fazer. Vou telefonar e avisar que você vai passar a tarde na Fazenda Sometyme e que retornará esta noite – disse Barney. – Está bem assim?

– Acho que seria o melhor a fazer – aquiesceu Pat desoladamente.

Ele odiava a ideia de ter que voltar para a casa da tia Melanie, mas é claro que precisava voltar.

– Gostaria de poder viver aqui para sempre – comentou ele, esperançoso.

Barney ignorou seu desejo.

– Venha – chamou ele, estendendo a mão. Pat a segurou.

"Fico feliz que ele não tenha a mão gorda", pensou Pat. "Gosto da sensação de uma mão gentil, magra e delicada... Como a do doutor Blythe."

E ele também sentia que Barney gostava dele... Realmente gostava dele do jeito como ele era. De alguma forma, ele sabia que isso era verdade.

Pat sentou-se em uma grande pedra tomada pelo musgo no lado sombreado do bosque de abetos enquanto Barney trabalhava na cerca. Às vezes, ele percebia que Barney não parecia muito interessado na cerca. Mas isso devia ser um devaneio. Qualquer pessoa estaria interessada em uma cerca adorável como aquela, construída com toras, com diversas espécies de plantas silvestres crescendo nas pontas.

Um esquilo saiu do bosque de abetos e correu em sua direção. Ele se lembrou de que o pessoal de Ingleside tinha um esquilo de estimação e que Walter escrevia cartas imaginárias para ele, das quais Susan tinha muito orgulho, embora ela desaprovasse o fato de ele escrever poesia.

Bem lá embaixo, além das dunas douradas, o mar sorria, assim como era possível ver de Ingleside, só que bem mais ao longe. Era exatamente como ele se lembrava. A lembrança estava ficando mais clara a cada instante.

Havia nuvens membranosas no céu, acima da copa das árvores, e o cheiro da grama aquecida pelo sol por todos os lados. Uma sensação de contentamento intensa e maravilhosa tomou conta do corpo de Pat. Ele nunca, nem mesmo em Ingleside, imaginou que seria possível sentir-se tão feliz.

Ele queria ficar ali para sempre. Tia Melanie e o restante deles estavam a milhões de anos e milhões de quilômetros de distância. Ele sabia que, à noite, precisaria retornar à casa quadrada e feia da tia Melanie na cidade e pedir perdão. Mas a tarde era sua. A Fazenda Sometyme era sua... Ela o conhecia e ele a conhecia.

No fim da tarde, tia Holly levou para ele uma grande fatia de pão com manteiga e açúcar mascavo. Exatamente como Susan fazia em Ingleside.

Ele ficou perplexo ao perceber como estava faminto de novo... E como uma comida simples podia ter um gosto tão bom.

Barney apareceu e se sentou ao lado dele enquanto ele comia.

– Como é a sensação de ser dono de todos esses campos? – quis saber Pat.

– Eu só saberia se realmente fosse o dono – respondeu Barney amargamente. – Em uma palavra... paradisíaca!

Ele falou com tanta amargura que Pat não ousou fazer qualquer outra pergunta. Mas, se Barney não era o dono de Sometyme, então quem era? Pat tinha bastante certeza, embora não soubesse por quê, de que Barney não era um funcionário.

Ele *deveria* ser o dono de Sometyme. O que havia de errado?

Quando Pat terminou de comer sua fatia de pão açucarado, eles voltaram ao quintal. Quando entraram, Pat sentiu a mão de Barney apertar a sua um pouquinho mais.

Uma garota estava atravessando a rua, vindo da casa do outro lado. Ela estava com um cachecol azul em torno dos cachos, que eram da mesma cor dos de Rilla Blythe, de Ingleside, e tinha alegres olhos cor de mel em um rosto jovial.

Ela tinha finos braços dourados e caminhava como se estivesse prestes a alçar voo. As garotas de Ingleside caminhavam assim... Assim como a senhora Blythe, embora fosse bem mais velha. Pat pensou que ela era exatamente como os gerânios, como pão recém-assado, e como aquelas dunas douradas distantes. Ao seu lado trotava uma garotinha em um vestido estampado vermelho.

– Ora vejam só, ali vêm a Barbara Anne e a Pequena Pele Vermelha! – exclamou Barney, fingindo estar surpreso.

Pat se perguntou por que ele havia disfarçado. Ele sabia muito bem que Barney tinha visto as duas se aproximando.

Contudo, Pat percebera uma expressão diferente nos olhos de Barney. De sua parte, ele estava mais interessado na garotinha do vestido vermelho. Ele gostava de Rilla Blythe, mas ela nunca o fizera se sentir daquele jeito. Além disso, ele tinha certeza de que Rilla jamais mostraria a língua para qualquer pessoa. Ela era bem-educada demais... E Susan Baker lhe daria a maior bronca se a pegasse fazendo isso. Até mesmo a senhora Blythe desaprovaria.

– Quem temos aqui? – perguntou Barbara Anne.

Sua voz era como sua aparência... alegre e jovial. Mas Pat sentiu, ele não sabia dizer por quê, que ela estava quase a ponto de chorar.

– Este é o Pat Brewster – informou Barney depois que elas passaram pelo portão lateral... Um portão que parecia ser usado com bastante frequência.

– Você já ouviu falar de Patrick Brewster, não é? – disse Barney com indiferença.

Por um breve instante, uma expressão esquisita brilhou nos olhos mel de Barbara Anne. Pat teve a estranha sensação de que ela sabia de muitas coisas sobre ele. Isso era impossível, é claro. Mas aquele dia todo não tinha sido repleto de sensações esquisitas? Que diferença fazia uma a mais ou a menos? Pat tinha quase concluído que estava em um sonho.

Os olhos alegres de Barbara Anne (mas será que eram tão alegres assim, afinal de contas?) fitaram Pat, e um sorriso largo e adorável se abriu em seu rosto... Um sorriso como o da senhora Blythe. Por que é que tudo na Fazenda Sometyme o lembrava de Ingleside? Os dois lugares realmente não eram nem um pouco parecidos, nem as pessoas.

Mas Pat sentia que conhecia Barbara Anne havia anos. Ele não se importaria se *ela* o chamasse de "pobrezinho". Achava até mesmo que conseguiria tolerar ser beijado por ela.

– E esta é a Pequena Pele Vermelha – apresentou Barney.

Coisas incríveis realmente aconteciam. Ali estava a menininha de escarlate... E ela estava mostrando a língua para ele! Sim, é claro que era um sonho. Mas que sonho delicioso! Pat torcia para que demorasse muito tempo até ele acordar.

– Você realmente parece uma pele-vermelha – comentou Pat, sem pensar.

Então, ele ficou apavorado. Mas ela não pareceu se importar. Apenas mostrou a língua para ele novamente, e Barbara Anne a chacoalhou por isso.

Pat ficou indignado. Certamente, se ele não se importava, ninguém mais precisava se incomodar. Ele pensou: "Você tem olhinhos negros... como os bebês indígenas lá da Ilha Lennox... E o nariz achatado e cabelos escuros presos em marias-chiquinhas".

Então, ele se esqueceu do que estava pensando e disse:

– Mas eu gosto de você.

A Pequena Pele Vermelha, parecendo não perceber o chacoalhão de Barbara Anne, mostrou a língua para ele novamente. Era uma linguinha vermelha tão bonitinha... tão vermelha quanto seus lábios e seu vestido.

Ela deu três piruetas nas pontas dos dedos descalços e se sentou em uma grande pedra de granito cinza perto do portão. Pat gostaria de se sentar ao lado dela, mas era tímido demais. Então, ele se sentou em um balde de leite que estava de ponta-cabeça, e eles ficaram olhando um para o outro furtivamente enquanto Barbara Anne e Barney conversavam... Olhando um para o outro como se estivessem dizendo com os olhos coisas completamente diferentes do que suas línguas diziam. Pat perguntou-se novamente como ele sabia disso. Qualquer coisa, contudo, era possível em um sonho.

Eles falavam baixo e pareciam não fazer ideia de que Pat podia ouvi-los. Mas Pat tinha ouvidos aguçadíssimos.

– Decidi fazer a viagem para o Oeste – contou Barbara Anne baixinho.

– Qual o problema com o Morro? – perguntou Barney, também baixinho.

– Ah, nada... Nada mesmo.

A voz de Barbara Anne indicava a Pat que havia algo de muito errado com o Morro, e Pat sentiu-se muito indignado com ela.

– Mas as pessoas cansam do mesmo lugar, você sabe – acrescentou ela.

Como se alguém pudesse se cansar de Sometyme!

– Eu não gosto de *você* – disse a Pequena Pele Vermelha.

Naquele instante, contudo, isso não importava. A Pequena Pele Vermelha ficou tão indignada que desistiu de mostrar a língua para ele e devotou sua atenção a Jiggs.

– A Fazenda Sometyme é, *realmente*, muito entediante – disse Barney.

– E viver com um irmão tão gentil e sua esposa... Até mesmo com uma adorável criança Pele Vermelha na equação... Fica um pouco monótono – continuou Barbara Anne, erguendo a gata e fazendo-a ronronar. – E então você sente que não é necessária! A Pequena Pele Vermelha pode ficar com um dos filhotes?

– Todos, se ela quiser – disse Barney. – Menos um, é claro, que já prometi para os Blythes.

– Como eles podem querer mais gatos lá? Pensei que Susan Baker...

– Susan não toma as decisões em Ingleside, embora muita gente ache que toma. Então você vai partir para o Oeste?

Novamente, Pat sentiu que alguma questão séria pairava na resposta iminente. Ele tentou desviar a atenção que a Pequena Pele Vermelha devotava ao cachorro, mas foi totalmente em vão.

– Você ficará fora por muito tempo? – perguntou Barney com indiferença.

– Bem, a tia Ella quer que eu passe o inverno aqui, de toda forma.

Barbara Anne largou a gata com cuidado e deu a entender que estava indo embora.

– E provavelmente mais tempo ainda – deduziu Barney.

– Bem provavelmente – confirmou Barbara Anne.

– Na verdade, você acha provável que fique por lá? – indagou Barney.

– Bem, você sabe que existem oportunidades no Oeste – respondeu Barbara Anne. – Venha, Pequena Pele Vermelha. Está na hora de irmos. Já tomamos demais o tempo valioso dessas pessoas.

– Não quero ir – disse a Pequena Pele Vermelha. – Quero ficar e brincar com o Pat.

– Bem... – respondeu Barney.

Pat, a despeito da euforia que tomou conta dele quando a Pequena Pele Vermelha disse aquelas palavras, teve novamente aquela sensação estranha de que aquilo custaria a Barney, que subitamente parecia dez anos mais velho, muito mais do que ele poderia expressar com aquele "bem" tão delicado. Pat tinha sentido tantas emoções estranhas naquele dia que ele próprio deveria estar dez anos mais velho...

– Provavelmente, será maravilhoso para você – retomou Barney. – Eu sentiria sua falta... Se fosse ficar mais muito tempo no Morro. Mas também estou de partida.

Um sentimento imensurável de desolação assolou Pat. Pela primeira vez, ele desejou poder acordar. O sonho tinha deixado de ser lindo.

Barbara Anne apenas disse:

– Hã?

A Pequena Pele Vermelha, percebendo que seus comentários foram ignorados, voltou sua atenção novamente para Jiggs.

– Sim. A hipoteca finalmente será cobrada.

– Ah! – repetiu Barbara Anne.

Pat gostaria que a gata parasse de ronronar. O som parecia não estar em harmonia com todo o resto.

– Sim. É assim que as hipotecas funcionam, você sabe.

– Mas talvez...

– Não, não há mais dúvidas. Pursey entregou o ultimato ontem.

– Ah!

Os olhos alegres de Barbara Anne ficaram enevoados, sombrios, nublados. Pat sentiu que, se ela estivesse sozinha, teria chorado. Mas por quê? Havia mistérios demais nos sonhos. Até mesmo a Pequena Pele Vermelha era repleta deles. Por que, por exemplo, ela fingia estar tão envolvida com Jiggs quando ele, Pat, sabia muito bem que ela estava morrendo de vontade de mostrar a língua para ele novamente?

– É uma pena... uma pena! – exclamou Barbara Anne com indignação.

"Por que ela deveria se importar?", pensou Pat.

– Quatro gerações da sua família em Sometyme! – continuou ela. – E depois de você ter trabalhado tanto!

A Pequena Pele Vermelha abandonou Jiggs e tentou pegar a gata. Mas Pat não a deixou. Talvez, se ele não deixasse, ela mostrasse a língua novamente para ele.

– Se você não tivesse gastado tanto dinheiro nas cirurgias da tia Holly!

Barbara Anne estava ficando cada vez mais indignada. A Pequena Pele Vermelha estava tentando arrancar um espinho de um dedo do pé. Pat gostaria de ter a coragem de se oferecer para ajudá-la... De segurar um daqueles dedinhos sujos e bronzeados em sua mão... mas...

– E agora que ela está bastante bem e você pode se recuperar... Ele vai despejá-los!

O que "despejar" significava? A Pequena Pele Vermelha tinha conseguido arrancar o espinho sozinha e estava olhando para o mar distante. Pat percebeu que não gostava de mulheres tão autoconfiantes.

– Não culpo o Pursey – disse Barney. – Ele tem sido muito paciente, para ser sincero... Nem um único centavo de juros em mais de dois anos! Até mesmo agora... Se eu pudesse dar a ele uma perspectiva concreta de conseguir quitar... Mas, agora, não tenho mais como.

Pat tentou roubar Jiggs da Pequena Pele Vermelha, mas o cachorro se recusava a ser enganado. Como cachorros eram instáveis! E garotas também! Agora que não importava mais se ela mostraria a língua para ele ou não, é claro que ela não mostraria. Tudo bem! Ele demonstraria a ela o quanto se importava.

Pat começou a assoviar.

– Ah, sei quando fui vencido – disse Barney amarguradamente.

– O que você vai fazer?

A voz de Barbara Anne tinha repentinamente ficado muito suave.

– Ah, eu e a tia Holly não morreremos de fome. Recebi uma oferta de emprego em uma fazenda de raposas. Será suficiente para eu e a tia sobrevivermos com mais moderação.

– Você em uma fazenda de raposas! – exclamou Barbara Anne de um jeito um tanto caloroso.

– As pessoas precisam comer, você sabe. Mas confesso que não me sinto muito entusiasmado com a ideia de tomar conta de animais enjaulados.

A amargura na voz de Barney era terrível. Quase fez Pat esquecer a Pequena Pele Vermelha e sua língua. Sim, estava mesmo na hora de acordar.

Barbara Anne afrouxou o cachecol azul, como se ele a enforcasse. Ela baixou ainda mais o tom de voz, mas Pat ainda podia ouvi-la. É claro, nos sonhos, ouvia-se tudo. E o que é que ela estava dizendo? Pat realmente se esqueceu da Pequena Pele Vermelha desta vez.

– Se... se você tivesse solicitado a guarda quando Stephen Brewster faleceu! Você tem tanto direito à guarda do menino quanto aquele pessoal da cidade. Até mais... até mais! Eles são apenas meio-parentes. Você conseguiria quitar a hipoteca a tempo... Você sabe que eu queria que você fizesse isso! Mas os homens nunca dão ouvidos às mulheres!

Do que é que ela estava falando? Os sonhos eram *mesmo* estranhíssimos. A Pequena Pele Vermelha tinha pisado em outro espinho, mas, naquele momento, Pat não se importava nem um pouco se os dedos dela estavam repletos de espinhos. O que Barbara Anne sabia sobre o tio Stephen? E qual a relação do Barney com ele?

Barney se encolheu. A Pequena Pele Vermelha também – ou ao menos fingiu. Talvez o espinho estivesse realmente machucando. Pat não sabia e não se importava.

– Eu... não conseguiria me qualificar, Barbara Anne. Esta fazenda velha, fora de mão... – Pat pensou que ele *não podia* estar falando de Sometyme. – Apenas uma escola no distrito... – Havia apenas uma escola no distrito de Ingleside? Esse pensamento aturdiu Pat. – E apenas a velha tia Holly para tomar conta dele. Não seria justo com o menino.

– Muito mais justo do que você pode imaginar – disse Barbara Anne com indignação. – Homens são as criaturas mais estúpidas...

A Pequena Pele Vermelha parecia concordar totalmente com ela.

– E o meu orgulho...

– Ah, sim, o seu orgulho! – esbravejou Barbara Anne, com tanta violência que até mesmo a Pequena Pele Vermelha deu um pulo e Jiggs olhou em volta procurando um possível cachorro estranho. – Não precisa me falar nada sobre o seu orgulho. Eu conheço bem. Você sacrificaria qualquer coisa... qualquer pessoa... por causa dele!

Pat sentia que não deveria deixar que ela dissesse aquelas coisas a Barney. Mas como poderia impedi-la? E ele *precisava* saber qual era a relação do tio Stephen com aquilo tudo, mesmo que a Pequena Pele Vermelha nunca mais mostrasse a língua para ele novamente. Ela não parecia querer... Estava interessada apenas nos espinhos dos cardos. Era melhor deixá-la em paz, então.

– Não exatamente – retrucou Barney. – Mas também não tenho sangue de barata. Todos os Brewsters menosprezaram a minha irmã quando o pai do Pat se casou com ela, como se ela fosse algum tipo de inseto. Você sabe disso tão bem quanto qualquer um.

– Quem eram os Brewsters? – respondeu Barbara Anne com desdém. – Todos sabem como *eles* enriqueceram. E eles não tinham mais nada de que se vangloriar. Duas gerações, contra seis dos Andrews.

– Bem, eu não iria me rastejar diante deles – insistiu Barney teimosamente. – E, de toda forma, eles não permitiriam que eu ficasse com ele.

– O advogado Atkins não o notificou?

– Ah, sim...

– E eles não poderiam impedi-lo se ele quisesse vir. O advogado Atkins é um homem justo. E todos conhecem o testamento de Stephen Brewster.

– Ele fez de propósito, para me aterrorizar – comentou Barney amargamente. – Pensou que eu solicitaria a guarda e o garoto riria de mim. Como ele, de fato, teria feito.

– Tem tanta certeza assim? Você deveria consultar o doutor Blythe a respeito desse assunto. Ele conhece muito bem os Brewsters.

– Já o ouvi diversas vezes. Você diz que todos conhecem o testamento. Então todos também sabem que o garoto precisa tomar sua própria decisão. Você acha que um garoto que cresceu em Oaklands escolheria isto *aqui*?

Barney apontou para o portão em frangalhos, para a antiga casa de ripas que precisava muito de uma pintura e para a ceifadeira obsoleta no quintal.

Mas, para Pat, ele parecia estar apontando para o barco de petúnias, para Jiggs e para o quarto com a porta para o jardim; para a longa planície mais adiante, para uma escola oculta onde ele seria "Pat" entre os meninos, e a

Pequena Pele Vermelha estaria sentada em um lugar onde poderia mostrar a língua para ele sempre que quisesse. Se um dia ela quisesse fazê-lo novamente.

Pat se levantou, tremendo, e caminhou até Barney. Ele não sabia se conseguia falar, mas precisava tentar. Havia coisas que precisavam ser ditas, e parecia que ele era o único que poderia ou se atreveria a dizê-las. A Pequena Pele Vermelha deixou os cardos de lado e olhou para ele com uma expressão peculiar. Jiggs abanou o rabo como se soubesse que algo estava prestes a acontecer.

– Você é meu tio – afirmou ele.

Seus olhos cinza encararam os olhos azuis de Barney... Os olhos de Barney estavam repletos de dor. Como era estranho que ele não tivesse visto a dor por trás do riso antes!

Barney se sobressaltou. Será que o garoto tinha ouvido tudo? Barbara Anne também se sobressaltou. Bem como a Pequena Pele Vermelha, mas talvez tivesse sido por causa de um espinho bem grande. Jiggs começou a abanar o rabo com mais força do que nunca... A gata pareceu ronronar duas vezes mais alto... E todos os patos começaram a grasnar ao mesmo tempo.

– Sim – confirmou Barney lentamente. – Sou o irmão mais novo da sua mãe. Eu era apenas um garoto quando ela se casou com o seu pai. Esta era a casa dela.

– Eu... Eu acho que já sabia – comentou Pat. – Mas não sei como poderia saber.

– Se você não sabia, você *sentiu* – disse Barbara Anne. – As pessoas muitas vezes *sentem* coisas que não têm como saber. Eu frequentei a escola com a sua mãe. Ela era mais velha do que eu, é claro, mas era um doce de pessoa.

– Eu quis ir visitá-lo muitas vezes, Pat – contou Barney. – Só o vi uma vez quando você tinha cinco anos. Ela o trouxe aqui um dia, quando Stephen Brewster estava fora da cidade.

– Eu lembro – gritou Pat. – Eu *sabia* que tinha estado aqui antes.

– Mas a família do seu pai nunca mais permitiu que você voltasse aqui – explicou Barney. – E, quando ela faleceu... pensei que não adiantaria de nada. Fui a Ingleside quando fiquei sabendo que você estava lá visitando... mas cheguei um dia atrasado. Você já tinha ido... para casa.

– Casa! – exclamou Pat. E "casa" repetiu a Pequena Pele Vermelha, apenas pela diversão da mímica e para fazê-lo reparar nela.

Então, ele deixou tudo de lado. Apenas uma coisa realmente importava.

– Como você é meu tio, eu quero morar com você – disse ele. – *Você* não ficaria comigo só por causa do meu dinheiro, não é?

– Eu ficaria feliz se pudesse tomar conta de você mesmo que você não tivesse um centavo – respondeu Barney com sinceridade.

– Você tomaria conta de mim só porque eu sou *eu*? – indagou Pat.

– Sim. Mas serei sincero com você, Pat. O dinheiro significaria muito para mim.

– Significaria... Poderia manter a Fazenda Sometyme – concluiu Pat com perspicácia.

– Sim.

– E você me daria broncas quando eu merecesse?

– Se eu tiver permissão – respondeu Barney, lançando um olhar peculiar na direção de Barbara Anne, que se recusava a olhar para ele e parecia totalmente entretida com Jiggs.

A Pele Vermelha continuava ocupada com os cardos. Pat estava confuso. Quem iria ou não iria "permitir" que ele fosse reprimido? Certamente, a tia Holly não interferiria. Mas a grande questão ainda não estava resolvida.

– Eu *preciso* morar com você – disse ele com determinação. – Eu posso, você sabe. Posso escolher com quem vou morar.

Sim, Bernard Andrews sabia disso. E sabia que seria por um tempão. Mas ele sabia que o advogado Atkins era um homem honesto e não gostava de nenhum dos Brewsters.

E ele sabia, ao olhar para os olhos suplicantes de Pat, que não se tratava de uma questão de guarda legal... Ou de dois mil dólares por ano... Não, não se tratava nem de Barbara Anne, que estava escutando tudo atentamente, embora fingisse brincar com Jiggs... Mas de duas almas que pertenciam uma à outra e uma criança que tinha o direito de amar e de ser amada.

– Você conseguiria ser feliz aqui, Pat?

– Feliz? Aqui?

Pat olhou para a casa de Sometyme... E para Barbara Anne e para a Pequena Pele Vermelha, que imediatamente mostrou a língua para ele e pareceu se esquecer dos cardos.

– Ah, tio Barney! Tio Barney!

– O que você diz, Barbara Anne? – perguntou Barney.

– Tenho certeza de que isso não me diz respeito – respondeu Barbara Anne.

É claro que não dizia, pensou Pat. Mas ele se perguntou por que Barney teria rido subitamente... uma risada de verdade... jovial, esperançosa. Tão diferente de outras risadas que Pat já tinha ouvido dele.

E Barbara Anne também riu. Ela fingiu que estava rindo das peripécias da Pequena Pele Vermelha, mas, de alguma forma, Pat sabia que não era. Independentemente do motivo pelo qual ela estava rindo, era o mesmo que fazia Barney rir. A Pequena Pele Vermelha também riu, simplesmente porque todo mundo estava rindo, e mostrou a língua. Pat decidiu que, na próxima vez que ela fizesse aquilo, ele faria alguma coisa... Ele não sabia o quê, mas faria. Garotas não podiam pensar que podiam fazer o que quisessem com suas línguas só porque eram garotas. Não, senhor!

Que rubor adorável estava corando as bochechas de Barbara Anne. Era uma pena que ela estivesse indo embora! Pat sentiu que gostaria de tê-la por perto. Mas ao menos ela não levaria a Pequena Pele Vermelha para longe. E por que, enfim, Barney não tinha respondido à sua pergunta? Afinal de contas, era a única coisa que importava.

– Parece que milagres realmente acontecem – disse Barney por fim. – Bem, cá estamos nós, Pat. Será uma bela briga...

– Por que precisa haver uma briga? – indagou Pat. – Eles todos ficarão felizes de se livrar de mim. Nenhum deles gosta de mim.

– Talvez não... mas eles gostam... Bom, vamos deixar isso para lá. Nós temos o mesmo sangue, aparentemente. Sometyme está pronta para você.

Pat sentou-se sobre o balde novamente. Ele sabia que suas pernas não o aguentariam nem mais um minuto. Ele não conseguia entender o que Barney queria dizer com uma briga, mas sabia que Barney venceria. E qual era o problema com Barbara Anne? Ela certamente não deveria estar chorando.

Ele ficou contente quando a Pequena Pele Vermelha lhe mostrou a língua. Tornava as coisas mais reais. Afinal de contas, não poderia ser...

– Isto não é um sonho, é? – perguntou ele com muita ansiedade.

– Não, embora pareça ser um, para mim – respondeu Barney. – Tudo é bem real. Você tinha razão, Barbara Anne. Eu devia ter pedido a guarda dele há muito tempo.

– Milagres realmente acontecem! – brincou Barbara Anne. – Um homem assumindo que estava errado!

Ela *estava* chorando... Havia lágrimas de verdade em seus olhos. Os adultos eram engraçados. E ele não conseguia entender por que a língua da Pequena Pele Vermelha não estava completamente gasta àquela altura. Ele não permitiria, contudo, que ela continuasse mostrando-a para ele, embora não soubesse exatamente como faria para detê-la. Imagine se ela começasse a mostrar a língua para outro garoto! Bem, ele simplesmente não aceitaria isso.

De repente, ele se lembrou de suas boas maneiras e as recobrou rapidamente. Ele não devia causar uma má impressão ao tio Barney. *Tio* Barney! Como soava bem! Tão diferente de "tio Stephen", "tio John", ou mesmo "tio Frederick".

– Obrigado, tio Barney – disse ele. – É terrivelmente gentil da sua parte me acolher.

– Terrivelmente – concordou Barney.

Ele estava rindo novamente... E Barbara Anne estava rindo em meio às lágrimas. Até mesmo a Pequena Pele Vermelha... Qual era o nome dela, afinal? Ele precisava descobrir o quanto antes. Ele jamais permitiria que um estranho a chamasse de "Pele Vermelha". E como ele chamaria Barbara Anne? Não que importasse. Ela estava de partida. Era por isso que estava chorando?

– Eu... eu gostaria... eu gostaria que você não estivesse indo para o Oeste – disse ele delicadamente.

E suas palavras eram genuínas, do fundo do coração.

– Ah!

Barney riu novamente. Uma risada grave, longa, contagiosa. Pat sentia que aquele som poderia fazer qualquer pessoa rir. Até mesmo o tio Stephen. Ou a senhorita Cynthia Adams. O que, pensou Pat, seria o maior milagre de todos naquele dia milagroso. Que aniversário formidável!

Pat sentia, quando ouviu Barney rir, que, se ouvisse aquela risada com frequência, logo ele estaria rindo também. Como acontecia em Ingleside. Pat muitas vezes refletiu sobre o riso por lá. Ora, até mesmo o doutor e a senhora Blythe riam tanto quanto todos os demais. Ele tinha até mesmo escutado Susan Baker rir. Ele poderia ir com mais frequência a Ingleside agora, tinha certeza disso. Talvez Walter pudesse visitá-lo de vez em quando em Sometyme. Pat tinha a impressão de que, embora eles morassem longe, o doutor Blythe era o médico da tia Holly.

De todo modo, o riso não seria mais tolhido de sua vida. Sempre que ele ria, parecia irritar o tio Stephen. E será que ele tinha ouvido alguma risada verdadeira na casa da tia Fanny, da tia Melanie ou da tia Lilian? Bem, talvez os filhos da tia Fanny rissem... Mas não era o mesmo tipo de riso que se ouvia em Ingleside ou mesmo em Sometyme. Pat subitamente percebeu que havia uma diferença no riso. Às vezes, você ria simplesmente porque sentia vontade de rir. Outras vezes, ria porque outras pessoas riam e você sentia que deveria acompanhá-las. Repentinamente, ele riu da Pequena Pele Vermelha. Riu porque queria rir.

– Do que você está rindo? – quis saber ela.

– Da sua língua – respondeu Pat, surpreso consigo mesmo.

– Se você rir da minha língua, vou dar um soco no seu queixo – ameaçou a Pequena Pele Vermelha.

– Não quero ouvir você falar desse jeito.

– As pessoas falam assim na escola – protestou a Pequena Pele Vermelha, embora parecesse um tanto envergonhada.

– *Você* não deve falar assim, não importa o que façam na escola – reiterou Barbara Anne. – Lembre-se de que você é uma dama.

– Por que as damas não podem falar como homens? – quis saber a Pequena Pele Vermelha.

Barbara Anne não respondeu. Ela estava ouvindo Barney com muita atenção.

E *o que* Barney estava dizendo?

– Ah – disse Barney, ainda rindo. – Barbara Anne não vai mais para o Oeste.

– Para onde ela vai? – indagou Pat.

– Ah, essa é a questão. Para onde você vai, Barbara Anne?

– Eu... talvez me mude para o outro lado da rua – respondeu ela. – O que você acha dessa ideia, Barney?

– Acho ótima – disse ele.

– Já que você me honrou ao pedir meu conselho – continuou Barbara Anne em um tom atrevido –, eu... acho que vou acatá-lo... Desta vez.

Pat teve a sensação de que tanto Barney quanto Barbara Anne gostariam que ele e a Pequena Pele Vermelha estivessem a quilômetros de distância. Estranhamente, ele não se ressentiu com aquilo.

No entanto, havia mais uma coisa que ele *precisava* descobrir primeiro. Então, ele perguntou à Pequena Pele Vermelha se ela gostaria de ir ver os filhotes.

– Aonde Barbara Anne vai? – insistiu ele. – Não há outra propriedade do outro lado da rua além de Sometyme.

Tanto Barney quanto Barbara praticamente berraram de tanto rir.

– Acho que precisaremos deixar que ela viva aqui... conosco... em Sometyme – disse Barney. – Você estaria disposto a tê-la por aqui?

– Eu adoraria – respondeu Pat solenemente. – A Pequena Pele Vermelha também virá?

– Receio que os pais dela não vão querer abrir mão dela – disse Barney. – Mas acho que você a verá bastante... até demais, talvez.

– Besteira! – exclamou Pat.

Ele nunca tinha ousado dizer "besteira" para qualquer pessoa na vida antes. Mas podia-se falar livremente em Sometyme. E o que a Pequena Pele Vermelha estava dizendo?

– Vamos dar uma olhada nos filhotes – chamou ela. – Talvez minha mãe me deixe ficar com um, apesar de já terem prometido o mais bonito para Walter Blythe. Eu não gosto do Walter Blythe, você gosta?

– Por que você não gosta dele? – quis saber Pat, sentindo que amava Walter Blythe com todo o coração.

– Ele não se importa se eu mostro a língua para ele ou não – explicou a Pequena Pele Vermelha.

Eles foram ver os filhotes, deixando Barney e Barbara Anne sozinhos, olhando um para o outro… Ao menos enquanto eles ainda estavam ao alcance da vista.

– Você comprará uma bela briga com os Brewsters! – comentou Barbara Anne.

– Posso lutar contra o mundo todo que eu venceria agora – respondeu Barney.

Missão fracassada

Lincoln Burns tinha colocado uma placa em seu portão de entrada, avisando que as pessoas poderiam ficar à vontade para pegar uma maçã de seu pomar. Aquilo mostrava o homem bondoso que ele era, como dissera Anne Blythe.

E todos concordavam que ele tinha sido bom com sua mãe. Nem todos os filhos a teriam aguentado com tanta paciência. Ele cuidara dela durante anos, fazendo boa parte das tarefas domésticas também, pois nenhuma "garota" ficava por muito tempo... elas não conseguiam suportar a língua afiada da velha. Mas ele sempre fora pacato... "Lincoln Burns, o atrasado" era como as pessoas o chamavam, porque ele nunca chegava no horário em nenhum evento e tinha o hábito adorável de chegar à igreja bem quando o sermão havia terminado. Ele nunca fora conhecido por se "exaltar" com qualquer coisa. Não tinha fogo suficiente para se enraivecer, era o que Susan Baker, de Ingleside, costumava dizer.

E, agora, a senhora Burns havia morrido... para surpresa de todos. Realmente não era de esperar que ela faria algo tão definitivo quanto morrer. Nos últimos dez anos, ela vivera entre a vida e a morte, uma inválida rabugenta, irracional e mal-humorada. As pessoas diziam que o doutor Blythe deveria ter ganhado uma fortuna com ela.

Agora, ela estava deitada imóvel na velha sala, enquanto os flocos de uma nevasca tardia e irracional caíam suavemente do lado de fora, encobrindo com uma ternura nebulosa a paisagem nada bela do início da primavera. Sua beleza agradava Lincoln, que gostava das coisas daquele jeito. Ele estava se sentindo muito solitário, embora poucos, à exceção do doutor e da senhora Blythe, acreditassem. Todos, incluindo sua mãe, pensavam que a morte dela seria um alívio para ele.

– Você logo será libertado do fardo que sou para você, como diz Susan Baker – dissera ela na noite antes de morrer, como volta e meia dizia nos últimos dez anos de vida.

Susan Baker, no entanto, nunca dissera aquilo.

– Conhecendo a criatura como eu conheço, cara senhora Blythe, ela vai viver até os noventa anos – era o que ela dizia.

Mas Susan estava errada. E Lincoln estava feliz por ter respondido:

– Ora, mamãe, a senhora sabe que eu não acho que seja um fardo para mim.

Sim, ele sabia que iria se sentir muito sozinho. Sua mãe conferia certo propósito e significado à sua vida: agora que ela se fora, ele se sentia assustadoramente perdido e sem chão. E Helen logo estaria em sua cola para ele se casar... Lincoln tinha certeza disso. Sua mãe a protegia de Helen, embora sempre fingisse achar que ele estava louco para se casar.

– Você só está esperando que eu morra para se casar – costumava dizer em um tom repreensivo.

Era bastante inútil, para Lincoln, garantir a ela de um modo convincente que ele não tinha intenção alguma de se casar.

– Quem é que vai querer um velho solteirão como eu? – costumava dizer, tentando ser jocoso.

– Várias mulheres o agarrariam em um piscar de olhos – ralhou a senhora Burns. – E, quando eu não estiver mais aqui, uma delas se lançará sobre você. O doutor Blythe trocou o meu remédio de novo. Às vezes, eu acho que ele está ansioso para se livrar de mim... E talvez da Susan Baker também. Dizem que a senhora Blythe é conhecida por formar casais.

– Não sou jovem – respondeu Lincoln, rindo –, mas Susan Baker é um pouquinho velha para mim.

– Ela só tem quinze anos a mais. Ela pensa que eu não sei a idade dela, mas eu sei. E você é tão pacato que se casaria com qualquer pessoa que chegasse e pedisse, apenas para se livrar do incômodo de recusar. Não sei o que foi que eu fiz para ter um filho tão pacato.

Lincoln poderia ter dito que ela tinha é muita sorte por ele ser assim. Mas não disse. Nem sequer pensou nisso.

– Mamãe está com uma aparência boa, não está? – disse ele a Helen, que tinha acabado de entrar.

A senhora Marsh tinha chorado... Ninguém sabia por quê. Ela achava Lincoln extremamente insensível por não ter chorado.

– Linda... – ela soluçou. – Linda... e tão natural.

Lincoln não achava que sua mãe parecia natural. Seu rosto estava tranquilo e pacífico demais. Ele achava, contudo, que ela parecia curiosamente jovem. Desde que ele se entendia por gente, sua mãe era velha, enrugada e rabugenta. Pela primeira vez, ele compreendia por que seu pai havia se casado com ela. Ela tinha ficado muito doente e realmente sofrido. Até mesmo Susan Baker admitia isso, e o doutor Blythe sabia.

Lincoln suspirou. Sim, a vida seria um tédio sem sua mãe. E difícil.

– O que você vai fazer agora, Lincoln? – perguntou sua irmã depois que o funeral terminou e todos foram embora, exceto Helen, que ficara para fazer o jantar dele.

A senhora Blythe havia se oferecido para deixar Susan Baker ficar e ajudar, mas Helen não gostava muito da Susan Baker, nem Susan Baker dela. Os Bakers e os Burns nunca se "entenderam". Além disso, era sabido que Susan Baker lamentava sua solteirice. E também a senhora Blythe era conhecida por formar casais. E Lincoln era extremamente pacato.

Era a pergunta que Lincoln temia. Mas ele pensou que Helen esperaria um tempinho antes de tocar no assunto. Helen, em contrapartida, nunca foi de deixar as coisas para depois. Não havia nada de pacato nela.

– Acho que precisarei me virar como o pessoal de Avonlea – respondeu ele de um modo ameno..

Helen se irritou.

– O que eles fazem lá em Avonlea?

– Fazem o melhor que podem – respondeu Lincoln, com ainda mais doçura.

– Ah, cresça – retrucou Helen com rigidez. – Não acho que seja decente gracejar desse jeito antes de a pobre mamãe estar gelada no túmulo.

– Não era para ser uma piada – garantiu Lincoln.

Sua intenção era de que fosse uma reprimenda. Também não era uma ideia original. Ele tinha ouvido o doutor Blythe dizer aquelas palavras mais de uma vez.

– Mas você nunca teve sensibilidade alguma, Lincoln. E sua situação atual não é motivo de piada. Não sei de pessoa alguma que você possa contratar como governanta. Lincoln, você simplesmente *precisa* se casar. Deveria ter se casado nesses últimos dez anos.

– Quem é que aceitaria morar aqui, com a mamãe?

– Muitas aceitaram. Você apenas transformou a mamãe em uma desculpa por ser preguiçoso demais para cortejar as moças. Eu o conheço, Lincoln.

Lincoln não achava que ela o conhecesse nem um pouquinho, a despeito do parentesco e do fato de serem vizinhos. No entanto, eles sempre tiveram perspectivas diferentes da vida. Helen queria tornar sua jornada próspera. Lincoln queria torná-la linda. Para ele, não importava tanto se a colheita de trigo fosse ruim, desde que o outono trouxesse os crisântemos e os solidagos.

Como outros homens de Mowbray Narrows, ele estava acostumado a percorrer o perímetro de sua fazenda todo domingo. Mas não era, como para os outros, com o intuito de ver como estavam suas plantações e seus pastos ou analisar o crescimento das ovelhas. Era, na verdade, pelo bem de seu amado bosque nos fundos... Pequenos campos com jovens abetos ao redor... Pastagens cinza e ventosas de crepúsculo... Ou uma trilha onde as sombras se espalhavam.

– Aquele homem sabe o que é viver – dissera Anne Blythe, certa vez, para o marido.

– Ele não é muito prático – comentou Susan Baker –, mas suponho que um homem com a mãe que ele tem precise de um pouco de consolação.

– Lena Mills o aceitaria – continuou Helen. – Ou Jen Craig... embora ela seja vesga... Ou talvez até mesmo Sara Viles aceite... Ela não é tão jovem assim. Mas você não pode se dar ao luxo de ser exigente. Apenas siga meu conselho, Lincoln. Comece agora mesmo e arranje uma esposa. Isso fará de você um homem.

– Mas eu não quero virar homem – protestou Lincoln num tom de lamúria. – Pode ser inconveniente, como diz o doutor Blythe.

Helen o ignorou. Era a única forma de lidar com Lincoln. Se você desse a ele uma chance, ele tagarelaria besteiras sem parar... sobre o jardim... ou sobre as perdizes que vinham toda noite de inverno aos mesmos bordos, e coisas sem sentido como essas, em vez de discutir os preços do mercado e pragas de batatas.

– Você precisa se casar e isso é tudo, Lincoln. Não me importo com quem seja, desde que ela seja respeitável. Você não pode continuar cuidando da fazenda e preparando suas próprias refeições. Você acabou se transformando em uma velha. Pense no conforto de chegar cansado em casa e ter uma boa refeição pronta e a casa arrumada.

Sim, Lincoln às vezes pensava nisso. Ele admitia para si mesmo que a ideia era bastante atraente. Mas havia outras coisas além de conforto e de uma casa arrumada, como o doutor Blythe certa vez alertara, quando algumas fofocas correram a região.

E Helen não sabia nada dessas coisas. Ele se lembrava de ter, uma vez, passado de automóvel por Ingleside em uma noite fria de outono. Um aroma delicioso de carne sendo frita chegou até ele. Sem dúvida, Susan Baker estava preparando o jantar do médico. Nenhuma refeição que ele fizera na vida tinha lhe provocado tanto prazer quanto aquele aroma... aquele banquete de amor.

E, como a senhora Blythe dissera certa vez, não havia nenhuma consequência de saciedade ou indigestão.

– Você pode se cansar da realidade... Mas nunca se cansa dos sonhos – dissera ela.

Aquela noite, Lincoln ficou caminhando entre sua casa e o celeiro noite adentro, até altas horas. Ele invejava o doutor Blythe.

Ele sempre gostou de ficar ao ar livre à noite... Para ficar parado em seu morro e observar as estrelas em uma solitude linda... Para andar para cima e para baixo sob árvores silenciosamente sombrias, que tinham algum parentesco com ele... Para desfrutar da beleza da escuridão ou do cristal azul fino do luar.

Se ele se casasse com qualquer uma das mulheres que conhecia, será que poderia fazer isso? Ele morria de medo de ter de casar. Helen havia tomado sua decisão e não o deixaria em paz. Ela conseguiria o que queria, de alguma forma.

Bem, de certo modo, talvez ela tivesse razão. Talvez fosse melhor se ele fosse casado. Mas ele não conhecia nenhuma pessoa de quem gostasse o suficiente a ponto de cortejar. Lena Mills... Sim, ela era uma boa moça... "Uma moça hábil", ele ouvira Susan Baker dizer certa vez... Lincoln estremeceu. Jen Craig também não era de todo mal, mas os Craigs sempre foram terrivelmente afoitos por dinheiro, e um dos olhos de Jen era estrábico. Ele sentia que Jen o faria vender seu arvoredo e lavrar seu velho pomar aromatizado de cominho... Aquele que a senhora Blythe tanto admirava porque a lembrava demais de sua antiga casa em Avonlea.

Lincoln sabia que faria qualquer coisa que uma mulher pedisse.

– Um bom rapaz, aquele Lincoln Burns – dissera o doutor Blythe para a esposa certa vez –, mas não tem colhões.

– Bem, caro doutor – respondeu Susan Baker –, ele é assim e não pode evitar.

Sara Viles? Ah, sim, Sara era uma boa moça... Uma garota magra e morena, com olhos castanhos, muito esperta e sarcástica. Interessante. Mas ele tinha um pouco de medo da esperteza e do sarcasmo dela. Ela sempre o fazia se sentir estúpido. A senhora Blythe era esperta e podia ser sarcástica, mas Lincoln tinha certeza de que ela nunca fazia o doutor se sentir estúpido.

Tudo se resumia ao fato de que ele sabia que ninguém o entenderia tão bem quanto ele entendia a si mesmo.

No entanto... estava claro que Helen tinha decidido que ele se casaria com uma delas. Como ele poderia escapar? Ele quase decidiu consultar o doutor ou a senhora Blythe. Mas duvidava muito que até mesmo eles conseguiriam ser páreo para a Helen.

De súbito, uma lembrança veio à sua mente... De um passado obscuro que todos, menos ele, haviam esquecido.

Ele tinha uns dez ou onze anos e fora com a mãe visitar o tio Charlie Taprell, que morava em Hunger's Cove. A visita fora uma agonia para o garoto tímido. Ele ficou sentado rigidamente na ponta de uma cadeira dura, em uma sala feia... uma sala muito feia! A lareira estava repleta de vasos feios, e as paredes, cobertas de litografias feias, e os móveis eram abarrotados de rosas feias. E sua mãe tinha sinceramente achado tudo aquilo lindo.

Além disso, suas três primas, Lily, Edith e Maggie, ficaram sentadas juntas no sofá, rindo dele. Elas não eram feias... eram consideradas garotinhas bonitas, com bochechas redondas e rosadas e olhos redondos e brilhantes. Mas Lincoln não as admirou; ele estava com medo delas e manteve os olhos resolutamente fixos em uma enorme rosa roxa a seus pés.

– Ah, você é o garoto acanhado! – disse Edith, rindo.

– Com qual de nós você se casará quando crescer? – perguntou Lily.

Todas riram, e os adultos gargalharam.

– Vou pegar a fita métrica da mamãe e medir a boca dele – disse Maggie.

– Por que você não conversa com as suas primas, Lincoln? – perguntou sua mãe, irritada. – Elas pensarão que você não tem modos.

– Talvez o gato tenha comido a língua dele – comentou Lily, rindo.

Lincoln se levantou desesperado, sentindo-se perseguido.

– Eu gostaria de sair, mamãe – pediu ele. – Este lugar é refinado demais para mim.

– Você pode ir até a praia se quiser – respondeu a tia Sophy, que até que gostava do garoto. – Ora, Catherine, o que poderia acontecer com ele? Ele não é um bebê. As minhas filhas gostam demais de provocar. Eu vivo dizendo isso a elas. Elas não entendem.

Esse era o problema com todo mundo. Ninguém o entendia. Lincoln nunca mudou de opinião.

Ele respirou profundamente aliviado quando saiu da casa. Entre a propriedade e a enseada havia um bosque de abetos velhos e caquéticos e, mais adiante, um campo onde todos os ranúnculos do mundo pareciam estar desabrochando. No meio do caminho, Lincoln a encontrou... uma garotinha talvez um ano mais nova que ele... uma menina que olhou para ele timidamente com seus tranquilos olhos azuis-acinzentados... da cor do porto em um dia de sol entre nuvens... mas ela não riu dele.

Lincoln, que tinha medo de todas as menininhas, não sentiu nem um pingo de medo dela. Eles desceram até a orla, tímidos, mas contentes, e fizeram tortas de areia. Ele não conseguia sequer se lembrar se ela era bonita ou não, mas ela tinha uma voz suave e linda, e mãos morenas magras. Ele descobriu que seu nome era Janet e que ela vivia em uma casinha branca do outro lado do bosque de abetos.

Ele deu a ela uma conta azul e prometeu que, na próxima vez que fosse até lá, ele lhe daria uma concha das Índias Ocidentais que tinha em casa. Ele também prometeu que, quando crescesse, voltaria e se casaria com ela. Ela pareceu bastante contente com isso.

– Espere por mim – suplicou Lincoln. – Vai levar muito tempo até eu crescer. Você não se cansará de esperar, não é?

Ela meneou a cabeça. Não era uma garota tagarela. Lincoln não conseguia se lembrar de muitas coisas que ela dissera. Quando sua mãe foi chamá-lo no campo de ranúnculos, ele a deixou lá, colocando as uvas-passas de pedrinhas em sua enorme torta de areia. Ele olhou para trás antes de uma duna ocultá-la de sua visão e acenou para ela.

Ele nunca mais a viu. A essa altura, ela estaria na meia-idade e casada, é claro. Mas ele sentiu, repentinamente, que gostaria de ter certeza disso. E como? Ele sequer sabia seu sobrenome.

A lembrança dela o perseguiu durante todo o verão. Aquilo era curioso... Ele não pensava nela havia anos. Provavelmente, era a maldita ladainha de Helen sobre casamento que tinha trazido tudo à tona. Ele não queria se casar, mas pensava que se não se importaria tanto assim se conseguisse encontrar alguém como a senhora Blythe ou... ou se ele conseguisse encontrar aquela garotinha da praia e descobrisse que ela não havia se casado.

Certa noite, após acordar de um sonho terrível em que ele tinha se casado com Lena, Jen e Sara, todas ao mesmo tempo, com Susan Baker de presente, ele decidiu que tentaria descobrir.

Com uma disposição muito surpreendente em se tratando de Lincoln, ele partiu no dia seguinte, a despeito do fato de que, em uma conversa recente, o doutor Blythe tivesse dito:

– Não se case até encontrar a mulher certa, Lincoln, não importa o quanto a sua família o importune.

– *Você* teve a sorte grande de encontrar a sua na juventude – comentou Lincoln. – Na minha idade, é preciso aceitar o que aparecer.

Ele pegou o cavalo e a charrete e saiu trotando pela longa estrada entre sua casa e a casa do tio Charlie, com o pavor e uma esperança estranha misturados em seu coração. Ele sabia que estava partindo em uma missão fracassada, mas e daí? Ninguém mais precisava saber dessa sua tolice. Não havia nada de errado em um rapaz ir visitar o tio.

E ele se lembrava de a senhora Blythe dizer que havia vezes em que era bom ser tolo. Fazia você sentir que estava mergulhando diretamente no passado.

Ele nunca mais tinha, na verdade, ido à casa do tio Charlie desde aquela longínqua tarde. Seria diferente agora. Suas primas provocadoras estariam casadas, e só o velho tio Charlie e a tia Sophy estariam lá. No entanto, eles o receberam de braços abertos. A sala era tão feia quanto sempre foi... Lincoln se perguntou como tamanha feiura poderia ter durado tantos anos. Era de se pensar, como a senhora Blythe disse, que Deus teria se cansado daquilo há muito tempo.

– A vida não pode ser toda bela, menina Anne – dissera o médico solenemente. Ele já tinha visto muita dor e sofrimento. – Mas existe muita beleza no mundo, de toda forma. Pense em Lover's Lane.

– E na Lua surgindo por trás das árvores no Bosque Assombrado – concordou Anne.

Mas a similaridade lhe passou a sensação reconfortante de realmente ter voltado ao passado. Por sorte, eles jantaram na velha cozinha ensolarada, onde as coisas não eram "refinadas demais", e Lincoln não sentiu dificuldade alguma em conversar com o tio Charlie. Ele até, após muitos falsos começos, conseguiu se forçar a perguntar quem vivia naquela pitoresca casinha branca do outro lado do bosque de abetos.

– Os Harvey Blake – respondeu tio Charlie.

– E Janet – complementou tia Sophy.

– Ah, sim, Janet – lembrou tio Charlie vagamente, como se a existência de Janet não significasse muito.

Lincoln percebeu que sua mão tremia enquanto largava a xícara de chá. Ele meneou a cabeça quando tia Sophy lhe ofereceu bolo. Bastava para ele.

– Então… Essa Janet… Ainda mora ali? – indagou ele.

– E provavelmente continuará morando – respondeu Tio Charlie, com o desdém inconsciente que os homens sentem pelas solteironas.

– Janet é uma moça adorável – protestou tia Sophy.

– Muito quieta – disse tio Charlie. – Quieta demais. Os garotos gostam de moças com mais disposição. Como a senhora Blythe. Ela é uma boa mulher. E eu não a conhecia até a Sophy ter pneumonia, no inverno passado. Posso jurar que ela foi melhor para nós que o médico.

Lincoln admirava a senhora Blythe tanto quanto qualquer um, mas, depois de todos os anos da tagarelice incessante de sua mãe, ele sentia que a quietude não era uma desvantagem em uma mulher. Ele se levantou.

– Acho que vou caminhar até a praia – anunciou ele.

Ele pretendia ir até a casinha branca, mas lhe faltou coragem. Afinal de contas, o que ele poderia dizer? Ela não se lembraria dele. Ele daria uma olhada na enseada e iria para casa.

Ele atravessou o campo que há muito costumava ser a glória dos ranúnculos e agora era uma pastagem, pontilhada por tufos de trevos jovens. Não ficou surpreso ao ver uma mulher parada no final da viela de areia, olhando para o mar. De alguma forma, tudo se encaixava… Como se tivesse sido planejado anos antes. Ele estava bem próximo quando ela se virou.

Ele pensou que a teria reconhecido em qualquer lugar… os mesmos olhos azuis-acinzentados tranquilos e as mesmas mãos bonitas. Ela olhou para ele com certa curiosidade, como se pensasse que não estava olhando para um estranho, mas sem ter certeza.

– A torta de areia está pronta? – perguntou Lincoln.

Era uma coisa louca a se dizer, é claro… Mas as coisas não eram todas um pouco loucas hoje em dia? Não eram bem normais, de toda forma. O reconhecimento cintilou nos olhos dela.

– É... Você por caso é... Lincoln Burns?

Lincoln confirmou com a cabeça.

– Então você se lembra de mim... e da tarde em que fizemos tortas de areia aqui?

Janet sorriu. O sorriso deixava seu rosto estranhamente jovem e maravilhoso.

– É claro que lembro – respondeu ela, como se fosse impossível ter esquecido.

Eles se viram caminhando pela praia. Em um primeiro momento, não conversaram. Lincoln ficou feliz. A conversa era algo comum, que não encaixava naquele lugar e naquele momento encantados. Uma Lua enorme estava surgindo sobre a enseada. O vento sibilava na grama das dunas, e as ondas quebravam suavemente na orla.

Eles precisariam voltar em breve. A parte rochosa da praia ficava logo adiante. A grande luz da entrada do Porto de Four Winds estava piscando.

Lincoln sentiu que algo deveria ser definido antes de eles retornarem, mas não sabia como é que iria tocar no assunto. Seria absurdo dizer "você acha que poderia se casar comigo?" a uma mulher que ele não encontrava havia anos. Aquela era, contudo, a única coisa que vinha à sua cabeça e ele acabou dizendo, de forma ousada e direta. "Pronto, eu falei", pensou ele, estremecendo.

Janet olhou para ele. Sob o luar, seus olhos eram tímidos e travessos.

– Eu o esperei por muito tempo – disse ela. – Você prometeu que voltaria, você sabe.

Lincoln riu. De repente, ele se sentia destemido e confiante. Ele não teria medo de se casar com Janet. Ela compreenderia por que ele colocara aquele aviso sobre o pomar e por que os pequenos campos no bosque significavam tanto para ele. Ele a puxou e a beijou.

– Bem, você sabe que eu nunca chego no horário – disse ele. – As pessoas me chamam de "Lincoln Burns, o atrasado". Mas antes tarde do que nunca, Janet, querida.

– Ainda tenho a conta azul – disse ela. – E onde está a concha das Índias Ocidentais que você me prometeu?

– Em casa, na lareira da sala – respondeu Lincoln. – Esperando por você.

O roto e o rasgado

Phyllis Christine abriu os olhos... Olhos muito grandes e muito escuros que se mantiveram cerrados a noite toda em seu rosto alvo como leques de seda (bem, se não a noite toda, ao menos o que restava dela após o baile no celeiro em Glen St. Mary) e deu seu sorriso mais charmoso à tia Clack, que estava parada ao lado de sua cama com uma bandeja, parecendo-se com uma maçã madura e rosada, sadia e vigorosa, como costumava ser naqueles longínquos anos em que Christine era uma garotinha e "Chrissie" apenas para Clack.

Ela era "Phyllis" para todos os outros. E como odiava aquele nome!

– Clack, querida, você não deveria fazer isso! Preciso levantar. Você deveria ter me chamado. Eu gosto de me levantar da cama pela manhã... Quanto mais cedo, melhor. Embora ninguém vá acreditar em mim. Você ficaria surpresa se eu lhe contasse quantas alvoradas já vi. Eu escapulia, sabe, e depois voltava para a cama novamente. Mas não quero e nem espero café na cama. Meu pai não me mandou para cá para ser mimada... Ele me mandou para cá para ser disciplinada. Você não deve fazer isso nunca mais.

– Não sei se conseguirei obedecer – respondeu a senhora Claxton tranquilamente. – Mas pensei que você estaria cansada após o baile.

A voz de Clack revelou sua desaprovação considerável na entonação da palavra "baile". Ela não achava que Chrissie deveria ir a bailes. Os Clarks, de Ashburn, nunca iam a bailes. É claro que Nan e Diana Blythe estariam lá, embora fossem muito jovens para esse tipo de coisa. Mas o doutor Blythe precisava agradar as pessoas.

Os Clarks de Ashburn provavelmente nem sabiam que coisas como "bailes" existiam, embora Clack tivesse ficado sabendo que os jovens de Charlottetown tinham passado a frequentar tais eventos nos últimos tempos.

Mas Chrissie estava determinada a ir... E quando Chrissie se decidia por uma coisa, ninguém além da velha senhora Clark conseguia detê-la... E nem sempre conseguia, como lembrou a senhora Claxton com uma satisfação secreta.

Ela não tinha apenas ido, mas também levado uma torta para ser leiloada – uma torta que ela mesma fizera.

Chrissie fazia tortas soberbas, embora Clack não fizesse ideia de onde ou como ela tinha aprendido a fazê-las. Clack nunca tinha ouvido falar de "cursos domésticos" ou da batalha real entre a velha senhora Clark e Chrissie sobre o assunto.

Aquela torta teria de ser vendida no leilão... Esse era o costume. Só Deus sabia qual caipira a compraria e devoraria na companhia de Phyllis Christine Dunbar Clark... Que recebera esse nome em homenagem às duas avós – que teriam morrido de pavor diante da mera ideia de uma descendente sua comendo torta com um parceiro casual em um baile no celeiro.

Não pareceria tão ruim se Kenneth Ford tivesse sido o comprador... Ou Jem Blythe. Mas eles precisariam arriscar suas chances, como todos os demais. E todos sabiam que Jem Blythe e Faith Alguma-Coisa estavam de graça um com o outro... Embora fossem jovens demais para qualquer coisa nesse sentido. Parecia que meras crianças viviam apaixonadas umas pelas outras. Não era assim quando ela era jovem, refletiu Clack, suspirando.

Mas a velha senhora Clark, tia-avó de Chrissie, que a tinha criado depois que sua mãe morreu no parto, ainda estava muito viva. Que bela educação ela havia dado! Clack tinha suas próprias opiniões a esse respeito.

Mas por que ela tinha deixado Chrissie passar um mês inteiro com antiga babá em Memory, se nunca lhe dera permissão antes?

Era, de fato, um mistério. A velha senhora Clark e a senhora Claxton odiaram uma à outra em silêncio e com muita determinação durante todos os anos que ela passara em Ashburn. A senhora Clark odiava Clack porque Phyllis Christine gostava mais dela... Na verdade, ela não gostava nem um pouco da senhora Clark, não importava quantos presentes ela lhe desse.

"É dando que se recebe", era o que Clack costumava pensar complacentemente sob seu exterior modesto. Ela amava Chrissie como se fosse sua própria filha e se regozijava tremendamente em chamá-la de "Chrissie" porque sabia que a velha senhora Clark detestava – ela costumava odiar Christine Burton, uma das avós falecidas, mas jamais admitiria.

Entretanto, ela tinha poder e garantira que não haveria maneira de ficar fazendo visitas constantes quando o tio de Polly Claxton lhe deixara algum dinheiro e uma pequena casa no campo, em algum lugar remoto chamado Mowbray Narrows. A propriedade tinha o adorável nome de "Memory", e Polly se mudara para lá, deixando para trás a propriedade notavelmente correta e paisagística de Ashburn, localizada perto de Charlottetown, com um arrependimento amargo por separar-se de seu cordeirinho misturado à satisfação de escapar da autoridade da senhora Clark. Polly esperava que Chrissie tivesse permissão para visitá-la, mas tal esperança se mostrou vã. Ela disse a si mesma, amarguradamente, que deveria ter imaginado. Ela nem ao menos sabia se os cartões que enviava a Chrissie em seu aniversário e no Natal eram entregues a ela.

Nunca foram, aliás. A velha senhora Clark garantiu isso.

Então, quando Chrissie apareceu repentina e inesperadamente para uma estadia de um mês inteiro, tia Clack ficou morrendo de curiosidade, além da imensa alegria que sentiu.

Mas ela não fez perguntas. Quando Chrissie estivesse feliz e preparada, ela contaria – e se jamais se sentisse preparada, não havia problema algum. Bastava, para tia Clack, ter seu cordeirinho órfão com ela novamente, após cinco anos de separação, para acarinhar, mimar e levar café na cama. Não fazer aquilo de novo! Oras! Ela faria o que bem entendesse. Se Adam Clark queria disciplinar a filha, ele mesmo poderia fazer isso. Ele nunca se importara muito com Chrissie.

Clack estava, contudo, firmemente convencida de que a velha senhora Clark estava por trás daquilo tudo, embora não conseguisse imaginar por quê. De toda forma, ela podia comandar Ashburn com mão de ferro (e como comandava!), mas não seria a matriarca de Memory, graças a Deus. Ela, Polly Claxton, não daria sequência aos planos dela, quaisquer que fossem. Por outro lado, conhecendo a senhora Clark tão bem quanto conhecia, ela se sentia curiosa. A velha senhora tinha o dom de conseguir as coisas do seu jeito, de fazer o que queria. Podia fazer Adam acreditar que preto era branco. Havia algo por trás daquilo que Clack não conseguia entender.

Clack (ela sempre seria a "Tia Clack" para Chrissie, por mais sarcástica que a velha senhora Clark pudesse ser: "Chamar uma criada de 'tia', ora essa!") abriu a cortina e Chrissie (que sempre seria "Chrissie" ali em Memory e nunca, *nunca* "Phyllis") apoiou-se sobre um cotovelo e olhou para fora, para o pequeno riacho que brilhava como uma cobra azul cintilante, enroscando-se em um morro arroxeado. Logo abaixo da casa, havia um campo de margaridas brancas como a neve, e a sombra de um bordo enorme que se curvava acima da pequena casa se espalhava como uma renda. Bem ao longe ficavam os cumes brancos do Porto de Four Winds, e uma extensão imensa de dunas e picos vermelhos banhados pelo sol.

Tamanha paz, calma e beleza não pareciam reais. E seu pai a tinha mandado passar um tempo ali (embora Chrissie soubesse muito bem que tinha sido a tia quem plantara a ideia na cabeça dele) para que aquele fim de mundo sonolento e remoto talvez a tornasse mais obediente. Chrissie sorriu ao pensar naquilo.

E quando Chrissie sorria, todos no mundo (exceto Adam Clark e a tia) abaixavam a guarda.

Até mesmo Clack pensava assim – afinal de contas, ninguém poderia dizer que um baile bem organizado não era respeitável o suficiente, e que os Clarks *eram* orgulhosos demais e que tinham a si próprios em altíssima estima. Ela estava, na verdade, pensando na velha senhora Clark, embora preferisse morrer a admitir isso. Ou que a velha senhora Clark conseguiria o que queria, de alguma forma, qualquer que fosse o motivo para mandar Chrissie para Memory. Pois Clack sabia perfeitamente bem que aquilo era traquinagem da velha senhora Clark. Ela não tinha convivido anos com a velha a troco de nada. Ela sempre conseguia o que queria.

Clack pegou o vestido de *chiffon* com estampa de narcisos que Chrissie usara no baile e o pendurou delicadamente no armário, sentindo uma satisfação secreta por poder, novamente, fazer aquilo por sua menina. Ela sabia que a velha senhora Clark pensava que as garotas deviam pendurar seus próprios vestidos. Susan Baker, de Ingleside, tinha lhe dito que as meninas Blythes o faziam. Mas, afinal de contas, era preciso admitir que os Blythes não eram os Clarks.

Seu cordeirinho devia ter ficado lindo naquele vestido, com seus cachinhos castanho-claro escorrendo pela cabeça e amontoando-se atrás das belas orelhas.

Clack não sabia (e ficaria horrorizada se soubesse) que aquele vestido tinha custado setenta dólares a Adam Clark. Era bonito, mas não mais bonito do que os que as meninas Blythes estavam usando... E Susan Baker tinha contado que elas faziam os próprios vestidos. O único consolo que Clack poderia ter era de que aquilo devia ter escandalizado a avarenta senhora Clark, que achava pecaminoso gastar com vestidos, quando o dinheiro deveria ter sido destinado a missões. Clack teria perdoado qualquer deslize do velho Adam Clark por isso.

– Clack, querida! Pão com manteiga... Nunca mais comi algo tão saboroso desde que você foi embora. A tia acha que não é saudável.

– E não é mesmo, ao menos é o que diz o doutor Blythe.

– Vocês todos parecem confiar no doutor Blythe por aqui.

– Ele não é nada mal, para um homem – respondeu Clack, que morreria por qualquer pessoa da família de Ingleside, com cautela. – Mas um pouquinho de pão com manteiga, de vez em quando, não faz mal a ninguém. Susan Baker volta e meia faz, a senhora Blythe pisca os olhinhos e o doutor Blythe diz: "Que pão delicioso, Susan". Ah, é preciso aprender como lidar com os homens!

– E morangos silvestres!

– Colhi esses morangos no pomar dos fundos esta manhã. Estão fresquinhos.

– E biscoitinhos recheados, naquele lindo potinho com os versos de um poema! A tia queria que você vendesse o pote para ela, lembra?

– Quando eu estiver morta e enterrada, cordeirinho, você poderá ficar com o pote. Eu o deixei para você no meu testamento. Não se esqueça disso.

– Não fale sobre testamentos e morte em uma manhã como essa. Veja aqueles amores-perfeitos roxos e amarelos! Foi você que plantou, Clack, querida?

– Susan Baker trouxe as mudas para mim – admitiu Clack com relutância. – A senhora Blythe é uma ótima criadora de amores-perfeitos. As gêmeas dela estavam no baile ontem à noite, Chrissie? Suponho que sim, embora não passem de crianças.

– Ora, todos estavam lá! Por que você era tão contra minha ida, Clack, querida?

– Eu... Eu pensei... Eu pensei...

– Você pensou que estaria abaixo dos Clarks. Seja sincera, Clack. Ou seria medo da tia?

– Nunca tive medo da sua tia, mas tenho bastante certeza de que foi ela quem a mandou para cá. Ela sempre consegue o que quer.

– Não foi a tia. Foi meu pai.

– Ela colocou isso na cabeça dele. Mas de nada adianta discutir com você, cordeirinho. Está com fome?

– Se estou com fome? Não comi nada além de uma fatia de torta depois da sua janta incomparável ontem à noite. Eu não consegui comer mais que uma fatia... o que ofendeu enormemente meu parceiro. É claro que Kenneth Ford comprou a torta de Nan Blythe... Não sei como ele sabia que era dela, mas era evidente que sabia.

– Susan Baker tem um jeito especial de enrolar as bordas de suas tortas – explicou Clack. – Ah, há truques em qualquer negócio, cordeirinho... Até mesmo os carpinteiros, por vezes, pregam os pregos com a ajuda de uma chave de fenda. E, em sua maior parte, em um baile no celeiro, os garotos sabem de quem são as tortas sendo leiloadas. Embora as meninas Blythes sejam muito novas para irem a bailes. Suponho que Kenneth Ford tenha ficado decepcionado porque Rilla não estava lá. Enfim, isso é problema deles... Suponho que as meninas Blythes tiveram dezenas de ofertas por suas tortas?

– Ah, sim, elas parecem muito populares. Ou talvez sejam as bordas de Susan. Meu parceiro não tinha como saber dessas artimanhas. Ele provavelmente não é daqui.

– Quem comprou sua torta? – perguntou Clack, com uma indiferença fingida, enquanto colocava as formas em um par de sapatos com saltos absurdos.

– Um jovem chamado Don Glynne. Ele disse ser o novo jardineiro da senhorita Merrion.

– Ouvi falar que a senhorita Merrion tinha um jardineiro novo – comentou Clack, escondendo o horror de pensar em Chrissie compartilhando uma torta com um jardineiro. Apesar de que um jardineiro era muito melhor que algum capataz brutamonte. – Ele chegou há mais ou menos uma semana. Fiquei sabendo que ela está muito satisfeita com ele, então ele deve ser um bom jardineiro, pois ela é dificílima de agradar. Sabe, ela tem uma propriedade nos arredores de Lowbridge, que está se tornando conhecida por seus jardins de pedras e água. Ela veio morar por aqui alguns anos atrás, e a jardinagem é um de seus passatempos.

– Ele me contou. Sabe, ele era realmente o único... homem possível lá.

– Eu suporia que sim – disse Clack, com tanto sarcasmo quanto lhe era possível. Por outro lado, ela se pegou desejando que a senhora Clark ficasse sabendo daquilo.

– Eu gostei dele, Clack, querida. Senti uma conexão com ele assim que fomos apresentados. Gostei dele porque ele era alto e tinha ombros fortes, cabelos pretos lisos e sobrancelhas que se erguem nas pontas, com olhos azuis escuros nebulosos debaixo delas. Ele era o homem mais bonito de lá, à exceção de Jem Blythe. E dizem que ele está noivo da filha de um ministro da igreja.

– Isso é absurdo, cordeirinho.

– O que é absurdo, querida Clack? O fato de Jem Blythe ser bonito... Ou de estar noivo de Faith Meredith?

– Nenhum dos dois. Jem é um garoto muito bem apessoado, e Faith Meredith será uma ótima esposa para ele, quando a hora chegar. Afinal de contas, eles ainda são apenas crianças, e Jem Blythe precisa ir para a faculdade. Ele será médico, como o pai. Só espero que seja tão bom quanto ele.

– Como vocês idolatram os Blythes por aqui! É claro que são uma boa família...

– Eu não estaria viva hoje se não fosse pelo doutor Blythe! – contou Clack.

– Então eu tenho uma dívida de gratidão eterna para com ele. Mas voltemos à nossa conversa. O que você considera tão absurdo?

– Ora, gostar de um homem só porque ele tem olhos azuis nebulosos. O pior canalha que já conheci tinha olhos mais ou menos assim. Ele está na cadeia agora.

– Não pode haver motivo melhor, Clack, querida. Tenho certeza de que George tem olhos verdes salientes e opacos.

O corpo de Clack formigou. Ela sentia que estava perto de descobrir o segredo, o real motivo pelo qual a velha senhora Clark permitiu que Chrissie fosse para Memory. Ela permaneceu, contudo, com a expressão calma.

– Quem é George? – perguntou ela, tirando a bandeja da cama de Chrissie e fingindo indiferença.

– "Quem é George?" E pensar que alguém não sabe da existência de um George!

– Eu conheço uma dúzia de Georges – respondeu Clack pacientemente.

– Bem, talvez seja melhor contar a história de uma vez. Então você saberá por que fui mandada para cá. Isto é, se você estiver interessada em saber, Clack. Caso contrário, não há por que entediá-la.

– Ah, você sabe que não estou entediada – disse a diplomática Clack. – E, de toda forma, sei muito bem que sua tia está por trás disso tudo.

– Eu mesma tenho minhas suspeitas, Clack. Tenho certeza de que meu pai jamais pensaria nisso sozinho.

– Se a sua tia está por trás disso, é melhor você se render de uma vez – aconselhou Clack. – Ela vai conseguir o que quer, pode ter certeza.

– Ela não pode, Clack. Ela não vai. Bem, se quer mesmo saber… Você não pode contar nem mesmo para Susan Baker.

– Não conto a Susan Baker, nem a qualquer outra pessoa, segredos de outras pessoas – garantiu Clack em um tom indignado.

– Bem, o nome completo dele é George Fraser… E ele é o homem com quem a tia e meu pai decidiram que eu tenho que me casar. Pronto, aí está verdade, por fim, Clack, querida.

Polly Claxton sentia-se mais desnorteada do que nunca.

– Então por que você não sabe de que cor são os olhos dele?

Quando disse aquilo, contudo, Clack lembrou que ela própria não conseguia recordar qual era a cor dos olhos de seu falecido marido. Ela tinha a impressão de que eram azuis acinzentados.

– Por que eu nunca o vi, querida Clack.

– Nunca o viu! E mesmo assim vai se casar com ele!

– Jamais – afirmou Chrissie energicamente. – E espero nunca o ver. Embora eu tenha meus escrúpulos, você sabe que a tia é de conseguir o que quer, custe o que custar. E, desta vez, ela tem meu pai ao seu lado.

Sim, Clack sabia muito bem disso. Mas por que a velha senhora Clark e Adam Clark queriam que Chrissie se casasse com esse tal de George se ela não queria? Adam Clark geralmente tomava partido de Chrissie, apesar de tal apoio nunca ter servido de muita coisa, agora que Clack tinha parado para pensar (um tanto venenosamente) no assunto. Devia haver dinheiro na jogada. Clack sabia muito bem que Adam Clark não era tão rico quanto diziam os rumores.

– Mas em mim ela encontrará uma rival à altura – afirmou Chrissie energicamente. – Eu *não* me casarei com George, Clack. Simplesmente não me casarei.

– Você se apaixonou por alguma outra pessoa? – perguntou Clack em um tom ansioso.

Isso seria, de fato, uma complicação. Clack sabia que Chrissie também tinha a obstinação dos Clarks.

– Por que eles querem que você se case com ele? E por que você nunca o viu?

– Porque ele é um primo de terceiro grau, ou algo assim. E sempre viveu na Colúmbia Britânica. Você sabe que os Clarks não acham adequado casar com alguém que não tenha qualquer grau de parentesco com você.

– Sim, eu sei. É uma tradição familiar – disse Clack. – E dinheiro?

– Ah, George nada em dinheiro.

"Ah", pensou Clack, "isso explica muita coisa." Mas ela foi prudente de não dizer nada.

– Bem, meu tio-avô Edward morreu há mais ou menos um ano. Ele era repugnantemente rico.

– Há coisas piores que dinheiro – ponderou Clack sabiamente. – Pode-se fazer muita coisa boa com ele.

– Tenho certeza de que o tio Edward nunca fez nada de bom com o dinheiro dele. Ele simplesmente se regozijava em acumulá-lo. Mas nós não esperávamos ficar com qualquer parte dos bilhões dele. Você conhece a antiga rixa?

Sim, Clack conhecia. Adam Clark um dia lhe contara, depois de beber uma tacinha a mais – como Clack delicadamente descrevia. A velha senhora Clark preferiria morrer a contar um segredo de família a uma criada.

– Bem, é claro, essa era outra tradição antiquada que precisava ser honrada. Então todos ficamos muito surpresos, Clack, quando ficamos sabendo do testamento dele. Testamentos são coisas pavorosas, não são, Clack?

– Geralmente causam a maior confusão – comentou Clack –, mas, por outro lado, como é que a vida seguiria adiante sem eles? E posso perguntar qual o problema com o testamento do seu tio Edward?

– Você pode perguntar o que quiser, querida.

– Ele deixou o dinheiro dele para você?

– Não tive tanta sorte... Não exatamente. Ele deixou tudo para mim e esse detestável George Fraser se nos casássemos antes de eu completar vinte e um anos... Apenas mais um ano. Você já tinha ouvido, Clack, querida, algo tão horrível e desesperançosamente vitoriano como isso? Eu lhe pergunto!

– As coisas poderiam ser piores – ponderou Clack. – Já fiquei sabendo de muitos testamentos estranhos nesta vida.

Clack não fazia ideia do que "vitoriano" significava, mas sabia que Chrissie não tinha gostado do testamento e não a culpava. Não seria agradável, para qualquer pessoa, ter que se casar com alguém que você nunca viu. Mas ela entendia Adam Clark e a velha senhora Clark com mais clareza agora. Eles idolatravam o dinheiro, como ela bem sabia. Chrissie devia ter puxado seu temperamento de sua falecida mãe. Não havia uma única gota de Clark nela... Por outro lado, ela nunca soube o que era a pobreza.

Era um conforto para Clack saber que, pelo menos, ela não tinha se apaixonado por alguém no baile no celeiro. Mas ela ainda estava convencida de que se a velha senhora Clark queria que Chrissie se casasse com esse tal de George, Chrissie precisaria casar.

– E se você não se casar com ele... Ou ele não quiser se casar com você?

Clack, contudo, não pensava que isso era possível. De toda forma, ele podia já estar apaixonado por outra garota. Clack estremeceu. Aquela era uma situação terrível. Quanto a mandar Chrissie passar um mês em Memory para curá-la de sua obstinação, isso era besteira pura. Não, a velha Clark tinha alguma outra carta na manga.

– Aí tudo será doado para algum hospital. E é claro que eu disse que não me casaria com ele. Foi por isso que eles me mandaram para cá. Mas você não sabe como eu fiquei contente em ser banida, querida.

– Você não pode ter ficado mais contente do que eu, por você ter vindo – respondeu Polly Claxton com sinceridade.

– E, imagine, Clack, o tal George chegou a escrever para o meu pai, dizendo que não podia se afastar dos negócios este verão, mas que tentaria vir no outono. Então parece que a criatura realmente trabalha.

– Bem, isso não é nada ruim, querida – observou Clack sabiamente.

– Não estou dizendo que é. Gosto de pessoas que trabalham. Mas talvez ele pudesse demonstrar mais interesse... Enfim, não é essa a questão. Ele não quis vir, isso é tudo.

– Talvez ele não tenha gostado da ideia de se casar com alguém que ele não conhece, assim como você – ponderou Clack.

– Mas ao menos ele podia ter vindo e... me visto... E podíamos ter conversado sobre a situação. Mas ele não quis, e meu pai, motivado pela tia, como eu sei tão bem quanto você, Clack, não negue, veio com a ideia de ir para a Colúmbia Britânica e me levar com ele. Imagine, Clack, querida, apenas imagine.

– Foi uma ideia tola – concordou Clack, que achava aquilo pior do que apenas "tolo".

– Ser arrastada até lá para ver se eu serviria! Eles estão morrendo de medo de ver aqueles milhões todos escorrendo pelos dedos deles. Como acabarão vendo!

– Hum – disse Clack.

– Eles receiam que George se apaixone por outra pessoa. Talvez ele já seja apaixonado por alguém. Clack, eu nunca tinha pensado nisso.

– É bastante provável – reiterou Clack. – Lembre-se de que ele nunca a viu.

– Talvez seja por isso que ele não pôde deixar os malditos negócios para vir me ver. Mas ele podia ter nos contado. Isto é, se esse for mesmo o caso, eu estou do lado dele, pois já disse que não e não mudei de ideia. Foi o maior alvoroço.

– Eu imagino – disse Clack, lembrando-se de suas próprias confusões com a velha senhora Clark. Era extremamente satisfatório lembrar que a velha senhora Clark nem *sempre* saíra vitoriosa.

– Você sabe que é impossível convencer a tia de qualquer coisa em que ela não acredite.

– Sei muito bem, cordeirinho amado.

– Você não sabe como é bom ser chamada de "cordeirinho" de novo! Bem, é claro que ela não conseguia acreditar que alguém recusaria cinco milhões de dólares.

– É uma quantia e tanto – ponderou Clack.

– Querida Clack, não seja tão mercenária. Você não é assim, francamente. Está querendo me dizer que você se casaria com alguém que nunca viu por causa do dinheiro dele?

– Não, cordeirinho. Mas eu o encontraria primeiro.

– Mesmo que ele não viesse ao seu encontro?

– Não, mas eu daria um jeito.

– Clack, acredito que você passou para o lado do inimigo.

– Jamais, meu cordeirinho. Você me conhece bem o suficiente para saber. Eu só quero que você analise os dois lados da moeda.

– Só existe um lado. Bem, enfim, fui mandada para cá... Ou melhor, eles me deram as opções de vir para cá ou ir para a Colúmbia Britânica.

Tomei minha decisão em um piscar de olhos. "Você está cometendo um erro", disse a tia friamente.

– Sei exatamente como ela deve ter dito – comentou Clack.

– "Eu tenho o direito de cometer meus próprios erros", respondi.

"Todos temos", pensou Clack, "mas não temos o direito de culpar os outros pelas consequências, embora muitos façam isso." Mas o que ela disse em voz alta foi:

– E o que a sua tia disse?

– Ah, apenas "de fato!", bem assim. Você sabe muito bem como ela diria. E sabe que quando a tia diz esse "de fato!", eu geralmente fico amuada. Desta vez, eu não fiquei. Clack, fiquei tão contente em sair de lá... E aliviada.

"Por enquanto", pensou Clack.

– Você sabe que fiquei irrequieta porque a tia sempre acaba conseguindo o que quer.

"É verdade", pensou Clack.

– Mas, desta vez, ela não vai conseguir.

– Esse George pode ser uma boa pessoa, cordeirinho.

– Clack, ele é gordo. Tenho certeza de que ele é gordo. Todos os Georges que eu conheço são gordos.

– George Mallard é magro como um palito.

– Ele é a exceção que comprova a regra, então. Além disso, tem um retrato dele lá em casa, que a mãe dele mandou para a tia quando ele era bebê. A mãe dele tinha algum bom senso, ela não se apegava a velhas rixas e tradições, ele era um bebezinho gordo, com a boca aberta...

– Mas os bebês mudam muito, cordeirinho. Alguns dos homens mais magros que eu conheço eram bolos fofos quando eram bebês.

– Tenho bastante certeza de que George não mudou. Sei que ele é um homenzinho gordo com um rosto rechonchudo. Não consigo suportar um homem gorducho com um rosto rechonchudo. E quem é que poderia se casar com um rosto rechonchudo, Clack?

– Muitas mulheres casam – respondeu Clack. – E são muito felizes com seus maridos. Mas eu gostaria que você conversasse sobre essa situação com a senhora Blythe.

– Clack, eu lhe disse que esse é um grande segredo.

– E claro que, se depender de mim, continuará sendo. É que a senhora Blythe já juntou tantos casais…

– Isso não é motivo, Clack. Não quero que ninguém encontre um parceiro para mim.

– Enfim, você não vai se casar com ninguém que não queira enquanto estiver sob o *meu* teto, cordeirinho – disse Clack lealmente.

Ela estava sendo sincera. *Seria* divertido passar a perna na velha senhora Clark. Mas será que alguém já tinha conseguido? Clack não conseguia se se lembrar de ninguém além de si mesma.

– Eu sabia que podia contar você, tia Clack. E lembre-se: nem uma palavra para os Blythes ou para Susan Baker.

– Como se eu costumasse contar segredos a Susan Baker! Segredos de outras pessoas, digo.

– Ponto, comi todos os morangos… Estavam deliciosos. Não consigo me lembrar de ter comigo morangos silvestres antes. Eu até lambi o prato enquanto você resgatava meu pente do cesto de lixo.

– Ah, não, você não fez isso, cordeirinho. Uma Clark jamais faria.

– Você acha que Nan Blythe faria?

– Acho bem improvável. Ela foi bem educada. Susan Baker diz…

– Não importa o que Susan Baker diz. Não dou a mínima para a opinião dela ou dos Blythes, embora ache que eles sejam uma boa família. E eu gostaria que Jem Blythe fosse alguns anos mais velho. Ele não será gordo, e não se chama George.

– O que você vai fazer hoje, meu cordeirinho?

– Ora, vou *vivê-lo*, querida Clack. Já faz muito tempo que não tenho uma chance de viver o dia. Você sabe que não vivemos lá em Ashburn, apenas existimos. Quanto a hoje, vou à cidade com Don à tarde.

– Don! Quem é Don?

– Clack, querida, você já esqueceu? Ora, o garoto que comprou a minha torta.

– Não o Don Glynne… Não o jardineiro da senhorita Merrion?

– Quem mais? Não existem dois Don Glynnes na região, existem? Ele precisa comprar um cortador de grama e uns pregos especiais para o novo tanque que está fazendo no jardim da senhorita Merrion.

Clack sentou-se. Ela realmente precisava. E sentia que precisava protestar.

– Meu cordeirinho, você não acha que deveria ser mais... seletiva? Ele é apenas um jardineiro... Um criado contratado.

– Tenho certeza de que ele é um excelente jardineiro, se tudo o que você me contou sobre a senhorita Merrion for verdade. Ela é excêntrica, pelo que Don conta, mas entende de jardins.

– Você o chama de "Don"?

– Naturalmente, Clack. Você esperava que eu chamasse um jardineiro de "senhor"? Ele me chama de Chrissie... Eu disse a ele que meu nome era Christine Dunbar. Ora, querida, não me olhe assim, eu não menti, apenas omiti, por proteção. Ele jamais se aproximaria de mim se soubesse que sou filha de Adam Clark.

– Seria de se esperar que não – disse Clack, com toda a dignidade que conseguiu angariar.

– E ele pensa que sou sua sobrinha, eu a chamei de "tia", certo? Você não tem vergonha de me ter como sobrinha, tem?

– Cordeirinho! – exclamou Clack repreensivamente.

– E eu *acho* que ele teve a impressão, eu não disse isso a ele, juro que não disse... De que sou uma preceptora na cidade. Eu apenas disse que a vida de uma preceptora é bastante monótona e difícil.

– Tenho certeza de que a senhora Blythe jamais permitiria que qualquer uma de suas filhas saísse para passear com um... um criado.

– Clack, se você mencionar os Blythes para mim de novo... vou jogar algo em você. E ele me elogiou pela minha torta... então não sou a única pessoa desonesta no mundo. E esta noite, vamos nadar sob o luar no Porto de Four Winds. Não fique assim, querida. Haverá várias pessoas lá. Não se preocupe, minha adorada Clack. É só uma leve aventura. Não corro qualquer risco de me apaixonar pelo jardineiro da senhorita Merrion, se esse é o seu receio.

– Não é. Você não poderia se esquecer de que é uma Clark de Ashburn.

– Ah, não poderia? Você não faz ideia de como seria fácil. Você não sabe como estou cansada de ser uma Clark de Ashburn. Mas, de toda forma, não me apaixonarei por Don Glynne, apesar daqueles olhos nebulosos.

– Mas e *ele*?

Clack sentia que tinha um bom argumento.

– Ah, ele não se apaixonará por mim. Ele me parece ser um jovem equilibrado e autossuficiente que só busca um pouco de diversão em um verão entediante. Além disso, os homens podem tomar conta de si mesmos, não podem, Clack?

Clack, que sempre pregara essa mesma doutrina, não podia negar que o argumento de Chrissie era razoável, mas, mesmo assim…

– Andar por aí com pessoas comuns, meu cordeirinho…

– Ele é mais inteligente que a maioria dos homens que eu conheço na minha região. *Ele* não teria se recusado a vir para o leste para ver que tipo de noiva o tio-avô escolheu para ele. Teria arrumado o baú e entrado no primeiro trem.

– Como você sabe que ele faria isso? Ou que poderia fazer, cordeirinho?

– Espere até ver os olhos dele, Clack. Sempre é possível determinar o caráter de um homem pelos seus olhos.

– Nem sempre, cordeirinho – murmurou Clack. – Um dos melhores homens que eu já conheci tinha o que você chama de olhos verdes opacos… e ainda eram salientes.

– Bem, eu lhe disse que sempre há exceções. Clack, eu sou um caso perdido?

– É claro que não – protestou Clack, indignada.

– A tia diz que sou. E meu pai, também. Melhor fazer jus à fama, afinal. Além do quê, no fim das contas, suponho que eu acabarei mesmo me casando com esse George.

– Você jamais se casaria com um homem que não ama, cordeirinho.

– Bem, nós sempre vivemos apertados para o nosso padrão de vida, a despeito do peso do sobrenome, e não é nada bom, Clack… não é mesmo.

– É melhor do que se casar com um homem com olhos verdes opacos – disse Clack, balançando-se de leve.

– Ah, talvez ele não tenha olhos opacos... Talvez seja lindo como um deus. A tia me disse, certa vez, que eu era incapaz de qualquer coisa além de emoções melosas.

– Então ela mentiu – disse Clack, indignada.

– Bem, talvez seja verdade, Clack. Você é parcial com relação a mim, você sabe. De toda forma, se for verdade, é melhor eu aproveitar tanto quanto puder.

– Não gosto de ouvir você falando desse jeito, cordeirinho – disse Clack, sentindo-se desconfortável. – Não parece você.

– Isso, como eu lhe disse, querida, é porque você me idealizou. Sou, realmente, como qualquer outra garota... E tenho muito da contrariedade dos Clarks. Se meu pai e a tia fossem contra o casamento, eu seria totalmente a favor. De toda forma, tenho esse mês maravilhoso de liberdade antes de tomar uma decisão, então não estrague tudo, minha adorada Clack.

– Você nasceu assim – aquiesceu Clack.

Aparentemente, ela estava lavando as mãos. De toda forma, ela sabia que Chrissie faria o que bem entendesse, com todo mundo, exceto com a velha senhora Clark.

Ela precisava continuar lavando as mãos. Não parecia haver qualquer outra coisa que pudesse fazer.

De nada adiantava conversar com Chrissie. Ela tinha até rechaçado a pobre Susan Baker, que se arriscara a sugerir que não era muito adequado para uma Clark de Ashburn ficar perambulando por aí com o jardineiro da senhorita Merrion.

Além do quê, ela não podia evitar também gostar de Don Glynne, por mais que tentasse detestá-lo. Ele *era* mesmo adorável, e tinha olhos hipnotizantes. Mesmo quando ele usava macacão. Pois foi com o macacão que a senhorita Merrion fazia seus contratados usarem que ele apareceu para levar Chrissie à cidade aquela tarde.

Clack só conseguiu suportar a cena ao imaginar o rosto da velha senhora Clark, se pudesse tê-los visto saindo juntos, com Chrissie usando um vestido fresco e delicioso de linho azul ao lado do macacão desbotado.

– Você ainda gosta de mim tanto quanto gostou ontem à noite? – perguntou Don, um tanto insolentemente.

O chocante era que ela gostava, a despeito de todas as besteiras que tinha falado para Clack. Ela pensara que a magia da noite anterior se esvairia sob a luz do dia.

Mas ele parecia ainda mais gentil em seu macacão do que nos trajes de festa. Como que por mágica... Ora, a magia parecia estar por toda parte. Respingava por todos os lados enquanto eles atravessavam a tarde dourada no automóvel aberto.

Os cachos de Chrissie esvoaçavam em torno de seu rostinho, e estrelas surgiram em seus olhos. Um buquê de rosas, proveniente de alguma parte do jardim da senhorita Merrion, estava em seu colo, e o perfume pareceu penetrar em sua cabeça.

Don Glynne não acreditava que ela podia ser tão bonita quanto ele achou no baile... Mas ela era ainda mais bonita. Os dois foram até a cidade e Don comprou o cortador e encomendou os pregos especiais para o tanque e então voltaram para casa, com menos pressa, pela estrada arborizada, sob a sombra dos abetos. Don disse a ela que gostava do trabalho que fazia e que adorava jardins.

– Um dia, terei meu próprio jardim... Um jardim secreto que pouquíssimas pessoas verão... Ou criticarão... Ou admirarão.

– Por quê?

– Porque as pessoas sempre admiram as coisas erradas. Os únicos que apreciaram as coisas certas nos jardins da senhorita Merrion desde que estou trabalhando lá foram o doutor Blythe e sua esposa. Eles *realmente* parecem entender.

Novamente, o coração de Chrissie foi rasgado por uma pontada de inveja.

– Você não deixará ninguém ver? – perguntou ela melancolicamente. – Quero dizer... ninguém que você não tenha certeza de que admirará as coisas certas?

Don olhou de lado para ela.

– Ah, sempre reconheço o tipo certo de pessoa. É uma espécie de instinto. Mas não haverá multidões. Já estou farto dos visitantes na casa da senhorita Merrion no pouco tempo que estou lá. Os turistas chegam em cardumes. É claro que ouviram dizer que os jardins da senhorita Merrion estão se tornando um dos pontos turísticos da Ilha. Eu gostaria de afogá-los em alguns dos tanques. Mas a senhorita Merrion gosta. Às vezes, eu penso que é para isso que ela tem um jardim, para que as pessoas se fascinem.

– A senhorita Merrion *deve* adorar algumas de suas flores – ponderou Chrissie.

– Ah, ela gosta de montar um buquê para a mesa de jantar, especialmente quando tem companhia. Mas não liga a mínima para o jardim em si. Como diz a senhora Blythe, você mesmo precisa trabalhar no seu jardim, caso contrário, perderá o significado.

Sempre aqueles Blythes! Chrissie decidiu encarar o fato.

– Você admira a família Blythe tanto assim?

Don pareceu perplexo.

– Só estou aqui há uma semana, você não sabe? Eu conheci Jem ontem à noite, no baile, e, um dia, o doutor e a senhora Blythe trouxeram alguns amigos para cá. Mas todos dizem que eles são encantadores. Eles não prestariam atenção em um jardineiro qualquer, suponho. Embora digam que Susan Baker é um membro da família. Quanto ao jardim da senhorita Merrion, é, de fato, um lugar divino, independentemente de ela se importar com ele ou não. Quer vir vê-lo, um dia?

– Mas talvez eu também admire as coisas erradas.

– Vou correr o risco. Acho que você adorará todas as coisas certas... e não reparará nas coisas erradas, como os Blythes fizeram.

– Suponho que seja necessário muito dinheiro para manter um jardim assim?

– Um monte. Mas é um dinheiro bem gasto. Como eu poderia ter um trabalho digno se não fosse assim? Além disso, a senhorita Merrion tem dinheiro de sobra, pelo que me disseram. É por isso que nunca se casou. Ela me disse que foi porque todos os seus pretendentes estavam atrás do dinheiro dela. Ouso dizer que é verdade. Você já viu a senhorita Merrion?

– Não.

– Bem, ela não devia ser uma beldade nem quando estava na flor da idade.

– Deve ser abominável... que alguém se case com você pelo seu dinheiro – comentou Chrissie acaloradamente.

– É detestável – concordou Don. – Ou se casar por dinheiro.

– Hum – disse Chrissie. – Mas... você acha que é tão ruim para uma mulher quanto para um homem?

– Tão ruim quanto – afirmou Don. – É claro que, muito tempo atrás, não havia nada que uma mulher pudesse fazer. Mas, agora, não há mais desculpas.

– Mas e se a mulher não tiver sido criada para fazer qualquer coisa de útil?

– Nesse caso, os pais ou guardiães deveriam levar uma surra – respondeu Don. – Na minha cabeça, só existe um motivo válido para se casar: o amor sincero e genuíno.

– Mas, às vezes, as pessoas confundem uma paixão passageira com amor – ponderou Chrissie.

– Ah, essa é a tragédia da vida – disse Don, suspirando. – É, de fato, difícil diferenciar um do outro. Mas se você estiver disposto a ser pobre, terrivelmente pobre, junto com alguém, acho vale arriscar. Agora, precisamos voltar, porque preciso regar as rosas antes do jantar. A senhorita Merrion é bem rígida quanto a isso. E um bom empregado deve agradar seu empregador, se quiser manter o emprego. Ainda quer ir nadar à noite?

– Sim, é claro... Se você quiser.

À noite, eles foram nadar, apesar da evidente, porém silenciosa, desaprovação de Clack.

Depois, os dois se sentaram em um pequeno barco que estava de ponta--cabeça na areia e ficaram observando os contornos da lua na água. O vento soprava na grama das dunas, e pequenas ondas prateadas quebravam na orla. Ao longe, no Porto de Four Winds, a neblina bailava como bruxas dançantes.

Quem poderia supor que Ashburn ficava tão perto dali? Parecia ser outro planeta.

O pai de Chrissie tinha lhe dito que não haveria nada a admirar além do pôr do sol. Pôr do sol! Ora, havia o perfil de Don. E seus ombros magros e curvados e os braços longos, musculosos e bronzeados.

Ela pensou no corpo branquelo e rotundo horroroso de George em um traje de banho e estremeceu.

– Estou aqui me perguntando o que aconteceria se eu tentasse pegar sua mão – disse Don.

Nada aconteceu... Ao menos nada que os olhos pudessem ver. Chrissie estremeceu novamente ao imaginar o que Clack diria se a visse. Quando à tia Clark... Bem, ela não pensaria *nisso*.

Ela sabia, contudo, que o toque dos dedos de Don estava enviando pequenos arrepios por seu braço, como as ondas de algum delicado espírito de fogo. Ela se perguntou se outras garotas se sentiam assim, quando seus amigos as tocavam. Parecia impossível. Ninguém além de Don poderia fazer qualquer pessoa se sentir assim. Por outro lado, ela o conhecia há apenas um dia.

"Ah, quem dera eu não fosse uma Clark!", pensou ela. "Bem, Don está apenas flertando, assim como eu. Não significa nada mais para ele. Ele pensa que sou sobrinha da Clack, preceptora e da mesma classe social dele. Eu gostaria que não tivesse sido necessário contar todas essas mentiras. Será que *era* necessário? Por que eu me importei tanto com o que ele pensaria sobre quem sou? Apenas para poupar o orgulho Clark, suponho. E pensar que eu sempre ri disso... Sou tão ruim quanto a tia. Mas Don logo me esquecerá e a tia e meu pai descobrirão que não podem me barganhar como querem. Enquanto isso, eu passarei um mês delicioso com minha querida Clack."

Clack, às vezes, receava que Chrissie tivesse esquecido que era uma Clark, nas semanas seguintes. Mas ela só podia se fiar em sua crença de que seu cordeirinho não poderia fazer nada de errado. Ela precisava se divertir um pouco, não é? Mowbray Narrows era um lugar muito pacato.

Don Glynne e Chrissie iam nadar todas as noites... E, em pouco tempo, todas as manhãs. Não havia mais bandejas de café da manhã. Don costumava chegar e assoviar do lado de fora de sua janela – o que Clack achava indelicado, para dizer o mínimo. Por que ele tinha que saber qual era a janela dela?

Então, eles partiam para a praia, que se estendia, toda dourada, sob o brilho fraco e translúcido do nascer do sol.

Clack achava que as excursões matutinas eram piores que as noturnas. Os outros jovens de Mowbray Narrows iam nadar à noite, e Clack se conformara com a ideia, mas ela não conseguia se conformar com as saídas diurnas. Ninguém mais ia nadar pela manhã (à exceção de algumas pessoas da colônia de verão), mas eles não eram Clarks. O único consolo de Clack era pensar no que a velha senhora Clark diria se soubesse.

Mas ela não sabia. Ou será que sabia? Ela não conseguia deixar de pensar que não era possível adiantar-se à velha senhora Clark, não importava o que você fizesse. Quanto a Adam, ele era facilmente ludibriado, como qualquer outro homem.

Às vezes, Chrissie levava Don para dentro de casa para tomar café da manhã, e Clack não podia evitar ser gentil com o rapaz; não podia evitar gostar dele. Ela sabia que a senhorita Merrion tinha dito que nunca vira um jardineiro como ele. Alguém que realmente se interessasse pelo trabalho.

Depois do café da manhã, Don e Chrissie costumavam ir até o jardim para comer groselhas vermelhas até chegar a hora de ele ter que ir para a casa da senhorita Merrion, quando todos os outros criados estariam apenas levantando. Don contou que a cozinheira estava preocupada por ele não parecer sentir fome em algumas manhãs.

– Como posso tomar café da manhã duas vezes? – perguntou ele a Clack.

Ele e Chrissie riam e conversavam muito enquanto comiam groselhas. Clack frequentemente se perguntava sobre o que seria, mas ela era educada demais para ficar ouvindo. A velha senhora Clark teria escutado inescrupulosamente, Clack sabia. Mas ela se recusava a imitá-la.

Os dois faziam piqueniques quando ele tinha as tardes de folga. Entravam no antigo Ford de Don e partiam para algum lugar agradável em meio aos morros. Esses piqueniques preocupavam Clack mais do que as excursões à praia. Volta e meia, ela alertava Chrissie, que apenas ria de seus avisos.

– Você diz que a tia sempre consegue o que quer, então, se for assim, eu precisarei me casar com George – dizia ela.

– Estou pensando nesse pobre rapaz – respondia Clack com dignidade.

Chrissie também pensava, embora jamais fosse admitir. Ela sabia muito bem que Don Glynne estava apaixonado por ela, e que era genuíno. Ela sabia que precisava terminar com ele imediatamente... Mas, para seu desespero, ela descobriu que não conseguia. Por outro lado, jamais poderia se casar com ele.

"Eu jamais poderia imaginar que o orgulho Clark era tão forte em mim", refletiu ela tristemente. "Sou tão ruim quanto a tia. Bem, vamos supor que eu proporcione o maior choque da vida deles (inclusive de tia Clack) e me case com Don. Eu *posso* fazer com que ele peça minha mão. Facilmente. Ele pensa que sou apenas uma preceptora. Acho que eu conseguiria de toda forma. E às favas com George!"

Às vezes, eles catavam mariscos quando a maré estava baixa, e Clack fazia ensopados excelentes – e gostava de vê-los comer – por mais infeliz que estivesse. Pois aquele mês, que ela esperava ser tão feliz, acabou sendo muito triste para ela. Seu único consolo era que a velha senhora Clark sempre conseguia o que queria.

"E pensar que eu acabaria encontrando reconforto nisso", refletiu ela tristemente.

Ora, Don e Chrissie até iam aos bailes do Walk Inn, a casa de danças da colônia de verão. E Clack ficou sabendo, por Susan Baker, que muitas vezes eles sequer entravam, mas ficavam dançando sozinhos sob as árvores que rodeavam o local, enquanto o luar os avaliava. A lua, naquele verão, estava simplesmente maravilhosa. Ao menos Don e Chrissie diriam isso. Para as outras pessoas, parecia a mesma lua de sempre.

Certa vez, a pobre Clack ouviu, de um vizinho, uma história maluca: Chrissie estaria ajudando Don a ceifar os gramados da senhorita Merrion, mas se recusou a acreditar ou a perguntar a Susan Baker sobre isso.

Era melhor ela simplesmente ter acreditado, visto a verdade. E independentemente do que acontecesse, as rosas precisavam ser regadas. Chrissie também ajudava Don a arrancar as ervas daninhas, e aprendeu um bocado sobre jardinagem, bem como sobre outras coisas. Não havia dúvidas de que Don sabia o que estava fazendo. Chrissie não sabia de mais nada sobre ele, e nunca tentou descobrir, mas sabia que ele tinha um tio em algum lugar que era fazendeiro, ou que cultivava maçãs, ou algo assim, e nenhum outro parente que valia a pena mencionar.

A pobre Clack era a mulher mais infeliz do mundo naquele momento. Ela tentou descobrir alguma coisa sobre Don Glynne, mas ninguém parecia saber. Nem mesmo Susan Baker! E o que Susan Baker não sabia sobre qualquer pessoa em um raio de cinquenta quilômetros, não valia a pena saber, como o doutor Blythe tinha o hábito de dizer. Dizia-se que ele chegara a acusar a própria esposa (de forma bem-humorada, é claro) a dar demasiada atenção a Susan.

– De que outra maneira ficarei sabendo das notícias? – defendeu-se Anne. – A senhorita Cornelia não está envolvida, quando se trata de Susan. E Susan disse que a senhorita Clark está flertando vergonhosamente com aquele jardineiro da senhorita Merrion, e a pobre Polly Claxton está morrendo de preocupação.

– A senhorita Claxton pode ficar tranquila – disse o médico. – Don Glynne sabe cuidar de si mesmo. Nenhuma mulher o fará de bobo. Se essa garota Clark acha que fará, ela se descobrirá redondamente enganada. Quanto ao resto, menina Anne, não mexa com fogo se não quer se queimar. Lembre-se da sua última tentativa de juntar um casal.

– Você vai me lembrar disso para sempre, não vai? – disse Anne pesarosamente. – E eu certamente não vou fazer qualquer tentativa de juntar a senhorita Clark e Don Glynne. Ela é filha de Adam Clark, ora essa.

– E não é melhor que ninguém por causa disso – retrucou Gilbert. – E aqui vai uma fofoca que todos sabem. Adam Clark está à beira da falência. E a irmã dele disse que a filha dele vai se casar com um homem da costa oeste. Então pode ter certeza de que não há nada de sério acontecendo entre a senhorita Clark e Don Glynne.

– Garotas fazem coisas tolas desde sempre – ponderou Anne.

– Como quando você se casou com um pobre médico em início de carreira e foi morar com ele em uma casa caindo aos pedaços que insistia em chamar de "Casa dos Sonhos".

– Gilbert Blythe! Eu pedi a Susan para fazer sua torta de limão preferida para a janta, mas agora direi para ela não fazer.

– Se você disser...

– Eu mesma farei – interrompeu Anne, rindo.

A velha risada que nunca lhe faltara até então. Pois a Grande Guerra ainda não havia começado e não havia sombra pesando em seu rosto. Quanto a Don Glynne e a senhorita Clark, eles podiam muito bem cuidar de si mesmos. As pessoas de Mowbray Narrows estavam longe demais para que os dois se preocupassem com elas.

Don Glynne parecia entender tudo sobre todos os jardins da história, dos romances e das lendas do mundo, do Éden em diante. Ele falou muito sobre jardins para Chrissie enquanto arrancavam ervas daninhas, faziam um piquenique ou perseguiam mariposas noturnas no pomar. Certa vez, Chrissie tropeçou em uma rocha e Don a segurou. Ela sabia que ele a tinha segurado por mais tempo que o necessário... E sabia que tinha gostado... E sabia que ele sabia que ela tinha gostado. E sabia que ela *jamais* se casaria com George.

O que não teria acalentado Clack, se ela soubesse. *Seria* um triunfo vencer a velha senhora Clark uma vez na vida; mas ela não queria que Chrissie se casasse com o jardineiro da senhorita Merrion.

"De nada adianta ansiar por coisa alguma", pensou a pobre Polly Claxton. "Eu ansiei tanto por esse mês com Chrissie, e agora veja o que aconteceu! Será que eu deveria alertar Adam Clark? Não. Eu *não* entrarei no jogo da velha senhora Clark assim. Não tenho a menor dúvida de que ela sabe tanto quanto eu, de toda forma."

Certa vez, Chrissie ouviu alguém se referir a ela como "a garota de Don Glynne" e ficou horrorizada ao perceber que aquilo a excitou, em vez de irritar. Clack ouviu uma referência similar (várias delas, na verdade), e ficou bastante mal por uns bons quinze minutos.

Mas, afinal de contas, Chrissie era uma Clark, e Clarks não se casavam com jardineiros... Era impossível. Não importava quão nebulosos fossem seus olhos azuis ou quão altos e musculosos fossem seus corpos.

É claro que todos podiam ver que Don Glynne era louco por ela... Mas Clack se fiava na certeza de que os homens deveriam saber cuidar de si mesmos. Ela sentia que até os melhores deles volta e meia precisavam de uma lição.

Quando avistou Don oferecendo a Chrissie um pedaço de maçã na ponta de sua faca de jardinagem, ela se sentiu muito mais tranquila. Era uma pena que um rapaz tão bom tivesse tais maneiras. E com uma aparência tão cavalheiresca, também!

Já Chrissie pensava que aquela era a maçã mais deliciosa que já tinha comido na vida. Ela sabia que a faca estava limpa. Don a tinha limpado no riacho antes de cortar a maçã.

Mas foi apenas depois que Don a beijou... pela primeira vez... aquela noite na praia... e só por um segundo, tornou-se o centro do universo... que ela soube de algo mais.

– De agora em diante, você é minha – disse ele por entre dentes cerrados.

Chrissie sabia que só havia um caminho para escapar... e seguiu por ele.

– Sejamos sensatos – disse ela, com a mesma suavidade da espuma das ondas na areia. – Você sabe que não podemos continuar. Eu gostei muito de você... para o verão. Mas preciso ter outro namorado para o inverno. Mesmo.

– Então... é assim que é? – questionou Don.

– Você sabia, não sabia?

– Suponho que eu deveria saber – disse Don.

Ele riu.

– A vida é uma piada – explicou ele. – E de que serve uma piada se não for para rirmos dela?

Ele olhou para Chrissie. Ela estava usando um vestido prateado e parecia uma sereia que acabara de sair do mar. Ela sabia que ele a achava a coisa mais linda do mundo. Essa é uma das coisas que uma mulher sabe sem que precisem lhe dizer.

– E se eu tivesse simplesmente dito: "Você precisa se casar comigo, e basta de ladainhas"? – continuou ele.

– Você não iria gostar – respondeu Chrissie ainda mais suavemente.

Ela sabia, pelo rosto dele, que precisaria contar a mentira que torcera para não precisar dizer.

– Veja, eu gosto de você como amigo, mas isso é tudo.

– E então é isso – disse Don.

Eles voltaram sob o luar perfumado em um silêncio terrível.

Mas na esquina do abeto onde a rua fazia uma curva para a casa da senhorita Merrion, Don tornou a falar.

– Acho que você estava mentindo quando disse que não me amava. O motivo real é: Você acha que um jardineiro não é bom o suficiente para uma preceptora.

– Não seja absurdo, Don.

– Muitas verdades são absurdas.

– Bem, vou lhe contar a verdade, por fim. Eu tenho vivido uma mentira durante todo o verão. Ah, sim, tenho vergonha disso, mas isso não melhora em nada a situação agora. Não sou preceptora. Eu nem sei de onde você tirou a ideia de que eu era.

– Eu acho que você sabe muito bem, e acho que intencionava que eu pensasse assim.

– Você poderia ter descoberto facilmente perguntando para alguém.

– Você acha que eu falaria sobre você com alguém daqui?

– Bem, também não sou Chrissie Dunbar... apenas. Sou Phyllis Christine Dunbar Clark, filha de Adam Clark, de Ashburn. Embora isso talvez não signifique nada para você.

– Ah, sim, significa algo – respondeu Don, lenta e gelidamente. – Sei quem é Adam Clark... e o que os Clarks são. Parece que fui lindamente enganado. Sou mesmo fácil de enganar. Acredito nas pessoas muito rápido. Eu até acreditei na senhora Blythe quando ela me disse...

– O que foi que ela lhe disse? – quis saber Chrissie.

– Deixe para lá. Meramente uma resposta inofensiva para uma pergunta inofensiva que eu fiz a ela. Qualquer um poderia ter me dito... é de conhecimento geral. Tudo se resume ao fato de que fui feito de idiota. Com tanta facilidade. Realmente, não poderia ter sido mais fácil, senhorita Clark.

– Estou indo embora amanhã – disse Chrissie friamente.

Sua ignorância com relação ao que a senhora Blythe teria dito a ele ainda amargurava seu coração. Não que pudesse ter feito qualquer diferença.

– Então agora é adeus?

– Sim.

– Adeus, senhorita Clark.

Ele se foi... Realmente se foi. Em um primeiro momento, ela não conseguia acreditar. Então, ela mentiu novamente, dizendo:

– Graças a Deus.

Ela subiu até seu quarto e decidiu que choraria até às dez horas, e depois arrancaria Don Glynne de sua mente para sempre.

Ela chorou pelo tempo determinado. Bem baixinho, no travesseiro, para que Clack não a ouvisse.

Então ela se levantou, pegou uma vaca de porcelana horrorosa que Clack, por algum motivo, sempre mantinha na mesa de cabeceira – alguma paixão da juventude tinha dado a ela – e arremessou pela janela. O bibelô se estatelou nas pedras da calçada com um ruído satisfatório.

Chrissie se sentiu muito melhor.

– Daqui a uns vinte anos, ou algo assim, eu terei me recuperado plenamente disso – disse ela.

Sob o frio do amanhecer verdejante, Chrissie arrumou seu baú. Ela estava pronta para partir quando Clack, bastante surpresa, entrou no quarto.

– Passei meu mês aqui, minha querida, e agora vou voltar a Ashburn. Não negue que, debaixo dessa tristeza, você está se sentindo secretamente aliviada. Você estava preocupada comigo e com Don. Não precisava. Ah, se você soubesse como não precisava! Eu odeio Don Glynne... Odeio!

"Será?", pensou Clack.

– Você vai se casar com George?

– Não, não vou me casar com George. A tia e o meu pai podem, e vão, espernear o quanto quiserem, mas nada me obrigará a casar com George.

Quando Phyllis (ela precisava ser Phyllis novamente) retornou a Ashburn, tia Clark a analisou criticamente.

– Você está muito abatida, minha querida. Imagino que tenha passado um mês extremamente entediante em Memory. Se tivesse feito o que seu pai queria, isso não teria acontecido.

– Tive um mês ótimo em Memory – respondeu Phyllis. – Muita paz e tranquilidade. E já posso lhe adiantar, tia, querida, que não vou me casar com George Fraser e que a senhora não deve mencionar o nome dele para mim novamente. Não me casarei com *ninguém*.

– Está bem, querida – disse tia Clark, tão placidamente que Phyllis olhou chocada para ela. Será que a velhinha não estava se sentindo bem?

Phyllis foi à cidade e comprou um vestido novo maravilhoso. Era realmente divino, de renda preta com fileiras e mais fileiras de babados bordados ao redor da saia e uma rosa vermelha enorme no peito... vermelha como as rosas que ela ajudava a regar nos jardins Merrion.

Ela não reparou que o caixa pareceu um tanto desconcertado quando ela lhe disse para cobrar.

Ela o usou aquela noite, no jantar que Adam Clark estava oferecendo a um visitante inglês importante, e brilhou descadaramente durante toda a refeição.

– Minha filha acabou de passar um mês com a antiga babá no campo – desculpou-se Adam Clark, que pensou que ela realmente estava indo longe demais. – Esta é... hã... a reação dela contra a monotonia.

Monotonia! Paz e tranquilidade! Ashburn parecia terrivelmente entediante, refletiu Phyllis à janela de seu quarto aquela noite. Terrivelmente calma... Terrivelmente silenciosa. Com uma lua abominavelmente fantasmagórica olhando para você!

Aquela lua estaria brilhando em algum lugar sobre Don. O que ele estaria fazendo? Provavelmente dançando no Walk Inn com alguma outra garota. Apenas se lembrando dela com desdém e raiva, porque ela o tinha enganado.

Bem, importava? Nem um pouco.

O interlúdio de Memory tinha terminado. Definitivamente. E George estava definitivamente fora de cena. Aquele George horrível e gordo!

Ela nunca mais veria o alto e esguio Don novamente, mas ao menos não precisaria se casar com o atarracado George. Quanto aos milhões do tio Edward…

“Eu preferiria alugar quartos para pensionistas para ajudar Don do que gastar milhões com George”, pensou ela violenta e ridiculamente.

Era, no entanto, absurdo pensar em se casar com um jardineiro.

Além disso, ela não tinha mais essa chance. Tia Clark e seu pai deviam ter se conformado com sua recusa a George. Nenhum deles voltou a tocar no nome dele ou falou da viagem à costa oeste desde que ela retornara.

Então ela ouviu… O assobio de Don… Como havia ouvido tantas vezes em Memory!

Veio dos arbustos dos fundos da residência. Don estava lá, ela não tinha a menor dúvida. Ele podia odiá-la, podia desprezá-la, mas estava lá, chamando-a. Chamando o coração que batia dentro dela.

É claro que ela tinha mentido quando dissera que não o amava. E ele também não tinha acreditado. Ainda bem que ele não tinha acreditado. Amá-lo! Ela mostraria a ele se o amava ou não. Talvez ele só estivesse tentando se vingar, mas não importava. Nada importava além do fato de que ele estava ali.

E em meio a tudo aquilo, ela desejou não ter quebrado a vaca de porcelana da pobre tia Clack.

Phyllis desceu as escadas correndo e saiu pela porta lateral, atravessando a grama molhada e deixando um rastro com seu vestido. Mas vestidos não importavam. A esposa de um jardineiro não precisaria de vestidos de festa… Ou precisaria? Talvez até mesmo jardineiros tivessem suas próprias festas. Mas isso também não importava. Ela ficaria feliz em um deserto sem jantar algum com Don, e sofreria para sempre no Paraíso sem ele.

Eles não disseram uma só palavra quando se encontraram... Não por um bom tempo. Estavam ocupados. E eram as únicas pessoas reais no mundo.

Mas, enfim...

– Então você *estava* mentindo – disse Don.

– Sim – confirmou Chrissie. Sempre "Chrissie" agora; "Phyllis" nunca mais. – E eu acho que você sabia.

– Depois de me acalmar, eu soube – disse Don. – Você sabe para onde vão as garotinhas que contam mentiras?

– Sim... Para o céu. Porque é lá que estou agora.

– Se eu não tivesse vindo, o que você teria feito?

– Voltado para Memory. Ah, aquele inglês! Ele era tão chato. Até mesmo George e sua opacidade teriam sido melhores.

– Você acha que um dia vai se arrepender por não se casar com George?

– Jamais.

Houve outro interlúdio.

– Eu sempre terei um emprego como jardineiro – disse Don. – Mas como sua família se sentirá com relação a isso?

– Eles nunca me perdoarão, ao menos a Tia... mas não importa.

– Ah, eu acho que eles a perdoarão – garantiu Don. – Não estou realmente preocupado com o perdão deles. A pergunta que me perturba é: *Você* me perdoa?

– Perdoar você! Pelo quê?

– Por enganá-la tão desavergonhadamente.

– Enganar-me? Do que é que você está falando?

– Chrissie, querida, apoie a cabeça no meu ombro... isso... E não olhe para mim e nem diga nada até eu terminar. Não sou Don Glynne.

– Não é Don Glynne? – exclamou Chrissie, desobedecendo-o desde o início. – Então... Quem é você?

– Bem, ao menos o sobrenome da minha mãe era Glynne. Eu sou... Eu sou... Meu nome completo é George Donald Fraser. Não, fique paradinha. Eu vim para o leste para vê-la... Para ser franco e dizer que eu não me casaria por dinheiro. Cheguei aqui no exato momento que você estava entrando no carro para sair. Eu vi você… *Eu vi você.* Seus cílios me mataram. Decidi, naquele instante, seguir você… E foi o que eu fiz. Eu… Eu tive a sorte de conseguir o emprego na casa da senhorita Merrion. Sou um bom jardineiro. Sempre foi meu passatempo. O velho tio Edward tinha o jardim mais lindo da Colúmbia Britânica. Eu fiz um curso de jardinagem na universidade. E venci um torneio com um vaso de rosas no Festival das Flores no ano passado. Um dia, eu terei jardins que farão os da senhorita Merrion parecerem o quintal de uma cabana, você me ajudará a arrancar as ervas daninhas, não é, querida? Não, ainda não… Você precisa me perdoar, afinal de contas, eu fiz exatamente o que você também fez. O roto não deve se ressentir do rasgado. *Pronta?*

Chrissie se aninhou ainda mais, se é que era possível.

– Coisas assim não podem simplesmente *acontecer* – disse ela. – Devem ser maquinadas pela Providência. Mas é bastante detestável, realmente, pensar em como a tia ficará contente!

Don deu um beijo em seus cabelos e nas pontas de suas orelhas. Ele sabia que tinha sido perdoado, mas sabia que havia um detalhe que ele não tinha contado a ela, um detalhe que nunca poderia contar, algo que ela jamais perdoaria. Ele nunca poderia confessar que entrara em Ashburn depois de ela ter partido e que toda a trama fora arquitetada em consonância com a tia, e com o consentimento do pai. A velha senhora Clark era uma velha amiga de colégio de Jane Merrion.

Clack tinha razão em sua avaliação da velha senhora Clark.

Parte Dois

Walter Blythe era o poeta da família em Ingleside.

Sua mãe aprovava suas ambições; os demais as enxergavam como o "interesse passageiro" de Walter, e Susan Baker as desaprovava fortemente.

A Primeira Guerra Mundial chegou. Todos os garotos Blythes foram, e Walter foi morto em Courcelette. Ele tinha destruído a maioria de seus poemas antes de ir para o outro lado do mundo, mas deixou alguns com sua mãe.

A senhora Blythe ocasionalmente lia alguns de seus próprios versos para a família à noite e passou a incluir os de Walter de vez em quando, em parte para manter a memória dele totalmente viva no coração de seus irmãos e irmãs, em parte para agradar Susan, que agora estimava cada verso dos escritos de Walter.

Mais um crepúsculo em Ingleside

INTERLÚDIO

Hoje, o vento de um sonho
Soprou no rouco jardim;
Ouvi um riacho medonho
Aos risos abaixo de mim.
Senti as gotículas d'água
Tamborilando-me a fronte,
Sei que o vento carrega a mágoa
Para muito além do horizonte.
Eu vi uma luz praiana
Em meio às dunas prateadas,
Onde a areia emana
A magia das noites enluaradas.

Eu vi um navio sombrio
A caminho do litoral,
E senti em meu lábio frio
Um beijo sentimental.
Caminhei novamente ao lado
Da Noite, feiticeira bandida,
Até o amanhecer dourado
Trazer de volta a alegria perdida.
Oh, vento do sonho, continue a soprar,
Pois na minha lembrança se demora
A pressão fantasmagórica a evocar
Aquele beijo de outrora.

Walter Blythe

Jem Blythe:

– Fico pensando se o pobre Walter chegou a beijar uma garota na vida.

Faith Meredith, *baixinho*:

– Sim, ele deu um beijo de adeus em Una antes de partir.

Rilla Blythe:

– Mas esse poema foi escrito antes disso, então devia ser um beijo fantasioso.

Susan Baker, *entristecida:*

– Lembro-me do dia em que ele escreveu isso, lá naquele bosque de bordos. Eu o reprimi por estar perdendo tempo enquanto Ian Flagg o desbancava nos exames de aritmética. Ah, quem dera eu não o tivesse reprimido!

Nan Blythe:

– Não chore, Susan. Todos fazemos coisas que desejamos não ter feito. Eu também costumava perturbar o Walter porque ele escrevia poesia.

VENHA, VAMO-NOS

Campos agradáveis que a primavera toca,
Repletos de sombras e da paz que ela evoca;
Ovelhas brancas repousam nos morros verdejantes,
Jardins que abundam de cores vibrantes;
Jardins antigos, prazenteiros, delicados,
Há tanto tempo profundamente amados.

Pinheiros encobertos pela neblina matinal,
Vales e praias de beleza colossal,
Brisas passageiras que ronronam e cantam
Ao lado do rio sob o ocaso encantam,
E um lugar silencioso próximo a um riacho escondido
Que abriga um sonho jamais esquecido.

Uma trilha pontilhada por estrelas prateadas,
Descendo até os prados de pastagens sombreadas,
Onde as bétulas brancas como a lua brilham
Como damas prateadas que suas harpas dedilham,
Até uma casinha onde poderei de bom grado
Viver por um tempo no passado.

E eu sentirei, enquanto caminho lentamente,
O perfume das violetas sob o sol poente,
Ouvirei quando parar à porta aberta
O chamado das ondas que nas praias desperta,
E sei muito bem que saudade não sentirei
Do beijo que no vento litorâneo dei.

A noite gentil será boa comigo,
A varanda coberta de hera será meu abrigo,
Na velha escada de pedras e no peitoril da vidraça
A esperança da juventude não se faz escassa,
E eu hei de encontrar nos degraus sob o breu
O segredo de paz que o mundo perdeu.

Anne Blythe

Doutor Blythe:

– Você estava pensando nos tempos de Avonlea quando escreveu isso, não estava, Anne?

Anne:

– Em partes... E em partes no segredo de paz que o mundo perdeu. Nada é o mesmo desde a guerra, Gilbert. Nada mais voltará a ser o mesmo.

Doutor Blythe:

– Não. Mas nós sabemos que nosso filho deu a vida por seu país. E ainda temos a paz e o amor em Ingleside, minha querida.

UM DIA DE JUNHO

Venha, pois o dia nasceu para sonhar,
Um dia de junho para aventureiros.
Já basta de sofrer e de se preocupar,
Aqui, onde o vento oeste sopra ligeiro;
Nós esqueceremos o cansaço e a idade,
Nós esqueceremos toda a vaidade,
Apenas nos lembraremos da pequena rosa silvestre
E do encanto de uma nuvem na paisagem campestre.

Apenas nos lembraremos do prado extenso
E da paz abundante do céu azul imenso,
O brilho verde das folhas, a sombra das arvoretas,
As mariposas e as borboletas.
Afastaremos o medo e abraçaremos a esperança,
Caminharemos sem rumo em nossa andança,
Sem nos preocupar com um teto opressor
Até declarar pela lua nosso amor.

Adeus para os dias de labuta solitária,
A lamúria e a aflição da luta diária;
Nosso será o mel itinerante para saborear
E em nossos corações a pureza há de habitar.
Vadiaremos nós em riachos perolados,
Como se os relógios do mundo fossem todos parados,
Marcharemos nós com o vento nos pinheiros,
Do mês de junho somos os aventureiros!

Walter Blythe

Doutor Blythe, *pensando*: "Versos comuns... Mas o garoto era mesmo especial. Sempre pareceu mais velho do que era. Por que será que os jovens sempre gostam de escrever poesias sobre a velhice e o cansaço? Walter tinha todo o amor de sua mãe pela natureza".

Susan Baker, *pensando*: "Eu também gostaria que os relógios do mundo todo fossem parados. E gostaria de nunca ter aberto a boca para reprimir o Walter por escrever poesia".

Jem Blythe *(baixinho para Faith Meredith)*:

– Minha mãe costuma ler os poemas do Walter para nós de vez em quando. Será que isso é bom para ela?

Faith *(baixinho)*:

– É, sim. Apazigua uma dor antiga. Você acha que, se não tivesse voltado daquela prisão alemã, eu não teria estimado e relido todas as cartas que você me escreveu?

VENTO DO OUTONO

Caminhei airosamente com o Vento do Outono pelas montanhas,
Onde Homenzinhos de Verde podem ser vistos na paisagem crua,
Por trilhas de pinheiros que deveriam levar a terras estranhas,
Terras encantadas entre o sol e a lua.

Talvez eu tenha encontrado os Velhos Deuses nesses lugares sagrados;
Acho que eles me espiavam e riam enquanto eu prosseguia,
Os pequenos faunos e sátiros se escondiam em locais assombrados,
Aonde o Vento do Outono me levou naquele dia.

A harpa envenenada entoava, vinho imortal para beber,
Ah, éramos velhos amigos, o vento galante e eu,
E de mãos dadas caminhávamos sob o céu do anoitecer
Entre nuvens apressadas em meio ao breu.

E, ah, meu sono foi tranquilo naquela noite até a alvorada,
Quando todos os meus belos sonhos escapuliram apressados,
Pois o Vento do Outono estava a ecoar sua chamada,
"Vem me acompanhar, já estamos atrasados".

Walter Blythe

Rilla:

– Essa era a visão que Walter tinha do vento. Ele costumava adorar ouvi-lo assoviar lá no Vale do Arco-Íris. E pensar que ele realmente acreditava em "Homenzinhos de Verde", Susan... Quando era criança, de toda forma.

Susan, *com determinação:*

– Mas não nos velhos deuses, em qualquer momento, Rilla. Você jamais conseguirá me convencer de que Walter era um pagão. Ele ia à igreja e frequentava a escola dominical todo domingo e gostava.

Doutor Blythe:

– Isso porque ele não precisava caminhar no vento com a mesma frequência que eu antes de surgirem os automóveis! Bem, eu também amava o vento quando era garoto. Lembra que ele costumava ronronar lá na Trilha dos Amantes, Anne?

Anne:

– Como se eu pudesse esquecer de qualquer coisa relacionada à Trilha dos Amantes! E me lembro, também, de como o vento costumava soprar violentamente pelo Porto enquanto eu esperava você chegar na nossa Casa dos Sonhos. Você lembra, Susan?

Susan, *fervorosamente:*

– Claro que me lembro!

LUGARES SELVAGENS

Oh, esta é uma alegria que não se pode
Comprar ou vender em nenhum mercado,
Onde as florestas entoam seu chamado
E cantarolam sua bela ode,
E toda cicuta é uma chama nua
Do lânguido fogo da lua.

Pois música haveremos de ouvir:
O clamor selvagem do vento errante,
Que busca pelo misterioso viajante,
Um trompete solitário a bramir,
Ou lamentando sua canção soturna
Na escuridão noturna.

E existem cores na mata...
O roxo imperial da velha realeza...
O rosa incendiário do amanhecer... toda a beleza
Primaveril de vales e cascatas,
Os ramos vermelhos dos pinheiros... e o silêncio profundo
Dos abetos moribundos.

E nós conheceremos, como bons amantes,
A chuva galante, o fascínio sedutor
Do riacho malicioso e do pântano opressor,
As risadas ocultas penetrantes,
Como se os deuses de outrora
Brincassem em meio à flora.

Pois esses lugares selvagens nos contam
Mitos alegres de duendes e fadas,
E creem firmemente nas palavras versadas
Sobre o povo de verde e tudo que aprontam...
Oh, que medo antigo nos incute...
Cale-se... Ouça... Escute!

Walter Blythe

Anne, *suspirando:*

– Walter sempre amou a mata. Ele adorava o Vale do Arco-Íris e as tundras de Upper Glen!

Susan, *baixinho:*

– Eu, volta e meia, questiono os propósitos do Senhor. Gostaria de saber por que Ele cria uma mente que consegue escrever coisas assim e, então, permite que padeça.

POR SI SÓ

Eu estimo o amor, mas meramente por si só,
Não espero conquistar o teu, mas ainda padece,
No fundo de meu coração, seu inexorável nó:
Nem se esquecer eu pudesse
Assim escolheria. Eu me rendo com ardor,
Prisioneiro de uma dor que sobrepuja qualquer alegria:
Por seu pesar e sua doçura, eu amo o Amor
E seu servo seria!

Anne Blythe

Doutor Blythe, *pensando*: "Lembro-me de ter expressado meus sentimentos com bastante clareza quando pensei que Anne se casaria com Roy Gardiner. Estranho como Anne passou a escrever muito mais poesias desde a morte de Walter. Parece que, de alguma forma estranha, o dom de Walter foi transmitido a ela, em vez do contrário. Bem, ouso dizer que se trata de algum escape para a dor que sentimos quando pensamos nele".

A MUDANÇA

Não há diferença nesta manhã singular
Entre o ontem e o agora...
As papoulas continuam a desabrochar
Nos campos nebulosos sob a aurora.

O vento oeste, com seu canto gentil,
Ainda é amigo dos amantes,
E o rio abraça com seu braço anil
Os morros verdejantes.

A rosa que sob o crepúsculo abria um sorriso
Ri com a mesma euforia inveterada,
Mas, pálida e doce como os lírios do Paraíso,
Uma fugaz esperança morreu na noite passada.

Anne Blythe

Doutor Blythe:

– Lembro-me do dia em que a minha "fugaz esperança" de conquistá-la morreu, Anne.

Anne:

– E eu me lembro da mesma coisa.

Una Meredith, *pensando*: "Lembro-me de quando a minha morreu... Quando recebemos a notícia da morte de Walter".

Susan Baker, *pensando*: "Lembro-me da noite em que finalmente decidi que precisaria ser uma velha solteirona. Será que Bigodinho sentiu que suas esperanças morreram depois que eu o persegui pelo gramado com a panela de tintura? Até onde sei, escrever poesia é simplesmente colocar em palavras rimadas o que todos sentem. Por que eu não pensava nessas coisas quando vivíamos na Casa dos Sonhos? Ah, não havia nenhum indício de guerra na época, e Walter nem sequer era nascido ou cogitado. Será que a cara senhora Blythe está pensando em Walter ou na pequena Joyce? Não, ela não parece tão triste assim. Esse é apenas um dos poemas que ela escreveu só para se entreter".

EU CONHEÇO

Eu conheço um vale de violetas, um esplendor doce e estrelado;
Ao lado de um riacho nuvioso a cantarolar para o vento,
Onde os álamos sussurram sedutoramente e as bétulas do prado
Contam histórias de façanhas élficas de que ninguém tem conhecimento.
Eu conheço uma pequena trilha que atravessa a montanha enevoada,
Onde coelhos tímidos me espiam por debaixo dos arbustos,
Onde se avistam lumes e brilhos e lampejos de borboletas amalucadas,
E os cenários por todos os lados são cativantes e robustos.
Eu conheço um morro onde posso ouvir o chamado dos pinheiros,
Do vale à orla, à duna dourada e ao mar eterno,
E conheço uma várzea rubra onde o sol se põe ligeiro;
Há uma casinha a esperar por mim como um abraço fraterno.

Walter Blythe

Rilla:

– Walter também escreveu esse pensando no Vale do Arco-Íris. O Vale aparece em quase todos os poemas que ele escreveu.

Jem:

– Mas e a tal "casinha"?

Rilla:

– Ah, eram Ingleside e a mamãe, na verdade. Mas ele pensou que "casinha" era mais romântico. Não se pode ater-se estritamente aos fatos na poesia.

Susan:

– Nem em qualquer outra coisa, eu acho. Já vivi o suficiente para ter aprendido isso. Existem coisas que são mais verdadeiras que fatos, como a cara senhora Blythe me disse certa vez.

Cuidado, irmão

Nenhuma mudança havia ocorrido na residência Randebush, em Upper Glen, nos últimos quinze anos, desde que Nancy, amada esposa de Amos Randebush, falecera. Amos, seu irmão Timothy e Matilda Merry simplesmente seguiam a vida em paz e contentes. Ao menos Amos e Timothy viviam felizes. Se Matilda Merry, que contradizia como ninguém o significado de seu sobrenome, não vivia contente, a culpa era toda dela. Ela tinha um bom emprego como governanta e uma leve queixa de reumatismo crônico. Diziam que era uma mina de ouro para o doutor Gilbert Blythe. Amos lhe pagava uma remuneração justa e nunca reclamava quando seus biscoitos estavam murchos ou o assado passava do ponto. Às vezes, quando a observava sentada à ponta da mesa e comparava seus cabelos castanho-claros ralos e o semblante pessimista às tranças brilhantes e ao rosto rosado de Nancy, ele suspirava. Mas nunca dizia nada. Quanto ao reumatismo, uma mulher precisa ter do que falar.

Timothy era mais filosófico. Matilda o satisfazia plenamente. Nancy era bonita e boa dona de casa, mas, pela língua do gato, como era caxias com todas as regras! Era preciso limpar as solas das botas, raspando-as, antes de entrar em casa. Nem o ministro e o doutor Blythe escapavam. Amos por vezes se rebelara sob o comando dela, mesmo que agora só se lembrasse de suas qualidades. Era isso que as mulheres faziam com você, até depois de mortas. Timothy agradeceu às estrelas por nenhuma delas ter conseguido fisgá-lo. Não, obrigado! Sempre odiara todas em geral, à exceção da senhora Blythe, que tolerava, mas como detestava aquela Winkworth em particular! Covinhas, por Deus! Caras e bocas, ora essa! Cabelos cor de caramelo e olhos sedutores! Pela língua do gato! Será que alguém teria imaginado que Amos poderia ser tão tolo? Uma lição não era suficiente? Evidentemente, não, quando se é uma criatura sem colhões como Amos e se tem de lidar com uma diaba ardilosa, manipuladora, astuciosa e desesperada como aquela tal Winkworth! Mas alto lá! Amos podia ser impotente diante de seus fascínios, e a senhora Blythe podia estar dando um empurrãozinho. Ele não ouvira falar que ela gostava de bancar o cupido? Mas Amos tinha um irmão que o salvaria, apesar de não tê-lo feito por si mesmo.

A senhorita Alma Winkworth estava se hospedando com os Knapps, em Glen St. Mary. Eles haviam informado que ela trabalhava no Hillier's Beauty Shoppe, em Boston, tinha feito uma cirurgia e precisaria estender suas férias além das costumeiras duas semanas antes de voltar a trabalhar. Timothy não acreditava nem um pouquinho na tal cirurgia. Muito provavelmente, o doutor e a senhora Blythe estavam metidos na tramoia. Alma Winkworth não teria uma aparência tão deslumbrante se tivesse sido operada. Aquilo não passava de um jogo para conquistar empatia. Ela só havia ido a Glen St. Mary para tentar fisgar um homem e, por Deus, estava prestes a conseguir. E teria feito se ele, Timothy, não estragasse seus planos.

Eles a tinham visto pela primeira vez na igreja, sentada ao lado dos Blythes, no banco à sua frente... Maria Knapp nunca ia à igreja... Uma criatura sorridente, que parecia, a julgar pelos cabelos e pelo semblante, uma ótima garota-propaganda de uma loja de produtos de beleza. Na noite seguinte, ele fora até a casa dos Knapps; deu alguma desculpa esfarrapada, e essa foi a oportunidade da criatura. Veja o que ela já havia feito com ele. Para todos, já era época de colheita, quando os homens precisavam trabalhar e dormir. Amos passava o dia com a cabeça nas nuvens e, quando a noite chegava, fazia a barba e se arrumava, ajeitava o bigode e descia até Glen, alegando ter alguma reunião da Associação dos Criadores de Raposas.

Outro mau sinal era que Amos tinha se tornado subitamente sensível em relação à idade. Quando, em seu aniversário de cinquenta anos, Timothy o parabenizou por ter chegado à marca de meio século, Amos afirmou, em tom irritado, que não sentia ter nem um dia a mais que quarenta anos. Winkworth contara aos Blythes que *ela* tinha quarenta anos, sem dúvida para encorajar Amos, pois que mulher solteira admitiria ter essa idade se não tivesse um propósito nefasto?

Parecia a Timothy que nada além de um milagre poderia impedir Amos de pedir a mão da tal Winkworth em casamento. Ele ainda não o fizera... Timothy tinha quase certeza disso, por seu comportamento de nervosismo e incerteza. Ele deveria fazê-lo em até dez dias, já que precisaria ir à Exposição Nacional Canadense, em Toronto, pois era o responsável por uma remessa de raposas de prata que a Associação dos Criadores de Raposas estava enviando para lá. Ele ficaria ausente por duas semanas, e as férias da tal Winkworth teriam acabado quando ele retornasse. Então Timothy tinha bastante certeza de que ele a pediria em casamento antes de viajar.

Não, por Deus, ele não pediria! Uma irmandade harmoniosa de uma vida inteira não seria destruída por isso. Timothy teve uma inspiração divina. A Ilha de Joe! Essa era a resposta à sua prece!

Os detalhes causavam uma ansiedade considerável a Timothy. O tempo estava acabando e, por mais que quebrasse a cabeça, ele não conseguia pensar em uma maneira de levar a tal Winkworth até a Ilha de Joe sem que alguém ficasse sabendo. Mas a Providência abriu uma porta. A senhora Knapp foi até a loja de Upper Glen e deu uma passada para visitar Matilda Merry. Elas estavam sentadas na varanda dos fundos, fofocando, quando Timothy, que estava deitado no sofá da cozinha, bem ao lado da janela, ouviu algo que o fez se levantar imediatamente em um lampejo de inspiração. A senhorita Winkworth, pelo que a senhora Knapp disse, ia passar um ou dias em Charlottetown com uma amiga que vivia lá. Ela pegaria o trem do porto. A senhora Blythe também estaria, pois faria uma visita a Avonlea.

Então era por isso, refletiu Timothy acidamente, que Amos parecia tão cabisbaixo e deprimido o dia todo, falando sobre pegar um comprimido cura-tudo com o doutor Blythe. Pela língua do gato! Ele devia estar mesmo mal se a perspectiva de ficar longe de sua amada por alguns dias o fazia precisar do cura-tudo! Bem, quanto mais quente o fogo, mais rápido a chama apaga. Amos logo superaria essa paixão e ficaria grato por ter escapado... Sim, antes que tomasse metade dos comprimidos do doutor Blythe.

Timothy não perdeu tempo. Tinha certeza de que Amos a levaria até o trem, mas o automóvel de Amos ainda estava no quintal. Timothy foi até o celeiro e tirou o próprio automóvel. Seu único medo era de que Amos também fosse buscar a senhora Blythe.

– Aonde será que *ele* vai? – indagou a senhora Knapp enquanto Timothy manobrava o carro no quintal.

– Deve estar indo até o porto pegar peixe – respondeu Matilda. – Ele teria feito a barba e se trocado se fosse visitar alguém, mesmo que fosse apenas até Ingleside atrás de cura-tudo. Cura-tudo! Amos precisa desse remédio tanto quanto eu. Timothy tem pelo menos quarenta e cinco anos, mas é vaidoso como um pavão.

– Ele é um homem muito bonito – observou a senhora Knapp. – Bem mais que Amos, se quer saber minha opinião. Amos é o que se poderia chamar de "insignificante", como diria a senhora Blythe.

– Você acha que Amos e a sua pensionista acabarão se casando, Maria?

– Não me admiraria – respondeu a senhora Knapp. – Ele certamente tem sido muito atencioso. E a senhora Blythe tem se esforçado ao máximo para fazer acontecer. Nada pode impedi-la de bancar o cupido. E acho que a senhorita Winkworth está bem cansada de encarar a vida sozinha. Mas não tenho como afirmar... Ela é bastante reservada.

A tal Winkworth estava sentada na varanda dos Knapps quando Timothy chegou. Estava pronta para viajar, com seu terninho azul- -marinho, um chapeuzinho com laço verde e a mala a seus pés.

– Boa noite, senhorita Winkworth – disse Timothy asperamente. – Lamento, mas meu irmão não pôde vir. Acabou se atrasando por algum problema com as raposas. Então vim buscá-la para levá-la ao trem.

– É muita gentileza da sua parte, senhor Randebush.

Ela certamente tinha uma voz agradável. E uma figura muito elegante. E um jeito de olhar! Imediatamente, Timothy lembrou que não fizera a barba naquele dia e que havia pedaços de palha grudados em seu suéter.

– Acho que é melhor nos apressarmos – disse ele, sério. – Está quase na hora do trem.

A tal Winkworth entrou no carro sem desconfiar de coisa alguma. Timothy se acalmou. Estava sendo muito mais fácil do que esperava. E, por sorte, era evidente que não havia nada combinado para buscar a senhora Blythe.

Mas o momento crucial chegaria quando ele saísse da estrada de Upper Glen e pegasse a trilha cheia de mato e raízes expostas que levava até a baía. Ela sentiria que algo não estava cheirando bem.

E sentiu.

– Este não é o caminho para a estação, é? – perguntou ela com leve surpresa na voz.

– Não, não é – respondeu Timothy, mais sinistramente que nunca. – Não estamos indo para a estação.

– Senhor Randebush…

A tal Winkworth se percebeu encarando olhos muito austeros.

– Ninguém vai machucá-la, senhorita. Nenhum mal lhe será feito se você fizer exatamente o que eu mandar e ficar de bico calado.

A tal Winkworth, após um arquejo, permaneceu quieta. Provavelmente achava necessário obedecer aos loucos.

– Saia – ordenou Timothy quando eles chegaram ao fim da estrada. – Então desça diretamente até o embarcadouro e entre no barco que está amarrado lá.

Não havia ninguém em vista. A tal Winkworth desceu até o embarcadouro, com Timothy a seguindo logo atrás, sentindo-se o máximo, ousado e bucaneiro. Pela língua do gato! Era assim que se lidava com elas! E pensar que o doutor Blythe vivia dizendo que mulheres eram iguais aos homens!

Quando eles partiram e estavam deslizando alegremente pela água, ela perguntou delicadamente, com leve tremor apaziguador na voz:

– Aonde… Aonde está me levando, senhor Randebush?

Não havia nenhum mal em contar a ela.

– Eu a estou levando para a Ilha de Joe, senhorita. Fica a pouco mais de seis quilômetros do porto. Vou deixá-la lá por alguns dias, e meu motivo diz respeito apenas a mim, como diria o doutor Blythe. Como eu disse, a senhorita não será machucada e ficará bastante confortável. A residência de verão de Kenneth Ford fica na ilha, e sou o zelador. Os Fords foram passar o verão na Europa em vez de vir para Glen St. Mary. Tem bastante comida enlatada na casa e bom fogão, e, pelo que sei, você sabe cozinhar. Ao menos a senhora Blythe disse ao meu irmão, Amos, que sabia.

Ela lidou com a situação de forma admirável... Era preciso reconhecer. Qualquer outra mulher que ele conhecia, à exceção da senhora Blythe, teria ficado histérica. Ela nem sequer perguntou qual era o motivo. Provavelmente, já suspeitava. Maldita seja! Sentada ali, tranquila e composta, como se ser sequestrada fizesse parte do dia a dia!

– Você não acha que alguém vai criar um alvoroço quando perceber que estou desaparecida? – perguntou ela após uma pausa.

– Quem vai sentir sua falta? – indagou ele. – Amos pensará que você ficou com medo e pegou outra carona.

– Seu irmão não ia me levar. Eu ia com os Flaggs – explicou a tal Winkworth delicadamente. – Mas e quando eu não voltar, daqui a dois dias, acha que a senhora Knapp não ficará preocupada?

– Não. Ela pensará que você simplesmente foi convencida a ficar mais tempo na cidade. E o médico e a esposa dele ficarão duas semanas em Avonlea. Além disso, e daí se as pessoas realmente começarem a questionar? Elas apenas pensarão que você retornou para Boston para se livrar de ter de pagar pela estadia.

A tal Winkworth não respondeu à crueldade dele. Olhou para longe, para o pôr do sol no porto. Tinha mesmo certa graciosidade na maneira como inclinava a cabeça. Cachos cor de caramelo escapavam por baixo das bordas do chapéu.

Subitamente, ela sorriu.

Timothy sentiu uma estranha sensação de formigamento na espinha.

– O vento é oeste esta noite, não é? – comentou ela sonhadoramente. – E, oh, veja, senhor Radenbush, lá está a estrela da tarde!

Como se ninguém tivesse visto a estrela da tarde antes na vida!

É claro que ela sabia que estava exibindo aquele pescoço bonito enquanto virava o rosto para o céu!

Sequestrar uma mulher era um negócio extremamente perigoso. Ele não gostava daquela sensação na espinha.

Talvez ela não achasse que ele tivesse, de fato, a intenção de deixá-la na Ilha de Joe. Ela provavelmente enlouqueceria quando descobrisse.

Bem, ela podia se zangar o quanto quisesse. A seis quilômetros de distância de qualquer lugar. Nada além de barcos pesqueiros se aproximava da Ilha de Joe quando não havia ninguém ali, e esses barcos nunca paravam. Não seria possível ver luz alguma pelas cortinas espessas, e, se alguém visse fumaça sair pela chaminé, pensaria que era apenas ele, Timothy, arejando a casa.

Céus, seu plano era mesmo de mestre!

– Estrelas são bastante comuns em Glen St. Mary – respondeu ele, seco.

A tal Winkworth não tornou a falar. Permaneceu observando aquela maldita estrela até se aproximarem do atracadouro da Ilha de Joe.

– Agora, senhorita – disse Timothy bruscamente –, cá estamos.

– Ah, senhor Randebush, você realmente vai me abandonar aqui, neste lugar solitário? Não há algo que eu possa dizer ou fazer que o faça mudar de ideia? Imagine o que a senhora Blythe pensará da sua conduta.

– Senhorita – disse Timothy com severidade, especialmente porque não havia dúvida quanto ao fato de que ela era uma mulher fascinante e de que ele se importava bastante com a opinião dos Blythes –, experimente moldar granito, se quer um trabalho fácil, mas não tente fazer um Randebush mudar de ideia depois que ele já se decidiu por um curso de ação.

– A senhora Blythe me disse que vocês são todos muito teimosos – comentou ela baixinho enquanto descia no atracadouro.

Uma fragrância deliciosa parecia emanar dela. Outra propaganda da loja de produtos de beleza, sem dúvida, embora a senhora Blythe exalasse o mesmo cheiro quando entrava na igreja.

A residência de verão de Kenneth Ford fora construída no topo rochoso ao norte da pequena ilha. Todas as janelas estavam ocultadas por cortinas pesadas de madeira. Portas e janelas estavam devidamente trancadas, e Timothy tinha todas as chaves, ou achava que tinha. Sabia que nem mesmo os Blythes tinham alguma. A casa era equipada com tudo que alguém poderia querer em termos de conforto: comida enlatada, café, chá, água corrente...

– Você ficará bastante confortável aqui, senhorita. É escuro, é verdade, mas há muitas lamparinas e querosene. A cama no quarto da ala norte do pavimento superior está arejada... Eu mesmo a arejei ontem.

O rosto de Timothy estava vermelho. Ele sentiu, repentinamente, que não era delicado falar sobre quartos com uma dama.

Sem dizer outra palavra, saiu e trancou a porta. Ao fazê-lo, sentiu uma pontada de remorso.

Era como estar trancando a porta de uma prisão.

– Mas não seja piegas, Timothy Randebush – disse a si mesmo severamente. – Amos precisa ser salvo, e essa é a única maneira. Você sabe que ela não pode ser deixada à solta. Enviaria algum sinal a um barco pesqueiro em um piscar de olhos. Os barcos, às vezes, passam perto da Ilha de Joe, quando o vento é oeste.

No meio da baía, ele subitamente pensou: "Pela língua do gato! Será que havia fósforos na residência Ford? Ele acendera uma lamparina quando entrara, mas, quando ela precisasse reabastecer, a chama apagaria. E então?".

Para sua ira e surpresa, Timothy percebeu que não conseguia dormir. Bem, não era toda noite que sequestrava uma mulher. Sem dúvida, tinha algo a ver com o sistema nervoso. Quem dera ele conseguisse parar de se perguntar se ela tinha fósforos!

Pela língua do gato! Se ela não tivesse, não conseguiria acender o fogo para cozinhar! Morreria de fome. Não, não morreria. A carne enlatada já estava cozida. Mesmo que estivesse fria, ela sobreviveria.

"Vire-se e durma, Timothy Randebush." Timothy virou-se, mas não dormiu.

O pior de tudo era que ele não podia levar fósforos para ela pela manhã. O trigo precisava ser recolhido, e partir para uma excursão à Ilha de Joe, o que tomaria boa parte da manhã, levantaria as suspeitas de Amos, era o que a consciência pesada de Timothy dizia.

O dia pareceu eterno. Quando o último carregamento estava guardado, Timothy fez a barba, vestiu-se apressadamente e, após recusar o jantar sob o pretexto de ter que se encontrar com alguém em Harbour Mouth para tratar de negócios, entrou no carro e partiu rumo à orla, parando em uma das lojas do vilarejo para comprar fósforos.

A noite estava fria e com nevoeiro, e um vento cortante soprava no porto. Timothy estava gelado até os ossos quando chegou à Ilha de Joe. Mas, quando destrancou a porta da cozinha após uma batida, como mandam as boas maneiras, uma visão maravilhosa cumprimentou seus olhos, e um aroma delicioso penetrou suas narinas.

Labaredas queimavam no fogão, e Alma Winkworth, de vestido azul de renda, protegida por um avental cor-de-rosa, estava fritando bolinhos de bacalhau. Toda a cozinha estava tomada por um cheiro apetitoso, misturado com o odor do café. Um prato de bolinhos doces marrons estava em cima do forno quente.

Ela se adiantou para cumprimentá-lo animadamente, com um sorriso caloroso e amigável, e que, de certa forma, lembrava o da senhora Blythe. Suas bochechas estavam coradas do calor do fogão, os cabelos grossos cacheavam-se ao redor da testa e seus olhos brilhavam. Timothy realmente achou isso e, então, ficou terrivelmente envergonhado de tal pensamento.

Pieguice... Era isso... Pior que a de Amos. Pela língua do gato! Havia algo errado na boca de seu estômago. Antes, fora na espinha; agora, era na boca do estômago.

Devia ser o perfume daquele jantar. Ele não comera coisa alguma desde o meio-dia.

– Ah, senhor Randebush, estou tão contente em vê-lo! – disse ela.

– Ocorreu-me que talvez você não tivesse fósforos e pensei que seria melhor trazer – disse Timothy asperamente.

– Ah, é muito astuto de sua parte! – respondeu ela, agradecendo.

Timothy não sabia onde estaria a astúcia daquela atitude, mas ela expressou de tal forma que o fez se sentir um super-herói.

– Não quer se sentar um pouquinho, senhor Randebush? – sugeriu ela.

– Não, obrigado. – Timothy estava mais rabugento que nunca. – Preciso voltar para jantar.

– Ah, senhor Randebush, não quer comer comigo? Tem o suficiente para dois... E comer sozinha é tão solitário. Além disso, esses bolinhos foram feitos com base na famosa receita de Susan Baker. Ela passou para mim como um favor especial.

Timothy disse a si mesmo que o cheiro do café o estava enfraquecendo. O café de Matilda Merry parecia água suja!

Ele percebeu que seu chapéu fora removido e delicadamente conduzido a uma cadeira.

– Sente-se aqui até eu pegar os bolinhos de bacalhau. Sei que não adianta conversar com um homem faminto.

Aqueles bolinhos de bacalhau, aqueles bolinhos doces, aquele café! E aquela sensatez! Não forçá-lo a conversar... Ela simplesmente o deixou comer em paz.

A tal sensação esquisita certamente ainda persistia, embora seu estômago não estivesse mais vazio. Mas, então, qual era o problema? O doutor Blythe sempre dizia que, quanto menos atenção você prestasse ao estômago, melhor. Não havia muitos médicos que soubessem tanto quanto o doutor Blythe.

– É realmente ótimo ter um homem na casa – comentou Alma Winkworth após a segunda xícara de chá de Timothy.

– Suponho que você ache sua vida bastante solitária – disse Timothy asperamente. Então, reprimiu-se por sua aspereza. Era necessário, é claro, para salvar Amos das garras dela, mas ele também não precisava ser estúpido.

Os Randebushs sempre se orgulharam de suas boas maneiras. Mas ela não o enrolaria com suas bajulações e sua solidão. *Ele* era macaco velho.

– Um pouquinho – confessou ela melancolicamente. – O senhor poderia ficar um pouquinho e conversar comigo, senhor Randebush.

– Não posso, senhorita. Você vai precisar ficar a par das fofocas com a senhora Knapp e a senhora Blythe.

– Mas a senhora Blythe nunca fofoca, e a senhora Knapp é nova na região.

– Não posso, senhorita. Obrigado pelo jantar. Nem mesmo a própria Susan Baker teria conseguido fazer bolinhos melhores. Mas preciso ir.

Ela estava olhando para ele com admiração, com as mãos unidas, apoiando o queixo. Fazia anos, pensou ele, que uma mulher não o olhava com admiração.

– Suponho que você não tenha aspirina aí – disse ela com a mesma melancolia de antes. – Receio estar com princípio de uma dor de cabeça. Tomo aspirina de vez em quando.

Timothy não tinha aspirina. Ele pensou nisso durante todo o trajeto para casa e boa parte da noite.

E se ela estivesse lá sozinha, sofrendo? Não havia escapatória... Precisaria voltar lá na noite seguinte e levar umas aspirinas para ela.

Ele levou aspirina. Também levou um pedaço de papel pardo contendo duas costeletas de porco e dois pedaços de manteiga embrulhados em uma folha de ruibarbo. Matilda Merry percebeu que tinham desaparecido, mas nunca soube o que acontecera.

Ele encontrou Alma Winkworth sentada perto da lareira da sala de estar. Ela usava um vestido vermelho-cereja e pequenas gotas vermelhas nas orelhas. Pela língua do gato! As coisas que uma mulher levava em uma mala!

Ela correu para encontrá-lo com as mãos delicadas estendidas.

– Ah, passei a noite toda esperando por você, senhor Randebush, esperando que viesse. Tive uma noite terrível sem a aspirina. E agora você trouxe!

– Espero que esteja boa. Tive que comprar na mercearia, já que o doutor Blythe não está em casa.

– Tenho certeza de que ficará tudo bem. Você é realmente muito gentil e atencioso. Precisa ficar um tempinho aqui e conversar comigo.

Timothy, que chegara à conclusão de que a sensação na boca do estômago era crônica e que seria melhor consultar o doutor Blythe, sentou-se lentamente.

– Amos fez a primeira esposa trabalhar até morrer – Timothy se pegou dizendo, sem fazer ideia do porquê dissera aquilo.

Então, foi tomado pelo remorso.

– Não fez, não. Ela foi quem trabalhou até morrer. Mas ele não a impediu.

Novamente, o remorso. Pela língua do gato! Que espécie de homem era ele, difamando o irmão daquele jeito?

– Não acho que ele poderia tê-la impedido. Algumas mulheres são assim mesmo.

Alma Winkworth estava rindo. Sua risada, como todo o restante em relação a ela, era agradável.

– Você tem *mesmo* um jeito peculiar de colocar as coisas, senhor Randebush.

A luz da lareira cintilava trêmula nos cabelos brilhosos dela e em seu lindo vestido. Timothy conseguia imaginá-la daquele jeito com clareza lá em sua casa.

Ela o agradeceu tremendamente pela visita e perguntou se ele não poderia voltar. Bem, talvez ele voltasse, após uma ou duas noites. É claro que seria imensamente solitário para ela ali, sem ter nem ao menos um cachorro com quem conversar. E se ele levasse um cachorro para ela? Não, isso não seria possível. Um cachorro poderia chamar a atenção latindo. Mas quem sabe um gato... Perfeito. Ela mencionara que gostava de gatos... E também que ouvira barulhos de rato. Ele levaria um gato para ela. Era melhor cuidar disso já na noite seguinte. Ratos, às vezes, causavam grandes estragos.

Às quatro da tarde do dia seguinte, Timothy estava atravessando a baía. Na proa, algo uivante, agitado e sem forma definida... O gato de Matilda Merry preso em um saco de batatas.

Timothy achava que Matilda Merry causaria o maior tumulto quando percebesse que seu bichinho havia sumido, mas, depois de sequestrar mulheres, gatos não eram nada demais.

Alma insistiu que Timothy jantasse com ela e jurou ter ficado encantada com o gato. Enquanto conversavam após o jantar, ela ficou com o bichano no colo, acariciando-o.

Timothy teve um espasmo de pavor quando percebeu que sentia inveja do gato.

No dia seguinte, Amos subitamente anunciou que partiria para Toronto na segunda-feira em vez de na quarta. Havia algumas questões a resolver antes da Exposição. Timothy ficou aliviado. Amos não estava sendo a melhor companhia nos últimos dias; talvez andasse preocupado porque Alma Winkworth estava se demorando demais em Charlottetown. Ele não sabia o endereço de onde ela deveria estar, por isso não podia procurá-la.

Então, Amos logo estaria fora da cidade, e ele poderia libertar Alma. O pensamento o afundou na tristeza em vez de deixá-lo eufórico.

Ele levou pouco tempo para perceber o que acontecera consigo mesmo. Não foi à Ilha de Joe aquela noite, nem na seguinte, e não teria ido nem por um milhão de dólares, disse a si mesmo.

Mas precisava ir na terceira noite, pois Amos já estava são e salvo a caminho de Toronto e não havia mais motivo para manter Alma Winkworth trancafiada. Além disso, os Blythes tinham retornado, e ele não confiava na senhora Blythe. Ela era esperta demais para uma mulher.

– Pensei que nunca mais fosse voltar – disse Alma, em tom delicadamente repreensivo. – Senti tanto a sua falta.

Com um único olhar tão gentil, Alma podia dizer mais coisas que a maioria das mulheres seria capaz de verbalizar em um ano. Seu feitiço dominara Timothy, e ele finalmente percebeu e não se importou.

"Estou um caco e totalmente dilacerado", pensou em desespero. Já percebera desde o instante em que ela olhara para a estrela da tarde. Admitir conferia certo alívio, embora todos fossem rir dele, à exceção da senhora Blythe. Por algum motivo, sentia que ela não acharia graça.

– Amos foi para Toronto e vim soltá-la – anunciou ele em tom desesperado.

Por uma fração de segundo, pensou que ela não parecia feliz. Então, ela disse lentamente:

– Agora você poderia contar por que me trouxe aqui?

– Para impedir que Amos a pedisse em casamento – explicou Timothy sem rodeios. Era melhor que ela conhecesse de uma vez seu pior lado.

– Seu irmão me pediu em casamento na noite antes de você me sequestrar – contou ela baixinho. – E... eu recusei. Senti que não poderia me casar com alguém, a menos que o amasse de verdade... Eu realmente não poderia... Por mais que quisesse ter minha própria casa.

Ela disse aquelas palavras, que não faziam sentido. Timothy ficou olhando para ela sem saber o que fazer. Ela deu um sorriso malicioso para ele.

– É claro que teria sido bom ser *sua* parente, caro senhor Randebush.

Timothy pigarreou.

– Senhorita Winkworth... Alma... Nunca fui de fazer rodeios. A senhora Blythe confirmaria, se estivesse aqui.

A senhora Blythe contara a Alma muitas coisas sobre Timothy, mas manteve segredo.

– Você aceita se casar *comigo*? – perguntou Timothy. – Eu... sou muito afeiçoado a estrelas. A senhora Blythe pode confirmar. Tenho uma boa casa na minha própria fazenda, basta arrumar umas coisas e construir uma varanda, eu gostaria de cuidar de você...

Alma Winkworth sorriu novamente, expressando alívio. Bastava de clientes insolentes e estúpidos buscando uma fonte de beleza; bastava de férias curtas em hospedarias baratas. E aquele belo homem, que ela tanto admirava desde a primeira vez que o vira na igreja de Glen St. Mary.

– Por que você não foca em Timothy Randebush? – sugerira a senhora Blythe provocativamente. – Ele está muito à frente de Amos em todos os sentidos.

Ela se aproximou dele. Timothy Randebush, sentindo o formigamento da euforia do primeiro amor aos quarenta e cinco anos, pegou-se tomando--a nos braços.

Uma hora (ou um século) depois, Timothy carregava a mala e o gato. Matilda Merry volta e meia se perguntava por onde o gato andara por tanto tempo; por outro lado, gatos gostavam de perambular por aí... e desceu o corredor rumo à porta lateral.

– Vamos por aqui, senhorita Winkworth... Alma... querida. Será mais fácil para você descer até a praia que pelas outras portas.

Ele largou a mala e o gato, escolheu a chave e tentou abrir. Não virou. Tentou a fechadura. A porta abriu com facilidade.

– Pela língua do gato! A porta estava aberta! – exclamou ele.

– Está aberta desde que vim para cá – disse Alma Winkworth modestamente. – A senhora Blythe e eu estivemos aqui um dia e acho que ela se esqueceu de trancar. Ela tem a chave, sabia?

A segunda noite

O vento

Pelos caminhos do vento eu segui,
E sua voz élfica cantarolou para mim,
Ao longe e de perto, seu chamado eu ouvi,
Em notas doces que ecoam sem fim.
Vento do leste e vento do oeste,
Amo o que soprar sob o céu celeste,
Vento da noite e vento do dia
Sempre me trazem igual alegria.

A mim veio o vento dos mares salgados,
A dissipar a acidez de seu hálito marinho,
Envolvendo em feitiços amaldiçoados
Aqueles que seguem seu caminho.
Contou-me histórias de assombrações,
Do sumiço de mil embarcações,
Contou-me os mistérios de litorais nevoentos,
Onde as ilhas são de puro encantamento.

De uma solidão oscilante como a maré,
O vento da perda a mim se apresentou,
O vento da perda onde o homem não é,
Pela trilha das estrelas, até mim chegou.
Falou-me aos sussurros de uma terra crua,
Vastidões de areia banhadas pela lua,
Quietudes magníficas nos crepúsculos implacáveis.
O silêncio das tardes e as manhãs indomáveis.

A mim veio o vento do extenso morro verdejante,
Um vento vadio de corpo e alma;
Brade ou sussurre ao ouvido do viajante,
Em sua voz podem-se ouvir a coragem e a calma.
Um vento frenético que sabe muito bem
Onde as fadas montanhosas sua morada mantêm,
Um vento que conhece a busca de um mortal
Deve conduzi-lo ao portão abissal.

Mas eu amava mais o vento da campina,
Com sua canção benfazeja a retinir na vidraça,
O vento pátrio que a casa anima,
Amizade e amor eram sua graça.
Vento do jardim de ervas ardentes,
Vento da meia-noite, vento do sol poente,
Vento da campina, venha até mim soprar,
Onde quer que minha lareira esteja a queimar.

Anne Blythe

Doutor Blythe:

– Eu sempre gostei do vento, como acho que já comentei antes.

Susan:

– Não posso dizer o mesmo. Parece tão sombrio à noite, uivando nos beirais.

Jem Blythe:

– Gosto do verso sobre a "minha lareira", mãe. Quando eu estava nas trincheiras, costumava pensar no vento soprando do Porto na direção de Ingleside.

Doutor Blythe:

– Seu poema me lembra curiosamente dos de Walter, embora seja, de certa forma, bastante diferente. Acho que esse é um dos seus melhores esforços, menina Anne. O fato de você conseguir escrever tão bem demonstra que a ferida está sarando.

Anne, *com tristeza*:

– Mas a cicatriz estará lá para sempre, Gilbert.

Doutor Blythe:

– Sim, como em todos nós. Não pense que não sei disso, querida.

A noiva sonha

Amor, é a alvorada que nasce tão cinza,
Como um fantasma acanhado,
Todo pálido e encolhido, após a doce noite silenciosa,
Vivida e usufruída em grau estremado
Em sua euforia airosa!
Amor, abraça-me forte, pois tenho frio,
Um frio sepulcral,
E meu rosto ainda deve exibir a mancha do bolor sombrio...
Eu tive um sonho enquanto estava deitada
Perto do seu coração... Em meu sonho, eu morria
E era enterrada bem no fundo de uma cova fria,
Ao lado da velha igreja, no quintal.
(Ah, o sonho foi terrível!)

Em meu túmulo jazia uma rosa de um vermelho lustroso,
Vermelho como o amor.
O mundo estava tomado pelo riso da primavera...
Eu o ouvi lá de meu leito impiedoso...
Os passarinhos cantavam nas árvores com ardor,
O vento estava contente com o céu viçoso,
Com suas nuvens peroladas a passear,
E as belas sombras que se punham a piscar
Como pensamentos frenéticos deveras.

Você me enterrara no vestido do casamento
De seda e renda...
Meus cachos pretos arrumados para o evento,
Mas minha boca, eu sabia, era branca e horrenda,
E o buquê outrora belo e cheiroso
Estava molhado e viscoso.
(Impeça-me de morrer, oh meu amado!)

Ainda assim, embora a terra estivesse a me corroer,
Eu podia ver... Eu podia ver
As pessoas passar pela porta da velha igreja;
Esposas, mães e jovens em um passo apressado,
Elegantes e garbosas, coradas e seguras,
Algumas a cumprimentar com lágrimas suas sepulturas,
Mas à minha, somente Margaret, a velha louca,
Que riu para si mesma ao ler meu nome com sua voz rouca,
Um riso maligno e mascarado,
Que atinge como uma adaga o coração que fraqueja.

Vi entrar a velha solteirona dissimulada,
Que jamais amara ninguém...
Dois irmãos que muito se odiavam...
Mister Jock, com sua pele amarelada...
Uma garota com um olhar inocente e incomum...
Uma jovem esposa com uma criança doentia...
E Lawrence, o homem que nunca sorria
Com os lábios, mas sempre debochava com o olhar.
(Oh, amor, o túmulo muito nos faz pensar,
Eu sabia por que ele debochava!)

Então, senti uma euforia, enquanto a terra úmida cedia
E eu sabia... Ah, eu sabia
Que era dos seus passos, a percorrer os vales cálidos,
Meu coração quase começou a bater!
E você passou com outra noiva ao seu lado
Orgulhoso da aliança que em seu dedo havia colocado...
Aquela garota alva e esguia que mora no moinho,
Que sempre o amou e sempre estará em seu caminho,
Com os cabelos louros pelos ombros a escorrer
E os lábios vermelhos, enquanto os meus estavam pálidos.

Como eu a odiei, tão alta e formosa,
De mechas sedosas...
Amor, sou tão pequena e vil!
Meu coração, que um dia bradara como um pássaro primaveril,
Ao ver você tornara-se pedra em meu peito;
Você não olhou para mim em momento algum,
Apenas para ela você olhava e a beijava,
Com os olhos fixos naquele rosto que idolatrava...
Meus olhos estavam murchos como que em jejum
E os vermes rastejavam pela pedra dura do meu leito...
(Impeça-me de morrer, oh, meu amado!)

Amor, abraça-me forte, pois tenho frio!
Era apenas um sonho... e, como sonho, desapareceu.
Beije-me e aqueça-me o corpo todinho,
Arranca a mácula sepulcral deste rosto que é seu,
Beije meu cabelo preto que a terra não engoliu...
Não sou tão graciosa quanto a garota do moinho?
(Ah, o sonho foi terrível!)

Anne Blythe

Doutor Blythe:

– Menina Anne, não tenho intenção alguma de interferir em qualquer coisa que você escreva. Mas isso não é um tanto mórbido?

Susan, *baixinho*:

– Ela nunca escrevia assim antes da morte do Walter. Gostaria de ter frequentado a escola por mais tempo, aí, quem sabe, eu entenderia. E nunca menosprezei os sonhos desde os sonhos da senhorita Oliver na guerra. Mas eu realmente acho que Absalom Flagg poderia ter esperado um pouquinho mais antes de se casar novamente. Fico me perguntando se a cara senhora Blythe estava pensando nele e em Jen Elliot. Quanto à velha solteirona que nunca amou ninguém, bem, já passei da fase de me importar. A senhora Blythe não pretendia magoar meus sentimentos e tenho certeza disso.

Anne:

– O poema todo foi resultado de uma história que ouvi muito tempo atrás.

Doutor Blythe:

– É que não parece você, não parece minha menina Anne dos velhos tempos em Avonlea, é isso.

Anne, *tentando não rir*:

– *Você* se casaria tão rápido assim se eu morresse, Gilbert?

Doutor Blythe, *realmente rindo*:

– Mais rápido, se Susan me aceitasse. Não está na hora do jantar?

Susan:

– Está pronto, bem como a sua torta preferida.

Doutor Blythe, *pensando:* "Acho que está na hora de Anne viajar para algum lugar".

Canção de maio

Sobre o mar ensolarado
Retornam os pássaros cantantes,
Viajantes livres e alados,
Atravessando fronteiras distantes.

Os ventos sopram de soslaio
Em cada morro ou cidade,
Os alegres malandros de maio
Para brincar onde lhes der vontade.

Odores solares, doces e silvestres,
Como lembranças antigas,
Preenchem vazios terrestres,
Abrandam impasses e intrigas.

As manhãs são belas e claras
Até o meio-dia cristalino,
A magia da noite ampara
Com seu luar doce e felino.

A música abunda no mundo...
Como corações de pássaros mudos...
Para nós o alento é profundo
Em lhe dar uma voz de veludo.

A alegria de maio para nós,
De cada canção sincera…
De que importa o cabelo branco atroz?
Ninguém é velho na primavera.

Ninguém é velho e pungente,
A alma, aqui, é imortal…
Ficaremos apenas loucos e contentes,
Com o jovem ano feliz e irracional!

Walter Blythe

Susan Baker:

– Eu costumava pensar que ninguém podia ser velho e descontente na primavera, mas descobri que estava errada.

Rilla Ford *(que está visitando a família)*:

– Walter também escreveu esse poema lá no Vale do Arco-Íris. Ah, são tantas lembranças… Mãe… Mãe!

Anne:

– Rilla, querida, Walter partiu para a primavera eterna. Todos nos sentíamos como ele costumava se sentir. E talvez ele tivesse razão. Os anos ainda são felizes e loucos em maio… Apenas nós é que mudamos.

Lá vem a noiva

A velha igreja de Glen St. Mary estava lotada. De alguma forma, esse casamento, em particular, parecia incomum. Não se viam casamentos na igreja de Glen St. Mary com frequência, e menos ainda um na colônia de verão. Alguém de Charlottetown estava tocando a marcha nupcial baixinho, e as duas famílias envolvidas estavam paradas em pequenos grupos ou pessoas sozinhas. O burburinho de suas palavras aumentava e diminuía em ondas suaves de som.

Um repórter entediado do *Dairy Enterprise* cobria o evento.

– A velha igreja de Glen St. Mary esteve repleta de convidados nesta tarde para o casamento de Evelyn, filha do senhor e da senhora James March, que estão passando o verão em Glen St. Mary, com o doutor D'Arcy Phillips, professor de Biologia em McGill e filho da senhora F. W. Phillips e do falecido Frederick Phillips, de Mowbray Narrows. A igreja fora lindamente decorada com crisântemos brancos pelas adolescentes da turma de Glen St. Mary, e a adorável noiva foi entregue pelo pai. Ela estava usando um vestido marfim de cetim, elaborado em estilo vitoriano, e uma tiara de pérolas segurava o véu de uma renda antiga e rara. Diz-se que o velho laço azul desbotado escondido sob as pérolas foi usado pela senhora Gilbert Blythe no próprio casamento. "Algo emprestado e algo azul", como manda a tradição. A senhorita Marnie March foi a dama de honra da irmã, e as três madrinhas, a senhorita Rhea Bailey, a senhorita Diana Blythe e a senhorita Janet Small, usaram vestidos de época de tecido prateado e chapéus de aba larga azul-pervinca com buquês de íris azuis, etc., etc., etc. A recepção subsequente foi realizada em Merestead, a linda nova residência de verão dos Marchs em Glen St. Mary, onde rosas acetinadas compunham uma decoração charmosa para os noivos radiantes. No centro da mesa da noiva estava o lindo bolo de casamento feito por Mary Hamilton, que há trinta anos está com os Marchs como cozinheira, enfermeira e estimado membro da família. A senhora March recebeu os convidados em um elegante vestido cinza, com cauda curta, um refinado chapéu de palha preta e *corsage* de violetas roxas. A senhora Frederick Phillips estava de *chiffon* azul, com chapéu no mesmo tom e *corsage* de botões de rosa amarelos. Depois, a noiva e o noivo partiram para a lua de mel na propriedade do noivo, na Ilha de Juniper, Muskoka, Ontario. O traje de viagem da noiva, etc., etc., etc. Entre os convidados encontravam-se a senhora Helen Bailey, a senhorita Prue Davis, a senhora Barbara Morse, o senhor Douglas March (tio-avô da noiva, querido octogenário de Mowbray Narrows), a senhora Blythe, etc.

Tia Helen Bailey, irmã do pai da noiva e mãe de três filhas solteiras e disponíveis, entre elas, uma das madrinhas, pensa:

"Então a Amy finalmente conseguiu despachar a Evelyn. Que alívio deve ser para ela! Uma garota como Evelyn, já tendo passado da primeira juventude, com uma pele dessas que envelhecem logo, diferente da pele da senhora Blythe. Será que aquela mulher nunca vai envelhecer? E aquele caso com Elmer Owen... É, realmente, um triunfo e tanto casar essa menina, mesmo com um professor pobre como D'Arcy Phillips. Consigo me lembrar dele correndo descalço por Glen St. Mary e aprontando por aí com os garotos de Ingleside. Amy ficou com o coração simplesmente partido quando o noivado com Elmer acabou. Tentou abafar o caso, mas todos sabiam. É claro que Evelyn nunca deu a mínima para ele, pois estava interessada apenas no dinheiro dele. Aquela garota não tem coração... Não conseguiria amar ninguém. O que será que deu errado entre ela e Elmer? Ninguém sabe, embora aquela tola da senhora Blythe sempre pareça saber de tudo quando o assunto é mencionado. É claro que os pais dele nunca aprovaram, mas já pareciam bem habituados a ela. Amy certamente pensava que ele estava devidamente fisgado. Como costumava se vangloriar disso! Daquela aliança enorme! Evelyn deve ter quase morrido quando teve de devolvê-la. Levará muito tempo até D'Arcy Phillips conseguir lhe dar uma esmeralda quadrada. Foi muito indelicado da parte dela enlaçar-se com D'Arcy assim que Elmer a dispensou. No entanto, é bem fácil agarrar um homem quando não se é rigorosa com suas ações. Minhas pobres filhinhas não têm a audácia necessária para os dias de hoje. São meigas, bem-educadas e femininas, mas isso não importa mais. O doutor Blythe pode até dizer que as garotas são iguais em todas as idades. O que sabe ele? Não, hoje, é preciso perseguir seu homem. Por que eles não entravam logo? Os bancos dessas igrejas do interior são sempre tão duros. *Olhe só* para aquele mosquito na papada gorda de Morton Gray! Será que ele não consegue sentir? Não, provavelmente tem a pele grossa demais para sentir qualquer coisa. Gostaria de poder dar um tapa... Meus nervos estão ficando à flor da pele. Quantos convidados! E todos os provincianos de Glen St. Mary e de Mowbray Narrows. Suponho que um casamento requintado seja um evento e tanto para eles. Prue Davis está usando um vestido novo e tentando agir como se fosse uma situação qualquer. Pobre Prue! Barbara Morse está fazendo comentários jocosos sobre todos. Sei pela expressão em seu rosto. Ah, a senhora Blythe acaba de esnobá-la. Sei pela expressão no rosto *dela*. Mas isso não servirá de remissão para Barbara. É uma obsessão! Ela fofoca em funerais, então por que não o faria em um casamento sofisticado, onde todos sabem que a noiva está aceitando o noivo como prêmio de consolação e que ele a está assumindo sabe lá Deus por quê... Provavelmente porque ela simplesmente insistiu. É um disparate da senhora Blythe essa história de que eles sempre se amaram. Todos sabem que passaram a vida toda brigando feito gato e rato. Evelyn tem personalidade indomável por baixo de toda aquela doçura da superfície... Exatamente como a senhora Blythe. Será que o doutor Blythe é tão feliz quanto finge ser? Nenhum homem poderia ser. Aquele ali realmente é o velho tio Douglas, tio de Jim? Suponho que puderam chamar todos os primos do interior, já que o noivo é apenas D'Arcy, e o casamento é em Glen St. Mary. Mas, se fosse com Elmer, em alguma igreja requintada da cidade, eles seriam relegados a segundo plano. Tio Douglas está claramente se divertindo. Um banquete de casamento é um banquete de casamento, não importa como aconteça. Dará o que falar por anos. O que Rose Osgood está vestindo? Deve ter simplesmente enfiado a mão no baú de velharias da família e pegado a primeira coisa que conseguiu. Como será que a senhora Blythe, vivendo em Glen St. Mary, sempre consegue estar tão atualizada? Bem, suponho que as filhas... Aí vem Wagner, graças a Deus. Lá vêm eles. Quatro padrinhos... Quatro madrinhas... Duas damas de honra e um pajem. *Hunf*! Bem, espero que tudo esteja pago. Esses crisântemos brancos devem ter custado a Jim uma pequena fortuna. Não acredito, nem por um instante, que tenham vindo do jardim de Ingleside. Como alguém poderia cultivar crisântemos assim em um lugarzinho do interior como Glen St. Mary? Onde Jim consegue dinheiro nem consigo imaginar. Evelyn está bonita, mas não devia ter mandado cortar o vestido desse jeito... Mostra suas costas curvas... Lordose, é como chamam hoje, se não me engano... Evelyn está claramente triunfante... Nem um pouco mosca-morta! Lembro-me do dia em que Amy promoveu o chá de apresentação de sua filha debutante. Como ela era esquisita! Mas é claro que sete temporadas conferem postura a qualquer um. D'Arcy não é um homem exatamente agradável de olhar... Seu rosto é comprido demais... Por sua vez, a pobre Rhea está tão bem quanto as outras madrinhas. Esse tom de azul é tão cansativo... Talvez Evelyn o tenha escolhido justamente por esse motivo. Marnie parece uma cigana, como sempre... Só que as ciganas não são tão gorduchas, não é mesmo? Amy terá ainda mais trabalho em casá-la do que teve com Evelyn. Diana Blythe está bem bonita. Realmente, há algo diferente nessas meninas Blythes... Embora eu jamais vá admitir isso para a mãe delas. "Eu aceito"... Minha nossa, não precisava *berrar*! Todos sabem que você aceita de muito bom grado. Até mesmo em Glen St. Mary todos sabem que D'Arcy era sua última chance. É estranho como as coisas se desenrolam! É claro que os Blythes têm muitos amigos em Montreal e Toronto. E a senhora Blythe pode ter a reputação de não ser fofoqueira... Mas se esforça para ficar sabendo das coisas... Mulher esperta. Bem, quanto a Evelyn, um salário de professor é melhor que a pensão de uma solteirona, sem dúvida. Eles foram para a sacristia. Senhora

D'Arcy Phillips! Uma felicidade transbordante. Diana Blythe está fazendo charme para aquele jovem qual-é-mesmo-o-nome-dele? E pensar que dizem por aí que as garotas Blythes nunca flertam! Duvido que ela consiga laçá-lo, a despeito de todas as excelentes táticas da mãe. No entanto, *isso* não me diz respeito. Certamente espero que a pobre Evelyn seja feliz. Mas não me parece que qualquer pessoa possa ser muito feliz quando se casa com um homem apenas para se salvar, porque outro a dispensou. Será que *alguém* é realmente feliz neste mundo insano? Dizem que os Blythes... Mas quem sabe o que acontece nos bastidores? Nem mesmo a velha Susan Baker, posso apostar. Além disso, ela é leal demais para admitir... Agora vamos à recepção e aos presentes... E aos comentários tolos de sempre... E, então, eles partirão para Muskoka na nova lata-velha de D'Arcy. Teria o *Enterprise* mencionado que o automóvel é uma lata-velha? Que diferença para o automóvel de quinze mil dólares de Elmer... Ou mesmo para o velho Packard de Jim. Evelyn terá, afinal, que se conformar com muitas limitações. Jim sempre mimou a família. Lá vêm eles... É uma procissão e tanto. Acho que aquele garoto está apaixonado por Diana Blythe... Se durar. Sem dúvida, a senhora Blythe fará tudo o que puder para manter a chama acesa. Já me disseram que aquela mulher é perita em juntar casais. Eu gostaria de ter essa destreza. Quem sabe assim *minhas* filhas... Ora, ora, Diana Blythe, pode ficar com seu jovem, se alguma outra garota não o fisgar primeiro...".

Prue Davis, um tanto desanimada e com inveja de todas as noivas em geral, pensa:

"Parece engraçado que Evelyn esteja se casando com D'Arcy, no fim das contas, sendo que, por anos, o achou tão abominável. Ele é apenas um professor jovem e pobre... Mas, é claro, qualquer porto serve quando há uma tempestade. Ela está com vinte e cinco anos... E aparenta a idade que tem... Até mais, eu diria. Será que foi por isso que escolheu madrinhas jovens? Diana Blythe está linda. De alguma forma, as garotas Blythes são as únicas que já conheci de que realmente gostei... E a mãe delas é a única mulher que já senti que poderia amar. Quem dera eu tivesse uma mãe igual a ela! Bem, precisamos nos contentar com o que nos é dado neste mundo, tanto pais quanto filhos. D'Arcy é bom e inteligente... Houve um tempo em que talvez eu tivesse conseguido fisgá-lo, após um revés... Depois de uma das maiores brigas que eles tiveram. Mas sempre derrubo o pão com a manteiga para baixo... Sempre fui tola e perdi minhas chances. É claro que, no instante em que Evelyn ergueu o dedo, ele voltou para ela. Ninguém mais teve chance depois disso. É a maneira que ela tem de voltar os olhos para cima, sob as pálpebras... As garotas Blythes também conseguem, já reparei... Bem, algumas pessoas tiram a sorte grande. Espero não sujar este vestido... Recepções são terríveis para isso... Só Deus sabe quando terei outro. Lá vêm eles... Evelyn está bonita... Ela sempre soube se vestir, preciso admitir. É um talento inato. Olhe só para Diana Blythe. Aposto que o vestido dela não custou um décimo do que custou o das outras... Se não me engano, ouvi um boato de que ela o teria mandado fazer em Charlottetown, enquanto os das outras vieram de Montreal... E, mesmo assim, olhe só para ele. Os cabelos, também. Nunca gostei dos cabelos loiros de Evelyn. Ah, não! Encontrei um cabelo branco hoje. Nós, os Davis, ficamos grisalhos cedo. Ah, as coisas são terrivelmente cruéis. Como vai, senhora Blythe? Um casamento adorável, não foi? Ora, Prue Davis, você não tem orgulho nenhum? Erga a cabeça e aja como se estivesse sentada no topo do mundo. Graças a Deus, terminou. Acho que ninguém mais falará comigo. Não conheço muitas pessoas da região, à exceção dos Blythes, e eles já foram embora. Gostaria que a recepção já tivesse terminado. Estou começando a detestar participar dessas coisas. 'Como? Prue Davis? *Ainda*? Quando é que vamos participar do *seu* casamento?' À parte comentários como esse, nunca ninguém conversa comigo, exceto homens velhos e casados. Minha juventude está se esvaindo, e de nada adianta ter inteligência. Quando digo algo inteligente, as pessoas ficam surpresas e desconfortáveis. Gostaria de permanecer calada por anos e anos... E sem ter que continuar fingindo ser esperta, feliz e muito, *muito* satisfeita. Mas suponho que a maioria das pessoas precise agir assim. É só que, às vezes, acho que a senhora Blythe... Ah, aí vem mais alguém. Como vai, senhora

Thompson? Ah, um casamento lindo! E uma noiva tão adorável! Ah, *eu*? Não sou tão fácil de agradar quanto algumas garotas, a senhora sabe. E a independência é *muito* agradável, senhora Thompson. É claro que ela não acreditou, nem por um segundo, que penso assim, mas é preciso manter a cabeça erguida. Agora vamos lá".

Prima Barbara Morse, para uma amiga:

– Então foi para isso que vim lá de Toronto! Esses parentes... Eles são todos tão estúpidos... No entanto, sempre gostei de Jim... Parece que estou aqui há horas. Mas é preciso chegar cedo, se quiser se sentar no corredor... E não é possível ver muita coisa se você se sentar em qualquer outro lugar. Além disso, é muito divertido observar todos que entram. Não que haja muito a admirar aqui... A maioria das pessoas é do interior. Suponho que um casamento sofisticado como este seja uma bênção de Deus para eles. Os Blythes, de Ingleside, parecem ser os únicos que conseguem fingir ter alguma cultura. Achei a senhora Blythe uma mulher muito graciosa. O médico, como todos os homens, acha que sabe tudo. Eles têm, contudo, uma família encantadora... Ao menos os membros que conheci. A festa da noiva será tarde, é claro... Ninguém da família de Jim é conhecido por ser pontual. *Todos* parecem ter sido convidados... e ter vindo. É claro que é a época do ano em que uma viagem para a Ilha do Príncipe Edward tem charme especial. Realmente não fazia ideia de como este lugar é aprazível. Preciso retornar. Ah, vocês vêm todo verão? Então suponho que devam conhecer bem a maioria das pessoas. Ah, vocês têm um chalé de veraneio em Avonlea? É a antiga casa do doutor Blythe, não é? Não é estranho que um homem com a habilidade dele tenha escolhido se acomodar em um lugar como Glen St. Mary? Bem, suponho que seja predestinado. *Por que* Mattie Powell não tira aquelas verrugas horrorosas? A eletrólise tem resultado tão bom. Francamente, algumas pessoas parecem não se importar com a aparência. Como Mabel Mattingly está ficando gorda. Mas *eu* não deveria falar. *Nunca* mais me peso. Simplesmente não o faço... Fico uma semana triste depois. Jane Morris, de Toronto, me disse que perdeu dez centímetros de quadril vivendo apenas de leite em pó. Fico me perguntando... Mas jamais teria coragem de tentar. Gosto demais de comer. Espero que eles nos deem algo decente para comer na casa. Amy nunca foi uma boa dona de casa. Mas é claro que Mary Hamilton é uma ótima cozinheira. Suponho que por isso eles a levem consigo todo verão quando viajam. Ah, é claro que sei que ela é como um membro da família. Amy sempre mimou seus criados. Olhe para Carry Ware... Aquele *chiffon* velho e surrado! Era de se pensar que ela finalmente compraria algo novo para um casamento. Até mesmo Min Carstairs está de vestido novo. Fiquei sabendo que os Carstairs ganharam algum dinheiro. Eles vivem em Charlottetown, sabe? E Andrew Carstairs é mesquinho como leite desnatado. É claro que aquele vestido rosa e prateado é jovial demais para ela. Como é? Está me dizendo que ela tem a mesma idade que a senhora Blythe? Bem, as mulheres da cidade sempre envelhecem mais rápido que as do campo. Concordo com você... A senhora Blythe é a mulher mais bem-vestida aqui... Ao menos passa essa impressão. No entanto, dizem que manda fazer todas as roupas em Charlottetown. Algumas pessoas têm o dom... Por falar em idade... *Você* saberia me dizer como Sue Mackenzie consegue aparentar trinta e cinco quando tem quarenta e sete? Não estou sendo indelicada, Deus sabe... Mas é impossível não se perguntar. Quando *ela* se casou, pelo que conta a história, seu pai a fez voltar para o quarto e lavar o pó de arroz do rosto. Quem dera ele pudesse vê-la agora! Não, me disseram que a senhora Blythe nunca se maquia. No entanto, as pessoas do interior são enganadas com muita facilidade. Ela não poderia ter essa aparência sem um pouquinho de maquiagem. Quanto ao pai de Sue... Ele era um homem *muito* velho, minha querida... Ah, as coisas estranhas que fazia quando se zangava! Não dizia nada, mas queimava tapetes e serrava cadeiras! Prue Davis está bonita, mas já está ficando velha. Em momentos como este, sempre sinto muita pena das garotas que ainda estão solteiras. Elas devem se sentir mal. Sim, aquela é uma das garotas Blythes... Mas não pode ser Diana... Ela é uma das madrinhas. Que ideia ter quatro madrinhas em um casamento simples no interior! Amy sempre teve ideias grandiosas. Lá está a velha Mary Hamilton, nos fundos da igreja... É claro que a comida está nas mãos dos fornecedores de Charlottetown, infelizmente. Eu preferiria apostar na velha Mary, sem pensar duas vezes. Mas dizem que fez o bolo do casamento... Ela e Susan Baker, de Ingleside. Susan tem uma receita que, pelo que ouvi dizer, não compartilha com ninguém. Sim, a família de Jim sempre fez o maior estardalhaço por causa de Mary. Ou "Molly", como eles, às vezes, a chamam. Ora, quando Jim comprou o primeiro automóvel, ela simplesmente resolveu que também precisava aprender a dirigir. E eles permitiram! Fiquei sabendo que ela já levou incontáveis multas por excesso de velocidade. Ah, sim, irlandesa até o osso! É incrível como ela se dá bem com Susan Baker. Não existem duas pessoas mais diferentes. Ela é devotada à noiva, e tudo mais. Ao menos é o que as pessoas dizem. Mas Mary sabe quem precisa agradar... Não muitos de nós conhecem um pouquinho do temperamento de Evelyn! Olhe só para ela, observando todos e tagarelando com Susan Baker. Aposto que estão trocando algumas histórias cabeludas. Se eles não chegarem logo, terei de sair carregada e gritando daqui. Já estão dez minutos atrasados. Talvez Evelyn tenha mudado de ideia. Ou talvez D'Arcy tenha pulado fora, assim como Elmer. Pode falar o que quiser, mas jamais acreditarei que ele realmente gosta tanto assim da Evelyn. *Olhe só* para Walter Starrocks! Tem como esquecer o dia em que *eles* se casaram e ele ficou parado lá, com o fraque coberto de pelos de gato? Walter está ficando com bolsas debaixo dos olhos. Sim, é verdade que todos estamos envelhecendo. Mas acho que a vida que Ella Starrocks o obriga a ter... Não me diga que você nunca ouviu! Bem, lembre-me de contar um dia desses. Finalmente, eles chegaram. Não gosto muito desses véus com tiara, mas Evelyn sempre precisou ter os acessórios da moda. Como é que vai bancar seus gostos refinados com o salário de D'Arcy? Esse tom definitivamente não cai bem em Marnie. Diana Blythe ficou muito bem com ele, contudo. Quanto a Rhea... Bem, não importa o que *ela* vista... É só uma pena ter a harmonia quebrada, não acha? Marnie é a irmã modesta, então conseguirá o melhor marido, pode acreditar em mim. Não sei por que, mas é sempre assim. Suponho que elas não sejam tão exigentes. D'Arcy parece ter vencido cem rivais na luta por Evelyn, e não ser a segunda opção. Mas é claro que ele não sabe *disso*. Certamente é feio, acho... exceto pelos olhos... Mas acredito que mulheres com maridos feios têm uma vida melhor. Não precisam passar o tempo todo maquinando para garantir que o marido fique. Bem, correu tudo muito bem. Estou contente por Amy... Ela se incomoda tanto com coisas pequenas. Sem dúvida passou um mês inteiro rezando toda noite para que o tempo estivesse bom. Ouvi dizer que a senhora Blythe acredita em orações. Já ouviu algo tão engraçado nos dias de hoje?

Tio Douglas March pensa:

"Muitas mulheres magras por aqui. Não vemos mais, hoje, aquelas belas curvas. Isso era nos tempos em que as garotas usavam franja e mangas bufantes... E eram, no fundo, as mesmas meninas, segundo o doutor Blythe. A esposa dele é a mulher mais bonita daqui. Parece uma *mulher*. A igreja até que está bem decorada. Preciso reparar bem em todos os detalhes para contar à mama. Uma pena que ela não pôde vir. Mas reumatismo é reumatismo, como diz o doutor Blythe. Que diferença entre este casamento e o do meu pai. O pai *dele* lhe deu um cavalo de catorze anos de idade e um potro de dois anos, um conjunto de arreios, um trenó e algumas provisões. Ele pagou vinte dólares pelas roupas, pelo pastor e pela licença, comprou umas cadeiras, uma mesa e um fogão velho. O pai *dela* lhe deu vinte e cinco dólares e uma vaca. Ora, ora, para que é que trabalhamos tanto se não for para dar às crias algo melhor que os antepassados tiveram? E, mesmo assim, eles não parecem mais felizes que nós. É um mundo muito estranho. Lá vêm eles. Evelyn é um colírio para os olhos. Quando não está diante de mim, nunca consigo acreditar que é tão bonita quanto me lembro. Tem o nariz de Jim... Filho de peixe, peixinho é. Era de esperar... Embora Amy seja uma coroa bonita... Sempre gostei dela. Bem-apessoado o rapaz que Evelyn fisgou, também... Não muito bonito... mas parece ser confiável. Que vestido! Mama casou-se com um vestido bem simples. Será que hoje ninguém mais usa roupas simples? Um nome tão bonito... e coisas tão bonitas. Ah, em momentos como esse, o corpo percebe que não é mais jovem. Meus dias de juventude já se foram... Mas aproveitei... Aproveitei.

Ora, ora, se não é a velha Mollie Hamilton ali, sorrindo como a garotinha travessa que sempre foi. Era uma moçoila de cabelos ruivos quando Amy a contratou… certo dia em que estava visitando a ilha. Agora, Mary está grisalha como um texugo. Eles devem tê-la tratado bem, tendo em vista que permaneceu com eles. Eles não criam mais aquela raça de gatos dela. Ela sempre afirmou que nunca se casaria… 'Não se pode confiar em homem nenhum', dizia. Bem, manteve sua palavra. Talvez tenha sido uma decisão sábia. Há pouquíssimos homens em que se pode confiar… Se eu mesmo for um deles. Exceto o doutor Blythe, é claro. Eu confiaria minha esposa a *ele*. Agora, vamos ao banquete. Não se fazem mais jantares de casamento como nos bons e velhos tempos, contudo. 'Não coma nada que você não consiga digerir, papa', alertou mama. 'É possível digerir qualquer coisa se você tiver coragem, mama', foi o que respondi. Ouvi o doutor Blythe dizer isso certa vez, mas mama não sabe. Um belo casamento… Sim, um belo casamento. E uma noiva feliz! Já vivi o bastante para reconhecer algo verdadeiro quando vejo. Pelos céus, já vivi. *Eles* permanecerão casados. Mama terá de ler tudo sobre o casamento no *Enterprise*. Eu jamais conseguiria fazer justiça. Com o *Enterprise* e a senhora Blythe, ela terá uma boa ideia. Só devo pedir à senhora Blythe que não conte à mama que me viu comer coisas indigestas. Por sorte, ela é uma mulher em que se pode confiar. São poucas e raras. O doutor Blythe é um homem de sorte".

Uma das convidadas, de pensamento cínico, pensa:

"Hum… Crisântemos brancos e palmeiras. Eles fizeram um belo trabalho… embora eu tenha ouvido falar que os crisântemos vieram da pequena estufa de Ingleside. E, todos que deveriam estar aqui, estão… Parentes que não acabam mais… E, é claro, todos os curiosos de Glen e dos distritos vizinhos. Espero que o noivo não seja traído… Apesar de, hoje, não haver mais muito disso, graças aos deuses, onde quer que eles estejam. Conseguiram até trazer o velho tio Douglas lá de Mowbray Narrows. Ele está do lado de cá da fita, então é convidado. Como devem ter odiado hospedá-lo… ao menos Amy! Jim sempre foi afeiçoado à família, mas duvido que Amy seja. É claro que ele é tio de Jim, e não dela, mas daria na mesma. Pobre Prue

Davis... Sorrindo com os lábios, mas não com os olhos... A esperança que se adia faz adoecer o coração. Estranho... Aprendi esse provérbio na escola dominical há cinquenta anos. Quem dera Prue soubesse como ela está bem de vida! Naftalina! Quem é que está fedendo a naftalina nesta época do ano? Lá vêm eles... Evelyn está bonita... O perfil e os cílios sempre foram seus pontos fortes... 'Que o amor do passado fique no passado; avante com o amor novo.' Noiva de Elmer Owen dois meses atrás... E, agora, casando--se com um homem que odiara a vida toda. Pobre D'Arcy! Suponho que toda essa frioleira estivesse preparada, na verdade, para o casamento com Elmer, até mesmo o vestido. Amy parece preocupada. Bem, *tive* que ver *minhas* duas filhas se casarem com o homem errado. Marnie está bastante radiante... Tem o dobro de vigor de Evelyn, mas ninguém repara nela quando Evelyn está por perto. Talvez tenha uma chance, agora que Evelyn está indo embora. Jim está fazendo tudo corretamente... Um marido bem treinado... Era louco por mim antes de conhecer Amy. Se eu tivesse me casado com ele, ele seria mais bem-sucedido, em termos profissionais... Mas será que estaria tão feliz? Duvido. Eu não teria conseguido fazê-lo acreditar ser o suprassumo que Amy consegue. Meu senso de humor teria impedido. Provavelmente acabaríamos no tribunal de divórcios. Esse pastor sempre prolonga os sermões desse jeito? Parece ter aperfeiçoado a arte de falar por cinquenta minutos sem dizer coisa nenhuma. Não que eu seja uma especialista em sermões, longe disso. Dizem que os Blythes vêm à igreja todo domingo. O hábito é poderoso. Mas dizem que há uma espécie de laço entre as famílias. Suponho que eles queiram manter um bom relacionamento. Aquela velha e majestosa viúva de *chiffon* azul, com as pérolas antiquadas, deve ser a mãe de D'Arcy. Dizem que ela dedicou toda a vida a ele... E agora precisa entregá-lo a uma garota qualquer. Como deve odiar Evelyn! Osler tinha razão quando disse que todo mundo deveria ser mergulhado em clorofórmio aos quarenta anos... Ou eram sessenta? Mulheres, de toda forma. Não é estranho como as mulheres odeiam abrir mão dos filhos homens, mas ficam sempre tão felizes quando suas meninas se casam? Olhe só para Rhea Bailey! Essas meninas ossudas nunca deveriam usar vestidos delicados. Nesse caso, contudo, é claro que ela não teve escolha. De nada importaria, de toda forma. As garotas Baileys nunca tiveram bom gosto para vestidos. 'Na alegria e na tristeza.' Soa lindo... Mas será que realmente existe algo como o amor no mundo? Todos acreditamos nele até completarmos vinte anos. Ora, eu costumava acreditar. Antes de me casar com Ramsay, costumava passar noites acordadas para pensar nele. Bem, isso continuou acontecendo depois que nos casamos, mas não pelo mesmo motivo. Era para imaginar com que mulher ele estaria. Como será que está o novo casamento dele? Às vezes, penso que fui tola em me divorciar. Uma casa e um título são um bom negócio. Bem, acabou. A senhora Evelyn March agora é a senhora D'Arcy Phillips. Dou três anos para eles se divorciarem... Ou ao menos até quererem se divorciar. É claro que a criação de D'Arcy pode impedir isso. Suponho que os fazendeiros de Mowbray Narrows não se divorciem com frequência. Mas quantos, mesmo entre eles, se casariam com a mesma mulher novamente? O doutor Blythe se casaria, realmente acredito nisso... Mas quanto aos demais... É como aquela velha esquisita da Susan Baker diz: 'Se você não casa, gostaria de ter casado... E, se casa, gostaria de não ter casado'. Mas todos gostariam de ter a chance".

A mãe da noiva pensa, um tanto avoadamente:

"Eu *não vou* chorar... Sempre disse que não choraria quando minhas filhas se casassem... Mas *o que* vamos fazer sem nossa querida Evelyn? Graças a Deus Jim não parou no lugar errado... Evie parece um tanto pálida... Eu *disse* que ela deveria passar um pouco de maquiagem... Mas nem Jim nem D'Arcy gostam. Lembro-me de que eu parecia um tijolo vermelho no dia do meu casamento... É claro, uma noiva que usasse maquiagem naqueles dias ficaria mais que pálida... Marnie está muito bonita... A felicidade lhe cai bem. Como foi maravilhoso! Nunca aprovei o noivado de Evie com Elmer... Embora ele *seja* um ótimo rapaz... Sempre senti, de alguma forma, que o coração dela não estava contente... Mães *realmente* sentem essas coisas. Mas Marnie o ama de fato. É uma pena que ele não tenha podido vir... É claro, contudo, que seria estranho... Ninguém teria entendido... E anunciar o noivado agora seria péssimo. Sempre adorei D'Arcy... Ele não é rico, mas eles não serão mais pobres que eu e Jim quando começamos nossa vida... E Evie é reconhecidamente uma ótima cozinheira e administradora, graças à querida Mary. Parece que foi ontem que fizemos o chá de debutante de Evie... Como ela estava linda... Todos comentaram... Tímida o suficiente para realmente parecer uma flor em botão, como a chamaram. Patricia Miller e aquele filho artista vieram, afinal de contas. Realmente espero que ele não fique irritado por não termos pendurado o quadro que ele mandou como presente. Mas ninguém sabia dizer, de verdade, qual lado era para cima... Atualmente, os artistas têm feito umas pinturas extraordinárias. Espero que corra tudo bem na recepção... E que ninguém repare no buraco no carpete do corredor. Foi muito gentil da parte dos Blythes nos dar os crisântemos... Eu não queria, no entanto, todas essas rosas no salão da recepção. Mas Jim estava tão decidido de que sua filha deveria ter um belo casamento... Meu querido Jim, ele sempre idolatrou suas meninas. Somos muito felizes, eu e ele, embora tenhamos nossos altos e baixos... Até mesmo nossas brigas. Dizem que o doutor Blythe e a esposa nunca tiveram uma única briga... Mas *nisso* não acredito. Discussões, que seja. Todos têm. Ele os está declarando marido e mulher... Não vou chorar... *Não vou.* Já basta ver Jim com lágrimas nos olhos. Suponho que as pessoas pensarão que não tenho sentimentos...".

A mãe do noivo reflete, calmamente:

"Meu garoto querido! Como está bonito! Não sei se ela é a moça que eu teria escolhido para ele... Foi criada como filha de um homem rico... Mas, se ele está feliz, de que importa? Susan Baker me disse que Mary Hamilton lhe contou que não havia nada que ela não pudesse fazer. Quem dera o pai dele estivesse vivo para vê-lo hoje! Estou feliz por ter optado por aquele móvel de nogueira para a sala de jantar como presente. Só tive uma madrinha quando me casei... Ela usou um chapéu de renda branca, com aba larga e maleável. Diana Blythe é a mais bonita de todas as madrinhas. D'Arcy está beijando sua esposa... *Sua esposa*... Como isso soa estranho! Meu bebezinho se casou! Ela tem um rosto meigo... Ela *realmente* o ama...

Tenho certeza disso... Apesar daquele noivado com Elmer Oswen. Havia algo que eu não entendia... E jamais entenderei, suponho. Mas D'Arcy parecia bastante convencido, então tenho certeza de que está tudo bem. Ah, o que seria do mundo sem a juventude? No entanto, passa tão rápido... Ficamos velhos antes de percebermos. Nunca acreditamos que chegará... Então, um dia, acordamos e descobrimos que estamos velhos. Ah, pobre de mim! D'Arcy, todavia, está feliz... Isso é tudo o que importa agora. E acredito que vai durar. É estranho pensar em como eles costumavam brigar, contudo... desde que os Marchs começaram a migrar para Glen St. Mary, bem antes de eles construírem Merestead. Mas só nos conhecíamos quando já éramos adultos... E era amor à primeira vista. As coisas *são* diferentes hoje, não importa o que digam... Não tenho mais filho... Mas se ele está feliz...".

O pai da noiva pensa:

"Minha garotinha está linda. Um tanto pálida... Nunca gostei de noivas maquiadas, contudo. Graças a Deus as saias decentes voltaram à moda. Parece que não faz tanto tempo que Amy e eu estávamos ali no lugar deles. Evie não é uma noiva tão bonita quanto a mãe foi, no fim das contas. Esse vestido cai bem em Amy... Ela parece tão jovem quanto qualquer uma delas... Uma mulher maravilhosa. Se eu tivesse que escolher novamente, faria a mesma escolha. Ninguém mais se compara a ela. Suponho que logo teremos de enfrentar também a perda de Marnie. Bem, éramos só eu e a mãe no início, e acho que podemos suportar ficar sozinhos de novo. É só que... Éramos jovens naquela época... Isso faz toda a diferença. Mas se as garotas estão felizes...".

O padrinho pensa:

"Nunca alguém me verá em um apuro como esse... Embora aquela madrinha *seja* bonita... olhos oblíquos como os de uma fada... brilhando como estrelinhas... Mas um homem viaja mais rápido quando viaja sozinho. A madrinha Blythe é uma verdadeira beldade... Mas já me disseram que ela está prometida. A noiva parece um tanto fria... Meio que como uma freira frígida. Por que será que D'Arcy é tão louco por ela? Parece-me que ouvi algo sobre outro noivado. Espero que ele não seja apenas um prêmio de consolação. Que os deuses não permitam que meus sapatos ranjam quando eu atravessar a nave da igreja, como os de Hal Crowder... E que eu não derrube a aliança como Joe Raynor... Saiu rolando até parar justamente nos pés da garota que o noivo tinha namorado. A decoração está muito bonita para uma igreja do interior. Terminou... D'Arcy está engaiolado... Pobre D'Arcy!".

Marnie March, a dama de honra, pensa:

"Como será solitário sem minha querida Evie! Ela sempre foi tão meiga comigo. Mas logo terei Elmer, e isso significa tudo para mim. Não *consigo* entender como é que Evelyn poderia preferir D'Arcy a ele, mas estou muito grata por isso. Gostaria que ele não fosse tão rico... As pessoas dirão que estou me casando com ele por causa do dinheiro. Ora, eu o agarraria de imediato mesmo se ele não tivesse um único centavo no bolso. D'Arcy é um bom rapaz. Acho que vou gostar de tê-lo como cunhado... Embora jamais tenha conseguido suportar a maneira como ele ri. Soa tão zombeteiro. Acho, contudo, que não é essa a intenção. Gostaria que Elmer pudesse me ver agora. Esse azul-pervinca me cai bem. Não tão bem quanto em Diana Blythe, no entanto. É preciso um tom de cabelo diferente do meu. Pergunto-me se ela realmente está noiva daquele garoto, Austin... E se o ama tanto quanto eu amo Elmer. Não, *isso* é impossível. Ah, é terrível... e maravilhoso... e viajante amar alguém como amo Elmer. Nós, os Marchs, nos entregamos completamente quando amamos! Aquelas semanas horríveis em que pensei que ele se casaria com Evie! E pensar que um dia cheguei a dizer que ele parecia um garoto-propaganda! Ah, espero não engordar mais! Não comerei nada além de suco de laranja para o café da manhã depois disso tudo. Isso *deve* fazer alguma diferença. Aquelas garotas Blythes podem comer o que quiserem e estão sempre magras como um bambu. Deve ser predestinado. Seria um escândalo e tanto se eu e Elmer também nos casássemos hoje, como queríamos. É claro que não seria possível... As pessoas teriam fofocado pelos cotovelos... É estranho como nunca podemos fazer o que realmente queremos neste mundo por causa do medo do que as pessoas dirão! Mas, enfim, queria recuperar o fôlego após o noivado. Não daremos uma festa enorme como esta, de toda forma... Estou decidida. Ah, como a cerimônia é terrivelmente solene! 'Até que a morte nos separe.' Estaremos falando *realmente* sério. Isso me deixa eufórica! Ah, Elmer!".

O noivo pensa:

"Será que ela realmente virá depois da forma monstruosa como sempre a tratei? Da época em que éramos crianças e eles tinham aquele pequeno chalé no final da nossa fazenda em Mowbray Narrows. Eu era apenas um jovem ciumento e idiota! Suponho que Mollie esteja em algum lugar lá nos fundos. Que Deus a abençoe! Quando penso no que teria acontecido sem ela... *Ela está vindo!* E preciso ficar parado aqui feito um graveto, em vez de correr para encontrá-la e tomá-la nos braços! Harry parece frio como um pepino. Mas não é ele quem está se casando com Evie! Como ela está linda! Que Deus me ajude a fazê-la feliz... Torne-me digno dela... Eu gostaria de ter sido um homem melhor... Acabou... Ela é minha esposa... *Minha esposa!*".

A noiva pensa:

"Será que este é algum sonho maravilhoso? Será que acordarei de repente e descobrirei que me casei com Elmer? Ah, se acontecer qualquer coisa que impeça este casamento... O pastor morrer... Ele não parece muito bem... E pensar que D'Arcy sempre me amou enquanto eu pensava que ele me odiava! E a maneira como o tratei! Ah, imagine só se Mollie não o tivesse esclarecido! Marnie está tão linda. Espero que ela seja uma noiva quase tão feliz quanto eu. Ela não conseguiria ser *tão* feliz, é claro... Ninguém conseguiria. Que lindamente solene é isto! Ah, a voz dele dizendo 'eu aceito'... Pronto, espero que todos tenham me ouvido. Nenhuma noiva no mundo aceitou com mais alegria... *Eu sou esposa dele*".

O Reverendo John Meredith pensa:

"Não sei por que, mas tenho a sensação de que essas duas pessoas que acabei de casar são perfeitamente felizes. É uma pena que se tenha essa sensação tão raramente. Bem, só espero que eles sejam tão felizes quanto eu e Rosamond somos".

Mary Hamilton, em um banco nos fundos, conversando com a amiga Susan Baker:

– Claro, Susan, minha querida, e uma grande vantagem do banco do fundo é que dá *pra* ver tudo e *tudo* mundo sem dar torcicolo. A Evie, coisinha mais amada, até queria que eu me sentasse lá na frente com os convidados. Ela nunca foi orgulhosa. Mas conheço meu lugar. Lá vêm o doutor e a senhora Blythe. Ela parece mesmo uma garotinha, *pra* idade que tem.

– Ela tem o coração de uma garotinha – disse Susan, suspirando –, mas nunca mais foi a mesma depois da morte de Walter.

– Bom, ele morreu por uma causa gloriosa. O meu *subrinho* também foi. Hoje sou uma mulher feliz e orgulhosa, Susan Baker…

– Não estou questionando isso, se tudo o que ouvi for verdade. Mas não se pode acreditar em tudo o que se ouve.

– Não, nem *num* décimo. Bom, vou te contar a verdade, Susan, se tu me *prometer* de pé junto que nunca vai contar nadica de nada *pra ninhuma* viv'alma. Me disseram uma coisa sobre *tu* quando comecei a vir *pra* igreja… Quanto tempo atrás?

– Não importa – respondeu Susan, que não gostava de ser lembrada da própria idade. – Conte logo sua história antes que eles cheguem.

– Bom, Susan Baker, tenho visto um milagre acontecer… Vários milagres, *pra* falar a verdade.

– É um milagre ver Evie se casar com D'Arcy – concordou Susan. – Todos pensavam que eles se odiavam.

– Nem todos, Susan… Eu, não. *Eu* sempre *sabia* da verdade. Quanto aos milagres, como tudo na vida, acontecem de três em três. Já percebeu?

– Certamente que sim.

– Bom, eu nem *tava* esperando qualquer coisa assim dois meses atrás, com minha pitoquinha quase se casando com o homem errado e Marnie de coração partido por causa disso, e tudo *tava* tão de ponta-cabeça que eu jamais podia imaginar que o Homem Lá de Cima *tava* mexendo seus pauzinhos.

– Então ela *estava* noiva de Elmer Owen? Várias pessoas tinham me dito, mas ninguém parecia ter certeza.

– É claro que *tava*... Mas tu não *vai* falar uma palavra sobre isso, Susan...

– Se a senhora Blythe perguntar na lata... – respondeu Susan, em dúvida.

– Bom, não me importo que *ela* saiba... É melhor do que ela ouvir um monte de fofoca. E me disseram que ela sabe guardar segredo.

– Como ninguém – garantiu Susan. – Quando algo importante está em jogo. Ela nunca contou a ninguém sobre mim e Bigodinho.

– Ela pode não ter contado, mas *tudo* mundo ficou sabendo.

– Ah, bem, sabe como são as fofocas. E é claro que o Bigodinho não conseguiu ficar de bico calado. Ele vive me acusando, desde...

– O que é que tu *esperava* de um homem? Bom, voltando *pra* minha história. Nunca houve ninguém *pra* Evie além do D'Arcy, e não acredite se alguém te disser o contrário, Susan.

– Não acreditarei. Mas é verdade que eles viviam brigando, desde que eram crianças...

– E tu não me *contou* que a Rilla e o Kenneth Ford costumavam brigar feito gato e rato quando eram pirralhos?

– Era diferente – respondeu Susan apressadamente.

– Nem um pouquinho. A criançada vive brigando. Eles se amam desde que cresceram, mas *num* sabiam. É assim que algumas pessoas se cortejam. Eles não *iam brigar* se não se gostassem. Começou na primeira vez que eles se viram, quando ele tinha dez e ela tinha sete anos, e eles estavam morando lá na casa dos Phillips até o chalé ficar pronto. Ela jogou uma enorme bola de lama nele só *purque* ele *tava* se engraçando com uma prima que *tava* arrastando a asa *pra* ele.

– Eles começavam cedo, naqueles tempos – comentou Susan, suspirando. – Talvez, se minha mãe não tivesse dito que eu precisava me comportar quando garotos estivessem por perto... Mas agora é tarde demais... E estou contente com meu pessoal... Enquanto eu puder trabalhar...

– É claro, e ninguém começava mais cedo que agora. Mas se tu *continuar* me interrompendo, Susan Baker...

– Continue. É só... Bem, algum homem decente alguma vez lhe pediu em casamento, Mary Hamilton?

– Milhões de homens. É, de toda forma, o que eu sempre digo *pras* pessoas que fazem perguntas impertinentes.

– *Eu* fui criada para dizer a verdade – disse Susan com orgulho.

– Bom, se tu não *quer* ouvir minha história...

– Continue – respondeu Susan em tom resignado.

– Bom, ele deu um banho de mangueira nela como toco pela lama. Ah, a confusão que foi com as duas mães ralhando com eles! E todo verão era a mesma coisa, quando a gente vinha *pra* Mowbray Narrows. O jeito *que eles* brigavam se tornou uma brincadeira na família. Aí a mãe dela proibiu que a *minina* fosse até a casa dos Phillips...

– As pessoas diziam que ela era orgulhosa demais para se relacionar com o pessoal do interior, eu me lembro – comentou Susan.

– *Tá* aí uma bela *duma* mentira. Não tem mulher neste mundo menos orgulhosa que a senhora March.

– Exceto a senhora Blythe – murmurou Susan baixinho.

– D'Arcy costumava destruir as tortas de lama dela... Só porque achava que ela *tava* mais interessada nelas que nele, eu bem sabia... E ela derrubava os castelos de areia dele pelo mesmo motivo... Só que nem ela sabia disso, pobrezinha. E não melhorou nada à medida que eles foram crescendo...

– Kenneth e Rilla tinham mais bom senso, então – murmurou Susan.

Ela tinha, contudo, aprendido a não interromper Mary... E queria ouvir toda a história antes que a comitiva da noiva chegasse.

– Era pior, *pra* dizer o mínimo... Ela zombando e reprimindo ele, e ele troçando dela... Os dois ficando verdes de ciúmes sempre que o outro olhava *pro* lado. Os surtos que eles tinham! Passavam semanas sem se falar. *Tudo* mundo pensava que eles se odiavam... *Tudo* mundo, menos a velha Mollie Hamilton aqui, pilotando o fogão na *cuzinha* e *inchendo* o bucho deles quando eles *tavam* de bem e apareciam por lá.

"Exatamente como Kenneth e Rilla", pensou Susan.

– Acha que eu *num* via o que *tava* acontecendo? A velha Mollie Hamilton aqui ainda *num* tá cega, Susan. Ele era doidinho por ela, e ela *tava* caidinha por ele e pensando que era a última *minina pra* quem ele *ia olhar*. Mas eu pensava cá com meus *butões*: "Eles são jovens e tudo vai dar certo no final", e, nesse meio-tempo, era melhor uma briga honesta que ficar flertando, galanteando e "ficando", como dizem por aí, como o restante da moçada durante o verão. Eu costumava rir tanto dos arranca-rabos deles que *num pricisava* tomar remédio *ninhum*.

– As pessoas são diferentes – ponderou Susan Baker. – Quando qualquer criança de Ingleside brigava com os Fords ou os Merediths, eu passava metade da noite em claro, preocupada. Ainda bem que o doutor e a esposa tinham mais bom senso. A senhora Blythe costumava me dizer: "Crianças brigam assim desde que o mundo é mundo". E acho que tinha razão. Não que as nossas brigassem tanto assim. Mas me lembro de como D'Arcy Phillips e Evelyn March costumavam brigar. *Eles* causavam o maior rebuliço quando discutiam.

– Mas, no fim das contas, Susan, minha querida, *num* era motivo de riso: eles tiveram uma briga feia, mas nunca descobri pelo quê. E D'Arcy foi *pra* faculdade sem *eles fazerem* as pazes. Ele passou dois anos sem vir *pra* casa, e fiquei preocupada, sim. Porque o tempo *tava* passando, e, mesmo que ele *num* pudesse ir *pra* guerra, por causa do problema da visão curta, tinha um bocado de garoto por aí. E D'Arcy, a essa altura, já era um belo rapazote, com aqueles olhos cinza dele. Evie foi orgulhosa e fingiu não se importar, mas não sou boba. E os anos estavam passando, as amigas dela, *tudo* se casando, e o mundo *tava* ficando grande e solitário.

"Sei bem como é *essa* sensação", pensou Susan. "Não sei o que seria de mim se não tivesse sido acolhida pelo pessoal de Ingleside. O doutor gosta de me provocar em relação ao velho Bigodinho, mas agora que não tenho mais raiva daquele velho tolo posso ao menos dizer que um homem já quis se casar comigo, qualquer que fosse seu motivo."

– Aí, no inverno passado, ela foi passear em Montreal e voltou *pra* casa noiva do Elmer Owen.

"Ah, finalmente ficarei sabendo a verdade", pensou Susan triunfantemente. "Os boatos que têm corrido por aí deixam a gente zonza... Alguns dizem que ela estava noiva, outros dizem que não... E a senhora Blythe me disse que não era da conta de ninguém, só deles mesmos. Talvez não seja... Mas a gente gosta de saber a verdade."

– Tomei um susto e tanto – disse Mary. – Porque sabia muito bem que ela não *amava ele*. E também não era pelo dinheiro dele, Susan Baker. "Foi ele que escolhi, Mollie", foi o que ela me disse.

"Como eu teria dito se tivesse aceitado o Bigodinho", pensou Susan.

– "Ah, se tu *teve* que escolher, ele *num* é o homem certo *pra tu*", falei. "Não tem isso de 'escolher' o homem certo", falei. "Um *pertence* ao outro..." "Como *tu* e o D'Arcy", eu queria ter dito, mas *num* disse. E é claro que *tudo* mundo começou a falar que ela *tava* aceitando o Elmer porque ele era milionário e comentando que *ia ser* ótimo *pra* ela... Talvez tu *tenha* ouvido as fofocas, Susan Baker.

– Ouvi alguma coisa – Susan respondeu, com cautela, que tinha ouvido e acreditado. – Mas sempre se diz isso quando uma garota se casa com um homem rico.

– Eu quase *murri* de raiva e desgosto, Susan Baker. *Tava* pronta *pra* odiar o pobre do Elmer quando ele veio *pra* cá em junho. Mas *num cunsigui*, porque o rapaz era bom que só, mesmo com todo aquele dinheiro...

– A senhora Blythe disse que ele era um dos homens mais gentis que conhecera e que achava Evelyn March uma garota de sorte.

– Ah, bom, *num* dá *pra culpar ela*, que *num* sabia. *Tudo* mundo gostava dele... Até mesmo a Evie. A Marnie ficou ressabiada no começo... Ah, essa é uma *minina* de ouro, Susan Baker...

– Sempre gostei dela, embora a tenha visto pouco – confessou Susan, também pensando: "Ela nunca foi afetada como a Evelyn".

– A Evie é, de longe, a minha preferida, porque cuidei dela quando ela era bebê e a mãe *tava* adoentada.

"Exatamente igual a mim e Shirley", pensou Susan.

– Então ela sempre pareceu ser minha própria filha. Mas a Marnie é um docinho, e, quando começou a choramingar pela casa, fiquei preocupada, Susan Baker...

– Quando Shirley teve escarlatina, achei que fosse enlouquecer – disse Susan. – Mas sempre gosto de pensar que não deixei a senhora Blythe na mão mesmo assim. Noite após noite, Mary Hamilton...

– Marnie não conseguia suportar falar do casamento... E eu pensava que era por ela se sentir mal porque a Evie ia embora, e talvez porque *tinha* ficado um pouco chateada porque o Elmer disse "oi, cigana" *pra* ela quando Evie apresentou os dois. "Oi, garoto-propaganda", foi o que a Marnie respondeu. Ela com certeza nunca deixou de ter resposta, *pro* que quer que fosse, quando as pessoas provocavam. Eu *num* conseguia enxergar, Susan Baker, mas, quando a gente olha *pra* trás, consegue ver coisa que *num* via, mesmo *tando* debaixo do nosso nariz.

– Você nunca falou algo tão verdadeiro, Mary Hamilton – concordou Susan, perguntando-se se Mary um dia chegaria ao ponto-chave da história.

– Só que eu não sabia o que tinha de errado. Enfim, tudo *tava* correndo bem, e os planos estavam nos conformes, e o Elmer voltou *pra* Montreal. Depois que ele foi embora, entrei no quarto da Marnie *pra* varrer, pensando que ela *tava* fora, mas ela *tava* sentada lá, chorando, Susan Baker... Chorando tão bonito... Sem fazer barulho... Só umas lágrimas gordas escorrendo por aquelas *bochechinhas* lindas dela.

"É assim que a senhora Blythe chora", pensou Susan. "É o jeito verdadeiro de chorar. Lembro quando Shirley... E Walter..."

– "Minha querida, o que aconteceu?", perguntei *pra* ela, já meio apavorada. *Num* é normal ver a Marnie chorar. "Ah, nada demais", ela respondeu, "é só que *tô* apaixonada pelo homem *que* minha irmã vai casar... E vou ser a dama de honra... E queria *tá* morta", ela falou. Fiquei chocada, Susan Baker!

"Assim como fiquei quando Rilla trouxe o bebê para casa na sopeira", pensou Susan. "Jamais esquecerei esse dia!"

– Eu *num cunsiguia* – continuou Mary – pensar em nada *pra* dizer, só coisa idiota, que nem: "Tem homem de sobra no mundo, minha querida. *Pra* que ficar desse jeito por causa de um?". "Porque ele é o único *pra* mim", respondeu a pobre Marnie.

– Eu mesma, solteirona que sou, saberia que ela responderia isso – comentou Susan.

– "Mas *tu* não *precisa se* preocupar", ela disse. Como se a gente conseguisse afastar a preocupação. "Evelyn *num* vai ficar sabendo disso... Nem mesmo suspeitar. Ah, Mollie...", ela disse, falando umas coisas impulsivas, do tipo: "Quando *vi ele* pela primeira vez, *chamei ele* de 'garoto-propaganda', e agora podia beijar os pés dele! Mas ninguém mais vai ficar sabendo fora *tu*, Mollie, e se *tu* contar *pra* alguém eu te mato a sangue-frio". Então eu *num* devia *tá* contando *pra tu*, Susan Baker, e minha consciência...

– Não se preocupe com a sua consciência, Mary Hamilton. Marnie estava se referindo à própria família, e, de toda forma, tudo mudou desde então. Ela não se importaria agora – garantiu Susan, sentindo-se um tanto culpada, mas consolando-se no fato de que nunca mencionaria aquilo a qualquer alma viva.

– Que tal essa? – Mary Hamilton estava envolvida demais na própria história para ouvir as interrupções de Susan Baker. – Se contar *pra* alguém fosse melhorar alguma coisa, eu *tinha* berrado aos quatro ventos de cima do telhado. Mas *num pudia*, então fiquei de bico fechado. E daí, além disso tudo, surgiu nosso querido D'Arcy, louco de raiva, eu *pudia* perceber muito bem, mas agindo frio que nem gelo. Ouvi tudo enquanto eles brigavam na varanda. Não que eu fique ouvindo as coisas de propósito, Susan Baker, mas, quando as pessoas são próximas assim da gente, *num* dá *pra* ficar sem ouvir o que elas *tão* falando. Ele foi curto e grosso. "*Tu tá* se vendendo por dinheiro? Não acredito até ouvir da tua boca", ele disse. "Vou me casar com Elmer Owen", respondeu a Evelyn, com educação, "e acontece que *amo ele*, senhor Phillips." "Tu *tá* mentindo", retrucou D'Arcy... Já não *tava* tão educado mais, Susan Baker. E a Evie disse, ainda mais fria que ele e morrendo de raiva: "Sai da minha frente, D'Arcy Phillips, e fica longe de mim".

"Quando as classes mais altas se põem a brigar, não são muito diferentes de nós", pensou Susan. "Isso soa exatamente como algo que o Bigodinho teria dito para mim durante um de seus surtos."

– "Vou fazer exatamente isso", disse D'Arcy. "Estou indo para Nova Iorque esta noite"... Ele ia passar um ano lá fazendo treinamento, seja lá o que isso quer dizer. "E *tu* nunca mais *vai* me ver de novo, Evelyn March." Já ouviu um absurdo desses?

– Muitos – respondeu Susan.

– Bom, depois disso, ele foi embora. E minha pobre pitoquinha entrou na *cuzinha* e olhou *pra* mim, ainda com a cabeça erguida, mas com a tristeza estampada naquele rostinho. "Ele foi embora, Mollie", ela disse, "e nunca mais vai voltar. Queria estar morta." "Tu *quer* que ele volte?", perguntei *pra* ela. "Nada de mentiras agora, minha pitoquinha. Uma mentira pode ser um refúgio, e eu *num* culpo *ninhuma* mulher por escapulir *pra* lá de vez em quando..."

"Quantas vezes eu disse que não me importava se um dia me casaria ou não", refletiu Susan Baker. "Exceto para a senhora Blythe. De alguma forma, jamais consegui mentir para ela."

– "... mas isso é sério demais. *Tá* tudo muito bagunçado, e vou dar um jeito de arrumar, mas preciso saber qual é a situação real." "Eu *quero ele* de volta... E ele é o único que eu amo e que vou amar na vida", ela disse. Como se eu não soubesse disso e não tivesse sabido a vida toda! "Aí *tá* a verdade, finalmente. Mas é tarde demais. O trem dele sai em quinze minutos. Eu não *ia ceder*... Meu orgulho não deixou... E agora ele foi embora... Ele foi embora! E, de qualquer forma, ele sempre me odiou!" Eu tinha escolhido aquele dia *pra* limpar a lareira, Susan Baker, e *tava* suja de dar dó! Mas não tinha tempo *pra* colocar as roupas da última estação. Fui lá *pra* garagem... Ainda bem que, pelos céus, o automóvel *tava* lá! Arranquei um pedaço da porta da garagem quando fui dar a ré e passei por cima da floreira de lírios. Nunca teria chegado se fosse pela estrada, mas sabia *duma* ruazinha alternativa.

"O atalho perto da estrada de Mowbray Narrows", pensou Susan. "Não é usado há anos. Pensei que estivesse fechado. Mas para uma mulher como Mollie Hamilton..."

– Lá fui *numa* velocidade que não é de Deus...

"O doutor disse que a encontrou e que nunca antes escapara por tão pouco de uma colisão frontal na vida", pensou Susan.

– Agradeci aos céus por *num* ter *pulícia* nesta parte da ilha... E nunca tinha tido a satisfação de passar dos cem por hora. Pouquinho antes de chegar no atalho, vi um gato preto enorme, parecendo que ia atravessar a rua, e meu coração parou. Tu *pode* até pensar que sou uma velha supersticiosa e tola, Susan Baker...

– Eu, não – afirmou Susan. – Não sei se acredito muito em gatos pretos... Embora me lembre de um ter cruzado meu caminho na noite anterior à notícia do falecimento de Walter... Mas deixemos isso para lá. Sonhos, contudo, são outra história. Enquanto a Grande Guerra estava acontecendo, tinha uma senhorita Oliver hospedada lá em Ingleside. E aquela garota tinha cada sonho! E todos se tornaram realidade. Até mesmo o doutor... Mas, quanto aos gatos, cada um tem sua opinião sobre eles. Já lhe contei a história do nosso Jack Frost?

– Já... Mas eu *tava* pensando que era a minha história que *tu* queria ouvir...

– Sim... Sim... Continue – disse Susan em tom arrependido.

– Bom, ou a sorte *tava* do meu lado, ou o Tinhoso *tava* ocupado aquele dia, porque o gato deu meia-volta e foi embora, e entrei no atalho. Foi uma aventura e tanto, Susan Baker. *Num* acho que vou ter outra assim na vida de novo. Atravessei um campo todinho arado, um riacho, um lamaçal, e o quintal dos fundos da fazenda dos Wilsons. Juro *pra tu* que acertei uma vaquinha, mas, *pra* onde ela foi depois que bati nela, *num* sei te dizer...

– *Eu* sei – disse Susan. – Ela não se machucou muito, só teve um ou dois arranhões, mas saiu ilesa, e, se o doutor não tivesse convencido Joe Wilson, ou talvez se eles tivessem pagado a conta que devem, você poderia estar bem encrencada.

– Passei pelo meio do palheiro e atravessei voando um terreno de aspargos todo plano… E logo além tinha uma sebe de abetos e uma cerca de arame atrás. Eu sabia que tinha pouquíssimo tempo. Minha ideia era parar e correr *pra* estação… A estação ficava logo ali, do outro lado da rua… Mas eu *tava* com os nervos à flor da pele… E acabei pisando no acelerador, em vez do freio…

"Graças ao Bom Homem lá de cima, resisti à tentação de aprender a dirigir", pensou Susan devotamente.

– Passei direto pela cerca…

– Sam Carter jurou que nunca vira algo assim na vida – comentou Susan.

– D'Arcy estava entrando no trem naquele instante…

"Ah, agora estamos chegando à parte interessante", pensou Susan. "Todos parecem estar se perguntando o que foi que ela disse a ele."

– Peguei *ele* pelo braço e falei…

"Pelos dois braços", pensou Susan.

– "D'Arcy Phillips, a Evelyn *tá* com o coraçãozinho partido por tua causa. Trata de voltar já *pra* ela… E, se eu um dia ouvir mais arranca- -rabos entre os dois, vou é dar uma boa de uma surra, porque eu *tô* é muito cansada de toda essa baboseira e de tanto desentendimento. *Tá* na hora de vocês dois crescerem."

"Será que as pessoas realmente crescem?", refletiu Susan. "O doutor e a senhora Blythe são as únicas pessoas que conheço que realmente parecem ter crescido. Bigodinho certamente não cresceu. Como corria…" E Susan se lembrou, com bastante satisfação, de uma certa panela de tintura fervente da qual o dito Bigodinho certa vez escapara por pouco.

– "Nem mais um *pio*", falei, bem brava.

"Dizem que ela chacoalhou o rapaz a valer", pensou Susan, "embora ninguém entendesse por quê."

– "Só faz o que eu mandar", falei. Bem, Susan Baker, hoje tu *tá* vendo com os próprios olhos o que resultou disso tudo. A empresa de seguros foi bastante razoável.

"Para sorte do pobre Jim March", pensou Susan.

– Mas *tu* ainda não *sabe* da maior. Quando a Evie contou *pro* Elmer que não ia casar com ele porque ia casar com D'Arcy Phillips, *tudo* mundo pensava que ele ia surtar! Mas ele foi frio que nem um pepino e disse... E disse... O que *tu acha* que ele disse, Susan Baker?

– Jamais poderia adivinhar o que qualquer homem disse ou pensou – respondeu Susan. – Mas acho que eles estão chegando...

– Bom, ele disse: "Ele é o cunhado que eu teria escolhido". Ela *num* entendeu o que ele *tava* querendo dizer. Mas ele voltou na semana seguinte com aquele automóvel azul lindão, com as rodas brilhantes. E fiquei sabendo que, no instante em que ele viu a Marnie, quando veio *pra* planejar o casamento com a Evie, sabia que tinha cometido um erro, mas era cavalheiro demais *pra* desfazer tudo. Teria ido até o fim sem falar um "A", se precisasse.

– Talvez não, se ele soubesse que Marnie também tinha se apaixonado por ele – ponderou Susan. – *São* eles... Bem, eu lhe agradeço por me contar os pormenores do caso, Mary, e se houver algo que queira saber... Desde que não envolva a família de Ingleside... Ficarei feliz em contar.

– Lá vêm eles, Susan Baker... Minha pitoquinha certamente ilumina a igreja toda, não acha? Vai demorar bastante até aparecer uma noiva mais bonita.

"Isso depende de quanto tempo vai levar até Nan e Jerry Meredith se casarem", pensou Susan. "Embora Nan sempre afirme que nunca se casará na igreja. Será no jardim de Ingleside, segundo ela. Acho que ela tem razão... Há muito espaço para fofocas nesses casamentos na igreja."

– E agora vamos fechar nossas matracas, Susan Baker, até eles estarem devidamente casados... Foi realmente um peso que tirei dos ombros. Tu *vem pra* casa comigo, Susan, *pra* tomar uma xícara de chá na *cuzinha*? Aí posso dar uma espiada nos presentes. São uma elegância só. *Tu* já viu noiva mais feliz? Sei que nunca vi uma noiva tão feliz.

"Queria ver qualquer um dizer isso à senhora Blythe, ou a Rilla", pensou Susan. Mas ela disse:

– Ele é meio pobre, pelo que ouvi.

– Pobre, é? Tenha bom senso, Susan Baker. *Tô* te dizendo que eles são ricos para além dos sonhos da avareza. Jovens… e…

– Uma velha solteirona igual a mim não sabe muito dessas coisas – interrompeu Susan, indignada. – Mas talvez você tenha razão, Mary Hamilton… Talvez tenha razão. Pode-se aprender muito observando o mundo, como Rebecca Dew costumava dizer. E o doutor e a senhora Blythe eram bastante pobres quando começaram a vida. Ah, como foram felizes os dias na Casa dos Sonhos, como eles costumavam chamar! Entristece-me o coração saber que nunca voltarão para lá. Obrigada, Mary, mas preciso voltar para Ingleside. Tenho minhas obrigações lá. Tomarei chá com você num outro dia, quando as coisas estiverem mais calmas. E agradeço de coração por você me contar os detalhes da história toda. Se você soubesse das fofocas…

– Ah, posso imaginar – disse Mary. – Mas ouve meu conselho, Susan Baker, e aprende a dirigir. Nunca se sabe quando pode ser útil.

– Na minha idade! Isso *seria* engraçado de ver. Não – respondeu Susan com firmeza. – Confiarei nas minhas próprias pernas enquanto elas me aguentarem, Mary Hamilton.

A terceira noite

Alma de partida

Escancarem a porta e abram a janela
Para aquela que se vai
Na noite que na orla se revela
Como um rio escuro que a vida subtrai;
A angústia rítmica da batida de nossos tristes corações
Não deve impedir alma alguma de partir com suas canções.

Ouçam como as vozes do vento espectral
Clamam por sua chegada!
Quantos parceiros de aventuras ela encontrará, afinal,
Quando chegar de sua jornada
Pelo pântano estrelado e o vale cretino?...
Soltem-na e permitam que siga seu destino.

Escancarem a porta e abram a janela...
O chamado está mais claro!
Do que nós, que tão queridos fomos para ela,
Há alguém mais caro
Quando seu amado amante, a Morte, por ela espera;
Devemos nós abraçá-la com as lágrimas de quem esmera.

Anne Blythe

Doutor Blythe:

– Vou proibir você de escrever esse tipo de poema, Anne. Já vi mortes demais...

Susan:

– E o senhor já viu alguém morrer quando não havia nenhuma porta ou janela aberta, doutor? Ah, sim, pode chamar de superstição, mas fique atento de agora em diante.

Anne, *baixinho:*

– Walter escreveu os dois primeiros versos antes de... partir. E... eu achei que seria bom terminá-lo.

Minha casa

Eu construí uma casa para mim no final da rua
Onde os pinheiros altos se alinham em uma fila,
Com um jardim ao lado em que, nos amores-perfeitos
E narcisos roxos e dourados, a abelha sibila;
Tem janelas pequeninas, uma porta sempre aberta
Com vista para a longa trilha que desce das montanhas,
Onde o sol pode brilhar em meio ao entardecer azul do verão,
E nas noites de inverno, frias e estranhas,
Acenar em cumprimento a todos que estão a perambular...
É uma bela e agradável casinha, mas ainda não é um lar.

Requer o banho do luar prateado e turvo,
Requer névoa e uma capa de chuva cinza,
Requer o orvalho do crepúsculo e o vento da alvorada
E a magia incomparável da geada ranzinza;
Requer um cachorro que lata e abane o rabo,
Requer gatinhos a brincar e ronronar,
Requer tordos vermelhos que assobiem e cantem
Nos pinheiros sob o sol a baixar;
Requer temporais e tardes ensolaradas dia após dia
E pessoas que a amem na adversidade e na alegria.

Requer rostos como flores nas janelas e nas portas,
Requer loucuras, diversão e segredos,
Requer amor em seu cerne e amigos ao portão,
E boas noites de sono quando o dia encerrar seu enredo;
Requer riso e felicidade, requer canções exultantes,
Nas escadas, no corredor, por todos os lados,
Requer namoros, casamentos, funerais e nascimentos,
Requer lágrimas, requer tristezas e enfados,
Contente consigo mesma, mesmo com o tempo a passar,
Oh, são necessárias muitas coisas para uma casa ser um lar!

Walter Blythe

Doutor Blythe:

– Curiosamente parecido com o espírito do seu poema "A casa nova", Anne, embora eu não ache que essa tenha sido a intenção dele.

Diana:

– Não, ele estava, na verdade, descrevendo Ingleside. Ele me mostrou nosso poema antes de... partir.

Lembranças

Uma janela com vista para o mar
Sob a lua enevoada,
Folhas douradas dos galhos a despencar,
Ou o azul das tardes ensolaradas,
O murmúrio das abelhas em sua dança
Nas conhecidas árvores da vizinhança.

Um vento salgado lamuriando no escuro
Do outro lado da enseada,
Em meio ao emaranhado de pinheiros obscuros
E das bétulas brancas desconfiadas
Que no prado distante dormitam,
Onde os silêncios e os sussurros habitam.

Um portão pequenino, uma trilha que vagueia
Por entre samambaias, hortelãs e louros,
Os sorrisos mudos das ondas na areia
Sob o crepúsculo de ouro.
O entardecer suave na costa,
Uma voz que não mais dará resposta.

Anne Blythe

Doutor Blythe, *pensando*: "Não há pinheiros por aqui ou em Avonlea, então Anne tirou isso de sua imaginação... E 'abetos' não rimaria muito bem. Mas ela menciona as bétulas em quase todos os poemas que escreve.

Não me admira. São árvores lindas. Todos os versos desse poema carregam uma lembrança para mim".

Susan, *pensando enquanto seca uma lágrima por trás do bordado*: "Ela estava pensando em Walter quando escreveu esse último verso. Não posso deixar que ela me veja chorar. Quanto às abelhas, são criaturas esquisitas. Meu avô vivia de criá-las e nunca foi picado na vida, ao passo que minha avó não podia se aproximar de uma colmeia que acabava picada. Não devo pensar nessas coisas, ou então chorarei como um bebê".

Uma mulher comum

Chovera o dia todo... Uma garoa fria... Mas a noite caíra e a chuva cessara parcialmente, embora o vento ainda soprasse e suspirasse. A família Anderson estava sentada no salão de visitas (eles ainda chamavam assim) da casa feia nos arredores de Lowbridge, esperando que a tia-avó Úrsula, acamada no quarto, no pavimento superior, morresse e encerrasse logo aquela situação.

Jamais teriam verbalizado esse pensamento, mas todos o nutriam secretamente dentro de si.

No discurso e no comportamento social, eram bastante decorosos, mas todos estavam ebulindo de impaciência e um pouco de ressentimento. O doutor Parsons supunha que deveria permanecer ali até o fim, pois a velha tia Úrsula era prima de seu avô, e também porque a senhora Anderson queria que ele ficasse.

Além disso, ele não podia ofender as pessoas, mesmo parentes distantes. Estava iniciando a carreira profissional em Lowbridge, e o doutor Parker fora o médico dessa cidade por muitos anos. Quase todos se consultavam com ele, exceto uns poucos excêntricos que não gostavam dele e insistiam em chamar o doutor Blythe, lá de Glen St. Mary. Até mesmo a maioria dos Andersons se consultava com ele. Aos olhos do doutor Parsons, ambos eram homens de idade e deveriam dar uma chance aos mais jovens.

Mas, em todo caso, ele pretendia ser muito prestativo e fazer tudo o que pudesse para conquistar seu espaço. Era preciso, nos dias de hoje. Era muito bonito falar de altruísmo, mas isso era besteira. Na realidade, era cada homem por si.

Se ele conseguisse conquistar Zoe Maylock... A despeito de qualquer intenção romântica... O doutor Parsons pensava estar perdidamente apaixonado pela famosa beldade de Lowbridge... Isso o ajudaria um bocado.

Os Maylocks eram uma família antiga bem decadente, mas ainda tinham considerável influência em Lowbridge. *Eles* também nunca se consultaram com o doutor Parker. Quando algum deles adoecia, mandavam chamar o doutor Blythe. Havia alguma rixa entre os Andersons e os Parkers. Como essas rixas perduravam!

O doutor Parker podia rir e fingir que não se importava, mas o jovem médico achava que sabia a verdade. A natureza humana era mais bem compreendida que quando o pobre e velho doutor Parker frequentou a universidade.

De toda forma, o jovem doutor Parsons pretendia ser o mais prestativo possível. Qualquer atitude pequena ajudava. Levaria algum tempo até que sua prática médica consolidasse sua reputação, infelizmente. Ele até duvidava de que Joe Anderson fosse pagar a conta... E parecia que a velha senhora que levou tanto tempo para falecer não tinha dinheiro. Diziam que o doutor Blythe, e até mesmo o doutor Parker, por vezes, embora fosse mais mundano, atendia pessoas pobres de graça. Bem, *ele* não seria estúpido assim. Fora atender a velha Úrsula porque queria cair nas graças dos Andersons, alguns dos quais eram bem abastados. E afaná-los do doutor Blythe, se possível... Embora fosse incrível a influência que aquele homem tinha no interior, mesmo estando velho. As pessoas diziam que ele nunca mais foi o mesmo desde que o filho foi morto na Grande Guerra.

E, agora, outra guerra estava acontecendo, e dizia-se que vários netos dele tinham sido convocados... Especialmente um tal Gilbert Ford, que fazia parte da Força Aérea Real do Canadá. As pessoas viviam dando indiretas de que *ele* deveria se voluntariar. Até mesmo Zoe, por vezes, parecia ter uma admiração um tanto exacerbada pelo supracitado Gilbert Ford. Mas era tudo besteira. Havia diversos zeros-à-esquerda que podiam ir.

Enquanto isso, ele faria o que pudesse por uma família pobre e decadente como a de John Anderson. Os progenitores do dito Anderson costumavam, pelo que soube, ser ricos e poderosos na comunidade. A maior lápide no cemitério de Lowbridge era de um certo David Anderson. Estava coberta de musgo e líquen, mas devia ser, na época, uma lápide e tanto.

Ele parecia se lembrar de algum boato esquisito sobre esse mesmo David e seu funeral... A velha Susan Baker, de Glen St. Mary, tinha contado a uma amiga. Provavelmente, contudo, não passava de fofoca. A velha Susan estava ficando senil. As pessoas diziam que os Blythes de Ingleside continuavam com ela por mera caridade. Sem dúvida, o que se falava era apenas fofoca. Não havia afinidade nenhuma entre os Bakers e os Andersons... Embora *essa* rixa também fosse tão velha quanto andar para a frente, como a senhora Blythe de Ingleside afirmara. O filho dela é que fora morto na Grande Guerra... E outro ficou aleijado. Três de seus filhos haviam lutado, pelo que se dizia. Jovens tolos!

Mas os sobreviventes agora eram homens velhos... Ao menos o jovem e imaturo doutor Parsons pensava que eram. Um dos filhos de um deles também era afeiçoado a Zoe, pelo que parecia. Ela era muito popular. Mas o médico pensava que tinha uma vantagem... Sem mencionar o fato de que corria por aí um boato de que o doutor e a senhora Blythe não aprovavam o enlace. E as más línguas, malditas sejam, diziam que ele largara Zoe porque ela, certa vez, fizera troça de Susan Baker. Ou teria sido Gilbert Ford?

Bem, não importava. Toda aquela história era improvável. Como se qualquer homem em sã consciência fosse "largar" Zoe Maylock! Nem mesmo Gilbert Ford, com seu ranço de Toronto!

Bem, graças a Deus a velha Úrsula Anderson estava morta, ou quase. O jovem doutor Parsons olhou furtivamente para o relógio. Tinha certeza de que os Andersons ficariam secretamente contentes... E não os culpava nem um pouquinho. Transtorno e despesas foram tudo o que ela significou para eles por anos, embora tivesse ganhado seu dinheiro como costureira até ter bastante idade, pelo que ele sabia. A ideia o fez rir secretamente. Era muito engraçado pensar em qualquer pessoa usando um vestido feito por Úrsula Anderson. A pessoa ficaria com a aparência de alguém que saíra de uma daquelas fotografias desbotadas pavorosas ou de retratos desenhados que ele tantas vezes fora convidado a admirar.

Será que aquela velha no pavimento de cima *nunca* iria morrer? Ele gostaria de ter inventado uma desculpa para ter ido embora há muito tempo.

Era nisso que dava ser prestativo demais. E estava muito tarde para ir até a casa de Zoe. Talvez Walter Blythe, cujo nome era uma homenagem ao tio, é claro, estivesse passando a noite com ela. Bem, que vença o melhor homem! O doutor Parsons não tinha dúvida quanto a quem seria. Zoe podia ficar zangada, ou fingir, mas um médico sempre conseguia pensar em uma boa desculpa. E Gilbert Ford, a quem ele temia em segredo mais que Walter Blythe, retornara a Toronto.

Zoe, com seus olhos maravilhosos, suas belas mãos alvas e sua voz de passarinho! Parecia absurdo pensar que Zoe e a velha tia Úrsula eram do mesmo gênero.

Bem, elas não eram... Não podiam ser... E isso era tudo. Úrsula Anderson nunca fora uma garota jovem, com corpo curvilíneo e lábios vermelhos. Se não fosse pela agitação da senhora Anderson, talvez ele tivesse ido passar a noite com Zoe em vez de ficar ali, sentado na entulhada sala dos Andersons, esperando morrer uma velha cansativa, que nunca fora de importância nenhuma para qualquer pessoa, e perguntando-se como a senhora Anderson conseguia viver com aquele carpete em casa.

Ele começou a planejar a casa em que ele e Zoe morariam se (quando) ele a conquistasse. Não havia nada em Lowbridge que lhe agradasse... Ele precisaria construir. Uma casa parecida com a de Ingleside... Mais moderna, é claro. É estranho, entretanto, como Ingleside sempre pareceu moderna. O doutor Parsons precisava admitir. E também não sabia explicar por quê. Seria porque vivia abarrotada de crianças? Não, era a mesma coisa quando estava vazia. Bem, ele e Zoe teriam tudo o que fosse de mais moderno, de toda forma. Quanto a filhos... eles precisariam esperar um pouco para tê-los. Famílias grandes, entre tantas outras coisas, tinham caído de moda. *Bem como*, graças a Deus, carpetes como aquele!

A senhora Anderson tinha muito orgulho de seu carpete, que um tio de Charlottetown lhe dera de um estoque já ultrapassado. Mas, naquele exato momento, estava se sentindo irritadiça e mal-humorada. Era uma época muito inconveniente para tia Úrsula morrer, com o casamento de

Emmy para ser planejado e a roupa de Phil a ser providenciada para sua ida à Universidade de Queen's. E todas as despesas do funeral… Bem, as pessoas simplesmente precisariam esperar para receber as contas. O doutor Parsons, por exemplo. É claro que eles precisavam chamá-lo, tendo em vista que era um parente distante. Mas ela preferia ter chamado o doutor Blythe, de Glen St. Mary… ou até mesmo o velho doutor Parker. De que importavam antigas rixas agora? E por que o doutor Parsons continuava por ali, sendo que não podia fazer mais nada? É claro que ela havia pedido para ele ficar, por educação… Mas ele devia saber que sua presença não era desejada.

E tia Úrsula fora deveras clara em relação à sua morte. Bem, ela fora assim a vida toda. Provavelmente, por isso nunca se casara. Homens gostavam de garotas com certo entusiasmo.

Talvez ela vivesse até a manhã… A senhora Anderson conhecia uma mulher que viveu por uma semana depois de o médico dizer que ela só duraria algumas horas. Médicos sabiam muito pouco, no fim das contas. Ela dissera a John que eles deveriam ter chamado um médico mais velho. Nenhum deles conseguira pregar os olhos naquela noite, e John estava meio zumbi, pois já não dormia havia muitas noites. Não se podia confiar em Maggie McLean. E, é claro, ela também precisava dormir um pouco.

Como era de esperar, John roncava no sofá. Não era lá muito adequado, ela supunha, mas não tinha coragem de acordá-lo. Se aquele idiota do doutor Parsons tivesse o bom senso de ir embora, talvez ela também pudesse tirar um cochilo.

Quanto a Emmy e Phil, eles estavam tão animados para o baile de Bess Rodney desta noite… E, no fim das contas, não puderam ir. Não era de admirar que estivessem tristes, pobrezinhos! E, afinal, que diferença faria a qualquer um? Ah, mas as pessoas comentariam! A fofoca era a coisa mais poderosa do mundo, e sempre seria.

A senhora Anderson bocejou e torceu para que o doutor Parsons entendesse o recado. Mas ele não deu demonstração nenhuma de ter compreendido. Um médico mais velho teria mais iniciativa.

Ela se perguntou, sonolenta, se realmente haveria algo entre ele e Zoe Maylock. Se houvesse, sentia pena dele. Todos conheciam o temperamento de Zoe. O doutor e a senhora Blythe tinham feito bem em deter a iniciativa de Walter. Quanto a Gilbert Ford, todos diziam que ele estava noivo de uma garota de Toronto e que só estava se divertindo com Zoe Maylock. Ainda bem que Phil era diferente. *Ele* não era um galanteador. E, se tivesse um pouquinho do temperamento dos Andersons, sabia se controlar. Ela supunha que deveria subir e checar se Maggie McLean não pegara no sono. Mas aí talvez acordasse o pobre John.

Emmy e Phil Anderson estavam arrasados. Parecia realmente absurdo, para eles, não poder ir ao baile porque a velha tia-avó Úrsula estava morrendo. Ela tinha oitenta e cinco anos e havia quinze estava exatamente do mesmo jeito... Uma velha feia que mal falava, embora resmungasse bastante quando estava sozinha. Pertencia a uma geração morta e esquecida... A geração daqueles retratos desenhados pavorosos dependurados na parede, que sua mãe se recusava a guardar... Imagens de cavalheiros e mulheres de gola alta. "*Eles* jamais poderiam ser humanos também", refletiu Emmy.

Mas ao menos estavam mortos e não atrapalhavam mais. O avô Anderson parecia muito austero e digno, a personificação da integridade inabalável, cujo grande orgulho costumava ser nunca ter havido um único escândalo sequer envolvendo a família Anderson. Em contrapartida, ela não tinha ouvido falar de uma história sobre o irmão dele, David Anderson? *Ele* não era exemplar, segundo Susan Baker. Mas isso eram águas passadas. Quem se importava agora? Eles eram os irmãos de tia Úrsula. Era engraçado pensar que tia Úrsula tinha irmãos! Ela não conseguia imaginá-la sentindo qualquer afeição pela família.

"Tenho certeza de que ela nunca gostou de nenhum de nós", pensou Emmy. "E fomos tão bons para ela!"

Tio Alec, que viera lá de sua fazenda em Glen St. Mary porque era, afinal, o correto a fazer, era o único que não estava entediado. Até que gostava de ocasiões assim, embora, é claro, jamais admitisse. Quantas coisas nunca podemos admitir!

Mas não se pode negar que há algo “dramático” em mortes e funerais. Certamente, não havia nada de mais dramático na morte da pobre tia Úrsula que em sua vida. Suas irmãs eram bastante alegres na juventude, se os rumores forem confiáveis, mas Úrsula sempre fora a quieta e reservada.

Mesmo assim, morte era morte; e a noite, com seus ventos lamuriantes e as terríveis rajadas de chuva, estava em plena conformidade. Tio Alec sempre pensara que uma noite de verão banhada pelo luar, com o perfume das flores, era muito incongruente com a morte, embora as pessoas morressem todos os dias e noites do ano, afinal.

John e Katherine estavam calmos e solenes, como a ocasião mandava... Ao menos até John pegar no sono. Os jovens, no entanto, não conseguiam esconder direito a agitação provocada pela impaciência. Obviamente, nunca lhes ocorrera que *eles* também morreriam um dia.

Mas tia Úrsula não morreria até a maré baixar. Fora criada perto do mar, e, quando se mora perto do mar por oitenta e cinco anos, não se morre até a maré baixar, não importa quão longe você esteja da costa. Ele ouvira o doutor Parker rir dessa “velha superstição”... O doutor Blythe não rira, mas tio Alec sabia que ele também não acreditava.

– Se mantivesse um registro, ele saberia – murmurou tio Alec.

Úrsula estava bastante longe do mar, mas isso não importava nem um pouquinho.

– Imagine ser uma velha solteirona por oitenta e cinco anos – comentou Emmy subitamente. Ela estremeceu.

– Terrível – concordou Phil.

– Crianças – reprimiu a mãe. – Lembrem-se de que ela está morrendo.

– Que diferença faz? – perguntou Emmy, impaciente.

– Você deve se lembrar de que ela nem sempre foi uma velha solteirona – ponderou tio Alec. – As pessoas costumavam dizer que os vinte e cinco anos eram o primeiro marco. Mas tia Úrsula sempre foi uma mulher comum... uma mulher esquecida...

Ele gostou daquela expressão. As pessoas viviam falando no “homem esquecido”. Por que não uma mulher esquecida? Essa era uma criatura de quem se deveria ter ainda mais pena… E que deveria ser ainda mais desprezada. Pois tio Alec desprezava as velhas solteironas. E dizia-se que tia Úrsula nunca tivera um namorado sequer, embora ele realmente não soubesse muito sobre ela. Afinal, ela era apenas uma pobre alma com quem ninguém conversava. Certamente, não era alvo de fofocas. E *estava* demorando um pouco para morrer. Mas, é claro, a maré estava atrasada nessa noite. Ele quase invejava John por sua soneca. Coitado! Ele provocou uma confusão e tanto. A maioria dos Andersons sabia fazer dinheiro, no mínimo. O próprio tio David… Ele fora um homem rico. Mas o filho logo pusera toda a herança fora. Geralmente, era assim que acontecia. E ele se lembrava das histórias estranhas que correram por aí quando tio David morreu. Quem será que as tinha espalhado? O homem era de um caráter irrepreensível.

– Se tivesse que viver uma vida enfadonha e sem graça como a de tia Úrsula – disse Emmy –, eu me mataria.

– Emmy! – repreendeu tio Alec. – Que coisa horrível a se falar. Temos que esperar nossa hora chegar.

– Não me importo – retrucou Emmy em tom irreverente. Quem se importava com o que tio Alec pensava ou dizia? Ele nem sequer precisava estar ali. – Viver oitenta e cinco anos e nada acontecer na sua vida! O pai disse que ela nunca sequer teve um derriço, como costuma dizer. Bem, é claro que não se pode imaginar que qualquer pessoa se apaixonaria por ela… Simplesmente não se pode.

– Não se pode imaginar qualquer pessoa velha apaixonada – disse tio Alec. – Eu, por exemplo. Você sabe que, no fundo do coração, pensa exatamente a mesma coisa sobre mim. No entanto, desfrutei bastante da minha juventude. Você será velha um dia, Emmy, e as pessoas pensarão o mesmo de você. Talvez tia Úrsula tenha tido alguns derriços.

– Ela, não – Emmy deu de ombros. Que terrível nunca ter sido amada! Nunca ter conhecido o amor! – Ela passou a vida toda na casa de outras pessoas, costurando, até ficar tão esquisita e ultrapassada que ninguém mais a queria. Fico pensando se um dia realmente quiseram. Imagine tia Úrsula cosendo vestidos! Nunca a vi costurar coisa alguma, além de remendar calças. Desse tipo de serviço ela tinha bastante, a pobre alma.

– Ah, não acho que ela fosse má modista na juventude – respondeu tio Alec. – Daqui a vinte anos, suas roupas também parecerão igualmente engraçadas.

– Não haverá moda nenhuma daqui a vinte anos – comentou Phil, sorrindo. – As pessoas não usarão roupa nenhuma.

– Phil! – exclamou sua mãe em reprimenda distraída.

Ela não acreditava no disparate de Alec quanto à maré, mas certamente a velha tia Úrsula... Talvez Maggie tivesse pegado no sono. Ela supunha que deveria subir para checar. Seus ossos, no entanto, doíam bastante do reumatismo. Quanto à conversa sobre velhas solteironas, não gostava daquilo. *Ela* era uma solteirona quando John se casou com ela.

– Tia Úrsula tinha a melhor mão para fazer pão de ló que já conheci – disse tio Alec.

– Que belo epitáfio! – respondeu Emmy.

O doutor Parsons riu. Mas a mãe a reprimiu novamente, porque julgava ser sua obrigação. Entretanto, sentia bastante orgulho da maneira como Emmy dizia as coisas.

– Ela está morrendo – observou tio Alec, porque sentia que precisava dizê-lo.

– E levando horas para isso – grunhiu Phil. – Ah, conheço suas teorias sobre a maré, tio Alec, mas não acredito nelas. Doutor Parsons, o senhor já não viu incontáveis pessoas morrerem quando a maré estava enchendo?

– Acho que nunca pensei nisso – respondeu o doutor Parsons, esquivando-se. – Suponho, Phil, que você compartilhe da teoria de Osler de que todos deveriam ser mergulhados em clorofórmio aos sessenta anos?

– Bem, isso livraria o mundo de uma série de incômodos – disse Phil, bocejando.

– Phil, não permitirei que fale assim. *Terei* sessenta daqui a três anos – lembrou sua mãe, com severidade.

– A senhora não sabe brincar, mãe?

– Não quando a morte está na casa – respondeu a senhora Anderson, com ainda mais austeridade.

– O que o *senhor* pensa da ideia de Osler, doutor? – quis saber Phil.

– Não acho que ele tenha dito exatamente isso – respondeu o doutor Parsons. – O que realmente disse é que o homem desempenhava seu melhor trabalho até os sessenta anos. É claro que há exceções. Nós dois ainda estamos bem longe dos sessenta para nos preocuparmos com isso agora – acrescentou ele, lembrando que John Anderson e aquele esquisito do tio Alec tinham, ambos, mais de sessenta anos. Não se devia ofender as pessoas. Às vezes, elas se lembravam dos mais míseros detalhes quando precisavam de um médico.

Phil se rendeu. Afinal de contas, não havia nada a ser feito além de esperar. Não poderia durar para sempre. Tia Úrsula morreria e seria enterrada... Com o menor custo possível. E, então, o agente funerário cobraria sua conta. O doutor Parsons também, por sinal. Tia Úrsula seria levada para fora da casa pela primeira vez em dez anos e enterrada na vala dos Andersons... Haveria espaço suficiente apenas para espremê-la ali. E havia espaço em um dos monumentos para escrever quando ela nascera e morrera.

Céus, que existência! Não havia mais nada, contudo, que pudesse ser dito sobre sua vida. Ela provavelmente nunca tivera vigor suficiente em si para se rebelar com isso. As pessoas da geração dela aceitavam tudo como vontade de Deus, não aceitavam? Simplesmente vegetavam. E por que *eles* tiveram de acolhê-la quando ela não tinha mais dinheiro? Havia muitas outras famílias Andersons mais abastadas. Mas nunca deram um centavo para ajudar. Bem, ele, Phil, não seria tão idiota. Quando envelhecesse, não haveria nenhum parente inútil dependurado *nele*. Eles que fossem para o asilo se não tivessem dinheiro suficiente para se sustentar. Ele tinha certeza de que o doutor Parsons concordaria... Embora não fosse particularmente afeiçoado ao médico.

– É estranha a afeição que aquele velho cachorro tem por tia Úrsula – comentou o médico abruptamente, em parte para ter o que falar.

Ele não gostava muito de Phil e certamente não iria discutir as teorias de Osler com ele.

De alguma forma, não podia dizer: "É estranho como aquele velho cachorro a ama". Imagine até mesmo um cachorro amando Úrsula Anderson! Era cômico. Provavelmente, ela dava ossos a ele.

– Ele raramente sai do quarto, nem por um minuto. Fica simplesmente deitado ao lado da cama, olhando para ela – acrescentou ele.

– Ela sempre pareceu feliz em tê-lo por perto, desde que era um filhotinho – comentou tio Alec. – E suponho que sentisse que ele representava uma espécie de proteção quando estava sozinha. Ela ficava bastante tempo sozinha.

– Bem, é óbvio que não podíamos ficar em casa o tempo *todo* – retrucou a senhora Anderson irritadamente. – Ela estava bem... e dizia que não queria companhia.

– Eu sei... Eu sei – aquiesceu tio Alec em tom apaziguador. – Vocês todos foram muito bondosos com tia Úrsula, Kathie.

– Certamente espero que saiba – respondeu a senhora Anderson em tom magoado. – Sei que a acolhemos e demos um lar a ela quando outros de quem era mais próxima, é de supor, nunca sequer se ofereceram para hospedá-la por uma semana.

– Ela foi uma mulher muito afortunada por ter um lar tão bom onde morar durante a velhice – comentou o doutor Parsons, apaziguando a situação. – Eu... Eu suponho... que ela não deixará muitos bens.

Ele estava pensando em sua remuneração.

– Ela não deixará coisa nenhuma – respondeu a senhora Anderson, ainda naquele tom magoado. – Não tinha um centavo quando veio morar conosco.

"Caso contrário, vocês não a teriam abrigado", pensou o médico sarcasticamente.

– Foi uma surpresa, preciso admitir – prosseguiu a senhora Anderson. – Ela deve ter feito bastante dinheiro durante todos aqueles anos em que trabalhou como costureira. O que fez com ele? Essa é a pergunta que todos os Andersons têm feito. Certamente, nunca gastou consigo. Não me lembro de tê-la visto com alguma roupa decente, mesmo quando eu era uma garotinha e ela ainda estava na meia-idade... Embora, é claro, como todas as pessoas jovens... – Ela lançou um olhar ressentido para Emmy e Phil. – Eu achasse que todo mundo que fosse dez anos mais velho que eu era o próprio Matusalém.

– Talvez ela tenha uma fortuna escondida em algum lugar – sugeriu Phil. – Que alegria seria encontrar uma caixa ou um bolo de notas quando mexermos nas coisas dela!

A senhora Anderson, que já havia "mexido" nas poucas "coisas" da velha tia Úrsula diversas vezes, franziu a testa majestosamente. Aquilo era coisa a se dizer diante do doutor Parsons? É claro que ele contaria a Zoe Maylock, e isso era o mesmo que contar a todo mundo. Ela daria um belo sermão em Phil quando ficasse sozinha com ele. No entanto, de que adiantaria, agora que ele já havia falado?

– Talvez eu não devesse dizer, mas sempre pensei que acaso ela tenha ajudado um pouquinho o irmão Will – comentou tio Alec, lançando um olhar desaprovador em direção ao médico. Talvez não fosse uma boa ideia insinuar que qualquer Anderson tivesse dificuldades financeiras, mesmo a um parente distante. – Ele tinha uma família grande, então vocês sabem que vivia no aperto.

– Então alguém da família *dele* deveria ter cuidado de tia Úrsula quando ela parou de trabalhar. Ou ao menos ter ajudado um pouco – ralhou a senhora Anderson.

Instantaneamente, contudo, ela se recompôs. A morte estava na casa. Bem como o doutor Parsons, o que era quase a mesma coisa que ter Zoe Maylock por ali. Não fazia nenhum sentido ter um médico para a velha tia Úrsula agora, de toda forma. Ninguém poderia salvá-la.

Mas aí as pessoas comentariam!

Sim, a morte estava na casa... Uma convidada bem-vinda para todos, em especial para Úrsula Anderson. Ela ansiava por sua chegada havia muitos anos, e agora sabia que estava próxima. Nunca noiva nenhuma foi mais esperada. Ela sabia que nenhuma viva alma sentiria sua falta, mas isso também não importava.

O quarto vazio e sujo, que sempre fora considerado bom o suficiente para a velha tia Úrsula, estava repleto de sombras da vela tremelicante sob a mesinha de cabeceira. Tia Úrsula nunca aceitou nada além de uma vela. Lamparinas eram perigosas, e a energia elétrica era algo que ela não conseguia ou se recusava a entender. Os Andersons haviam dado uma ajeitada no quarto quando chamaram o médico, mas ainda estava em condições bem precárias. Um vaso cheio de flores artificiais desbotadas sobre a cômoda lançava sombras estranhas e exóticas de botões e gotas no gesso manchado e descascado acima da cama. Emmy ficara agradecida por algo finalmente ter motivado a mãe a tirá-las do nicho na parede da escadaria. Sempre sentiu muita vergonha daquelas flores... Especialmente quando Zoe Maylock vinha à casa. Ela ouvira Zoe zombar de pessoas que gostavam de flores artificiais.

O velho cachorro estava deitado no tapete surrado ao lado da cama, com o focinho escondido entre as patas, os olhos atentos fixos na mulher moribunda. Estava deitado ali, daquele jeito, havia dias.

Maggie McLean, que deveria estar cuidando da velha Úrsula, adormeceu na cadeira, confirmando o que Kathie Anderson já sabia. Maggie tinha uma pequena dívida com John Anderson, caso contrário eles não teriam conseguido chamá-la. Ela sabia que também nunca seria paga. Como os Andersons haviam decaído no mundo! Maggie era velha o suficiente para se lembrar de seus dias de prosperidade. Lembrava-se até do estranho escândalo na época do funeral do velho David Anderson. Poucas pessoas tinham acreditado. Disseram que Clarissa Wilcox havia enlouquecido e que os Wilcoxs sempre odiaram os Andersons, então ninguém além de Susan Baker de Ingleside acabou acreditando. E os Blythes logo *a* reprimiram.

Não havia mal nenhum em tirar uma soneca. Úrsula Anderson estava inconsciente, ou quase isso, e não havia nada que Maggie pudesse fazer por ela. Mas é claro que alguém precisava tomar conta dos quase-mortos. De certa forma, ela sentia pena da velha Úrsula Anderson. Teve uma vida tão enfadonha e sem graça...

O vento gemia sinistramente no velho abeto perto da janela... Gemia, choramingava e, às vezes, rosnava de repente e, então, morria para permitir que as rajadas de chuva pudessem ser ouvidas. Vez ou outra, a janela chacoalhava, como se algo impaciente e atrasado estivesse tentando entrar.

Úrsula Anderson permanecia imóvel na cama. Era de pensar que já estivesse morta, não fosse pelos olhos cinza grandes e fundos. Seus olhos eram opacos e turvos havia muitos anos, mas estavam novamente brilhantes e translúcidos, queimando com uma chama contínua no rosto murcho e ressecado.

Uma camisola de flanela cinza estava abotoada até o pescoço feio e enrugado. Uma mecha grossa de cabelos brancos repousava sobre o travesseiro... Ela tinha uma quantidade admirável de cabelo para uma mulher tão velha. O corpo velho e esquelético estava imóvel debaixo da colcha de retalhos desbotada e dos cobertores finos. As mãos nodosas e descoloridas repousavam sobre eles sem se mover.

Ela sabia que estava morrendo e que todos estavam com pressa para que fosse logo, e que não havia uma única criatura viva que fosse ressentir sua morte... Exceto, talvez, o velho cachorro.

Ela gostaria de tê-lo deitado ao seu lado na cama, mas Maggie McLean não permitiria. Às vezes, olhava em seus olhos velhos e gentis por um bom tempo, como fizera tantas vezes. Ela estava contente por estar morrendo e por Maggie McLean estar dormindo. Estava relembrando a própria vida... A vida pela qual todos aqueles na sala tinham pena dela, como bem sabia. Mas não trocaria sua vida pela de nenhum deles. De vez em quando, ria... Uma risada breve, silenciosa. Não queria que Maggie McLean acordasse por nada nesse mundo. Maggie teria se agitado, querendo fazer algo por ela. E ela não queria nada, só que a deixassem morrer em paz.

De vez em quando, contudo, ela tremia.

Sabia que ficara muito feia... Não costumava ser feia na juventude, embora ninguém a achasse bonita. Era apenas uma "daquelas meninas Andersons", sem nenhuma beleza em especial além dos cabelos pretos longos e grossos. Tinha olhos cinza grandes e suaves, pele alva e belas mãos.

Sim, tinha belas mãos... Ele lhe dissera isso muitas vezes... As mãos mais lindas que já vira... E ele vira mãos de rainhas. Suas irmãs eram consideradas garotas bonitas, mas tinham mãos gordas e rechonchudas. Ela nunca recebera nenhum elogio por suas mãos, a não ser dele. Era para o rosto e para o corpo que as pessoas olhavam.

Suas mãos estavam feias agora... Haviam ficado deformadas e calejadas pela costura constante e pela idade. No entanto, ainda eram mais bem conservadas que as de Maggie McLean. Ela costumava ser bastante pequena e magricela quando jovem, e ninguém prestava muita atenção nela em meio às irmãs elegantes e belas. Ela nunca tentava chamar a atenção, e era bem verdade que jamais tivera um derriço. Também era verdade que nunca quisera um... Embora ninguém acreditasse nessa afirmação. Nenhum dos jovens de Lowbridge, de Glen St. Mary ou de Mowbray Narrows a atraíra, nem um pouquinho. Eles não pensavam ou falavam igual a ela... Ou falariam, se algum deles um dia tivesse tentado conversar com ela.

Ela passara a infância e o início da adolescência sob o cabresto da mãe e não tinha permissão para ter opiniões próprias. Às vezes, pensava que eles talvez ficassem surpresos se conhecessem seus pensamentos... surpresos e chocados.

Então, uma mudança acontecera. Os velhos olhos cinza escureceram, bruxulearam e brilharam quando ela se lembrou daquilo. Sua tia Nan enviara uma carta pedindo que "uma das garotas" fosse passar um ano com ela, pois sua única filha fora para a Índia como missionária. Tia Nan vivia em um pequeno vilarejo pesqueiro e estância de verão a quilômetros de distância dali e era viúva. Úrsula nunca a vira. Mas foi a escolhida para ir, porque das irmãs concordara em ser enterrada viva por um ano na enseada de Half Moon Cove.

Úrsula, por sua vez, ficou contente em ir. Gostava do que ouvira sobre Half Moon Cove e do que o pai dissera sobre sua irmã Nan. Úrsula tinha a impressão de que tia Nan era bem diferente de todas as outras tias... Que era quieta e tranquila, como ela própria. "Nunca falou pelos cotovelos", ouvira o pai dizer, certa vez.

Não havia muito o que fazer na casa de tia Nan, e Úrsula passava boa parte do tempo na praia, em meio às dunas. A colônia de verão ficava bem mais ao sul, e poucas pessoas se aventuravam tão longe. Foi lá que ela o encontrou, pintando. Ele era hóspede de uma família rica que estava passando o verão na enseada seguinte, mas que nunca ia até Half Moon Cove. Não havia atrativos por ali.

Ele era um jovem inglês... Um artista já a caminho da fama internacional, que ele acabou, pouco depois, conquistando. Dizia-se que seu irmão mais velho tinha título de nobreza... E que esse era o único motivo pelo qual ele fora convidado a se hospedar com os Lincolns. Eles certamente não eram artísticos.

Mas, para Úrsula, ele era apenas Larry... e seu amante. Ela adorava suas pinturas, mas o irmão com título não significava nada para ela.

– Você é a criatura mais diferente que já conheci na vida – dissera Larry, certa vez. – As coisas que mais importam para a maioria das pessoas parecem não significar nada para você. Não consigo acreditar que seja deste mundo.

Ela nunca conhecera nem sonhara com alguém tão encantador. Foi amor à primeira vista. Úrsula sabia que jamais poderia ter sido diferente. Não tinha dúvida de que ele havia amado e fora amado por muitas mulheres antes dela, mas não sentia ciúme. Ele era maravilhoso demais para amar qualquer mulher por muito tempo, especialmente alguém tão insignificante quanto ela. Mas, durante aquele tempo, ele a amou. Ela não tinha dúvida nenhuma disso. Durante aquele verão encantado, ele a amou, e nada poderia tirar isso dela. E ninguém no mundo sabia, além dela. Ela jamais diria seu nome, nem mesmo para tia Nan. A pobre Maggie McLean sentia pena dela... Mas Maggie McLean jamais foi amada como ela foi. Kathie Anderson sentia pena dela... Mas Kathie nem sequer sabia o significado do amor. Ela se casara com John para deixar de ser uma velha solteirona e pensava que ninguém sabia, enquanto todos tinham plena ciência e riam dela.

Mas ninguém sabia do segredo de Úrsula. Disso ela tinha certeza.

Ela sabia que ele nunca poderia se casar com ela... A ideia nunca passou por sua cabeça... Nem, aliás, pela dele. No entanto, ele se lembrou de sua pequena Úrsula pelo resto da vida... Lembrava-se dela quando mulheres lindas e brilhantes o acariciavam. Havia algo nela que ele jamais encontrara em qualquer outra mulher. Às vezes, ele pensava que esse era o real motivo pelo qual nunca se casara.

É claro que ele não poderia ter se casado com ela. A mera ideia era absurda. No entanto... que grande artista se casava com a própria cozinheira? Em seu leito de morte, *sir* Lawrence pensou em Úrsula e em nenhuma outra mulher, nem mesmo na princesa Quem-Quer-Que-Seja, que o teria aceitado, pelo que diziam, se ele tivesse pedido a mão dela.

Eles se amaram durante dias longínquos, suaves noites de esmeralda e madrugadas de esplendor cristalino. Úrsula não se esquecera de nenhuma delas. Ele lhe dizia coisas loucas e doces... Ela também não tinha se esquecido delas... Aquelas antigas palavras de amor ditas tantos anos antes. Imagine alguém dizer tais coisas a Maggie McLean, roncando em sua cadeira!

Seus cabelos estavam grisalhos e secos agora. Mas ela se lembrava do dia em que ele tirara os grampos e enterrara o rosto nos fios sedosos.

Então, lembrou-se das vezes em que eles observaram a lua nascer naquela orla distante, onde os ossos de antigas embarcações estavam descorando. Ele se regozijava nas noites de vento... Já ela preferia as noites de quietude. Ela se lembrava dos morros sombrios e das dunas misteriosas... dos barcos pesqueiros chegando... e, sempre, das palavras ternas e apaixonadas dele. Maggie McLean teria se sentido insultada se alguém falasse com ela daquele jeito. Pobre Maggie, roncando sem parar em sua cadeira, que nunca vivera. Como Úrsula tinha pena dela!

Ela ergueu as mãos enrugadas por um instante e então as soltou novamente sobre a colcha.

Ele devia tê-las pintado uma centena de vezes. As mãos das pinturas dele eram famosas. Ele nunca se cansava de elogiar sua beleza... "Um beijo na ponta de cada dedinho maravilhoso", sussurrava. Só a velha e desprezada Úrsula sabia que as pessoas haviam admirado suas mãos em diversas galerias de arte da Europa. Ela tinha uma coleção de gravuras das pinturas dele em uma velha caixa surrada que levava consigo para todos os lados. Ninguém sabia por quê. Úrsula sempre fora esquisita. A única vez em que chegou perto de brigar com Kathie Anderson foi quando, ao fazer a limpeza da casa, Kathie quis queimar a caixa. Não havia nada nela além de imagens velhas e desbotadas, dissera ela.

– O que é que você vê nessas gravuras, Úrsula? – perguntara. – Se gosta tanto assim de pintura, há algumas litografias e gravuras que podemos lhe dar...

– Elas têm mãos pintadas? – perguntara Úrsula baixinho.

Kathie Anderson deu de ombros e desistiu. Afinal, pessoas idosas ficavam muito infantis. Era preciso satisfazê-las. Mãos, de fato. E a maioria das mulheres nas imagens era muito feia, a despeito de seus títulos.

Então, a temporada terminou... Os ventos frios de setembro começaram a soprar pelas dunas assombradas... Larry foi embora, prometendo escrever... Mas nunca escreveu. Por um tempo, a vida espremeu Úrsula com suas mãos implacáveis. Ela precisava contar a tia Nan. Não havia nenhuma outra pessoa a quem ousasse contar. Nunca mais poderia retornar para casa, para os pais presunçosos. Era melhor escapulir para as dunas numa noite e pôr fim a tudo. Estava muito feliz por não tê-lo feito. Talvez Larry se magoasse se tivesse sabido. Ela preferia suportar qualquer coisa a fazer isso.

E tia Nan fora muito boa com ela, após passar o choque inicial. Ela se compadeceu ao extremo e não culpou Úrsula tanto assim.

– Eu deveria ter cuidado melhor de você – lamentara ela. – Mas pensei que uma Anderson... E agora aquele canalha a levou para o mau caminho.

Úrsula escondeu a raiva pelo bem de Larry. Ela sabia que tia Nan culpava um homem completamente diferente. Uma chama estranha, contudo, brilhou em seus olhos cinza cansados.

– Não fui levada para o mau caminho – respondera. – Não sou tão fraca assim. Sabia o que estava fazendo... E não lamento coisa alguma... Não lamento coisa alguma.

Tia Nan não conseguia compreender. Mesmo assim, permaneceu lealmente ao lado de Úrsula. Ficou com Úrsula por mais um tempo, inventando uma desculpa qualquer... E chamou uma velha senhora em quem podia confiar para o parto... Uma vez que o nome dos Andersons precisava ser salvo a todo custo. Úrsula quase morreu... Até mesmo tia Nan achava que teria sido melhor se ela tivesse morrido... Mas Úrsula estava muito feliz por ter conseguido sobreviver.

O bebê era uma menininha com os olhos cinza de Úrsula e os cabelos dourados de Larry. Tia Nan providenciou a adoção. Os James Burnley, de Charlottetown, eram pessoas abastadas, que havia muito queriam adotar uma criança. Tia Nan frequentara a escola com Isabel Burnley. Os Burnleys ficaram felizes em adotar a criança... A mãe era uma amiga que tivera um fim trágico, foi o que tia Nan lhes contou.

Úrsula pensou que não conseguiria suportar, mas, pelo bem de Larry, aquiesceu. E queria que a criança tivesse um bom lar. Voltou para Lowbridge um pouco mais calada e insignificante que antes. Os Andersons, que torciam para que ela arranjasse algum marido enquanto estivesse fora, não a recepcionaram muito efusivamente. Tentaram arranjar um casamento para ela com um velho viúvo de Glen St. Mary, mas, para Úrsula, todos os homens pareciam comuns ou insuportáveis após Larry.

Ela tivera, entretanto, o próprio momento de júbilo extremo na vida, do qual ninguém desconfiava. Então, parou de se importar quando os homens a ignoravam. Uma prima distante, que precisava de uma assistente, ofereceu-se para lhe ensinar a costurar, e, para surpresa de todos, Úrsula demonstrou um talento inesperado para a arte.

Passou a costurar durante o dia e frequentemente ia à casa dos Burnleys. A senhora Burnley dizia que ninguém conseguia ajustar um vestido como Úrsula Anderson. Úrsula via a pequena Isabel com frequência... A senhora Burnley dera o próprio nome à garota. Ela viu a bebê crescer e se desenvolver lindamente.

Às vezes, ela se parecia tanto com Larry que o coração de Úrsula palpitava. Sua voz e seus trejeitos eram parecidos com os dele. Úrsula jamais via algo de si na criança, a não ser os olhos cinza. Ela era tão linda e encantadora quanto a filha de Lawrence deveria ser. Os Burnleys a adoravam e a enchiam de presentes. Úrsula fazia a maioria dos vestidos. Quando a garota os provava, seus dedos às vezes tocavam a pele dela com euforia. Era quase como tocar o próprio Larry.

Isabel gostava dela.

– Acho que aquela costureira esquisita e quieta realmente me ama – costumava dizer. – Ela nunca diz isso, é claro... Mas, às vezes, eu a pego olhando para mim de um jeito tão estranho... Quase como se eu fosse filha dela, sabe?

– A pobrezinha tem tão pouco na vida – comentou a senhora Burnley. – A própria família sempre fez pouco caso dela. Sempre seja o mais gentil possível com ela, Isabel.

Havia uma única coisa que Úrsula mal conseguia suportar... Ouvir Isabel chamar a senhora Burnley de "mãe". Aquilo parecia estilhaçar sua alma. Às vezes, ela odiava a senhora Burnley... E se reprimia amargamente por odiá-la, sendo que ela era tão boa para Isabel. De toda forma, nunca deixou transparecer. A senhora Burnley nunca imaginou. Ela jamais pensava em Úrsula Anderson com algum sentimento em particular.

Finalmente, Isabel se casou. Os Burnleys ficaram bastante eufóricos com o casamento, por mais que detestassem perder Isabel. Ele era um rapaz bonito, de boa família e rico. Todos pensavam que Isabel era uma moça de sorte. É claro... Havia umas histórias... No entanto, as más línguas vivem espalhando histórias sobre jovens ricos que se esbaldavam na vida. A senhora Burnley disse que eles precisavam aproveitar a juventude. Assim que se casasse com Isabel, Geoffrey Boyd se aquietaria e seria um bom marido. Ela não tinha dúvida. Seu próprio marido costumava ser um belo de um fanfarrão quando era jovem. E que ótimo marido era!

Úrsula fez boa parte do enxoval, até mesmo as delicadas peças íntimas. Mas não estava feliz nem tranquila. Não gostava de Geoffrey Boyd. É claro que Isabel estava perdidamente apaixonada por ele... E Úrsula sabia muito bem que a maioria dos homens jovens não era santa... Nem mesmo Larry poderia ser considerado exemplar. Mas não era isso. Era algo relacionado ao próprio Geoffrey Boyd. Isabel estava radiante, e Úrsula tentava abafar sua inquietude e gozar da mesma felicidade.

Ela teve permissão para ajudar Isabel a se vestir para o casamento, e Isabel ficou um tanto surpresa ao perceber como as mãos da velha senhorita Anderson tremiam. Ela sempre foi a "velha senhorita Anderson" para Isabel... Sempre, embora mal tivesse chegado aos quarenta anos. Isabel era muito afeiçoada a ela e decidiu que lhe daria todos os trabalhos possíveis. Vestidos prontos já eram uma realidade, e os serviços de costura não eram mais tão abundantes quanto costumavam ser.

Então, Úrsula passou bastante tempo na casa de Isabel nos quatro anos após o casamento. Foram quatro anos de tortura. Ela precisou assistir à mudança no amor de Isabel de uma adoração apaixonada para medo, pavor e, o pior de tudo, ódio.

Geoffrey Boyd cansou-se da esposa após um ano e nunca sequer se esforçou para esconder. Ele era descaradamente infiel, como todos sabiam... E infernalmente cruel. Às vezes, parecia que seu único prazer era lhe causar dor. E ele sempre ria de um jeito horroroso quando dizia e fazia coisas cruéis... Embora sempre tomasse o cuidado de não permitir que qualquer pessoa além da estúpida senhorita Anderson o ouvisse. Os Burnleys sabiam que o casamento era um desastre, mas se recusavam a admitir. Naquele tempo, tais situações deviam ser acobertadas. E o dinheiro compensava muitas coisas.

Úrsula o odiava tanto que parecia que o ódio caminhava a seu lado, algo tangível. A despeito de sua insignificância, Geoffrey devia sentir sua ira, pois nunca passava por ela sem bufar de leve.

Ela vivia sendo "sondada" para falar sobre a questão dos Boyds, mas nunca dissera uma única palavra. Esse provavelmente era o motivo pelo qual Geoffrey Boyd permitia que ela ficasse na casa. Ele não tinha medo do que ela poderia contar. A família Anderson era famosa por ser fofoqueira, e, embora essa criatura chamada Úrsula não fosse tão próxima dos parentes, havia coisas que ela podia revelar, se quisesse. E os Burnleys ainda eram ricos... ou deveriam ser. Geoffrey Boyd tinha os próprios motivos para manter um bom relacionamento com eles. Era sempre tão gentil com Isabel na frente deles que eles não acreditavam em metade das histórias que ouviam.

O casamento chegara ao sexto ano quando todos ficaram sabendo que os Burnleys tinham perdido boa parte do dinheiro. Então, Isabel ficou sabendo que o marido pretendia se divorciar dela, fazendo algumas acusações falsas, nomeando como procurador um homem da cidade.

O divórcio, naqueles dias, nas províncias marítimas, era uma tragédia sem tamanho. E todos sabiam que Isabel era adotada. "O sangue dirá", diziam as pessoas. Todos acreditariam nas acusações feitas contra ela... exceto a velha Úrsula Anderson. De alguma forma, Isabel sentia que ela jamais acreditaria em uma única palavra que fosse dita contra ela.

Geoffrey disse a Isabel que, se ela contestasse as acusações, tiraria o filho dela. Úrsula sabia que ele pretendia tomar a criança de toda forma, apenas para torturar Isabel, embora não tivesse afeição nenhuma pelo garoto. Ele nunca sequer fingiu ter. O pequeno Patrick era uma criança delicada, e Geoffrey Boyd não via serventia nenhuma para crianças adoentadas. Certa vez, ele perguntou a Isabel se Patrick herdara os genes ruins do senhor ou da senhora Burnley. Ele sabia que Isabel tinha certa vergonha por ser uma garota adotada e aquilo o deleitava ao extremo. Certa vez, ele lhe dissera, durante a época de cortejo, que aquilo a tornava mais especial para ele.

"E se", pensou Úrsula, "eu contar a ele que o pai dela é o grande artista *sir* Lawrence Ainsley?"

Mas ela sabia que ele só riria. O caráter *dela*, ao menos, era irrepreensível. Ninguém, nem mesmo o sangue de seu sangue, acreditaria em tal história. E também não faria diferença nenhuma para Geoffrey. Mesmo que ele acreditasse.

"Quem diria? Essa velha dissimulada...", ela podia ouvi-lo dizer. E os Burnleys ficariam furiosos. Tia Nan estava morta, e ela não tinha nenhuma evidência para provar que fora o grande amor de um renomado artista.

Entretanto, Úrsula decidiu que não haveria divórcio. De alguma forma, ela impediria... Essa decisão estava tomada.

Ela estava costurando em um dos quartos do pavimento superior da casa no dia em que Geoffrey Boyd chegou em casa bêbado e espancou Patrick com o chicote, sem misericórdia, na biblioteca, enquanto Isabel ficou agachada no chão, do lado de fora da porta, gemendo em sua angústia impotente. Na última vez em que Geoffrey chegara em casa bêbado, ele dependurara o cachorro no estábulo e batera nele com o chicote até a morte. Será que também mataria Patrick?

Quando abriu a porta e o garoto, aos prantos, correu para os braços da mãe, ele disse:

– Quando o Patrick for só meu... O que é apenas uma questão de tempo, minha querida... Farei bom uso do chicote todos os dias. Você o transformou em um bebê chorão com seus afagos. *Farei* dele um homem. Você acha que seu pai era pastor da igreja?

Úrsula costurou em silêncio e sem se abalar durante aquilo tudo. Nem um único ponto fora do lugar. Até mesmo Isabel a julgou insensível. Mas, quando Geoffrey subiu as escadas cambaleando, ela estava parada no topo, esperando por ele. Isabel havia levado Patrick para o quarto. Não havia ninguém por perto. Os olhos de Úrsula estavam em chamas, e sua figura pequenina e esquelética, no vestido preto simples, tremia.

– Saia do meu caminho, maldição – ralhou Geoffrey. – Você sempre fica do lado dela.

– Eu sou a mãe dela – respondeu Úrsula. – E seu pai era *sir* Lawrence Ainsley.

Geoffrey riu embriagadamente.

– Por que não o rei da Inglaterra, então? – zombou. – *Você*, mãe de alguém!

Ele acrescentou algo baixo demais para repetir.

Úrsula ergueu as duas mãos, ainda belas, apesar de tudo... As mãos que Larry beijara e pintara... As mãos que haviam sido tão admiradas no retrato dele de uma princesa italiana.

Geoffrey havia, certa vez, mostrado uma gravura dessa pintura a Isabel.

– Se você tivesse mãos assim, talvez conseguisse segurar um homem – desdenhara.

Úrsula empurrou com força o cambaleante Geoffrey. E o fez deliberadamente... Sabendo o que pretendia fazer... Sabendo das prováveis consequências. Não se importava, nem um pouquinho, se seria enforcada por isso. Nada importava além de salvar Isabel e Patrick.

Geoffrey Boyd tombou para trás na longa escadaria e caiu no piso de mármore. Úrsula ficou olhando para ele por alguns instantes, com um sentimento de triunfo que não vivenciara mais desde o dia em que Larry lhe dissera, pela primeira vez, que a amava.

Geoffrey Boyd estava esparramado em uma posição bastante pavorosa. De alguma forma, ela sabia que seu pescoço estava quebrado. Não houve barulho nem tumulto em lugar algum. Após alguns instantes, ela voltou para o quarto de costura em silêncio, começou a trabalhar em outra peça e continuou costurando. Isabel estava a salvo.

Não houve confusão alguma, por sinal. A criada encontrou o corpo e gritou. As formalidades de costume foram cumpridas. Úrsula, ao ser questionada, disse que não ouvira coisa alguma. Ninguém ouvira, aparentemente. Era sabido que Geoffrey Boyd fora bêbado para casa... *Essa* era uma ocorrência quase diária, aparentemente. Quase o único pequeno escândalo que viera à tona a partir de um inquérito desinteressante. Supunha-se que ele tivesse pisado em falso e caído. As pessoas diziam que volta e meia se perguntavam como não teria acontecido antes. Um ótimo desfecho para uma situação ruim. Todos só lamentavam o fato de que não haveria um julgamento de divórcio, afinal. Muitas fofocas apimentadas poderiam ter surgido daí. Supunham que os Burnleys estavam aliviados, embora fosse bem feito para eles, por terem adotado uma criança sobre a qual não sabiam coisa alguma... ou fingiam não saber, apesar de a garota se parecer *muito* com a mãe de James Burnley!

Quanto a Úrsula Anderson, ninguém falava dela, exceto para dizer que sentiria falta de trabalhar para os Boyds.

A pior parte dos problemas de Isabel estava resolvida. Descobriu-se, no entanto, que ela ficara com bem pouco dinheiro. O senhor e a senhora Burnley faleceram com uma semana de intervalo entre eles... Ah, não, não foi suicídio, nem nada terrível assim. Ela pegou pneumonia, e ele, aparentemente, já tinha alguns problemas de saúde havia anos... E não deixaram nada além de dívidas. Bem, esse costumava ser o caso com essas pessoas que esbanjavam demais.

Isabel e Patrick passaram a viver em um pequeno chalé em Charlottetown. Uma decaída e tanto para Isabel Burnley, hein? Geoffrey Boyd torrara sua fortuna até praticamente o último centavo. Ela estava, contudo, mais feliz que em anos, a despeito dos anos de aperto que ela e Patrick vivenciaram.

Úrsula mandava dinheiro a Isabel todo mês. Isabel nunca soube de onde vinha, mas pensava que uma velha tia de Geoffrey, que parecia gostar dela, devia estar mandando. Ela nunca mais viu Úrsula Anderson... ao menos nunca mais a notou. Úrsula, por sua vez, a via com frequência.

Quando Úrsula tinha cinquenta anos e Isabel, trinta, Isabel se casou com um homem rico e foi embora para os Estados Unidos. Úrsula acompanhou sua carreira nos jornais e costurou vestidos maravilhosos para as filhas dela... as netas de Larry, que ele não sabia que existiam. Isabel sempre escrevia e a agradecia ternamente. Ela era realmente muito apegada àquela velhinha. E também queria pagá-la, mas Úrsula nunca aceitou um centavo sequer.

Úrsula não teve mais muito trabalho como costureira depois que Isabel foi embora. Trabalhara por tanto tempo para ela que perdera boa parte da clientela. Conseguira, no entanto, sobreviver até completar setenta anos, então seu sobrinho, John Anderson, a acolheu... a muito contragosto, pelo que se dizia, dos desejos de sua família. Isabel havia morrido àquela altura... Bem como *sir* Lawrence. Úrsula ficou sabendo da morte deles pelo jornal. Aquilo não a afetou muito. Já fazia tanto tempo que ambos lhe pareciam estranhos. Não eram o Larry que ela conhecera nem a Isabel que amara.

Ela sabia que o segundo casamento de Isabel fora feliz, e isso a alegrava. Era bom morrer antes que as sombras começassem a se espalhar.

Quanto a *sir* Lawrence, sua fama era internacional. Uma das coisas mais lindas que ele fizera, pelo que ela lera em algum lugar, fora a decoração do mural de alguma grande igreja. A beleza das mãos da Virgem nos murais era muito comentada.

"Sim, valeu a pena ter vivido", pensou a velha Úrsula enquanto o ronco de Maggie McLean ecoava e o velho cachorro se mexia inquietamente, como se sentisse alguma Grande Presença por perto.

– Não lamento por nada… Nem mesmo por ter matado Geoffrey Boyd. As pessoas deveriam se arrepender de seus pecados no final, pelo que dizem, mas não me arrependo. Foi algo natural matá-lo… como alguém teria matado uma cobra. Como o vento sopra! Larry sempre amou o vento… Será que consegue ouvi-lo de seu túmulo? Imagino que aqueles tolos na sala sintam pena de mim. Tolos! Tolos! O que é que fizeram na vida? Ninguém jamais amou Kathie como Larry me amou… Nunca alguém a amou na vida. E ninguém ama o pobre John. Sim, eles me desprezavam… Toda a família Anderson sempre me desprezou. Mas eu vivi… Ah, eu vivi… E eles nunca viveram… Ao menos nenhum da minha geração. Eu… Eu… Eu fui a única que viveu. Eu pequei… É o que o mundo diria… Cometi um assassinato… É o que o mundo diria… Mas vivi!

Ela disse aquelas palavras em voz alta e com tanta força e ênfase que a velha Maggie McLean despertou e se sobressaltou.

Bem a tempo de ver a pobre Úrsula Anderson desfalecer. Seus olhos viveram por apenas mais um ou dois instantes após o corpo já ter morrido. Eram triunfantes e joviais. O velho cachorro ergueu a cabeça e soltou um uivo melancólico.

"Ainda bem que eu estava acordada", pensou Maggie. "Os Andersons jamais me perdoariam se eu estivesse dormindo. Cale a boca, sua velha brutamonte! Você me apavora. De alguma forma, ela parece diferente do que quando estava viva. Bem, todos temos de morrer, cedo ou tarde. Não acho, contudo, que muitos chorarão pela pobre Úrsula. Nunca houve vida nela! O que também é muito estranho. A maioria dos Andersons tem muito vigor, a despeito de todo o restante, que não tem."

Maggie desceu as escadas, ajeitando-se enquanto o fazia.

– Ela partiu – anunciou solenemente. – Morreu tranquila, como uma criança indo dormir.

Todos tentaram não parecer aliviados. Kathie acordou John com um cutucão. O doutor Parsons levantou-se apressadamente... Então tentou não parecer tão apressado.

– Bem, ela viveu sua vida. – "Que vida?", acrescentou mentalmente. – Se quiserem, posso parar no agente funerário no caminho de volta e pedir que ele venha. Suponho que vocês vão querer que tudo seja feito da maneira mais... mais... mais simples possível?

Ele conseguiu se conter a tempo para não falar "barata". Que desastre teria sido! O suficiente para arruinar sua carreira. Entretanto, será que Blythe ou Parker teriam pensado em se oferecer para chamar o agente funerário? Jamais. Eram as pequenas coisas, como essa, que contavam. Dali a dez anos, boa parte dos pacientes deles seria sua.

– Obrigada – disse Kathie solenemente.

– É muito gentil de sua parte – disse John.

Para sua própria surpresa, John estava pensando que sentiria falta de tia Úrsula. Ninguém sabia remendar calças como ela. Mas ela passara a vida toda costurando. Não sabia fazer mais nada. Era estranho não saber onde o dinheiro que ela ganhara foi parar.

O médico saiu. A chuva cessara de vez, e a lua ocasionalmente espiava por detrás das nuvens tempestuosas. Ele perdera a noite com Zoe, mas havia a perspectiva da noite seguinte... se alguma idiota não resolvesse dar à luz. Ele pensou em toda a beleza de Zoe... E então pensou na velha Úrsula Anderson, no pavimento de cima, em sua camisola de flanela cinza. Ela estava morta.

Mas será que um dia estivera viva?

– Eu não disse que ela não podia morrer até a maré baixar? – exclamou tio Alec triunfantemente. – Vocês, jovens, não sabem de nada.

A quarta noite

Crepúsculo canadense

Um céu ocidental de névoa avermelhada
Florescendo em estrelas sobre o mar,
Esparramando a misteriosa escuridão prateada
Para além das longas dunas cinza a serenar,
Onde a grama litorânea e as papoulas abundam
E juntas uma doce solidão silvestre fecundam.

Sete álamos esguios no morro ventoso
Falam uma língua perdida de tempos remotos,
Ensinada pelo povo mágico que habita o formoso
Campo de margaridas ao qual são devotos,
Sempre resguardando até a morte
O ritual mágico de nossas florestas do norte.

A escuridão nos corteja como uma flor perfumada
Levando-nos a lagoas juncosas e a antigas árvores sensatas,
A canteiros de especiarias em hortas abastadas,
E à austeridade dos abetos no meio das matas.
Já conheço o fascínio do ocaso, mas, ainda assim,
Rendo-me ao seu encanto sobre o mar sem fim.

Os barcos ociosos devaneiam ancorados
Ao lado do cais onde as ondas revolvem e cantam,
Um veleiro fantasmagórico se afasta no oceano nublado,
Formando com a lua cenários que os olhos encantam.
Oh, navio que parte entre a luz e o breu,
Leva contigo a esperança e o coração meus.

Walter Blythe

Rilla Ford:

– Ele fala do encanto da praia, mas acho que amava mais as florestas. Quantos crepúsculos passamos juntos! E, depois, o horror! Eu sempre sinto, contudo, que a esperança e o coração dele seguem comigo, embora aquela lembrança terrível do dia em que recebemos a notícia da morte dele ainda me oprima, por vezes. E agora Gilbert juntou-se à força aérea e preciso esperar de novo! Como o fato de Walter escrever poemas costumava irritar a pobre Susan! Quando penso em Walter, parece quase cruel ter que ficar feliz por Ken ter retornado. Mas o que eu teria feito se ele não tivesse voltado? Eu jamais conseguiria ser tão corajosa quanto a Una.

Oh, caminharemos hoje com a primavera

Oh, caminharemos hoje com a primavera,
Com a Dama de Maio, bonita e sincera,
Em toda a sua doce despreocupação
Em meio aos deuses que reinavam sobre este chão:
Em trilhas secretas de feitiços e magias leves,
Onde feitos impressionantes podem acontecer em breve,
Algum sussurro de uma fada escondida,
Sábias palavras do passado já perdidas,
Ou um pé descalço de uma dríade a trilhar
Seu caminho de uma beleza peculiar.

Oh, por toda a terra iremos caminhar,
Encanto, magia e mistério a observar:
Alguns campos montanhosos de sol e grama,
Onde uma sombra fascinante se derrama;
Uma árvore solitária tomada pelas teias
Tecida em um tear de uma época alheia;
Um riacho cantante, festivo e indomado,
Lendas de antigas primaveras no prado;
Pinheiros necromânticos que ensinam
A erudição de saberes divinos que atinam.

Oh, caminharemos hoje com a primavera,
Por uma trilha florida onde o perfume prospera,
Em vales musgosos livres de maldade
Celebrar uma sacramental amizade
E um acordo com os ventos que parecem, afinal,
Soprar da Terra da Juventude Imortal;
Oh, ficaremos eufóricos como uma canção
E tão felizes quanto as aventuras que virão,
Com corações risonhos, pois na Primavera
Pode-se acreditar em tudo que na terra impera.

Walter Blythe

Doutor Blythe:

– Sim, pode-se mesmo acreditar em tudo na primavera, graças a Deus. Lembro que nos velhos tempos, Anne, eu costumava acreditar, durante a primavera, que poderia conquistar você, apesar de tudo.

Jem Blythe:

– Não acredito nisso, meu pai. Está querendo dizer que um dia houve alguma dúvida com relação a *isso*?!

Doutor Blythe:

– Ah, vocês, crianças, não sabem de tantas coisas sobre a nossa juventude quanto pensam. Eu passei uns maus bocados para conquistá-la, posso garantir.

Susan:

– Até mesmo na primavera parece um tanto impossível acreditar que poderia haver qualquer dúvida com relação a *isso*. Se *eu* fosse uma garota e um homem como o doutor Blythe ao menos olhasse para mim…

Meneia a cabeça e pensa em como o mundo é estranho.

Doutor Blythe:

– Ora, houve anos em que Anne nem sequer falava comigo.

Anne:

– O verso deveria ser "na juventude, pode-se acreditar em tudo".

Suspira.

Doutor Blythe:

– Concordo com você. Entretanto... perdemos nosso filho, Anne, como muitos outros também perderam, mas temos nossas lembranças dele, e as almas nunca morrem. Ainda podemos caminhar com Walter na primavera.

Luto

O luto bateu à minha porta um dia:
Em meio à aurora que nascia,
Entrou sem ser convidado,
Tomou o lugar da Alegria com um brado;
Em meu túmulo, quando o fulgor
Da minha chama perdeu seu ardor,
No lugar que o Amor ocupava,
O luto se acomodou com sua clava.

Durante minha reza sagrada,
O luto empunhou sua enxada;
No entardecer tristonho,
O luto roubou-me os sonhos;
Esquivando-me de seu pesar rabugento,
Em todos os cantos busquei um alento.

A música perdeu sua graça sadia
Quando fitei sua face sombria;
Flores perderam seu perfume,
O sol perdeu o seu lume,
O riso escondeu-se de pavor
Daquela Presença de angústia e horror;
Sonhos e anseios desesperados
Fugiram para longe, amedrontados.

Privada do que me fazia feliz,
O luto tornou meus dias febris,
Então eu o acolhi junto ao peito,
Em meu lar ofereci-lhe um leito;
Com o tempo, ele se tornou mais belo,
Mais amado, gentil e singelo...
E assim o luto se tornou para mim
Um amigo e um companheiro, enfim.

Finalmente, o dia chegou
Em que meu caro luto debandou;
Em um amanhecer de raios prateados,
Despertei e não o vi ao meu lado;
Ah, o vazio e a solidão
Que ele deixou em meu coração!
Vã foi minha suplicante cantiga
"Luto infiel, volta para tua amiga!"

Anne Blythe

Anne, *suspirando*:

– Escrevi isso anos atrás, após a morte de Matthew. Desde então, aprendi que alguns lutos são mais fiéis.

Una Meredith:

– Ah, sim, de fato.

Susan Baker, *vindo do jardim*: "Por que será que estão todos tão sérios? Suponho que estejam pensando na morte de Walter. Eu sempre suspeitei que Una o amava. Bem, vou fazer uns bolinhos para o jantar... Isso deve alegrá-los".

O quarto

Este é um quarto mal-assombrado;
Nesta lareira silenciosa em chamas,
Refletem em espelhos queimados
Os rostos opacos de muitas damas.

Aqui, um jovem amante ainda
Sonha com todo o seu coração,
Em meio à angústia que brinda
Com o sol seu cruel clarão.

A pequena noiva espanhola
Na solidão do entardecer,
De saudades de casa cantarola,
Até de tristeza morrer.

O avarento conta o dinheiro,
E em sua angústia exporá
Estar preso em um cativeiro
Do qual nem a morte libertará.

Aquela que o ódio nutria
Continua ainda a fugir,
Infeliz com sua alma vazia
Que o perdão não consegue exprimir.
Não há fantasmas contentes,
Tais mortos jazem inertes;

Só vêm aqueles que mentem,
Cujo sofrimento ainda subverte.
Antigos rumores espreitam e acenam,
Antigas mentiras e zombarias:
Segredos que o sono envenenam
E crueldades de outros dias.

Oh, quem pensaria que este quarto
Essa lareira e seu fogo adorado,
De sombras e brilhos fartos,
Era um lugar tão assombrado?

Anne Blythe

Susan:

– Lembro-me de ouvir essa história da noiva espanhola quando eu era criança. Um capitão do mar a trouxe consigo e ela morreu de saudades de casa. As pessoas diziam que ela "perambulava". O senhor acha possível, doutor?

Doutor Blythe:

– Você acredita em fantasmas, Susan?

Susan:

– Não, é claro que não… Mas… Mas…

Jem Blythe:

– Mas você tem medo mesmo assim.

Susan, *indignada*:

– Não tenho, *não*!

Anne:

– É estranho como diversas pessoas que conhecemos já viram um.

Jem:

– Ou imaginaram ter visto. Quem é o avarento, mamãe?

Susan:

– Aposto que é o velho Sam Flagg, de Lowbridge Road. Não é ele, cara senhora Blythe? Ele venderia a própria mãe para fazer uns tostões.

Anne:

– Nunca ouvi falar dele. À exceção da noiva espanhola, todo o restante é imaginário. *Enfiem* isso na cabeça.

Faith Blythe:

– Nós já entendemos. E o seu poema se encaixa em quase qualquer quarto que já foi habitado na Terra…

A estrada para o passado

Susette não estava efetivamente noiva de Harvey Brooks, mas sabia que, quando retornasse de sua visita a Glenellyn, estaria. Se Harvey chegara ao ponto de convidá-la para ir a Glenellyn para conhecer sua mãe, sua tia Clara e sua tia-avó Ruth, além de vários outros parentes, aquilo só podia significar uma coisa: que ele finalmente decidira se casar com ela. Não ocorrera a Harvey que outra pessoa também precisava se decidir.

E, de fato, não precisava. Susette já decidira, havia muito tempo, dizer "sim" quando ele perguntasse "você aceita?". O que mais uma editora--assistente pouco conhecida de um jornaleco provinciano poderia fazer quando Harvey Brooks decidisse desposá-la? Aceitar Harvey significava aceitar a riqueza, uma posição social, uma casa linda... e... e... o próprio Harvey. Susette fez uma careta impaciente enquanto puxava o chapéu verde sobre o bronze dourado dos cabelos.

– Você é a pessoa mais irracional que conheço – disse para si mesma. – Harvey é um ótimo partido, não apenas por quem ele era, mas também por quem ele é. Ele é... Ele é impecável. Bonito, bem-arrumado, bem--comportado, bem-sucedido. O que mais você quer, Susette King? Você, que corria por uma fazenda em Glen St. Mary descalça até completar doze anos e agora, aos vinte e oito, está tentando enganar o mundo e a si mesma fingindo ter uma carreira? Deveria simplesmente estar nas nuvens de alegria ao pensar que Harvey Brooks... *O* Harvey Brooks, que sempre deveria estar ocupado demais ganhando dinheiro com suas raposas negras para conseguir encontrar tempo para o amor, mas que deveria, pelo que se esperava, escolher uma condessa para tal... acabou se apaixonando por você, para o terror da família dele.

De todo modo, ela até gostava de Harvey. Adorava o que ele poderia lhe oferecer e iria se casar com ele. Em sua cabeça, não havia dúvida quanto a isso, enquanto seguia para Glenellyn naquela tarde, no próprio automóvel. Mesmo assim, estava um pouquinho nervosa. Era uma espécie de provação ser avaliada pela família de Harvey, que se tinha na mais alta estima. E, no instante em que avistou Glenellyn, ela detestou.

A senhora Brooks a menosprezou, e tia Clara lhe deu um beijo. Susette não esperava por isso. Pareceu uma inclusão rápida demais... e inescapável demais... na família. O restante dos moradores da casa (a maioria, parentes de Harvey) apertou sua mão diligentemente e quase com amabilidade. No geral, a despeito do beijo de tia Clara, ela sentia que eles não a aprovavam de fato.

Tia Clara, que tinha a reputação de dizer as coisas mais venenosas do jeito mais doce possível, perguntou se ela não estava cansada após o dia de trabalho duro em um escritório abafado.

– Vejamos... É no *Enterprise* que você trabalha? Trata-se de um jornal supostamente conservador, não é?

– Não... independente – respondeu Susette. Seus olhos verdes brilharam perversamente.

A senhora Brooks teria suspirado se fosse humana a esse ponto. Não confiava em mulheres de olhos verdes. A senhora Gilbert Blythe tinha olhos verdes, e ela nunca gostara dela.

– Harvey – disse Susette durante o almoço, no dia seguinte –, vou me ausentar nesta tarde. Pegarei meu carro e darei um passeio na estrada para o passado. Em outras palavras, vou visitar uma antiga fazenda em Glen St. Mary, onde costumava passar os verões quando criança.

– Vou com você – respondeu Harvey.

– Não – Susette meneou a cabeça. – Quero ir sozinha. Reencontrar antigas memórias. Você ficaria entediado.

Harvey franziu a testa de leve. Não entendia esse desejo de Susette e, quando não entendia algo, não aprovava. Por que Susette iria querer fugir de sua casa para partir sozinha em uma excursão maluca e misteriosa para Glen St. Mary? A inclinação rebelde no belo queixo de Susette, no entanto, o alertou de que era inútil protestar.

Ela inspirou fundo enquanto passava pelos portões de Glenellyn. Havia uma estrada maravilhosa diante dela. Não era uma via reta. Uma estrada reta era uma abominação para Susette, que adorava curvas e declives.

Ela se perguntou o que teria acontecido com todos os primos de segundo e terceiro graus que costumavam se divertir a valer na fazenda com ela. E os Blythes e os Merediths, que passavam boa parte do tempo lá. Ela perdera contato com todos eles... esquecera todos eles, exceto Letty, sua parceira de todas as horas, e Jack Bell, tão rígido e obtuso que seu apelido era Tonto... e Dick. Jamais poderia esquecer Dick, o valentão, tagarela e fofoqueiro. Ela o odiava. Todos o odiavam. Ela se lembrava de como ele costumava brigar com o jovem Jem Blythe, que se parecia muito com o pai, que também se chamava Jem, em seu gosto por uma boa briga, se a causa fosse justa.

"Ele era um porco!", lembrou Susette. "Se fosse feio, até seria possível perdoar. Mas *era* um garoto bonito. Tinha belos olhos... Olhos cinza grandes e endiabrados. O que será que aconteceu com ele? Deve estar casado, é claro. Precisaria ter uma esposa para reprimir assim que pudesse. Ah, adoraria encontrar Dick novamente e dar um tapa na cara dele... Como Di Blythe fez, certa vez."

Nuvens grandes haviam surgido no céu quando Susette finalmente passou pelo tão recordado portão da fazenda em Glen St. Mary. Seu coração palpitou ao ver as mesmas estacas na entrada. A antiga casa continuava lá, igualzinha... O velho gramado, o velho jardim, o brilho da lagoa em meio aos velhos abetos escuros. Tudo estava podado e em ordem, então era evidente que Roddy, ou alguma outra pessoa, ainda vivia ali. Mas era igualmente evidente que o local estava temporariamente vazio. Por certo, um temporal se aproximava, e, se ela não conseguisse entrar na casa, não teria outra escolha a não ser retornar rápido a Glenellyn.

Ela estava prestes a, lamentavelmente, dar meia-volta quando um homem jovem apareceu no canto da casa e parou para olhar para ela. Trajava um uniforme das forças aéreas e fazia catorze anos que ela não o via.

– Ora, Dick... Dick – disse ela.

Ela correu até ele com as mãos estendidas. Estava feliz por ver até mesmo Dick. Por mais odiável que ele fosse, ainda fazia parte da velha vida que havia, subitamente, se tornado tão próxima e real outra vez.

Dick pegou as mãos dela e a puxou um pouco mais perto. Olhou dentro de seus olhos verdes, e Susette sentiu uma excitação estranha, que nenhum olhar de Harvey jamais a fizera sentir.

– Deve ser Susette… Susette King – disse Dick lentamente. – Ninguém mais teria esses olhos. Sempre me fizeram pensar nos da senhora Blythe.

– Sim, sou a Susette. Estou hospedada em Glenellyn… a residência de verão dos Brooks, você sabe.

– Sim, eu sei. Todos conhecem Glenellyn.

Ele parecia ter se esquecido de soltar as mãos dela.

– Quando descobri que era tão perto daqui, precisei vir. Acho que esperava encontrar todo o pessoal, e quem sabe alguns dos Blythes. Mas parece não haver ninguém em casa. Quem mora aqui agora? De onde você saiu, Dick?

Susette estava tagarelando simplesmente porque não sabia o que acontecera com ela e estava com medo de descobrir. Mas se lembrou de que odiava Dick… todos odiavam Dick… e recolheu as mãos.

– Roddy e a esposa moram aqui. Estou hospedado com eles há alguns dias… Antes de retornar para minha estação. Estou servindo no porta-aviões, sabe, e parto amanhã. Não parti nesta manhã por muito pouco. Graças a qualquer Deus que exista, não fui.

Algo pipocou na memória de Susette. Dick, certa vez, a beijara contra sua vontade, e ela dera um tapa no rosto dele por causa disso. Não sabia por que seu rosto ficara corado com a lembrança. Ou por que aquilo deixara, repentinamente, de ser uma humilhação revoltante. Quando Jem Blythe queria irritá-la, costumava provocá-la com essa história.

– Eu também deveria agradecer a eles – comentou ela, rindo –, porque, já que está hospedado aqui, provavelmente você pode me deixar entrar na casa se começar a chover. *Realmente* quero dar uma volta por aí, agora que estou aqui, mas não ousaria ficar por medo de um temporal.

– Você sempre teve uma bela risada, Susette – disse Dick. – Ninguém da turma tinha uma risada igual a sua… exceto, talvez, Di Meredith. E seus olhos… de que cor são, exatamente? Nunca consegui definir… É claro que é difícil fotografar a luz cinza-esverdeada das estrelas. Eu costumava pensar que se pareciam um pouco com os da senhora Gilbert Blythe.

"Que você detestava", pensou Susette. "Você não fazia discursos tão belos assim naquele tempo." Ao mesmo tempo... tudo parecia estar acontecendo simultaneamente naquela tarde maravilhosa... parecia ser muito importante, para Susette, que Dick soubesse que ela sempre o odiara... sempre o odiaria.

– Lembra-se de como costumávamos brigar? Como eu o detestava? Como todos nós o detestávamos?

– Certamente não nos entendíamos muito bem quando éramos crianças – admitiu Dick. – Mas... seja justa agora, Susette, eu era o único culpado?

– Era, sim – afirmou Susette com veemência... Com muito mais veemência que o necessário. – Você sempre fazia as coisas mais cruéis. Lembra-se de quando me empurrou naquele canteiro de urtigas e arruinou meu vestido de *chiffon* cor-de-rosa? E de quando zombou das minhas sardas na frente de todos? E de quando queimou minha boneca no poste? E de quando encheu o casaco do pobre Bruno com rebarbas? E... E...

– Quando a beijei? – sugeriu Dick com um sorriso travesso.

– E lembra-se do murro que dei no seu nariz por causa disso? – exclamou Susette com gosto. – Como você sangrou!

– É claro que eu era um monstrinho naqueles dias... Mas já faz muito tempo. Esqueça, apenas por esta tarde, que você me odeia... Embora prefira que você me odeie, em vez de simplesmente não pensar em mim. Vamos dar um passeio por todos os velhos lugares. Se você não gosta de mim, não precisa fingir.

– Eu realmente deveria voltar, sabe? – disse Susette, suspirando. – Vai chover, e Harvey ficará chateado.

– Quem é Harvey?

– O homem com quem vou me casar – respondeu Susette, perguntando-se por que se sentia tão ávida para que Dick soubesse daquilo.

Dick assimilou a novidade lentamente. Então...

– Ah, é claro... O grandalhão das raposas. Mas você não está usando aliança... Foi a primeira coisa em que reparei.

– Não... Não está totalmente selado ainda – explicou Susette, gaguejando. – Mas será nesta noite. Ele pedirá minha mão em casamento nesta noite. Foi justamente por isso que escapuli hoje. Eu acho...

– É claro que já ouvi falar do grande homem das raposas. Todos ouviram – comentou Dick lentamente. – Bem, ele tem uma grande vantagem sobre mim, mas um trabalhador dedicado pode fazer maravilhas em uma tarde, como Jem Blythe costumava dizer.

– Não fale besteira – retrucou Susette secamente. – Vamos caminhar. Quero ver o que conseguir antes que chova. Estou contente que a fazenda não tenha mudado muito. Até mesmo as velhas pedras pintadas de branco em torno dos canteiros de flores são as mesmas.

– Susette, você é, sem sombra de dúvida, a criatura mais maravilhosa que já vi – afirmou Dick.

– Você diz isso a todas as garotas meia hora depois de tê-las conhecido? Lembre-se que há muito já cruzei a fronteira das velhas solteironas.

– Se um dia tivesse pensado em dizer, eu diria... Mas nunca me aconteceu antes. Decidi, faz pouco tempo, que sempre direi o que realmente estou pensando no momento em que o pensamento vier à minha cabeça. A senhora Ken Ford, certa vez, disse que o fazia. Você não faz ideia do vigor que isso confere à vida. E as coisas acabam se perdendo quando você não as diz.

– Receio que seja verdade.

Susette se perguntou o que aconteceria se dissesse tudo o que pensava... Exatamente quando pensava... para Harvey. E se perguntou por que não gostava muito das referências frequentes de Dick aos Blythes e aos Merediths. Ele costumava detestá-los antigamente.

– Além disso, não faz meia hora que a conheço... Faz anos. Somos primos de segundo grau, não somos? E velhos am... inimigos. Então, por que eu não deveria dizer que você é maravilhosa, linda e totalmente encantadora, com cabelos da cor do sol batendo nos velhos pinheiros e olhos como aquela lagoa lá embaixo ao amanhecer e pele como uma pétala de rosa?

– Lembra-se da vez em que você apontou todos os meus defeitos para toda a turma? – retrucou Susette. – Você disse que meus cabelos eram como um maço de palha seca e que eu tinha os olhos de um gato e um milhão de sardas. Jem Blythe derrubou-o no chão por causa disso – recordou ela, sentindo gratidão por Jem Blythe.

– Minha nossa, lá vai você novamente – grunhiu Dick. – Por que não pode deixar o passado no passado?

"Por que será?", perguntou-se Susette. Por que sentia que precisava ressuscitar essas coisas? Lembrar-se de como Dick era detestável? Por que não podia se permitir esquecer nem por um segundo? Porque ele não podia ter realmente mudado. As pessoas não mudavam. Ele tinha apenas aprendido a disfarçar sua crueldade com certo charme amistoso, graças à aparência inegavelmente bela. De repente, Susette sentiu-se em pânico. Precisava retornar a Glenellyn antes... Bem, antes que chovesse.

– Você não pode – disse Dick. – Esse foi o primeiro trovão. Seja sensata e entre na casa até o temporal passar. Então, poderemos terminar nosso passeio. Lá está a enorme rocha na qual Anne Blythe caiu quando despencou da macieira. Lembra-se de como ficamos morrendo de medo de que ela estivesse morta?

Será que ele não conseguia se lembrar de alguma coisa além daquelas odiosas meninas Blythes? Ela simplesmente ignoraria suas referências.

– São cinco horas agora – protestou ela. – Se eu não partir imediatamente, chegarei atrasada para o jantar.

– Posso lhe preparar algo para comer. Anne Blythe me ensinou a cozinhar...

– Não posso acreditar! Anne sempre o detestou! – exclamou Susette, esquecendo-se de sua resolução.

Dick sorriu.

– Anne e eu éramos bem mais amigos do que você sabia, embora sempre brigássemos em público. De toda forma, voltar para Glenellyn com um temporal a caminho está fora de cogitação. Você sempre foi destemida como um diabrete, pelo que ouvi dizer, mas isso é algo que simplesmente não a deixarei fazer. Você sabe como ficam as estradas da ilha quando chove.

Susette se rendeu. Sabia que não conseguiria vencer aquela estrada sinuosa em uma tempestade... Já seria difícil o bastante depois da chuva.

Além disso, queria dar um susto em Harvey uma vez na vida, como uma espécie de protesto de morte. Ademais, sentia que ainda não conseguira fazer Dick perceber que ela o odiava tanto quanto antes. E não sairia daquela fazenda até terminar o trabalho.

Eles entraram na casa. Estava mudada... novos móveis... novas cortinas... novos tapetes... nova tinta. Mas os antigos cômodos permaneciam iguais. Susette passou por todos eles enquanto Dick fazia algo na cozinha. Quando ela retornou à sala de estar, que costumava ser o salão de visitas, a chuva escorria aos montes nas janelas, e os trovões retumbavam no céu. Costumeiramente, Susette gostava de tempestades. Ela se perguntou se Harvey ficaria preocupado. Não achava que tia Clara se preocuparia.

Dick veio da cozinha carregando uma bandeja com um pote de chá, um prato de torradas e um pote de geleia. Ele foi até o armário do canto e pegou a louça... o velho conjunto acanelado de tia Marian, com o botão de rosa na lateral, e a jarrinha marrom com arabescos bege.

– Lembra-se de que Di Blythe deu este aqui a ela para substituir aquele que ela quebrou?

Que memória ele tinha quanto a tudo relacionado à família Blythe! Mas Susette afastou isso da mente com determinação.

– Oh – suspirou. – Esta torrada está divina.

– Tive uma boa professora, não esqueça – respondeu Dick, sorrindo. – Vamos até a mesa para comer juntos. Não se esqueça de elogiar meu chá. Sou especialista em fazer chá.

– Suponho que Anne Blythe o tenha ensinado – Susette não conseguiu deixar de dizer.

– Ela me deu algumas sugestões. Mas sempre tive um talento natural.

– Presunçoso como sempre.

Entretanto, ela se sentou à mesa obedientemente. O chá estava bom, assim como a torrada; parecia difícil pensar em Dick fazendo torrada. A geleia, evidentemente, fora feita segundo a famosa receita da velha Susan Baker. Toda a vizinhança de Glen St. Mary a conhecia.

– Uma jarra de chá, uma casca de pão e *tu* – declamou Dick atrevidamente.

Susette se recusou, temporariamente, a ressentir-se. Mas por que, oh, por quê?, precisava ser tão maravilhoso estar sentada naquela sala parcamente iluminada, tomando chá e comendo torradas com o detestável Dick?

– É melhor eu telefonar para Glenellyn – comentou baixinho.

– Não é possível. Esta linha nunca funciona durante os temporais. Se fosse Harvey Brooks, estaria revirando a região à sua procura. Susette, algum pobre-diabo já lhe disse que a maneira como você o encara por cima do ombro o deixa completamente enlouquecido? Supera até mesmo o famoso sorriso de Rilla Ford.

– Você se lembra – disse Susette lentamente – de como, quando íamos brincar de Robinson Crusoé, você não permitia que eu fosse o Sexta-Feira porque era menina?

– E eu estava certo! Como Crusoé poderia ter um Sexta-Feira que o distraísse como você? Eu estava sendo racional. Lembro-me de que os Blythes concordavam comigo.

"Se mencionar um Blythe novamente, vou jogar aquele jarro na cabeça dele", pensou Susette.

Muito tempo depois, talvez fossem horas… meses… anos, Susette despertou para o fato de que, embora os trovões e os relâmpagos tivessem cessado, a chuva continuava a cair a cântaros, como se pretendesse continuar por dias a fio. Ela olhou para o relógio e exclamou, desesperada:

– Seis e meia! O jantar será servido em meia hora em Glenellyn. Nunca conseguirei chegar lá!

– Acho que não conseguiria mesmo – concordou Dick. – Tenha bom senso, Susette. A estrada daqui estará completamente intransitável para aquele seu automóvel pequenino. Você não pode retornar nesta noite. Terá de ficar aqui.

– Besteira! Não posso ficar aqui. Preciso telefonar… Harvey virá me buscar, de alguma forma…

– Tente telefonar…

Susette tentou. Não houve resposta. Ficou parada por alguns instantes diante do telefone, perguntando-se por que não se importava.

– Eu... Eu não sei o que fazer – confessou em tom miserável. – Ah, sei que seria loucura tentar voltar com esse tempo... Mas preciso estar no escritório amanhã de manhã e... e...

– E quanto ao pedido de casamento de Harvey, até lá? – indagou Dick, sorrindo. – Deixe isso para lá, Susette. Haverá outros pedidos. Eu mesmo farei um pela manhã. Serei constrangedor... Não tenho experiência alguma... Mas direi o que precisa ser dito. Estive perto de pedir a mão de Di Meredith, certa vez, mas, de alguma forma, nunca tive certeza de que queria. Agora, sei por quê.

Susette sentou-se, furiosa, porque parecia não haver mais nada a fazer. Dick acendeu as velas sobre a lareira, informando a ela que o doutor e a senhora Gilbert Blythe as haviam dado a Roddy e sua esposa, e cruzou uma perna longa sobre a outra. Não fez mais nenhum elogio a Susette, nem a importunou em relação a Harvey, nem referenciou os Blythes ou os Merediths sem parar. Falou a noite toda sobre aviação e sobre a Força Aérea Real do Canadá. Susette ouviu atentamente. Quase se esqueceu, até estar em meio aos lençóis com cheiro de lavanda do quarto de hóspedes da senhora Roddy, no canto sudeste do pavimento superior da casa, de que odiava Dick.

– Pense – disse a si mesma desesperadamente – em como ele costumava importunar os outros garotos... Em como, certa vez, torceu o braço de Jack para fazê-lo se desculpar... Em como disse a tia Marian que fora Jack quem roubara a torta... o que fizera com o filhote de gato...

Aquela lembrança era insuportável. Susette afundou a cabeça no travesseiro e grunhiu. Ficou feliz em se lembrar de que Jem Blythe fizera com ele por causa daquilo. Mesmo assim, a lembrança era insuportável. Ela o odiava... Ela o odiava... Ela se levantaria cedinho pela manhã e escapuliria antes de vê-lo novamente.

De repente, Susette sentou-se na cama e sacudiu as pequenas mãos brancas no escuro. Acabara de se lembrar do que acontecera com suas sensações quando seus dedos por acaso tocaram os de Dick quando ele lhe passara a segunda xícara de chá.

– Não me apaixonarei por ele! Não me apaixonarei! Não me apaixonarei!

Ela estava horrorizada. Quando colocava o perigo em palavras, aquilo a aterrorizava. Não havia nada a ser feito além de uma fuga cedo pela manhã, de volta para a segurança, para a sanidade e... e para Harvey.

Quando Susette acordou, sabia de algo de que não tinha consciência quando fora para a cama. Só estava com medo de saber. Saiu da cama com a maior delicadeza e foi até a janela, na ponta dos pés. O sol ainda não estava visível, mas todo o céu da manhã atrás do morro de abetos ao leste estava rosado, com nuvens delgadas esparramadas por ele. Pequenas ondas agitavam a lagoa verde. O horizonte estava tomado pelas névoas azuis. Susette sabia que precisava partir imediatamente por aquelas lindas névoas matinais ou estaria perdida.

Rápida e silenciosamente, ela se vestiu. Rápida e silenciosamente, desceu as escadas, abriu a porta da frente e saiu. Olhou ao redor e prendeu a respiração, deleitada. O sol nascera, e um novo e adorável mundo, com o rosto lavado, piscava os inocentes olhos de bebê para ele. Ela não vira todos os lugares que amava. Será que não daria tempo de dar uma espiada na lagoa? Dick só se levantaria dali a uma hora.

Ela partiria em uma corrida secreta nesse mundo dourado. Escapuliria até a lagoa pela antiga trilha, com o vento como companheiro galante. O gramado banharia seus pés com sua frieza verdejante, e a água cantaria para ela... apenas uma vez, antes de voltar para Harvey.

Quando ela estava quase na lagoa, uma fragrância suspeita chegou a suas narinas. Antes que percebesse a verdade, já passara pelas árvores e avistara Dick agachado ao lado de uma fogueira, fritando toucinho, com uma jarra de café ao lado. Uma toalha de mesa estava aberta no chão e... *O que* havia nela? Morangos silvestres! Morangos silvestres sobre uma folha verde! Havia quanto tempo ela não comia morangos silvestres, muito menos daqueles que cresciam na fazenda? Ela se lembrou, como em um sonho, que Jem Blythe sempre dissera conhecer um lugar secreto onde as frutas eram maiores e mais doces que em qualquer outro lugar.

Dick acenou um garfo com um pedaço de bacon em sua direção.

– Boa menina! Eu estava prestes a ir chamá-la. Precisamos começar o dia cedo para chegarmos à cidade a tempo. Além disso, não queria que você perdesse a chance de banhar sua alma na alvorada, como Anne Blythe costumava dizer. Veja o que eu trouxe para você... Encontrei o antigo lugar secreto de Jem Blythe na pastagem dos fundos. Que sorte incrível! Esta fazenda, no entanto, sempre foi conhecida pela boa sorte. Além disso... Veja... Várias daquelas aquilégias que você adorava. Escolha um lugar macio naquela pedra e sente-se.

Susette obedeceu. Sentia-se um tanto zonza. Dick lhe serviu café e a alimentou com bacon e morangos silvestres. Nenhum dos dois falou muito. Havia porções de cores lindas na lagoa, com pequenos pontos de sombra translúcida aqui e ali. Grandes montanhas brancas, com seus vales âmbar, erguiam-se no céu de Glen St. Mary. Ela supunha que, em breve, Dick as estaria sobrevoando. A ideia a levou à insensatez de perguntar a ele o que estava pensando.

– Estava me perguntando o que aconteceria se eu a chamasse de "querida" de repente – respondeu ele solenemente.

– Eu iria embora, é claro – respondeu Susette. – Estou indo, de toda forma. Não podemos ficar sentados aqui para sempre.

– Por que não? – questionou Dick.

– Essa é uma pergunta boba à qual certamente não se deve responder – respondeu Susette, levantando-se.

Dick também se levantou.

– Eu responderei. Não podemos ficar sentados aqui para sempre, por mais divino que seria, porque a próxima leva de soldados parte depois de amanhã. Não temos muito tempo para conseguir uma licença especial e nos casarmos.

– Você enlouqueceu – disse Susette.

– Você se lembra da citação preferida de Walter Blythe? É engraçado como os Walters da família tinham tendência para a poesia. Ouvi dizer que o tio dele seria famoso se não tivesse ficado na França naquela última investida. De toda forma, é infeliz a família que não tem um único louco. Nunca fui muito de poesia, mas alguém não escreveu algo assim? Tenho certeza de que ouvi Walter recitar: "Há um prazer indubitável em ser louco, que ninguém além dos loucos conhece".

– Nunca fui tão íntima dos Blythes como você parece ter sido – respondeu Susette friamente.

– Uma pena. São uma família maravilhosa.

– E vou para a casa pegar o carro e voltar logo para Glenellyn – afirmou Susette com firmeza.

– Sei que é isso que pretende fazer, mas não demorará muito para mudar de ideia.

Susette olhou ao redor, sentindo-se impotente. Então, por acaso olhou para Dick. No instante seguinte, viu-se envolta em seus braços e sendo beijada... Um beijo longo, selvagem, feroz, de tirar o fôlego.

– Minha querida... alegria... deleite... maravilha. Não fique tão zangada, meu bem. Não sabe que, quando você olha para um homem daquele jeito, está simplesmente pedindo que ele a beije? Você é minha, Susette. Eu a tornei minha com esse beijo. Você nunca mais poderá pertencer a nenhum outro.

Susette permaneceu imóvel. Sabia que aquele era um desses raros momentos esplêndidos da vida. Sabia que jamais se casaria com Harvey.

– Estaremos a caminho de Charlottetown em quinze minutos – disse Dick. – Levarei um tempo para guardar a frigideira da senhora Roddy e trancar seu carro no celeiro.

Susette voltou ao quarto para pegar o relógio, que deixara debaixo do travesseiro. Supunha estar enfeitiçada... literalmente enfeitiçada. Nada mais poderia explicar. Ela se lembrou de que o doutor Gilbert Blythe fora motivo de riso porque dissera, certa vez, que algo assim poderia existir, na época das aventuras na velha propriedade dos Fields. Quem dera ela pudesse esquecer o gatinho! No entanto, tantos garotos são cruéis na infância...

Quando voltou à lagoa, em um primeiro momento, não conseguiu avistar Dick em lugar nenhum. Então, ela o viu parado a alguns metros dali, sob a sombra de alguns abetos. Ele estava de costas para ela, com um esquilo vermelho empoleirado no ombro. Ele o estava alimentando, e o esquilo parecia conversar com ele.

Susette ficou imóvel. Sabia de outra coisa agora. E teria corrido se Dick não tivesse se virado naquele instante. O esquilo saltou magistralmente para as árvores, e Dick veio caminhando em sua direção.

– Viu aquele bichinho? E lembra-se de como Jem Blythe costumava adorar os esquilos? Eles também sempre foram afeiçoados a mim… os seres de pele e de penas.

– *Você não é Dick* – afirmou Susette em tom grave, olhando para ele.

Dick parou.

– Não – confirmou ele. – Não sou. Estava me perguntando como iria lhe contar. Mas como descobriu?

– Quando vi o esquilo em seu ombro. Animais sempre odiaram Dick… Ele era muito cruel com eles. As pessoas não mudam tanto assim. Nenhum esquilo jamais teria subido no ombro dele… Era por isso que os Blythes o odiavam tanto. Posso perguntar quem você realmente é?

– Tendo prometido se casar comigo, você tem o direito de saber – respondeu ele, calmo. – Sou Jerry Thornton, primo de segundo grau de Dick, do lado de tia Marian, mas sem parentesco nenhum com você. Morávamos em Charlottetown, mas estive aqui em um ou dois verões em que você não esteve. Fiquei sabendo de tudo sobre você pelos outros… Especialmente pelo Jem, que era um grande amigo meu e nutria uma paixonite de infância por você, na época. E lembre-se de que você me chamou de "Dick" primeiro. Receei que, se lhe contasse a verdade, você não ficaria tempo suficiente para que eu a fizesse se apaixonar por mim. Pensei que teria uma chance melhor como Dick… Embora você tivesse um ressentimento e tanto por ele. Sempre fomos parecidos… Nossas avós são irmãs… Mas juro por Deus que nossa semelhança não passa disso. Além disso, Dick está casado… bem como boa parte da antiga turma.

– Imaginei que estivesse – disse Susette.

Jerry olhou para ela, um tanto ansioso.

– Um detalhezinho como esse não fará diferença, não é, Susette?

– Não sei por que faria – respondeu Susette. – Mas me diga duas coisas antes. Primeiro, como sabia que Dick já havia me beijado?

– Como se qualquer garoto não fosse beijá-la se tivesse a chance! – respondeu Jerry, bufando.

– E como você sabia que eu adorava aquilégias?

– Todo mundo adora aquilégias – ponderou Jerry.

Au revoir

EU QUERO

Estou farto do barulho da cidade…
Daqui quero fugir
Para campos onde o luar adora sonhar
Sobre riachos a luzir.
E onde por entre os pinheiros ao final da trilha
A luz de uma velha casa ainda brilha.

Quero sentir o vento que sopra
No topo das montanhas, livre e distante,
Sobre os campos de trevos *que se estendem*
Até o mar altivo e cantante,
E ouvir novamente o rugido silencioso
Das ondas no litoral rochoso.

Estou cansado de tumulto e ódio;
Quero uma noite doce e tranquila,
Em um velho jardim enovelado onde
Desabrochem lírios e camomilas…
A escuridão perfumada será, enfim,
Uma amiga honesta e leal para mim.

Quero que a chuva festiva fale,
Assim como fala na primavera,
E me conte, como costumava fazer,
Das coisas belas de outra era.
Quero ver a cerejeira nevar
Sobre as trilhas de um antigo pomar.

Quero um tempo para sonhar
Longe da pressa decadente,
Quero trocar buzinas e gritos
Pelo canto dos tordos sob o sol poente,
Quero um tempo para brincar...
O trem para casa hoje hei de tomar!

Walter Blythe

Susan:

– Há partes desse poema que consigo entender. Mas deve ser, em sua maioria, o que a cara senhora Blythe chama de "imaginação". Walter não tinha passado tempo suficiente em uma cidade quando escreveu isso... Lembro-me de que ele estava no início da adolescência. Será que um dia esquecerei a noite em que ele fugiu da casa do doutor Parker e voltou para casa, caminhando por quase dez quilômetros no escuro? E tenho certeza de que nosso jardim nunca foi enovelado, nem aqui nem na Casa dos Sonhos. As cerejeiras parecem mais brancas que de costume neste ano. Como ele as adorava, especialmente as que cresciam livremente no Vale do Arco-Íris. Além disso, ele amava todas as coisas singelas e belas. "Susan", ele costumava me dizer, "o mundo é repleto de beleza". Ele não tinha idade suficiente para saber. Existem, contudo, algumas coisas belas nele, e amanhã preciso arrancar as ervas daninhas do canteiro de amores-perfeitos. Nós sempre fazíamos isso juntos. "Veja os rostinhos pitorescos deles, Susan", ele dizia. Não sei ao certo o que "pitoresco" significa, mas os amores-perfeitos certamente têm rostos, disso eu assino embaixo.

O PEREGRINO

O vento sopra no morro;
Nuvens negras de chuva a oeste,
Mas celeremente ainda transcorro
Em minha busca entre os ciprestes.

Pois um feitiço antigo ainda tece tenaz
O encanto do céu tempestuoso,
E as nuvens dissiparão, deixando para trás
Uma estrela no firmamento calmoso.

Ou talvez seja a lua,
Fina como um anel,
Que coroará as bétulas nuas
Na primavera de mel.

Pode ser que eu trilhe
Um caminho inexplorado,
Onde encontrarei um sonho que maravilhe
Minhas recordações do passado.

A primavera branca há de ser minha,
E minha será a bondade do verão;
Do outono, a fragrância rainha;
Do inverno, a solidão.

Aqui, as árvores me protegem
Com sua graça verdejante;
Lá, onde as dunas emergem,
A névoa umedece o rosto do viajante.

Caminharei até o raiar do dia,
Sem pressa e sem descanso;
A beleza é minha estrela-guia:
Em minha busca assim avanço.

Walter Blythe

Diana:

– Ele escreveu esse poema pouco antes do início da última guerra.

Doutor Blythe:

– Uma criança falando de seus sonhos de outrora!

Anne:

– Essa é a única época em que podemos falar deles. É tudo amargo demais quando envelhecemos.

Susan, *indignada*:

– A senhora e o doutor jamais envelhecerão, cara senhora Blythe.

Anne, *suspirando*:

– Sinto-me bastante velha, às vezes… Até mais velha do que sou.

Faith Blythe:

– A beleza *era* a estrela-guia de Walter… E sabemos que ele a encontrou para sempre, Mamãe Blythe.

CANÇÃO DA PRIMAVERA

Oh, vento cigano que assobia e canta
Nos galhos floridos das faias,
Ouço o riso da primavera que abrilhanta
Teu discurso prateado entre as samambaias.

Oh, névoa singela que te escondes na fenda
Do vale verde a redemoinhar,
Sei que te vestes em pérolas e renda,
Para tua rainha reverenciar.

Oh, pequena semente na terra madura
A quem beijam a chuva e o sol,
Sei que em ti reside a bravura
Entoada no canto do rouxinol.

Oh, Esperança, floresces em meu caminho
Como violetas nos solos teus,
E o Amor aquece como o vinho
Quando a primavera é lançada por Deus.

Walter Blythe

Doutor Blythe:

– Sim, Deus sempre nos manda a primavera, sejamos gratos.

Susan:

– Está atrasada neste ano, contudo. Os narcisos estão apenas começando a desabrochar.

(Para si mesma:)

– Como Walter amava os narcisos!

Anne:

– Eu costumava amar o inverno, até mesmo nos últimos vinte anos. E agora me pergunto como poderíamos sobreviver a ele se não fosse pela esperança da primavera.

Doutor Blythe:

– A vida comigo é tão difícil assim, menina Anne?

Susan, *pensando*: "Esse homem sempre precisa fazer troças..."

A CONSEQUÊNCIA

1

Ontem éramos jovens, agora somos idosos…
Lutávamos ardentemente sob o céu do norte,
A sede de sangue torna até os covardes corajosos
E ninguém temia a morte;
Estávamos embriagados com uma alegria voraz;
Ríamos risos maquiavélicos oriundos do inferno,
E, quando a lua vermelha surgiu no céu do inverno,
Eu matei um jovem rapaz!

Ele poderia ser meu irmão, magro e bonito…
Eu o matei sanguinariamente e fiquei contente;
Agradou-me tanto ver seu rosto aflito,
Olhar em seus olhos fulgentes!
Brandi minha baioneta em uma alegria notória…
Ele se contorceu como um verme, e ao nosso redor
Cadáveres se acumulavam banhados em sangue e suor…
Nossa era a vitória!

2

Nós, que éramos jovens, hoje somos idosos
E não conseguimos ver a beleza do céu,
Pois estivemos no inferno de precipícios nebulosos
E nossos olhos foram queimados pelo fogaréu.
Os mortos são mais felizes do que nós, os vivos,
Pois a morte deles expurgou a memória atroz,
Mergulhando-os no esquecimento; mas e quanto a nós
E nossos pensamentos nocivos?

Precisamos sempre lembrar: nunca mais
Deve a primavera ser odiosa e a aurora, uma vergonha...
Não mais teremos antigos sonhos banais,
Não mais aquela gana medonha.
O vento tem vozes que não se pode emudecer...
O vento que na manhã de ontem era tão despreocupado;
E para todos os lados que olho, eu o vejo, torturado:
O belo garoto que minha arma fez morrer!

Walter Blythe

Esse poema foi escrito "em algum lugar da França", no ano da batalha de Flers-Courcelette, e enviado para sua mãe juntamente com o restante de seus papéis. Ela nunca o tinha lido para outra pessoa além de Jem Blythe, que diz:

– Walter nunca matou alguém com a baioneta, mãe. Mas ele viu... ele viu...

Anne, *calmamente*:

– Agora estou grata, Jem, por Walter não ter retornado. Ele jamais teria conseguido viver com as lembranças... E se tivesse visto a futilidade do sacrifício que eles fizeram refletido nesse holocausto pavoroso...

Jem, *pensando em Jem Jr. e no jovem Walter*:

– Eu sei... eu sei... Até mesmo eu, que sou mais forte que Walter... Mas falemos de outra coisa. Quem foi que disse: "Esquecemos porque precisamos"? Ele tinha razão.

Posfácio

Por Benjamin Lefebvre

Quando olhei pela primeira vez os arquivos da Universidade de Guelph, em agosto de 1999, para ler o texto datilografado por Montgomery de *O grande livro dos Blythes*, eu não tinha ideia das descobertas que estava prestes a fazer. Durante muito tempo considerei os relatos de vários comentaristas de que o livro havia sido publicado na íntegra, com exceção de um curto esboço introdutório, em 1974, como a coleção de contos *A Road to Yesterday*. Então uma colega me disse que havia lido o texto datilografado de Montgomery e que descobrira que este esboço supostamente curto, na verdade, consistia de uma dúzia de interlúdios e mais três dúzias de poemas, totalizando outras cem páginas de texto. Generosamente, ela me enviou suas anotações resumindo as partes que faltavam e me encorajou a verificar com meus próprios olhos. Quando fiz isso, vi que não só os interlúdios e todos os poemas, com exceção de um, haviam sido excluídos da edição resumida, como também que muitos dos contos também tinham sido cortados. E então, enquanto eu estava sentado à minha mesa no meio de uma tarde ensolarada, os arquivistas trouxeram outros dois manuscritos do mesmo livro, cada um deles em uma versão substancialmente diferente. Dessa forma, como de todos os livros que Montgomery publicou tudo o que sobrevive são manuscritos, literalmente escritos a mão, e edições publicadas, eu me dei conta na época que a presença de três textos datilografados desse livro final, todos sem data e datilografados em pelo menos duas máquinas de escrever diferentes (portanto, possivelmente por mais de uma pessoa), sugeria um outro tipo de processo de escrita para Montgomery e um outro tipo de processo editorial para alguém empenhado em compartilhar este livro com o público leitor.

O que me impressionou durante a leitura inicial dos três originais datilografados de *O grande livro dos Blythes* foram o tom e a perspectiva gerais. Usando um par de luvas brancas de algodão para ajudar a preservar os documentos originais, fiz uma lista em meu caderno de temas e tópicos recorrentes: adultério, ilegitimidade, desespero, misoginia, assassinato, conflito, vingança, amargura, ódio, envelhecimento e morte. E conforme eu discutia sobre o que havia descoberto com amigos e colegas, alguns dos quais tinham apenas uma familiaridade passageira com a escrita de Montgomery, a reação quase unânime que observei foi que eu estava lidando com uma obra completamente diferente. Mas quando a novidade passou e eu comecei a reler os livros publicados, depois de vários meses de imersão nas páginas desses textos datilografados, comecei a ver alguns desses elementos nas entrelinhas dos livros mais antigos, de uma maneira que eu não havia notado antes. Com o tempo, em vez de ver *O grande livro dos Blythes* como um desvio abrupto do restante de sua obra, comecei a enxergá-lo como parte de uma sequência, não só dos onze livros protagonizados por Anne Shirley Blythe, como também da escrita de Montgomery.

Sabe-se agora que Montgomery passou por depressão e desespero, bem como por felicidade e euforia em sua vida pessoal como senhora Ewan Macdonald, esposa de um pastor presbiteriano, e que enfrentou ansiedades e problemas familiares que ela tentava esconder de sua comunidade, apesar disso, fiquei interessado quando, em setembro de 2008, veio a público o fato de que sua morte em 1942 havia sido considerada por familiares como suicídio. As circunstâncias de sua morte estão conectadas com *O grande livro dos Blythes*, especialmente porque seu obituário no *The Globe and Mail* oferece uma pista impressionante sobre a relação do livro com o fim de sua vida. Observando em 25 de abril de 1942 que Montgomery "morreu subitamente ontem", o obituário continua: "Nos últimos dois anos sua saúde não estava boa, mas durante o inverno passado a senhora Macdonald compilou uma coleção de histórias que ela havia escrito para revistas muitos anos atrás e que foram parar nas mãos de uma editora ainda ontem". Embora o obituário não deixe claro se Montgomery ou outra pessoa submeteu a citada obra ao seu editor, a presença de um dos três textos e uma cópia em carbono de *O grande livro dos Blythes* nos arquivos de McClelland e Stewart da Universidade McMaster confirmam que ele chegou.

Os leitores que gostaram da obra mais ampla de Montgomery – incluindo vinte romances, centenas de contos e poemas, além de diários, correspondências, álbuns de recortes e ensaios – irão reconhecer muitos elementos neste livro final. Ele contém padrões familiares, como órfãos ansiando por um lar saudável, casamentos acontecendo depois de anos de atraso, a criação de famílias alternativas e a resolução de mágoas e mal-entendidos do passado. Ele também retorna a uma série de dilemas que preocuparam Montgomery ao longo de sua carreira: romance e realismo, individual e comunidade, esperança e desesperança, harmonia e conflito, ordem e caos, lembrança e esquecimento. Assim como seus protagonistas, que aprendem a viver na linha tênue entre suas ambições e as expectativas da família e da comunidade, Montgomery se esforçou para encontrar o meio-termo entre as histórias que desejava contar e as propostas previsíveis que poderiam contê-las. Em parte, por esses motivos, e em parte porque seu próprio casamento era infeliz, muitas de suas resoluções parecem insatisfatórias para alguns leitores. E apesar de sua tendência de retratar o casamento e o lar como pináculos da felicidade para a maioria – mas não para todas – de suas personagens femininas, há sugestões em seus últimos romances de que eles também sejam formas de prisão.

Mesmo que todos esses elementos sejam familiares, o que muda é a forma como essas narrativas finais são contadas. Com a Segunda Guerra

Mundial avançando, Montgomery retornou, nessa sequência final de *Anne de Green Gables* (1908), a duas convenções sobre as quais ela sempre foi ambivalente: o enredo do romance e a sequência do livro. Montgomery havia tido uma relação de amor e ódio com ambos, sentindo-se encurralada pelas expectativas que ela considerava financeiramente lucrativas, mas que às vezes tolhiam sua criatividade. Embora namoro e casamento sejam temas frequentes em sua obra, ela admitiu, reservadamente, que se sentia deslocada quando escrevia sobre romance, preferindo o humor nas histórias sobre os jovens e os mais velhos. Ela relutara, mais cedo em sua carreira de escritora, em dar ao romance de Anne o desfecho "apropriado" que satisfaria as expectativas de seus leitores, mas depois de *Anne de Avonlea* (1909), um romance sobre a carreira de Anne como professora, por fim, cedendo à pressão de seu editor, ela publicou *Anne da Ilha* (1915), no qual Anne aceita casar-se com Gilbert depois que concluírem seus cursos de graduação.

Apesar de essa resolução concluir o enredo do romance de Anne, Montgomery parece ter descoberto vida nova em seus personagens quando percebeu que a contínua popularidade deles lhe proporcionava um público estabelecido para sua preocupação mais central ao longo desse período: a Grande Guerra de 1914-1918. Montgomery sofria com os eventos da guerra, vivendo indiretamente a experiência conforme eram descritos pela imprensa. Mesmo seus dois romances seguintes sendo ambientados em uma época bem anterior à guerra, eles foram escritos durante a batalha e abordam o conflito mundial de modo indireto: *Anne e a Casa dos Sonhos* (1917), sobre os primeiros anos de casados de Anne e Gilbert, culminando no nascimento e morte de sua filha Joyce e no nascimento do filho mais velho, Jem, e *Vale do Arco-Íris* (1919), ambientado treze anos depois e focando os filhos dos Blythes e seus amigos. O romance seguinte, *Rilla de Ingleside* (1921), retrata o impacto da Primeira Guerra Mundial sobre a vida desses personagens, mesmo estando em casa. O último livro, em fase de planejamento já em 1917, não foi iniciado até quatro meses após a assinatura do Armistício, o que significa – conforme ela escreveu – que

Montgomery tinha pleno conhecimento do resultado da guerra, juntamente com a expectativa de um novo mundo utópico prestes a nascer. Embora o foco desse romance sejam as mulheres em seu ambiente domiciliar, com Rilla Blythe e a empregada doméstica Susan Baker representando duas gerações de mulheres que tiveram de se adaptar a um mundo em rápida transformação, o livro abrange toda uma geração de rapazes representados pelo filho de Anne e Gilbert – Walter, um aspirante a poeta que luta para conciliar seu amor pela beleza com o dever de servir ao país. A morte dele no *front* simboliza o maior sacrifício feito em defesa do Império Britânico, e o poema "O Flautista" circula pelo mundo com uma mensagem inspiradora de coragem e otimismo diante de um caos aterrorizante. Os leitores de *Rilla de Ingleside* recebem apenas uma frase desse poema – o chamado para "manter a fé", o que traz à lembrança "In Flanders Fields" de John McCrae – mas "O Flautista" de Walter Blythe é o único poema de guerra que vale a pena comemorar na descrição de Montgomery desses eventos.

Quando concluiu essa segunda trilogia dos livros de Anne em 1920, Montgomery registrou em seu diário que não pretendia continuar escrevendo sobre esses personagens. Ela tinha novos projetos em vista, incluindo uma trilogia semiautobiográfica sobre uma menina, Emily Byrd Starr, que sonha em se tornar uma escritora de sucesso. Ela continuava a se sentir limitada pelas convenções que haviam tornado seus livros anteriores um sucesso extraordinário, mas o caos econômico que se seguiu à quebra do mercado de ações em 1929 a fez resistir a se afastar demais dos padrões que já haviam provado ser financeiramente lucrativos. Em 1935, na esteira do sucesso comercial de uma versão para o cinema de *Anne de Green Gables*, lançada no ano anterior, ela decidiu revisitar os personagens de Anne, não por pressão de um editor, mas porque havia chegado a um ponto em sua vida em que ansiava pela segurança e conforto que esse retorno criativo poderia lhe proporcionar. Como foram escritos muito tempo depois, tanto *Anne de Windy Poplars* (1936) como *Anne de Ingleside* (1939) são em grande parte episódicos, já que Montgomery não podia introduzir nenhum elemento que alterasse a continuidade dos outros livros. No entanto, *Anne de Ingleside*, em particular, sugere que Montgomery teve dificuldade para manter os padrões pelos quais havia se tornado mais conhecida: narrativas sobre as decepções e desilusões vivenciadas pelos filhos pequenos de Anne são justapostas com duas histórias envolvendo ódio e desmoronamento conjugal, bem como a suspeita de Anne de que Gilbert teria perdido o interesse por ela. Essa suspeita acaba se provando infundada, mas, especialmente para os leitores adultos, o final feliz não parece convincente. Algum tempo depois da publicação de *Anne de Ingleside*, no outono de 1939, Montgomery começou a trabalhar no projeto que se tornaria *O grande livro dos Blythes*. Sua composição é um mistério; não há menção a este livro em parte alguma dos diários ou cartas que sobreviveram, e cuja maioria, mesmo na época, já era escassa. Aparentemente incapaz ou não disposta a compor outro romance inteiro, ela revisou contos já publicados (bem como alguns outros que talvez não tenha conseguido publicar em sua forma original) para incluir referências e aparições da família Blythe. Ela então combinou as histórias com conversas dos membros da família Blythe discutindo quarenta e um poemas da própria Montgomery, agora atribuídos a Anne e Walter. Os contos eram bem recentes, alguns deles tendo aparecido em revistas da década de 1930, como *The Family Herald and Weekly Star* de Montreal, *Canadian Home Journal* de Toronto, *The Country Home* de Ohio, *Holland's, the Magazine of the South* do Texas e *Girl's Own Paper* de Londres, mas os poemas eram de um período de tempo mais amplo, a maioria tendo aparecido primeiro no *The Canadian Magazine*, *Canadian Bookman*, *Ladies' Home Journal*, *The Commonweal*, *Saturday Night*, *Chatelaine* e *Good Housekeeping* entre 1919 e 1940, além de um de 1903. Ao reescrever histórias dos anos 1930 e situá-las antes da Primeira Guerra, Montgomery inadvertidamente introduziu alguns anacronismos, incluindo referências a uma "Medalha por Serviços Relevantes", uma comenda concedida somente na Primeira Guerra, e para Edith Cavell, uma enfermeira britânica que morreu na Bélgica em 1915. Os leitores que se decepcionaram ao ler nos livros anteriores que a ambição de Anne de tornar-se escritora enfraquecera após seu casamento darão as boas-vindas à revelação neste livro de Anne como autora de poemas ocasionais, especialmente porque muitos foram escritos em momentos cruciais da vida dela, sendo o mais antigo após a morte de Matthew Cuthbert em *Anne de Green Gables*.

Em sua maior parte, este último livro permanece dentro dos padrões aos quais Montgomery e seus leitores estão habituados, mas os resultados não se encaixam mais. Duas histórias são focadas em personagens cujas ações são motivadas por décadas de amargura. Três contêm cenas elaboradas em leito de morte, e os enredos de outras três giram em torno de como a morte de um adulto pode alterar as vidas dos jovens. Para cada perspectiva romântica digna de nota ou guardião responsável, existem ligações próximas com outros personagens que são brutos, controladores, egoístas e abusivos. Além disso, os poemas que celebram a segurança da família e do lar são contrabalançados por outros que falam do ciúme entre enamorados, de um anseio angustiado pelo passado e de fracassos pessoais. A estrutura exclusiva do livro cria um contraste entre os contos, que incluem inúmeras menções laudatórias à família Blythe da perspectiva de pessoas de fora (e alguns comentários desagradáveis também) e as conversas, que mostram que a vida em Ingleside nem sempre é como parece. E ao dividir o livro em duas partes, com a guerra no centro, Montgomery forneceu mais um contraste, entre o período relativamente pacífico pré-guerra e as rápidas mudanças que sobrevieram.

Em parte alguma vemos Montgomery reconsiderando sua obra inicial mais do que em sua descrição alterada da Grande Guerra, que em *Rilla de Ingleside* foi celebrada como um sacrifício necessário em prol de um futuro pacífico. No texto datilografado usado como base para esta edição, Montgomery incluiu o termo "Grande Guerra" na página de rosto, mas riscou "Grande" e acrescentou "Primeira" e "Mundial" a tinta, quase uma admissão relutante e de última hora de que o novo mundo que ela um dia previra que emergiria das cinzas da Grande Guerra não se materializaria afinal. Parte dessa admissão também pode ser encontrada na devastadora batalha travada nos poemas nas extremidades opostas do livro. Dirigindo-se aos leitores com a condição de que o texto integral de "O Flautista" "parece ainda mais apropriado agora" – ou seja, nos dias sombrios da Segunda Guerra Mundial – "do que naquela época", Montgomery começa o livro com duas estrofes que parecem muito mais conflituosas do que o poema aludido em *Rilla de Ingleside*. E embora "A consequência", arranjado para encerrar o livro, pareça ter uma intenção mais deliberada, Montgomery mostrou-se altamente ambivalente a respeito: ela riscou o poema e omitiu as páginas finais do diálogo na cópia que apresentou a McClelland e Stewart, mas manteve essas páginas em sua cópia pessoal. E apesar de "O Flautista" ser atribuído a Walter, Montgomery o submeteu à revista *Saturday Night*, com uma observação introdutória quase idêntica, três semanas antes de sua morte. Publicado em 2 de maio de 1942, é o último poema de Montgomery – celebra o fim de sua carreira e de sua vida.

Este último livro certamente pede muito dos leitores devotos de Montgomery, mas essas revisões e reconsiderações mais agregam ao seu legado do que o diminuem. Este livro familiar e desconhecido tanto pode surpreender quanto agradar, mas por trás dos momentos de desespero e pesar, o senso de humor de Montgomery, sua incrível capacidade de retratar as interações humanas e sua compaixão pelas falhas das pessoas transparecem do início ao fim.

Benjamin Lefebvre, Ph.D.

É o diretor de L.M. Montgomery Online. Editou vários livros, incluindo a antologia crítica em três volumes *The L. M. Montgomery Reader* (2013-2015), que ganhou o prêmio 2016 PROSE da Associação de Publishers Americanos. Ele também preparou e apresentou uma Edição Deluxe da Penguin Classics de *Anne de Green Gables* (2017). Mora em Kitchener, Ontario.

Uma observação sobre o texto

Esta edição é baseada nos três últimos textos datilografados de *O grande livro dos Blythes* que são parte da Coleção L. M. Montgomery, de Coleções Especiais e Arquivos, da Biblioteca da Universidade de Guelph, no Canadá. Está entre os vários itens vendidos para a Universidade de Guelph por David Macdonald (filho do filho mais velho de Montgomery, Chester) em 1984. Cópias desses textos também são parte do fundo de Jack McClelland e do fundo McClelland & Stewart da Universidade McMaster, o que confirma que o livro foi submetido ao editor canadense de Montgomery antes de sua morte. Dois textos anteriores – incluindo um que formou a base da truncada coleção de histórias *The Road to Yesterday* – também são parte da coleção de Guelph. O texto desta edição é idêntico ao texto da edição de 2009 publicada pela Viking Canada.

O texto integral de *O grande livro dos Blythes* foi escrito e organizado por L. M. Montgomery. Eu corrigi erros obviamente tipográficos e restaurei palavras inadvertidamente retiradas do texto datilografado final (usando sempre que possível palavras de um texto anterior). Regularizei a ortografia e a pontuação para deixar o texto mais legível. Todas as elipses são dela, e segui suas instruções (às vezes escritas a mão) com relação à colocação de ocasionais notas de rodapé que se referem a textos anteriores. Não acrescentei nada ao que Montgomery escreveu e não corrigi erros mais substanciais no texto, como a alegação de que Anne e Gilbert têm cinco filhos quando eles têm seis (em "Crepúsculo em Ingleside"), os nomes Charlie Pye e Rosamond West e a grafia incorreta do sobrenome de Roy Gardner. Meu objetivo foi oferecer uma reprodução o mais próxima possível do texto de Montgomery. Para mais informações sobre cada conto e poema em sua forma original, bem como outros recursos que pertencem a este projeto e à vida, obra e legado de Montgomery, acesse o site L. M. Montgomery Online em lmmonline.org (em inglês).

Agradecimentos

Esta edição se deve a vários amigos e colegas que apoiaram o projeto de inúmeras maneiras: Lorne Bruce, Donna Campbell, Mary Beth Cavert, Carolyn Strom Collins, Cecily Devereux, Elizabeth R. Epperly, Irene Gammel, Carole Gerson, Joshua Ginter, Maryam Haddad, Yuka Kajihara, Bernard Katz, Jennifer H. Litster, Andrea McKenzie, Jason Nolan, Donna Palmateer Pennee, Mavis Reimer, Laura Robinson, Mary Henley Rubio, Carl Spadoni, Meg Taylor, Elizabeth Waterston, Joanne E. Wood, Kate Wood, Christy Woster, Emily Woster e Lorraine York. Agradeço também a Ruth Macdonald, David Macdonald, Kate Macdonald Butler, Sally Keefe Cohen e Marian Dingman Hebb de Herdeiros de L. M. Montgomery, a Helen Reeves e Alex Schultz da Penguin Canada e à revisora Stephanie Fysh. Sou imensamente grato às bolsas de doutorado e pós-doutorado do Conselho de Pesquisa em Ciências Sociais e Humanas do Canadá e a uma Bolsa de Pesquisa do Escritório do Vice-Presidente (Pesquisa e Estudos de Pós-Graduação) da Universidade de Winnipeg. Meus agradecimentos especiais a Jacob Letkemann, Kelly Norah Drukker, Lisa Richter, James Buchanan, Melanie Lefebvre, Jeremy Lefebvre, Éric Lemay e Julie Trépanier. Dedico este livro à minha mãe, Claire Pelland Lefebvre, e à memória de meu pai, Gerald M. Lefebvre.

Agradecimentos